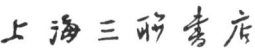

袁崇焕

张晓然

写在《袁崇焕》前面

钱文忠

张晓然兄是我的朋友,现任《新民晚报》文化新闻部主任,是一名资深记者,是文化界的名记者。由于彼此都很忙,我们平时见面的机会很少。但是,对各自的工作,还都是关注和了解的。

晓然兄是一个有情怀、有学养的大记者,他的文章时常给读者带来惊喜。然而,这一次,他给我带来的远远不止惊喜。我完全不知道,也难以想象,晓然兄花费了多少时间和心血,竟然悄无声息地写成了一本四百多页砖头般厚重的书。这本书就是《袁崇焕》。

我收到校样的那一刻,感受到的是震惊;我读完校样的那一刻,感受到的是钦佩。

大家都知道,袁崇焕是明末清初的一位悲剧英雄。不过,仿佛因为中国历史与人物的"宿命",他在国人的心目中也没有能够逃脱"既熟悉又陌生",也许说重一点就是"似是而非"的命运。真要细究起来,我们对袁崇焕的了解并不那么踏实,至于说"同情的了解",那就更差得远了。

就举一个小例,袁崇焕究竟算哪里人?看法就不见得一致。近年来,可能是出于区域文化建设的考虑,或者就是从发展旅游招徕游客出发,不少地方热衷于争夺名人,就将纷纭的意见呈现在公众面前,这个问题就一度是热点话题。作为一个重要的历史人物,袁崇焕本来就不好写。

更何况,袁崇焕生活在波诡云谲、跌宕起伏的明末清初。可能是由于中国人习惯了历史的漫长悠久,我们多少都会因为年代离开今天不太远,而自以为比较容易把握那个年代,于是心生轻慢。其实,我们恐怕没有理由那么自信。就拿明末清初来说,那是鼎革之际,是一个"大时代",我们对当时的气息和脉搏,大概就不见得有多么切实的感知。具体到生活在这个"大时代"的大人物袁崇焕,我们假如真想了解乃至理解他,就只有设身处地、移步换景,穿越众多错综复杂、交互缠结的历史面相。

从地域看,袁崇焕以南人而建功于北疆;从出身看,袁崇焕以文官而立名于武功;从民族看,袁崇焕以汉官而究心满事;从中外看,袁崇焕以中华士大夫精英而直面西洋宗教科技,等等等等。

作为一个重要历史时期的重要历史人物,袁崇焕实在不好写。

更何况,按照时下通行的书籍分类,晓然兄的《袁崇焕》自然不属于学术著作,也难以归入人物传记,最合适的类别应该是历史小说。而要用历史小说的手法描摹袁崇焕,就更是难上加难了。

读过高阳先生历史小说的人,都会同意我的看法:要想写成一本精彩纷呈、引人入胜的历史小说,必须有不回避、不耍滑的发心,必须有把握难分巨细,涵盖至升斗小民、衣食住行的历史细节的学养,必须有生发铺陈、回旋渲染、交相照应的能力。晓然兄的《袁崇焕》就是直面如许巨大挑战的努力。

我经常想,埋头沉浸在历史长河中的人,是难免"出神"的;而要抬起头、拿起笔,写下历史冷暖,那就真是起心动念的"入化"了。

在我看来,晓然兄的大作正是写一位奇男的一本奇书,同时,也更是他"出神入化"的心性记录。诸君,且开卷慢读。

目　录

第一章　会试前夜 ……………………………………………… 001
    1. 做官了就不会是好人？/ 001
    2. 韩爌踏雪私访 / 012
    3. 去见熊廷弼将军 / 023

第二章　乱世及第 ……………………………………………… 037
    1. 大殿上的一团火 / 037
    2. 请赐授辽疆官职 / 048
    3. 把进士晾在京城 / 060

第三章　铁马冰河 ……………………………………………… 089
    1. 七品芝麻官 / 089
    2. 北上朝觐遇侯恂 / 115
    3. 望着北斗星走去 / 120
    4. 守关外以捍关内 / 131
    5. 孙承宗巡边定大局 / 140

第四章　壮丽战地 ……………………………………………… 151
    1. 命中之地宁远城 / 151
    2. 偕将陆海大巡游 / 160
    3. 阉党当朝血洗宫廷 / 179

第五章　宁远大捷 …… 203

1. 英雄与狗熊的区别 / 203
2. 辫子大军终于扑来了 / 211
3. 城上城下两军对垒 / 225
4. 尸山火海煮城门 / 238
5. 捷报如同雪花飘 / 264

第六章　宁锦大捷 …… 280

1. 冒"国人皆曰可杀"之险 / 280
2. 道高一尺,魔高一丈 / 299
3. 欲加之罪何患无词 / 329
4. 城头换了大王旗 / 349
5. 大明国里的亡命徒 / 370

第七章　在劫难逃 …… 391

1. 请赐帑银平兵乱 / 391
2. 诛杀毛文龙 / 407
3. 皇太极巧施离间计 / 415
4. 寸寸血肉喂黎民 / 425

以铜为镜，可以正衣冠；

以古为镜，可以知兴替；

以人为镜，可以明得失。

第一章　会试前夜

1. 做官了就不会是好人？

　　万历47年二月末,一场罕见的风雪将金瓦黄墙的北京城覆盖得密密实实。立春的节气已经过去十多天,京城的皇民们对这场突袭的大雪实在感到愕然。许多事情预示着正在进行的日子非同寻常,譬如首先就是三年一度的全国会试提前在二月二十八日举行,也就是明天。而自明朝开国以来,会试都是在三月一日举行,这是祖宗家法,是历代皇帝钦定的,而今年神宗万历皇帝在他过了57岁生日之后,忽地将会试提前了一天,世人都不知这是喜还是忧。

　　因为明天就要会试,所以今夜就非常重要,这与从呼伦贝尔大草原刮来的强劲北风,和自天而降的大雪无关,只不过它们增添了这重要时刻的沉重与紧张的气氛。

　　从皇宫派出的锦衣卫马队,马不停蹄地在永定门、广渠门、安定门、德胜门、广安门绕全城奔驰巡行,警卫的呼号绵延不绝,飞溅的雪浆洒向四周,形成了一番格外气派的景观。

　　锦衣卫的威慑是为了保证国之精华——举子们的安全。而同样是为了向云集京都的全国几百名举子提供服务,城内的大街小巷、胡同里别有另番洞天。

　　"快来吃哟！快来吃哟！冰糖葫芦羊肉串,大枣馍馍炸年糕,书生公子、举人老爷,挑灯夜读别累坏了身子骨啊,来吃点夜宵哎！吃了明儿金榜题名哎！"串街走巷的小摊贩们,推着童谣般"吱呀"乱响的小轱辘车,冒着刺骨的夜寒,想趁这几载难逢的一宿,来做几担好买卖。从蒸锅里透出的水汽,模糊了他们挂在车把手上的小油灯,微弱暗淡的光影里,则凸现了他们凄苦苍凉的面庞。

　　知道举子们一般住在带四合院、租金比较便宜的客店,还有那些招长住散客的富余民居里，于是就有些挎着布袋、郎中不像郎中，小贩不像小贩的神秘人物逛荡其间，探头伸脑地张望，他们是兜售炼丹的游医。他们不敢跨进房门，因为举子今夜可能还是寒士，明朝就讲不准是豪门了，"朝为田舍郎，暮登天子堂"，这种未来的威仪，使他们望而生畏。但他们只要瞥见书生模样的公子踱出步来，就马上会凑上前悄声问：

"相公，长生不老丹丸要吗？明天会试，晚上吃一颗醒醒脑、提提神吧？"

那神态极忠恳，也极可怜。

若是相公掏出些碎银买了他一丸，他便会绽开媚脸，恭祝进第。相公读书读倦了，心情烦躁，挥手把他轰走，那他转脸就会"啐"口痰在地上，骂："什么东西！瞧那酸相，还想中第？赖蛤蟆想吃天鹅肉，没门儿！"

手里摇着一面太极图小旗的算卦先生则客气文雅。他们棉袍垂足，纱质方角小帽盖顶，黑白相间的浓密胡须在胸前飘曳。

他们会拆举子的名字，会看举子的命相，他们的话一般都很灵，正因为灵，所以举子们都不敢找他们算明天的结果，无论说的吉利还是凶灾，都会使自己的临试前夜漫长煎熬，如同受刑下狱。

不问也罢，算卦先生们仿佛仙人般含笑不语。他们的主顾不是举子本人，而是陪伴举子们来京会试的亲眷和随从、仆人。真可谓是"皇帝不急，急煞太监"，举子们在临考前夜还沉浸在书卷和文章的香气弥漫之中，有意识不去思念明晨的皇宫保和殿，倒是他们身边的人很着急和焦虑，主人的成败荣辱，直接关系到他们的利益和前景。所以他们迫不及待地想从算卦先生的嘴里掏出个口彩，来安慰自己的俗望，一夜下来，每个绣有太极图的囊包里装进几两银锭，是十拿九稳的。

可笑的是菜市口一带的青楼妓女，这时也跑来凑热闹。她们红袄绿裤，金钗银簪地在院丁带领下，在胡同里的雪地上踏出一溜尖细的裹脚印，留下一股股袭人的脂粉香。更多的干脆就站在客店的门口，嘻嘻哈哈地笑闹着，等待着那些想从书堆里拨出身子轻松一下的举子们来寻欢作乐。

明末的烟花女子可能是中国历史上最优秀的娼妓，她们懂得房中术，又读过《金瓶梅》，她们对秀才书生的兴趣又说明她们是具备一定文化素养的。她们在会试前夜冰天雪地中的等待并不是盲目的，有些家境富裕的举子，花点银两，把女人当作美酒，麻醉一下他们紧绷了几个月的神经，听听她们甜美的歌喉，抚摸抚摸她们嫩滑的肌肤，然后酥心透骨地温存余宵，构成一幅短暂的才子佳人浪漫的画面。

但她们当中的大多数人是空手而归。铺天盖地的大风雪无法掩盖处在背水一战、穷困潦倒境地中的举子们一个严峻事实：明天要么成为富贵荣华、万人注目的新进士,要么坠入深渊,卷铺盖回老家重又沦为一介草民。他们是没有理由、丝毫不敢轻松的,更别说是对家外野花的非份之想。

鹅毛大雪像绒球似地从灰暗的夜空往下跌落。已经过了午夜时辰,坐落在崇文门南边蒜市胡同的广东会馆靠大门的一间客舍内,还亮着一盏微弱的油灯。这间客舍的窗户临巷,所以不论你站在胡同的北口还是南口,都能一目了然它投在会馆大门石阶下的雪地里的那片桔色光影。

灯下坐着从广西藤县来的举人考生袁崇焕。

袁崇焕祖藉是广东东莞石碣水南,在他十四岁的那年春天,祖父和父亲把他带到广西平南县,在山清水秀、航运发达的西江边,袁家在这里采伐木材,开办原木加工铺,并把木料扎成木筏顺水漂下到广东出售买卖。广东人的精明和勤劳引起了当地广西人的妒恨和排斥,以至于袁崇焕一到平南就在童子试上考取了弟子员,也就是秀才后,马上遭到了周围同学的攻击。"广东佬,滚下江!广东佬,滚下江!"耳闻这仇视的叫嚣,袁崇焕愤愤不平,广东人怎么啦?广东人凭才学和本事闯天下!他为自己是广东人而自豪,要不是家里的产业都在广西,他真想抬腿就回老家去。祖父为了孙儿有个平静安全的读书环境,就把袁崇焕转移到广西藤县白马乡继续念书。之后,袁崇焕在藤县考取举人,再以藤县人资格进入京城考进士。虽然广西已成了他第二故乡,但他依然念念不忘自己是个广东人,自己的根在广东,自己的种是广东,所以,在北京落脚,他毫不犹豫地选择广东会馆。在这里,耳朵里成天能听到久违而熟悉的粤语,使他感到亲切而踏实。

他坐在油灯下反复阅读几篇八股文经典,然后再三推敲自己准备的应试文章。遇到兴奋处,他想抬手去握笔,在纸上写几个字。但他发现手动弹不得了,胳膊抬不起来,手指也无法伸开。这是怎么啦?他纳闷。经过努力,他勉强能使手握住笔杆,可是去蘸墨,笔毛硬成了石块,根本没法吸水。这时他才意识到,他的腿脚和手臂都被冻僵了,狼毫楷笔也变成了冰块,他猛地转身去察看屋中央的炭火盆,原先跳跃着红舌火苗的炭火早已熄灭成一堆灰烬,屋外阴凉刺骨的寒气穿越薄薄的窗纸直向他颤嗦的身体围裹而来,一个可怕的景观吃惊地展现在他面前:屋顶的积雪从破漏的瓦缝垂下来成了一条条利剑似的冰柱,而被风从门底吹进来的雪粒,则已积成了扇形的一面小山丘。

门被艰难地推开,进来一位二十三四岁的少妇,她就是专程陪伴相公来京会试的袁崇焕妻子阮伯蓉。伯蓉长的一眼就能看出是个岭南人,微焦的肤色,漆黑深陷的大眼窝,红润宽厚的嘴唇,加上她那瘦细苗条的身材,颇有几分南国佳人的丰韵和姿色。但此刻她却愁容满面,冻得佝缩的身体显得非常疲倦。

"相公,碳没有了。"她对袁崇焕说。

"满街都有卖碳的,我都听到叫卖声。"袁崇焕不明白地回答。

"可是要50文银子一担。碳贩子趁会试前夜敲咱们穷书生的钱,我们只剩下两块碎银了,买不起啊!"伯蓉急得都快哭起来。

"怕啥?把两块碎银花掉吧,反正明天就要会试,考中了进士,朝廷就会周济我们银两!"袁崇焕不在乎地说。

"相公,要是考不中呢?回家哪有盘缠?路上哪有饭食?"伯蓉的担忧不是没理由的,因为袁崇焕已是第三次来会试,前两次均无功而归。

"那就凉快凉快吧!"袁崇焕把冻僵的手凑在嘴边哈了几口热气,依然是满不在乎的神态,转回身去继续埋首书卷。

"相公,你起来舞一会剑吧?你不是最爱武功吗?练一练也好暖暖身子!"伯蓉劝他。

"不啦。"袁崇焕回答。

"那去胡同口叫碗北京馄饨食吧?喝了就有热气呀!"伯蓉的责任就是服伺好袁崇焕,如果相公有个病有个灾的,耽误了会试,她可担当不起。而且在她眼里,相公的身体比会试更重要,考不取进士也罢,但人要有个三长两短,她也不想活了。所以,她兜里的两块碎银,宁愿为日后的存活着想,也不愿全投在今夜做赌注。在这种矛盾的心情左右下,她真是万分为难。

见袁崇焕不吭声,伯蓉又气又急,哭着伏在他肩上哀求:"相公,你就钻到被窝里睡个好觉吧!我们不考这个进士了,得不得?我们不考了,明天就返家去。考进士不就是图个官做吗?我们不做这个官了,我不稀罕你做官,做官的都没有好人,我们被做官的坑得还不够苦吗?你母亲大人的眼睛不就是被官府弄瞎的吗?你哥哥袁崇灿也是被官府害死的!你还要做这个官干啥?我不想让你变成衙门里的凶神恶煞!"

这是伯蓉的心里话。的确,袁崇焕家里被官府害的很惨。

万历26年,袁崇焕至死都不会忘记这年他所经历的悲惨事件。这年春节前夕,祖父袁西堂和父亲袁子鹏率兄长崇袁灿已远去广西做木材生意,家里只留下母亲韩慧乔和小叔袁玉佩,以及他和弟弟袁崇煜。年卅,他们在家等待亲人回来过年,但是久等不至,袁崇焕就和少年死党谢尚政、洪安澜去村头的空场地练武功。练了没几个回合,突然听到袁崇煜的凄恻哭喊,袁崇焕吃了一惊,赶紧寻声找去,在村里的巷口正好与浑身鲜血淋漓的弟弟相遇,他急问出什么事?弟弟说他无碍,可他手指着家门,慌乱地连话也说不清楚:"二哥,母亲大人,她……""母亲怎么啦?!"

袁崇焕连忙向家里奔去,进了门,便看见母亲满面血涌,晕倒在家里供祖堂的八仙桌下。"母亲!"他扑过去,伤恸地将母亲扶靠在自己瘦弱的胸前。

袁崇煜和袁玉佩还有很多村邻都围在旁边哭泣、哀叹。袁崇焕就问他们事情的原委。

原来是水南乡所在千户所卫总所为。

万历前10年是中国一代名相张居正辅政,在他的治理下明朝进入了最光彩辉煌的时期。储备的粮食可用10年不愁饥荒,库存的银两盈余远远超出国家所付出的开支,他下令清丈全国田亩面积,使得税收公平,他还严督朝廷政府,将泛滥成灾的黄河与淮河治好,将水退后的荒地分给灾民开垦,免税三年。在他当政期,官场的升降制度执行得非常严格,贪官污吏都受到严厉的惩罚与制裁。可是张居正逝世,年满20岁的神宗皇帝自己来执掌政事,明朝的一亿中国民众,马上坠入了痛苦的深渊。

他们吃的是神宗贪婪成性、贪财成癖的苦。

在皇权至高无上的中国,做了皇帝便是等于应有尽有,可是神宗要的偏偏是对于他来说形若废物的金银财宝。他的血液中有股不可抑制的贪性,他的祖宗皇帝们有的阴狠毒辣,有的胡闹荒唐,但像他如此贪恋钱财的还未曾有过。他的母后是个狭隘的小农女儿,所以神宗的性格可能出于母亲的遗传。

皇帝捞钱,就是搜刮民脂民膏,最直接的办法,当然是增税。神宗所增的税不收入国库,而是锁进自己的皇室私人库室,称为"内库",钱也称"内帑"。他除了加紧征收本来有的高税,仅留书籍与农具免税外,另又别出心发明了一种"矿税"。

这种矿税前所未闻。神宗派出大批宫中太监,作为朝廷的征税使者,赴全国各地四处去收缴税银。只要矿税使太监随手一指什么地方可以开矿,就要这地方的地产所有人缴矿税。

一时间恶欲横流,这些太监勾结地方官吏,随带大批流氓恶棍,无孔不入,敲诈勒索,乱指民间人家的祖宗坟墓、住宅、商行、作坊、田地,信口雌黄,说地下有矿藏,就要把银子交出来。结果天下骚动,激起了数不尽的民变,御用征税的太监权力既大,自然强横不法,擅杀和拷打抗拒百姓。有个太监奉神宗指令赴辽东征矿税,搜刮了民众的财物数十万银两,逮捕并打死了二十多名违抗圣命的秀才庶民,底下告状告到皇帝那儿,神宗连理都不理。

"上行下效,然谓之教。"府州县乡的官令们见皇上既然如此横征暴敛,自己作为地头蛇又有何不能为之呢?于是贪官污吏们乘主昏国难之机,巧立名目,随意盘剥,私饱中囊。万历10年后的税收最高峰按天计,神宗就搜刮了矿税商税四十万两,然而这仅仅是所有官府勒索数字的十分之一,太监克扣的占十分之二,其余的全部装入了地方官吏的腰包。皇帝的贪欲最终使这些走卒们脑满肠肥。

千户所卫总早已盯上了袁家。袁家父子携带长孙在广西做木材生意,在卫总的想象中肯定已经赚得盆满钵满。他几次到袁家来巡视,借机窥探,见袁家简陋平常,并非富裕发达的景象,便心存疑惑。然而他的手下心怀鬼胎地煽动,说这才是发巨财的迹象,真人不露相,袁家装得贫寒的外表,实际上是想掩饰金玉的内里,企图逃避征税!卫总拍案大叫有道理,又率公差军士奔袁家查搜,可是依然没有收获。他令韩慧乔把钱财交出来纳矿税,韩慧乔说公公、丈夫、儿子都没回家,哪有钱交税?待他们回家后,你们来查验,如果真发了大财,可以给官府交税!卫总狞笑着说,那好,我等着他们捧金元宝回来!可他等了几个月也未见袁家父子的影子。眼见快到年关,他想年卅总该回来了吧,就带着十多个公差军士饿狼下山似地向袁家扑来,一心想叨到块肥肉。但他再次失望了,袁家空空荡荡,人没回来,钱也无影无踪。他咬牙切齿地骂韩慧乔是刁婆娘,欺骗官府。光骂还不解他心头之恨,他伸出粗壮的胳膊,凭借贪欲得不到满足而腾起的怒火,拎起韩慧乔的衣领,向八仙桌摔去。韩慧乔的双眼正巧被撞在坚硬的桌角边上,她惨叫一声,用手捂住鲜血迸涌的眼睛,疼昏过去。

袁崇焕是个火爆性子,虽然那时他只有14岁,个子又长得矮瘦,但他从小就练武功,浑身是胆,天大地大横竖都不怕,面对官府对母亲施暴,他怒火填胸,跳起来,手抓菜刀,就向千户所衙门奔去。

他单枪匹马,闯进衙门大堂。卫总正全神贯注地在案几前点数各家各户新年进贡来的银两,冷不丁冰凉闪光的刀片架在了他脖子上,继而他斜眼望见了两道比刀刃还要锋利的目光。"卫大人,你害瞎了我母亲的眼睛,我要取你的命赔偿!"袁崇焕的声音像个成熟的男子般掷地有声。

卫总毕竟老奸巨猾,他想光棍不吃眼前亏,硬拼的话,袁崇焕的刀割下来,不死也要挂重彩,对这样乳臭未干的孩子要攻心,要用哄骗的手段。他对袁崇焕有所了解,知道他崇尚民族英雄,素有精忠报国的夙愿大志,于是他计上心来,装出大义凛然的神情,慷慨陈词道:"崇焕老弟,我一贯佩服你年少大器,你不是口口声声要报国吗?如今是你报国的时候,国家要用税银前方御敌,后方施政,而你却辅助你家大人抗拒纳税,请问,你是真要报国吗?!"卫总用手指了指刀,又说:"你把刀架在朝廷官的肩上,本总只不过去你家催缴税银上交国家,你却庇护令堂大人抵抗皇上圣命,而且追杀本官至衙门厅堂,弃国法而重家道,你难道就是如此报国的吗?!"

袁崇焕登时怔住了。手里的菜刀"咣当"掉在地砖上,"我报国!我报国!"他嘴里连续不断地表白,眼窝里噙满委屈的泪水,掉头跑出了两尊石头狮子护卫的衙门。

更大的悲惨接踵而至。

袁崇焕回到家,扑进母亲怀中泣声道:"儿不孝啊！儿不孝啊！"边说边要搀扶母亲去看郎中。可是母亲不允,她的性格颇为坚强,她已把自己的创痛遗忘,要紧的是立即去尽一个为人之妻的妇道。她简单匆匆地用草药灰抹在眼伤处,再用白布扎个箍,就让儿子搀扶自己去村头。她说今天你们的父亲和哥哥要回来过年,我们去迎接,这是洗尘的礼仪,千万别耽误了！

母亲的执拗是日后袁崇焕刚直不阿个性形成的重要影响因素。二个儿子劝不服母亲大人,就扶她站到村头的大榕树下。

等啊等,等到黄尘古道、铜岭花塔都被夜色吞噬了,父亲和哥哥还没影子。袁崇焕叫母亲先回去,母亲摇首不肯。她似乎预感到什么征兆,她紧紧揪住儿子扶住她的手,像是准备承受来自意料之外的巨大崩坍……

袁子鹏和袁崇灿父子乘木筏沿浔江、西江顺流而下。他们此举二得,既把木头交给了广东下游的客户,又把货物当作交通工具,省掉了一笔盘缠。但他们在平南江畔出发后好景不长,驶到肇庆境内的江面上,正是夜黑风紧之时,袁子鹏就唤撑杆手把筏子靠拢江岸歇息食饭。怎料刚贴岸,一队官军在一个官吏的带领下,喊打喊杀地冲上来。袁子鹏吓得哆嗦、急切地申辩他们不是土匪。"我们抓的不是土匪,逮的是逃关歹人！"官吏气势汹汹地说。"上差老爷,什么关？"袁子鹏懵懂不知。"就是税关！你们采的木头要缴木矿税！"官吏伸出接钱的手。"可是我们在广西已经缴过了呀！"袁崇灿说明。"啪！"一记耳光打得他耳鼻流血,跌倒在地。"这是肇庆地头,到谁的城头,给谁缴税,懂吗？"官吏说完,就令兵士们强行查搜。银两不够,可这已是袁予鹏留在路上吃饭的全部费用,官吏不满足。"解木筏！把木头抬走！"官吏叫嚣着下令。一听要没收木筏,袁家父子急了。他们在广西的生意并不景气,兵荒马乱,民不聊生,谁还有财力大兴土木？所赚几个小钱,又被层层盘剥,剩下的仅能糊口。这排木头,下江的客商已付了定金,如果交不成货,他们可要倾家荡产的！袁子鹏扑上去夺缆绳,被兵士推开。袁崇灿又冲上前,死命抓住绳套不松手。官吏见这少年挺有蛮劲,顿时恶从胆边生,拔出佩刀,向袁崇灿刺来,正中心窝,血如泉涌。"啊,出人命啦！"在凄惶的惨叫声中,官吏这才率兵士们匆匆撤去。

当袁子鹏抱着儿子冰凉的尸体出现在妻子面前时,韩慧乔抚摸着她骨肉的额头、面颊,仰头昏厥在夜暮的迷眩之中。

袁家从此与官府结下了仇冤。这年袁崇焕随全家背井离乡,定居广西。历历往事，都是袁崇焕在藤县遇见同样从广东避难来的阮伯蓉父女时，亲口告诉她的。

"相公，你求功名我赞成，可你如此损耗身体为了封官，实在是划不来啊!"阮伯蓉心疼地用自己温暖的胸脯去烘焐袁崇焕因写字而冻僵的冰手。

门在这时突然被一件沉重的物体撞开，雪花随着旋风刮进屋来。"啊!"袁崇焕和阮伯蓉吃惊地站起来。地上倒伏一个遍身泥浆血污的人，藏青的旧棉袍被勾破露出肮脏的絮朵，乱蓬蓬的长发粘着雪片和土坷垃。

"佘义士!"他俩几乎异口同声地喊道。

这是袁家的伙计，袁崇焕赴京会试，他随行前来充当仆人。

佘义士与袁崇焕虽然是主仆关系，但情同手足。袁崇焕的父亲带他们全家逆江而上，去广西与他的祖父会合时，在水路上遇到一个初出茅庐的年轻强盗。这强盗并无武艺，而是凭借一股穷困躁急的胆气，手提一根生锈破烂的铁棍，逼迫出家打富济贫。他打到袁家的小船上，察觉目标不对，撞错了门，刚要逃，却被袁崇焕制服。袁家老少问清底细，没有非难责怪他，反而给他端来了饭食和热汤，并对他的沦落处境表示理解和同情。强盗在袁家的温暖中受到了感动，跪倒在小船甲板上，流泪哀求他们收留他。袁崇焕也代他向父亲求情，请求将他雇在家里的木材铺子里帮工，有口饭吃糊口。父亲刚失去长子缺个助手，遂萌动慈悲心，答应了。这个强盗，就是佘义士。

佘义士其实是个非常老实、忠厚并重义气的庄稼汉。他是广东顺德县马江村人，到外省，他和袁崇焕同为广东老乡，这在他们的相处关系上，就又添多了一层亲近。他跟袁崇焕、阮伯蓉到北京后，起初害怕大都市的车多人挤的喧闹，不敢出门。前几天袁崇焕让他去街上买摞宣纸，岂料一去就再也没见回来。他们焦虑之余，还以为他不忍寂寞，跑到什么热闹地方寻事做去了，没想到现在弄成这副死里逃生的模样回来。

"佘义士! 佘义士!"袁崇焕把他抱到床上躺下，让阮伯蓉喂他几口热水，佘义士才缓缓地苏醒。他睁眼望见凝视自己的主人夫妇，悲恸地大喊了一声，沙哑地痛哭起来。哭了一阵停息，才把失踪的原委告诉他们。

那天他出了胡同口，拐弯走了约莫三里路，来到虎坊桥，猛见密密匝匝的街道商贩、行人、市民惊恐呼号，奔跑鸟散，他不知所措，愣头愣脑地站在一座牌楼下面观望。这时，一队额前绑着麻孝的锦衣卫马队疾驰而来。领头的兵总在佘义士跟前勒住缰绳停住，打量他，问，你多大岁数? 佘义士吓着回答，三十。好，算你一个，把他带走! 兵总用马鞭一指，命令手下，顿时就有几个强壮的军士跳下马来捆佘义士，捆上他往马背上一扔，就往郊外骑去。

来到一座非常浩大气派的陵园,锦衣卫把佘义士和另外9个同样是街上抓来的青壮男子押到竖着一块上面刻着"顺天府王才人劼懋之墓"的石碑前,告诉他们说,这是皇太子的才人王氏墓葬地,王才人今天死了,要把她的棺材出殡安在此处,你们赶紧挖个10丈宽、10丈深的大坑,不得有误。那兵总把铁锹交到他们手里,阴笑地说,挖好了有赏,有金银财宝供你们享用!

佘义士等人哪敢违抗皇宫朝廷官兵的命令?心想挖完了坟坑,有口饭吃,准他们回家就谢天谢地了。他们使劲地挖,急切地想早点离开这重兵看守、阴森森的鬼地方。

但他们坑挖成了,末日也随之降临。

兵总指挥锦衣卫用刀棒把他们往大坑里赶,要活埋他们。他奸笑地喊:"皇上恩准你们给王才人作仆役,在阴间侍候她老人家一辈子,有享不尽的富贵荣华哩!哈哈哈!"

佘义士急了,拼命挣扎,誓死不从。兵总骂道:"穷刁民,这是你前世修来的福份,你还不识好歹!"说着挥剑向他刺来。佘义士侧身躲过,剑刃只擦伤他手臂,幸好押他的锦衣卫个子矮小,他用肩猛顶脱开,撒腿就跑。

兵总岂肯放他?骑马便追。可佘义士的举动号召了其他民工,纷纷仿效他与锦衣卫搏斗。兵总生怕炸了营没法交差,便勒转马头去镇压那些佘义士的同伴。而佘义士就乘机逃脱了葬身阴曹地府的厄难。

阮伯蓉在箱子里翻出一件袁崇焕旧的棉袍,从衬里上撕下一条布,给佘义士包扎伤口。佘义士疼得龇牙裂嘴,粗着喉咙大骂:

"丢那妈!这是什么世道!从朝廷的皇上到衙门的公差,没一个是好人,全他娘的是狼心狗肺!早晓得老子做一辈子土匪强盗,拿刀杀光这些狗当官的!"

阮伯蓉拿眼角瞟了一下表情沉重的袁崇焕,提醒道:"佘义士,别这么讲,做官的全没好人?你家公子明天若要是考中了进士,不也是要成了做官的吗?难道他也不是好人?"

"噢!"佘义士恍然醒悟,腾出手抽了自己两个耳光,"浑蛋!该死!我这张臭嘴!"打完了又对袁崇焕说:"公子,你是好人!你就是做了官,也是替民做主的清官!但是,这年头清官难做呀!公子,你明天要是高中进士,不如辞退朝廷的封赐,回家办学堂教书去!父老乡亲一定会高兴的,会给你捐资树碑的!娘子家老爷阮先生,不也是中了举人后坚决不再考进士,办学教了公子这么个大弟子吗?功德无量啊!"佘义士在袁崇焕身旁跟久了,也学会了不少知书达理的词句。

袁崇焕的情绪终于憋不住,濒临爆发的边缘。他蹭地站起来,在屋里来回巡棱,举起拳头,在半空中茫无目标地挥击着,大声道:"我袁崇焕参加科举、投身进取,不是为了做官,你们懂吗?你们明白吗?我要是为了做官,就不会云游四方、寻师习武,从而耽误了读书功课,我早会在10年前的第一次会试中就考取进士了,我是在懂得了只有步入仕途,才能戍疆卫国的道理后,发愤苦攻八股,力争中第的!我是为了报国的雄心大业,为了七尺男儿之躯遗世有所作为之宏愿!你们知道吗?!"

一心要当英雄挽救国难的袁崇焕,自然想不到,国体已腐败的大明,岂是几个英雄能救助回生的?

当然,想当英雄的他,更多的是要实现自己的人生价值与抱负。甚至官府的贪官恶行、害母之恨,都没有阻挡他的这种迫切向往。

少年的时候,最令袁崇焕怦然心动、热血沸腾的就是家乡水南乡傍水一侧的铜岭榴花塔。他经常到塔上凭高眺远,怀古立志,纪念塔下埋葬的东莞人的骄傲、抗元民族英雄熊飞。是这位轰轰烈烈了一场的先人,塑造了袁崇焕稚幼的心灵,建立了他博伟不凡的理想。熊飞是宋朝末年的一个普通书生,但他并不文弱迂腐,不仅武艺高强、能骑善射,而且韬略多谋。蒙族强兵在成吉思汗统帅下,攻破宋国疆土、大肆进犯之际,熊飞不负东莞父老的重托,起兵勤王,投奔抗金名将文天祥麾下,与元军作战。更令袁崇焕神驰的是,就在这座榴花塔下,熊飞与南侵的蒙古鞑靼兵血战,挥剑奋斩元将姚文虎的首级,大震军威!在元朝大军压境的危难情势下,熊飞显出了几百年后都让袁崇焕感慨不已的英雄无畏气概,他与新会县令曾逢龙联合,血战四日,一举收复广州、韶关等重镇,使威赫欧亚大陆的成吉思汗都闻之动容。后来的结局虽是一场悲剧,叛徒私开城门出卖了自己的同胞,熊飞宁死不降,最终巷战而亡。但榴花塔犹如一座英伟的丰碑,建树在骄傲的东莞人心间,也耸立在心怀豪志的袁崇焕胸中。

然而英雄注定从开始就是孤独的。

袁崇焕自幼就有很多行为不被人理解。万历24年他12岁,每天到邻乡唐洪村上学,路途要经过一间本地最旺的土地庙,庙里的香火连年不断,百姓四邻到庙里磕头拜佛,求菩萨保佑五谷丰登,老少平安,读书及第,升官发福。在这人间世俗的地方,芸芸众生顾及的都是自身的利益前景,很少会去担忧国家和民族的安危沦亡、尊荣卑辱。袁崇焕早就关注辽东女真族的崛起,他从军人和商贾的口中知道,建州女真族统领努尔哈赤征服了海西各部女真之后,又逐渐吞灭了居住更北的东海女真各部,经过艰苦努力,从小到大,由弱变强,发展成了一个拥有精兵数万的强悍军事集团,已把矛头指向关内汉族,心怀射天之志,准备吞食大明江山。国家的巨大忧患,与土地庙香客的封闭意识、短浅目光比较,反差太强烈了,袁崇焕决计要用一种一针见血的手段来唤醒大众的愚蒙和沉迷。他用红硝水在庙中菩萨的胖肚皮上写了一行赫然大字:

"土地公,土地公,快快去守辽东!"

这可闯下了亵渎神明的大祸,靠供品吃饭的和尚唯恐庙宇不灵,就到学校去告状,要求袁崇焕亲自去赔罪,并把字擦掉。袁崇焕答应去,可他非但没把字擦掉,还在每个字的上面划了很大的红圈。愤怒的信徒们发疯似地咆哮,将袁崇焕团围住,要用铲棒把他打死。袁崇焕神色自若地用手指着铜岭榴花塔说,"你们把我送上九天云霄吧,我的身上有熊飞的灵魂,我死了,雷公公会劈开你们的冷血七窍!"这句话把那些糊里糊涂的人震骇住了,他们用注视异类的目光望着袁崇焕,缓缓地往后退却。

万历34年,袁崇焕年少得志,在广西漓江畔的桂林城考取举人,为表达自己要做国家栋梁的雄心壮志,他写了一首诗,题名《咏独秀峰》。"玉笋瑶簪里,兹山独出群。南天撑一柱,其上有青云。"这时候的他变得成熟和冷静,火爆的脾气暂时收敛在克制的态度之中。诗里既道出了他希望南天一柱上青云的理想,又悲凉地感叹独出群外得不到旁人理解的形单影只。他的内心犹如大海,壮阔的波涛推动着他的向往,他崇拜的李成梁、戚继光、郑和、王崇古,他们的名字和国家的富强兴盛联在一起,而他则梦寐以求成为这串不朽名字的继承者。志向大了,太大了,大得再难以轻易地从嘴巴里吐露出来。所以他干脆沉默寡言,苦苦读书以求功名,来完成自己的鸿鹄抱负。他甚至对自己的爱妻阮伯蓉都极少提及,他害怕伯蓉也会用异样的目光来注视自己,那他这颗躁动不安的心脏将无处安藏。

但在今天晚上,面对两个他最亲近的人,他们的误解深深刺伤了他的自尊,他再也无法缄口,他像一头憋屈的雄狮要咆哮,他要撕开自己的心肺让他们目击。他在剖解了自己的心境后犹感不甘,伸出中指放在嘴里"咔嚓"咬破,把汩汩流淌的鲜血洒在地板上,跪下发誓:

"苍天在上,我广东东莞人袁崇焕,若是心存取功名而图官爵之念,天打五雷轰!我报国之愿已久,天下之本在国,国立之本在家,家兴之本在身,此愿永生不变,血可鉴证!"

"相公!"阮伯蓉哭着扑上前抱住袁崇焕,"相公,你的心迹愚妇已明白,别再损伤自己,相公的身体安危事大,明天还要赶考啊!"

佘义士也跪倒在地连声相劝。

"佘义士,你照看公子,我去胡同口买件东西便来。"阮伯蓉抚摸着袁崇焕冰凉的身子,忽然想起件事,站起来抹泪,披上外袍褂子往外走。

"娘子,您去哪儿？采买的活儿交给我便是！"佘义士想站起来,可伤口又疼得他摇摇晃晃。

"你别动。"阮伯蓉嘱咐他,"我去给公子买担碳来,烤火取暖！"

2. 韩炉踏雪私访

午夜二更天,降雪的纷扬气势仍然没有减弱。从珠市口与天桥接壤的过街车马道上,沿西向东悄隐地走过来一溜身着普通民装的人员。与他们擦肩而过,丝毫看不出有什么特殊的地方,唯一表明他们的身份与众不同的是打头的那个人手中的灯笼。

用酸甸梨木雕花做框架与底座的灯笼,当时只有在宫廷和王府里才见得着,况且这灯笼除此之外还有更讲究的地方,灯把手是名贵的湘妃竹配制,灯笼布是描着两匹凤凰的潮州刺绣真丝,而笼底的灯穗,则是一束在光影里耀眼的纯金软带！也许是这行人的疏忽大意,既然不想让市民知根知底,又何必提着这盏皇帝御制的宫灯出来巡游？

雪地里光线悠悠脚步声"咔嚓"脆响。来到蒜市胡同北口,一个威严又沉稳的老者声音,喷哈着热气问道："里面有亮灯的是什么地方？""回韩大人的话,这条是蒜市胡同,里头怕是广东会馆所在。"举灯笼的人弯腰禀报。"走,进去瞧瞧！"韩大人发令。

这韩大人,正是会试前夜出府微服私访的科举试院主事、大学士韩炉。韩大人在京城位高权重,他掌握着全国几百举子及第落选的生杀大权,他的一句话足能影响一个考生的一辈子命运和前景。他知道自己的份量举足轻重,为了避免明天的决断出现漏误差池,特奏请皇上恩准,在今宵顶风冒雪往全城考察举子们备课的状况,以便掌握准确的评判佐证。

韩炉跨入广东会馆的漆门,掸了掸身上的积雪,然后伸手掀开棉毡帘子,踏进临街亮灯的屋子。他见屋里的砖地中央燃着一盆碳火,焰舌舔着红光,散发的热气将这四堵墙之内的小方圆烘烤得十分暖和。靠窗的案几上亮着那盏引他而来的油灯,灯前趴伏着一个疲倦已极正在打盹的书生。随从趋前几步,欲唤醒书生,被韩炉制止。他发现案上摆着一叠刚疾书草就的书简,像是书生准备完毕的应试文章,便感兴趣地取在手中,凑在灯前察阅。开头几行字就把他吸引住了,再往下看,越读越兴奋,韩爌深深地被作者文笔的挥洒自如、对国势时运的深刻见解吸引住了,这洋洋洒洒的篇什在猥琐萎靡的明末官场行文中无异是一颗闪耀光华的火星在放射奇观。他掂着这几页沉甸甸的宣纸,心头暗暗高兴,作为科举试院的主事,是以为国家发现栋梁之才为己任的,他情不自禁脱下自己肩上披的裘皮大衣,不无爱怜地轻轻盖在这位陌生的书生身上。

岂料这一举动倒把书生惊醒了。

书生起初揉着惺忪的睡眼被满屋子的陌生人弄得有些失措不安,继而他发现了韩爌,神情顿时有些激动,站起身跪地,磕头便拜。

"韩大人光临,小生担戴不起,失礼矣!"

"怎么,公子认识老夫?"韩爌有些奇怪。

"小生曾进京三次会试,有幸仰瞻过韩大人的尊容,知道韩爌大人乃科举试院主事。"

韩爌微微点首,问:"请问公子姓名?"

"小生袁崇焕,字元素,广东东莞人,现系广西藤县举子。"

"袁崇焕。"韩爌嘴里自语地重复了一遍,"起身,起身!"他把袁崇焕搀扶起来,上下仔细打量。只见这个广东人身材不高,但十分精干,黧黑的皮肤,宽厚的嘴唇和朝天椒似的鼻尖凑起来虽谈不上英俊,可眉宇之间却洋溢一股咄咄逼人的豪杰之气。

"此人不可低估啊!"韩爌在心里说道,"请问崇焕年庚?"

"回韩大人问话,小生今载三十有五。"

"正当年,正当年啊!"韩爌感慨道:"国家现在正需要人材,以辅佑社稷兴旺之大事!"在说到社稷大事这两个词时,韩爌的语气非常沉重、担忧。"知道今天朝廷里发生了什么不幸的事情吗?今天是国难当头啊!"

国难当头?袁崇焕脑子里迅速地旋转着,是皇上龙体欠安,还是辽东战事遭遇不测?还是……

其实韩爌所说的不幸事情,是袁崇焕根本无法猜及的。

"你是个书生,你应该知道读书对一个人品性修行的重要,于普通百姓如此,对帝王将相来说更是如此!可堂堂皇长孙出阁读书的请奏,今天又被神宗皇帝驳回啦!"韩爌悲伤地仰天长叹。

"皇长孙读书,被皇帝驳回?"袁崇焕不可思议地问。

韩爌欣赏袁崇焕的脱颖才华,不由得把他当作知己来推心置腹,可这番由感而发的哀愁和他所说的国难大事,袁崇焕实在难以理解,凡夫草民都能读书,皇长孙竟不能？韩炉仿佛觉得面前的袁崇焕如果是皇长孙就令他欣慰了，他把袁崇焕领进一个纷繁的、完全陌生的皇族生活领域。

皇家的礼节特别繁缛。虽然皇家的贵族子弟拥有神圣的地位和优越的条件，是普通百姓望尘莫及的，但是他们的苦处也让常人望而生畏。因为他们是"圣子神孙"，凡事都要讲究规矩，要受到各种宫廷礼仪的层层限制和束缚。他们在行动上甚至连自主权也被无形地剥夺了。读书就是这样，不是哪位皇太子或皇太孙想读，就可以读的。在到达读书的年龄时，正式开读之前，必须由皇帝下达命令，先举行一定的仪式。读书的地点也要固定，不能随随便便找个厅堂就行了。还要选择季节，气候要适均，和暖，凉爽，"寒暑要传免"，天热不能读，天气冷也不能读，那样会伤元气。读书的日子，要选择吉日良辰，包括每次读书的时辰都有专职人员来确定。此外，还要慎重选择讲官，专门进行辅导。读书的方式、方法也非同寻常，讲官讲一句，皇族学生跟着照读一句，或五遍，或十遍。一般是读重于讲，讲多了会冲犯圣上。因为由讲官讲，皇子跟着读，所以称为"讲读"，讲官称"讲读官"。学习的内容有经、有史，方法有练习对句，进行提问之类。而这所有的程序，都必须事先经过皇帝的亲自阅示批准，否则就得停止。

在明神宗以前，明朝的列祖列宗对皇子、皇孙的读书都极其重视。明太祖朱元璋，在建国前的漫长岁月里，天天要指挥打仗，戎马倥偬，但也没有忘记教育儿孙后代，使他们经纶满腹。远在元朝至正二十年（1360年）闰五月，他就下令延聘各地名儒，在南京设立儒学提举司，任命他的谋士宋濂为提举，派长子朱标学习经史。开国后，百业待举，他以兴学为先务，在全国广设学堂书馆。而在宫廷内，则设立大本堂，令皇太子读书，对诸王及诸孙亲加督责。他本人也"最为好学"，在日理万机之余，经常挑灯夜读，有时熬到鸡鸣才躺下休息。

可以说，朱元璋为明朝立下了精勤读书的祖宗家法和国本。

明成祖继承沿袭，对皇子、皇孙的教育有甚而无不及。"各位虽未正，然讲读不辍"，未立为太子、太孙以前的皇家后代们，都要遵令读书，读书比名位更重要。

之后接位的各个皇帝，都不敢违背这一家族祖训。

然而到了万历年的明神宗，却发生了变化。

按照明朝的既定制度，"大抵皇子生十岁而入学"。神宗的长子朱常洛到了万历22年冬13岁时，在众多廷臣的再三请求下，神宗才第一次令他出阁读书。根据皇家规定，读书的时间应是在巳刻，遇到寒暑免读，讲官要严格挑选。而轮到朱常洛，神宗却令改巳刻为寅刻，寒暑不免，读书的桌子也改小，只有两尺余，显得有些儿戏。更荒唐的是，洛皇长子也就是未来的皇太子选了两个极其可笑的讲读官。

一个满口江南吴越软语,举止猥琐,常有挠屁股抓睾丸的动作出现,弄得朱常洛"片语不晓"。另一个,身体肥胖出奇,讲几句话就要倚靠在房柱子上歇息喘气,陪同在旁的太监都无法忍受,称其"目之不快,令人呕作"。

神宗对皇太子读书的态度尚且如此,他将如何对待皇长孙朱由校,就不难想象了。

万历43年5月28日,神宗在春色弥漫的皇宫内召见群臣,大学士方从哲奏言,讲皇长孙读书事已迫在眉睫,诚当今急务。神宗回答说,此等大事,朕岂不知?一棍子把他打回去。可另有廷臣斗胆再次进言,劝皇上让皇长孙与皇太子一并出阁就读,神宗喝道:不准!然后又说,皇长孙出阁读书一事,"当俟册立之后"。册立,也就是将皇长孙变成封号皇太孙。可谁都知道,神宗根本不同意将朱由校册封为皇太孙。现在说要等到册封以后才能读书,这不仅自相矛盾,而且也不符合明太祖朱元璋册立以前先出阁讲读的传统。说穿了,神宗就是不想让皇长孙读书。

因此,朱由校到了15岁仍然是大字不识一箩的白丁。

局外人当然对皇帝的这种荒谬做法感到费解,但知情者并不意外。神宗苛刻朱常洛、朱由校父子,实际上是对自己的惩戒。

观测朝中大臣的许多奏文可以触摸到事情的一些蛛丝马迹,神宗之所以长期不令长子、孙出阁读书,主要是由于鄙视自己早年偶发的一次与宫女之间的莫名其妙性爱,导致心目中没有那次春情的种子朱常洛应占有的位置,视为"漫不相关之人",于是才把他们父子出阁读书这件大事,当作"漠不切己之事"。在第一次令朱常洛出阁读书的时候,神宗就发下诏令:一切恩礼俱从减杀。

忌讳提起的性事便成了这一链环的开头。

神宗于万历6年结婚,16岁的少年天子懵懵懂懂就被引进了洞房,与新娘同眠共枕。孝端皇后祖籍浙江余姚,生长在北京,是锦衣卫指挥使王伟的千金。她既有江南女子的秀美,又有燕赵姑娘的端庄,而且为人正直,性情温柔,知书达理,从不计较个人得失,素以孝顺著称,深获神宗生母孝定皇太后李氏的欢心。可美中不足的是,皇后婚后生了场可怕的妇科疾症,从此便不能生育,这就构成了神宗和李太后的心病,而且更为敏感的是,这给宫廷内部如何册立皇太子留下了问号。

因为孝端皇后丧失生育能力,神宗到20岁还没有儿子。而李太后抱孙心切,早就盼望能有嗣后以便为朱家王朝传宗接代。可她怎么也没想到,续接香火的事情会发生在她身边的一个叫王静娴的小宫女身上。静娴自幼入宫,一直在慈宁宫侍候太后,长大后出落得眉清目秀,姿色迷人。并且这小宫女手脚勤快,含笑少语,倒也博得李太后的欢喜。

万历9年初冬,蓝天碧云,天气爽朗。有一天的午后,阳光照得大地暖洋洋的,神宗睡醒觉来,精神倍增,充满活力又兴奋异常。他坐在房中批阅了片刻时间的奏章,便再也按捺不住内心的骚动,无意继续读书写字、处理国事,披上件狐皮短袄,就径直跑到园内去游玩嬉戏。

路过慈宁宫,一时心血来潮,他想进去和母后逗逗乐、聊聊天,也不令手下打招呼,抬腿便往里闯。事竟凑巧,这天李太后去宫外拜佛,只留下静娴宫女在家看守。静娴见皇上未曾通报突然出现在面前,急忙起身上前请安,一张洁白的瓜子脸羞慌得潮红剔透。神宗一见这小宫女,顿时清楚自己屁股坐不住殿内玉椅的原因了,他见静娴亭亭玉立,青春丰满,疑问自己以前怎么没见过这丫头?也许前几日这女孩还是相貌平平的,可女大十八变,只消星辰转换的刹那功夫,就出落成秀色可餐的美妙娇娃了,变得自己都不认识了。他伸出手将跪在他脚下的静娴挽起来,顺势在她脸上摸了摸,滑嫩的肌肤使他顿起欲念。这强烈的欲望就象一座翻腾的火山,马上就要迸发。可他瞬间又想到,他还不知这宫女叫什么名字,也就意味着,这小宫女的地位十分低下,连向皇上疏报称呼的资格也没有。按皇族家规,他身为龙体,是不能临幸这种低贱的奴婢的。可神宗的理念,此时难以控制肉体的横冲直撞,情欲使他无所顾忌。"退避!"他令左右太监。几个近侍面面相觑,不敢违抗,掉身躲开。神宗领着静娴走入隐蔽的侧室,将门插上闩。

事过一个月,贴身太监在神宗深夜喝完龟茸汤,进来收碗时,悄声禀告他,那个王都人怀孕了。宫女在宫内流行称都人,是一种轻漫的叫法。

"哪个王都人?"神宗困顿地问。当时他贪图痛快,没有过多考虑后果,但从静娴的身上爬下来就后悔莫及,毕竟作为皇上和都人发生亲密关系不够光彩。他之后不仅把她抛弃一旁,再也不理她,并严令内侍左右不得声张,还努力从脑海里把这个女人驱逐干净,彻底忘却。现在,他已经根本不愿提起这个王都人、静娴宫女了。"大胆!宫内何人竟敢如此胡言乱语?"神宗疾言厉色地训斥。"什么王都人、刘都人的,朕统统不识得!"

神宗以为矢口否认就能把事情遮掩过去。可他维护自己的面子,却忘记了历来皇家的一条重要规矩:皇帝的起居饮食,一言一行,一举一动,都要作为国家的大事,有专人及时如实地记录下来。他私幸王静娴宫女也没有例外,明明白白地登在专门记录皇帝言行的《内起居注》里。

随着时间的推移,静娴的身体日益发生异常变化,自然逃脱不过李太后的眼睛。李太后性格肃明,遇事能持正。她"教帝颇严",神宗小时候不认真读书,或犯了其它过失,她都毫不偏袒溺爱,严加斥责,乃至长时间罚跪,直到承认错误为止。

因此神宗既非常敬重她,也非常害怕她。李太后怀疑宫中只有一个人具胆把她身边的小宫女肚皮搞大,那就是神宗。她遣人密查,果然不出所料。

万历 10 年春的元宵夜晚,李太后有意召神宗到慈宁宫,陪她宴饮。她在神宗的桌前放了只鼓腹的酒樽,就他私幸宫女之事,进行旁敲侧击。神宗马上敏感到母后的意图,故作镇静,对相关的问话有意躲开,答非所问,逼急了就只顾吃喝,干脆缄口。李太后没法,只得使出最后的"杀手锏",命人摊开宫中文书房太监所写的《内起居注》。

事实面前,神宗脸色骤变,尴尬恼怒,闷闷不乐地自语:"万万想不到会有这样的巧事!"

见神宗终于承认了,李太后显得格外兴奋,她把歌伶舞伎退下殿堂,坦露心迹地说:"娘年纪大了,还没能抱上孙子,犹感若缺。静娴宫女品性不错,她要是怀上男孩,当是国家的福星鸿运,吾儿用不着隐瞒!"她也揣摸到神宗的几分心思,就又劝导他,说:"母以子贵。现在她肚里怀的是皇子,岂能分什么等级和地位,以为她是一个都人,就觉得不体面!"

李太后的话里有警示儿子的含义。她一方面是消除神宗的虚荣心与等级差别的顾虑,另一方面,她要儿子别忘记,她也是出身北直隶漷县的普通民女,入官后与静娴一样是宫女,虽然现在荣华富贵,但她不允许有人因此而蔑视自己的尊严,更不能容忍有谁因为她过去的身世而屈辱她的形象,儿子如果拒绝静娴的话,就等于是在影射她这位皇太后。她无异要让神宗明白,她亲身经历过都人的酸甜苦辣,她同情静娴的处境,她要保护这个宫女。

神宗感到母后是在强迫他吞下一只苍蝇。在他看来,他随心所欲把都人当作玩物,不管怎样荒唐,都是天子游龙戏凤。而要和她共同拥有一个孩子,那这孩子就是下贱的"都人子"呀。一个堂堂正正的大明皇帝,怎能接受一个"都人子"为自己皇长子的残酷现实呢?可是,当着尊贵的母后面,他没有勇气顶撞,要提"都人子",那自己不也是"都人子"吗?不也坐上了皇帝的宝座了吗?况且,这"都人子"又是自己种下的苦果,赖也于事无补。母后在威严地盯视着他,像是在等待他表态,他已经没有选择的余地,只好点头默认,是毒药都无可奈同往下咽。

同年四月,神宗被迫封王静娴宫女为恭妃,令其移居景阳宫。

神宗赐给王静娴封号只是一种敷衍,内心深处对她的鄙弃态度并没有因此而产生丝毫改变。四个月后,万历 10 年 8 月 11 日恭妃产下皇长子朱常洛,皇太后下诏举朝同贺,"庆吾君有子"!神宗在周围皇位有继的喜悦气氛中,却陷入了深深的忧郁。他绝望地想,这个小生命的降临,是上苍对他头脑发昏、性欲冲动的报应,根本不是他期望中的继承人,完全"不合朕意"。在这种抵触情绪下,他采取了一系列举动来发泄不满。大臣们启奏,要皇上到奉天殿接受满朝文武的祝贺、颁诏通告全国、对西宫皇太后加封尊号,他一句话就压制下去:"一切恩礼俱从簿"。内阁为皇长子拟定了一串吉利富贵、龙凤呈祥的名字,神宗一概不同意,"凡再进,俱未称旨"。最后他自己随口起了个莫名其妙的名字——常洛。阁臣们猜了许久都猜不出是什么意思。压根就没意思。神宗还迟迟不进封恭妃为皇贵妃,以故意寒碜母亲,贬低儿子。让这对母子愧疚天下。

二十三年后,恭妃的孙子,即为皇长孙的朱由校诞生。朝廷上下一致认为恭妃替大明王朝传宗接代,是为国家立了大功,神宗碍于面子和舆论的压力,不得不进封王静娴皇贵妃名号。即使如此,他对她依然冷若冰霜,限制她的行动自由,继续将她、幽禁后宫,并长期不让他们母子、祖孙相见。王静娴遭受了巨大的痛苦与创伤,忧郁成疾,最终导致双目失明、老态龙钟。

直至恭妃濒临诀别人世之际,朱常洛才得知母亲重病,请旨前去探视。然而当他领着儿子朱由校站在后宫门口时,太监也看人下菜碟,"宫门犹闭"不让进入。恭妃最终落得临死时都没能见到儿孙一面的悲惨下场。

恭妃死,"四月不发丧"。神宗及准发丧,"礼官上其仪注,稽五日不行",丧礼也不许按皇贵妃的规格隆重举行。棺木葬于天寿山陵园不设守陵太监,也没有守坟户和瞻地,如同平民百姓一般。

死后10年,儿子朱常洛做了皇帝,孙子朱由校也继承父位当了天启大帝,恭妃这才被追谥为孝靖皇太后,与神宗合葬于定陵。但这是后话。

神宗厌恶恭妃,波及其子朱常洛。他在宫廷封号进爵、礼仪规格上压制这个"都人子"的儿子。但在生活上,他又尽量满足朱常洛的各类需求。他看出儿子生有一双色迷迷的眼睛,就对身边大臣下令,为皇太子多选些绝色美女,以供玩乐。因此,朱常洛的妃子之多,在明代创下了最高纪录。除太子妃郭氏外,还有才人王劼懋、贤妃刘氏,这两个妃子前一个生了天启皇帝朱由校,后一个生了崇祯皇帝朱由俭。之后又有懿妃傅氏、敬妃、赵选侍、王选侍、以及两个同姓李的选侍,一称庄妃东李,一称康妃西李。

选侍即妃嫔。明朝称那些侍候帝王皇子起居而未有封号的富女为选侍。

朱常洛沉陷在活色天香、肉林酒池之中。七个儿子、九个女儿,都是他被父皇忧困东宫,醉迷于一大群妃子、宫女床笫间的结果。

万历33年11月14日北风呼号的夜晚,东宫的内室里,王才人躺在画龙雕栋的大床上疼痛地翻滚挣扎,原本娇甜的鹅蛋脸被冷汗与泪水浸出斑驳的痕渍。朱常洛站在旁边紧张地喘不过气来,这是他的第一个孩子即将出世,他生怕是个女孩,不能为明朝帝国传后,而影响自己本就已岌岌可危的皇太子地位。

"恭喜,是个皇孙!"宫女高兴地传出话。

儿子的力量使朱常洛增添了勇气,他拔脚就想去乾清宫向神宗奏报。但走了几步他又犹豫了,他没有把握父皇会不会欢喜,神宗长期对他的冷遇,已经把他的信心和热情全浇灭了。还是派个人去报个信试试看吧,他心里嘀咕。

老宫人柴德女奉差赴仁德门外报喜,而朱常洛忐忑不安地在星月露天下独步徘徊。乾清宫的近侍太监奏告神宗,神宗表情寡淡,说你们去告诉皇太后吧。李太后听到喜讯后,则阖宫欢庆,柴德女这才完成使命,归来禀报。朱常洛握毫写下首诗:"朱衣报喜老宫官,仁德门前舞蹈欢。回奏青宫星月下,铜壶初滴王方端。"

朱常洛以为李太后的态度多少会对神宗有些影响,可他失望得几乎不想再活下去。他发现朱由校的出生对于神宗来讲,就象一粒石子丢在大海里,没有任何反响。拖沓了一个多月,神宗才批准下诏通告全国。这是故意造成的冷淡,而不是无意的疏忽。

此举表明,神宗对长孙的腔调与对长子的腔调是始终如一的,是同样充满了厌恶的。

可怜的朱由校虽贵为皇长孙,但从刚降临人世起,就无辜地接受了祖父一贯延续的歧视。

万历39年9月13日,朱由校跟随父亲去探望即将临终的祖母,然而在景阳冷宫门口,守门太监蛮横地将他们拦阻在外,说是奉圣上旨令,不准他们与恭妃相见。6岁的小皇孙不理解皇祖为何要做出这种毫无人性的事情,他第一次感受到皇族矛盾的残酷与无情。

朱由校9岁那年又经历了王日乾奏变案。万历41年6月,锦衣卫百户王日乾上疏神宗,说奸人孔学,勾结郑贵妃宫中太监,运用妖术诅咒李太后和皇太子朱常洛快死,甚至还准备用刀行刺太子。

郑贵妃是神宗最宠爱的嫔妾,他们生的儿子朱常洵是神宗的掌上明珠。一直风传神宗要废朱常洛而立朱常洵为皇太子,他们母子的地位是远远超出恭妃母子孙之上的。神宗怎么会容忍这样的恶语对郑贵妃进行攻击呢?他马上下旨令将王日乾投入牢中,暗地处死。

朱由校知道这件事会危及他们父子的生命,他亲眼见到父亲气得双手颤抖、脸色铁青,从花园走上台阶返回内殿,却在半道中腿骨发软跌倒在地。他一时冲动,跑去找内卫太监,要求给他一把刀,去捉拿疑犯。

那太监鄙视地望着他。问,疑犯?谁是疑犯?在皇帝爷那儿,无论发生啥事,首先你就是疑犯,要杀,先把你给杀喽!

在皇帝爷眼里,难道我是个可杀可剐,连蝼蚁都不如的草芥之生?朱由校深深地疑惑和屈辱。

万历42年2月初9,李太后逝世。从父亲朱常洛和宫中其它宫女侍从的口中,朱由校了解到这位太祖母对他们父子命运决定性的影响。如果不是这位李太后的强有力保护,他们羸弱的生命可能早就落英缤纷了。所以他跪在李太后的灵柩前由衷地悲伤哭泣。作为皇长孙,他参加李太后的出殡葬礼是完全应该的,可神宗有意奚落他,旨定的名单里唯他空缺。耳闻皇宫里哀乐阵阵,朱由校觉得不是在悼念太祖母,倒是在替他凄凉的处境作伴奏。

印象最深刻的一场恶梦是万历43年5月初4日晚发生的著名事件——梃击案。

过程非常简单,一个名叫张差的蓟州男子,在这天深夜,手持枣木梃棍,闯入皇太子朱常洛居住的慈庆宫,疯狂地击伤守门太监,然后往里奔,想继续寻人殴打,直到前殿屋檐下,才被闻讯赶至的锦衣卫军士缉拿擒获。

引起的震动很大。由于朱常洛在皇宫的地位一贯受到轻视,所以他全家居住的宫殿守卫力量极其薄弱,慈庆宫第一门只有两个太监守护,而且往往托病离去,第二门则寂然无人。案发后"举朝惊骇"。

朱由校很觉恐怖。他琢磨,皇宫外戒备森严,锦衣卫队骑马不停地绕皇城巡逻检查,而且从午门到慈庆宫要经过几里长的回廊甬道、十几道院门,还有几座人员常驻的大殿,这男子是怎么闯进宫里来的?他如何走得这般熟悉呢?他越思量越认为不可理喻。

对于此案有截然两种不同的看法。一说是张差纯属疯人,闯宫举动实为偶然,不必深究。另说则认为,张差疯颠是表象,实质上可能是受到郑贵妃宫中太监庞保、刘成的指使,意在谋危太子,事关国本,必须严查重办。

矛头又指向郑贵妃。神宗恼怒万分。他态度鲜明地站在宠妃一边,不容置疑地加以袒护。为了尽快平息这一风波,神宗亲自视朝,在慈宁宫召见文武大臣,首先定调"梃击"有关背景的传言纯属无稽之谈,然后摆出姿态表示他和朱常洛、朱由校父子、祖孙的关系是正常、亲密的,根本不包藏任何祸心。

尽管这让朝廷上下有"此地无银三百两"的存念,可神宗照样演他的"戏"。

他特地让朱由校和他的两个弟弟到前台来同诸位大臣会面。他令他们站在脚下的殿堂石阶上,让众人观赏,意为看他们吃穿不愁,长得多好,没有受虐待的一点痕迹嘛。

朱由校是头次在正式场合亮相,显得很不自然。心情也因为气氛的沉闷而格外紧张。皇上声色俱厉,始终凶狠地铁板着脸,父亲朱常洛则战战兢兢,不敢言语一声。大臣们更是像老鼠见猫那样面无人色、毕恭毕敬。他和两个弟弟与其说是展颜群臣,倒不如说是被神宗抖落其丑。他想这大概才是皇爷要他们示众的真正目的。

因为自卑朱由校表现得很猥琐,一个被击碎了自信的男孩是不可能精神振作的。神宗看在眼里,故意将人们的视线引到他身上,说:

"诸位爱卿,你们近些年来三番五次地奏疏,请求朕上朝理政,可是朕临朝实在是太损伤身体了,因为实在太疲累!比骑马打猎还要辛劳,有道是一刻朝政,半年田啊!若是诸卿不相信,你们看朕的这位孙儿,他才站了几分钟,就倦得仿佛是古来稀的老翁,浑身无人相啦,多令朕心酸不忍呀!"

看着群臣莫衷一是的表情,神宗刻薄地笑起来。继而他为自己的谋算成功得意忘形地哈哈狂笑。

能伤害自己心灵的往往不是敌人,而是亲人。朱由校就是这样被自己的祖父无情地唾弃、践踏、淌出鲜血,最后撕得粉碎。

谁来拯救皇长孙呢?在皇宫里能拯救皇族的并不是主宰者群体,而是被主宰者群体,那些天天在大殿上磕头膝跪喊效忠、万岁的大臣们。

一批以东林党人为代表的廷臣开始了向皇上夺取朱由校皇太孙名位与读书权的斗争。其中不乏身居高位的重臣,韩爌便是之一。他们不是冲着朱由校本人,政治斗争远不是某个人的感情好恶所能决定的。这些大臣们与朱由校没有私情关系,这种关系也难以驱动他们的行为。

在他们看来,皇长子就应是皇太子,皇长孙就应是皇太孙。他们到了法定年龄就应该给他们封号册立,以准备承袭皇位。到了皇家阐明的时间,就应该出阁读书,成为天子之材。这些都是国之本、家之法,是直接关系到国家安危的大计,是光明正大,任何人不得破例违背,如果有人胆敢冒天下之大不韪,哪怕是皇帝,他们都要打着"争长幼有序"、"争国本"的神圣旗号与之前仆后继地抗争。头可断、血可流,都在所不惜。因为他们作为国臣的全部信念与责职,就是维护这铁打江山的祖宗家法。

发生张差梃击案后,吏科都给事中史孟麟,站出来向神宗呼吁"绝群小觊觎之望",为了防止其它妃嫔的儿子窥伺皇位,当立即册立朱由校为皇太孙。他带有浓厚江苏宜兴方言的口音在殿堂里回荡得嗡嗡作响,他说:"朝廷为安定国本大计,必思所以为万世不拔之基。而不使各位妃嫔所生之子妄有窥伺。故皇太子继体皇上称为'储君',皇太孙继体皇太子称为'储贰'。

气量狭小的神宗,见史孟麟竟敢放肆地在大庭广众之下,毫不谦逊地要求他册立朱由校,分明是大胆犯上逆举,立即怒从心起,下诏斥责,把史孟麟连降五级,由正四品贬为从六品,赶出北京,调到两淮都运盐司担任一名小判官。

但这压不倒群臣。

万历47年正月初七,云南巡按潘濬,观察到天灾异常、兵祸连结、百姓民不聊生聚众思乱,他怀抱效君报国宏愿,上疏悬请神宗,对于皇孙的册立宜早,读书宜勤。结果神宗疑心他要叛变,想取他的首级。

接力棒似紧跟而上的人还有。礼科给事中亓诗教追着潘濬的奏章又疏言责问:"先是万历43年5月间,皇上召见阁、部大臣及科、道等官,传谕圣母遗嘱,欲册立皇太孙。臣等庆诵,玉音在耳,耿耿无忘。都说皇上念念不忘这件大事,必将旦夕举行,惟有静听而已。但至今忽然已过去四年了,皇长孙朱由校已十五,已过请封之期,又何不立?"

过了九天,大学士方从哲又上疏,说皇上万寿节将至,普天同庆,恳乞及时册立元孙,以慰人心,以廷国祚。

神宗对大臣们这些反复不停的奏章,最后连处罚的兴趣都没有了,他懒得去起草诏书,干脆一律留中,打入冷宫看都不看。

廷臣们见册立皇太孙不能成功,便直截了当地奔向实质性目的,要求朱由校出阁读书。否则,他日后如何成为大明王朝的国君?

这是一场更加艰苦卓绝的宫廷斗争。韩爌、方从哲等站在幕后策划、操纵,而亓诗教等位低官僚则冲在前面做先锋。

礼部代理部事何宗彦捧着官服,跪在神宗殿前,表示自己舍得一身剐,以朱由校要见正事,闻正言,亲正人,非出阁读书不可,上疏力谏。

神宗大怒,令左右将何宗彦推出殿外廷杖,打得他皮开肉绽。

就在全国会试前夜这一非常瞩目的日子,大臣们又再次趁机向神宗发难。礼科给事中亓诗教以前所未有的激烈言词,为皇长孙朱由校的读书大声疾呼:"皇上御极之初,日讲不辍,经筵时御。为何因循至于今日竟视东宫如漫不相关之人,视东宫讲学如漠不切已之事。且不惟东宫也,皇长孙十有五岁矣,亦竟不使授一书,识一字。我祖宗朝有此家法否?乃迩年以来不务令德,惟贿是闻!"

东宫就是皇太子法定居住的宫殿,也即朱常洛、朱由校居住的慈庆宫。亓诗教替东宫鸣不平,竟然敢大骂皇帝!

如果不是辽东战事从前线传回一个令神宗万分震惊的消息,把他怕得瑟如缩鼠,那么亓诗教的脑袋早就从肩膀上掉下来喂狗去吃了。

神宗暂且放过了亓诗教的一条命,但对有关朱由校读书的奏章,依然是充耳不闻,断然拒绝。

韩爌等东林党廷臣们就像精心准备了一把估计定能深及痛处的利刃,向神宗肥厚的脂肪刺去,没想到还是未达神经中枢,毫无用场。

大雪纷飞的夜晚,韩爌失意地在京都大街小巷游荡,尽效国之心,泄胸中郁闷,他意料之外地发现了具有旷世之才苗头的袁崇焕,即向他诉说了这一国难大事!国难当头,韩大学士的真实用意在于把期望寄托在像袁崇焕这样的国家栋梁身上,指盼他们以后能弼助幼主,有所建树。

辞别广东会馆时,韩爌握住袁崇焕的手,紧紧掂了掂,竭尽鼓励地说:"袁公子,明天,不,是今天,等你的佳音!"

"小生实在惶恐!"袁崇焕朝韩爌深深鞠躬。

待他抬起身来,韩爌一行在那盏华贵的灯笼指引下,早已步至风雪飘飞的胡同口只留下几道模糊的背影。

3. 去见熊廷弼将军

恋眷岭南的粤人,难以体味北方雪国的魅力。冰雪的静谧,能澄息混沌的纷繁。袁崇焕伫立在凛冽的雪夜里,希望能借助这自然的过滤,将自己刚才经历韩爌那番谈话所感受到的沉闷和压抑予以释放。

"啪!"一团雪球突然从背后袭来,砸在他脑勺上。

谁?他警觉地转回身,动作麻利地摆出了迎战的姿态。

"哈哈哈!"随着笑声,他的面前出现了一个三十岁左右,和他一样矮小精瘦,凸突颧骨、黝黑皮肤,只是眼睛细小诡秘与他不同的男子。

"谢尚政!"袁崇焕又惊又喜。谢尚政是他年少时在广东东莞石碣水南乡老家练武时的死党,广东话死党就是密友的意思。那时候他们几乎日夜相伴,形影不离。后来袁崇焕随父母亲赴广西,他们还常有往来,互通书信,各自倾诉各人的理想与抱负。袁崇焕是始终如一地要仿效民族英雄熊飞,立守疆报国的大志。谢尚政也热衷这样的志向,但他似乎更具有崇尚武力、想做强人霸主的勃勃野心。直到俩人都娶妻成家,步入成年,也许琐碎的事情填满了空暇时间,他们的联系才渐渐稀落。没想到,今天在这儿不期而遇!

"你怎么也来北京啦?"袁崇焕诧异地问。

"崇焕兄好自大,就允许你来北京承沐皇恩、开拓视野,不许小弟也来这都城高堂破一破愚顽?"谢尚政故作委屈地叫嚷。

"并无此意!并无此意!"袁崇焕连忙解释。"我只是见到尚政兄太欣喜了,词不达意!"

"小弟开玩笑!"谢尚政拱了拱手,"崇焕兄难道健忘?小弟前年考中武举人,今番来京城与兄共渡一槽,也是来参加会考的,只不过兄是文考,小弟是武考!"

"看我这石头脑袋!"袁崇焕用手拍头,"抱歉!抱歉!尚政兄是国之栋梁,请受我一拜!"袁崇焕凡事都是认真的,说着就要躬腰。

谢尚政忙不迭跨上前,拦住他。

"岂敢!岂敢!崇焕兄若是给小弟折腰,倒不如让小弟撞地羞死!"说着这话,谢尚政的小眼睛闪烁着聪明的光泽,"崇焕兄才是真正的国之栋梁。天将破晓,吾兄吉星高照,定当一举中第,合该受弟一拜!"谢尚政不容袁崇焕反应,便"扑通"跪倒在雪地里,磕了几个头。

"快起来!快起来!"袁崇焕慌乱把他扶起,"尚政兄溢美之辞,我心领了!但此言实出早矣!实出早矣!"

"大局已定,还要瞒我?"

"此话怎讲?"袁崇焕不解。

"弟斗胆相问,刚才辞别而去的相爷是谁?"谢尚政指了指门外的胡同雪地。

"是……"袁崇焕觉得韩爌是私访,若不是他认出来,韩大人是不愿暴露身份的,所以他也不便挑明。"是一个熟人而已。"

"好一个熟人矣!崇焕兄与朝廷大学士、科举试院主事韩爌大人是烛前长谈之熟人,小弟深感荣幸!"

"怎么,你也认识韩爌大人?"袁崇焕这次是真的有点惊讶。

"非也,小弟仅是在屋门外听见几句高山流水之音而已!"应该是高山流水会知音,在这里谢尚政把他隔墙听到韩爌对袁崇焕述说的知己之言给挑明了。

阮伯蓉吐着热气搓着手走出来,说他们:

"你们兄弟俩一见面就忘记了周围的一切!外面是冰天雪地呀,你们不怕冻呀?快快快,进屋来吃点东西烤烤火,我刚才买了烘山芋!"

"走,进去谈!"袁崇焕招呼谢尚政。他也的确肚子饿得"咕咕"叫了,再站在雪地里,恐怕要成冰人了。'

他们四个人围绕碳火盆,坐着剥山芋吃。

袁崇焕吃的"吧唧吧唧"响。

谢尚政却不忘继续刚才的话题。他羡慕地对阮伯蓉说:"嫂夫人,小弟刚才来,你让小弟在屋外等一等,说崇焕兄有客人拜访,你知道这贵客是哪位大人吗?"

"贵客?大人?"阮伯蓉摇摇头。袁崇焕的朋友,除非特别熟,一般她是不过问的。

谢尚政两眼放光地说:"是韩爌大人!韩爌是大学士、科举试院的主事!他亲自来拜访崇焕,还和崇焕说了那么长时间的话。恭喜嫂夫人,嫂夫人马上就要成为新进士夫人啦!"

"真的?"阮伯蓉咽了口山芋,将信将疑地把目光投向袁崇焕。

"哪能呢!"袁崇焕矢口否认谢尚政的推断,"韩爌大人与我素不相识,要真是有交情,以往我考了三次都没中,他还不提携我一下?韩大人是在今晚会试前夜外出私访,偶然路过广东会馆门口,进来遇见我的。虽说是对我印象尚佳,可他出门去还要见许许多多各地来的举子,难道说,韩大人见一个就成一个进士?切不可妄谬也!"

"崇焕兄太谦虚了。"谢尚政无奈地笑笑,"韩爌大人私访竟那么巧,进了蒜市胡同,又进了广东会馆,再进了你的屋子见到了你崇焕兄!这本身就说明,你鸿运当头啊!好好好,小弟不再说这个了!"他举起手像是挡箭牌,示意袁崇焕别再反驳他,又换了种更为贴心的口吻,劝导道:"就算你和韩大人以前素昧平生,可现在你和韩大人不是相识了吗?崇焕兄,你今后就常去韩府朝拜,投靠在他的门下。小弟虽孤陋寡闻,可也知道韩爌是京城朝廷中呼风唤雨的人物呀!让他赏识了,别说是中进士,就是以后授职,也大有益处呀!有道是朝中无人别做官嘛!"

说到做官,阮伯蓉和佘义士知道这是袁崇焕最忌讳的字眼。他们就一个用眼色提醒谢尚政,一个故意打岔引开话头。佘义士抓起一只足有半斤重的山芋递过去说:"快吃,快吃,谢相公,山芋趁热的好食!"

可是袁崇焕终于按捺不住有些生气了。他嗓音变粗,低沉地说:

"尚政兄,你我是在一个乡里长大的死党,我袁崇焕的脾气你还摸不透吗?我坐在保和殿的考桌前,不管是中第也好,落榜也罢,都是凭自己的才学和功夫,我丝毫不会存念侥幸,期盼有哪个朝中高官垂恩于我,使我捷径通达。而且韩爌大人对皇上、对朝廷忠心耿耿,绝不会对任何一个举子有半点私情可徇。你刚才说的那番话,如果是外人讲的,我会认为是对我人格的污辱,我听了非常吃惊!尚政兄,你真是离题太远啦！"

谢尚政尴尬中也有些火。他想，我是为你前程着想，日后倘若你发迹了，尽管兄弟们也是想沾沾光，但毕竟最终还是你得益。一番美意你不领受，反过来还要训斥我！他想不通，腾地从火盆旁站起来，恼怒地说：

"好，我谢某人是搬起石头砸自己的脚，自作自受。以后你走你的阳关道，我走我的独木桥，互不相关！"

言罢，往外走去。

佘义士追上前，想拉住他："谢相公，你别误会，我家公子不是那意思，你别走，再坐会聊聊，都是广东同乡……"

阮伯蓉嗔怪地用手指点了点丈夫："你呀，火药桶，碰谁炸谁！"说着也追出去挽留谢尚政。

屋里寂静的只听见碳火"噼叭"微响的声音，袁崇焕又感受到长久跟随他的那种孤独感，在心底油然而升。实际上他刚才发脾气的原因除了谢尚政庸言于他身上的媚俗外，还有一层他无法挑明的困惑，这困惑严重到在影响他一贯坚定的信念。韩爌连篇累牍地向他描述刻划了一种国难的形态，与他期望受命国难、报效大明王朝的理想抱负实在差距太远！何谓国难？韩爌是非常真诚的，然而事实上很滑稽，国难竟是皇帝不让孙儿读书、册立这类说不清、道不白的皇族恩怨、朝廷纠葛。难道这就是国是大本？韩爌大人对他厚爱有加，这使他感激涕零，但若是整天要他忧虑操劳那些琐碎虚礼，岂不荒废人生大业、前景伟略？矛盾的是，韩爌作为国家重臣，而且给袁崇焕的印象责任心极强，他的用意十分良苦，难道会有谬误吗？报国的含义在这些纷杂的思绪中顿时变得扑朔迷离。

阮伯蓉和佘义士在门外跺脚除雪、拍衣掸雪，冻得手和脸红扑扑地进来。

"相公，你几句话就把人家给气跑了，我和佘义士怎么劝，也劝他不回来。谢尚政是你的同乡死党，你太不给人面子啦！"阮伯蓉责怪袁崇焕。

"他真跑啦？"袁崇焕问。

"真跑了。他起先说他在石附马桥落脚，他一定是回去了。"阮伯蓉颇有不安，"谢相公来京城就打探你的消息，晚上一听说，马上在大雪天摸黑来找你，你不该把他气走。"

"没事，没事！"袁崇焕不在乎地安慰他们，"他会回来的！我保证，谢相公不消半个时辰，他还会来！"

说这话，袁崇焕一副笃定的样子。"我来练套拳，活络活络身子，边练边等他来吧！"

他站稳马步,呼地一声,右拳出击"泰山压顶",然后轻身跃起,顺势左掌"瓜棚拂扇",双腿夹紧又踢开"古道扬鞭"……

还有几个时辰就要天亮,大考之时,袁崇焕不想再沉缅在胡思乱想之中,他欲借助舒展身子的活动,把韩垆这段插曲,从昏沉的头脑中驱逐出去。

"精彩!崇焕兄依旧恰如少年,身手不凡啊!"随着喝彩声,谢尚政果然又若无其事地返回广东会馆,跨进屋来。

"走,你还走!看你往哪儿走?接招!"袁崇焕叉手像拂尘般向谢尚政面前扫来。

谢尚政当真是武举身家,反应迅速,灵敏异常。他侧身摆出"苍松迎客"的姿式,手臂已同时如长剑斜出,疾攻数拳,招迅劲足,把袁崇焕的掌法化解,还把他逼到墙角绝了退路。

袁崇焕运气,轻踮双脚纵身一跃,又落到了谢尚政的背后。谢尚政就地翻滚,瞬间已"金鸡独立",做好"象鼻横扫"的套路准备……

"好嘢!真不愧是来京城考武进士的高手!好一块武将的材料!"袁崇焕手点着谢尚政,笑道,赞不绝口。

"再是块好材料,也不还是在崇焕兄的面前甘拜下风,被骂出门去!"谢尚政酸溜溜地说。

"尚政兄还在生气?"袁崇焕歉疚地拱起双手,"敝人嘴巴边缺把门的,想到啥就嘣哒啥,开罪了尚政兄,这厢给你赔礼!"

"生气还会再来吗?就是有气,也只能咽在肚子里呀!"谢尚政又像刚在院门口的雪地里和袁崇焕见面时那样"哈哈哈"地大笑起来。

见此情景,在旁边怀有志忐的阮伯蓉、佘义士也就释然。伯蓉对佘义士说:"刚才崇焕保证谢相公定会再来,我还有点怀疑,现在我相信了,他们俩弟兄呀,是前谒尚政,笑道,赞不绝口。

"再是块好材料,也不还是在崇焕兄的面前甘拜下风,被骂出门去!"谢尚政酸溜溜地说。

"尚政兄还在生气?"袁崇焕歉疚地拱起双手,"敝人嘴巴边缺把门的,想到啥就嘣哒啥,开罪了尚政兄,这厢给你赔礼!"

"生气还会再来吗?就是有气,也只能咽在肚子里呀!"谢尚政又像刚在院门口的雪地里和袁崇焕见面时那样"哈哈哈"地大笑起来。

见此情景,在旁边怀有志忐的阮伯蓉、佘义士也就释然。伯蓉对佘义士说:"刚才崇焕保证谢相公定会再来,我还有点怀疑,现在我相信了,他们俩弟兄呀,是前眙事实呀！崇焕兄是顶天立地的男子汉大丈夫,从不做那些卑躬屈膝的事。小弟就不同啦,腿骨软,天亮就要会试,我想到大人物的门上去拜一拜,做点俗事啦!"

袁崇焕了皱眉头,问:"哪位大人物?深更半夜的,你去拜门子,不被大人物的家丁撵出来?"

"不会!我已和熊廷弼将军约好了,他说他今晚不睡觉,处理完公务就召见我。"谢尚政隐隐流露出得意。

"熊廷弼将军?"袁崇焕闻罢眼睛一亮,语调立刻有些兴奋,"你去见熊廷弼将军?那我也跟你一块儿去晋见,行吗?"

"行啊,有崇焕兄同往,小弟登将军府的朱门就更有胆啦!"谢尚政嘴巴这么爽快,其实心里在嗤夷,我以为你袁崇焕是钢铮铁骨,其实还不是照样想攀龙附凤,要结识大人物?既是肉身凡胎,哪有不食人间烟火的?你我彼此彼此矣!

可袁崇焕考虑的完全是另番意图。他长久以来魂牵神系辽东抗金的疆场战事,但苦于消息来源的渠通闭塞,他不清楚前方明军兵马的状况,不知道努尔哈赤统领的金军侵犯至明朝国土的什么界线,他的英雄壮志无法展开在具体的沙场描绘中进行驰骋想象。这无异是种精神折磨。记得在万历44年,他曾经受过一次被蒙蔽后产生的巨大痛苦。那年盛夏的一个晌午,他正端坐在庭院的榕树浓荫下读书,温习一篇八股文的结构章节,这时走进来一个同村熟悉的商人,他手拿一纸货物清单,称他刚从北方做了笔生意回来,问袁崇焕识不识得满文?如识的话,帮他翻译一下,他可以给袁崇焕两片长白参做报酬。"满文?"袁崇焕根本不了解满文是何物。其实,创制满文已是努尔哈赤引为自豪的一大贡献。满族的先世女真族在金代(1115—1234)模仿汉文创制了女真文,金朝灭亡后,女真文逐渐衰落、失传。到了明代中叶,女真人已不懂女真文,而借用蒙古文字。女真人讲女真话,写蒙古文,这种语言和文字的矛盾,已不能满足女真社会发展的需要,甚至成为满族共同体形成的障碍。努尔哈赤为了适应其民族的文化发展需要,倡议并创造了新文字。它是利用蒙文字母,拼写女真语言。满文制成后,努尔哈赤下令在统辖区推广施行。见袁崇焕连满文的存在都茫然不知,商人就讥笑道,大秀才,还是去外面的世界多跑跑吧,在辽东,女真满人不仅有了文字,连国家都建立起来了啊!"什么?国家?努尔哈赤当皇帝啦?!"袁崇焕涨红了脸,问。"那当然,他们的国号叫金,今年是他们的天命元年,努尔哈赤在赫图阿拉称汗,也就是皇上!"商人望着呆若木鸡的袁崇焕,叹气摇摇头,离去。袁崇焕气得把手里攥着的书三下二下撕成了碎片,狠狠摔在地上,朝天狂怒地嚷道:"我什么都不知道!我什么都不知道!我是聋子!我是哑巴!国家兴亡,匹夫有责,可我还龟缩在这清凉树下、世外桃源读闲书,我要去辽东！我要去辽东！"若不是他的老师，也就是伯蓉的父亲阮先生的劝导，袁崇焕可能那次就投笔从戎，去山海关为大明帝国当一名马前卒了。

几次来北京，袁崇焕早就闻听熊廷弼的鼎鼎大名，知道他是湖广江夏人，万历26年进士，初任保定府推官，后升御史。由于他有胆识、知兵事，能文能武，所以朝廷在万历36年任命他巡按辽东。他在任期间政绩斐然，兴屯田足军食，修城堡固边防，神宗皇帝下诏表彰他"在辽数年，杜馈遗，核军实，按劾将吏，不事姑息，风纪大振！"后擢升他为大理寺丞兼河南道御史。然而熊将军并未赴河南道上任，而是留在京城参与边域军事的谋划。对这位功高卓著的大将，袁崇焕十分佩服，要是能见到他，亲耳聆听他督辽的高见和教诲，该是一件多么过瘾和幸运的事啊！

袁崇焕的这些心思，谢尚政很难猜到。

他们两人各怀目的，向坐落在钱粮胡同的熊廷弼府第走去。

鹅毛大雪变小，变成了柳絮轻扬。但空气更冷了，袁崇焕仿佛觉得穿在身上的衣物已经根本不存在，自己是赤身裸体行走在这冰天雪地的世界中。他跺了跺脚，跑起来，跑了几步，回头对谢尚政说："尚政兄，我们比赛，看谁先奔到钱粮胡同，得不得？"

"好啊！"谢尚政也来了情绪，再说他也冷得快迈不动步了。

白皑皑的雪地里，他们你追我赶地向前跟跄而去。

当他们站在熊廷弼府宅门口时，由于剧烈的奔跑使得他们的胸脯起伏如同大海潮汐涨落，粘着雪渣的脸则憋成了紫茄子的颜色。守门的公差诧异地望着这两个难以判明身份的人，不知道他们来干什么。跑得浑身热腾腾的袁崇焕用手比划着，"呼哧呼哧"大声说：

"我们是来拜见熊廷弼大人的！"

"是约好的吗？"

"对！"

公差进去通报，片刻，他出来把袁崇焕、谢尚政引进前院正房的大堂。

堂内烛火通明、香烟缭绕，迎面的墙壁上高悬着青铜宝剑、尖锥头盔和护铁胄甲，搁在下面的案几则陈放着几碗血红的绍酒，气氛肃穆两庄严。他们正有些纳闷，身长七尺、高大魁梧的熊廷弼从屏风后迎步出来。

袁崇焕和谢尚政慌忙跪拜道：

"会试文举、武举，小生袁崇焕、谢尚政参见熊大人！"

"快起！快起！"熊廷弼身材和外貌很具威严，声音和语气倒显得极其和蔼可亲。

他们俩人平身，和熊廷弼迎面相对，他们略仰起些头，却陡然吓了一跳！原来他们刚才竟没注意到，熊廷弼是身裹一套如雪的素缟，神情哀戚忧伤。

"熊大人，您……？"袁崇焕与谢尚政几乎同时惊愕地欲语又止。

"两位是会试举子、国之栋梁，本部院对你们实不相瞒……"熊廷弼有些哽咽，"今天是大明王朝的国耻日啊！"

国耻日？袁崇焕想到韩爌对他所述的国难当头，心理便暗暗揣摩，熊大人说的国耻和韩大人说的国难，莫非是一回事吧。难道皇上不让皇孙读书，这事就严重到要让这般廷臣们如此痛不欲生、魂不附体？他的嘴角微微地弯曲出一丝不屑。

可熊廷弼说的国耻完全不是皇家恩怨这类无谓的纷争，而是辽东萨尔浒之战，明军的空前惨败！

从万历11年起兵图伦城之日起，努尔哈赤就把明朝视为自己的头号敌人。但是，那时他深知自己羽翼不够丰满，根基尚未稳固，因而在30多年征战中对明朝不仅不敢流露出任何的不满，反而时时表示出恭顺谦仰之态，多次到明国京师入朝进贡。

光阴一寸寸地流失，努尔哈赤的地盘在一天天地扩大，势力在一天天地增强，而明王朝却像一个醉生梦死的贵妇，在沉沦、腐败。努尔哈赤称汗创国后，没有贸然行动，一方面继续向北拓展，征服松花江流域的女真诸部，另一边冷眼旁观，寻找南下的时机。

这一天终于来到了。万历43年金国天命2年，辽东连年荒卑，女真人遭遇凶灾，四处流浪。天祸掸掉女真人的畏惧苟且心理，饥饿唤起他们对明朝的仇恨愤怒情绪，同时也激发了他们的征服掠夺欲望。努尔哈赤趁机大肆煽风点火，于次年4月13日发表"七大恨"誓文，历数明朝对他们民族的侵侮、欺凌之恨。"七大恨"是：一，明朝杀害金国的二祖；二，袒护金国的仇敌哈达；三，明军越界出兵，帮助金国的世仇叶赫来攻打金国；四，一个明国人越过边界，金国人根据誓约把他杀了，而明国勒索金国交出十个人来把他们杀死，用来报复；五，明朝造成金国的老女改嫁——叶赫部落的一个王公本来答应把他14岁的妹妹送给努尔哈赤为妾，但二十年后，这个36岁的老女却改嫁了蒙古王子，金国人认定是出于明朝的授意；六，明国边域守军移置界碑，抢夺金国的人参、貂皮；七，听信叶赫的挑唆，明国朝廷经常写信给金国进行辱骂侮慢。努尔哈赤打着这"七大恨"的旗号，征兵两万，分两路进袭抚顺地区，想用军事力量把女真的危机转嫁到明朝身上，用明国的财富和鲜血摆脱金国的困境。

努尔哈赤出奇制胜，抚顺明军守将李永芳不敌投降。明军不甘示弱，派出万人大军围剿,金国兵马假装撤退,却在半途设下埋伏,将追赶而来的明国军队全部歼灭。一周之内,努尔哈赤夺取抚顺、东州、马根卓三城,横扫大小村屯五百余个,掳掠人畜30万。接着,他又率军巧取辽、沈屏障清河城,在明朝视为固若金汤的辽东防线上撕开了一条长长的豁口。

初战告捷,努尔哈赤的胃口大开。他提着一把锋利的砍刀,挥臂向一名明军俘虏的头颅劈去。他仿佛要把几十年来所遭受明国的屈辱,全在这一刀中砍尽！过去的岁月不堪回首,他每次亲领浩大的马队晋京纳贡时,那皇宫辉煌的殿宇、盛大的礼仪使他陶醉、迷恋,就是回到赫图阿拉狭窄、简陋的金国寝宫中时,他还在回味明宫森严的卫队、坚固的城池所拱托的帝王尊贵。但在这同时,更使他心潮难平的依然是那沉重的压抑感,他象一条驯服的狗那样趴在明国皇帝的脚下谨小慎微、忧愁恐惧。而现在,他终于可以领略扬眉吐气的快感,他立马辽河大地,眺望关内茫茫原野,欲与汉人试比高！

努尔哈赤把明军俘虏鲜血淋漓的头颅,令使者飞骑送交明国一方,表示了要改变明、金君臣关系的决心,他在信函中说:"若以我为非理,可约定战期,或10日,或半月,决一胜负;若以我为合理,可贡金帛,以图息事。"

临时在辽边担任督守的大臣杨镐,收到努尔哈赤的这份"厚礼"后,立刻上奏朝廷。

神宗大惊失色,可又不知所措。

内阁首辅方从哲给皇帝献了二条计策,一是正式委派杨镐为辽东经略,二是筹措50万两银子给军队发赏饷。第一条神宗答应了,可第二条吝啬成性的神宗死也不肯。

万历47年新春刚过,在朝廷使节的不断催促下,辽东经略杨镐在辽阳正式举行伐金誓师会。

但阴霾的影子从出征的第一天就跟随着杨镐。仪式中有道程序是杀牛祭旗,可总兵官马林的那把屠牛刀年久生锈,砍了三刀才把牛头割断。杨镐的随从爱将刘招孙好表现,称自己有把好兵器铁木槊,愿为官兵们试一试身手,结果没走两个回合,木柄脆断,槊头落地砸伤了马脚。

誓师后,杨镐兵分四路,扑向努尔哈赤的都城赫图阿拉。

西路由杜松指挥,出抚顺关;

南路由李如柏指挥,出清河;

北路出开原,由马林指挥;

东路由刘𬘭指挥,出宽甸。

杨镐坐镇沈阳为总指挥。这个字京甫,号凤筠的河南商丘人,万历8年进士,做过知县,当过御史,后又爬到右佥都御史,是个庸儒昏愦、骄躁寡谋的碌碌之才。经略一职,地位、权力俱在总督和巡抚之上,虽是文官,但手握重兵,非善掌执行战略任务的方面军统帅不能胜任。可神宗却认为如此重要的岗位反倒不能交给那些足智多谋、文才武略的高超之士,怕他们拥兵压主,而应该委任给像杨镐这样的"易驭之驽"。这就势必酿成悲剧。

出师不久,天降大雪。西路军指挥杜松因雪厚封山,道路泥泞、行军困难,请求暂缓师期。杨镐如果此时善于分析,适当调整,加上积极鼓励士气,这一阻碍是不难化解的。可他却大发脾气,以军法制裁处死退缩者来威胁将士,使军队未有触敌,就已先折锐大半。

更糟糕的是,孙子兵法说善攻者动于九天之上,藏于九地之下,而杨镐大军被风雪困阻在狭小的地盘里,行军路线马上被努尔哈赤派出的刺探打听到了。金国军队统帅部当即制定了以迎击西路杜松军为主要目标的"凭你几路来,我自一路去"的战略方针,除留少数部队防守南路外,全军奔赴萨尔浒,准备决战。

在四路明军中,东、北、南三路在途中,惟有杜松在杨镐的催促下,冒险突进,率先抵达萨尔浒扎营待命。西路总兵官杜松是明军的勇将,可惜勇有余而智不足,他平时最喜欢脱去衣衫,露出满身的累累刀枪瘢痕向人自夸。此次出兵,他也脱掉上衣,在城中游街吹擂,博得百姓鼓掌喝彩。统军开拔后,遇到复杂的地形环境,他有一定的清醒头脑,这本来是件好事,有可能帮助他思索对策、应付强敌,但杨镐的一通训斥,却又助长了他的莽勇喜功之心。

枕戈待旦的金兵在努尔哈赤的率领下,呐喊着冲向萨尔浒大营,拉开了战斗的序幕。明军拥有先进的火器钢炮,如再凭借战车列阵抵抗,兴许战局还有挽救的可能。但杜松身为六万之众的总兵,竟喝了一大罐烈酒,打了赤膊,露出引为自豪的全身伤疤,挥动双刀,威逼明军倾巢出动,与金军白刃肉搏。

这等于是以己之短,来克敌之长。明军是以步兵为主展开训练的部队,而金军则全是膘悍的铁骑,战场一马平川,金军骑兵如入无人之境,挥刀左砍右杀,痛快淋漓。

正在此时,一大片乌云飘来,突然天昏地暗,数尺之外身影迷朦。杜松自作聪明,下令全军点燃火把,这样他等于敲响了明军和自己的丧钟。努尔哈赤传唤弓箭手全部列阵第一线,隐蔽在暗处,向被火光映亮如同靶子的明军士兵放箭。一时间惨叫连天、尸横遍野,杜松本人身中十八箭,倒地毙命。主帅阵亡,明军树倒猢狲散,全军迅速覆没。

次日,北路明军在总兵马林带领下行至萨尔浒西北30里的尚间崖。听探子报告西路已失守,马林立即转攻为守,摆"牛头阵"抗御金兵。由他驻军尚间崖,前将潘宗遂驻军飞芬山,龚念驻军韩珲鄂漠,三营互相策应,形成犄角。但这也造成了分散兵力、消极防守的弊病,给努尔哈赤有可乘之机。

薄暮笼罩的黄昏,努尔哈赤亲率一千精骑,向最薄弱的龚念营突破,准备先砍掉"牛头阵"的一只犄角。

龚念弱不克敌,战死帐前。

击败龚念部后,努尔哈赤乘胜奔袭尚间崖马林部。马林大吼大叫,率军据阵抵抗,发射火炮和火铳。但"火未及甩,刃已加强"。兵马混战之际,马林惊恐万状,弃丢部属,乔装打扮夺路而逃。不知谁喊了声,"马总兵不见啦!"顿时明军溃散,全军覆没。

接着,努尔哈赤进兵飞芬山,潘宗遂兵败战死。这样北路军"牛头阵"的三个犄角,全都被金军折断,寒晒在断辕残戟的雪野里。

接着,努尔哈赤又得知刘𫘧所率的东路军已经抵达距赫图阿拉不远的董鄂路。他暗派主力设伏山谷明军必经之道,以待刘𫘧到来。而他自己则大摇大摆进入界凡城,轰轰烈烈地杀牛告天,庆祝前几天的重大军事胜利,真正的用意却是麻痹明军。

刘𫘧是当时明朝第一名将,他曾率军援助朝鲜进贡国抵抗日本入侵,打过缅甸、倭寇,身经百战,威震海内外。他善使大刀,手中所用的镔铁刀六十公斤,比关羽的四十五公斤的青龙偃月刀还重,他在马上将刀轮转如飞,天下称之"刘大刀"。

他兵出宽甸后,攻克十多座金国城寨,军威大震。但他为小胜所惑,中了努尔哈赤的诱兵之计。努尔哈赤派出几百轻骑,引诱刘𫘧进击。刘𫘧不知是阴谋,奋力追伐,进至离界凡城不到40里的阿布达里冈。这里地形复杂,易于设伏。

俟等天黑,努尔哈赤命皇太极隐蔽在山上丛林中,阿敏埋伏在冈岭的南面,攻击刘𫘧的后卫部队,代善率军正面迎击,和刘𫘧兵马交锋。为了万无一失,努尔哈赤又派军中汉人装扮成杜松手下士兵,去尚不知杜军覆灭的刘𫘧营中,告诉他以炮声为信号,两军合攻赫图阿拉。暗探回来后,努尔哈赤即命放炮三声。

刘𫘧以为前方有灯光的界凡城就是努尔哈赤的老巢赫图阿拉,唯恐杜松在他前头抢去头功,便督令人马加速奔进。

明军队伍刚进入阿布达里冈外的峡谷,就遭到金国军队的四面合击。刘𫘧临急应变,慌忙把全军围成个甲壳状,任金兵来冲撞。

努尔哈赤再一次设计诱骗刘𫘧,他派出短刀手数百名,穿上杜松部下阵亡将士的服装,诈说是杜松派来的向导和援军,混入刘𬘩的甲壳阵势之中。刘绖懵懂不知,还欲与他们商讨军情。岂知金军已经里应外合,首尾齐击,杀得明军队伍昏天黑地。刘𬘩挥舞他那把吓人的镔铁刀,砍杀了一百多名金兵后,最终力竭倒毙马下,随即被愤怒的女真族人剁成了肉酱。

杨镐得知明军三路兵败,惊慌得尿湿了裤裆。他急令李如柏的南路军立即撤退。李总兵老奸巨滑,出师晚,行动慢,一直在观察战局的变化,其它几路军都早已开火,可他还没见金军的影子。一接到撤军命令,他求之不得,马上掉头打回马枪。

金军将领武里堪率一队游骑在呼兰山一带巡逻,发现明军后撤,立即在山上设疑兵计,策马在树林间奔驰,搅得尘飞叶落,一看就以为有大批军队在附近两侧埋伏,瞬间便要冲锋过来。李如柏本来就胆小如鼠,听到杜松、刘𬘩都被击溃打死,更是灵魂出窍。当前哨向他禀报前方有敌情,他便不辨真伪、不择东南西北方向,仓皇溃退。

见明军炸了营,武里堪乘势追杀。败兵拥挤在狭窄的山间,小道上争相逃命,相互践踏,死伤惨重。至此,明国的战略反攻以"萨尔浒之战"的失败为标记,宣告结束。

恶噩传到京城皇宫,神宗正在为如何摆脱大臣们为皇长孙读书的纠缠而苦恼,他马上觉得要把此次出丑找一个替罪羊加以掩饰,他下令逮捕杨镐,不容他开口辩解,就立即处死。

熊廷弼悲怆地端过一碗酒,举过头顶。

袁崇焕立刻明白了熊将军的意思,也端过一碗酒,托向头顶。谢尚政没反应过来,用奇怪的眼光望着他们。

"尚政兄,快!祭奠前方死难的将士英烈!"袁崇焕急忙提醒他。

"哎!"谢尚政这才意识到自己的迟钝,也从案几上捧过一碗酒。

"我大明王朝的国土疆域啊!我效忠大明国的十万将士啊!"

熊廷弼低沉、颤抖的声音深深震撼了袁崇焕激奋的心灵,他的眼圈潮红了。

"萨尔浒!萨尔浒!杨镐的一条命能抵偿得了这奇耻大辱吗?杀了杨镐就能雪洗这国耻大恨吗?国耻国难啊!我熊廷弼但能奔赴疆场,定为英烈复仇雪恨,为国争回光耀!尔等永远埋葬在白山黑水的遥乡陌土之中了,尔等安息吧!"

熊廷弼将碗在半空中划了道弧线,酒被倾洒在地面。袁崇焕和谢尚政也效仿,用手掬出酒来,一捧捧地泼在脚下。

拜见熊廷弼的本意对于谢尚政来说,是想在会试时让这兵部系统的头面人物多加关照和提携,因为他早已打探到熊廷弼是会试的参评之一,他的首肯是举足轻重的,是可以扭转乾坤的。可好不容易在熊府见了熊廷弼本人,呆了这么长时间,却一句切题的话还没提起,眼看意料之外的萨尔浒之战国耻私祭要结束,熊廷弼该辞客了,他不由得着急起来,他抢前一步,朝熊廷弼拜道:

"熊大人,隔几个时辰,就要举行武举会试,小生望大人在参评时能予垂注,万谢此恩!"

熊廷弼有些蓦然,但随即冷冷道:

"我已上疏神宗帝,身为辽东巡抚前任,亦当负战事失利之责,辞却会试参评,处家闭门思过矣!谢公子另择高门吧!"

"那请熊大人赐教留字,小生没齿不忘!"谢尚政善于随机应变,他早就留下一幅方帕在袖口,这时他掏了出来呈递上去,如果熊廷弼能够即兴写上几句话,那他也足够作为会试中第的几分资本。

"行,这可以!"熊廷弼欣然答应。

谢尚政为自己的得逞而流溢出欣喜。

熊廷弼命人抬来砚墨和湖州羊毫笔,遒劲地写了四个字:"国耻亘记"。

"这……好好好!万谢熊大人!"谢尚政手捧这四个字哭笑不得,这对于他的筹划能起什么作用呢!

无可奈何,谢尚政只得和袁崇焕一齐告辞出来。

出了熊府大门,谢尚政就要把"国耻亘记"的方帕往雪地里扔,晦气地发牢骚说:"国难!国耻!光挂在嘴巴上喊有屁用!靠那些蠢材当然只有吃败仗!要用后起之秀!不用栋梁之材,你熊廷弼日后照样败给努尔哈赤!"

"哎哎哎!你不要给我!"袁崇焕从他手里把方帕抢了过来,细致地端详了一番,小心翼翼地塞进口袋。"尚政兄,你如是块玉的话,不会埋没的,总会有人把你琢成器!"他安慰谢尚政。

天将破晓,远处的屋脊上空泛出鸭蛋壳的青亮色。

"崇焕兄,回你的蒜市胡同广东会馆吧,我们还可以迷糊一个时辰!"谢尚政倦意袭来,耷拉着脑袋说。

可是袁崇焕丝毫没有疲惫的感觉,相反,他的大脑正处在兴奋地思索状态之中。他现在置身于泱泱大国的核心,京都城中,这使他能够立足于高起点从而获取广阔的视野和广泛的机遇。在千百万人的拥挤、碰撞、角逐后,他终于看到了崭露地平线的曙光!在这不寻常的黎明前夜,不仅是个人命运前途濒临转折的关口,而且有那么多的国家重大事件发生,产生了影响国运的巨大震动。令他怦然心跳、心连广宇的是,这些日后载入历史画册的重要篇章,竟多多少少都和自已发生了某种契机和关联。这意味着什么呢？天将降大任于斯也？一生的高峰显出祥瑞的先兆？雄心勃勃欲比试苍鹰翱翔也！

  几绺雪片落在他脖子里，冰凉激楞着他打了个颤抖。这又让他陡然生出战战兢兢如履薄冰的感觉。命运是捉弄人的。就像萨尔浒之战那样，充满了未知数和潜流暗礁。他对这场战役的牵挂此刻已超过了天亮即将面临的会试，他一直讨厌病恹恹的文场，他战文场的目的是为了上疆场。他继而想到像杜松、刘𫘦这样的名将都败在努尔哈赤旗下，可想而之这金奴酋首是何等猖狂之强手！他察觉自己积淀多年的报国宿愿，今夜突然具体了，具体在和一个人的对垒上，这个人就是陌生而又熟悉的努尔哈赤！他预感他的命运也许将和这个人永远联系在一起！

  是啊！袁崇焕吞了一日清凉的空气思索，尚政兄讲的也对，朝廷不用栋梁之材，战役误人之手，能成功吗？他在熊廷弼的身上也看到一种孤独，与自己非常相似的孤独。当然熊廷弼在为前方战局忧心如焚时，朝廷的阁臣们在干什么？他们怎么会向皇上建议用杨镐这样的败将庸相呢？他们在这方面完全是麻木的，他们的心思和念头全集中在皇位的尊严维护与继承上，他不敢否认他们这些德高望重的大人们也是报国效忠，可两种报国的姿态和用意，是多么的迥然不同！如果说以前这两种摆在面前的选择是非常遥远的话，那么现在就是现实，逼迫他做出肯定和否定的态度。

  袁崇焕的手不由自主地伸进口袋，紧紧握住了熊廷弼书写的"国耻亘记"那块方帕。他现在极其认识自己，清楚自己的追求和志向，知道自己适合和应该干什么。他不会改变自己，他这个人的线条非常简单，思想一目了然，仿佛有张航标图在指引他行为的方向，航标图上的指针，已经牢牢地确定完毕，那就是做一个守疆报国、熊飞式的英雄！他要雪国耻，将"萨尔浒"的耻辱从大明国的版图上抹去。

  "油饼哎！又香又酥又脆的炸油饼哎！"

  胡同口卖早点的油饼铺子开始了清晨第一声叫唤。

第二章　乱世及第

1. 大殿上的一团火

紫禁城在雪后升起的金色阳光照耀下,呈现出巍峨重叠、庄严深沉的恢宏景观。

午门口,礼部给每个举子发一套藏青色的簇新贡服。官员们拿着镶金边的花名册,唱到谁,谁就上前弯腰双手捧过贡服。

"袁崇焕!"

袁崇焕听到喊自己的名字,就挤过去,领了衣服。这样的贡服他已穿过三回,不过他仔细打量了一番,这次贡服份量沉甸甸的,质地却不如以前。上次贡服是由丝、布、麻三种选料制成,非常考究,而现在手中这套,仅仅是用两层粗纺麻布草草缝制而成,显得简陋多了。

他心头掠过一股酸楚,从贡服上都可以看出,大明王朝的国力在衰竭!

举子们迅速套上贡服,顿时,刚才读书人所有的破衣褴衫、长短不一的穿着外貌,全统一成了一片整齐的色块。既像太和殿前铺垫的那一大片沉默的青砖,又像放眼望去在阳光下无遮无拦排立整齐的宫殿房瓦。

袁崇焕穿上新贡服后觉得浑身不自在,仿佛是一副沉重的枷锁在挤压他的肩骨,令他喘息困难。可人生走到这一步,想穿它不容易,要脱它更是不可能。

"快!快!快!过金水桥,在太和门前肃立等候!"

从午门进去,首先映入眼帘的是内金水河。河上跨有汉白玉石桥,明成祖朱棣将它命名为金水桥。沿河两岸,有汉白玉雕琢的栏杆将水抱住。这条河曲折有致,形似玉带,所以又叫玉带河。过河往北,就是皇宫三大殿前的禁门太和门。

袁崇焕和同期举子们像被赶鸭子似地赶到这里,列成一排排稀散的队伍——

他们毕竟是秀才而不是军人,然后一声不吭地站在日照下等待宣召。

雪过天晴的太阳立即有了暖春的温热,起初晒在身上还挺和煦舒服,但时间长了就有些燠烘的酥痒,像是有些小虫子在皮肤上游移。大多数举子一夜都未入寝,他们是依靠兴奋和紧张的情绪在支撑着这一时刻。但时间的拖沓,和阳光的辐射,使他们的神经都有些迷幻。

分秒流逝,参差交错的身影在砖地上渐渐伸长。

袁崇焕比较有经验,他知道这时候脑子里不能有等待的意念,否则越来越焦虑,从而消耗体力。现在要去想一些能稳定内心的单调事物,比如眼前这座风雨几十年不变的紫禁皇宫。

他进过三次太和门,知道门内的三大殿就是太和殿、中和殿和他们即将入座的保和殿。这三座大殿都建在汉白玉砌成的 8 米高的平台上,台分三层,每层都有汉白玉栏杆围绕,远望犹如神话中的琼宫仙阙,气象不凡。太和殿民间称"金銮殿",是皇宫最堂皇的建筑,殿高 28 米,宽 11 间房屋长,进深有 5 间大堂,总共有 55 间屋子的布局。这座大殿有 86 根盈米大柱,气魄雄浑稳重,殿内还有座居中的 2 米高小平台,摆着金漆雕龙宝座,刻工精致,龙身昂曲,有跃然腾空之势。座顶正中的金龙藻井倒垂着圆球轩辕镜。天花板绘龙戏珠图案,两旁耸立蟠龙金柱,座后是精美的围屏。整个大殿装饰得金碧辉煌、庄严绚丽。

太和殿后面的中和殿是一座方形的殿堂,殿内雕刻着很多金龙,显得满堂金光灿烂。殿内设有宝座、金鼎、薰炉等陈设是皇帝天子赴前殿举行登基、颁诏,以及元旦、冬天、生日等大典前,在这里稍事休息,或演习礼仪的场所。

保和殿是三大殿的末殿,殿内建筑华丽,全部木梁结构,内檐都画有精美的彩图,令人目不暇接、浮想联翩。也许是经常要举行几百人以上会试的缘故,所以这座大殿除了中心亦设有平台和宝座、金鼎外,其余部分基本上没有房间的分隔,望过去通畅和宽阔。

袁崇焕对这三大殿的琢磨可说是非常细致,但紫禁城给他印象最深的还不是建筑的风格与构造,而是颜色。

这座皇宫最突出的一点,就是它所有的墙垣都是朱红色的,所有宫殿的柱子也都是朱红色的,而所有屋顶也是用黄里透金,金里映红的琉璃瓦覆盖。

当然这红颜色是皇家根据传统选用的,肯定有它的意义所在。但天下尽知,皇族的代表颜色应该是金色和黄色,皇帝的龙袍和宝座就是这两种颜色组成。那么红色在皇城内举目皆是的广泛运用,究竟意味什么呢?

袁崇焕的思索忽然被一记沉闷的声音打断,原来是距他不远的地方,有个举子又困又乏,再加上愈发蒸腾的阳光射烤,终于挺立不住,像个装满稻谷的麻袋包,"扑"地晕倒在地上。

"大明国科举试院全国会试举子听昭……"

也正在此时,一个只闻其音不见其貌的官员宣布声在太和门的门口方向响起……

蒜市胡同广东会馆的厢房内,阮伯蓉送走袁崇焕后,就昏昏沉沉地合衣躺到床上。她陪丈夫温习书本准备会试,袁崇焕还能间歇地不断睡一会,而她操虑拮据的经济费用,担忧丈夫的身体健康,尽量能使他有营养补充,前几天还牵挂失踪的佘义士,这样她几乎有二三个日夜没有卧平身体了。现在头一挨枕头,她再也没法等待袁崇焕的会试结果,像是脑沉脚轻的醉汉,立刻进入了人事不省的梦乡。

但无论入睡的多么磁实,体内总有一部分感觉神经是清醒的。阮伯蓉酣睡了大约二个时辰的时候,猛地一声碗碟落地砸碎的尖厉音响把她惊得睁开诧异的眼睛。

她屏息了秒秒钟后,判断声音是从隔壁佘义士住的仓房传出来的。

"出什么事啦?"她心里疑问。她落地下床,趿鞋走到门前,拉开门,朝走廊里望。外面没动静。她又走到佘义士的仓房门口,问:

"佘义士?你怎么啦?"

没回音。她伸手推开虚掩的房门,只见佘义士趴在地上,身边的碗摔成了八瓣。

佘义士的剑伤发作,流血滚脓,肩膀肿得像灌了水的尿泡那么粗。炎症又触发了高烧,嘴唇烫得干裂,他迷迷糊糊想端碗倒水喝,但人站立不住,昏眩地不知不觉就倒了下去。

阮伯蓉手忙脚乱把他扶到床上躺下,安慰他道:

"佘义士!佘义士!你忍一忍,我去街上的药铺给你买治金创的草药,你喝了药汤就会好的,你不用怕!啊?"

佘义士似醒非醒、似听非听地点点头。

救命要紧,阮伯蓉披上她那件裙袄,把最后的一块碎银塞口袋,拉开门就匆匆往胡同外跑。

街面上的雪溶化成水后,再经脚踏车轧,全变作了泥浆。阮伯蓉跑得急,裤脚管和衣襟上溅满了污渍。她经过几处背阴的路段时,尚有残冰未解,踩上去立即失去平衡,摔得鼻青脸肿。但这些她都不顾了,袁崇焕在皇宫里会试,现在只有靠她才能保佘义士的性命!

她在珠市口、虎坊桥看见挂有医或药字招牌、旗幡的诊所、店铺就往里闯,可都失望地退了出来。她得到的回答都是一致的,官府发出通令,凡是刀剑伤者,都是可疑份子,或是被通缉者,或是犯有祸事者,一律不准收留给予医治！郎中们吓得连金创膏药都不敢卖,唯恐锦衣卫盘查到头上,殃及自身。

阮伯蓉万分焦急,她几近哀求地问一家药铺的老板:"那就没有店家能抓到金创药吗？这么大个北京城总该有家店卖一点这样的药呀！良民百姓难道就没人会被刀、剑砍伤吗？"

老板总算动了些怜悯心,悄悄地用手指往北面戳了戳:"娘子,你到宣武门那儿找一找,有家妙锡堂药膳馆是宫里太监雇人在外面开的,他们兴许敢卖金创药。"

阮伯蓉连忙谢过,向宣武门赶去。

果然,在宣武门外绒线胡同口,有家装饰得富丽堂皇的妙锡堂药膳馆。

馆内门庭冷落,柜台后只有一个身穿暗花绸缎棉袍的矮老头,他皮笑肉不笑地迎向阮伯蓉,问她买什么药？他一定以为她是来抓妇科或儿科药的,没想到她开口要金创药。矮老头的面部立刻浮现出几丝诡异的表情,但他没有拒绝,"好,娘子请等片刻,我这就给你捡去！"他掀开帘子,步入店铺里面的药柜间。

须臾,矮老头捧着药包出来,收了阮伯蓉的银子,把药递给她。

阮伯蓉感激不尽地道谢鞠躬,然后不假思索,拉开门帘就往外跑,她要尽快赶回广东会馆,煮药给佘义士治伤。

可她前脚刚迈出妙锡堂,后脚就从堂内的药柜间跟出个脸庞布满凶狠杀气的壮汉,他掀帘走到店门口,做了个手势,立刻从街沿胡同口的旯旮里跑出几个着便装的锦衣卫暗探。

"走,盯着这个买金创药的娘子！"

万事有巧,这壮汉就是抓佘义士,后又用剑将他砍伤的那个锦衣卫兵总。

妙锡堂实际上是锦衣卫在街市设的一个诱饵,他们下令全城民间药铺诊所都不能买卖金创药并留医金创伤者,而独留此家不禁,目的就在于让那些懵然者上钩,捕捉到一些与他们有过搏斗、拒捕在外的逃犯。这是明朝特务机构锦衣卫镇压民众的手段。今天锦衣卫在堂内设伏并非是针对佘义士,佘义士不足以令他们专门在此等候,但佘义士的逃跑,使他们更加迫切地要利用这块诱饵,来捉拿所有的反抗者。

兵总名叫胡应龙,个头不高,削瘦的脸上倒吊着一对三角眼,是锦衣卫的百户,相当于排长的职务。他原本是湖北黄石城中的一个地痞头目,颇有些制服人的手段,被当时的黄石县令看中,收他从良做了一个看家护院的领班,吃香喝辣的,日子蛮好过。后来县令官运亨通,调到京城做了吏部户科给事中的四品官,就把胡应龙也携带来了皇都。但四品官不能在家院供养专职警卫,昔日的县令又十分赏识胡应龙的效忠与才干,就把他举荐给了锦衣卫。锦衣卫平素耀武扬威,在皇宫王府内出出进进,手掌捕拿疑犯的权力,一般的百姓和普通官吏都畏之如虎,这正符合胡应龙喜好胡作非为的本性。他到了锦衣卫后,尽情发挥他趋炎附势、残暴鹰犬的特长,忠心耿耿地效忠主子,惨无人道地虐待民众,很快博得上司的赏识,赐给他这个小官位。这样就更刺激了他的勃勃欲望和野心,变本加厉地在外四处疯狂咬逐无辜。

阮伯蓉万万没想到她会被人盯梢。她是步履匆匆走到菜市口时,见到一个穿着和袁崇焕同样的长衫的人擦肩而过,禁不住下意识转回头去看,发现身后有两个鬼鬼祟祟的男人,眼光似利爪那样牢牢地钩住自己,才意识到仿佛有张无形的网,正在尾随其后,准备箍住她。

起初她以为是市井流氓企图色劫,就加快步伐往回赶。

后来在一个拐弯角,她偷偷回首观察,刮过一阵风,把跟踪的其中一个人袍襟掀开,她看见了锦衣卫特有的锦花腰带,她于是明白这些人也许并不是冲她而来,但更大的疑问摆在面前,他们究竟怀抱什么目的?如果说她是在买金创伤药时开始被盯梢的,那他们……呀!她差点失声叫起来,这些锦衣卫也许是要抓佘义士!

她马上意识到她现在不能回广东会馆,她要是回去就等于是引狼入室。

只有改变方向,她在虎坊桥掉头,复又朝北走去。

这时阮伯蓉的心脏骤缩成一团,她害怕,害怕极了!恨不得这是儿时游戏,只要捂眼贴在墙上就安然无恙,又巴不得有艘家乡西江水上的龙舟,十条广西大汉摇起桨橹,瞬间就消逝遁去。可都白费心机,那些如狼似虎的凶神恶煞还在后面紧跟不舍。她在万般无奈中想到了袁崇焕,尽管她知道现在要找到袁崇焕是不可能的,可她还是抑制不住发疯般地想找到他!她不由自主地向一个目标走去,那个地方她被袁崇焕带着来过一次,站在远远的街沿遥望过,这个地方就是紫禁城。

紫禁城保和殿内两侧的薰炉焚烧着檀香,烟雾袅袅,弥漫在大殿的梁柱之间。

在长长的一声唱名,"袁——崇——焕"后,袁崇焕兴冲冲地登上一百多级台阶,跨过齐膝盖的高门槛,走到殿堂中央,撩起贡服袍襟,跪地响当当地磕拜。与前十几名精神萎靡不振的考生相比,袁崇焕雄赳赳气勃勃的精神气势,令威严地端坐在前排的考官大员们都为之一震!袁崇焕在得到恩准免礼后,直腰站起来,首先他就看到了坐在前排正中的主考官韩爌。韩爌虽然不动丝毫声色,但目光却有一种明显的爱怜蕴含其中。他旁边还坐着翰林院侍读史继偕、南京礼部侍郎沈澄、礼部太侍郎何宗彦、翰林院侍读学士刘一燝,还有内阁文官人臣邹元标、冯从吾、王德完、孟养浩、钟羽飞等十人。他们似乎都饶有兴趣地望着这个小个子广东人,觉得他脚底生风,浑身弹跳着十足的劲头,挺有意思的。

会试内容分两部分,一是口述观点,二是作八股文阐述论题。先进行第一项。韩爌充满期待地望着袁崇焕,仿佛在鼓励他口若悬河,句句珠玑之言发聋耳聩。袁崇焕的理解领会没有错,可他有个特点,人一旦激动或受到鼓舞,就容易莽撞。慷慨陈词虽然很精彩,但就不善于去控制和把握住自己的情绪迸发。而在这样的国家级考场上,是忌讳给考官们留下过于张扬的印象的。他张口的第一句,就掷地有声地将自己的名字做了一番宏论:

"小生名崇焕,字元素,号自如。何以解释?焕,火光也,是明亮显赫、光彩辉煌;素,直率质朴也,是自然的本性!自如,便是天生我行我素的性格,浑洒自如的作风!小生的名字万物归宗,究其一点便是突出个火字也!

"按照我大明国遵循的古老五行原理,天地间万事万物都是由五种基本物质构成,它们是:木、火、土、金、水。木为生化之基本物质,木主生,火主大,土主化,金主收,水主藏。木生火,火生土,土生金,金生水,谓之比邻相生。金胜木,中隔水;水胜火,中隔木;木胜土,中隔火;火胜金,中隔土;土胜水,中隔金,谓之间隔相胜。五行相生相胜,终而复始,循环不止,而有春夏秋冬四时、东南西北四方也,由此产生万物!而小生用五行原理观察色彩,则有五色:青木、赤火、黄土、白金、黑木。赤,即大红……"

发挥到这里,袁崇焕瞬间灵感大发,突然想起刚才在太和门外思索为什么皇宫的主色调是红颜色?此刻他豁然开朗,有了答案,而且正好续上自己的演绎:

"红即火,火即红,小生倾心力主火色本意在于效忠报国也!因为红色亦代表我大明王朝,紫禁城何以总用红色?紫禁城宫墙、殿柱所以采用通体红料,是因为红属火,火主光大!而皇宫周遭皆为土,表示吾皇至尊至大,为天下之中心也!小生愿为火,燃助大明国之赤神光焰……"

考官们在注意谛听。但他们的大多数反应都十分淡漠,他们的莫测深高与袁崇焕的炽热烈火相比,形成了强烈的冷暖反差!

远不是所有人都能接受袁崇焕这种赤裸裸的、掏心剖腹式的激情。而对袁崇焕本人来说,他反正已经循规蹈距地考了三届会试,连续落第,这次干脆破釜沉舟,来个天马行空、自由自在!姜太公钓鱼,愿者上钩。成亦成矣,不成干脆裹起绑脚,请熊廷弼大人引荐,去辽东扛大刀!

在这样的精神准备前提下,他无所顾虑背水一战,他要把他的这团火,燃成熊熊之势,将面前这些踞高临下的考官们烧热……

阮伯蓉能望见紫禁城午门楼上金黄色的琉璃瓦在烁烁闪光,可她别指望能够接近它。皇宫御林军士兵伫立在城墙周围,他们手中长矛刀剑泛出的寒冷波纹,使阮伯蓉的脚底油然而升一股凉意。她索性横下心来,想你们锦衣卫难道敢在光天化日之下,在国家神圣威严的皇上宫殿跟前,抓一个无辜的妇道人家?我就站在紫禁城前等崇焕出来,我无论怎么说,也是享受国家俸禄的举子的妻子,你们要敢动手,我就当街大喊大叫,这世道还有没有公理?

她转回身。可奇怪,她发现跟踪她的那几个锦衣卫消逝了。她以为他们躲在林荫树后,或胡同口里,但仔细观察了一番,确实没有了。她甚至怀疑刚才自己是否有点神经过敏?犹豫了片刻,她考虑回去还是不回去?她惦念佘义士的伤情,担忧他会因为得不到及时治疗而发生危险,最后她还是决定先回广东会馆。

她尽量绕道走,以迷糊旁人注意的视线。她走进蒜市胡同,迈上广东会馆的台阶,和几个馆里熟客匆匆打了招呼。等她掀开仓房的门帘,看见佘义士还躺在床上,心里才放下块石头。

碳火和砂锅都是现成的,阮伯蓉不敢拖沓,赶紧熬药。

药熬成了,她把汤汁倒出来,然后端着药碗小心翼翼地走出自己屋子,刚要腾一只手掀屋对门仓房的帘子,忽听背后发出一阵狞笑:

"娘子,金创药熬好啦?是给哪位贵人治伤呀?"

她回头一看,正是跟踪她的那几个锦衣卫,为首的胡应龙得意地眯缝着三角眼。

"叭"地声,她惊得手一松,药碗砸碎在脚下。"你们!你们想干什么?"她大声叱问。

"想干什么?"胡应龙指了指仓房,"我们想进去看看房里受伤的是什么人!"

"不行!他是我家相公的随身仆人,正在昏睡,不能见客!"阮伯蓉下意识地伸开双臂,做出保护性的姿势。

"我们不是客!我们是锦衣卫!"胡应龙亮出身份,恶狠狠地说。他一挥手,"快,进去检查!"

"是,总爷!"胡应龙身后的两名手下应声冲上前来。

阮伯蓉不顾一切地边拦阻边大声喊:"佘义士,快逃啊!"

胡应龙跨上前,扬手抽了她一个耳光:

"臭婆娘,狗胆包天,敢在老子面前撒泼!"

"呸!"阮伯蓉嘴里溢出了鲜血,可她并不屈服,把血唾在胡应龙脸上。

"哗"地一声，胡应龙恼羞成怒，拔出掖在腰际的短刀……

"啊！"从会馆其它房间跑出来围观的人们，吓得纷纷逃窜。可就在胡应龙刀举刺向阮伯蓉胸口的时候，突然刀"咣当"掉在地上，他拿刀那只手的虎口被一块当作暗器使用的石头疾飞而来击中，顿时血肉模糊。"哎哟哟……"他疼得大骂，"是哪个龟儿子敢算计老子？老子劈你的脑壳哟！"

话音未落，一道轻盈、骄健的身影腾空跃来，随着"刷刷刷"气流被划破的声音，这人的左腿像把弯刀，闪电般砍向胡应龙的脖子。胡应龙惨叫一声，跌倒在地，他歪着头，颈部已脱臼不能动弹。

"相公！"阮伯蓉哭着扑进来人怀中。

原来正是袁崇焕，他恰巧赶回来，施展武功及时救下了妻子。"别怕，没事吧？"他安慰地问阮伯蓉。阮伯蓉擦掉嘴角的血迹，摇摇头，忍痛道，"我没事！"

袁崇焕护着妻子，轻蔑地瞟了胡应龙一眼，道："你要劈爷们的脑壳？看爷们不先把你的脑壳给卸下来！"

胡应龙狼狈地被手下抬了起来，他耷拉着头，气焰依然十分嚣张，他用手指着袁崇焕，命令左右道："快，快把这逆贼拿住，送诏狱！"

阮伯蓉心颤哆嗦地抱紧丈夫，道："相公，别、别跟他们打了，他们是锦衣卫！"

袁崇焕把妻子挡在身后，毫不畏惧地挺胸责问："何人为逆贼？本人广西赴京会试举子袁崇焕也！按我大明朝廷法规，拿会试举子要皇上御批，尔等是否官府派遣？请出示皇上御批，小生恭候览阅！"

"这……"胡应龙被噎住，嗫嚅地答不上话来。

袁崇焕理直气壮更进一步斥诘："既谓锦衣卫官丁，又无捕拿本举之御令，擅闯会馆民居，应否担当胡作非为，欺诈滋侵的罪名也?！"

"你……"胡应龙诘屈聱牙，三角细眼"滴溜溜"上下打量袁崇焕，"你真是会试举子？"

"哈哈哈！"袁崇焕桀傲地大笑，从袍袋里摸出一只精美的丝缎盒子，打开盒盖，露出盒内的银元宝。"我刚从皇宫保和殿会试场回来，这是朝廷给每个举子发的会试润资。"他藐视地间："识得吗？"

胡应龙当然有所耳闻"举子元宝"的珍贵。他也知道举子一旦中第进士，朝廷便要授命封官，封什么样的官难以预料，瞧这姓袁的武功非同寻常，没准封到锦衣卫做自己的头领都可能。他自认晦气，悻悻地一挥手，"走！"带着几个喽啰灰溜溜地跑了。

袁崇焕追到会馆门口，监视他们走远了，才松下口气。他返回屋子，问阮伯蓉究竟是怎么回事?

阮伯蓉抽抽嗒嗒地把事情从头开始讲起,讲到药碗失手落在地上砸碎,她忽然紧张地记起佘义士还躺在仓房的床上,她着急地催促袁崇焕道:"快!快!相公,佘义士伤势严重,我没能给他喝药治疗,你快去看看他的情况,还行不行啦……"

袁崇焕箭步冲进仓房,阮伯蓉也惶恐地跟了进来。

"不要紧,尚可救!"袁崇焕望着昏死过去的佘义士,察看了他的伤势。"把我的匕首在火中烫一烫拿来,再烧盆加盐开水!"袁崇焕嘱咐阮伯蓉。

"哎。"

片刻,阮伯蓉把消毒过的刀和滚烫的盐水都送来了。

袁崇焕利索、果断地用刀尖,在佘义士隆起的手臂伤口上划了道口子,脓血液体溢了出来。他又用手指轻轻地挤压,好让浊液更多的流出来。但手挤的效果很快就不明显了,伤口部位仍肿得很高,这说明肌肉里还有大量的腐烂组织,如果不排出,就会导致更大面积的感染。

现在时间对佘义士的生命很重要,拖一分一秒都可能造成无法挽回的后果。袁崇焕在二十多岁时曾跟江湖武林高手学过运用内功,虽然比较肤浅,但当时内腑贯气没问题,时隔十来年,不知运一运内功,把佘义士伤口内的毒素吸出来行不行?

行不行都试一试吧。袁崇焕来不及过多考虑,用盐水漱了漱口,俯下脸就把嘴吮在佘义士伤口上,集中意念,浑身配合停当,刚一开始运气,就觉得一大股充满恶臭的脓液喷进了口腔,有一部分还控制不住地咽进喉咙……

"快!用盐水洗涤伤口,反复冲洗!"

袁崇焕交代完阮伯蓉,就躲到外面去呕吐。

一个时辰后,佘义士脱离了危险,呼吸均匀地进入了正常睡眠状态。

袁崇焕和阮伯蓉松驰下来,俩人相视无言,他们在分别经历了惊涛骇浪的几十个小时后,实在太疲倦了,他俩连说话都难以张口,立即相拥沉眠在床上。

"二更天,搭闩,灯火小——心——喽!"

"当!当!"两声锣鼓响。

"二更天,搭闩,防贼入——屋——喽!"

……不知迷迷糊糊睡了多久,袁崇焕猛地翻身坐起来,醒了。他的样子像是做了一场恶梦,可脑子里却没有任何记忆。天色已黑,屋内外静得悄无声息,只听见此起彼伏响着更夫死阴活气的叫喊,这在他感觉中,已不像是人间的动静。

他的头很疼,而且极其困乏,但他再也无法安然地躺在床上。他已经明白,是一种内在的烦乱促使他惊醒,他的命运在经历了一场燃烧后,现在呈现出一番无言的绝望。他清楚结局的失败又将是自己一如既往那如火一般的性格,他不无悔恨地自省,怎么就那么缺乏含蓄? 干嘛沉不住气? 为什么不懂得收敛锋芒? 在那些老气横秋的朝廷考官大员们的面前,放火无异等于自焚! 当时指点江山痛快,可长久之计的前途大业却毁在这即兴的冲动之中!

眼前仿佛又出现了考官们在叹息时摇动着的肥头大耳,他的命运就主宰在他们手里。不是还有韩爌大人吗? 袁崇焕这次似乎就是受了他的鼓励! 但他很快又打消了这个侥幸的念头,并不是对韩大人也产生怀疑,而是袁崇焕从来不习惯把希望寄寓在某个人的恩赐上。尽管他相信韩大人对自己会有某些赏识,可一个一品大学士凭什么要为他这个普通举子而得罪其他考官大人呢? 一个袁崇焕,太渺小了! 再说,他觉得他和韩爌的志趣也不尽相投。这只能说是宿命! 他于仕途无缘,于报国大业无缘矣!

袁崇焕呆呆地独自想了许久,心情渐渐趋于平复,他郁郁寡欢地落下床,点亮灯盏,磨了一滩水墨,提笔写了首诗记叙自己的心情:

遇主人多易,
逢时我独难。
八千怜客路,
三十尚儒冠。
出岫云应懒,
还枝鸟亦安。
故园泉石好,
归去把渔竿。

阮伯蓉在床上"咯吱"翻了个身,袁崇焕赶紧抽了张白纸将诗盖住。他不想让妻子马上就知道他会试的情况,免得她又为他担忧。

可是阮伯蓉已经醒了,她发现丈夫神情迷乱地坐在昏黄的灯下,便仄身不安地问:"相公,你怎么啦? 怎么睡了稍许就起来啦?"

"噢,我……"袁崇焕想掩饰,可他一时又说不出顺口的理由。偏巧,他的肚子"咕咕咕"叫起来。

"是不是饿啦?"阮伯蓉关心地问。

"是是是,早就饿啦!"袁崇焕顺水推舟地接茬,他拍了拍肚皮,"饿得睡不着觉,就坐在灯下干着急,又不忍心叫醒你!"

"这有啥？我这就给你买食的东西去！"阮伯蓉不在乎地边说，边爬了起来。

事实上他们俩也大半天未进餐了，肚皮确实饿得瘪瘪的。

"哟！"阮伯蓉整好衣容，理了理云鬟，临要出门，这才想起银子早就花完了。"这怎么办？"她愁容满面地说，"最后一块碎银给佘义士买了金创药，只有去向别人借，可现在已经太晚了呀！"

屋外面有人应道："不晚不晚！夜半三更炉火旺，正是男儿庆功时！"随着话音，谢尚政红光满面、喜笑颜开，酒气熏天地走进来。"崇焕兄、嫂夫人，小弟庸中佼佼，幸而得中啦！"

"啊？谢相公，你已经看到发榜了吗？"阮伯蓉兴奋地问，她想要是谢尚政中第了，崇焕不也要有好消息了吗？

"不，发榜还早哩！不过我已博得各位考官大人的当堂赞许！他们表扬我的岭南八掛功勇冠三军！你们说，我有了这么个冠字，中第还有错吗？回到客店，已经有同举请我喝酒了，没喝完我就来了，我得先把这喜讯告诉崇焕兄呀！"

袁崇焕不禁也被谢尚政的喜悦感染了，他大声对阮伯蓉说："娘子，打酒买肉，给谢相公庆贺！"

"好！"阮伯蓉答道，同时又面露难色：

"可银……"

"我有银子！拿举子元宝去！"袁崇焕一副豁出去的样子。人只有在极度哀伤，祈求解脱，或者非常高兴，巴望陶醉时才会如此超然物外。

文举有元宝，武举没有。谢尚政有些惋惜，但他也没有银子能把这尊荣华之物换下来。

"拿去拿去！不足为惜！今朝有酒今朝醉，千金散去还复来！"袁崇焕满不在乎地挥手。

袁崇焕平素是慷慨的，可今天毕竟是有些异常，阮伯蓉含着一丝忧虑望了望丈夫，但她此刻不便细问，只得揣着举子元宝出门去了。

一坛烧酒，半爿猪头，二斤牛杂碎，四个酱肘子，把桌子摆得满满的。阮伯蓉拿不了，还是胡同口外的那家酒馆的伙计帮着送来的。

开始阮伯蓉陪在一旁给他俩斟酒，后来她吃了两张夹菜的面饼，去给佘义士熬稀粥，桌前就剩下袁崇焕和谢尚政这两个同乡死党。

谢尚政喋喋不休地诉说自己的雄心抱负，描绘自己的灿烂前景，尽管武进士对于他来说仍是海市蜃楼式的虚幻之有，但他的感觉就已经是呼之欲出。此刻的袁崇焕也不是圣人，他懂得君子不以物喜、不为己悲的古训道理，可他压抑在心底的失落,在谢尚政兴高采烈的反衬下,雪上加霜,显得更加孤独失意。

一个喝的是喜酒,一个喝的是闷酒,两种酒都容易使人酩酊大醉。

不过谢尚政滔滔不绝地说话,相对而言他喝的量要少得择陪在一旁给他俩斟酒,后来她吃了两张夹菜的面饼,去给佘义士熬稀粥,桌前就剩下袁崇焕和谢尚政这两个同乡死党。

谢尚政喋喋不休地诉说自己的雄心抱负,描绘自己的灿烂前景,尽管武进士对于他来说仍是海市蜃楼式的虚幻之有,但他的感觉就已经是呼之欲出。此刻的袁崇焕也不是圣人,他懂得君子不以物喜、不为己悲的古训道理,可他压抑在心底的失落,在谢尚政兴高采烈的反衬下,雪上加霜,显得更加孤独失意。

一个喝的是喜酒,一个喝的是闷酒,两种酒都容易使人酩酊大醉。

不过谢尚政滔滔不绝地说话,相对而言他喝的量要少得圜往肚里灌。计不清喝了多少杯,谢尚政的形象在他眼前逐渐变得滑稽,一个光在手舞足蹈地做讲话姿式的活动人形,传出的全是猫叫一般的"咪咪呀呀"声音。而实际上,是他自己醉得分辨不清了。又喝了几杯,发展到他觉得谢尚政被捏鼓成了天桥杂耍的木偶,动作越来越离奇变态,他终于忍俊不住地"哈哈"大笑起来,他在酒精麻痹作用下,笑出来的表情看上去是号啕痛哭的面孔。

阮伯蓉闻声奔进来,惊急地问:"相公,你怎么啦?!"袁崇焕没回答,还在笑作哭状,又端起一杯酒……

"相公,你醉啦!"阮伯蓉冲上前把酒杯夺下来,"相公,你今天是怎么啦?你有什么心事瞒着我?谢相公会试完了高高兴兴,你会试……"她说到这,忽地想起袁崇焕坐在桌前有意对她遮遮掩掩的细节,她走过去,疑惑地翻出袁崇焕写的诗笺,一读,她就明白了。

"相公,你不必失望,这不是你的目的,你的远大志向不是会试中第、领授官位!你不要这么伤心呀……"阮伯蓉安慰袁崇焕,可她自己也憋不住心酸地流下泪来。

在这段短暂的时间内,袁崇焕什么也听不见,不知道了。因为他已深深地醉入梦谷。

2. 请赐授辽疆官职

戒备森严的皇宫文华殿内即将产生六十名新进士。

以韩炉为首的读卷考官们昼夜食宿在华丽密闭的殿院里,他们没有皇帝的钦令不准外出,集中全部精力审核考卷和口述演说纪录。

绝大多数的考官们都主张应该淘汰广西籍举子袁崇焕,认为他名立志报国,实骄狂自大,妄言不羁,出乖露丑,万不可录用。韩爌曾向考官中同党人吹过风,对袁崇焕颇有溢美之辞,可现在他的同党人也认为袁崇焕此人血气方刚,日后倘若拉入朝廷圈子内,也难以善颂善祷,于国本并无利是。这些看法和议论,一时也影响了韩爌对袁崇焕的看法,他们历来是奉皇上与天下并驾齐驱的,效忠皇上即是扶正天下,可袁崇焕强调的报国护疆,似乎将国家当作了一个凌驾在皇帝之上的神圣信念。这是他们无法应允的,也是他们彼此的背悖。不过,韩爌毕竟是从善如流、慷慨正直的政治家,他觉得无论是皇族朝廷还是国家利益,最终都将天人合一、归于大统。眼下用人迫在眉睫,袁崇焕作为及锋而试的志士杰才,切不可沧海遗珠,因其逆言而弃置。

韩爌在最后的关键时刻,动用了总考官的威望和权力,在袁崇焕的卷头题下了"收罗英雄,弃瑕录用"出自陈琳《为袁灔檄豫州》内的八个字。并将卷文呈奏皇上御批。

神宗帝朱笔圈可。

袁崇焕知道自己金榜题名是在北京暮春时节的五月下旬,此时满城桃红柳绿、瓜果飘香。五月二十五日,神宗乘舆来到紫禁城太和殿,升上殿内高耸的宝座。殿外奏起悠扬悦耳的中和韶乐,新科进士们由午门进入太和殿广场,礼部尚书孙慎行捧起金榜,在乐曲声中大声朗读,从状元、榜眼、探花到各位进士一一唱名。袁崇焕听到他被排在第三十名。念完名字,孙慎行尚书又宣他们出班跪在殿前,中和韶乐再度奏起,站立在大殿两侧的五公百官和新进士一同行礼,在殿廊下的金钟、玉磬和笙、笛、箫、琴齐鸣声中三呼万岁,充满了肃穆的气氛。礼毕,神宗帝在宫女、太监的前后簇拥下,漫步返回乾清宫。

目送皇帝驾离后,孙慎行尚书抬臂高举金榜,状元郎一人跟随其后,从专供皇上行走的御道由午门中门出宫,将榜张挂到天安门前长安左门外。袁崇焕和其他进士分别按名次单、双数,从午门左、右门出宫。这时,京城地方最高爵位官员顺天府尹早已在长安左门外为状元准备好了伞盖仪仗,金榜张挂完毕,府尹就给状元披上红带,戴上大红花,并向状元、榜眼、探花敬酒一杯,然后双手扶状元上马,亲自送他回府第。

次日,礼部设宴款待新进士们。宴堂仍设在保和殿,称为"恩荣宴",宫内又叫"鹿鸣宴"。六十年前的老进士也可重返参加这个宴会,所谓"重返鹿鸣宴"。象征性的吃喝结束,进士们又到太和殿向皇上谢恩,再到京师孔庙行礼,并在孔庙大成门外刻"进士题名碑"留念。

袁崇焕本来想在自己的名字后刻"广东东莞",但经在旁监督的礼部官员解释,必须按登科录上的记载刻写,因为袁崇焕是在广西藤县中举参加会试的,所以登科录上的籍贯填的就是广西藤县。袁崇焕无奈,只得舍去了自己真正的本籍,刻上了"袁崇焕,广西藤县"七个字。不过他内心也感欣慰,藤县毕竟是自己学成长进的第二故乡,他应该对得起这块养育过他的土地。

经过几日礼仪和庆典的喧哗,袁崇焕被广东同乡会用八抬绿呢大轿,接回广东会馆。一路上锣鼓喧天、鞭炮长鸣。弯进蒜市胡同,袁崇焕望见会馆大门口高悬一盏金穗银钩的大红灯笼,巨大的圆球在微风中摇晃转动,阳光照射在上面,折射出耀眼夺目的火焰般光芒。袁崇焕突然感到一阵晕眩,沁出一层冷汗,周遭一切喜庆的气氛消失了,他仿佛又回到了会试结束的那个阴暗、寒冷的夜晚,他坐在会馆的屋子里,怅然若失的心情弥漫全身。"相公,你怎么啦?"坐在他旁边的阮伯蓉发现了他的异常,关心地摸出丝绢来替他擦抹额上的潮润。"不,没啥。"袁崇焕把妻子纤细的手掌握在拳里。她感觉到他的全身犹如风中的橡树在瑟瑟抖动。"进士大人,会馆到了,请移步下轿!"轿夫谦恭地招呼,把袁崇焕从晦涩的记忆闪回中唤醒。他和阮伯蓉走下轿,登上台阶,注视左右,才别几日,仿佛已过春秋。院子还是以前的院子,房子还是以前的房子,屋里的书桌还是以前的书桌,可是精神上前后经历了深渊和巅峰两种不同的境界景观,于是一切都变了。在这变化中,袁崇焕抚今叹昔,心灵颇有豁然醒悟的感觉。

谢过同乡父老的轮番道贺,他关闭门户,努力使自己沉静在一种理智的思索之中默想片刻。现在看来,进士落第无疑是虚惊一场,可它留在袁崇焕心里的震撼却令他无法忘怀,至今回想仍不禁汗颜!他记起他读过的《新唐书·卢承庆传》里的一段话:"初承庆典选,校百官考。有坐漕舟溺者,承庆以失所载,考中下;以示其人,无愠也。更日'非力所及',考中中,亦不喜。承庆嘉之日'宠辱不惊',考中上,其能著人善类此。"此番意思表明,无论受宠或受辱都不惊动,把得失置之度外的君子才是大器者!还有《老子》里又说,"得之若惊,失之若惊,是谓宠辱皆惊弱鼠也!"小器量的平庸之辈才会那么患得患失,结果让人投之鄙夷。先哲之言发聋震聩,他们似乎就在眼前既鞭挞他辱者有惊的猥琐,又警诫他日后千万勿犯宠者有惊的过失。做匹夫易,成雄才难,欲征服别人,先征服自己,要踏平险关隘口,先荡涤自身多余负担。他由此而体味到,人生成功与失败都似利剑的双刃,受其制则受伤,超度于之上才能达到超凡脱俗的境界,才能游刃有余,腾龙天地……

沉缅在反省的遐想中,他感到自己原本有些飘浮悬空的身体,前后观瞻、骚动不安的心灵,缓缓地落入踏实,渐渐地归于平复,依然如故的本我,又拓现出一如既往的信念和蓝图。这时,阮伯蓉推门进来,手里拿了一封信,道:

"相公,家父托商人捎信来,是给你的。"

"噢!"袁崇焕接过信。他未拆,便已猜出内中蕴籍的几分含义。"阮先生估计信到之时,金榜题名已有分晓,他是给我当头棒喝的呀!"

袁崇焕于万历26年在广西平南考取秀才,后转到藤县,在万历34年22岁时又考中举人,这接连的科举得志,当时完全是遵从父亲袁子鹏旨意的结果。做木材生意有银两赚不错,可挣的全是血汗钱。这行当充满了风险和危机,扎成排筏的木货,顺着水流湍急的江面往下游漂放,有时遇到风浪漩涡,木排被冲垮,往往人财两空。若是不小心失去控制,撞坏沿途的桥梁堤坝,轻则缴款罚没,重则还要判刑问罪。更别说沿途遇到那些官匪一家的强盗水霸的拦路打劫了。所以自从长子崇袁灿遇害身亡后,袁子鹏打定主意要袁崇焕以后进衙门做官,再也不要继承父业干这倒霉的木材生意了。要做官就得先读书,袁子鹏挖出埋在地里的瓦罐,取出所有的积蓄,狠心给儿子找了一所本地最好的学堂。可没料到袁崇焕一心想习武做个熊飞式的率兵英雄,对学习没甚兴趣!好不容易哄他坐在了课室的凳子上,但他作业一样不做,还时常溜号开小差,到习武馆去练拳耍腿。袁子鹏火冒三丈,抡起木棍就揍他,若按袁崇焕的身手功夫,抵抗父亲的武力毫无问题,可他抵御不了的是君臣父子的封建伦理道德。他只有老老实实地在大庭广众下挨父亲的棍棒抽打。树有皮,人有面,打多了,袁崇焕自然抗不住这巨大的压力,被逼无奈,他只得勉强地应付,坐回到学堂的课室里,把书读下去。谁料漫不经心地花了点精力,便轻而易举地当上了秀才,又考中了举人,惹得多少双羡慕、嫉妒的眼睛!举人是在桂林考取的,归途中,他轻飘飘地作了一首名叫《秋闱赏月》的诗:

"战罢文场笔阵收,客途不觉遇中秋。月明银汉三千里,歌碎金风十二楼。竹叶喜添豪士志,桂花香插少年头。嫦娥必定知人意,不钥蟾宫任我游。"

他心想,原来读书是这么件雕虫小技的事情,秀才举人得来全不费功夫,凭我的聪明和天份,只要腾出一小部分时间就可以把父亲那头搞掂,混个名份给他,以尽自己为人之子的孝道,其余精力嘛,还是去习武,准备将来报国抗敌,血鏖沙场。

从此他读书更加敷衍,完全是做个姿态给父亲看,明地里上课时端坐在教室,凝神听先生讲授,暗地里心里早就跑到刀剑旋舞生风、"咔嚓"碰撞作响的练武场上去了。课毕,先生还没放下书本,摘下花镜,他就已经遁失得无影无踪。

如果说考秀才举人,凭几分才能加几分运气就能夺得的话,那么考进士,就得真真实实拿出真本事和真实力了。文、哲、史面面俱到,四书五经一脉相承的八股文,你不下苦功读懂它几百篇、不滚瓜烂熟地练习它几百遍,要想作出无懈可击的文章来,谈何容易! 有些老举人,考了一辈子,头发银白、子孙满堂了还没考中,就是这个道理。显而易见,照袁崇焕这样的学习态度和读书方法,他是不可能蟾宫折桂的! 之后九年,袁崇焕三次赴京城参加会试,皆因书本功底不足,加之一路游历名山大川,四处寻访武林高手强人,而耽误。纵使他才情再高也无济于事,接踵败北而归。

袁崇焕本人毫不着急,他原来就对做官没有兴趣,是父亲硬逼的,现在考不中,似乎责任已不在他身上。俗话说三十而立,眼见儿子已经三十出头,不仅空担着一个举人的虚名久无建树,而且还因痴恋习武而辞疏家室,至今尚是个王老五,袁子鹏只得哀叹天不长眼,福不济运,对袁崇焕彻底丧失了信心。惟有祖父袁西园在袁崇焕十四岁考取秀才时,就坚定地认为这个孙子日后定是大器巨才、将相之星! 袁崇焕连续的进士落第,他既痛心又着急,但并不气馁。他感到这绝非是孙子缺乏本事,而是时辰未到。他替袁崇焕算了一卦,卦上说,袁崇焕现在需要一位仙人指路。这就对了! 袁西园心里暗想,孙子目前有些误失迷津,没有把体内的智慧全部充分调动出来,要借助外力,来诱导调整,他才能开悟领谶、玉琢成器!

正好,这时距白马乡不远的麻垌乡,迁来一户教书人家,开办了一座私塾学堂,名紫濯春堂,有旺族子弟去读,不出半载,口碑甚佳。袁西园知道后,就打探这学堂先生的底细,有乡邻说,先生姓阮,名一知,字贻白,号瑶海,携一妻一女,自广东来,俱往不清,但学问极深,待人也宽厚慈祥,颇有仙风道骨之相。袁西园一听,心里不禁怦然而动,揣测道,这位阮先生,莫非就是上天派遣来给我孙儿指路的仙人吧? 但他仍有犹豫,因为事关袁崇焕的远大前程,稍有差池,不单是误人子弟,还有以讹传讹、销魂毁命的危险,到时就嗟悔不及了。他又悄悄地向一些紫濯春堂的学生家长了解阮先生的水准,结果回答是同样的,能聆听阮先生的教诲,三生有幸矣! 于是袁西园定下决心,去求救求援。

听罢来意,阮先生啜呷香茗,沉吟不语。袁西园在一旁张大嘴等得心焦,他想莫不是崇焕没指望啦? 半晌,阮先生才终于开口,总算没让袁西园失望。

"明天,让你孙子来趟紫濯春堂,在下跟他谈谈。"

阮先生并不是一个随便就答应别人要求的人,他之所以略加考虑后接受了袁西园的拜托,是因为袁崇焕作为一个少年秀才,一试中科的举人,对读书异常的拒绝态度吸引了他的注意力。阮先生介入的晚明实学思潮在当时正日渐活跃,风起云涌,而袁崇焕不自觉地也无形站在了这股具有反叛倾向的思想流派的起跑点上,和阮先生具有某种精神上的默契,于是阮先生不由得产生了将这种文化思想的变革去影响袁崇焕的欲望。

"袁公子并非不想读书,而是不想成为一个儒者。"次日,当带几分野性又十分单纯的袁崇焕站在面前时,阮先生首先从袁崇焕拒绝的对象开始分析,展开他的说理。"何谓儒?这是自儒学兴起后一个极为古老的问题。儒学自孔子开创以来,本为一种'内圣外王'之学,儒不但是一种崇高的荣誉称号,而且展现在人们面前的也是具有渊博学说的学者形象,成为士子追求的楷模。汉代董仲舒学说一兴,罢黜百家,独尊儒术辗股具有反叛倾向的思想流派的起跑点上,和阮先生具有某种精神上的默契,于是阮先生不由得产生了将这种文化思想的变革去影响袁崇焕的欲望。

袁崇焕连连点头,这些想法自己原本只是一种模糊的感觉,而阮先生却知识广博把握得如此准确!

"可是,用积极入世的王阳明学说和丘浚开启的实学思潮来看,刚才说的所谓儒学,实际上只能称为俗学。真正的儒学应该是'体用合一'、'知行合一',的。王阳明力主从讲学这一本体养出文章、政事、气节与勋烈,他解释'格物'之物,认为'物者,事也'。不仅如此,他在主张从内心求'至善'的同时,也反对'离却事物'。王阳明倡导不离'簿书讼狱'的讲学,反对'著空'。他认为,只有从自己的本职做起,才是'真格物',才可称'实学'。实学就是要还'儒'的本来面目,重新恢复古老的传统命题:'通天地人曰儒'。实学思想家认为,经天、纬地、治人,这三者都是儒者三能事,儒一身兼具通天地人的三才,才是一个有体有用的人物形象。袁公子不是推崇武将吗?他们也信服实学,比如戚继光、李成梁、郑和等,什么是将?按他们的解释,必须上通天文、下达地理,中谙人事,兼此三者,还要重诗书、讲韬略,养之有素,才能出之裕如,方可称之为将。人既要生存,需要食用的粮食,也需要保卫自己的军队,因而实学与儒学相对立,注重富强兵食的理论,这些理论的内容包括,'生人'必须首先'杀人',为了防止被人所杀,就需要掌握'杀人之具',懂得'杀人之术',假如不懂兵法,一味地以'仁义'为嗜好,只是想'生人',那就好象'救焚而入于火',终将无济于事。实学在这里体现出广泛的社会价值,日后必将深远地影响国家命运,为世人瞩目!"

……袁崇焕听得津津有味,阮先生话锋一转,开始引他上路。

"袁公子,这样的新儒学,即实学,该不该学呢?"

"小生孤居乡野,实在寡闻!听先生所言,如此有体有用之学问,当然应该掌握,以此修身平天下!"袁崇焕由衷地说。

"袁公子悟性极高矣!掌握实学所论,目的当应积极进入仕途!仕途为宋儒清谈家们所不齿,但仕途并非纯粹无仁无义,实学思想最明显的特点,是强调'体用合一'、'学仕合一',张居正对学仕合一的论述是,主张真正的儒者应该经纶天下万物、通晓天地人的大道,'功业与节慨同高,心学与政事双美'。不仅是张居正,还有海瑞和当代的徐光启,他们都是官场中人,他们反对腐儒,认为进入仕途,方能学以致用。海瑞授官后即主张富国富民,'人富而仁义附焉',富国才能强兵安边。徐光启入仕朝中后,更是以富国强兵作为自己一生追求的终极目标,近年边事告急,远近震恐,徐光启认为这是'学术不明之祸',此学术,正是实学之学。疆土之亡,不是兵饷不足,而是匮乏兵法要义,先进利器,'讲学精术诚今日御敌要著','火器今之时务也'。他们如果人不在仕途中跋涉,就断不可起到如此重大作用,不知袁公子然以否?"

"是的,是的。"袁崇焕应道,"可是仕途……"他似乎还有疑问。

阮先生知道自己的话发生效力了,便进一步向他挑明自己的观点:

"入仕做官,是人生目的,又不是人生目的,更恰当地讲,它是一座桥梁,帮你渡到完成报国大业的彼岸。袁公子极想成为一名真士豪杰,在下也推崇豪杰,但人犹如水也,豪杰犹巨鱼也,欲求巨鱼,必须异水,欲求豪杰,必须异人。所谓异人,就是有实学、有官位、有抱负的仁人志士。如果袁公子视读书做官为迂阔腐儒,一概排斥,统盘抛弃,那么终将一事无成!学而优则仕,仕优展宏图,在下劝袁公子读书,用意正在于此,搭一座桥,将抱负成为通途!"

"阮先生!"袁崇焕受到了感动,心服地跪下拜道:"请阮先生收小生为弟子吧!"

"在下与名士宿儒相比,犹如小巫见大巫也,袁公子志大才高,愚夫恐力不胜任啊!"阮先生故意推辞。

"听君一席话,胜读十年书,阮先生高屋建瓴,学识渊博,小生能被纳于门内,此生当足!"袁崇焕见阮先生不答应,便长跪不起。

"那好,袁公子既有诚心诚意,在下愿为国家栋梁添砖加瓦,尽绵薄之力!"阮先生扶起袁崇焕。"不过,"阮先生又正色道,"袁公子日后步入仕途,是否'内圣外王'、'体用合一'当看选择。仕途宦海、变幻莫测,在下要袁公子保证进士中第后,以富国强兵报效大明疆土为己任和目标!"

"小生答应!小生愿肝脑涂地,行守疆卫国之大计,力行之,死而后已!"

"在下记住袁公子此言!"阮先生肃穆、认真地向天拱手,将壮语刻在自己、也刻在袁崇焕的心中。

这场谈话,改变了袁崇焕之后的生活道路。如果说熊飞是指明袁崇焕方向、矗立在他胸中的丰碑的话,那么阮先生则是袁崇焕关键的启蒙老师。

往事历历在目,袁崇焕拆开阮先生——现在已是他岳父大人的信,果然,先生没有忘记当年要袁崇焕应允的诺言,特意专此警醒。

"先生,弟子永不忘怀报国夙愿!"袁崇焕向偏西南方向,深深地鞠了一躬。

阮伯蓉在旁边没言语。她是极爱袁崇焕的,可对他的志向选择一直犹豫。支持、鼓励他吧,心里总觉得有股隐隐不安在潜伏着;拖他的后腿呢,又实在于心不忍。

佘义士把午膳的饭菜端进来。经过近两个月的调养、歇息,他的伤已经治愈,身体也恢复了健康。今天他做的全是粤味家乡菜,东江盐焗鸡、鱼香茄子煲、菜胆扒鲜菇、牛柳酿豆腐,还有一锅腐竹鸡蛋羹。

袁崇焕早就肚子饿了。在皇宫里吃御赐宴席,北方风味的面食他不习惯,加之规矩、礼节又多,看上去端来的菜肴一道一道很丰盛,实际上能够来得及咽进口的东西却很少。现在轻松了,可以放宽心大嚼大吞,饱餐它一顿。

吃着吃着,袁崇焕忽地想起谢尚政。他"叭"地搁下碗筷,抬头嚷:"哟哟哟,怎么忘了谢相公?他有好事急忙忙地就来告诉我,我题了名也要马上去告诉他,请他一块来吃饭热闹热闹呀!"

佘义士说他现在就去请谢相公。

"还是等午后吧,"阮伯蓉建议,"晚上我多做几道美味佳肴,再买几壶酒,请谢相公来一齐畅饮,如何?"

"也好。"袁崇焕赞同道。

膳毕,袁崇焕就急急忙忙去石附马桥找谢尚政,邀他来会馆把酒聚庆。

"尚政兄!尚政兄!"袁崇焕跨进客店的大门,便亮开嗓门高声叫唤。

一个身穿薄绸长褂、模样像掌柜的瘦老头迎出来,撇着滑溜溜的京片子问:"请问这位相公,您找哪位客家?"

"谢尚政,广东来的武举,参加武进士会试的。"袁崇焕道。

"噢,谢相公啊。内掌柜的——"瘦老头转身又叫出个涂脂抹粉、佩花戴钗的胖婆娘,"哎,那个老广,谢相公,走啦没有哇?"

"走啦走啦!今天刚结的帐!"内掌柜的爽快地说。

"走啦?"袁崇焕一脸困惑,"他要等授官的,能走哪去?"

"唉!"瘦老头叹了口气,"谢相公落榜啦!前些日子还挺高兴的呢,这几天就像霜打的茄子,整个儿焉啦!"

袁崇焕出乎意外地愣了,难以置信地自语:"尚政落榜了吗?"

"相公,听您口音,您和谢相公是同乡,他大概回老家去了。您回去见了劝劝他,老话说,退一步海阔天空,留得青山在,不怕没柴烧。悠着点,啊?"

袁崇焕乘兴而来，败兴而归，踽踽独行在空旷的石附马桥胡同里。两边瓦脊缝里钻出的狗尾巴草，在迎风微微摇曳，头顶上空有一阵阵的鸽哨在"嗡嗡"回响。谢尚政的失落，勾起他无限的感慨，人生就像风浪中的一条船，片刻在浪尖，瞬间又在谷底。他不禁深深地替谢尚政惋惜，根据他的了解，谢尚政无疑是具备一个武将的才干和气质的，若能受到起用，定能为国立下功勋。可世事难料，命运叵测，谁知是什么力量，又截断了他的前程？袁崇焕在想象谢尚政此时此刻的心情，是会多么的沮丧、窘迫……不过，谢尚政也许不会这么快就放弃武举的前途，他胆子大，也敢闯，他的自信应该能支撑他渡过这一难关，他不是认识熊廷弼将军吗？他从客店退了房，会不会是去投奔熊将军了呢？对！想到这，袁崇焕觉得此时应该去找到谢尚政这位死党好友，为他鼓鼓劲，以尽到自己的情谊和义气。袁崇焕撒开大步，朝钱粮胡同熊廷弼的府第走去。

萨尔浒之战无情地撕下了明王朝貌似强大的外表，它像一头受了重创趴在地上喘息的狮子，在金国军队肃杀剽悍的攻势下瑟瑟发抖。战争已经结束两个月，朝廷上下还心猿意马、六神无主，拿不出有效的对策。

但努尔哈赤骑在昂立的战马背上，吸嗅着莽莽林海、离离荒原的沃野芬芳，元气充沛，他无法按捺，等待不及了。他像在丰盛宴席旁徘徊了许久的饿虎，向明国辽沈疆土这块垂涎已久的肥肉猛扑过来。

智取开原，夺取金岭……

手持危急奏报的信使，骑着快马，一次次地向京城驰来，皇宫内才终于作出迟缓的反应。

神宗有气无力地坐在金碧辉煌的乾清门内，对大臣们下诏说：

"朕决意用大理寺丞兼河南道御史熊廷弼，为兵部右侍郎兼右佥都御史，经略辽东。"

群臣们沉默。熊廷弼性刚负气，好骂人，不为人下，不善于处理人际关系，在朝廷，他尤其看不惯那些鸡零狗碎的党争内讧，所以是个姥姥不疼、舅舅不爱的角色，东林党派和太监圈内的阉党，都不喜欢他。好在神宗念及他治辽有功，还时常记着用他。对于廷臣们来说，既然辽疆危急，辽东经略便不是个好差使，就暂且让这个熊炮子去顶一顶吧，看他有何作为再计较，所以就都不作声，意即不反对皇上的御旨。

熊廷弼慨然从命，立即上疏朝廷，主张以固守为上策。他说，辽东为京师肩背，河东即辽河之东为辽阳腹心，开原为河东根本，欲保辽东，不可不收复开原。请令从速调兵遣将，备好粮草，修造器械，并准予独立行事。四个不要——不要耽搁他入辽的时间,不要挫伤他的锐气,不要牵制他的行动,不要延误他的供应,以免误他、误辽、误国。

神宗为了扭转辽疆败局,统统给予允许。并赐给熊廷弼一把尚方宝剑,以重事权。

袁崇焕来到熊府门前,正好是熊廷弼接到神宗圣旨,准备离京赴任,出发的时候。

门口簇拥的大批怀拥盾矛刀剑的卫队,料槽前拴着十几匹鞍鞯齐备的战马,还有几辆整装待发的辎重车,以及进进出出神色紧张庄严披甲戴铠的军官士兵,这一切都使袁崇焕感觉到发生了什么重大的事情。他问一个年纪轻的卫兵:

"小兄弟,熊将军家在干啥呢?"

"熊大人被任命为辽东经略,马上就要赴山海关御敌!"卫兵瓮声瓮气地说。

啊! 袁崇焕仿佛被一股力量猛地往上提了一把,浑身一震!

他挺身就要往门内闯,可是被卫兵拦住。

"干什么的?"

"我要见熊廷弼大人!"袁崇焕仓猝道。

"不行,熊大人此时不会客!"

"我到熊大人府上做过客,他认得我,我只想见他一面!"袁崇焕恳切地说。

"不行!"卫兵毫不通融。

袁崇焕无奈,只得软下来求情道:"我是现科中第进士,叫袁崇焕,说来熊大人与我还有些交情,喏——"袁崇焕急中生智,摸出熊廷弼书写"国耻亘记"的那块方帕,给卫兵看:"这是熊大人给我题的词。熊大人受命辽疆要奔赴前线,我特意来给他送别,你说,能不见上一面吗?"

"这……"卫兵有些犹豫。

正巧,熊廷弼的副将跨出来,察看外面准备好了没有。卫兵把袁崇焕要见熊大人的事情,向副将禀报。

副将倒也痛快,上下打量了一通袁崇焕,摆摆手示意道:"跟我来吧。"

袁崇焕跟着副将走到前院正厅,也就是上次和谢尚政来看见熊廷弼设祭堂的地方,迎面遇到精神抖擞的熊将军正大步迈出来。

"小生袁崇焕,参见熊大人!"袁崇焕跪下拜道。

"免礼!"熊廷弼一愣,等袁崇焕站起身来后,他才看清楚是谁,马上"哈哈"大笑起来,"本部院认识你,广东举子袁崇焕! 可是对不住呀,我今天可没功夫和你扯天论地喽。"他边说,边疾速地往外走。

"熊将军,您要开拨辽疆啦?"袁崇焕跟在他身后问。

"嗯。"

"谢尚政有没有来找过您?"

"谢尚政?没有。"熊廷弼像是已经忘了这个名字。

"熊将军,小生已经金榜题名了,小生愿跟您赴辽疆守关,如何?"

熊廷弼收住步,侧过身子,仔细端倪了一下袁崇焕,露出慈祥、爱怜的笑容,道:"好哇!欢迎你!本部院也正准备招兵买马,像你这样的慷慨英才,我求之不得哩!"

袁崇焕兴奋地说:"熊将军,那您答应啦?我这就跟您去!"

熊廷弼摇摇头,继续向前走去,说:"新科进士,本部院没有权利收留任职。你得由朝廷任命!"

"那我就马上向朝廷奏请赴辽疆做事!"袁崇焕急切地说。

熊廷弼微笑地简短答道:"那好嘛!"

说着,已到了熊府大院门外。熊廷弼率众跃身上马,和辞行的人,包括袁崇焕在内,一一告别,然后奔驰而去。

熊廷弼已经跑了几百米远,马后卷起的腾空烟尘将他的身影遮没,突然,他又勒缰停下来,扭过腰,高声道:

"喂,袁相公!本部院在山海关迎候你光临!"这话说得真切,可没等袁崇焕来得及应答,熊廷弼复又掉转身,"嗒嗒嗒"地策马绝尘而去。

世界一下子在眼前变得豁然开朗,可以说这是晋升进士后带来的结果,但金榜题名的那刻,袁崇焕也没有过如此欣喜和激动。他回到广东会馆,沉浸在熊廷弼廖廖几句召唤勾勒出的未来前景中,心潮起伏,难以抑制。他想象自己即将金戈铁马、驰骋疆域,一腔热血沸腾得如同燃烧的炉膛铁水。

阮伯蓉奇怪丈夫的情绪怎么大幅度昂奋起来?连在一旁忙碌的佘义士也诧异。阮伯蓉问,是不是见到谢相公啦?

"没有。"袁崇焕把谢尚政落榜的情况简扼地介绍了几句。

阮伯蓉不禁一阵唏嘘,"你是为谢相公的事,坐立不安,无法平静吧?"她叹道,可还是不明白,袁崇焕的表情不对头呀。

"不是不是,谢尚政可能回了老家,我以后再去找他。"袁崇焕心思完全在另一种情境中翻腾,他用双手揽过阮伯蓉的肩膀,像个孩子似的眼睛流露出异样的光彩,"娘子,我高兴,是因为我刚才又遇见熊廷弼将军了。皇上御旨任命他为辽东经略,开赴山海关。我请他允许我也去辽疆任职,他同意啦!只要我向朝廷提出奏请,批准下来,我就可以奔赴镇关大营!"

"呃,原来如此……"阮伯蓉脱口自语,脸色"刷"地变得灰白黯淡。

匆匆吃罢晚餐,袁崇焕吩咐佘义士将碗碟收下去,他拨亮灯盏,摊开纸,提起笔,开始郑重其事地给朝廷起草请求报告。

稿拟了几遍,他都觉得不甚满意,撕了又重写。直到夜阑人静,才写得差不多。

这时,他忽听背后的床榻上,传出妻子轻轻的抽泣声,像是憋了许久,终于忍不住迸发出来。

"娘子!"他俯下身,伸手抹去阮伯蓉脸颊上的泪珠,"何故如此伤心呐?"

"噢,打扰相公了,娘子给相公赔礼了。"阮伯蓉不安地揉了揉自己潮红的眼圈,坐起来。

"别,你还是躺下好好睡吧。"袁崇焕又把她摁倒卧平。"怎么啦?"他柔声地又问。

"没啥,真的没啥。"阮伯蓉摇头,竭力掩饰自己的内心活动。

袁崇焕多少也猜出几分阮伯蓉的心思,不过他此刻不愿将这话题挑明,他相信,凭他和妻子的感情基础,她会和他在以后的前途问题上沟通、默契的。

"笃笃!"响起两记敲门声。

"谁?"袁崇焕问。

"公子、娘子,是我。"是佘义士的声音,"公子、娘子睡了吗?"

"没呢,快进来。"袁崇焕招呼。

佘义士虽没文化,但极懂规矩,一般稍晚后,他到主人房间有事都要先叩门,得准了才进来。

"公子!"佘义士跨进门就跪拜在地,"公子是不是要去山海关辽边御敌?"

"对啊,你不是都听到了吗?"

"公子,你也带我去吧。我佘义士的命是公子救活的,我这辈子跟公子跟定了,无论公子是上刀山下火海、入龙潭出虎穴,我都不离开,至死不变心!"

"可是,佘义士,我不是去闯江湖……"

"我懂!这些年,受了公子的许多熏陶,国家兴亡,匹夫有责,我也是大明国的一个臣民,我也要报国,求公子恩准,带上我一齐去辽疆杀金鞑子从军吧!"

"起来起来,快起来!"袁崇焕感动地把佘义士扶直,"佘义士,你放心,你的心意我明白,不管朝廷授我到何处任职,我们都不分离,只要有我一匹马,就有你的一副鞍!"

3. 把进士晾在京城

深宫宦海,袁崇焕请求授疆的报告递入廷内后,如同一粒小石子丢进潭水中,连朵浪花都没能溅起来,便悄无声息了。

期间,他去找过韩爌,想争取得到他的支持。可是,也许韩察觉到袁崇焕与熊廷弼的联系,因而对他采取一种冷淡、疏远的态度。

这只不过是一小段前奏曲而已。袁崇焕明白,他既然已经一只脚踏上了仕途,现在就不可避免地置身在争权夺利的衙门官场之中了。这是为了理想必需付出的代价,为了达到目标必需走过的崎岖与坎坷。

七月下旬,袁崇焕和大多数新进士一块儿,被朝廷安排到翰林院,临时干些起草国家文书、编修国史的工作,以让他们逐渐熟悉行政,之后再听从官职分配。

说是临时,可谁也说不清这临时要到什么时候。当时京师流行一则民谣,叫做"翰林院文章,武库司刀枪,光禄寺菜汤,太医院药方",讽刺这些都是废物。干着无聊的事情,新进士们都颇感茫然和无所适从。

好在礼部每个月给他们发放俸禄,有二十两银子,经济上宽裕多了。袁崇焕搬出广东会馆,租了一幢太安门顺西里三号张园的房子,计有大小屋子四间,面积比以前扩大了几倍,顿时有种改天换地的感觉。房子的环境也极其优雅,前庭有花圃藤架,后院有假山水榭,时逢夏雨丰润,夜晚石缝里的积水泄入池中,发出"滴嗒叮咚"的悦耳响声。袁崇焕题了"听雨"二字,请店铺制成匾额,挂在门楣下以添香趣。他每天从翰林院下了班归来,便在院内的羊肠小径上漫步观赏,性情怡然、优哉游哉。

阮伯蓉高兴了。作为一个安守驯良的女人,心底里最愿意的莫过于能过上平平稳稳、舒舒服服的居家日子,哪怕短暂,也是欢快。所以只要一有空暇,她就央求袁崇焕陪她去逛街、购物,体验一番这难得的温馨滋味。

说句良心话,来北京这么久,由于复习加上手头拮据,袁崇焕根本没顾得上陪妻子闲情逸志地逛京师名城。想到这点,他怀有愧疚,现在总算有了条件,无论如何,也要让她开心开心。

当时北间最热闹的去处首推白云观庙会。那儿虽说是个道教场所,但实际上吃、喝、玩、耍、买卖样样都有,逢年过节人山人海,换了平时,也是游客如穿梭般往来不尽。而且,不仅是平民没事爱逛白云观,连那些皇宫里的帝王勋戚内臣,在清明、端午、七夕、中秋节日时,也争相前往,观赏娱乐,以资豪兴。

八月开初,正是秋高气爽的好时候,天湛蓝湛蓝的,溽热已褪却,空气清新滑凉,袁崇焕携带爱妻,换上新做的衣裳,出了门。

袁崇焕穿的是订做的文官常服,补缀鹭鸶的团领衫,腰间束素带,头上戴乌纱帽。阮伯蓉上身穿的是桃红色霞帔,下面是八幅月华裙,裙面上绣有花鸟图案和山水波纹,号称"裙拖八幅湘江水"。这年京城正好流行这款式的裙子,她就到店铺换裁缝做了一件。她出门前试穿,问袁崇焕好不好看?袁崇焕赞不绝口,说不愧是行动辄如水纹,风动色如月华。

袁崇焕在胡同口喊住一乘双座杆轿。上了轿,轿夫问:"大人,您上哪?"

"白云观!"袁崇焕吩咐。

离观前的庙会广场尚有几百米远,就看见袅袅的香火和络绎不绝的游人。

下了轿,袁崇焕拉着阮伯蓉的手,生怕她走散了。他们挤过蜂拥的人群,先去摸石猴。白云观的山门大半为石筑,顶上屋脊和挑檐都是采用石头砌成的,石壁上雕刻着各种不同的图案,山门的中洞,弧形壝门右侧,有一小小的石猴浮雕,已被摸平、摸黑,据说摸了后就可以达到祈福、消灾、却病的目的。阮伯蓉的手搁在猴头上时间最长,足足有两分钟,口中还念念有词,直到袁崇焕催促她,她才心犹不甘地走开。"就你性急!"她嗔道。

"去看磁碗山!"袁崇焕说。

白云观的东院,有一座用碎磁器堆砌起来的小山。道教主张不但要悲悯于人类及一切有灵性的动物,还要悲悯于无知觉的植物、器物,与儒家一样反对暴殄天物。因此,有的道士在云游当中,见到一些打破了的名贵磁器,常为之惋惜,顺手拾起。白云观是十方丛林,从全国各地来挂单的道士很多,有些"云水全真"在这里长住后,就用斋堂里打碎的碟碗作胎,用自己拾来的名贵碎磁器作面,砌成小山。堆砌时,将瓶底碗足上的"款儿"即出窑年号印章,一律朝外,究竟有何名瓷,让人一目了然。久而久之,磁碗山成为一座万宝山,其中有名贵的官窑、钧窑;从花色上看有窑变、豇豆红、青花、粉彩;从年代上讲,上至秦汉,下至隋唐。真可谓无心插柳柳成荫,这磁碗山变作了北京一大独具特色的景观。

袁崇焕从官服兜里摸出片断碗底,叠了上去。

"咻咻"阮伯蓉笑了,问:"哪来的这东西?"

"那天你给余义士盛药汤的碗,摔烂后,你扫进墙角,我把它捡起来的。"

"山上堆的全是名磁,你这碗是哪个年代的?"

"是我母亲家祖传的,算起来怕也要有宋朝的年份。"袁崇焕感慨道:"她老人家在我来北京会试临行前,将碗塞在我背囊中,是期冀保佑我平安的。现在,我把它放在磁碗山上,一是替她还愿,二是祝她老人家长寿!"

阮伯蓉应和道:"相公,你在北京定下来就稳妥了,回头把母亲大人接来,共享天伦!"

"我不做京官!"袁崇焕嘟哝一句,拉着阮伯蓉向庙会走去。

庙会里人声鼎沸,会墟共分三条街,中街由正门进去,顺着各色幌子,有秩序地汇集着各行各业:临门的最前一层,是卖笸箩簸箕、鸡毛掸子、笼屉搓板等一类日常用品。以后数层,搭场高矮不等排列着五花八门的卖艺场子,锣鼓喧天,震耳欲聋。再往里走,是卖禽鸟鸽鸡的摊贩,按鸟分笼,有珍珠鸟、沉香鸟、相思鸟、芙蓉鸟;地下散放着孔雀、锦鸡、翻毛鸡、乌骨鸡;还有猿、狸、松鼠等。边上全是风味小吃,豆汁、猪头肉、豆腐脑儿、馄饨、梅花糕、棉花糖、炸灌肠、压饸饹、扒糕、茶汤、面茶等。

两人已经有点馋了,但都不好意思刚逛没多久,停住脚便吃。走进西路的一条街,一进门是个大粘糕摊子,在卖凉糕、粽子、豆铲糕、栗子糕。阮伯蓉停住步,袁崇焕拖她往前走,说:"这有啥好吃的?我们挑个有荤味的铺子。"在一家羊肉床子前,袁崇焕和阮伯蓉终于禁不住地被浓郁扑鼻的肉香味吸引住了,"你不是说要荤味吗?这是啥?"阮伯蓉问。"我也不知道是啥,像是羊肉,吃不吃?"袁崇焕已经跃跃欲试地在摸银子了。"吃!"阮伯蓉回答。

北京人卖羊肉的店铺都设有一个床形的大木案,以便分割和摊放羊肉,进行售卖,故得名"羊肉床子"。吃的羊肉全是大尾巴绵羊,肉质鲜嫩。不腥不膻,这些羊来自京北长城之外,俗称"西口大羊"。经营此业的几乎都是回民,不论真假,他们都戴了顶小白帽儿。到了眼下这季节,羊肉床子多卖自制的"烧羊肉",这是把羊肉放进油锅里炸,再泡进特殊作料卤水里去煮,卖时先从卤水中捞出来,切成小块,用荷叶做包装,交给顾客。袁崇焕俩口子闻到的就是这烧羊肉的香味。

他们一人要了一大块,用竹刺串了拿在手里,边啃边往下继续溜。

碰到果子干挑子,阮伯蓉用手抹抹嘴,孩子气地说:"相公,我要吃甜的嘛。"

"吃吧。"袁崇焕也觉得这果子干色泽光亮,煞是诱人。

果子干是北京特有的冷甜品,它是以熟杏晒成的上等杏干,加适量的温水浸泡而成,上层覆盖熟藕片或梨片,食之酸甜爽口,可以解除油腻。

阮伯蓉喝了一碗后,又要了一份"玻璃粉儿"。这是用琼脂熬成的坨状晶体冷食,铰成心状的谓之"桃脯",漏成长形的叫"小拨鱼儿",吃得她满嘴"哗哗"响,像有只小木桶在井里不停地打水。

最令他们新奇的是一家专售天然冰的档子。那时中国根本没有机制冰和人造冰,每于暑季,为了降温、防腐或制做冷饮、冷食,就只有用冬天采贮的天然冰。以前天然冰只有皇宫里才有,皇帝历年都要派最亲近的侍臣来监督、主持采贮天然冰的事务。每当冬天"三九"之末,侍臣即派工把河面上的冰凿锯成一尺见方的大块。到腊月初八,再把冰块掘起来,运至两丈多深的地窖里。为了避免冰块冻结在一起,冰块之间还要用稻草隔开。然后,以土掩埋,封住窖口,上面再用泥巴和稻草交错覆盖成一座小山丘,防止冰块散热融化。来年立夏启冰,至三伏酷暑时,帝赐予文武大臣,以解暑气。所以,像袁崇焕、阮伯蓉这样的百姓,是从未见过热天里的天然冰的。到了万历末年,民间亦有经营冰窖商贩了。虽然投资较大,但利润很丰厚。这庙会的小贩用铁轱辘的三角车,到窖户那儿拖了冰来,砸成碎块,放在各种糖果里,你爱吃哪种,他就给你调制哪种。

阮伯蓉要了份白海棠的,袁崇焕要了份葡萄珠的,主要是想尝个新鲜。

可是到掏钱时,阮伯蓉心疼了,竟要半两白银!袁崇焕安际慰她道:

"银子花了还能挣,吃冰一年到头能有几回呢?值!"

又往前走了一段,依然是琳琅满目,眼花缭乱。忽听旁边的杂耍场上传来闹哄哄的喝彩和惊叫声,袁崇焕正逛得有点恹气,顿时被这富有刺激的喊叫吸引住了,他攥住阮伯蓉挤了过去。

一大堆男女老幼围成直径几米的圈子,圈里像是正发生什么精彩的事情,袁崇焕搂着妻子的腰钻进去,一看,才知道是在玩搏戏——斗鸡。

战场上正杀得昏天黑地,一个秃毛公鸡占上风,把长得一身黄毛的大雄鸡对手咬得遍体鳞伤、血溅满地。最后,秃毛的利嘴啄住黄毛的红冠一扳,黄毛就跌倒在地趴住不动了。

"叶片儿赢啦,三角儿输!"掌赌的汉子高声宣布。叶片儿就是指那只胜利的秃毛鸡,于是押三角儿赢的庄家全赔了本。

"还有哪位老爷、相公、各路英雄好汉、娘子、黄口小儿押宝?童叟无欺,赚个痛快!"赌汉又从笼里抱出两只生龙活虎的公鸡来。一只高头芦花,一只是锦色刨瓜,都很凶猛异常。

"娘子,来赌它一盘,如何?"袁崇焕征求阮伯蓉的意见。他倒并非是有赌兴,而是潜藏在体内的一股争强好胜的欲望被两只冲锋陷阵的公鸡逗发出来了,按捺不住地非要渲泄它一番才甘罢休。没等阮伯蓉回话,他就摸出个银角儿,往地上一摔,说:"我押锦色的那头!"

"押叶片儿!"汉子将钱收起。

有十个人押叶片儿,十三个人押三角儿。看来是芦花鸡相中者多,不过袁崇焕相信自己的判断,他盯准了锦色鸡坚实的爪子,爪脚有力不会翻倒,它赢的可能性绝对大。

两只鸡开始决斗。看来芦花鸡懂得先下手为强的道理,它没等锦色鸡摆好阵式,便扑翅冲上前跳起来狠咬了一口。锦色鸡疼得头偏下去躲避,芦花鸡毫不放松,又是连续啄了几口,把锦色鸡小脑袋上的毛啄飞了一把。把宝押在芦花鸡身上的人兴奋地叫起好来,拚命地为芦花鸡助威、打气。但锦色鸡虽然吃了亏,就像袁崇焕判断的那样,爪子却没动窝,牢牢地揪在地面上,这就保持了一种依然挺立的气势。芦花鸡初战告捷,占了上风,极为得意,打了一个转儿,"咕咕咕"地又欲进行第二回合的进攻,这次它想从尾部冲,一下子腾到锦色鸡的背上,凭借惯性力将锦色鸡压垮。可锦色鸡已经做好了反击的准备,它打定主意不让芦花鸡的计谋得逞,就在芦花鸡扑上来的当口,它纵身一跃,闪到一边,居在了芦花鸡的屁股后面。刚才芦花鸡想做的事情,现在该轮到它来做了,只见它双爪刚劲有力地向空中纵弹一跳,然后如有巨石之力,磁沉地重压在芦花鸡背上,爪尖仿佛铁钩,插进芦花鸡的两肋肉内,几股鲜红的鸡血顷刻喷洒出来。芦花鸡惨叫,不顾一切地想把锦色鸡摆脱下来,可哪里成?锦色鸡的爪子就像钉子扎在它背里,拔都拔不下来。说时迟那时快,锦色鸡占据有利位置,居高临下,尖嘴连珠炮似地向芦花鸡的眼珠啄去,瞬间功夫,芦花鸡的眼珠子竟被叼了出来,在泥地上滚出老远。血,就像泉水似地冒出来,芦花鸡脖子梗直了,做最后的挣扎,接着"扑嗵"一声,倒在地上,死了。

周围的人,包括掌赌的汉子,都被这迅疾、惨烈的场面惊呆了。片刻,才响起一阵暴风骤雨似的叫好声,当然主要出自押宝在锦色鸡身上的人之口。袁崇焕握着拳头,脸涨得通红,好象是他经历了一场生死搏斗。他胜利地举拳在空中使劲挥舞着,喊:"好!好!好"然后"哈哈哈"地大笑,拉着阮伯蓉的手,得意非凡地走去。

"哎,相公,你赢的银子。"赌汉在后面提醒他。

"送你们喂鸡!喂鸡!"袁崇焕不在乎地说。他赢的不是钱,是劲儿。

在庙会里走走停停近两个时辰了,阮伯蓉说脚酸,却又不愿喊轿回家,提出到戏园子里坐歇了看戏。袁崇焕还沉浸在得意的情绪之中,满口爽快地答应。戏园是专门辟出的一个场地,非常壮观,仅供表演用的大小舞台就有四十余座,戏班子常年不走的起码是五十多个,每月每日都是熙熙攘攘,吹吹打打,热闹非凡。戏台有蒙上帐幕的,有露天的。露天的一般在外围,表演杂技百戏,袁崇焕和阮伯蓉刚买了筹子在一个台前坐下,便看见台上走出一男子和一少妇,还有一个小孩。介绍说他们表演鞑鞨技,因自东北鞑鞨族国家传来,故叫鞑鞨技。看那妇人只有二十多岁。生得十分风骚,她仰卧在男人搭的一张桌子上,将两腿竖起,将白花绸裙分开,露出丝绸大红裤子,脚上穿着大红满帮花平底鞋,约有三寸大,宛如两钩新月,甚是逗趣。那男子将一条朱红竿子,上横一短竿,直竖在妇人脚心里。小孩子爬上竿子去,骑在横的短竿上跳舞。妇人将左脚上竿子,移到右脚,复又移到左脚,绝不倾倒。孩子也不怕,舞弄了一会,孩子跳下来,妇人也跳下桌。接着是惊险的,男人上来叩了头,用十三张桌子,一张张叠起,然后妇人从地上打一路飞脚,翻了几个筋斗,从桌脚上一层层翻将上去,到顶上跳舞。一回将头顶住桌脚,直壁壁将两脚竖起,又将两脚勾住桌脚,头垂向下,两手撒开乱舞。一回又是用两手按在桌沿上,团团走过一遍,看客们无不骇然,阮伯蓉吓得用双手捂住眼,直往袁崇焕怀里拱。妇人这时猛地从桌子中间空里,一一钻过来,毫不碍她的手脚,疾如飞鸟般降下来……

杂技百戏不消看第二回,全大同小异。阮伯蓉挽着袁崇焕站起身,抬腿进账幕内看大戏。

卖筹码的老头儿说:"嘿嗨儿,正巧嘞,戏马上就开始,像是在等相公、娘子二位啊!"

"什么戏?"阮伯蓉问。

"崖山烈。"老头儿回答。

袁崇焕猛然一惊,"崖山烈?"

这出传奇剧袁崇焕在广西藤县看过不止一次,说的是宋末文天祥在国破之后辗转各省流亡入闽,在崖山行朝率兵力抗元兵。后崖山兵败,他在广东被俘,誓死不屈,壮烈殉难的历史悲剧。剧中除了那首脍炙人口的千古绝唱"人生自古谁无死,留取丹心照汗青",袁崇焕在梦里都会背诵之外,还有文天祥的唱词:"试问琵琶,胡沙外怎生风色。最苦是,姚黄一朵,移根仙阙。王母欢阑琼宴罢,仙人泪满金盘侧。听行宫,半夜雨淋铃,声声歇。彩云散,香尘灭。铜驼恨,那堪说!想男儿慷慨,嚼穿龈血。回首昭阳辞落日,伤心铜雀迎秋月。算妾身,不愿似天家,金瓯缺。"袁崇焕熟记心中。这词里浸淫了生死不渝的民族气节和顽强斗志。另有一段唱词"酹江月"也是袁崇焕经常喜欢默吟的:"乾坤能大,算蛟龙元不是池中物。风雨牢愁无著外,那更寒蛩回壁。横槊题诗,登楼作赋,万事空中雪。江流如此,方来还有英杰。堪笑一叶飘零,重来淮水,正凉风新发。镜里朱颜都变,只有丹心难灭。去去龙沙,江山回首,一线青如发,故人应念,杜鹃枝上残月。"词意表达了英雄文天祥为民族奋斗,死后魂依故国,一片赤诚、满腔血泪。

"走,不看了。"袁崇焕脸上一阵乌云飘过,情绪陡然突变,甩手向庙会外离去。

阮伯蓉纳闷,追了几步:"相公,怎么啦?这出戏不好看,再换个别的戏看嘛。"

"这出戏好看,可我不想看!"袁崇焕怒气冲冲地扭头说了句,继续往前走去。

阮伯蓉余兴未尽,可无奈,只得跟着一块儿恋恋不舍地结束了这次娱乐。坐在回去的轿子上,袁崇焕阴沉着脸,一言不发,阮伯蓉也生闷气,不理他。过了几条街巷,袁崇焕忽然一声喟然长叹,自语道:

"崖山烈、崖山烈,我闭上眼睛,脑子里都能一幕幕地把它展现出来!可我没脸看它!我无法面对文天祥、文大人!我现在算是什么人!我无聊、庸俗、空虚,我逛庙会,靠斗鸡来给自己打气提神,我是个十足的废物啊!"

袁崇焕自语的声音越提越大,最后激动得用拳头捶自己的胸膛。

阮伯蓉吓坏了,按住丈夫的手,哀求道:

"相公,你息怒!息怒!你怎么啦?"

"我没怎么,我是恨自己啊!"袁崇焕激愤地说道。

"可这也怪不得你呀!是朝廷把你闲挂在翰林院的呀!"阮伯蓉宽慰他,替他解脱。

"是呀!"袁崇焕无限惆怅地又一声长叹,"是朝廷把我晾在京城的。我就像是一条被大浪冲上沙滩的鱼,眼望茫茫大海就在眼前,却无法下水,只好任由躺在岸上挨晒,最后被晒成鱼干!"

轿子在逶迤细长的胡同里穿行,就像历史长河里个人的一叶小舟……

从万历47年夏到万历48年夏,整整一年,袁崇焕都在翰林院无所事事地硬着头皮混日子,他难以左右自己的命运。不过,命运自有它不可能抗拒的规律,虽然它时常呈现出扑朔迷离的景观,但它实实在在是在向前滚进的。

万历48年七月初,北京上空阴云密布。至七月二十一日,日初出,有星如盘,自西东流,直犯入日中。袁崇焕正在家整理一篇国史记事,阮伯蓉出外购物匆匆回来,惊惶失措地对他说:

"相公,外面都在传呢,天象不祥,这几天要有大灾大难降临哩!"

袁崇焕叫她镇静点,别乱说。然而他自己却把手中的文书往案上一丢,在房里烦燥不安地踱起步来。他不是没听说皇宫里的流言,"说神宗皇帝已病入膏肓,然而,他更关切的是,这能对将来预示什么呢?

戒备森严的紫禁城乾清宫暖阁内,神宗皇帝躺在冰凉的龙床上,已有半个月的时间不能进食。他身体消瘦,面容憔悴,只是依靠药汤在维持生命。

朱常洛带着儿子朱由校,几次去暖阁探望神宗。但由于没有得到神宗的亲口允许,每一次他们都被守门太监拒之门外。有一天,他们从一大早等到太阳西下,苦苦哀求也无济于事。

到了七月二十一日这天，神宗已经奄奄一息，不省人事，朱常洛听说后万分焦急，又领着朱由校兄弟几人再去探视，不料守门太监还是照章办事，不让进去。朱常洛父子们虽非神宗宠爱，而且一直是受到压抑排挤的对象，但毕竟是君臣关系和骨肉之情，这使他们在神宗即将被死神掳走之时，不论怎样，都还是显得痛不欲生。望着那两扇巨大的紧闭宫门，他们心忧如焚。可朱常洛畏于父皇的威严，不敢抗争，从早上到夜晚只是眼巴巴地站在台阶下，顶着孤清的月色，仿徨不安地等待着消息。

门终于迓开一道缝。是兵科给事中杨涟、御史左光斗、东宫太监王安等人的拼命争取，才让朱常洛父子们入内见了神宗最后一面。

在场的文武大臣有英国公张惟贤；大学士方从哲、韩爌；尚书周嘉谟、孙慎行、李汝华、张向达、黄克缵、黄嘉善；侍郎孙如游等。

大家都目不转睛地望着神宗帝。从这些大臣们的面部表情判断，朱常洛和朱由校知道神宗的阳寿已经在用分秒计数了。

屋里静得只听见心跳。忽然，神宗睁开死鱼目似的眼睛，向周围缓缓地扫视了一圈。鸟之将亡，其鸣也哀，人之将死，其言也善。他有气无力、断断续续，开始留下遗言了：

"朕继承……祖宗大统，历今四、四十八年。久因国……事焦劳，以致、脾疾，突……然病倒不起，辜负、了先帝的重托。"他看到了皇太子朱常洛，于是接着说："唯是皇太子已……已经正位东宫多、多年实赖诸位大臣，和、和司礼监协心辅佐，遵、遵守祖制，保、保固皇图……"他猛然又发现了皇长孙朱由校，一改十六年来拒不立他为皇太孙、不令他出阁读书的恶劣态度，说出了他遗嘱的最后一句话："皇、皇长孙宜及、及时册立、进学。"

言毕，神宗头一偏，驾崩了。

殿堂里响起唏嘘声，大臣们既要表现出丧帝的悲哀，又要保持与身份相符的仪颜。只有朱常洛放声号啕大哭起来，旁边的廷臣们戚戚地望着他，费解地琢磨他究竟悲伤的是什么。

过了两天，七月二十三日由英国公张惟贤宣布帝遗诏，称"皇太子朱常洛聪明仁孝，英明卓识，君德早成，宜嗣皇帝位。"

八月初一，朱常洛在几百名文武大臣、宦官宫女的簇拥下，浩浩荡荡地从皇太子专居的东宫走出来，在悠悠的礼乐声中，继承皇位，坐上了太和殿的龙椅宝座。

殿前陈列的鹤、鼎、炉都升起袅袅香烟，缭绕殿宇。殿廊下的金钟、玉磬和笙、笛、箫、琴齐鸣,跪在丹墀和广场的文武百官三呼万岁。

新皇帝朱常洛史称明光宗,改年号为泰昌。

光宗龙袍加身后,海内欣然相庆,贺圣主光耀临世,朝廷上下,文臣武将,黎民百姓,无不欢呼更始。陕西巡抚李起元还向朝廷奏报,说八月十五日临洮、巩昌之间的黄河水,由浑浊变为清澈,上下凡数十里,至十七日未时止。并说,这是自正德二年黄河水变清,而明世宗应运而生以来,至是计一百十四年再次变清。朝野顿时振奋,都以为是光宗的启圣之祥在威震四方。

但可惜的是,善良的人们在万历黑暗的几十年后,盼望光明的美好愿望,并没有成为期待中的现实。光宗在他登极之时,实际上已经是一具空朽的躯壳了。只消一阵疾风,就能把他吹倒。而他嗣位后面临的一大堆当务之急的朝政,无异又是一种雪上加霜,立刻把他击溃摧垮……

说起光宗的健康,实际上是一个色字,如刮他精髓的钢刀,既给他销魂的无比痛快,又不知不觉地毁灭着他的羸弱躯体。

登基时,光宗身穿龙袍,满面春风。袁崇焕在翰林院看到传回来的国史草本里记载有这样的词句:"玉履安和","冲粹无病容"。升为皇长子的朱由校当时也留下话:"皇爹爹素固健甚。"

可是,长期在宫中厮混的廷臣们知道底细。他们为自己的皇朝天下担忧,不约而同地纷纷向光宗上疏请求他保重龙体。

八月初三日,兵科给事中杨涟上疏光宗,请从修身、勤政、亲贤、纳谏四个方面,效法明太祖朱元璋。并重点说,修身,就是要慎起居,不能纵情多欲,注意安排好食息。

这份奏疏送呈之后,竟如石沉大海,杳无音讯。

结果是,第二天就传出光宗身体不舒服。

大臣们无不为之暗暗摇头叹息,在宫殿角落、府院僻处,他们窃窃私议,都说光宗染疾肯定是由于淫欲所致。

御史郭如楚为此于初七日专门上疏谏言:

"皇上为政之初,首先必须慎起居,少嗜欲,一保身体。"

次日,御史黄彦士再进忠言:

"保养之道,最好莫过于每天读书,接宫妾之时少,接贤士之日多,以养心则义理明,而志益清;以练事则嗜欲夺,而身益固。"

工科给事中李若珪说的更明白:

"天下劳神摇精之事,多在快心适意之时。一切声色靡丽少近于前,则寡欲而心清,神凝而气畅。"

也不知道光宗是否听读或亲览了这些上疏,他没有反应。而从御医的渠道输出的消息则说,光宗的病情已经日趋恶化。

群臣们一方面再恳请光宗慎起居、多读书,少接宫妾、多接贤士,另一方面又大惑不解。虽然说光宗做皇太子时,受神宗的压制,使他不能过问政事,不能亲阅书史,是一个多余的人,从而使他转向在青宫内寻欢作乐、麻痹自己,导致荒淫。但他登极后,还是有一番雄心抱负,想整治国家的。他做出了两个大的动作,一是于万历48年7月22日和24日,各发银一百万两犒劳辽东等处边防将士,并罢免矿税、榷税,撤回矿税使,使得朝野感动;二是重新起用因为反对神宗开矿、征税等残酷制度而被废弃的一大批官员,为他们正名,安插到各个岗位上去。这两项措施,修补了内政,也争得了人心。可仅仅这两件事是远远于事无补的,摆在他面前亟待解决的国家大事还很多很多,军事上,如何摆脱明军在辽东战场上的困境;经济上,如何恢复民力,以维持社会再生产;政治上,慎重用人行政,以振朝纲……光宗本人曾在亲朝时也向大臣们表示了一番要彻底扭转局面,毫不动摇的决心。就在这国家政权转换和建立的关键时刻,他作为皇上,怎么会突然置若罔闻地沉陷在女色里不可自拔呢?

大臣们的疑虑终于找到了一个可以寻到答案的对象,那就是神宗的宠妃郑贵妃。

郑贵妃曾助纣为虐,打击过被神宗冷落后宫的光宗生母王恭妃。后来她与神宗生下儿子朱常洵,立为福王,深得神宗喜爱,在立皇太子的问题上,神宗几次欲废朱常洛而改立朱常洵,由于朝臣们的坚决反对和阻止才作罢。这几件事,深深地刺激和恐吓过朱常洛——如今的光宗皇帝。所以在他登极后,郑贵妃住在乾清宫里,惶惶不可终日,生怕光宗哪一天怒从心起,去报复她。

女人自有女人的办法。郑贵妃早就知道光宗从小沉缅在女色里长大,内心深处有一种须臾离不开女人的极强依赖感,她为了使光宗放弃因为以前福王朱常洵的事记恨自己,以保全自己的地位,特向光宗进贡了大量稀世珍宝以及美女八人。

这一招果然奏效了,光宗见到这些绝色佳人,眉飞色舞,一一予以接纳。他不仅不追究郑贵妃的罪责,反而准备按神宗的遗诏,进封郑贵妃为皇太后。女人是祸水,这句话太笼统。可它用在光宗皇帝身上,却是恰到好处。郑贵妃用这八个美女作刀枪,其用意倒并不是为了害光宗,而是想保全自己,但事实上的结果,是刺中了他的性命要害。

皇帝的内侍向大臣们透露:"郑贵妃进侍姬八人,上疾始瘥……"

八月初十日，总管太监召医官陈玺等名医数人入宫，为光宗诊病。第二天，是光宗的诞辰纪念日，时称"万寿节"，本当隆重庆祝，可皇上病重只得传免，仅派官祭祀明成祖长陵等陵。光宗有些不甘心，还想出来接召各位大臣，终因病体难支，神采大为可骇而止。

过了两天，他带病勉强到文华门视朝。群臣见到他，都不禁惊讶万分，退下后对周围人说，"圣容顿减"，"大觉丰神清灭，不似登极之时。"

他们哪里料到，光宗已经是行将命赴黄泉的身子了，可还是照样离不开女人，他每夜都要有几位美女侍候床第，否则就一刻也不能入眠。

八月十四日，光宗病情危重已无法掩饰，于是调内官崔文昇治病。当时宫中公认崔文昇的医术是最高明的，从来都是药到病除，从未发生过差错。然而这次他不知怎么搞的，心里判断光宗频频接近女色，是因为内火过旺所致，所以他让光宗服用以大黄为主要成份的通利药。

光宗服药后顿时大泄不止，一昼夜起床三四十次蹲茅坑。天亮后，宫女和太监在日光下看清楚他的脸，吓得连忙把甚光移开，天子的面色由惨白变成灰青，已经和几周前躺在灵柩里的神宗差不多了。

流言很快四起，都传说崔文昇是郑贵妃的心腹，他进泻药是被郑贵妃唆使，本意是欲置光宗于死地，从而保全自己的地位。

忠君的大臣们此时怀疑郑贵妃的把握更加充足了，于是，群情激愤。

先是光宗的元配太子妃郭氏之父、博平侯郭维城等皇亲国戚，入朝泣诉宫中忧危指责郑贵妃与宦官互相紧密勾结，包藏祸心，企图用女色害死皇上。

兵科给事中杨涟、御史左光斗、吏部尚书周嘉谟等人，联合起来一致强烈要求郑贵妃搬出皇宫重地乾清宫。

郑贵妃一看大事不妙，立即偃旗息鼓，灰溜溜地移居慈宁宫。夜晚，她左思右想，觉得还是只有退却才能求得安稳，于是在八月三十日，她委托侄子郑养性，上疏请光宗收回封她为皇太后的御令，光宗"哼哼哈哈"，也弄不清是同意不同意，他已病入膏肓，根本顾不得这些名堂了。

八月二十五日，杨涟专疏弹劾崔文昇，说：

"谁实误皇上困顿至此，传闻为内官崔文昇也。崔文昇不知医，就不当以国家圣人贵重之身，妄为尝试。如其知医，则医法为有余热则泄之，阳气不足则补之。此事明白易晓，皇上因日理万机，丧事哀痛，精神受到损耗，按医法只宜清补。崔文昇却投用相反相伐的药剂。于是使圣体动履艰难，睡眠、饮食俱困如此。目前外面传言，说是由于近侍蛊惑。皇上起居没有节制。崔文昇借此掩盖其误药之奸，其党还四出煽播流言,企图掩饰外面攻击崔文昇之口。崔文昇既加重圣上的病情,又损坏圣德羡名,割他的肉亦不足以食。臣听说崔文昇在达官贵人之家调护多年,不闻误用一药。皇上初用崔文昇剂,便泄、补倒置如此。是有心之误,还是无心之误?有心误,则将他碾成粉末,也不愿以赎其罪。如无心之误,岂可一误再误。皇上如何将这样的贼臣留于宫廷之内?恳请将崔文昇发往司礼监究间处分,传示中外,使知圣使不安,全是用药差误所致,以解街头纷纷传言之口。"

这帮大臣为了维护皇帝的声誉,有意否认和回避光宗好色的事实,把导致光宗疾病的责任全往医官和替罪羔羊如郑贵妃的身上推。这实际上正是国家衰败的最根本原因。当然,他们的信念中只有圣君才能整治国家,但道理是,不是每一个登上这个宝座的人都能成为圣君的,光宗就不可能了。可悲的是,他们从不分析具体的个人,而只把希望全寄托在能坐在这位置上的人身上。

杨涟的这份奏疏,原以为是从皇上利益出发的,可光宗看到了并不舒服。相反,他感到问题的严重性,他当即下令第二天在乾清宫召集大臣们临朝见面。并要皇长子朱由校也参加,

光宗一见到各位大臣,就强提精神说:

"朕在东宫感寒症,调理未愈,值皇考妣相继大丧,典礼殷繁,悲伤劳累。朕不进药已两旬余。卿等大臣勿听小臣言……"

说了一遍,他唯恐自己的声音太弱,又避朱由校重复一遍。朱由校没有读过书,一天到晚在宫中做顽童,但在关键时刻却不含糊。他警觉到父皇今天突然要他也一齐接见大臣,恐怕有更深一层的含义,重复一遍话不仅是为了让大臣们听得更清楚,更重要的是让他把话能记住。于是他在一字一顿地把话重复的同时,又都把它们牢牢地记在了心里。后来他就在光宗的健康问题上坚持这么说。

光宗之所以断然否认自己服药,是因为皇帝都自称自己是万民拥戴的圣人、天子,如果说是被宫内医官用药害死,那就是死于非命,会遭嗤笑千年万古,这是皇族最忌讳的。他明明一直在召医服药,现在却当着各位大臣的面,硬说他已二十多天没有吃药,目的就是为了证明:他的病是由来已久,"悲伤劳累"、"调理未愈"所致,非为药物所误,与医官无关。

他的目的和杨涟的目的是一致的,都想维护皇上的名声,所以尽管杨涟和他的说法不一致,他也宽恕了这位忠臣,没有任何怪罪他的意思。

八月二十九日,光宗服用红丸药。起因源于这天正午他与几位弼命大臣的一次会面。

也许他感觉到自己活命不长了,他躺在乾清宫的病床上,最后一次召见内阁首

辅方从哲等十三位大臣,交代身后之事。他艰难地说:

"朕命可归天,但难放心下国家大事,诸位大臣当为朕尽心分忧矣!为朕辅佐皇长子要紧,辅他成为尧、舜那样的国君,希望诸臣都实在用心。"

"是!"诸位大臣都心情沉重地回答。

光宗顿了顿,闭上眼,又睁开,说:

"朕寿宫要紧……"

未讲完,大臣们都诚惶诚恐地劝止道:

"圣寿无疆,何念及此!"

光宗混浊无神的眼睛望着这些卑躬屈膝的奴臣,他心里叹息,他何尝不想万寿无疆,但这种话此时他最明白,都是假的。他想活命,他和所有人一样都惧怕死亡,而且他越是在衰竭的时候越有股强烈的求生欲,可一种深深的无奈充斥着他的内心,他无法阻止死神愈走愈近的步伐,"要朕圣寿无疆,可你们谁有办法让这祝福成为现实呢?"他绝望的眼睛里流露出一丝若有若无的征询。

首辅方从哲似乎读懂了光宗眼光里的意思,他迈前一步,向光宗奏道:

"皇上,鸿胪寺丞李可灼自称有仙丹妙药,叫红丸,可臣等未敢轻信……"

他既想献宝,又有顾虑,话吐一半,留一半。这顾虑不是不可理解,崔文昇用泻药,闯了祸,闹得沸沸扬扬,他如果再主张光宗服红丸,好则罢,不好责任谁来负呢?但另一种侥幸又在拱动着他的心机,万一红丸服用成功,皇上转危为安,那天下万众欢呼,岂不有一半是冲他方从哲而来?他眼珠"滴溜溜"地望着光宗,他在想,这事无论怎么样,还是让皇上自己定吧,当着十三位弼命大臣的面,日后总能说得清楚。

光宗已象一个溺水者,经过拼命挣扎,身心疲惫,渐渐地在向深渊沉去。这时忽听到有红丸仙丹,马上打起残余的最后一点精神,伸出手,仿佛要抓救命稻草似的,喝道:

"爱卿忠心朕已明了,快、快、快速召李可灼入宫!"

诸臣按规矩退到宫外等候。

李可灼应命火速携药赶来,大臣们又跟着入内。

"朕奖赏你……"光宗与其说是鼓励李可灼,还不如说是在哀求他。

李可灼吓得不敢回答。他捏着光宗骨瘦如柴的手腕搭脉诊视,稍顷毕后,他细声细语地向光宗奏报病源及治法。

见他说得有板有眼,蛮有道理,光宗不禁大喜过望,命李可灼赶快进药。

方从哲和几位大臣面面相觑,有的点头,有的摇首,他咳嗽一声,把李可灼叫到旁边,叮嘱道:"一定要慎重!万不可轻易用药呀!"

李可灼茫然地前顾后盼,也不知是听皇上的好,还是听大臣的好。由于身份和地位的局限,他对皇上用药的利害关系重要性,考虑的远没有廷臣们那么多。他只有一点是有把握的,这红丸吃了对人身体绝无紧要,所以他是"傻小子睡凉炕,全靠胆量壮"不怕。

光宗不知大臣们在跟李可灼说什么,见李可灼不动弹,便急了,嘴里"咕噜咕噜"不停地催促,两条胳膊还捶打床架子。

诸臣不敢再阻拦,又按命退到宫外。

李可灼先冲了一碗药汤,让光宗喝下。光宗饮后喘息不停,李可灼接着让光宗进药,奇怪的是,红丸入口后光宗的喘气便停止了。

光宗的精神似乎有了些好转,他高兴地微微笑起来,充满感谢地连连夸赞李可灼:

"忠臣!忠臣!你是朕的忠臣!"

知道皇上已经服了红丸,大臣们惴惴不安地等在宫外听候消息。

贴身太监出来告知,皇上闭眼睡了。

睡了?能睡当然是不错,可别把昏迷当做睡眠了,那可就糟了。但大臣们谁都不敢问这晦气的问题,只是心怀忐忑,依然站立在宫门外,静候消息。

直到下午三、四点钟的时候,一位太监才终于满面春风地跑出来传达,皇上服了红丸仙药后,小憩片刻醒来,微微出汗,全身上下暖润舒畅,且思饮食,身体出现了回转康复的迹象。

"啊——"大臣们好不容易长长舒了口气。他们稍稍放心地在大殿内找位子坐下来,吃些宫内送出来的御赐点心填填肚子,他们已经有大半天粒米未沾了。

至当天晚上,光宗恐药力不支,命李可灼再调一丸进服。

这红丸药,其实成份很简单,就是以红铅为主、参茸为附,调配揉合而成的丸子。红铅是什么?乃妇人经水也。李可灼曾用该药治愈了一些身体虚弱的病者,知道这药有利无害,只能说对某些人无甚作用,而不会对人有误命的伤耗,所以皇上既食了舒服,想再用一丸,没有什么不行的,就遵旨又送上一颗,让光宗吞下。

过了一个时辰,内侍太监打着灯笼送李可灼出宫,回府歇息,见大臣们还在殿内守候,便喜笑颜开地告诉他们:"放心吧,没事咧。皇上气足色亮,体力恢复如初,刚才还跟奴才说,要、要……"太监压低嗓门,"要两名玉女相伴哩!"

"真的?"方从哲简直不敢相信奇迹发生得如此之快,他对李可灼说:"你给皇上治病有功,朝廷会犒赏你!"

太监和李可灼去后,弱命大臣们如释重负,满脸忧愁一扫而光,互相道贺说:"圣上乃万岁天子!今天晚上,我们可以踏踏实实睡个囫囵觉啦!"

方从哲是首辅,由他发话:"好了,各位大人都请回吧:"

"方大人先回!"众人客气。

"同归!同归!"方从哲含笑而答。

轿子一顶顶地来到乾清宫门口,大臣们陆续离去。

这晚是月缺日,加之西北蒙古荒漠吹来大风,乌云密起,整个天空夜光暗淡。自光宗病后,他卧榻的乾清宫门口一直挂着盏红灯笼避邪,寅刻时,灯笼在茫茫黑夜中宛如大海波浪汹涌里的一叶岌岌可危的孤舟,一阵狂风呼啸袭来,灯笼竟莫名其妙地熄灭了。

次日,即九月初一日,五更时分,天色尚未晨曦出现,突然宫中太监火急通知各位弱命大臣入宫。当大臣们穿戴整齐,匆匆忙忙赶到乾清宫内殿门前时,他们被告知,光宗已于卯刻驾崩仙逝。

大明帝国在短短一个月又十天的日子里,接连死了两个皇帝,朝廷顿时乱作一团。翰林院空无一人,全都不知上哪去了。袁崇焕去转了一圈,只得又回到家来。他紧蹙眉头在庭园里散步,阮伯蓉还以为他在为光宗之死而悲伤,就剥了一碟糖水蜜桃递给他,劝道:

"皇上驾崩,朝廷自有丧事处理办法,大臣宦官多得数也数不清,轮不到你操心,你还是在家安心写你的国史文书,待到院府恢复正常事务了,你再去交差,不就行啦!"

袁崇焕摆摆手,说:"我不是操这个心,这事是轮不到我们这等未授官品的新进士忧虑。我是在想辽边哪——"

他在考虑,努尔哈赤的强悍金兵一直虎视眈眈地盯着明国的动向,一旦有机可乘,他们便会猛扑过来狠咬一口。现在神宗皇帝和光宗皇帝相继逝世,对他来说,不正是一个绝好的袭击机会吗?金国军队会不会就此对熊廷弼将军发动一场强大攻势,造成边疆的险情,以威胁大明国的战略地位……

阮伯蓉知道丈夫的辽边情结又发作了,便不再理会他,把蜜桃搁下就进房里去了。

几天来,袁崇焕密切关注自辽边传来的奏报,可表面上发现不了什么异样。在极其落后的通讯条件下,他根本无法了解关外的战事发展变化情况,这使他格外焦急,成天坐卧不宁。

阮伯蓉怕他憋坏了身子就又劝他：

"相公，你还是到外面去散散心吧，老闷在家里钻牛角尖，会伤了元气的！"

这一说倒提醒了袁崇焕，到外面走走，走哪去？不如到韩府去找韩爌大人，考进士时他是主考官，按理说，袁崇焕就是他的门生，他一定了解多一些辽边目前的状况，如果吃紧，就请他报奏，派自己赴边守疆。

想到此，袁崇焕兴奋起来，马上兴致勃勃地穿上袍服，戴上帽翅，足蹬皂靴，出门向韩府大步走去。

韩爌的门倌见袁崇焕一身官员打扮，便引他直接到了韩府的客厅门口。韩爌闻报，一脸意外地走出来。客厅里像是在聚会，茶香烟辣挥发出很浓重的味道，还传出来七嘴八舌的嘈杂发言声音。韩爌反手把门掩上，他没料到是袁崇焕。他似乎已把袁崇焕当作了一个无关紧要的人，随口问道：

"你来干什么？"

袁崇焕作揖后说：

"小生前来拜望韩大人，想问一问韩大人是否知道辽边战事的情况？光宗皇上仙逝，小生恐前方紧张，如有可能，请韩大人代小生上疏，遣小生赴边。"

韩爌听完，显得有些不耐烦地说：

"我不知道、我不知道。现在朝廷上下都在筹备国葬礼仪，谁有功夫去关心辽边战事？"

袁崇焕一听，觉得很不是滋味，可他又不能对韩爌说什么不礼貌的话，便垂下头不作声。

韩爌也觉得对袁崇焕回答草率了些，便又补充："光宗皇上是服红丸药后驾崩的，现在朝廷争论很厉害，谁都没空暇去顾别的事。辽边有熊廷弼镇守，万无一失，你不用操虑！"

"可是……"袁崇焕想说，万一金军发动进攻，朝廷上下无人过问前方局势，如何能安保明国江山呢？话到嘴边，他又咽了下去。因为他见韩爌不时扭头向客厅顾盼，早已没心思和他说话了。于是，他只有自觉地告辞。

其实，要是袁崇焕也卷入了朝廷的斗争漩涡之中，他就会明白，现在提出一个与皇上逝世无关的问题，是显得多么不协调，多么的令周围的人不可思议，要想求得结果，那就更是不可能的事情。这架国家机器，隆隆转动的全部目的，就是维持一个王朝的存在，而王朝的形象代表，就是皇帝。

光宗尸骨未寒。朝中议论纷纷，"红丸"案突起。

围绕这"红丸"，朝廷大臣们对立成两派。

一派说光宗是服了红丸被害身死的，另一派则说光宗是久病难治，与红丸无关。双方各执一回，争论不休，把"红丸"案变成了轰动朝野的一个大案。

持红丸有害论的大臣是一批以杨涟、左光斗等人为先锋的东林党人，有大学士韩爌，御史郭如楚、王安舜、冯三元、刘宗周、焦源溥、傅宗龙、马逢皋、李希孔，吏部主事吕维祺，工科右给事中惠世扬，吏科都给事中魏大中，光禄寺少卿高攀龙，礼部尚书孙镇行，以及南京太常寺少卿曹珍等四十余人。

他们向即将继位的皇长子朱由校上疏说：

"医不三世，不服其药。先帝之脉，雄壮浮大，此三焦火动，宜清不宜助明矣。红铅乃妇人经水，阴中之阳，纯火之精也。投于虚火燥热之症，不速之逝乎！以中外危疑之日，而敢以无方无制之药，驾言金丹，轻亦当治以庸医钉人之条。重亦论谋圣上命当处凌迟不误！"

他们提出的主要观点是：

第一，李可灼是庸医，当按庸医杀人治罪。他有意轻用药，方从哲明知这红丸荒谬反而引荐，轻用药之罪固大，而轻庸医之罪亦不小；

第二，先前泄药之害大于红丸，崔文昇之罪大于李可灼。崔文昇为郑贵妃心腹，他投药之意好郑氏之意，昇罪情不下于当日"梃击案"的张差，而李可灼次之。当诛崔之昇以谢九庙；

第三，从张差"梃击"东宫到李可灼"红丸"，是出于同一阴谋，都是为了谋害光宗皇帝。张差之棍不灵，则投以丽色之剑，崔文昇之泄不速，则促以李可灼之丸。

第四，因此可以箸断，崔文昇、李可灼等人是有组织的"医药奸党"，方从哲是他们的后台。他对李可灼行是保举推荐，后又赏奖励，纵其罪应与崔、李二人同等。

与方从哲站在一起，力主红丸泄药无害论、李可灼和崔文昇无罪说的，内有刑部黄缵、御史王志道、给事汪庆百及宫内的太监们，俗称"阉党"。他们有无比强大的潜在势力。他们坚持认为，光宗是旧病未愈，又遇上神宗丧事劳累衰毁，红丸本起积极作用，但皇上已非药力所能挽救，所以仙驾而逝。

这两派打得不可开交，名为"红丸"案争，实际上又掺合进了党派之争。

方从哲字中涵，祖籍浙江德清，本人生长于京师，应该说是北京人，但结党时他归入"浙党"。他是万历 11 年进士，官至礼部尚书兼东阁大学士，自万历 43 年迄泰昌元年，连任内阁首辅大臣。这人性格比较柔弱，在大事面前往往昏愦糊涂，首辅就是首相，但他为相期间，无所建树，名声很差，是当时锐气十足的东林党人主要政敌。

东林，原是一个书院的名字，地点在江苏无锡。最早是由宋代大儒杨时建立，万历23年2月,吏部郎中顾宪成,因为上疏逆旨被罢免官职,回到无锡老家以后,和他的弟弟顾允成共同倡仪,重新将其修复。万历32年书院落成,成貌一新,顾宪成于是和志同道合的高攀龙、钱一本、薛敷教、史孟麟等人,在书院聚众讲学,谈经论道。这些人也是以维护皇家利益为已任的,但他们言论比较激进,很富有鼓动力和号召力。那些有心为朝廷效力而不得志的士大夫,退居在野的官僚,都闻风响应,纷纷到东林书院参与活动。后来,许多在朝的官员也慕其名,居京师与他们遥相应和。于是东林书院名声大震,人们把和它有关系的朝野官员人士,称为"东林党"。

东林党人在朝中的地位时涨时落,但他们的精神十分顽强。他们这次想乘"红丸案"之机,将自己的地位得到一次拔高。而他们要想成事,就得击败与他们相对立的"浙党"。方从哲是"浙党"的公认首领,所以"东林党"人的矛头自然就直接指向他。

但"红丸案"究竟是有害论胜还是无害论输,随之带来的究竟是哪个党派占上风,最后还是要由皇帝继位人朱由校来定夺。

起初,在这场混战中,朱由校以继位天子的身份,在"红丸案"中是站在方从哲一面的。因为他的耳边不时响起父皇光宗帝死前临朝,让他复述的那段话:"朕不进药已两旬余……"皇帝是上天的化身,是神圣不可侵犯的。如果东林党人"红丸"有害的指控成立,那就意味着父皇是有人有意害死的,是不得人心的结果。朱由校为了维护皇族完美、高大的形象,同时也是为了维护他自己的名誉,在光宗死后的头几天,一方面强调光宗死是由于"素有弱,嗣因皇亲宾天哀痛,劳瘁过分,以致医药无效"。另一方面下旨说:"李卿进药不效,殊失敬慎,但亦臣子爱君之意。"并让方从哲赏给李可灼银子50两,以表明他的态度:李可灼和他的红丸没有罪而有功,为红丸定性。

东林党人见朱由校的态度偏向方从哲的"浙党"及"阉党",便发动舆论攻势,对朱由校形成强大的精神压力,让他感到一种死亡的威胁隐蔽在他的身边宫殿里,使他不寒而栗。同时,他们又不断地向他表示效忠之心,一定在他登极问题上全心全意地出力。

这样,势单力薄的朱由校便又暂时对"红丸案"保持了沉默。

朱由校不得不考虑自己的处境,这个万众瞩目的天子继位人,当时实际上是在遭到西李选侍和追随她的心腹太监魏忠贤等宦臣的软禁。

西李选侍是光宗生前最宠爱的妃子,光宗还是皇太子的时候,她就恃宠骄恣,欺负和辱骂皇太子的才人、朱由校生母王劫懋。王才人在临死前忧愤地说:"我与西李有仇,负恨难伸!"西李与光宗没能生下皇子,只有一个皇妹,朱由校丧母无人照管时,神宗不明内里,乱点"鸳鸯谱",竟下令将朱由校交给西李作养子。

西李自有她的心计,她并不愿意多一个朱由校这样的累赘,但她看出光宗有可能继位,而朱由校以后就是皇太子,她拥有皇太子作养子,弥补她无皇子的缺陷,地位自然就高得多。于是她欣然从命,马上叫朱由校去与她同住一室。

朱由校从他母亲口中,知道西李泼辣厉害,感情上和她有隔阂,以"亲疏自有分别"为理由,拒绝了她同居一室的要求。

西李便记恨在心,想用压力使朱由校屈服。她规定他每天必须按时向她行一拜一叩头礼,不准他与外人往来,违背了官中的规矩,要受跪罚。这些侮慢凌虐,常常使朱由校昼夜涕泣。

有些朱由校的贴身侍从不忍目睹,就去禀报光宗。光宗知道后也只是安抚儿子一番,而从不训斥西李。

光宗继位后,西李和朱由校都从东宫慈庆宫移居帝后专住的乾清宫。光宗的元配郭妃已去逝,西李更加受宠,成为乾清宫里的第一夫人。宫里还有一个显赫的女人,就是郑贵妃。郑是神宗最宠爱的妃子,原来应该在神宗死后即搬出乾清宫的,但她用八个美女献给光宗,换取了赖在乾清官不走的权利。她看出西李是光宗的宠妃,便拍她的马屁,想达到自己封为皇太后的目的。要是郑贵妃封皇太后的目的达到了,西李就要她建议封自己为皇后。两个女人性格相似,一拍即合,很快就相互勾结,吹吹拍拍,一唱一合。

光宗稀里糊涂,在西李的掺合下,对郑贵妃化解怨恨、抛弃前嫌,改变了看法,拟下旨封郑贵妃为皇太后,封西李为皇贵妃。西李听到了,很不满意,认为自己应该是皇后而不是贵妃。皇贵妃的封号在后妃中的地位仅次于皇后,西李本是一个宫女而已,这种越级的非常之封,她应该感激涕零才是,可她竟还不知足,可想野心之巨。

后来没几天,光宗迫于舆论的压力,又收回了封郑贵妃为皇太后的命令,郑垂头丧气地从乾清官移居妃嫔居住的慈宁宫。西李开始感到孤独。接着光宗突然仙逝,她的保护伞倒了,她更觉得有必要将朱由校这个皇长子捏在自己手中,才能达到自己册封皇太后,以保一生荣华富贵的目的。

这时朱由校十六岁。方从哲等"浙党"大臣认为他既无嫡母,又无生母,势孤力单,还是将他继续托给西李选侍照护为好。

东林党人坚决反对。他们认为关系到明朝政权的头等大事,谁拥有少主朱由校,谁就占有主动权,西李非可托之人,只有尽快使朱由校暂时离开乾清官,摆脱西李的控制才能使新皇帝顺利诞生。

西李闻听东林党大臣想把朱由校从她手中夺走,气急败坏,心想如果让朱由校脱离了自己的控制,日后别说皇太后、皇后的封号,恐怕连皇贵妃的名称都鸡飞蛋打!她和魏忠贤密谋于暗室,决计死不放朱由校出乾清宫暖阁一步,东林党大臣见不到皇长子的面,能有啥奈何?

杨涟、左光斗等大臣想进乾清宫,和朱由校会面,把守宫门的武装太监刀棍并举,凶相毕露,拦住他们不让进入,说:

"有什么话,我们可以转告!"

气得大臣们脸色发青,面面相觑,不知如何对付。

按朝廷礼法,身为皇长子的朱由校理应出宫为父皇光宗守灵,并出席哀悼仪式。可这几项有关国本的重大活动,都看不到他的身影。

不仅东林党的大臣们疑虑不安、怒火一触即发,就连倾向"阉党"的方从哲"浙党"派大臣,也觉得西李选侍和魏忠贤做得太过份了。

哀悼仪式刚结束,争夺朱由校的宫廷斗争就进入了白热化阶段、韩爌、杨左光斗等廷臣责问宦官魏忠贤:

"皇长子当柩前即位,今不在,何也?"

魏忠贤语塞,装糊涂状。

倾向东林党人的司礼监秉笔太监王安暗地里告诉他们:"皇长子为李选侍所匿耳!"

站在韩爌身边的礼部左侍郎刘一爆气愤地大喝:"谁敢匿新天子?死有余辜!"说着就要往乾清宫里冲。

王安拦住,道:"诸位大人请慢,用硬办法不行,会把事情搞砸,让我寻个借口,将皇长子诱引出来,如何?"王安长期在宫中,伴随皇帝左右,很有政治头脑,他的建议能对东林党人产生作用。

"王公公说的有道理。"杨涟沉吟地说,"先把皇长子哄出来,然后送到慈庆宫,这个行动可以称作避宫。慈庆宫是继承皇位的皇太子专住宫殿,皇长子到了慈庆宫后,继位就是名正言顺的事情了。"

"对!"其他大臣们都赞成。

"那好,我此刻便去!"王安说。

王安身份进入乾清宫很容易,但要见朱由校,非要通过西李的准许不可。王安谎称,光宗帝有一盒祖传的珍珠链子,收拾遗物入库时没有见到,想当面问一下皇长子,不知他清楚不清楚。

西李在这几天神经十分敏感,她起初对王安的说法有些疑惑,因为朱由校极少在光宗的身边,他哪会晓得什么珍珠链了?后来想想也有道理,没准光宗会向儿子提起过呢。她亲自带着王安向禁闭朱由校的暖阁走去,路上还玩笑地说:"链子找着,先搁我这儿,玩赏几天啊?"王安"吱吱唔唔"地应付。到了暖阁门口,西李又觉得不对劲,问句话的事儿,怎会劳驾王公公这等地位高的宦官?差个小太监不就得了?她要拉王安回去。可事情到了这一步,王安也顾不了遮掩了,他乘西李不备,大步冲进暖阁,见到愁眉苦脸的朱由校下跪道:"奴才接皇长子避宫!"说着,站起来上前搂住朱由校,半拖半抱地携带他向宫外奔去。一边奔,一边对守卫的太监们大呼:"谁敢阻挡,死罪一条!"

到了宫门口,诸臣见到朱由校,立即扑地叩头,高呼:

"万岁——"

西李发现自己上当,立即催促魏忠贤,率十几个太监追出来,要朱由校返回乾清宫。

杨涟、王安等人奋力推开众太监的纠缠,亲自保驾护行。

刘一燝和左光斗两位大臣此时不敢懈怠一分一秒,他们分居左右,连扶带推,拥着朱由校向乾清门跑去,他们准备的一顶轿子就停在那里。

魏忠贤箭步追上,一只手像鹰爪似地紧紧抓住朱由校的袍子不放,话里带着浓厚的湖北方言嚎叫道:"你们要挟持皇长子去何处?皇长子的安危是我们负责!皇长子,快跟奴才回宫!"

朱由校什么话也说不出来,但他有一点是清楚的,只有跟着大臣们走,自己才有生路。所以他脚不停步,任由刘、左两人带着他往前狂奔。

魏忠贤用力过猛,把朱由校的袍角扯断下一截,自己无法控制惯性,一个屁股蹲摔在地面。"你们无法无天啦!"他恼羞成怒地骂道。

"你们才是无法无天!"杨涟怒斥。他和诸臣一起把朱由校抱入轿内,迅速绕过内太门,经崇楼、文楼,直奔文华殿。

在文华殿,他们召集全体文武大臣向皇长子行礼。

礼毕,由杨涟和王安召集锦衣卫中的亲信队伍,采取严密的保卫措施,将朱由校避到慈庆宫居住。

空旷深邃的宫殿,只有朱由校一个人呆在其中,他心里害怕,泪水几乎涌出眼眶。吏部尚书周嘉谟安慰道:"此地万无一失,有王公公率锦衣卫精锐布防,外人不得入内。"接着他又告诫朱由校:"今日殿下之身,即是国家神人托重之身,不可轻易行动。倘若到乾清宫哀悼先帝,也必须等待各位大臣到齐后方能出发!"朱由校听罢频频点头,他怕的就是这点,恐西李趁他只有一人的时候,又来劫持他。

王安主动要求守卫宫门,刘一叮嘱他:

"王公公,今主上年幼,又无母后,外廷有事,吾受过;宫中起居,公等不得辞责!"

王安请他们放心,自己一定尽责。

诸臣拜别朱由校,出了慈庆宫,杨涟提议,到文华殿去,再商议朱由校何时登基的问题。这时众人都已饥肠辘辘,而且经过大半天的紧张争斗,十分疲乏。但谁都没有推辞,抬腿就往太和门外走。他们的每一位心里都十分清楚,现在赢得时间,就是赢得胜利。

可是在商议中意见出现了分歧。

周嘉谟、左光斗主张皇长子明日太阳初升时就登极即位,以免夜长梦多。他们引用孝宗皇帝朱祐樘逝世后,武宗皇帝朱厚照立即登位的例子,说明:"今日主小国疑,更宜急于前时"。

杨涟则认为,皇长子登极迟早并无妨,关键是要抓紧时间扫除隐患。

刘一爆赞成周、左的意见,对杨涟说:"杨大人,皇长子速登大位,可以定天下、安人心啊!如事有不测,海内激愤割你的肉也不足食啊!"

"安与不安,不在登极早晚,"杨涟坚持自己的看法,"处理得当,一朝无为而治又有何害!"

杨涟的官价当时只有七品,但他破例被光宗任命为弼命大臣,活动能力很强,处理问题果断准确,赢得了很高的威信。宫廷里传诵一首诗这样赞颂他:"直房人语细如烟,暖阁分头内立员。宫婢下班交耳语,外间封事奏杨涟。"

既然他有他的主张,其他几位大臣都不作声了。继而他又透出了自己真正的心思:

"我最担心的是,西李还在乾清宫里以皇太后自居,如果皇长子此时登极,进入乾清宫,恐怕西李要垂帘听政啊!"

他这么一说,其他人这才恍然大悟,不禁捏了一把冷汗。

"是啊是啊!杨大人提醒了我们,若不是杨大人点破,我们还蒙在鼓里呢!"

左光斗砸下一拳,道:"这就是说,得先把西李赶出乾清宫,才能扶皇长子登极入乾清宫!是啊?"

"对对对!"众大臣都叹服杨涟的英明。

"就如此行事,我们下一个目标,是请西李选侍移宫!"杨涟一锤定音。

果然不出所料,西李在当晚就派太监来慈庆宫向朱由校传达她的旨意:每天内阁报来的所有奏章,必须先禀呈乾清宫西李,然后皇长子自己方可阅览。西李的"垂帘听政"意图暴露无遗。

见西李的影子还在自己周围忽隐忽现,朱由校心里哆嗦得厉害。这天深夜,秋意深沉,猛烈的西北风呼啸着从天上翻滚而过,把慈庆宫的大小窗户刮得"叭哒"直响。朱由校躺在宽大的龙床上,翻来覆去睡不着,几次爬起来,惧视户外,只见一片漆黑。"上灯!上灯!"他神经快要崩溃地大叫。其实门洞和走廊里都有火烛和灯笼,可是他还嫌不够亮。

在宫门口值班的锦衣卫百户总闻讯跑来,马上令手下把寝宫里的灯火也点燃,他谄媚讨好地跪在朱由校跟前问:"殿下,现在在光亮如何?"朱由校松了口气,点点头:"嗯。"

百户总见朱由校还心有余悸,便提议道:"奴才陪在殿下床前,寸步不离,如何?"

朱由校见他又熟又不熟的样子,没吱声,过了片刻,他问:"你叫什么名儿呀?"

"奴才叫胡应龙!"

这胡应龙正是跟踪阮伯蓉,在广东会馆被袁崇焕教训了一通的那个锦衣卫百户总。

"噢,我想起来了,你曾在我母亲身边做过守卫,是吗?"朱由校问。

"是!是!殿下脑力超群!"胡应龙庆幸朱由校记性好,想起了这段缘分,他不敢主动提起的,万一朱由校没印象,岂不弄巧成拙?"娘娘的墓是奴才监督修造的。"

"噢!"朱由校注意地看了看他,"你是锦衣卫什么官儿?"

"百户总。"

"小了点儿。"

"奴才不敢!"

"你能陪我玩玩吗?"朱由校来了兴趣。

"殿下想玩什么?"

"想玩……"朱由校开动脑筋,"玩斗蟋蟀!"

因为一时抓不到蟋蟀,朱由校只好和胡应龙临时玩了一通宵跳井字格的"掉城"游戏。

斗蟋蟀在明朝宫中十分盛行,因而朱由校极其着迷。明宣宗朱瞻基,为了养蟋蟀,花样百出,按照苛捐杂税的比例,向全国摊派进贡蟋蟀的数目,还专门派出太监到各地搜罗蟋蟀,以至为此逼死人命。明宣宗以后,此风经久不衰,特别是北京城,由于皇帝带头,宫中官僚乃至平民百姓都跟着养、跟着斗,差不多达到无家不养、无处不斗的地步。朱由校为了捉蟋蟀,不仅白天忙,有时还要在夜里打着灯笼进地洞,四处寻找,弄得满身脏土。朱由校只要听到蟋蟀叫的声音,不管多远、多黑、多险,他都要去逮,绝不放过任何机会。每次捉到蟋蟀,他都如获至宝,看了又看,数了又数,然后小心翼翼地放进多种精制的缸子里。

可此刻朱由校向胡应龙出了个难题,到了九月的深秋,蟋蟀多已死亡或准备冬眠,到哪儿去给他捉蟋蟀呢?

翰林院被认为是最闲适的部门,内阁通知所有翰林院的在职人员都要在午时到齐。袁崇焕以为有什么重大任务要下达,于是早早地就赶到了办公地点。没料到,竟是一个如此荒唐的差使:每个人要在第二天交两只蟋蟀!袁崇焕气得说不出话来,甩手就走。他回到家,心里一口闷气憋着无法发出来,泡了一壶酽茶,坐在椅子上一口一口地呷着强压怒火。自己寒窗苦读,奋发十几个寒暑,终于熬到了进士,原以为马上就能满足理想,去神往已久的辽边守疆报国,可空怀大志,被晾在京师,如赋闲一般!这还不算,现在又弄出这等莫名其妙的名堂,堂堂须眉大丈夫,要去弯腰拱土捉蟋蟀虫子!成何体统!不仅有伤斯文,且有辱尊严!阮伯蓉问他又发生了什么事?他欲语又止,摇摇头,茫然地不知如何答好。

到了夜晚,一盘明月被大风吹散乌云后露出来,撒下皎洁的水光。袁崇焕在庭院里散步,秋凉的寒气吹在身上,使他浑身有些起鸡皮疙瘩。忽然,他耳朵听见一串"唧唧唧"的声音从前院传来,他愣住了,这不是蟋蟀叫声吗?虽然他对这种捉弄人似的儿戏反感到极点,可身处以儒教"不得为之而为之"为正统的皇朝帝国,他也是无奈的,他的血液里不可避免地流淌着驯服性格和信念,朝廷颁布的旨令,再不可思议,也不能违抗啊!他的脚步不由自主地朝前院挪去。

突然,他发现有一团微火在闪动,光线里映出一条佝缩的黑影趴在院门口边上的墙角里。他以为是贼,心想这贼也胆子忒大了,偷偷摸摸的怎么还点盏火呢?他大吼一声:

"何人在此?"

那黑影闻声抖动了一下,似乎并不惊慌,继续干他的事。袁崇焕又往前跨了几步,喝道:"出来!私闯民宅,该知何罪?"

话音未落。忽听有一道划破空气的声音"唰"地飞过来。他练过武功,敏锐地知道是暗器袭来,他迅疾地头一偏,身子跃向侧旁,躲过了偷袭。

这下可把袁崇焕惹火了,他想好个恶贼,我还没动手,你倒先开打了。他随身没带防身器械,就顺手解下腰带,运足气,"嗖嗖"地在空中旋舞,这时腰带的梢头起码凝聚了几十斤重的力量,他踮脚一跃,飞向半空中,趁落下地之势,腰带迅速向那黑影卷去,只听"哎哟"一声,那黑影前的火光熄灭了。

黑影随即摆好架式,向他扑来。这正中袁崇焕下怀,心想你从暗处出来就好办了。

那人一身紧衫紧裤的短打扮,出一手快拳。袁崇焕让过几个回合,利用自己个子小身体轻的优势,闪到了这人身后,这可是一个难得的上手机会,袁崇焕绝不放过,他猛然收气出拳,稳、准、狠地击中对方的双肩天胶穴。那人没等叫出声,便已狗啃泥地扑倒在地。

袁崇焕单腿跪下,用膝盖顶住这人的背,"娘子!娘子!"他大叫阮伯蓉。

阮伯蓉闻声起来,"什么事?"

"拿盏灯来,我抓住一个贼!"袁崇焕说。

阮伯蓉把灯提来,有些惊慌,"怎么回事呀?"

"我,我不是贼!"趴在地上的人喘着粗气抗辩。

"不是贼?那你是谁?"袁崇焕接过灯,照亮他的脸。"是你!"他认出了胡应龙。阮伯蓉也认出来了,"你、你又要来害我们呀!"

胡应龙开始有些发懵,但随后就记起这一对夫妇是谁了。他嘀咕,怪不得输在袁崇焕的手里,上回已经败过一次了!他爬起来,换是别人,他早就要狗仗人势地发作了,可他是做惯奴才的人,太清楚琢磨人的背景和身份了,他知道袁崇焕是新科进士,而此次主考官是韩爌,是东林党要臣,目前正得势。东林党人亦很器重他胡应龙,让他保卫幼主朱由校,应该说,从表面上看来,他和袁崇焕的背景是共同一致的。要是他们叫真打起来,很可能会是大水冲垮龙王庙,谁都没好处。算了,忍一口气吧,日后,只要能在宫里混出个人样来,报仇的机会不愁没有,想到这,他换上副笑脸,哈腰道:

"误会!误会!如果小官没认错,这位是翰林院的袁进士吧?袁大人身手不凡,小的领教获益不浅,小官是锦衣卫百户总胡应龙!"

"幸会!"袁崇焕也勉强回了个礼。"不知胡大人有何公干?来寒舍惊扰四邻,难道又是鄙人犯了什么法规吗?"

"哪里的话!袁进士,咱们是不打不相识呀!小官有什么莽撞之处,还请袁进士多包涵!"胡应龙一甩头,"想必袁大人也知道,皇长子在宫中寂寞,想斗蟋蟀取乐,可秋后蟋蟀稀如秃头之毛,上哪儿去找呀?奴才就出宫来替皇长子寻觅,这不正巧,到贵府门外,听见有叫唤声,一时情急,也顾不上招呼,就翻进墙来,刚要下手,就、就……嘿嘿嘿!"胡应龙一阵干笑,就算是把一切都一笔勾销了。

袁崇焕很鄙视这样善变脸的狗性无赖，可人家既已把事情挑明，也不得不应付，就说："噢，胡大人，捉蟋蟀可是皇室大事，你请，请吧！"刚客气完，袁崇焕忽又想起自己的摊派还没完成，就又装作热情地说："胡大人，你一人怕难对付那乱蹦乱跳的小虫子吧？让我给你打个下手，如何？"

"好啊好啊！"胡应龙求之不得。

阮伯蓉暗地里使劲拉袁崇焕，她不愿意他和胡应龙这样的恶人搅和。可袁崇焕没理会她。"不过胡大人，我有个小小的要求。"他说。

"什么要求？说吧！"胡应龙又摆出一副恣肆的模样。

"抓到蟋蟀，就说是在新科进士袁崇焕家中捉的，如何？"

"行！"胡应龙拍胸脯答应。可他心里又在恶毒地想，抓到蟋蟀，我把它的腿给折断，就说是你袁崇焕故意整的，看你有什么好果子吃！不过，他真的要是抓到蟋蟀了，才不会把腿掐断呢，他首要的是向朱由校报功！而断腿蟋蟀，朱由校看见了发火，遭灾的首先是他胡应龙！

半个时辰后，袁崇焕费了九牛二虎之力，终于捉到了一只黑翼、一只全白的两头蟋蟀，让胡应龙回宫报喜去了。

"丢那妈！"他望着胡应龙鬼火映出似的背影，骂道。

东林党大臣把目标转向"净化"乾清宫后，就大造舆论，强烈要求西李移居哕鸾宫，以定至尊，正名位，防不测。

哕鸾宫在仁寿宫门内，北有喈凤宫，是明朝宫妃养老的地方。

西李闻后咬牙切齿，恨不得把这些大臣活活地剥吞下去。在宫中的嫔妃中流传这么首诗形容失宠的皇妃下场："莲花门外任春风，争宠承恩总梦中。闲数园林松柏岁，白头相对哕鸾宫"。如果她真的被赶到了哕鸾宫，那就只能消磨着闲数松柏，寂寞、无聊、凄凉难熬的晚境岁月了。

她岂能甘心？她很清楚，她的命运并不裁定在这几个弱命大臣的手里，而最后决定于朱由校的一句话。朱由校虽然被他们所掌握，但她是了解这位少年皇长子的性格的，他性情柔弱，缺乏主见，容易被说服。如果她再想方设计和他见上一面，让他改变对自己的看法，那么封号、正宫的希望依然还是存在的。

无疑这是个厉害的女人。九月初三日，她得知朱由校要来乾清宫送光宗灵柩到仁智殿，就暗布太监在宫门口周围，等朱由校行礼完毕，太监立即封住宫门，向朱由校传她的口信，必须去暖阁见她，否则不准离去。朱由校无奈，只得从命。西李一见朱由校，一改以往凶狠的面容和骄横的态度，装出一副可怜相，哭哭啼啼地诉说她对朱由校父皇光宗如何地怀念，光宗生前如何地对她怜爱，而如今她孤苦伶忻,无人照管。她一把鼻涕一把泪,把朱由校真给哄得心酸不已。

他返回慈庆宫,正遇到周嘉谟和左光斗联合向他上疏,请他下令西李迅速移出乾清宫,肃清宫禁,以安国家。他摇摇头,说:"西李选侍移宫待择吉日举行!"又询问礼部,能否重新商议进封西李之事?

周嘉谟和左光斗面面相觑,都感到问题有些严重。

西李见自己的功夫见效,就紧接着在第二天派心腹太监去慈庆宫请朱由校,甜言蜜语地说她亲手烹饪了朱由校爱吃的"宫保羊肉丁",让他去享口福。朱由校不问究竟,抬腿就跟着走了。席间,西李大施笼络之术,软磨硬缠,要求朱由校满足她的要求。

王安得知消息,赶紧告诉杨涟等人采取措施。

几位大臣碰头,觉得事情不宜再拖,得立即定下登极日程,然后逼朱由校表态,把西李赶出宫后,马上举行继位仪式。

他们在午门颁布光宗遗诏,诏中明确指定朱由校为继承人:

"皇长子宜早嗣皇帝位……"

接着,文武百官上表,请朱由校尽快登极。

朱由校见万事具备,遂下旨:"诸位合词陈请至再至三,已悉忠恳,天位至重,诚难欠虚。况且遗命在身,不敢固辞,勉从所请。"

尔后,礼部定于九月初六日举行登基大典。

登极前夜,西李还不知趣,丝毫没有移出乾清宫的意思。群臣愤怒至极,杨涟冲锋在前,激烈抨击:"先帝死亡,人心危疑。都说西李选侍俨然以母道自居,外托保护之名,内图专擅之实。故力请殿下暂居慈庆,然后再奉驾还正乾清。益以祖宗国家为重,宫廷恩怨为轻。今登极已在明天,岂有天子偏处东宫之礼!"

西李身边的太监威胁道:"你们简直是狗拿耗子多管闲事!们不念先帝旧宠,先帝亡魂不饶你们!"

杨涟怒而反诘:"诸臣为先帝弼命大臣,先帝自欲先顾其子,何尝先顾其妾!你们是不是偷领了西李的俸禄,才如此为她叫冤?你们若能杀我则已,否则,今日西李不移宫,我死也要死在乾清宫去!"

刘一燝、周嘉谟等其他大臣也坚决站在杨涟这一边,词色俱厉,大骂西李的侍从,声震殿宇。

是时,诸臣都聚集在慈庆宫门外,等待朱由校下令。只要他开口,倾向东林党的锦衣卫就会冲进乾清宫驱赶西李。

朱由校缩在宫里,一言不发。他的思想斗争也非常激烈,他深深领教西李的管束,饱尝这个刻薄女人的苦水,如果她真是像杨涟他们说的,要"垂帘听政",那他是不愿意的。可西李毕竟是父皇信任、宠爱的女人,她的女儿,是自己同父异母的妹妹,一种怪异的感情纽带曲折地又把她和自己的血脉拧在了一起,使他懦软地不知所措。他作为一个年仅十六岁的少年,理智远远未能成熟到去驾驭这么重大的国家难题的程度。他烦乱地在殿堂中央乱转圈子,忽然,"叭啦"一声,他的脚踢翻了一件东西,原来是雕有皇室标记游龙图案的蟋蟀罐子碎了。蟋蟀飞快的蹦向角落,企图逃生,他反常地没有去捉,他的脑子忽然受到启发,在以往,他如果弄坏一件东西,西李发现了是要暴跳如雷,恶声骂他的。可现在,西李不在身旁,无人敢教训他!这就是当一个自由自在皇帝的好处啊!他立刻定下决心,让西李见鬼去吧!

"来人!"他喊。

一名贴身太监站到他面前。

"传我的话,先帝选侍李氏等,着于仁寿宫居住,即刻搬移。"

"是!"太监退去。

西李无可奈何花落去,在一片谴责声中,像瘪了的皮球,离开乾清宫,移居哕鸾宫。

她前脚走,朱由校后脚就在群臣们的拱护下复回乾清宫。

九月初六日,北京城在一场秋雨后,五更时转为晴朗,紫气非云非雾,拥日而出。

日一出,朱由校即派泰宁侯陈良弼、恭顺侯吴汝胤、附马万炜、伯陈伟,分别率领廷臣们祭告天坛、地坛、太庙、社稷坛。他本人亲自祭告光宗灵座。

行礼完毕,时间为上午七时。朱由校以皇长子身份,御文华殿,正式即皇帝位,称熹宗。

由于一个月内换了三个皇帝,年号更迭颇费周折,最后定为万历48年一月初一至八月初一为万历48年,万历48年八月初一至年底为泰昌元年,明年为天启元年。

熹宗为答谢东林党人辅佐他登极成功,作出排斥"浙党"的决定,令方从哲退出政坛,告老还乡,改任东林党人叶向高为首辅大臣;令李可灼送司法司问罪,然后充军;令崔文昇发配南京。

东林党人纷纷入阁受到重用,大获全胜。

天启元年春节刚过,朝廷授封几批新进士官职,每天都有黄榜在翰林院外的大墙上张贴。袁崇焕心神不安,格外激动,久盼的时刻就要来临,他却不知如何做出自己正常的表情反应了。一天中午,一个同僚大喊:"袁进士!你的大名贴在外面啦!"袁崇焕三步作两步向大门外奔去,抬眼一看,只见黄榜被凛冽的寒风吹开一个角,在哗哗直响,上面有一行字写道:"袁崇焕,万历47年进士,授福建邵武县七品县令。"

第三章 铁马冰河

1. 七品芝麻官

出了北京城,沿着绵延不绝的黄尘大道辘辘行走,每过一程,袁崇焕便回首遥望一次。北京以北是北疆辽边,可他现在是往南走,越往南,便离他梦魂牵系的山海关越远。

冬天青灰色的辽阔天空下,一辆带蓬的马车,一乘轿车,还有两个轻骡的差役组成的小小队伍,俯瞰下如蝼蚁般在跋山涉水,向福建武夷山脉的八闽小县——邵武缓缓行去。他们将渡过黄河、淮河、长江,和鄱阳湖,经过泰山脚下,翻越大别山、黄山山脉和赣东山地,然后最终到达那个完全陌生的客家之地。

袁崇焕坐在轿蓬里思绪凝重,他的脑子里还在回闪在京城临行时,去被罢官回家的熊廷弼府上告别的情景。

熊廷弼被神宗派往辽边任经略后,走马上任到达辽阳城,由于盛传金国大军即将攻城,城内人心惶惶,一片混乱。为了镇住局面、安抚军心民心,熊廷弼雷厉风行,首先严饬军纪国法,将逃将逃兵抓住后问斩于闹市,把侵吞公粮的地方行政官吏捕入大狱,以严刑判决。老百姓顿时平稳下来,听候这位熊将军的治理。接着熊廷弼调兵十八万,分布于抚顺各个要口,奏免无能的铁岭总兵官李如桢,自己亲自挂帅,巡视城防,并开设了一系列军工厂,督造战车,修炼枪炮。他还召集几万流民,将他们组织起来,修城池,积极备战迎敌。在他大刀阔斧的强有力措施下,辽东全线恢复了萨尔浒战前的对垒状态。

努尔哈赤不得不暂时有所收敛。

可是,熊廷弼有能力对付外敌,却无法逃避京城朝廷内党争派斗的倾乱。

由于他的脾气耿直冲动,他在朝中有意无意得罪了很多官员。其中有两个,趁皇帝旧去新来,情况不甚明了之际,率先向他拉弓搭箭,领头发难。

一个是御史刘国缙,他曾是兵部主事,赞画辽东军务。因为他是辽东人,因而在熊任弼上任辽东经略时,他建议多募用辽东人当兵,用"辽人治辽"的办法来管理边疆。主意本不错,可熊廷弼发现他真正的用意却不是用辽人,而是用他的同乡和族人,而刘国缙的这些沾亲带故者在兵营中又不奉公守法,多数干了些鸡鸣狗盗的勾当后逃跑。熊廷弼很不满意,大骂一通后奏报朝廷,刘国缙为此受到处罚,因而他怀恨在心。熹宗即位后,刘恢复了兵部主事的职务,仍旧赞画辽东军务。另一个是姚宗文,他在任户科给事中时,因遇到丧事回家守孝,回朝时欲补官,屡疏上司没有批准。他写信给熊廷弼,请他看在曾共同处理过辽东事务的面子上,推荐自己。熊廷弼在前线忙得团团转,没顾得上办,这就得罪了姚宗文。叶向高任首辅后,姚通过关系获取了叶的信任,被荐为吏科给事中,阅视辽东兵马。这二人既在管辖辽东的位上,正好骑在熊廷弼的脖子上拉屎拉尿,为了报私仇,他们联手上疏弹劾熊廷弼。

姚宗文有意去了趟辽东,也不和熊廷弼照面,回来就诬诋熊廷弼废群策而独雄智,军马不训练,将领不部署,人心不亲附,刑威有时穷,工作无时止。同时刘国缙煽动同僚大肆攻击熊廷弼,必欲去之而后快。

河南道御史顾造因为熊廷弼挂在河南的官位还没免除,怕他有朝一日再回来挡了自己的升官之路,便上疏造谣说,熊廷弼出关业已余年,漫无定策,丧师失地,匿而不报,尚方宝剑,仅供作威逞志之具。

熹宗偏听一面之词,下诏指责熊廷弼说:

"建夷屡犯内地,损失甚多。辽阳孤危,深为可虑。熊廷弼着益用心料理,多穷防御,图胜万全,以纾边患。战守机宜,原不中制,毋得推诿误事!"

熊廷弼无端被诬,心中不快,称自己有病,向朝廷递了辞职书。

广东道御史冯三元是东林党系的人,而东林党历来与熊廷弼不和,此时他也趁机来轧一脚,罗织了熊廷弼的无谋八罪、欺君三罪,呼吁:"不罢熊经略,辽事必不保。"

熹宗不分青红皂白,令九卿、科、道官商议。

熊廷弼愤而抗疏力辩,悲呼:"辽已转危为安,臣且之生致死。"他交还尚方宝剑,请求解甲归田。

当时朝廷参与审熊的各部大臣和科、道官,全不知兵,根本不懂得熊廷弼在前方的重要性,竟然奏请熹宗同意他离职。

熹宗又征求了周嘉谟等东林党重臣的意见,知道他们也讨厌熊廷弼,就正式下旨令，免去熊廷弼的辽东经略职务。

厅堂里，熊廷弼长叹一声，说："国家迟早会误在这帮只会耍嘴皮子的大臣言官们的手中呀！"

在熊廷弼身上，袁崇焕总发现有自己的影子。自己今天的遭遇，似乎就在步他的后尘，自己现在的道路，就像是在预示将来的命运。

熊廷弼告诉袁崇焕，据他所知，袁崇焕之所以上疏请求授官辽边而未能得到批准，原因也是派系之争。袁崇焕虽然在名义上是韩爌的门生，是东林党派系通过的进士，可经过一段在翰林院供职的时间观察，他和东林党人的观点、主张、志向根本不同，袁崇焕从骨子里来讲，是和宫廷斗争格格不入的。再加上他和熊廷弼毫不掩饰的关系，引起了东林党人的反感和警惕，他们干脆把他排斥在圈子之外了，韩爌也由对他的赏识，变成索然无味。去辽边任职，有两面性，一面是有危险，很艰苦；但另一面，提升得快，在官场能迅速出名，也容易让皇上记住名字，这个优势是显而易见的。既然袁崇焕已不是东林党圈内的人，所以他们也就不会把这样的位置安排给他，而偏僻的福建山区小县，让袁崇焕去默默无闻一辈子，正符合他们想排挤异己的愿望。

"他们也太精于玩弄权术了！"袁崇焕颇有费解地说。

"这些人很精明，也很有才学，可惜聪明反被聪明误，他们是在给自己种祸根，迟早是要栽跟头的！"熊廷弼向袁崇焕透露了一些信号，那些受到东林党人打击的大臣官员，正聚集在一起，与宫廷的宦官们联合，形成东林党人的反对势力。

袁崇焕十分厌恶这些无聊的角逐，但他又为自己被动地纠缠进去而感到无奈。当他和熊廷弼告别的时候，他突然从这位能在马背上左右开弓的沙场将军身上悟出，你若要成为英雄，也就意味要承受英雄才会遇到的负重。

"路漫漫其修远兮，吾将上下而求索！"袁崇焕行进在险峻的大山、湍急的恶水之间，不时地默念屈原这句诗。

一路上，阮伯蓉虽然不时地为丈夫沉郁的心情而忧虑，但她作为本人来说，却是愉悦的。她是南方人，她愿意回到南方去居住，那儿不会有北方那么多的灰土，那么多的风沙，还不会有那么难咽的干硬面食，南方翠绿的山峦叠嶂和潮润的空气，以及细柔喷香的米饭，都能使她产生重返故里的亲切感觉。还有，袁崇焕毕竟是朝廷正式命官了，赴任的县城哪怕再小，也能在那呼吸一下自由自在的空气，不像在北京，成天被宫廷压在最底层，有一种透不过气来的的窒息。

余义士也很高兴。县令是老百姓的父母官，他深知袁崇焕的为人，身为一介草民，他为有袁崇焕这样的父母官而欣慰。加之自己正值青壮年，在北京闲着是件很难受的事情,去了县城,他估计袁崇焕不会再那么悠闲,而自己也会有很多事情可以做了。

路途整整用了两个月,这已是最快的速度,终于在一个正午时分,袁崇焕一行踏进了邵武县境内。

他们想找家客栈吃些饭喝点水,可是前后十几里,不见一个商号的旗幡。佘义士独自前行一段去察勘,他回来说,前面有一幢大土楼,里面没人,可以暂时去那儿歇一歇脚,待主人返回,付些银两,让他们再做饭做菜用餐。

袁崇焕说好吧。

这是一种客家独有的建筑,矩形,直径方圆大约有六、七十米,三层环形房屋相套。外环房屋最高,有三、四层楼的样子,底下两层是杂用和储藏,高层住人,有透气的窗户孔。内二环套房均是平房,中央建堂,以供族人议事、婚丧典礼及重大活动使用。这种碉堡式寨楼外墙用厚达一米以上的夯土建成坚固的保护层,它与内部木构架相结合,并加若干与外墙垂直相交的隔墙,形成坚实耐用、攻防兼俱、集多种生产生活能力齐全的房屋群体。站在房屋外观察了一番,袁崇焕有些纳闷,这里面少说也应该有几百人居住,可怎么会同时间一个人都没在内呢?

他问佘义士:"你进去看了? 一个人也没有吗?"佘义士答:"我没往里走,在门口大声喊了几句,没人回应,一点动静都没有。"袁崇焕抬头看了一下周围的环境,虽说是三、四月的天,可烈日当空,炙烤炎炎,大土楼的前后有大面积干枯的水田,田里一点绿色也没有,他觉得这沉默的荒野似乎有什么不祥的预兆,"娘子和差役呆在外面。佘义士,咱们走,进去看看!"他招呼道。

"小心点啊!"阮伯蓉叮嘱。

俩人一前一后进了土楼的门,顺着一条曲折拐弯的甬道前行,有一股发霉的气息扑鼻而来,没走几步,在前面的佘义士突然惊恐地大叫:"呀! 相公,你看——"

袁崇焕趋步跟上,看见一块天井似的平地上躺着几具白花花的骷髅,继而他们又发现,前面的房间内、楼梯旁,乃至阁楼的木板上,都倒着、吊着、挂着许多具完整无损的尸体骨架。墙上和地板上并没有留下血斑,也没有暴力的痕迹,望着这一幕悲惨的景象,袁崇焕心里判断,如果不是凶杀造成的结果,那么是什么原因使这一族人都命归黄泉的呢?

他们带着疑惑惴惴不安地继续向邵武县城进发。沿途令人悚然的自然景象似乎给袁崇焕提供了一些答案,大片大片的农田都枯干龟裂成巨大的沟壑,连地皮表面的寸草都仿佛被火烤过一般,萎缩地抽走了生命。接着又发现了在见底的河床边,有众多倒毙的牛、马、羊尸体。种种迹象表明,这里正在经受一场罕见的旱灾袭击。

终于遇到了几个衣衫褴褛的老百姓,袁崇焕跳下车轿,向他们询问情况。果不然,他们诉说,邵武从冬荒闹旱灾至今,已是赤地千里,万顷荒凉,所有的村庄人群不是饿死就是逃光。县城里一斗米要卖十两银子,一桶水要五两银子,穷人谁也买不起,为了活命,只得卖儿鬻女,有的父母甚至到了生剐孩子来充饥的地步。

袁崇焕听了头皮发炸,这还得了？一股义不容辞的责任感油然而升。"快走,马上赶到县城去!"他喊道。

师爷和一名校尉率领县衙的所有官差,大约有二十名左右,列队在门内庭院里欢迎新任县令大人的到来。这些人看上去似乎不像生活在灾区,个个肌肤光润,笑脸圆胖。尤其是师爷,年纪大概已经有六十多岁了,精神暮沉,"哼哼哈哈"一副老于世故、城府极深的模样,可身体却保养得极好,袁崇焕注意到他弯腰行礼时露出的脖子,白嫩滑爽像锁在深闺的姑娘玉颈。"有失远迎！有失远迎！敝人孙居山,本县师爷,恭候袁县令大人荣任光临!"边客套边陪着笑,笑纯粹是礼节性地皮笑肉不笑,嘴角扯动着脸颊肌肉。

师爷是辅佐县令的官,可居八品。

"客气！客气!"袁崇焕还礼。

县衙内已安排好了袁崇焕一家的住处,就在后院。孙居山陪袁崇焕巡视了一周,讨好地说,这亭台楼阁式的府宅,可以算是县城最好的居所了。

佘义士指挥把行李等什物抬进宅屋安顿完毕,孙居山便请袁崇焕和阮伯蓉以及仆佣一齐去用餐。

进了餐厅,两张红木制成的八仙桌上摆满了山珍野味和鸡鸭鱼肉。袁崇焕的肚子早就饿得"咕咕"叫了,他并不是不想大嚼大咽一通美味佳肴,可此时此刻,他觉得有些不对劲。他止住步,对孙居山说:"孙师爷,县里的灾情……"

没容他说完,孙居山就打岔道:"县令大人,待用膳完后,小官再向大人禀报县里的情况,如何?"

袁崇焕见还有一些绅士作陪,他们都已做好了就席的准备,为了日后的施政能够合作顺利,他只得忍住脾气,进入宴席落坐。

好不容易应酬完了饭局,袁崇焕对孙居山交代:"抱歉,我先回房,你替我送客,完了你来我处一叙,有事相商。"

孙居山点着头,还是那样笑,嗯了嗯声。

袁崇焕以为他是答应了,就起身告辞。

旅途跋涉的劳累,促使阮伯蓉在寝室一倒身就沉眠睡着了。佘义士在他的耳房里也传出了如雷的打鼾。只有袁崇焕还在等孙居山的到来。他其实也困乏得厉害,可他怎么也不敢睡,他仿佛看见自己一出县衙的大门,就有无数双乞讨的手臂在伸向他求救。"怎么孙师爷还不来?难道是这老小子忘了?"袁崇焕想发火。可他又使劲地按捺住自己,初来乍到,就下车伊始,张口骂人,毕竟是不妥当的。于是他只好去耳房叫醒余义士,让他去请孙居山。

孙居山立刻一跑一颠一颠地来了。口里不住地赔礼:"恕罪!恕罪!"那诚恳的态度让袁崇焕顿时感到不好意思,似乎是自己做了什么对不起人的事情。

"袁大人,该休息的时候了,在下不敢打扰,所以就没来见您!"

袁崇焕道:"公务紧急,就是不睡又有何妨?"

孙居山不在意地笑了笑,也不知他是赞同还是不赞同。"袁大人,供水都充足吗?茶叶和烟丝给您送来了没有?哎,对了,那小衙役把艾草拿来了没有?夜晚蚊子多,不熏一下怎么行?第二天起床,浑身全是红包疙瘩!"孙居山走到门口,朝外大喊:"刘保!刘保!"一个粗哑的声音远远在假山后面答了一声,"快,你搞啥鬼?快给县令大人拿艾草来!你要耽误了,看我如何教训你!"喊完,孙居山回过身来,"嘿嘿"又笑了笑。

"坐吧坐吧!"袁崇焕已经有些不耐烦了,他招呼孙居山坐的意思就是表示咱们该谈谈正事了。

"好、好!"孙居山坐下。可他撩起袍子屁股刚挨凳面,又弹起来,走到门口慢条斯理地大声道:"刘保,你顺便再带一箱邵武酿酒来!听到没?"

"听到啦!"那边刘保在回答。

"邵武没别的特产,这邵武酿酒……"孙居山津津乐道。

"啪!"袁崇焕终于沉不住气了,手掌猛地一拍桌子,站起来,脸涨得通红,"丢那妈,孙师爷,本县令三番五次寻你商量问话,你却屡屡岔开,是何居心?!"

刘保手里捧了一大堆东西跑来,嘴里喊着:"县令老爷,奴才慢了一步,请……"话还没说完,就听袁崇焕大怒道:"滚!快给我滚!"

刘保不知发生了什么事,吓得扭转屁股就溜,手里的酒不当心摔在地上,一阵迸溅喧哗。

袁崇焕也不管他,继续朝孙居山吼道:"本县令一入邵武县境,就看到一片哀鸿遍野的惨状,你们身为朝廷官员,在衙门内究竟占着这位置,干了些什么?丢那妈,老子要首先拿你们这些昏官们的脑袋开刀祭天!"

袁崇焕孔武有力的动作透露出一股杀气腾腾的气息,外人一眼便能看出他是个练过武术的硬手。孙师爷顿时稀了,屎尿流了一裤裆,"扑咚"跪倒在地,磕头如掏蒜:"袁大人,手下留情,饶小官一命!饶小官一命!"

"要饶命,好办,快把县境内的实情实况俱从报来!"袁崇焕气嗯嗯地又一拍桌子,坐下,逼视着孙居山。

"袁大人眼光锐利,情况与大人发现的所差无几。旱灾几个月,地都荒了,最近些日子水多了些,可就是田里的庄稼都干死了,青黄不接,老百姓断了口粮。小官曾向州府请求拨粮救济,可没有回音,小官人微言轻,也实在无能为力……"孙居山说得极可怜。

"你无能为力?本县令看你们人人肥头大耳,不缺吃不缺喝的,是不是克扣了赈灾公粮呐?"袁崇焕冷笑一声。

"袁大人可明察,县衙内的粮草食物全是由县里的大户人家供给的,小官若有贪污肥己而不周济百姓的行为,宁愿死在堂前!"孙居山着急地为自己辩解。

"噢?县里那边有成千上万的平民饿死,这边还有大户人家那么出手阔绰?"袁崇焕不禁大为迷惑,"什么大户人家?"他问。

"这……"孙居山吞吞吐吐不愿吐露。

"讲!快讲给本县令听听,也好长长见识!"袁崇焕厉声道。

"小官不敢讲,县里有的大户人家,财大气粗,一手遮天,谁都不敢惹!"孙居山说这话已经内惧得颤颤危危了。

"软骨头样!"袁崇焕轻蔑地说,"你不说,本县令也能查出来。不管是谁,如叫我袁崇焕逮着了,都没好果子食!"

第二天,袁崇焕换上便装,和佘义士一齐,装做是从农村来城里逃荒的灾民,混在街上打探民情。他见在城区闹市处的街上,有几家米号前围的百姓最多,他们有的在悲泣,说家中的老人孩子饿得只剩一口气了,米号里哪怕拿出几担米给众人分一些也好呀!有的在捶着门板怒骂,"这些黑了心的商人,米就是霉了烂了,他们也不心疼!他们是想卖大价钱!吸我们穷人的血来养肥他们的肉!"

袁崇焕挤上前问,"这米号里真有米吗?"

"有!当然有!"旁边的人回答,"白花花的大半都堆到房梁上啦!里面的老鼠比人强,它们吃肥了连路都跑不动,可咱们人却饿得爬也爬不了!"

"米号是谁开的?"袁崇焕又问。

"这家是范举人的,街对面两家是唐老爷和胡老爷的!"

袁崇焕把这些情况暗暗记在心里。

回到县衙,他把孙居山叫来,用亲热、知己的口气说:"孙师爷呀,敝人脾气不好,昨天的态度粗暴,让你受惊人,请师爷多包涵呀!"

"哪里！哪里！"孙居山不知袁崇焕葫芦里卖的什么药，陪着笑，谦卑地说："袁大人雷厉风行、作风严肃，是小官的榜样！"

"哎，都是吃一门子饭的，就别客套啦！"袁崇焕亲自给孙居山端上茶，"师爷摸县里的底，我初来乍到，什么都是蒙的，还得仰仗师爷指点迷津啊！"他十分诚恳地说。

孙居山眨了眨白眼，心里嘀咕，"是不是这二百五县太爷知道点什么内幕啦？也明白县里的那几个太岁爷不能惹吧？想让我代他活络活络？"他试探道："袁大人，县里的事嘛，小官呆的时间长，是了解一些，必要时会献上绵薄之力。可袁大人嫉恶如仇，刚直不阿，倒是让小官悟出眼里揉不得沙子的道理啊……"

"哎，我有时沉不住气，发个火什么的，其实，我区区一个七品芝麻官，在县里做事，还是离不开县里的父老乡绅的支持啊！话说白了，我敢得罪你师爷，敢得罪我娘子"，他用手往里指了指，"可我敢得罪他们吗？"

"对啊对！"孙居山以为袁崇焕真的悟出暗中道理了，心想你小子幸亏脑子通的早，不然的话，你这小县令保不准没几天就稀里糊涂丢了乌纱帽呢！"袁大人，做官的奥妙就在于为富人做官呀！富人是天，穷人是地，天能镇地。托住了天，就踩住了地呀！"

"高明！高明！"袁崇焕笑着夸他。"怎么样？晚上把县里的头面人物都请来，饮杯水酒如何？"

"太好了！有您袁大人一句话，这事包在小官身上了！"孙居山高兴得眼睛都眯成一条缝了。他想，新县令是强龙，县里的富豪是地头蛇，两头都在我手里摆平了，自己的好日子还愁过不下去吗？

他嘻嘻地诡笑着退下去了。

望着他的背影，袁崇焕貌视地"哼"了声。随即袁崇焕又把校尉找来。袁崇焕早就看出校尉是个正直的人，那晚喝酒，县衙的官差里唯独他没来，后来听佘义士说，校尉偷偷地拿县衙内的饭菜周济乞讨的孩子吃。

校尉来了后，袁崇焕把他唤到密室，将事情摊开来一说，双方心有灵犀一点通。接着，袁崇焕把自己的构想向他作了布置。

夜晚，县衙内张灯结彩，喜气洋洋。

袁崇焕换上簇新的绣兽官服，佩戴素银腰束，迎在衙门口。

不一会，一乘乘豪华的轿子鱼贯抬到门前，县里的富绅们个个神气活现、大模大样地聚集而来。

孙居山在一侧点头哈腰地做介绍，袁崇焕拱手致礼，表示感谢莅临。

宴堂里已隆重地摆上了四张大圆桌,桌面酒樽碗碟齐全,厨师在后头灶房里红光满面地烹炒,十几个穿着粉黛纱裙的丫头川流不息地端菜上来。

"请！请！"袁崇焕把来宾们都陪到位置上坐下。他坐上首,左右两边分别坐着范举人和唐老爷、胡老爷。

寒暄过后,宴席正式开始。

袁崇焕举起酒杯站起来说：

"今天略备薄酌,恭请诸位县内名流富绅前来相会一堂,一是尽抒情致,交流高见；二是有些县衙大事需得与各家富绅相商。首先,在座所有宾客请先饮三杯这邵武酿酒,本县令先喝！"

说完,他面不改色心不跳,先仰脖灌下三大杯。

"县令大人乃英雄豪杰也！"众人嘻嘻哈哈地夸赞、喊叫,然后他们也纷纷连饮三杯。

"吃菜！吃菜！"孙居山喝得眼球血红带丝,举箸引导众人瓜分一只巨型的煮老龟。

边吃,坐在袁崇焕边上的范举人和唐老爷、胡老爷边朝袁崇焕拍胸脯,"县令大人,在邵武要办什么事,用得着兄弟的地方,您一句招呼,我们甘为您献犬马之劳啊！"

"是吗？"袁崇焕哈哈大笑,"好！敝人一定会有劳于你们的！"他话中有话地说。

闹闹哄哄吃得差不多了,袁崇焕不失时机地又站了起来,"各位来宾贵客！本县令刚才提及有县衙大事与诸位商议,这县衙大事嘛——"他有意止住,制造一个停顿的效果。

于是富绅们都安静下来,倾耳聆听他道出内容。孙居山也不知道袁崇焕要讲什么,可他自以为是,陪着笑对众人说："县令大人要与诸位合议县政,合议县政！"

"对,孙师爷说的不错,合议县政！"袁崇焕向四周微微一笑,"本县令不好意思,行装甫卸,走马上任,就捉襟见肘,发现县里的底子薄呵！众所周知,缺金少银,是啥事也干不了的。所以,今天把各位行尊请来,是想要诸位支持本县令的治县大计,慷慨解囊,捐献财物和金银！"

"捐钱捐物？"范举人瞪大眼,"不是我们每年都向县衙纳贡吗？足够衙门全年开销的了！"

"就是,捐的够多的啦,我们又不是慈善家,怎么还要捐啊？！"胡老爷有些愠色地说。

"不够啊。这次不是县衙要支出费用,而是县衙要在全县赈灾救济,恢复民生!"袁崇焕大声说,"本县令是全县百姓的父母官,既为父母,何有不为子民谋生计之理? 可我这个父母官寒伧得很,手无分文,只得伸手向诸位财东求援啦!"

袁崇焕的意思已经是白天打灯笼——明打明,在座所有的富绅们都你望望我,我望望你,互不作声。他们没想到县令大人请吃饭是这个目的,他们困惑地把目光向孙居山投射过去,似乎在抱怨孙师爷欺骗了他们。

孙居山尴尬万分,把头低下去。

沉默了片刻,范举人开腔道:"袁县令,本县遭灾,我们也是灾民,家中库里银两并无剩余,实在难以成全啊!"

"就是就是!"众人附和,"小有小的倒霉,可大也有大的难处呀,这会儿谁会富余? 要我们捐献资财叫我们上哪儿凑呀!"

"不要客气! 诸位的财力情况,敝县令还是有所耳闻和掌握二三的。没有金银,捐大米也求之不得呀!"袁崇焕紧逼一步。

又是一番难堪的沉默。这些富绅们已经非常后悔来赴这场鸿门宴了,他们对讹诈的手法并不陌生,多数人都亲手炮制过,没料到今天却栽在县令大人的圈套里。

"如果我们不献出来呢?"坐在袁崇焕旁边的范举人摆出一副蛮横的样子问。所有的眼睛都"唰"地盯住袁崇焕,看他什么反应,如果他软下来,这事就拉倒了,如果他硬,那就看他如何硬法!

"叭!"袁崇焕举手往地面砸碎了一个酒樽,"丢那妈! 要是敬酒不吃,吃罚酒的话,那本县令就不讲斯文了!"他大喊一声,"来人呀!"随着话音,佩穿盔甲的校尉率几十名持枪举刀的县衙军士冲了进来。

桌前顿时慌作一团,酒樽器皿一阵乱响。

"都给我坐着别动!"袁崇焕喊道,"每人一千两银子,一百担大米,献出来放人回家,谁要是不把这数交齐,就给我呆在这做常客!"

"县、县令大人,您这、这不是绑我们的票吗?"胡老爷哆哆嗦嗦气愤地说。

"对! 灾荒时期,民不聊生,只能劫富济贫,本县令就明火执杖做一回官匪!"袁崇焕毫无惧色地说,"你们想得通想不通? 给你们充足的时间在这里慢慢想,想好了叫我!"他向门口走去,经过校尉身旁时,他叮嘱:"不准他们出这道门半步,违令者定斩不赦!"说完,甩手回后院去了。

袁崇焕的背影一消失,老财们便恶狠狠地骂开了,把他的祖宗十八代都骂了个遍。孙居山也骂,表示他与此事毫无关系。

可骂归骂,他们谁也不敢越雷池一步往外跑,袁崇焕严厉的警告余音不散,对他们产生着巨大的威慑。一个乡绅可能因为神经骤然紧张有些失控的缘故,突然失声痛哭起来,哭得屋子里凄凄惨惨,真像是变成了一座囚牢。

越是有钱的人越吝啬,袁崇焕开口要他们出的数子,就像是在他们身上狠狠地剜一大块肉,简直要他们心里疼死!他们是无论如何也不会乖乖地交出来的。他们不相信袁崇焕有那么大的胆量,敢把这么多县里的富绅扣押在这里做人质,企盼时间拖长了,袁崇焕自动退让,让他们象征性地交出点银两来下台阶了。

时间一点点地流淌过去,双方僵持着。

大厅里的灯火因按袁崇焕的命令不准添加燃油,慢慢地黯淡下去,最后挣扎地扑闪了一下,全熄灭了。房子里一片漆黑。黑暗无疑也是一种令人恐惧的压力,富绅们一个个睁大了绝望的眼睛,希望有人来搭救。可他们除了听见军士沉重的脚步声外,只有自己快速的心跳。

"啊,我受不了啦——"不知谁在暗色里惨叫一声,"给,我给!我全给!"在他的带动下,其它富绅也无法忍受下去,纷纷叫嚷,"给吧,碰上鬼,破财消灾吧!"

范举人了唉声叹气地骂:"他娘的倒霉!给!快告诉我家里,要多少给多少!"

一校尉快速把话传给了袁崇焕。

袁崇焕得意地一笑,吩咐校尉:

"通知县衙仓库,准备接粮。再把灾民组织起来,排队领粮!交来的金银,全部用来购买衣物,如数充当赈灾物质发放下去!

"是,袁大人!"校尉领命而去。

袁崇焕这一奇招,非常灵验,迅速把旱灾造成的患难平复下去。

可范举人一伙岂甘罢休。

就在州府要重新核考县衙官员时,他们雇人暗地里在县城的贫民区放了一把火,烧毁大片民房,阴谋激怒百姓,造成对袁崇焕不利的局面。

那天深夜,袁崇焕起草了一份文书,刚躺下,就听见院子里有纷乱的脚步声奔来,他的房门被"咚咚咚"地敲响了。

"谁?"他问。

"县令大人,有要事相告,县城东区民居失火,大火弥漫,极其危险!"是校尉的声音。

"我来了!"袁崇焕腾地翻身起床。

阮伯蓉十分担扰,也爬起来,想跟着一块去。袁崇焕制止她,叫她在家守住后院。

袁崇焕和校尉先登上县衙的房顶,观察火势。只见半爿天都烧红了,熊熊大火如张牙舞爪的恶兽在大片民居的上空肆虐。老百姓哭号喊叫,四散奔逃。

"快!召集县衙所有军士差役,提水桶,跟我去救火!"袁崇焕挥手既是命令也是号召。

县令亲自上阵,县衙的任何人都没有理由不跟着冲上去。他这举动,也激励了围在火场四周观望的人群,大家都回家取来水桶,提水浇火,或拿了扫帚扑火。

火势渐渐地被控制住了,可有一座小关公庙还在"劈劈叭叭"地烧个不停。很多老人跪在火前,流泪哀求:"火神爷火神爷,不能烧关公呀,烧了关公,就没人保佑我们平安啦!"

忽地,一个娇健的身影跃上房梁,双手各持一条长布,挥动着扑扫火苗。动作准确有力,布梢到处,火焰即灭,动作又十分优美,他如同在表演一连串节奏明快的舞蹈姿势。

"是县令大人!"一个衙役认出来。

"关公显灵啦!"百姓们"刷"地都朝袁崇焕跪下了。

"给我下跪干啥?还不快来救火?!"袁崇焕大喊。

众人猛醒过来,一鼓作气,将火完全扑灭了。

火灾的结果适得其反,没有搞垮袁崇焕,反而把制造破坏的人自己给暴露了。袁崇焕很快查到了幕后策划者范举人,派军士将他抓获归案。

袁崇焕毫不客气地准备上报州府,砍范举人的脑袋。

孙居山跑来求情,说:"袁县令,范举人是本县名流富豪,地位举足轻重,不可轻易言杀呀!"

"那好,本县令不杀他,把他交给被烧毁居家房屋的市井百姓处置吧!"袁崇焕说,"百姓说不杀,就不杀,说杀,可能要把他五马分尸!"

"呃……"孙居山哑口无言。

"其实,杀不杀,我也做不了主,报州衙门知府大人才能决定!"袁崇焕懒得再理这暗地里收了财主家礼金的师爷。

没多久,州府回复,可杀。

袁崇焕没再犹豫,遣校尉率军士数名,刀斩范举人于县城菜市场。

事不过三。继赈灾、救火后,袁崇焕又遇到一件考验他智慧、魄力的事情。

朝廷传下文件,要县衙一个月之内将八品以下的选官事务完成,花名册上交州府备查。州府又具体规定,必须在八十名可供造册的名单中划定二十名。

袁崇焕刚来邵武,对本地人员的情况不熟,孙居山认为有机可趁,就故意按兵不动,让袁崇焕当睁眼瞎——瞎忙去。

选官事牵涉面广,不仅县里的读书人都眼巴巴望着这晋升的机会,那些有财力花钱买官者也紧盯不放。袁崇焕心想,你孙居山不是想借机拉一批死党结伙吗?行,就让你先折腾一番。他拿出州府早几个月发下的一份公文,推脱说州府要他去一趟禀报公务,县衙选官事只得仰仗孙师爷多费心机操办了。然后他带上佘义士,骑着马,一走了之。

孙居山大喜过望,认为袁崇焕是想有意避开这档子棘手的难题,他不熟悉候选人,如选糟了,岂不闯祸?于是孙居山俨然以手操生杀大权的太上皇自居,逐个与自己意气相投者私议,迅速定下了一份名单。

刚巧这时,袁崇焕又如从天而降一般,回到县衙。名单没来得及上报,当然要呈他阅示。他见孙居山把所有候选官吏者分为三类,一类是可以任用的,二类是可用可不用的,三类是不用的。不用的名字里有不听师爷话的校尉。袁崇焕其实没有去州府,而是在县城找了一个隐蔽的旅馆躲藏起来,然后悄悄地暗访调查这些官吏候选者的情况。现在他清楚了,孙居山列在可用一类里的人,全是阴谋结党份子,列在不用档里的全是反对过他或不愿与他同流合污,有个性、正直的读书人。于是袁崇焕来个颠倒黑白,不用的人和可用的对调,重新拟了份名单报上去。

州府批准下来后,新县衙旧貌换新颜,一派朝气蓬勃的景象。

孙居山傻眼了,怎么他选的人一个也没有起用呀?

最后袁崇焕郑重其事地告诉他:"孙居山,你已经被州府削官为民了,你去领遣送费回家吧!"

在领了五十两银子的遣送费后,孙居山灰溜溜地回乡做了个私塾教师。

袁崇焕上任后的三板斧,使他在邵武的名声大震。他的威信和政绩基础得到了奠定,他之后的工作也好做、日子也好过多了。

阮伯蓉深深为丈夫高兴,她很想替他分担些重负,为他做些什么事情,可县衙的事她插不上手,只好在家努力掌握烹调技术,去后院开了几片小菜地,养了家禽和猪羊,天天在饭桌上花样翻新,伺候袁崇焕吃饱喝足,精力充沛地干公务。

袁崇焕每当得闲,总忘不了充满感激地夸奖妻子几句。气氛融洽之时,阮伯蓉就乘兴提议:"相公,为何不把母亲大人也接来同住呢?母亲大人眼睛失明,生活一定不方便,现在咱们日子好过了,不该忘了她老人家呀!"

"对呀,我的好娘子,不是你提醒,我这个不肖之子快把生身之母给忘了呢。"袁崇焕羞惭地望着妻子,"还有你的双亲大人,也有好几年没见面了吧?"袁崇焕捏着右拳放在左手心里捣鼓着,"这样,干脆你回老家一趟,探望你的父母,再把我瞎眼的老娘接来!怎样?"

"好啊!"阮伯蓉见袁崇焕不反对,高兴地又说:"既然把母亲大人接来了,不如索性把家人全接来共享天伦,岂不更美?"

"这……"袁崇焕犹豫了。他倒不是不愿和家人在一起,怕他们烦了自己,而是他内心深处,依然没有最后安稳下来,他的心依然牵系着戍边辽东的宏图伟业。如此时把一大家人迁来,到时拖家带口的,怎么奔波?可望着一门心思想安安稳稳居家度日的妻子,他没有把肚里话全掏出来,只是"吱吱唔唔"地敷衍了一通,说:"先把母亲大人接来,再说吧?"

韩慧乔并不十分愿意到儿子这里来住,她的心情挺复杂。三个儿子中,她其实最喜欢的就是老二袁崇焕,他自小就聪明、有主见,她觉得有这么个儿子心里很踏实,以后有依靠。从万历47年袁崇焕离家远赴京城会考,至今已快三年未听到儿子的声音了,她心里无限思念,常常泪流纵横,夜不能寐。可一旦面对受儿子委托前来接她的儿媳妇时,她心里的一块无法持平的伤疤又剧烈地疼痛起来,这块伤疤就是失明的双眼。这对瞎眼既永远记载着明朝官府对她的残暴迫害,使她的神经经受着无法平衡的刺激,又代表着她作为一个平民妇女对当政衙门难以磨灭的深深仇视。风风雨雨的生活之路,她已走过了六十个春秋,要她改变观念是很困难的。当初她听说儿子做了县令,心里就是酸、甜、苦、辣,五味俱全。儿子有出息当然让她高兴,可儿子坐进了她恨之入骨的衙门里,她又觉得耻辱和别扭。她沉默了许久。她一度出现幻觉,觉得儿子变成了两个人,一个依然是她的亲骨肉,另一个却变作了凶神恶煞。

为了能把婆婆顺利地接到邵武去,阮伯蓉花费了很多精力。她反复地向老人家诉说袁崇焕的品德、性格、为人处世都没有变,做了县令后,为老百姓不知做了多少的好事。

祖父袁西园,父亲袁子鹏也帮着劝,说他们要不是在广西还有生意要做,也早就投奔儿子去享清福了。袁子鹏说:

"老婆子,儿子毕竟是儿子,他不管当了什么官,变成什么样,也是我们养下来的儿子!他要是做官学坏了,你去了还可以教训教训他,让他老老实实做个清官!"

"好吧,我去。儿子毕竟是儿子,是娘的心头肉呀!"韩慧乔自言自语地说。她主意甫定,想到即将和儿子在一起,不禁眼泪水"哗哗哗"地淌下来。

袁崇焕站在县衙后院的县令府宅门口,望见母亲大人风尘仆仆地从轿厢里迈下来,跨前几步,下跪在地,磕了个响头,大声说:

"娘!儿崇焕给您老人家请安!"

"儿啊!"韩慧乔将袁崇焕的前额贴在自己的肚皮上,泪眼婆娑。"儿,你起来,让娘摸摸你！"袁崇焕站了起来,在娘跟前任她以手代眼地抚摸。"儿,你的身体没怎么变,瘦了些,可还是那么结实！"

"娘,您放心,儿的身体跟牛差不多！"

"放心！放心！"韩慧乔频频点头,"可娘不放心的是你当这个官……"她本不想再说,可又憋不住,"儿啊,官府和我们袁家,誓不两立！可你却到底成了官府的人！"

"娘,官府里也不全是坏人！儿做官是为了报国！儿这辈子只要官服穿在身上一天,就做一天的清官！"

"为百姓办事,别为那些当老爷的卖命！"韩慧乔叮嘱。

"儿懂！"袁崇焕点头。

不为朝廷的那些老爷大人卖命,可为谁卖命呢？护疆守边是为国家卖命,那皇上不是一国之君吗？国家不是皇上的帝国吗？袁崇焕难道不是在为皇上卖命？这些问题,袁崇焕偶尔也想一想,但他永远想不通。十分清醒的人是没有理想的,像袁崇焕这样执著地追求理想,总以为自己是在实现理想的人,往往在现实面前是比较混沌的。

入秋后,州府转来朝廷内阁的一份公文,公文内容要求福建、广东沿海各县衙门,严格清查洋人传教士设立教堂的情况,并无一例外地将它们取缔,把传教士驱逐出境。

邵武并不是沿海县份,可它的县城边缘地带,也有一座葡萄牙基督徒开办的尖顶教堂,所以它也列在了执行上谕的范围之内。

明朝对西洋人文雅的称呼是叫佛朗机,这是根据撒拉游人对所有的欧洲人叫法的变音。而沿海居民则粗鄙地将他们统称谓番鬼。无论是佛朗机,还是番鬼,对于袁崇焕来说,都是陌生的,他调来资料,先熟悉一下概略。

封闭的中国以前只知道世界上有三种崇拜或宗教信仰的体系,而不清楚还有别的。这三种供人顶膜朝拜的教义是儒教、释迦和老子。所有的中国人以及所有使用中国文字的四邻国家的人民,如日本、朝鲜、琉球、台湾和交趾支那的信徒,都属于这三种教派中的这种或那种。孔庙遍及这些国家和地区的角角落落。当西方基督教徒在日本侵入时,他们注意到每当大和族人激烈辩论时,这些人总是以诉之于中国人的权威为荣耀。它很符合如下广泛的事实,即在涉及宗教崇拜的问题以及关系到行政方面的诸多事务上,他们也乞灵于中国人的智慧。因而当基督徒向他们灌输上帝的意识时,日本人通常总是声称,如果基督教确实是真正的宗教,那么聪明的中国人肯定会知道它并且接受它。言外之意,就是中国人不信,我们也不信。于是基督教传教士下定决心,要尽早地征服中国人,使中国人能从迷信中皈依,把福音带给他们。

葡萄牙人首先抵达中国南方的海岸。可是他们大规模的船队、异乎寻常的航海设备,以及令人恐惧的钢铁大炮,炮弹射向海面激起的浪柱与震耳欲聋的轰鸣,都使中国人胆战心惊。

起初,中国地方政府的官员组织起密集的刀矛防线,阻止佛朗机入境。但后来他们无法掩饰的贪欲泄露了他们内心的机密,他们对财富的盼望就像守在老鼠洞口的馋猫那样不可抑制。葡萄牙人赠送的大量金币、地图、地球仪、钟表、三棱镜、欧洲手帕等礼物,使中国官员对外洋的猜疑心撇到了一边。

商品贸易成为葡萄牙人传教的先行手段。口岸交换持续了好几年,直到中国官员的腰包涨满,中国百姓的好奇心得到了充分的满足,紧张的恐惧心也就随之消失。到贸易期结束,葡萄牙人已经能在中国人给他们专门划出的岛屿上下船居住。葡萄牙基督战士终于成功地把基督教旗帜带进了中国,一座座教室如雨后春笋般地从各个地方冒出尖顶来。

对异教的渗透,明国中央朝廷和地方政府的反应态度及演变过程是相同的,著名基督教传教士利玛窦曾到达北京,与皇宫里的贵族大臣们周旋。西洋人随船携带的轻重武器,得到过重臣徐光启的赏识与推崇。

这次明国朝廷之所以对葡萄牙传教士们产生了反感,主要是因为最近东南沿海出现了一个新的威胁,荷兰东印度公司的船只装备了精良的火器枪炮后,在东西水域劫掠葡萄牙和西班牙的商船,波及到中国的渔民。不仅海上的贸易遭到了破坏,还给中国沿海制造了许许多多的麻烦。荷兰强盗商人原来通过葡、西两国与中国交易,他们现在想达到直接与中国贸易的目的。这个要求遭到了并没有接受过荷兰人任何好处的明朝官员拒绝后,荷兰武装船队开始在台湾海峡、澎湖列岛附近海域向中国船只和海岛贸易点发动攻击。福建守军予以回击,将前因后果上报了北京朝廷。朝中大臣们上疏熹宗,认为一切祸根都是因为洋人传教士登陆后引起的,只有拔掉了这个祸根,才能使大明国的海防安宁。熹宗御准,撤销了主张"引夷己用"的徐光启内阁大臣的职务,下达驱赶洋人异教的旨令。

袁崇焕历来对有辱国体的勾当深恶痛绝,既然洋教堂危害国家安全,那他毫不犹豫地执行旨令,全力铲除它。

他先派了县衙的一名长吏和一名少吏去教堂传达口头通告,限洋人在 24 小时内携带所有可运物品离开邵武,否则,后果自负。

没多久,两名小吏返回,向袁崇焕汇报说,教堂内有两名洋人传教士,他们通晓汉语,听了我们的宣告后,他们表示不能背弃上帝的教义,决不离开邵武教堂。

洋人竟敢明目张胆地冒犯我大明帝国的尊严,袁崇焕十分恼火。先礼后兵,他马上下令校尉集合所有的军士、衙丁、差役,端上火铳、刀矛等武器,向教堂开进。

队伍把教堂围得水泄不通。

这座镶有彩色玻璃的别致建筑,建造在青翠的山脚下,四周古树参天、灌木丛生、鸟语花香,显得格外幽静。

袁崇焕让那名长吏再向洋人喊话,要他们出来,离开,否则,就要动武强行驱逐了。

长吏喊过之后,教堂内依然没反应。

"各路准备,先开火射击,火力停止后,刀矛手向教堂冲击,进门捕捉洋人,如遇反抗,格斩不误!"袁崇焕下达命令。

弟兄们都表示明白后,袁崇焕举起手,即将喊口令……

正在这紧急关头,教堂门突然拉开了,一名混穿民服军装的三十多岁男子跑了出来,这是个中国人,而且瘸腿残疾,跑动时身体向左倾斜扭动。他挥舞着手臂叫:

"县令大人!县令大人!不能开火呀!不能开火!"

"拦住他!"校尉下令。

两名军士扑上去,把这个瘸腿男子架到袁崇焕面前。

"你是何人?"袁崇焕问。

对方"扑嗵"一声跪下了,"小人乃本县人氏,姓李名义,万历46年从军赴东守边,升为副兵总,今年三月与金兵大战,负伤残废,退役回乡。"

"噢,"袁崇焕一听是辽边退役军官,顿时有了一种敬意和兴趣。而且从此人的话中,袁崇焕听出他对辽边战事非常清楚。

"请起请起!"袁焕亲自扶他站起,"请坐吧!"袁崇焕又示意左右端来马扎,让李义坐下。"李义,你既是辽边退役军官,身份特殊,怎么在教堂里和番鬼厮混于一室呢?"袁崇焕打量着他,问道。

"禀报县令大人,小人去年曾返回邵武,与洋教堂葡人教士波尔、弥克尔两人有过公务联系,结成了朋友。"

"你从辽边返回和两个洋人交朋友?"袁崇焕有些迷惑。

"县令大人,这事说来话长。"李义感慨地说。

"话长无碍,尽管道来!"袁崇焕兴味盎然摆出了倾耳聆听的架式。

"小人遵命。"李义道,他从熊廷弼被撤职,袁应泰上任说起。

因为辽东前线危急,熊廷弼去职位空,熹宗催促兵部从速选派堪任经略之人。

兵郭尚书张鹤鸣左右为难,上呈熹宗说刚任命了袁应泰代替有病的周永春为辽东巡抚,目前要找出第二个合适的守边大员来,极其困难。熹宗病急乱投医,就回复道,干脆将袁应泰改任经略,经略主战,巡抚主政,目前还是以战为主。

于是袁应泰成了辽边统帅。

袁应泰是个水利工程专家,在长江、黄河流域修堤治水,救济灾民,很有成绩。他不知道朝廷怎么会让他去做武将守边打仗。他猜测,也许是前方与敌对垒,需要修筑坚固的工事,派他去才能胜任的缘故吧。

熹宗召见他,问了他一些个人的情况。袁应泰回答,他是陕西凤翔人,万历23年进士,历任县令、工部主事、兵部主管工程的右侍郎等职。熹宗赐他一把尚方宝剑,袁应泰接过宝剑,表示自己誓与辽东共存亡,不成功,便成仁。他不以为这把尚方宝剑是行使权力的象征,而认为是自己若是失败时,自尽的工具。

到了辽东,袁应泰表现出与熊廷弼完全相异的领导风格。熊廷弼执法极严,部队整肃,袁应泰虽然个人精敏强毅,可军事知识浅薄,计划漏洞百出,他主张对将士要宽柔,要让他们感到心情舒坦。慈不掌兵,这点袁应泰犯了兵家大忌。没过多久,辽东守军便军纪松弛,战斗力遭到严重削弱。

另外,他还下令收容蒙古各少数民族部落的大批饥民,将他们安置在沈阳、辽阳重镇,给他们分配口粮,让他们与本地居民杂居,意图利用他们共同出力抗金。这是袁应泰缺乏起码军事和政治常识的败笔。蒙古饥民既没有受过作战训练,也没有纪律约束,他们到了城里后,四出淫掠偷盗,成了祸害,造成地方秩序混乱不堪。

努尔哈赤见明朝易师,来了个对战争什么都不懂的袁应泰,不禁心中大喜。

天启元年三月初,袁应泰雄心勃勃,计划兴兵三路,收复防线前沿据点清河、抚顺。可他没想到,他还没步出城门,金军已兵临沈阳城下。

明军总兵官贺世贤率军出城迎战,不到两个回合,便大败逃回城内,紧闭城门不敢探头。

营帐里的蒙古饥民见明朝守军凶多吉少,就偷偷出城与金兵联络,主动要求充当内应。

次日晨曦时分,蒙古叛卒杀死门将,推开城门放下吊桥,金军的铁骑直闯而入。一阵格斗,贺世贤及部下全数战死,沈阳陷落。

袁应泰为守住辽阳,调集重兵,发挥自己的专长,修筑坚固阵地,誓死抵抗。

几天后,努尔哈赤统率大军乘胜逼抵辽阳城前。他的几个儿子毫无顾忌地单骑在护城河畔骂阵,引诱明军主将出城战斗。

袁应泰沉不住气，亲自督领总兵官侯世禄等将士出阵迎敌，结果根本不是对手，仅保得几个主帅大将的性命逃回城来。

四面城廓岌岌可危，巡按御史张铨建议袁应泰和他分头把守前后块门，一方有事，几方接应。袁应泰采纳了他的主意，另委派监司高出守卫两翼。可是高出懦弱怕死，畏敌如虎，趁此机会，私自越城逃遁。官长带头怯敌，因而军心大乱。努尔哈赤见时机已到，鸣锣击鼓，激励斗志，一鼓作气攻入辽阳城。

战火纷飞的城楼上，袁应泰见大势已去，长叹一声，对张铨沉重地说："张公，你不是主帅，无守城之责，快拣条生路逃离吧。我责无旁贷，只有死于此地！"言毕，不容张铨劝阻，拔出佩剑自刎。

杀声震耳欲聋，踏着遍地的明军士兵尸体与染血的战旗，身先士卒的努尔哈赤以及儿子皇太极，手执刀剑，领着彪悍的金国先锋队冲到了张铨跟前。

"投降吧！"努尔哈赤说。

"要杀便杀，要剐便剐，我是大明国的五品命官，决不向流寇投降！"张铨引颈待刀。

"你龟儿子！"努尔哈赤身边的一个卫士扑上前欲挥刀斩去，被皇太极拽住。

"硬汉子，"努尔哈赤冷冷地夸奖，"我成全你！"说着，把手中的剑"咣啷"丢在张铨脚下。

"爹，要他归顺我们金国吧。这样忠心耿耿的汉人，可以为我们的政权服务！"皇太极请求。

"他如果真是忠心耿耿，那他就绝不会为我们服务！"努尔哈赤对儿子说。

"阁下所言极是！"张铨已经冷静下来。

"好吧，你死前还有什么要求？"皇太极朝张铨投来怜悯的目光，问。

"我要死在我的官位上，以尽职责效忠！"张铨垂下眼帘。皇太极派了一队金兵押送他回到辽阳巡按官署，他换了一套整洁的明朝礼服，戴上五品制式乌纱帽，向着西方皇城深深跪拜，又遥拜父母大人，然后从容自缢而亡。

双阳之役，明军损失惨重。战死的总兵官就有十余名，副将至兵总的军官死伤一百二十余名，十多万军队被歼灭或击溃，散兵游勇无计其数，辽河以西百姓闻风逃亡，自塔山到闾阳二百余里，烟火断送。

消息传到朝廷，熹宗万分震惊，马上下令京师戒严。

清晨，他在乾清门召集王公大臣、文武百官，商议对策。

朝中一位熊廷弼的门徒、兵科给事中朱童蒙启奏道："皇上，当年廷弼力保危城，功不可泯，今次如使廷弼在辽，当不至此矣！"

他这一提醒，不仅使熹宗，还有不少平时和熊廷弼关系还过得去的大臣，都有些觉悟。

"对啊对，假如不撤换熊廷弼那个炮筒子，当不至于遭受如此的惨败呀！"廷下纷纷议论起来。

熹宗心里因丢城惹起的怒火正无处发泄，现在可找到了对象，他拍案训斥、质问道：

"熊廷弼守辽一载，未有大失，换过袁应泰一败涂地，当时倡议何人！扶同何官？将祖宗百战封疆袖手送贼，若不严核痛稽，何惩前警后？部、院即将熊廷弼更换缘由及参论各官详开来看！"

他要追查是谁把熊廷弼搞下台的，实际上正是他自己御批的。可是哪个人敢盘究皇上？倒霉的人只有心里有数。

熹宗接着警告说：

"今后尔内外大臣工各宜洗濯肺肠，一心君父，共佐时艰。如大臣畏忌，薄视朝廷；小臣纷嚣，混乱国是，朕虽冲年嗣后，祖宗列圣具有刑章，朕岂敢以姑息从事？诸臣慎之！"

他下令重新起用熊廷弼，并将当时诬陷熊廷弼的刘国缙、姚宗文当堂拉出宫门斩首，罢免弹劾熊廷弼的河南道御史顾选、广东道御史冯三元的官职，听候查办。

由于熊廷弼辞官回乡，在湖北老家隐居，一时难以赶到北京领命，并即刻奔赴辽东镇守，情势危急，熹宗只好暂时以辽东巡抚薛国用为兵部右侍郎兼右佥都御史，经略辽东；宁前道右参议王化贞为右佥都御史，巡抚辽东。

薛国用老奸巨猾，知道再呆在辽东性命难保，就喝了几天泻药，瘦得人形全无，托病辞职，回家休养去了。巡抚王化贞一时成了辽东首领。

袁应泰在职时，王化贞作为参议分守广宁小城。此人性格痴愚，素不习兵，又好说大话，自以为是，从不接受左右的意见。双阳之役中，如果努尔哈赤挥师稍微一偏，就可以把广宁城踏平，但奇怪的是，金国军队的眼睛像是有意没看见这个地方，没有动它一枪一弹就擦肩而过。这下王化贞可捞到吹牛的资本了，他向朝廷屡屡上奏报告成绩说，广宁城内仅弱兵千余，组斗志昂扬、意志坚定，力守孤城的胆气撼天动地，使寇贼望而怯步，落荒退败。天高皇帝远，宫廷里谁也弄不清广宁究竟是怎么回事，既然辽阳、沈阳都保守不住，落入敌手，那广宁岿然不动，守城主将当然是劳苦功高了。熹宗悲恸之余生出许些欣慰，连声夸奖王化贞的才能和忠贞，把辽东江山分了半壁给他。

熊廷弼接到熹宗再三催促的旨令后，六月上旬骑着一匹瘦驴赶到了北京，他说

快马在半道腿折而死,身上余钱不够买马只能买驴。他入朝就陈述治辽方略,他向熹宗建议:

"欲收复辽东,必须三方布置,广宁用步骑对垒于三岔河,以地理形势阻止敌人,牵制其全力;海上于天津、登州、革州设水师,用水师乘虚入南卫以动摇敌人军心,使其迅速收缩撤兵,如此则辽阳可以收复;山海关居中之地,宜特设经略,节制三方,以专事权。"

熹宗接到奏疏后,觉得颇有道理,在朝廷加以公布。

眼见熊廷弼又将恢复权势,京城一些与他素有积怨,又眼红他的官吏,意图利用王化贞的力量再来削弱他。吏科都给事中薛凤翔说,如果在山海关设经略,则广宁难遥制,请皇上加重王化贞巡抚的权力,赐他尚方宝剑,令其见机行事,而罢经略之设。

熊廷弼很气愤,这哪是以国家利益为重?而是在搞权力平衡,拖他的后腿。他再次向熹宗上疏,要求朝廷认真考虑,以大局为重,加强统一指挥,避免日后经、抚不和,形成分割自治局面。

熹宗对薛凤翔以及他的幕后所提意见很不满意,训斥道:"辽、沈陷没,朕方惩前毖后,委任熊臣,山海关设经略重臣,节制三路水陆官兵,会议奉旨,何乃复有异同?内外诸臣宜各捐成心,共纾国难,不得纷纷滋议,致乱成谋。经略、该部作速推用!"

噪噪者不敢再吱声。

熹宗下诏批准熊廷弼的治辽方略,并正式任命他为兵部尚书衔兼左副都御史,驻山海关,经略辽东军务。

熊廷弼领命后,熹宗又赐尚方宝剑,调兵二十万,所需马匹、粮草、军械由户、兵、工三部供应。七月,熊廷弼离京上任时,熹宗再特赐麒麟服,在郊外行宫设宴送行,命文武大臣陪同。为了加重熊廷弼的权威,熹宗下令选京兵营精锐武士五千人,护送他到山海关,礼仪非常隆重。

望着熊廷弼的队伍腾云驾雾般浩浩荡荡离去,熹宗返回身,坐上轿舆回朝。可是没走几步,熹宗突然喊停。他从轿厢里跨下来,看着骄阳下呼拥圣驾的几百名宫女、卫士个个精神萎靡,垂头恢困,好一副颓丧的熊样!联想刚才熊廷弼的威风,顿时有一种心酸的妒意和失落的警惕油然而升!做天子的最怕臣下声高震主,熹宗也是如此。他暗想,熊廷弼大权在握,一朝平辽得势,难保他不会有犯上的野心啊!薛凤翔说的也有道理,干嘛不给王化贞一把尚方宝剑呢?让他牵制一下熊廷弼岂不安然?

回到紫禁城,熹宗命兵部尚书张鹤鸣,即刻遣使携尚方宝剑一把,驰马奔往广宁,授予王化贞。

一山存二虎,势必相斗。

王化贞暂代经略,一切军事部署,兵力调度,战守机宜,均由他定夺。他采用分兵把守的办法,在沿河各地设立六营,每营置参将一人,守备二人,画地而守。西平、镇武、柳河、盘山诸处,各置兵设防。

熊廷弼复任后,对王化贞的部署不以为然。他认为河窄难恃,堡小难容,分兵把守是下策,集中全部固守山海关、广宁几个大据点才是上策。他说,若驻兵河上,兵分则力弱,假如敌人轻骑潜渡,克攻一营,力必不支。一营溃,则诸营俱溃,西平等处必不能守。他建议,河上宜设置游兵,轮番出入,示敌不测。自河至广宁,多设置烽火台,稍安戍兵,以传烽探哨之用。而重兵全聚集在广宁、山海关,相度城外形势,犄角立营,深垒高栅以待敌。他分析,从辽阳到广宁和山海关都有几百公里的路程,金军无论如何是一天抵达不了的,那么他们在路上行军就会暴露声息,我军就能事先准备迎敌,所以他断定,队伍大可不必分散去监控敌人,关键就在于守住城堡。

熊廷弼的这种战略思想还有一个重要前提,就是当时辽东战场上的力量对比,是金军强大明军虚弱,在这样的态势下,明军别无选择只能采取守势,积蓄有限的力量,伺机反攻。

"你有你的高见,我有我的谋计,你守山海关,我卡广宁城,咱们各走各的道,走着瞧嘛!"王化贞对熊廷弼指挥他怏怏不乐。正好此时,他也接到了张鹤鸣派人送来的熹宗尚方宝剑,更加有恃无恐,他上疏发牢骚说:"既有熊廷弼为经略,他轻车热路,成谋自在,就全交给他御敌吧!"

赴辽之前,熊廷弼最担心的就是经、抚会因权限划分而产生不和,现在这种担心果然成为现实。

一条大堤,洪峰还没来之前,就已断成两截,到时如何能抵挡得住大水的侵袭?随着和王化贞的裂痕不断扩大加剧,熊廷弼忧心如焚。他使出浑身解数,来挽救辽东这条薄弱战线的防御体系,从兵员增强训练到加固城墙之事,其中还包括想方设法装备洋人的大炮。

万历47年熊廷弼在辽东任职时,就听从了徐光启的建议,秘密派遣李义和另外一名军官,到南方沿海找洋人购买大炮。

李义回到家乡邵武,就结识了这座教堂里的葡萄牙传教士波尔和弥克尔,他们很慷慨,说中国人接受上帝,就是上帝的子民,谁要是侵犯上帝的子民,谁就是上帝的敌人,他们就有责任和义务团结一致,共同打败上帝的敌人。李义拿出银子,他们拒绝接受,无偿提供了两门钢炮。洋炮计算距离比较复杂,操作需要一定的技术,波尔和弥克尔听李义说中国军队使用时可能会有点困难,就主动提出他们跟炮一齐去辽东,泗装备洋人的大炮。

万历47年熊廷弼在辽东任职时,就听从了徐光启的建议,秘密派遣李义和另外一名军官,到南方沿海找洋人购买大炮。

李义回到家乡邵武,就结识了这座教堂里的葡萄牙传教士波尔和弥克尔,他们很慷慨,说中国人接受上帝,就是上帝的子民,谁要是侵犯上帝的子民,谁就是上帝的敌人,他们就有责任和义务团结一致,共同打败上帝的敌人。李义拿出银子,他们拒绝接受,无偿提供了两门钢炮。洋炮计算距离比较复杂,操作需要一定的技术,波尔和弥克尔听李义说中国军队使用时可能会有点困难,就主动提出他们跟炮一齐去辽东,廷弼复职后,又遣人到福建邵武来找已经退役的老部下李义,还是让他请葡萄牙人支援钢炮。李义领受了使命,和老朋友波尔、弥克尔一说,他们欣然答应。在教堂里,他们几次凑在一起商议如何将炮运输到辽东的办法,现在他们已经谈得差不多了。如果要将洋人驱赶出境,那洋炮的事就要泡汤!

来龙去脉说到这里,李义露出十分焦虑的神色,将恳求的目光投向了袁崇焕:

"县令大人,事关守边卫国大计呀,请您高抬贵手,让两位洋教士留下来吧!"

双阳城陷落、袁应泰战死、张铨殉国、熊廷弼复出、经抚不合,风云变幻莫测,袁崇焕没料到前方的战况跌宕起伏,竟发生那么大的变化。洋炮的威力他听说了,可洋炮的背景却是如此复杂,他不得不作慎重考虑。"李义,你说是熊廷弼大人委托你找洋教士运炮去辽边前线的,有何凭证?"袁崇焕问。

"有!"

李义从贴肉衣袋的夹缝里掏出一张叠得很小的纸笺,递过去。

袁崇焕接过展开,上面的字迹果然和熊廷弼写"国耻亘记"的字迹差不多,熊廷弼写道:

"李义台鉴,愚夫又上关隘,经略辽东军务,万历末年曾有洋炮二尊,尔今若能覆命再次携来,军中有巨响矣!至盼!非白"

是熊廷弼的亲笔无疑,看来这李义真是受了熊大人的使命,袁崇焕想了想,把李义唤至偏僻处,问:"本县令相信是熊大人委派你所为,能否如此,让洋人把炮留下,我派一队军士护送你和炮去辽东,而洋人则赴海边登船离开?""不行!"李义摇头说,"洋人之所以肯提供炮,是有条件的,因为我们允许他们开设教堂,他们就承认我们也是上帝的子民,这才愿意帮助我们。如果赶他们走,再拆除教堂的话,他们怎么再会给我们炮使用呢?""对呀!"袁崇焕点头,"他们是要用炮打上帝的敌人!"可他的确又为难,众目睽睽,他能说因为洋人给了熊经略炮就不叫他们走吗?赶他们离开是皇上的御批,要是这事捅到朝廷里去,本来熊廷弼树敌就过多,这不等于又授人把柄,让那些别有用心的大臣去整治他吗?他有点左右不知如何是好了。

"李义,你先回教堂,稳住洋人。这边待我再好好考虑考虑,看看有没有两全其美的办法。"袁崇焕暂且做出安排。

"好吧!"李义拜别,返回教堂内去。

袁崇焕又叫来校尉,吩咐:"队伍就地待命,我回县衙派人送饭来。"

"是。"校尉答。

"没有我发布命令,不要轻举妄动!"袁崇焕又叮嘱。

"明白。"校尉忠心耿耿地答道。

袁崇焕独自坐轿回县衙。他让伙房派好饭后,就回到后院,在自己的书房里绕着圈子踱步思索。

不知过了多久,突然天空乌云密集、黯淡无光,接着电闪雷鸣,"哗哗"地下起倾盆大雨来。袁崇焕在窗口住足停步,凝望着屋檐下悬挂的雨线象骤急滚落的珠子般鸣叫着消失。他的心绪已连广宇,可无奈的是自己身陷官场,处在这样憋屈的山沟里没法伸展。

"县令大人!"校尉一身湿透地站在门外喊道。

"情况如何?"袁崇焕忙把他迎进门来坐下。

"雨水从教堂附近的山上冲下来,还有些山石跟着一块滚下来,弟兄们无处躲避,是撤还是继续留在那里?"校尉请示袁崇焕意见,但他话里的态度已很明显,队伍最好是尽快撤回来。

袁崇焕考虑了一下,"撤吧!"

"好!"校尉起身就要去转达命令。

"哎!"袁崇焕忽发灵感,"你说大雨把山石全冲下来了?那是否会对教堂有威胁?"

"这……"校尉没把握。

袁崇焕暗想,干脆来它个调虎离山计,以泥石流危险的名义,让两名洋教士搬出教堂,迁到一个隐蔽处暂避风头,对朝廷就说已将他们驱逐,这样炮也让洋人送出手了,上面的差使也瞒天过海,应付完成,岂不美哉?

如此……袁崇焕悄悄地向校尉交待了秘密任务。校尉心领神会,向袁崇焕表明此事交给他去办,保证密不透风,圆满周到。

第二天,李义和县衙的四名亲兵,押着经过伪装的二门钢炮和十几箱炮弹,万分感激地向袁崇焕和洋人告别上路了。

洋人则被妥善安置在一座山沟里的道观里吃素菜,一心一意地等县令大人修缮他们不幸被山石"砸成危房"的教堂。

朝廷朝令夕改,袁崇焕一直在担心他的暗渡陈仓会败露,可没出一个月,朝廷又下达一道谕令,恢复接待来中国各地设置教堂的外国传教士。波尔和弥克尔不仅回到了原封不动的教堂里,而且还因此袁崇焕交上了朋友,成了他县衙的常座客。

秋去冬来,袁崇焕心里老惦着李义和那两门炮到辽边的下落和作用。就在他日夜思念的时候,年底十一、十二月,北国大雪纷飞之际,辽东战局又发生了巨大变化。

冰封之前,王化贞欲从广宁主动出击,将一水之隔金兵所占领的海州城夺过来。他要熊廷弼从山海关出兵与他配合进攻,但熊廷弼不同意。

熊廷弼有他的道理,他坚持认为,以目前明军的实力和条件,不能进行这样大规模的军事冒险,如贸然攻打,很有可能会遭到惨败,十分危险。

王化贞已经向朝廷夸下了海口,说蒙古部落将派数万援军,而且还有金军遣回俘虏作内应,一俟渡河攻城,海州垂手可得,仲秋之日即能高枕捷音。熹宗听了十分高兴。而熊廷弼不愿伸出援手,还要拆台,像是想存心看笑话,惹得王化贞恼怒万分。他立即向兵部尚书张鹤鸣告状,称熊廷弼贪生怕死,拥兵自重。

张鹤鸣与熊廷弼曾为兵饷问题发生过冲突,他非常厌恶这个熊炮筒子,接到王化贞的状文,他毫不犹豫和考虑,马上把状转告到熹宗那儿。他添油加醋地说,广宁与金军只有咫只之遥,王经贞要先声夺人,收回失城,而熊廷弼受皇上朝廷非常之宠眷,却不肯发兵出关,情景一目了然,王是勇敢忠诚的主战派,熊是懦怯背义的主守派,不除障碍,战者何能动也!

熹宗不问青红皂白,下诏指责熊:

"广宁原系经略节制地方,有急自当督兵策应。"

朝廷的大臣们也纷纷跳出来,站在所谓的主战派王化贞这一方,批评熊廷弼。

熊廷弼长叹道:"诸臣如能为封疆大事则容我,如为门户之见则去我。何必内借阁、部,外借抚、道以困我。今日经、抚不和,是因为抚臣王化贞依恃言官、廷臣攻击我,是依恃兵部兵部火上加油,事事纵容王化贞。事势如此,我已毫无所望!"

在百般无奈中,熊廷弼只得率兵出关,朝广宁方向与王化贞会合。

行军路至一半,岂料突然天寒地冻,北国冰封,辽河雪积数丈,成为一马平川。

王化贞天真烂漫,以为河道变坦途,正好有利于进攻,就不顾一切,挥师向海州城猛扑过去。可他却不知,辽河原是广宁天堑,河面一旦封冰,金兵也同样获得了战术上的良机。努尔哈赤将大军兵分两路,一路向正面的王化贞部形成口袋,包围而来;另一路奔袭熊廷弼出关后的山海关空城……

呼号的朔风中,王化贞的明军队伍与金兵在平阳桥相遇。

明军将领孙得功被派出应战,可他一见金兵训练有素的马队铺天盖地挥舞战刀向阵中冲来,刀刃在雪地里映出的闪光令人头晕目眩,他顿时心惊胆颤,未等交锋,掉头便逃。

前头压不住阵脚,后面就闻风大溃。王化贞溜的比谁都快,一口气缩回了广宁城。

孙得功没逃得成,主动投降金兵,他为了向努尔哈赤邀功请赏,提出由他来活捉王化贞。他潜进城中,讹言金军已准备火烧城墙,且夕破门而入。一时城里军民乱成一锅粥,四出奔散。王化贞幸得有两个小妾帮他忙,给他换上女人衣服,得以拣一条命,脱险往东狼狈鼠窜。

在大凌河,他和熊廷弼迎面相遇。

"熊、熊爷,孙得功把我、我卖啦!"王化贞痛哭流涕。

"是你把我卖了,也把你自己葬送了!"熊廷弼大声斥责他。

王化贞面有愧色,结结巴巴地说:"听您的,现在全听您的!"

熊廷弼勒转马头,说:"如今唯一能做的是赶快护送流民和率领残部,和我一齐入关坚守!"

"嗳!"王化贞听命。

可没走几步,熊廷弼的前锋飞驰前来,泣声报告说:"熊大人,回去不得了!"

"怎么啦?"熊廷弼瞪圆眼睛。

"皇太极率一支金军已将山海关占领!"

熊达弼一听,登时眼前金星乱扑飞舞,从马背倒栽在雪地里。

其实这是努尔哈赤故意放出的谣言,目的是阻止熊廷弼回援,因为皇太极正在攻打山海关。

不能说皇太极不努力,可最后是金兵攻了三天三夜,也未能入山海关城池一步。

皇太极向父亲报告,说城里汉人有威力无比的大炮,轰隆一声,金兵便倒地一片,军心受挫,无力再攻。这炮就是袁崇焕惦记的那两门洋炮,李义的炮队发挥威力,守住了山海关。

努尔哈赤不愿恋战,生怕时间拖久了战场情势发生变化,就对皇太极下令撤军。

等知道真实消息时,熊廷弼和王化贞已领着大队人马退回关内几百公里,成了名副其实的逃将败兵。

广宁失陷,全辽沦落,消息报到紫禁城,举朝无不震惊异常,熹宗在下达京师戒严令的同时,又下令逮捕王化贞,熊廷弼革职回籍听候处分。尔后,熹宗觉得尚不解恨,又将两人俱下狱论死。

熊廷弼被赐死罪的消息随着阵阵北方的冷风寒流传到邵武。袁崇焕听到后胸口憋闷得发疼,他推开公案散发着霉味的一大叠卷宗,撩起长袍下摆,出了衙门,一直向北奔走。他爬上一座四季苍翠的馒头山,站在山顶,遥望京城,两行清泪潸然而下。

"熊将军——"他大喊,他知道熊廷弼根本听不见他的声音,可他不喊出来体内就快要爆炸。"熊将军!熊将军!您好委屈、好冤枉啊!"他哭着跪倒在地上,双手疯狂地向四周乱抓,抓到树杆枝桠就狠劲地折断,以发泄心头的郁悒不平。"熊将军,唯崇焕知道你的心,你的一颗剜出来定是热血鲜红的忠心呀!"

风萧萧……

2. 北上朝觐遇侯恂

天启二年正月,明朝廷举行六年一度的县令资格大考核,全国的几百个县令几乎都在同一时刻,携带随从跟班,顶风冒雪、策马扬鞭,向京城赶赴而去,一时官道驿站迎来送往,好不热闹,形成了颇为壮观的景象。

袁崇焕仅率佘义士,一人一匹快马,避开沿途府衙的繁文缛节,用了十昼夜,算是当时最快的速度,来到了离别一年多的北京。

"袁大人,在哪里投宿?"佘义士问。

"听你的吧。"袁崇焕故意说。

"那就还住老地方,广东会馆吧?"佘义士说。

"好吧。"袁崇焕装糊涂,会意地答道。他知道佘义士临跟他去福建时,在会馆交了个相好的。那个丫头是馆内厨房的侍女,对佘义士一直有意思,眉来眼去的,佘义士也中意她,可就是胆怯,总不敢向她挑明。快跟主人走时,佘义士终于找到了借口,约丫头到厨房后屋,心跳地把一个手镯子塞在丫头手里,算是给她的定情物。丫头春情迸发,一头扑进佘义士怀中。一别就是一载有余,也不知那丫头忘了情郎没有? 不仅是佘义士情急,袁崇焕也替他挂念着,要是能成,也算了袁崇焕一件心事。

开出房间,佘义士升上炉火。袁崇焕催他说:"行啦,你去忙你自己的事情吧,我独自安静歇息片刻。"

"嗳。"佘义士感谢地朝主人瞥一眼,出去了。

袁崇焕见天色还早,就在蒜市胡同前后溜哒,一直转悠到繁华的珠市口、天桥。京城的街道风俗、景物,北京人的话语、腔调依旧,可他作为观赏者的经历虽仅一年,却已变化无数。他在一家风味小铺前坐下,要了一碗烫面饺子,又要了两个大白面枣窝窝,狼吞虎咽地嚼起来。很多南方人吃不惯北方的面食,他倒觉得北方的许多面点很有味道,百吃不厌,这也许算是他和北方文化的一种缘份吧。吃完,他刚掏出绢头来擦嘴,没料几双肮脏不堪的污手伸过来夺他的碗,原来是二、三个披头散发、衣不遮体的乞丐,他们抢着碗喝袁崇焕吃剩的面汤。伙计上前操着一口清脆的京片子,恶声恶气地损他们。袁崇焕心生慈悲,摸出两个铜钱给他们,乞丐忙给他磕头,连声说谢谢。听口音像是河南人,那里不是闹旱灾就是涝水无疑。袁崇焕叹了口气,站起来往回走,心里喟然道,内地天灾,外疆敌人,而朝内却在党同伐异,打击政敌,江山不幸啊! 他不由得更觉自己负任重大,国家兴亡,匹夫有责矣!

第二天上午,县令们都在吏部门口的庭院里等待传号进去考核,他们互相攀谈,议论政局,七嘴八舌"嗡嗡"响成一片。主考官吏部御史侯恂走进院子时没被大家察觉,他径直往房子里走,至一半,忽听有一个操粤语的人高谈阔论格外入耳,他不禁侧首向话音传来的方向瞧去。那一圈人在评品辽边最近广宁失守战事的得失。有的站在王化贞一边,说主战的对;有的认为若按熊廷弼的主守战略,广宁不会丢失;那袁应泰就是主守的,沈阳、辽阳城不也全被敌占了? 赞成主战的反驳道。操粤语的正是袁崇焕,他的声音比别人都要高八度地辩道:沈阳、辽阳城丢失不说明主守是谬误! 熊廷弼的防守没错,以目前敌我双方的态势来定方略,防守是符合实情的! 但关键是,防守的学问很大、很广泛,防中有攻,攻中有防,防不是消极的做缩头乌龟! 熊廷弼对防守有他的主张,他一定是还没来得及发挥他的设想,就被王化贞拖乱了阵脚,结果马失前蹄。若要论具体防守……

"这人有意思,虽是文官,可淡起兵来却像泥瓦匠卖盆一套套的!"侯恂欣赏地笑了笑,继续往里走去。这次全国官考,吏部在向熹宗奏报时,熹宗特别重视并强调,目前辽边危急,虽已委派兵部侍郎玉在晋为兵部尚书衔,兼右副都御史,经略蓟、辽、登等军务,可前方可用人才奇缺,望考核官侯恂、钱龙锡等臣,如发现朝觐县官有优秀者,当可直接向皇上本人荐举。"这个广东人,像是个守边可用之人也!"侯恂思忖。

轮到袁崇焕堂下问答时,侯恂特意多瞅了他几眼。

"你叫袁崇焕?"侯恂问。

"正是小官。"袁崇焕答。

"你何年何月何因任何县县令?"虽然表册上这些基本情况都有,但按规矩这些套话都得问到。

"小官万历47年进士,天启元年春二月赴福建邵武任县令。"袁崇焕认认真真报告。

"俱实谈你一年任期都有些什么政绩?"侯恂边听袁崇焕陈述,边专注地做笔记。

袁崇焕一五一十历数实事二十件,件件有根有据有人名作证。

侯恂和钱龙锡边听边不住地点头。

正题问得差不多后,侯恂冷不防转换话题,"袁县令,你像是对辽边战事颇有研究啊?"

"这……小官不敢。"袁崇焕知道,擅议朝政,是一种罪过,他虽然议政言论不少,可都是在背地里进行,大堂之上是不敢造次的。他毕竟比考进士那次,对韩爌等元老口出狂言时成熟多了。

"不要紧,本部院奉圣上御旨,可与朝觐官员议谈国防要务,你尽管说吧。老夫刚才听你谈论防守很有讲究,给老夫剖析一番如何?"侯恂的态度倒是很诚恳。

"这……"

"侯大人叫你说,你就说吧!"另一位主考御史钱龙锡催促道。

"小官实属一孔之见,但请两位大人指教!"袁崇焕拱手作礼道,他心里想,真要我讲,就讲一讲也成,也没啥好怕的,辽边战事多年,未有一人胜过努尔哈赤,既无成功定律,众人议一议又有何妨? 于是他侃侃而谈道:"愚认为防守有利于我大明疆域目前实情,但并非指消极防守。防御法有线形、马蹄形,又分主动型、被动型。小官主张采用马蹄形之主动型,马蹄有五个踩点,互相照应,互相支撑,因而无论站立还是向前奔腾,都非常稳固而不乱。以辽边地貌而论,山海关可为马蹄支撑中心点,两边尽可发掘延伸依附支点,一方有难,几方支援。马蹄踩点又以固守为特征,固守历来有城固兵强、固若金汤之说,熊廷弼正是以困守为决策,山海关最终未能被金兵攻破,此乃成功的佐证。固守又牵扯到治军训兵、工事修筑防护一系列的统盘方略,守卒需要耐力,需要顽强,需要醒目,需要严明纪律,需要丰粮足草,需要利器火炮,若举治兵……"

袁崇焕滔滔不绝,一瞬间半个时辰过去了。侯恂不住地点首称是,听得津津有味,要不是钱龙锡提醒下面还有县令待考,这上午就成了袁崇焕的演讲会了。

"好吧,袁县令,你先退下,本部院有话再传你来廷内面议!"

"是,大人!"袁崇焕行礼。

侯恂破例起身,将袁崇焕送到门口。

他回到座位,欣喜地对钱龙锡说:

"人才、人才啊!"

钱龙锡没言语。

"怎么,钱大人不觉得袁崇焕有过人之处吗?"侯恂问。

"老夫考虑的不是这个。"钱龙锡说。

"那是什么?"侯恂纳闷。

"老夫看袁县令个子矮瘦,面膛黝黑,有点、有点蛮气也!"钱龙锡原来是对袁崇焕的外貌不感兴趣。他是江苏华亭人,看惯了江南白面书生,颀长身材,英俊王子式的男子形象。

"人不可貌相!他是广东人,岭南蛮子嘛,长的就是这副模样!现在是用人才的时候,重要的是论才学本领,而不是论相貌堂堂。再说,要打建夷乱贼,有点蛮劲才好哩!"侯恂非常自信自己的眼光,"老夫决意已定,要向皇上举荐袁崇焕!"

县令考核完毕,侯恂给袁崇焕写了封信,他向皇上举荐之前,想征求一下袁崇焕本人的意见,因为袁崇焕的成绩很好,考取了上等县令资格,如果他本人不想赴辽边,就算举荐了,福建道御史也完全有可能将他截留下来,侯恂不愿把此事办得唐突草率。侯恂在信的末尾说,如袁县令肯接受他的推意,那就登侯府一趟与他见面回复。

收到侯御史的信,袁崇焕喜出望外。第一次封官,他对去辽边任职是抱有极大信心的,可没料到事与愿违,他的热情遭到了凉水的泼击。后来一段期间,通过熊廷弼等人的遭遇,他看破了官场的一些红尘表象,更是心寒许多。虽然壮志未酬,心犹不甘,可他明白自己不懂钻营术,不会溜须拍马、进贡认门,所以对未来的前途实在也不敢怀多大希翼。这次来京,原本想仅仅是走过场,应景一下而已,可凤愿实现的结果却来得如此匆匆,如此突然。他知道,吏部的举荐是极有信誉的,可以说是百分之百中矢的,只是梦想成真,有一种难以置信的感觉伴随而至,弥漫全身。

不管怎么说,冷静下来后,他清楚地意识到他的命运转折开始了。

凛冽的寒风里,他向侯府走去。远远地已看到丰盛胡同里两扇醒目的朱门,他的脚步忽又不由自主地放慢了,他的眼前浮现出两个女人的人像,飘飘忽忽地拦在面前。一个是他瞎眼的母亲韩慧乔,韩老太仿佛在说,儿啊,我袁家与官府誓不两立,你去为朝廷卖命,干啥? 不值! 另一个是妻子阮伯蓉,她凄凄艾艾的模样,一如在邵武他们临分手的前夜,她依偎在他怀里似乎有预感,忧郁神伤的容态。她千叮咛万嘱咐地告诫他,相公,怎么也别再提去辽边任职的事,啊? 不要步熊廷弼的后尘哇!

说起来也是矛盾,袁崇焕之所以走上仕途,是受阮伯蓉的父亲阮先生的影响,阮先生当时"学仕合一"、"内圣外王"、"富国强兵"的实学思想,引导他认识到要想实现报国功名,只有先努力进入仕流,否则只能隔岸观火、欲渡无桥。在聆听阮先生教诲的时候,一个面容姣好、淑雅端庄的姑娘进入了袁崇焕的视线,第一面,他们俩的目光就像磁场的两极猝然而牢牢地相吸了,这姑娘就是阮先生的女儿阮伯蓉。他们相爱后,袁崇焕发现,阮伯蓉并不同意她父亲的观点,她是从一个女人于世恬淡的角度来阐述人生的,她忧愁地对袁崇焕说,你听家父大人的话是要吃苦头的! 阮先生也是广东人,原来是惠州府的参政,就因为有自己的主见,接受了不少新潮学说,经常慷慨激昂地演讲,遭到了奸人的密报诬害。他们称他野心勃勃,日复一日不是胸怀效忠皇上之素心,而是以所谓富国强兵为名,大有谋反之念头。朝廷批示下来,差点要砍他的脑壳,夫人受了惊吓,中风死去。后来幸亏惠州府的巡抚尚有怜悯,明里摘了他的六品官衔,暗地里催地赶快远走高飞,躲开这是非之地,以后再也别空谈什么救国之道了! 国是皇上的国,你救哪门子国呀! 就这样,他们顺西江而上,来到了广西藤县安身立命。在这里办私塾,阮先生仍改不了旧习,还是口若悬河,大抒致远情怀,女儿无奈,只得随他去,心想,穷乡僻壤的,谁能听得懂他的话中意思呢? 可冒出个袁崇焕,他入了父亲的迷境! 而且糟糕的是,她又爱上了袁崇焕,她怎能眼望着自己的男人"误入歧途"呢? 左右为难的是袁崇焕,他听的是阮先生的话,爱的是阮伯蓉的人! 但最后的结果,其实是父女俩都塑造了他的性格,他要做一个建功立业的民族英雄,但这个英雄在阮伯蓉的眼里,不能是贵族式的,不能是显赫的阁臣式的,他要做的永远是一个平民化的、纯粹是理想驱使的英雄。"娘子,你就放心吧,我袁崇焕不图名不图官,图的是报答这生我育我的大明国,死而后已!"

侯恂对袁崇焕非常称心如意,他立即向熹宗启奏道:"镇武大营已溃,广宁存亡已在呼吸。广宁不守则山海震撼,山海不固则京师动摇,亟当趋救广宁无孤忠义望援之心。而保山海以卫门户,实京师以护根本,不可一刻缓者。兵部仍当悬示榜文,明谕军民:无得轻信讹言,纷纷惊窜。风鹤惊惶之日,正宜处以镇定。辇毂之下,多奸细丛杂,缉防之令,信宜申饬。而戡祸定乱,必藉谋臣猛将,如锦衣卫都督张懋忠,志在吞胡,宜授登坛之任。见在朝觐邵武县县令袁崇焕,英风伟略,不妨破格留用!"

熹宗批:"从之。"

没几日,袁崇焕被召到吏部接受任命:

"袁崇焕为兵部职方司主事,官正六品。"

兵部下设四个司,分别是武选、职方、车驾、武库。职方司有郎中一人,员外郎一人,主事两人。袁崇焕进了职方司,等于是进了明朝军政、军令的核心首脑部门。

接到命令的当日,袁崇焕就把这一消息和变化,用快信捎去邵武,告诉老母和妻子。

3. 望着北斗星走去

胡同口传来一声"卖驴打滚喽——"开始了北京二月的一天。

驴打滚是一种黄米面裹红糖蒸熟,外滚干黄豆面的早点,它得出屉后趁热吃,所以小贩在吆喝它时,其实天还没全亮。

佘义士每天就是听这声音起床,穿好衣裳,"吱呀"拉开门,给袁崇焕打好洗脸水,然后轻轻敲上房的门,喊道:"袁大人——"袁崇焕听见后,片刻便一身短打扮出门来,在空气清新的院子里打拳锻炼。那边,佘义士起灶做早餐,或去买早点。准备停当,袁崇焕身子也已热了,稍加擦抹,吃完饭就赶去兵部衙门上班。兵部在袁崇焕刚去报到时就说要给他重新配房子,半个来月过去,至今还没动静,他们就还暂且住在广东会馆,会馆的人对早晨袁家主仆的这一套程序都已经了如指掌了。

可今天,佘义士敲过门,半晌没听见袁崇焕房里有起床拉栓的动静。佘义士以为主人睡得太熟了,没听见,就又敲了几声,"袁大人!袁大人!"还没回音。佘义士纳闷,就把门轻轻一推,门竟开了,原来没锁,他跨进去一看,屋里是空的,床上的被子叠得整整齐齐,一切都收拾得干干净净。"袁大人?袁大人已经走了?"佘义士奇怪地自语。

等了一天一夜,袁崇焕也没回来。

自辽边广宁失守后,京师戒严令至今尚未解除,城内人心惶惶,谣言纷飞,百姓为谋求生路,都在各自行事,混乱中,不法之徒也趁机打家劫舍、为非作歹,一时治安很成问题。佘义士担忧袁崇焕会出意外,就硬着头皮跑到兵部的衙门口,跪在石阶下磕头,求见大臣老爷。

守门的军士奇怪,就问:"你找哪一位大臣老爷啊?"

"随便哪一位都行!"佘义士憨憨地答。

"随便哪一位?"军士摇摇头,"咱们衙门里大臣老爷可多得很啦!你到底有什么事?"

"我家大人也在这里贡朝,可一天一夜没见了,不知他在不在衙门里办事?还回不回家呢?"

"你家大人叫什么名字?"军士问。

"袁崇焕啊。"

"袁主事?"军士点点头,"认得,好象他也一天多没来衙门贡朝了,我进去打探一下吧。"

"嗳,谢谢!"佘义士又磕头。

不一会,一位官吏走出来,问,"哪个找袁主事?"

"是奴才。"佘义士答。

"你找他,我们也在找他呢!他没来衙门贡朝,谁也不知他上哪去啦!"官吏边说,边向门口大街四周张望,好象袁崇焕就躲在哪个角落似的。

"袁大人,你、你上哪去啦?"佘义士像掉了魂似地站在石阶下茫然失措。

一匹枣红色的青鬃蒙古马撒开回蹄,喷着炽热的鼻息,像一团暗红色的火焰,擦着山海关的崇山峻岭边沿,越过长城,期着正北方向,向关外的黑山峡谷森林滚滚奔驰而去。

马背上腰佩双剑的骑手身体跳跃起伏,满脸满身粘满灰土几乎难以辨认其真实面目,但他策缰驰骋的骄健英姿,看得出是个雄赳赳的男儿好汉。他边赶路,边用锐利的目光观察周围的地形、景物。跑一程,趁马停下来饮水吃草歇息的空档,骑手便取出图囊,对照眼前的山峦、树林、水流,用碳条做些符号标记。

一些沿途的砍柴人和猎户,困惑地注视着这个不同寻常的单骑手,不知他是吃哪碗饭的;而另外一些潜伏在道旁石头后的绿林好汉,都被这骑手单枪匹马纵驰的豪胆和勇气所慑服,不敢拦阻,眼巴巴地目送他远去。

骑手不是别人,正是在京城兵部里突然失踪的六品主事袁崇焕。

职方司里,袁崇焕分工负责山海关方面的事务。山海关虽还掌握在明军手中,可它处在金军大兵的虎视眈眈之下,大有旦夕覆灭之危,熹宗和朝中大臣非常关注情势的发展。传到北京的说法很多,几乎天天都有各种各样的消息,但越是众说纷绘,越是令人心神不定,无法判决。袁崇焕十分焦急,他认为国家最高权力机构如果因为情报不准确而不能定下方针大略,那么责任首先在他身上。他情绪一冲动,就打定主意独自去山海关走一趟,把那儿的情况摸个胸中有数,回来好供给朝廷第一手的真实材料,以便决策。

他怕他的行动遭到反对和阻拦,就悄悄地一声不吭,到马房牵了匹快马,神不知、鬼不觉地走了。

袁崇焕干事一贯有这样的特点,只想着要把事情办成功,达到他既定的目的,而很少考虑后果如何。这件事,体现了他典型的作风性格。

夜幕降临了,他骑着马穿行在一片起伏不平的山岗之中,坡面上生着矮杆的鱼鳞松和密集的枞柏,绽裂的树皮散发出一股浓郁的植物天然芳香。马可能有些陶醉,竟晃晃悠悠地绕起圈来,好半天袁崇焕才发觉不对,他怎么总在原地徘徊呢?方向混乱了,他想干脆就在这里先露营吧,等天亮了再辨别。可一思忖,周围的环境实在不够隐蔽。他显得太突兀,万一有敌人袭击,连躲避的地方都没有。还是要赶一段路,他一抬头,发观夜空是那么寥远空旷,湛蓝晶莹,七颗勺形的星星灿烂闪烁在他头顶上方眨动着光亮。

"啊,北斗星!"他差点叫唤出声,他兴奋地自语,"我望着北斗星走就行了,往北到青龙河,就是我的行程终点,在河边宿营,我就可以往回折了!"方向明确,他催着马"嗒嗒嗒"一阵风似地向前奔去。

马也有灵性,它远远地就闻到了河水的清甜味,跑得格外迅疾,没多久,袁崇焕就望见了白粼粼的一汪水波。到了河边,他找了一个芦苇茂密的死角,翻身下马,卸下行装,牵着马去河滩饮水,马垂着脑袋欢叫着。他也痛痛快快地跳到冰凉的河水里洗了个澡。上了岸,他不敢点篝火,就燃了一束艾草驱虫,用皮子铺在地上,躺了下来。

刚合了一会眼,袁崇焕猛然惊醒,他仿佛听见有若隐若现的脚步声渐渐靠近。但倾耳谛听片刻,又似乎是空气的气流声和河水拍岸的音响,他便又歪头睡去。但当他再次醒来时,面前的事实告诉他已不再是幻觉,十几个手持武器的大汉将他团团围住。他下意识地伸手去摸搁在卧皮下的双剑,剑已没有了。

"别动!你的剑没了,就剩下一根棒子啦!"一个浑厚、威严的男子声音朝他说道。

"棒子?"袁崇焕的眼睛迷惑地转了转。

"哈哈哈!"这伙人见他没领会棒子的含义,都放纵地开怀大笑起来。

袁崇焕明白刚才那人说的意思了,他不动声色地保持沉默。

这时天已经开始露出鱼肚白,袁崇焕看清楚这伙人都穿着虎、豹皮袭,手持弓箭刀矛,个个彪形体壮,面阔黝黑,"像是蒙古人!"他心里想。他们也没搭理他,谅他也跑不掉,都在升火烤肉。袁崇焕再向旁边一看,十几匹马的背上都驮满狍子、野猪、狗獾等野物,"是猎户吗?又不像!看他们挺有纪律,组织也很严密的样儿,倒像是军人!"袁崇焕正在揣摸着,那个向他说话的汉子用刀挑了一大块野猪肉走过来,丢在他脚前,"吃吧!"

"谢谢!"袁崇焕也饿了,抓起喷香的肉就啃,肉烤得恰到火候,这一流的烧烤技术只有蒙古人才具有。

吃完早餐,这伙人开始整理行装物品,要上路了。"走吧,带你享福去!"给袁崇焕肉的人说道。

"走哪去?"袁崇焕警觉地问,他想,要是他们是金国的兵马,就只得冒死相拼了。

"别问那么多,我们大人要你走,是要你给他当奴仆去,保管你有吃有喝,比你当游侠强多啦!"旁边一个骑手说。

他们并没发现袁崇焕藏在马鞍下的图囊等行军用品,所以对他的身份尚不明了。"当奴仆?"袁崇焕冷笑一声,"把人家的剑偷去了,算什么好汉!我绝不会给一个孬种做奴仆!"

"混帐!你说谁是孬种?"说话的骑手发怒地问道,"老子宰了你!"

"不是孬种?那就把剑还给我,咱们比试比试!"袁崇焕故意将军道。

"比个屁,先割下你的舌头再比!"骑手挥着匕首逼上来。

"住手!"那个最先开腔的人,现在证明是首领无疑,他发话制止,"别难为人家!"他上前来问,"兄弟,你是哪路好汉?干啥吃的?"

袁崇焕见他方脸大嘴,透出一股刚毅之气,倒也真有点征服者的气慨,就回答:"是干这个吃的!"袁崇焕指了指骑手拿的刀。

"你真要跟我比一比?"首领问道。

"你不是要带我去当你的奴仆吗?如果你赢了我,我就跟你去!"袁崇焕不露声色地说。

"好,是条汉子!"首领点头,命令道:"把剑还给他!"双剑在空中划出两道弧线,落到袁崇焕手中。首领只拔出一把剑,袁崇焕跟着丢下一把剑,一对一显得公平。

"请问贵庚?兄后弟先!"首领道。

"万历12年生人,属猴!"袁崇焕说。

"万历14年生人,属狗,小弟无礼为先也!"首领脱了虎皮,作了个揖。

"来吧!"袁崇焕摆好迎战的架式。

首领的剑法是入山派的,而袁崇焕的剑法是华山派,两派旗鼓相当,不分彼此,就看各自的发挥了。

首领突飞猛进,剑尖直挑袁崇焕咽喉。袁崇焕往侧一让。剑又往他的下裆勾来,袁崇焕挥剑挡住,随即跃起腿,化了这一招。首领接着往右肩胛虚晃一剑,半途改道向袁崇焕小腹插来,袁崇焕压下剑刃,使他不能直入,借着对方的劲,剑绕剑往上一挑,"咣啷"一声,首领的剑掉在了地上。

这时首领的正面是裸露在袁崇焕面前的,只要他眼疾手快,挺剑就能刺中他的胸膛,可袁崇焕垂手停住了,说:

"为兄的不能先下手,老弟再来一次吧!"

对方愣了一下,没去拾剑,而是拱手抱拳道:"小弟领教,请问兄长尊姓大名?何方神圣?"

袁崇焕见他不强求再战,无逞能之心,乃君子之举,也大方地收回剑来,答道:"在下大明国兵部主事袁崇焕是也!"

"兵部主事?"首领睥睨了一眼,"小弟在御林军任护卫使多年,怎没见过兄长?"

"卑职到任才二十多日,区区主事小官,何以能让护卫使大人垂注?"袁崇焕话里带有挖苦。

"在下满桂,也是宫内末官,不必讥诮。"这个叫满桂的护卫使倒像是个实在人,耿直地不习惯在话里带弯子。"我等兄弟奉朝廷之命,前来关外捕猎野物进贡皇室,与袁主事不期而遇,多有冒犯,请多多包涵!"

"不必客气!"袁崇焕也不再和他调侃。

"小弟先行一步,后会有期!"满桂挥手,招呼部下整装上马。"后会有期!"袁崇焕目送他们离去。"腾腾腾"一阵马蹄声震得地颤水抖。待他们完全消失后,他才将自己的马牵过来,不知是宽慰马还是宽慰自己,他拍了拍马鞍,道:"走吧,咱们也走!"上马跑了几步,他突然又想起什么,跑回去,从刚才满桂他们烤肉的火堆里翻拣出一块剩肉来,"丢那妈,真香!"他狠狠地咬了一口,"蒙古人,这一手真绝呵!"

回到北京,佘义士见到他"哇哇"大哭起来,袁崇焕以为出了什么事,听说就是因为担心他、想念他,他这才笑笑,说,"别没出息了,没有我,你一个七尺男人大丈夫,还愁没饭吃吗?"他洗了个热水澡,换上官服,骑上马即去兵部禀报。

兵部尚书张鹤鸣因调停熊廷弼、王化贞经抚矛盾不力,致使广宁失守,正遭皇上责骂,乌纱帽岌岌可危,这下又碰到袁崇焕莫名其妙失踪,弄不好责任又得加在他头上,所以他一见袁崇焕回来,便怒火万丈,大骂道:

"你此去不奉旨,不辞朝,擅离职守,狂妄之极,卤莽之极,本部院要奏请皇上罢你的官,砍你的头!"

袁崇焕解释说,他是去了解山海关军情的,是为了报效皇恩。可张鹤鸣正在气头上根本不愿听他这一套,把他赶了出来。

"相公,什么时候换房子啊?"佘义士见袁崇焕憋缩在小屋子里难受,便关心地问。

"还换房子呢,你就等着给我收尸吧!"袁崇焕闷闷不乐地说。

他以为这下是倒霉了,准备好了在家等着挨处罚。

但等了二天,张鹤鸣又派人来找他去,和颜悦色地问他到山海关都看到些什么?

原来,张鹤鸣冷静下来后想,干嘛和一个主事过不去?完全可以把这事改头换面一下,向上禀报就说成是他兵部尚书派去的,然后将前线情况分析一番,岂不功劳全在自己头上?

袁崇焕当然不会多心到这一层,就原原本本把山海关目前的攻防优劣态势详叙评论了一番,最后他表示,如果给他兵马粮饷,他一定能守住山海关!张鹤鸣表扬了他一通,就去乾清门求见熹宗邀功了。

熹宗已是在一个月内两次听说袁崇焕这个名字了,印象渐深。他对袁崇焕主动要求去守山海关的效忠精神大加赞许,下旨道:

"从之。破格提拔任用袁崇焕!"

二月底,袁崇焕被任命为按察司佥事衔、山海监军。同时被任命的还有山海监军副使阎鸣泰。

位置一步一步向辽边前线移挪而去,袁崇焕愈加信服阮先生的教诲,也相信了那句老话:"有志者事竟成"。晚上,他正在收拾行装,明早就要去山海关上任,这时,门"吱哑"一声推开,佘义士走进来。

"袁大人,奴才有一事相求。""我不是已经答应了吗?带你去山海关,你快去睡吧,明天还要早起赶路!"袁崇焕没在意地说。"不是。我不是一个人要去,还想带一个……"佘义士嗫嚅地说。"再带一个?带一个谁?"袁崇焕问。"进来!腊梅,快进来!"佘义士扭头朝门外喊。一个穿着红短袄的丫头忸忸怩怩害羞地走进门来,"这是腊梅,"佘义士红着脸介绍,"还不快给袁大人拜礼?"腊梅一听,马上跪下地,给袁崇焕磕头,嗓子细柔地说道:"小女腊梅给袁大人请安!""快起!快起!"袁崇焕忙招呼,他定睛一看,这不就是会馆厨房里和佘义士相好的那个丫头吗?他明白了,高兴地说:"恭喜你们啊!腊梅姑娘,你愿和佘义士一刘跟我去山海关?好!从今以后,你们俩连理偕老,在我身边,只要有我袁某人的饭吃,就不会让你们的碗空着!""谢袁大人恩典!"佘义士拉着腊梅又跪在袁崇焕面前。

山海关号称"天下第一关",是秦朝万里长城的东起始点,它的特征是北险南缓。从城墙往关外望去,地形居高临下,十分险要,而在关内,沿海平川,则是一座比县城还要规模大一些的州级城市,如果金兵一旦攻克关扼,挥师掩杀冲下来的话,那么就再也不会有什么障碍阻挡了。

初到关塞,大将马世龙代表经略王在晋迎接袁崇焕和阎鸣泰。马世龙称王经略身体不适,在府内后院静养歇息。都以为前方一线剑拔弩张,谁知道最高指挥官还有闲情养心?袁崇焕和阎鸣泰目光相视,犯疑地打了个问号。

王在晋是江苏太仓人,万历二十年进士,一个标准的一天散步,二天端坐,三天躺床的文弱书生。由于书读多了,纸上能谈几句兵事,就阴差阳错地被推举到辽东经略的位置上来,其实,他对打仗可以说是一窍不通。

袁崇焕在马世龙陪同下到兵营兜了一圈,他心里一直牵挂着李义和他的炮队,可是到处都没见到,他就问马世龙,从福建运来的几门洋炮哪去了?马世龙告诉他,王在晋来了后,担心洋炮的威力会使兵卒产生依赖思想,从而削弱战斗力,就把炮队遣散了,李义带着炮不知去向。这是什么逻辑?袁崇焕皱着眉头,许久没有言语。他想,前有王化贞,今有王在晋,难道我真像熊廷弼,命里注定要和这些人聚成冤家?

次日,王在晋设宴款待袁崇焕和阎鸣泰,为他们接风。言谈接触中,袁崇焕感觉到这位上司为人还是很和蔼亲切的,不是想象中的那种愎自用的官僚。但是,他引经据典,照本宣科的习惯很顽固,只要是哪本书上说过的话,他牢记不忘,势必效之。

"王大人,卑职初来乍到,对关守军备颇有生疏,委派小官下营帐体察数日,如何?"袁崇焕向王在晋半是报告,半是请求。

"然也!范濂《云间据目抄》里就有'新到一地察俗情为先也'之说。新募兵勇多系浙江丁,性情口味与广东大凡不同。你有兴趣可繁与比较之。"王在晋频频点首同意。

"知已知彼方能百战百胜"的孙子兵法定理,到了王在晋口中,便成了文人骚客云游乡肆的风情漫步了。

10天后,袁崇焕将自己在随营亲历的基础上,经过深思熟虑得出的若干项方略建议,拟了一份奏章,直接上疏朝廷。

文中写道:

"山海监军袁崇焕,为报答圣主皇上和国家重用殊恩,竭献绵力,谨陈述列举以下切急事宜,请求速办。

"兵卒乃血肉之躯,无战器怎能迎敌?惟器械待用甚急,或雇骡车,或请民侠,立刻发来,还有置屯立营堡诸料,如木竹、芦席、秫秸、锹锄,都是非用不可之物,切不能耽误。

"再是兵员问题。从目前看来,新招的浙江兵,以及一些老兵,守山海关还可以。但要图远谋,则非要锐卒劲旅不可,否则力量太薄弱!广东籍步兵,勇捷善战,可以大量调集,严加训练,放置第一线当刀刃使用。臣叔袁玉佩,在广东家乡结社习武,高手如云,臣可令其把他所结纳的全部死党都拉来山海关,以一当十!还有臣少时好友武举谢尚政,计谋功夫超人,怀才不遇,报国无门,臣亦可唤其出乡效力,当死不辞!若能聚数六千,臣教监督前来,将知兵,兵知将,一脉贯串,生死不离,定能战场上所向披靡!只是招兵需要经费,安家行粮、衣甲器械,每人非二十余两不可。

"另一处兵源当推广西狼兵!何谓狼兵?雄于天下,冲锋陷阵,恬不畏死,如狼似虎。根据臣的情报,可从田州调二千,泗城州调二千,龙英州调二千。狼兵须配安家行装,以御北方寒冬,行粮自可携带,他们每名配发六两银即能抵京。在京城再选其精锐,派士官押来山海关赴战。

"如从两广招来的兵逃跑或者闹事,臣与臣叔袁玉佩甘当受罚。我是个文臣,为何要来管武将的兵马粮草之事呢?就因为想通过选拔优秀的兵士来为国家出力而报答皇恩!这些兵在日后的战斗中要是战不力,即可斩臣于行军帐前!

"臣原本区区七品小官,作令年余,就连续提拔,已经是实在太受之有过了,誓不以身蒙速进为耻!趁今光阴,一刻可当千金。迟一日,误一日之封疆,早一日,修一日之战守,伏乞皇上敕下部再覆,立赐施行,以不耽时日。如听臣之言,行臣之忠,臣必效力,不但巩固山海,即已失之封疆,行将复之!"

最后,袁崇焕多少有些自夸地说:

"谋定而战,臣有微长也!"

因为是有关山海关军情的重大议题,所以疏文的上奏渠道非常通畅,竟一直报到熹宗案前。熹宗虽然尚未召见过袁崇焕,但想象中,这个人肯定非常惹人注目,口才很好,滔滔不绝,慷慨激昂,把几个朝中重臣都征服了,而且为人勇武果断,孤胆忠心,是个愿替大明王朝效力卖命的马前卒。熹宗读毕内文,更坚定了这种看法,连连称赞有道理,御笔批道:

"户部发银三千两,著山海关监军佥事袁崇焕募兵。"

当时宫廷已经形成了宦官与部院之间的严重对抗,无论哪方有人冒头,必然要遭到另一方的猛烈攻击。庆幸的是,袁崇焕没有归属到派系中去,另外,他也只不过是个六品小监军而已,所以尽管得到了皇上的殊恩重视,也没人和他明争暗斗,施以毒箭。

从内心讲,王在晋是不愿意袁崇焕去招两广兵的,他是江苏人,与浙江是近邻,他对浙江兵更有感情。可既然皇上已同意了,他也不便横加干涉。但他开始觉得,袁崇焕这个人非等闲之辈,不会在他手下安份守己的了,就对袁崇焕有了几分戒意。

袁崇焕顺利地踏上了南下征兵的驿道。这次因为是奉御旨,所以一路驿站提供最快捷的车舆更换,速度总能保持在每天千里以上。

过江西道时,袁崇焕本想拐个弯,去福建邵武探望一下妻子和老母,但犹豫了一下最终还是没去。他估计她们在邵武日子一定过得比较舒坦。他调京后,继任邵武县令曾托人带了土特产和一封信给他,请他放心,家眷在邵武会得到最优等的照料。相比之下,山海关不定哪日就会遭到金军的大举进攻,有沦陷的危险,国事为重,他直接向广东赶去。

到了广州府,袁崇焕把御批公文一交给御史大人,马上得到全力支持。

户部的三千两银子可谓是杯水车薪,只不过是摆样子的,大部份还要地方政府拨给,广州府拨了六万两,另请广西方面也相应拨一些。广西道闻讯后即筹措了四万两银子,派专员赶来广州接受御令。

不到一周,广东募集了三千步兵,广西募集了六千狼兵,全是清一色的青壮年。他们少则有半年多则有二年的从军史,操刀舞枪十分熟练,而且个个胆气冲天表示能以蛮荒之地南方两广的勇卒名义去北上保驾皇都,死都不怕。

袁崇焕没想到进行得这么顺利,心里非常高兴。最后就剩下一件事,去找死党谢尚政。

这次应该说是回袁崇焕的老家,广东东莞有父老乡亲,广西藤县有祖父、父亲还有胞弟,可在公与私的界线上,他划分得十分清楚,他不愿意在这件很不容易得到的皇上钦准差使中,给人抓到一丝一毫的把柄。举贤不避亲,所以他推举自己的叔叔袁玉佩来带兵是无愧的,如果假公济私来趁机探亲,就掺合了个人感情,哪怕是谁都能理解,一旦有人借题发挥,也是洗不清的嫌疑啊。既然自己不能去东莞,那就只能托人捎信给谢尚政。可从到广乐的第一天起,到临返回之时,都没见谢尚政的回音和影子。"他是另谋高就去了呢,还是有什么意外?他究竟还在不在人世上呢?"袁崇焕心里打了一连串的问号。

既定的归期到了。现在已不是他一个人来去那么自由了,而是一支万人的大队伍开拨的周密行动,有许许多多准备工作和琐碎的事务要做,一时袁崇焕也就把谢尚政的事给忘了。

中午要动身,上午袁崇焕再去府衙向御史大人道别。走在繁华的珠玑街上,正巧有一家海鲜货栈开张,门口请来一支醒狮队在敲锣打鼓地庆贺新禧。以前在家乡,袁崇焕是最喜欢看舞龙狮的,一别十几年,又见舞狮,心里有股说不出的亲切感,他情不自禁地伫足挤在圈子里观赏起来。起初是看狮子舞蹈,后听鼓点节奏紧密,气韵十足。又转眼去看站在高处的鼓手。鼓手抹了浓重的油彩,有些难辨本来面目,可袁崇焕怎么看怎么觉得像谢尚政,尚政怎么会沦落到在街头卖艺敲鼓了呢?他有些不相信自己的眼睛。鼓声突然停止了,鼓手也盯着袁崇焕看,他搁下鼓槌,走下鼓台,向袁崇焕一步步走来。醒狮队没了鼓点也自动停下来,他们摘了头壳,和围观的市民都不知发生了什么事,目光集中到两个靠拢的人身上。

"崇焕兄!"鼓手"扑嗵"跪在地上,哭起来。果然是谢尚政!袁崇焕忙去扶他,"尚政兄,快起来!快起来!"

不必多寒暄,一切都明白了。当即谢尚政向老板辞了活儿,跟袁崇焕远走高飞。

头两天袁崇焕命令队伍不分昼夜,马不停蹄地赶路,当中只有几段片刻的歇息。直到第三天,行至湖南的洞庭湖边,他方下令休整一宿。

营帐搭在湖畔,他让谢尚政和自己同眠一床,耳听湖水拍岸声,心里默念范仲淹《岳阳楼记》里"先天下之忧而忧,后天下之乐而乐"的千古绝句,他的精神已经在旷远的天际遨游。

卫士送来几条烤得喷香的鳗鱼,他这才觉得肚子饿了,丢给谢尚政一条,自己也抓起一条放在嘴里嚼。

夜深了,他们俩都睡不着,谢尚政就叙说他这几年是如何捱过来的历史。

原来,谢尚政在北京考武进士落榜后,一气之下,回到了家乡,发誓再也不沾科举的边了!他起初去县衙请求做一名把总之类的小官,不管怎么说,他毕竟还是个武举人。县令同意了。没多久,在一次中秋节的赏灯会上,县令夫人发现了正在表演武功的谢尚政,她向丈夫兴高采烈地咬了一阵耳朵,县令笑咪咪地不住点头。第二天,县令就把他请到家里,问了他几家常情况的话后,便提出要招他做乘龙快婿!谢尚政曾经立誓不考上武进士不嫁娶,可现在既打定主意金盆洗手再不赴考了,这个誓言当然自动作废了。他挺高兴,颇有天上掉下个金元宝的惊喜,认为是县令大人看得起他。谢尚政当下就答应了,还和未来的岳父大人共饮了一壶酒!他回到寝室,满脸通红,乐得呵呵直笑。同屋的衙头问他何故如此开心？他憋不住就竹筒倒豆子,全抖落出米了。哪知,长得奇陋无比的衙头听了忍俊不住偷笑起来,一副幸灾乐祸的样子。谢尚政生气地问,怎么？你不恭喜我,反倒嘲笑我,什么意思？衙头见他认真了,就告诉他说,你难道还蒙在鼓里？县令千金是个傻瓜蛋,二十好几的大姑娘了,还常常在大庭广众下脱裤子撒尿,根本觅不到婆家,你怎么能要她呢？衙头再三叮嘱他,别说是他戳破这张纸的,否则县令非会掐了他的小命不可。谢尚政气得一晚未合眼,他倒不是觉得失掉一个娶老婆的机会而可惜,而是认为县令在耍他,污辱他,连衙头这么丑的男人都厌弃的女人,竟要塞给我,简直把我当成畜牲了。"我堂堂武举人,虽说未考中武进士,但也不至于你老混球小瞧到这种地步!"一怒之下,他第二天就辞职不干了。

第二次,他在广东台山盐运司谋了一份押运起解的差使,押运司是个不学无术、又没本领的脓包,仗着有个叔父在州府做官,他便颐指气使,横行霸道,对手下几个起解不高兴就骂,甚至动手揍人。谢尚政刚开始不摸底细,听到押运司甩粗口,就反驳。押运司心想不给你点颜色瞧瞧,你还不知道老子的厉害,就冷不防抬脚尖朝谢尚政裆部踢去。谢尚政捂住睾丸一头栽倒在地,浑身颤抖,冒出冷汗。押运司那张猥琐的脸垂下来,朝他充满恶意,下流地讥笑:"滋味如何？好好尝尝吧!"谢尚政干瞪眼,力气使不出来。押运司笨就笨在不懂得及时收回他暴露在对手面前的身体和脸庞,隐蔽起他的要害部位。谢尚政缓过劲来了,见这兔崽子捞了便宜还在俯首傻笑,心想难道你能看我一辈子笑话吗？就伸手一使劲,握拳揍在他脸上,押运司冷不防,向后仰去。谢尚政跳起来,又抬起腿,用尽全身力气,向这小子腹部恶狠狠一踩。谢尚政以为自己眼花了,怎么看见押运司的嘴巴里溅出许多五颜六色、红红绿绿的东西,漂亮美丽极了。他又要扑过去,幸亏被人拉住。否则,押运司的一条小命就结果在他手上了。盐运司里自然呆不下去,他又去流浪,做过船工水手、保镖、家丁,最后当了舞狮队的鼓手。

"唉——"谢尚政长叹一口气,"我是落了配的凤凰遭鸡戏啊！越来越不是个人样!"

袁崇焕边听边就在揣摩,按谢尚政的性格,他不应该是这样的遭遇啊！他是善于迎奉官门的,县令的傻女儿只要能凑合,何尝不能为了改变自己的命运去忍气吞声,同床异梦一番呢？看来谢尚政的情感有多面性,他的心气很高,他可以对他看得起的高官俯首贴耳,而对他瞧不起的那些芝麻绿豆小官,他自己哪怕再落泊,也是嗤之以鼻,不会低三下四垂下他那高傲的头颅。"尚政兄,那你怎么不来邵武找我呢？"袁崇焕接着他的话问,可说出口又后悔,自己在邵武只不过是个县令而已,他在自己面前肯服输屈就吗？不会。果然，谢尚政没吭声。袁崇焕并不计较谢尚政处世哲学中的庸俗一面，他看重的是缘份，义气，还有一个人所具有的价值和才能，谢尚政在家乡成千上万芸芸众生里，无疑是出类拔萃的。

4. 守关外以捍关内

　　回到山海关，已是初夏的六月。关内外满山遍野的达紫香花和小黄菊花，风吹摇曳，姹紫嫣红，像锦绣的图画。

　　两广步兵经过休整训练，又吃了大碗大碗的土豆牛肉块，油粘大米饭，士气旺盛，斗志昂扬。袁崇焕、马世龙、袁玉佩、谢尚政等几个文武官员把队伍带到演兵场列成方队，操枪行进，喊声响彻云霄，军威大震！

　　新派来的辽东巡抚张凤翼长期在宫内任文官，从来见过这阵式，极为佩服欣喜，连夜给朝廷上疏，将实况相报。疏文到了乾清宫，熹宗读了喜不自禁，萌动亲驾山海关观看操练的念头，要不是内宫怕出乱子竭力阻拦，这声势就大了！

　　王在晋见袁崇焕出尽风头，心中大为不悦。他从《三国志》里看到，周瑜要加害诸葛亮，就有意让诸葛亮造箭，定期完不成便杀头，这叫嫁祸于人。他也有心给袁崇焕出个类似的难题，让他吃不了兜着走！王在晋把袁崇焕请到经略府，用非常器重的口吻交待一项任务，因前两次战役留下的后遗症，关外一百多里地处的前屯卫有明国汉人难民数百人，要他去解救回来。

　　袁崇焕听了有些意外，因为从前没人提及此事。可他还是点点头，应承下来。他问可以带多少兵？王在晋摇摇头，说一个兵都不要带，前屯卫有足够的将士接应，解救出来，奏朝廷立功，救不出来，按军法从事！

　　袁崇焕回来告诉了谢尚政，"丢那妈！"谢尚政骂道，"这王大人也太狠心了，他不是把崇焕兄往火坑里推吗？"

　　"是啊，这段路人烟稀薄，全是不毛之地，别说有可能遇到金军的兵马，就是出没于山林里的那些豺狼虎豹，也有可能把我吃掉！"袁崇焕早有预料地说。

　　"不去！丢那妈，他是存心害你！"谢尚政愤愤不平。

　　"不，一定要去！明知山有虎，偏要虎山行！我不去，王在晋就会军法从事，明里治我！我已无可选择！"袁崇焕脸上浮现出一种慷慨从容的表情，他咬咬牙："我不相信，这条路我就走不通！"

　　"那我也跟你一块去！"谢尚政拍拍胸脯。

"不,你别去,留在山海关把两广兵带好!"袁崇焕叮嘱他。

"那你 个人太危险!"谢尚政还是替他担忧。

"我一个人领命一个人担当,你放心吧!要是我有难,能找到我的尸骨,带回东莞去!"袁崇焕握着谢尚政的手,晃了晃。

袁崇焕没有拒绝去前屯卫,还有一个原因,就是他想实地考察下前屯卫以及更前哨一些的宁远城。山海关拱卫的据点就剩下这两个堡垒了,听王在晋介绍,它们已丧失可利用的军事价值,可情况究竟怎样,他尚不得知,正好趁此行,亲眼目睹一下。

听当地百姓讲,走这段路最好拣晴天在夜间跑,因为一是剪径客与兵家一般夜里不出来,二是猛兽在夜间也喜欢到靠海边的秃山去透气。果然,袁崇焕走得十分顺利。只是有一次出了意外,他掉进了许久前猎人废置的一个陷阱里。尽管陷阱已放弃,里面没有铁钉之类的锐器,但坑也有5米多深,栽进去后他扭了脚,一点无法动弹,更别说爬出来。他望着一孔天空上的几颗星星,想到妻子和老母现在安睡在邵武的家中,梦中思念着他,心里不免生出几许惆怅,"要是此刻下场雨,把洞注满,我就完啦!"他有些悲哀地想。

这时,一颗黑乎乎的脑袋出现在蓝色的夜空背景中,袁崇焕还以为是东北虎或者是黑熊闻到了人的气味,找到洞口来了,就闭上眼睛,等待生命末日的来临。可脑袋竟说话了:"崇焕兄!崇焕兄!"是谢尚政的声音!"喂!老友!我在这里!"袁崇焕惊喜交加地回答。"你不要急,我马上想办法来救你!"谢尚政说完,脑袋不见了。过了会,他又出现了,这次他是吊着一根树藤绑成的绳子慢慢地爬下来。落到井底,他背起袁崇焕,又一步步地凭借双臂的拉力往上登,回到地面,谢尚政已是全身泥汗。"尚政兄!"袁崇焕充满感情、激动地和他紧紧拥抱。"你怎么会在这里?怎么会找到我的?"俩人松开,缓了口气后,袁崇焕不解地问。谢尚政在黑暗里露出艰涩的微笑,说:"我担心你一个人会有什么闪失,所以你前脚走,我后脚就跟上了。跟到这片密林,突然你失踪了,我想难道是你发现了我,故意甩掉我?可不会呀,都走了那么远了,真的发现我了,你总要当面跟我说清楚,要我再回去吧,怎么可能莫名其妙就不见了呢?我就焦急地四处找,最后发现了这个陷阱,知道你掉下去了。果不然,你成了别人的猎物!""要不是你,我还不知成了哪个野兽的猎物呢!"袁崇焕感叹地说。"能走吗?此地不宜久留!"谢尚政提醒。"好,咱们快走!"袁崇焕说罢站起来,"哎哟!"他痛得又跌坐下去。"怎么?伤了哪里?"谢尚骏问。"不要紧,脚筋扭了。我带了虎骨膏!"袁崇焕从随身携带的背囊里取出药膏敷上。片刻,药性渗透进皮肉,他的脚已能活动。"赶路吧!"他招呼谢尚政。他们相互搀扶着向前走去。在茫茫的荒野中踟蹰行进，无论是谁，哪怕得到了最微弱的一点支撑，都会感到巨大的温暖，由此，袁崇焕和谢尚政的关系更密切了一层。袁崇焕体会到，在外闯荡，如果身边没有几个知己熟人，关键时刻，一定会倍感孤独。

"我们往哪儿走？"谢尚政圈子绕得晕头转向，不知道向何处迈脚了。

"让我看天空——"袁崇焕按老办法，抬首搜索北斗星，前屯卫在山海关的北面，跟着北斗星往北走肯定不会错。他找到了勺形的七颗闪闪发亮的星座，用手指着对谢尚政说："喏，我们望着它走，它会给我们引路！"

天微明之时，他们终于到达了前屯卫。

这里的哨卫告诉说，其实前屯卫没住多少人，主要人员包括躲避战祸的难民都集中在与它相隔几十里的宁远城。"你们怎么不去那？"

"宁远在什么位置？"袁崇焕问。

"往东走大约三十多里地吧，在海湾边。"哨卫说。见袁崇焕和谢尚政对宁远十分陌生，其中一个哨卫主动表示可以领路带他们去。

在路上，这个本地籍的哨卫用充满自豪和温馨的口吻向他们俩人描述宁远的概况，并对他们茫然不知的表情呈现出极大的惊讶。"两位大人在山海关，真没到过宁远？"他很纳闷，似乎在他心里，宁远是块圣地，每个人都应该到那里去朝觐。

对于这位年轻哨卫的朴素感情，袁崇焕起初还不很理解，但当他们步行了约二个时辰，宁远城的轮廓进入他的视线时，他的心忽地"呼呼"疾跳起来，他们的脚下已在开始攀登一道巨大的缓坡，这是一座拱隆而起像哺乳期母亲仰卧时的乳房那样丰厚浑圆的山冈，山麓的角度虽然不陡，但它的延伸非常绵长，仿佛是山峦泻开的胸脯，向四面八方引领蠕升向它顶峰的探客。一条灰色的城墙透迤在仰头眺望的绿色树荫之中，宛如天际飘落的长带遗留在自然的宽阔怀抱里，这就是宁远城，它端坐在冈顶上，在晨曦的辉映中，犹如一座熠熠生辉的皇冠。顿时，袁崇焕明白和感觉到了这哨卫对宁远引为神圣的意味所在。当你发现这座城的时候，你就必须怀着敬意抬着头看它。

"小兄弟，夷军侵占沈阳、辽阳和广宁时，为什么没来攻打宁远？"袁崇焕问。

"他们不敢来！"哨卫不假思索地回答，当然，这并非是理性的答复，哨卫又补充："夷兵见宁远没多少人马，也就放弃了！"

两种原因都不能令人信服，努尔哈赤不会轻易放过任何一个军事目标的，何况，这是一个何等重要的战略据点。袁崇焕根据自己盼体验在想，山坡爬到一半，就已经使人气喘吁吁了，如果再要投入进攻，兵卒就会腿骨发软，浑身散架，这道长坡无疑是道抵御外犯的天然屏障。它能消耗敌人的体力，拖垮敌人的队形，使敌人未到达攻击点就不冲自溃。金兵要征服宁远,首先要征服这遭山坡,而要使兵马一鼓作气冲上顶峰,谈何容易! 这恐怕是令努尔哈赤畏惧宁远的原委之一。

临近正午,袁崇焕一行三人到达了宁远城外。他不急于进城,而是先要哨卫领他绕城一圈,观察地形。站在城门正中,居高临下在阵阵的山风吹拂下,环视山岚尽处,方圆几十公里道路、村庄、田野、树林、坟墓等尽收眼底,一览无余。

"尚政兄,你看你看,金兵若要在这周围活动,毫无隐蔽之地,立于此,观人如观蚁动,居宁远真乃天赐宝地也!"

袁崇焕边踏望,边兴奋地大声称赞。

"是啊!"谢尚政也频频点头,"坐镇此地,犹如楔子,既可固守,又可鞭长触及左右通衢,扼住要冲。宁远宁远,大概就是既能安宁禁地,又能守卫远方的意思吧!"

"说的对! 城名起得过瘾! 镇宁安远——不愧我大明国一块坚岩磐石!"袁崇焕从城墙下拣起一颗剥落的卵石,在手心里狠狠捏了捏,然后纵臂一挥,抛向半空中。

继续往前走去,"如此殊要隘冲城禁,怎么只有一些散兵游勇把守和几百难民居住? 为何不派驻重兵,让百姓兴旺?"袁崇焕越想越不可理解。大概不仅是他料想不及,就是努尔哈赤也不会估计到宁远只有若干薄兵,否则,他一定会驱赶大军,哪怕是爬,也要爬上宁远的城堡! 也许正是明军无意的疏忽,造成的空城计,是金军没能占领宁远的另一个重要原因。

"宁远城里的兵总是何人?"袁崇焕问。

哨卫回答:"游击祖大寿!"

出发时,王在晋告诉袁崇焕,前屯卫的头目叫祖大寿,而眼下祖大寿却早已擅自从前屯卫迁到了宁远城,迁得好! 看来祖游击的眼光远远在王在晋之上。

"走,去见祖大人!"袁崇焕说。

进了残败破损的城门,袁崇焕看见城内有交错盘节几条冷僻凄清的街道,街沿的陈旧民房内,散居着各地逃来的难民,他们衣不蔽体,面黄肌瘦,模样惨不忍睹。在一幢套院砖屋的前厅,袁崇焕见到了一壮一瘦两个穿戎装的东北汉子,壮的那个满面红光,浓眉大眼,一股英豪之气掩饰不住地放射出来,瘦的这个则细眉细眼,有些拙里藏秀,神态既足智多谋又含羞内向。仅此粗粗一望,袁崇焕便对他们都有许些好印象。他把王在晋写的手谕递给他们,他们看了后,自我介绍,壮的就叫祖大寿,瘦的叫何可纲,是正副游击官。祖大寿问:"袁大人,您的兵马呢?""兵马?"袁崇焕望了望身旁的谢尚政,"就我们俩呀!""你们俩人赤手空拳从山海关闯宁远?"祖大寿似乎不相信,何可纲也有些迷惘。"就我们俩!"袁崇焕肯定地说,"原来是我一个,尚政兄是为了保护我,后面跟来的。"一听此言,祖大寿和何可纲"扑嗵"同时跪下地来,双手抱拳举过头顶,无限佩服地说:"袁大人真了不起!多少拨来宁远的兵马,都在半途被金人掳了,或叫虎豹吃了,可你们区区两人竟安然无恙,是有神在苍天庇护也!""兄弟快起!"袁崇焕扶他们起来,"如果有神庇护我们的话,那这个神就是宁远城!"

中午吃饭,端上桌的是一盆子棒子面馒头和一大碗不知是什么动物的肉。

"听袁大人口音是南方人,咋样?敢不敢吃耗子肉?"祖大寿问。

在没听说明之前,袁崇焕闻这肉香味扑鼻,直流口水,还以为是野兔子肉,一知道是老鼠肉,他喉咙一阵翻滚,直想吐,可他忍住了,脸上笑着说,"吃!干啥不吃?你们能吃,我也能吃!"

谢尚政肚子饿极了,似乎对是什么肉也无所谓了,大咬大吞起来。

一手抓馒头,一手抓肉,嚼了片刻后,一个侍卫扛来坛白酒。

"好,酒抬来了!"祖大寿高兴起来。"袁大人,初次来宁远,没有象样的东西招待,请多包涵!兄弟这里啥都缺,缺军饷、武器、粮食,可就是酒不缺,这城地下有个大酒窖,里面的酒几辈子也喝不完,只有拿它来欢迎袁大人,给袁大人洗尘接风了!今天,把这坛酒闷啦!"

说话间,侍卫已把酒碗摆上,然后全斟满了。

"喝!"祖大寿和何可纲一仰脖,连灌了三碗。

望着这坛酒,袁崇焕着实有些害怕,他估计足足有三十斤,他们四个平分的话,那一个人起码也要喝七、八斤!酒他能喝一些,也就最多是半斤、一斤的量,哪能喝这么多?可不喝,两个东北汉子又盛情难却。他微微笑着,踟蹰着。

"哎,袁大人,您是好汉,兄弟佩服你!您要不喝酒,那兄弟可就怀疑您究竟是真英雄,还是真狗熊啦!"祖大寿看出袁崇焕的心思,有意激他。

袁崇焕毕竟血气方刚,他觉得此时如不喝,就征服不了这两个游击官,连两个本地游击官都收拢不了,还想在辽东干什么报国大业?门都没有!他眼一闭,也一口气连饮了三碗,嘴里说,"没问题,有多少喝多少!"

"太棒了!"祖大寿伸出大姆指。他接着又催谢尚政喝。

但没想到,谢尚政一脸不屑,死活一滴也不沾。

"哎!"祖大寿和何可纲奇怪了,心想这南方佬咋回事?

谢尚政并不是一点不能喝,他是心里不快活。他一踏进城门,就感到这两个游击官没把他放在眼里,他也知道自己目前的地位,王在晋的谕书上根本没写他的名字,难怪这俩人把他当仆人看待,可他心里毕竟想着自己是袁崇焕的死党,这次又救了他的命,而且自己是武举人的身价,不管怎么说,都应在祖大寿、何可纲之上,他们不应该是冲着袁崇焕才招呼他一下。他本想发作一下,但这气没名堂发,既吐不出来也咽不下去,干脆,他就采取一种冰冷的态度来维护自尊。"不喝,我不会喝!"他漠无表情地说,"我从来不喝酒!"

"兄弟,给点面子!"祖大寿说。

"哪个要喝就喝,不存在什么面子不面子!"谢尚政别过脸去。

"你……"祖大寿被噎得七窍生烟。

"祖游击!"袁崇焕开腔打圆场,"尚政兄是没酒量,我来替他喝!"说着,他把谢尚政的酒碗接过去,干了。

"没酒量还没胆量吗?"祖大寿斥道。

"胆量?"谢尚政沉不住气了,"谁没胆量?"

祖大寿捧起酒坛,"咕嘟咕嘟"吹喇叭似的喝了大半坛子,然后将酒坛使劲往地上一摔,"叭"坛碎了,金红色的液体四处乱窜,溢散出浓郁的酒香,"老子就说他娘的你小子没胆量!"祖大寿一半是怒火,一半是酒醉,开口骂起来。

"丢那妈!"谢尚政拔拳就向祖大寿捣去。可拳头在半道上被何可纲轻轻一抓,就抓住了。何可纲再一使劲,谢尚政就丝毫再也动弹不得了。只听骨头"咯吱咯吱"响,谢尚政疼得脸色都变了。

"快放开,都是自己人!"袁崇焕怕闹出事来,大声命令。

何可纲若无其事地松开手,谢尚政避到了袁崇焕身后。

"哈哈哈!"祖大寿大笑起来,"袁大人,咱们喝酒都是闹着玩儿的,您千万可别当真啊!"

"彼此彼此!"袁崇焕也笑笑,没再言语。他肚里明白,争端是谢尚政气量狭小挑起的,而且结果谢尚政并不是人家的对手,但他不好指责罢了。祖、何二人,虽然对自己说话口气有些随便,心地却不坏,他越来越觉得,日后要成大事,他们俩是必得依靠的力量。

吃完饭,祖大寿又单独陪袁崇焕去东城墙观海。谢尚政提出要跟着一块儿去,袁崇焕安慰他道:"尚政兄,你去歇息吧,我有祖游击相伴,定当无碍!"谢尚政无奈,只得跟侍卫去寝房安顿。

袁崇焕他们爬坡进城是从西面上来的,所以没见到海。他知道宁远傍着海湾,但没想到会离海那么近,登上东墙头,往下望,仿佛海滩就在脚下。

太阳斜挂当头,黄海海面上光晕雾气,朦朦胧胧。海面不远处,有一片黑压压的石山,与宁远城对海相望,近在咫尺。

那里是什么地方?"袁崇焕问。

"袁大人,那里就是觉华岛!上面也有一个游击的明军队伍。"祖大寿说。

"觉华岛?有此岛相倚,宁远城不孤单也!"袁崇焕豁然开朗,"我明白了,我明白了!"

"袁大人,你明白什么?"祖大寿问。

"我明白努尔哈赤为啥没敢来攻打宁远的第三个原因了,就是这觉华岛把他给吓住了!"袁崇焕分析给祖大寿听:

"凡有兵家常识的人一眼都能看出,若守宁远,定会在觉华岛置有援军,形成策应,但凡遇敌,便可钳形攻守之阵式,进退皆成威势。努尔哈赤一定以为明军会如此布阵,既无胜券在握,于是只得绕宁远城而去。他输了这步棋,表面看他是输在了军情不明上,可实际上他是输在了我大明国的假空城计上啊!"袁崇焕一阵唏嘘感慨。"但是,假计只能用一回,何况,还并非真是假计,夷兵再犯,定不会轻易退走矣!"

"袁大人好眼力!小官进驻宁远,也正是妄想到这一步。但目前王在晋大人还不知道,他若知道,我有罪了!"祖大寿叹了口气说。

这祖游击真是条好汉,喝了那么多酒还能跟着我的思路走,头脑如此醒!袁崇焕暗暗赞叹。"你怎么认为王大人一定就会反对呢?"他问。

"小官曾递过一份报告,要求加固宁远城墙城门及护城沟濠,以利长远坚守。可王大人驳回,称防守山海关即可,不必延伸至此,得不偿失!私下里,我听说王大人还怀疑小官是否有侵吞公款的企图,唉,我是羊肉没吃着,落了一身膻啊!"祖大寿神情黯淡。

"不守宁远,安能守住山海关?!"袁崇焕激动而又愤慨地说。

"这话小官不敢说!"祖大寿坦白道。

"我直言上疏!我直言上疏!"袁崇焕下定决心,无所畏惧地大声道。

袁崇焕回到山海关,径直前往经略府,求见王在晋。

王在晋知道袁崇焕曾显示过一人闯关外的本事,估计他去前屯卫也不会有什么大灾大难,他就是要拿这件事让袁崇焕尝点苦头,压他一下,让他服服贴贴。听说他回来了,就点点头,示意让他进来。

"佥事监军袁崇焕拜见经略大人!"袁崇焕跨进堂,行礼。

"辛苦辛苦!"王在晋笑着安抚道:"瘦得两个颧骨都鼓出来了嘛,呵呵呵,"王在晋显得很得意,"给袁大人上茶端水果!"王在晋喝令左右。

"此行来回一路尚且顺利……"袁崇焕刚开口,王在晋便把话头掐断,似乎有些心虚,岔开问:"难民有多少?是否都已安全带回?"

"难民计有三百四十八人,壮午人一百零四人,少午八十九人,妇女七十三有,其余是老人和孩子。因有些原委另有考虑,小官暂时没将他们带回。"袁崇焕回答。

"什么?"王在晋勃然变色,"你没有把他们救出来?"

"禀报王大人,小官认为,难民在宁远城安息养生非常安全,完全不存在拯救的必要,所以小官擅自作主将他们留在原地,请王大人恕谅!"

"不存在拯救的必要?"王在晋冷笑一声,他心想,你小子终于给我逮到小辫子了,看我不给你点厉害瞧瞧!"袁崇焕,本部院委派你去救难民于水深火热之中,是奉朝廷之命,你竟敢大胆抗令,贻误时机,该当叛逆罪论处!"他声色俱厉地喝道。

"请王大人听小官述报缘由!"袁崇焕并不害怕。

"你擅违职守,还能有什么缘由?给我拿下,押进大牢听候处理!"王大晋凶狠地下令。

"慢!"袁崇焕扬声叫道,"朝廷命本官为山海监军,本官有权力和职责调查了解山海关的军机防务,并见机行事向朝廷圣上直接疏言,此乃钦命,又有何罪?"

这一说,王在晋愣住了,监军使命,倒也确切,未听详情之前,怎能轻易捕人?"行,让你先辩护吧,但,若说与山海关防务无关事由,本部院定当不赦!"王在晋悻悻道。

"谢王大人恩!"袁崇焕行礼道。"辽阳、沈阳、广宁失守后,目前封疆最前哨关口乃山海关,山海关天下第一关,它若不破,固然关内无碍,但它若有险,敌军冲过关隘,山海关内一泻千里,敌当日便可攻到京师城下,令人不寒而栗也!小官此去前屯卫,到宁远,观觉华岛,我大明国江山有此三险,实属万幸!小官以为,山海关应立即设置前卫阵地,居兵抗守,以确保山海本身之安危。山海保则京师保,山海不保,则京师不保。而保山海关,非宁远、前屯卫、觉华岛不可。这三个据点,互相倚靠,相互支援呼应,形成拱卫三角,攻防皆成,实属天险之地!小官之意,宁远做核心,置重兵首脑,前屯卫和觉华岛为左膀右臂,将夷军挡在数百里之外,山海关百安无一虑也!此方略当速决,否则迟缓被努贼酋识破,当不保。既有重兵驻防,就要有百姓鱼水相辅相助,种田养畜,以解决供给问题,那几百难民正好也有安居之地,这正是小官未把难民带回的原因。以上所述,供王大人之思!若王大人照准小官拙见,小官愿前往宁远以镇疆城!"

王在晋是个性格复杂的官僚,他有迂腐、文弱的一面,也有凶狠、歹毒的一面,而且,也还有较为理智、通达的一面。他不懂军事,但听袁崇焕这么挑明山海关的处境,不禁心里暗暗称是,手心捏了把冷汗。他知道,若是山海关保不住,他的命运也会跟王化贞、熊廷弼一样悲惨,一样身败名裂。他瞥了袁崇焕一眼,心想对这姓袁的可不能大意了啊!"哼——哈!"他假模假饰地咳了两声,"嗯,好吧,"他挥挥手,"袁大人暂且退下,容本部院思虑思虑。"

袁崇焕看出王在晋已经有所松动,也不便一下逼他太紧,就借势先退出。

回到住处,佘义士见主人安然返回,高兴地手舞足蹈,乐个不停。"袁大人,我听说王经略派你去关外是想加害你,心里十五个吊桶,七上八下的,我和腊梅俩人整宿整宿地睡不着觉!现在你囫囵个儿地回来,我们的心也就放下啦!"

袁崇焕安慰道:"我的命数未尽,阎王爷不会派小鬼来收魂的!"他拍拍肚皮,"哎,有什么好食的吗?"

"快!"佘义士招呼腊梅,"把袁大人爱食的咸鱼炖粥端来!"和北方人相处久了,他的口音也带明显的北方味儿了。

"哎!"腊梅的脸也笑成了一朵花。

袁崇焕一走,王在晋便回到后堂,在陶渊明的"实迷途其未远,觉今是而昨非"条幅下踱步转脑子。他首先觉得袁崇焕提出在山海关外开辟外围阵地的想法是对的,如没外层抵挡,金兵一杆子就捅到关里来了,到时措手不及,防不胜防,定会误大事!但,他又记起刚才袁崇焕提出,要是在宁远设据点,他愿去宁远任职的请求。这什么意思?放着山海关的监军不做,甘愿去第一线冒搏脑袋的危险?这人会不会有其它企图?王在晋用小人之心度君子之腹,猜想袁崇焕会不会有与他分权夺位的野心?宁远距离山海关二百多里,又要驻守重兵,袁崇焕若成了那儿的首领,接着他便会向朝廷上疏要求脱离山海关的管辖,扩大和稳固宁远的势力范围,辽东防卫的重心就会渐渐转到他那边去!哼,这小子打算得很美呐!王在晋忧虑重重。他忽地又想到一层,宁远离山海关几百里,万一派兵把守,没有山海关的支援,被金军吃掉了,到时责任谁负?我王在晋势必背黑锅,而且是背他袁崇焕的黑锅!万万使不得!万万使不得!王在晋沉下心来。外围阵地可以设置,但不能那么远,要在自己能控制管辖的范围,嗯……八里铺可以,马世龙就曾提出过在八里铺放些兵监控山海关前沿,我多投些人力物力,建个城堡,放它几队人马看守,对,就让袁崇焕当头儿,既发挥他的作用,又能掐住他,万无一失矣!对,就这么办。

想到这,王在晋释然了,认为自己还是很高明的,比别人看得远。晚上睡了个好觉。第二天,他传袁崇焕到经略府来领命。

袁崇焕满心欢喜,还以为王在晋同意他的提意了。没想到,主意是采纳了,但地点从宁远换到了八里铺。

"八里铺离山海关太近,区区八里之遥,敌人攻下八里等同攻下山海,起何作用?"袁崇焕当即表示反对。

但王在晋不管袁崇焕愿意不愿意,马上向朝廷打报告要求拨银两,建八里铺据点,同时,命令袁崇焕准备到那里行使监军使命。

朝廷对辽东防守机宜十分关注,对王在晋在八里铺设据点的报告极其重视,很快批下二十万两银子,先筑土墙。

袁崇焕忧心如焚,据点设在八里铺,根本起不到外围阵地的作用,现在投入这么巨额资金的军费,完全是浪费。而且迫在眉睫的宁远攘外计划,如再不实施,金军一旦派兵攻占,就眼睁睁看着它流产,接下来山海关便危在旦夕。他三番五次到经略府求见王在晋,向他陈述利害关系,可王在晋一意孤行,不理睬他的劝告。袁崇焕百般无奈,最后只得越级上疏,把自己的方略呈报给首辅大臣叶向高。

叶向高代替方从哲出任内阁首辅后,凡事小心翼翼,严格按照宫廷规矩办事。他对于前线战事一无所知,既然王在晋是经略,他相信王说的必然有道理,而袁崇焕一个小监军,既违抗顶头上司,又不讲程序越级呈报,心里就马上反感袁,而倾向王。他把袁崇焕的奏报往案边一丢,不予理睬。

报告退了回来,落到王在晋手中。他气得咬牙切齿,心里更加肯定之先的判断:袁崇焕是想与他争权夺利,设宁远为城关与他分庭抗礼。"哼,叶公听我的不听你的,你妄想得逞!"他冷笑地咒骂。

等了数日,袁崇焕见没有回音,便横下心来,再次拟草了一份"守关外以捍关内"的奏章,将自己的主张推敲得更成熟、更完备,直接上疏熹宗皇帝,他相信熹宗对自己是有印象的,定会心存三分重视。如再没结果,他准备亲往北京,上大殿启奏,不惜以死相劝。

5. 孙承宗巡边定大局

七月烧火天,整个北京像捂在一口密不透风的蒸锅里,又热又闷,令人喘不过气来。满大街都有卖西瓜的吆喝声:"黑蹦筋,三白的西瓜!管打破来!生来管换的西瓜来!"喊叫的词儿没变,可声音被暑气熏得也变调了。

高大森严的紫禁城里,按理说应该比外头凉快得多,可它也挡不住没风。没风一切都是静止的,死气沉沉的,连挂在宫门口的那些精美小风铃都暗哑无声,沉默不语。

下午三点钟光景,一个身材颀长,须髯戟张,相貌奇伟的五十多岁长者,头戴七梁冠,身穿一品绣仙鹤绯袍,腰扎玉带,足蹬缕空皮靴,精神抖擞,从午门进宫,过金水桥,跨太和门,往右拐,登上文华殿。他一路走来,无人阻拦,沿途卫士、廷臣见他无不肃立行礼,毕恭毕敬。他叫孙承宗,时任少师太子太师中极殿大学士兼侍读,是皇上熹宗的老师。熹宗在他祖父和父亲在世时没能有机会读书,登上皇位后,为弥不足,开始在文华殿补课,由经筵讲官给他讲四书五经,有时他也以皇帝身份阐释一番,叫做"御经筵"。孙承宗有幸成为熹宗的侍读讲官,丝毫不敢怠慢,每天早晨天不亮就起床备课,然后下午三点准时来到文华殿恭候皇上驾到。不过,熹宗并不是个好学生,他贪玩成性,经常不是缺课就是迟到,上课也不认真。但,这一切都不影响熹宗对孙承宗深深的敬畏和尊重。熹宗给孙大学士题了两个字:"心开",表示了他的收获和感激之情。

　　孙承宗坐在殿侧的丝绣蒲团上静候皇上到来,可一个时辰过去,还不见熹宗的影子。文华殿里一丝风没有,孙承宗为表礼仪,是衣冠楚楚而来,现在缎袍内已湿得汗流浃背。讲学时间定为半个时辰,实际上现在规定时间早已过了,下面时间如另有安排,那今天的讲学就等于取消了。可孙承宗不敢擅自离开,万一他走了,皇上来了,岂不是罪该万死?又等了一会儿,忽然从西面的过堂里吹来一阵凉风,随着微风,传过"嘻嘻哈哈"银铃般宫女的笑声。孙承宗环视左右,这才发现,今天有些奇怪,平日里在殿堂里不停穿梭走动的宫女、太监们,今天是一个也没见到。他们到哪儿去了呢?孙承宗不禁有些纳闷,他站起来,出文华殿,向文渊阁后花园诱惑人的笑声觅去。

　　皇帝,除了开国始祖,一般都不是通过自己奋斗得来的地位,世袭制使他们享受继承这个至高无上的宝座。这就势必产生两大类君主,一类是独裁专制,抓权不放;另一类是无心朝政,醉生梦死。明太祖朱元璋,艰苦卓绝、出生入死十五年,统一了中国,获得了帝位。他深知权力来之不易,为了自操威柄,事必躬亲,从不让别人插手,并为此破天荒地进行官制改革,一举废除在中国历史上沿革七百多年的中书省和一千多年的丞相制,将全国军、政、司法等所有权力全部集中到他手里,实行"一言堂"统治。在他执政的三十一年里,他成年累月起早贪黑,牺牲自己的休息和娱乐,日理万机,事无巨细都要自己亲眼过目,亲自定夺,最后几乎是瘫倒在山堆似的卷宗旁,真正做到了诸葛亮在《后出师表》里说的"鞠躬尽瘁,死而后已"。可是,他的后裔们大多数不愿仿效他,熹宗朱由校就是最典型的一个,熹宗宁愿大权旁落,由人处置,也不愿放弃自己的玩乐嬉戏,改变自己古怪的嗜好。

　　熹宗还是皇长孙、皇长子时,就是宫中最有名的顽童,玩心极重。称帝后,他不顾自己的身份和地位,无心朝政,玩性依然不改。除了继续和宫女捉迷藏,和太监斗蟋蟀、斗公鸡、掏鸟窝外,他还发明了一处特殊的玩乐方式,就是他的拿手绝活:泥、瓦、木工、机关布置。他不仅会做各种大小木器,盖房子、雕刻和油漆,而且还会做各种技艺精巧绝伦的游戏机械。他干起活来专心致志,十分卖力,长年累月不怕冷热,不知疲倦,以至废寝忘食。他干手工活的时候,每次都要脱掉外衣,有时还光着膀子,没有他的御准,谁也不能接近,常常做得满头大汗,贴身太监一催再催,还不肯收工休息。

孙承宗走向文渊阁后花园那刻,算他有眼福,熹宗正在玩一个新奇的人工瀑布装置。

当时,皇城内各个宫殿的前面都放着不少大铜缸,这些铜缸原来是用于存水,防备水灾的。盛夏酷暑来临后,熹宗开动了脑筋,觉得最好能有一种玩水的游戏,可以使宫内凉快,心旷神怡。于是,他充分利用这些大铜缸,亲自设计,亲自动手,花了几个日日夜夜,把大铜缸穿凿成孔,装上器械,再盛满清水,按动机关,令水势逆飞。起初缸内水涌泻如瀑布,散若飞雪,最后亭亭直上,宛若玉柱一般。此时,事先安放在铜缸底部大小如核桃一样的镀金木球,会忽然冒上玉柱的尖顶,盘旋上下,久而不堕。

试验成功,熹宗今天兴致勃勃把宫女、太监们全召集来,看他表演创造这种前所未有的水游戏。当玲珑剔透的水晶柱、球当空旋舞时,宫女们看得眼花缭乱、欣喜异常,向皇上欢呼起来。周围的御用文人马上挥毫作诗:

> 御前欢笑不胜喧,
> 为看君王弄水盘。
> 瀑布喷残飞雪霁,
> 玉竿高处涌金丸
> 木池水戏敞纱屏,
> 宣白时夸小御伶。
> 真有鱼龙游荇藻,
> 更来仙佛渡沧溟。
> 寝殿春光列监臣,
> 尚冠初选九华巾。
> 官前水戏重陈列,
> 疋练晴空似泻银。

"皇上!"孙承宗不合时宜地在回廊旁叫了一声,而且他的嗓音特别响亮,声音圆壁,周围的人们都听见了,转过来头望他,将原来喜气洋洋的气氛冲淡了。

"爱卿何事?"熹宗有些扫兴地问。

"皇上,侍读时间已过……"孙承宗提醒道。

"噢……"熹宗的眼角向孙承宗敬畏地瞥了瞥,流露出一丝惶然。这时看,他十足是个大孩子,像个逃学被逮住的学生。"爱、爱卿且去文华殿等候片刻,朕即刻便到。"他嗫嚅,几乎恳求地小声说。

"臣遵旨。"孙承宗弯腰行了个礼,顺原路退了回去。

只有孙承宗敢这么去惊扰皇上的玩兴,要是换了别人,没准马上就脑袋搬了家。

可是,孙承宗碰的也是个软钉子,他又等了半个时辰,后花园里依然笑声不断,熹宗对自己的新发明爱不释手,还是没来。

孙承宗一忍再忍,最后,他站起来,又欲去催问。这时,一个小太监捧着一叠用黄丝带扎住的卷宗,笑嘻嘻地出现在他面前。太监转达皇上旨意:让孙大学士先替皇上阅览若干国事疏文,稍停片刻。孙承宗接过卷宗,无奈地又一屁股跌坐在蒲团上。读国事疏文来打发时间,他还是第一次听说。可这是皇上的金口玉言,他只能往好处去想:熹宗总算还记得,记得有上课这码子事,怕他等得着急,既用公文来填补他的空闲,又同时让他利用这段时间帮皇上处理国务,可谓两全其美。

"还算是明事理吧。"孙承宗自我安慰。他翻开第一份,是件普通的封官加爵报告。第二份,是辽东前线来的方略疏报,他的眼光就吸引住了。"山海关佥事监军袁崇焕请求安兵宁远,行守关外以捍关内之大计……"疏文条理严密,立论中肯明确,有说服力,使人读之猛醒称绝。

是啊,辽东战场屡战屡败,一直被动挨打,现在孤守山海,能却夷匪不大举冒犯,关城一刻毁灭? 再不主动出击防范,山海难保,京师亦难保! 这袁崇焕颇有大志锐向啊! 孙承宗读了后,心情难以平静地在殿堂里来回踱步,如像在自家庭园那样忘情。

一阵窸窣的脚步声,孙承宗猛然惊悚,以为皇上来了,吓得赶紧要跪地,一抬头,却还是那个小太监,身后多了个小宫女,捧着一盆西瓜。小太监说:"皇上请孙大人继续等候片刻,吃瓜消暑,稍安毋躁!"小宫女把瓜往孙承宗面前一放,行了个礼,然后微笑地和小太监扭动着腰肢款款离去。

"唉,伴这读还有什么意思? 还不如去辽东守疆去!"孙承宗暗暗叹道。

孙承宗实际上早已厌倦了在宫廷里毫无作为的公式化生活,他身为重臣,应该有的都有了，更多的权力他也不想去争，空虚的官名，一旦人去，分文不值，很快会被人遗忘。他倒是真想实实在在地干些事情，以留香后代，庇荫子孙。所以他在赏识袁崇焕的疏文同时，不禁自己也滋生出一股老骥伏枥，志在千里的雄心。

"爱卿，如何还在此逗留？"

不知过了多久，太阳已西沉，熹宗嬉水兴尽而归，路经文华殿，见孙承宗还等在堂里，诧异而又关心地问。熹宗下午开始是忘了上课，后来经孙承宗提醒，又记起，还再三派人让孙耐心等待，但最后可能是疲劳累乏了，于是彻底地把"御经筵"给忘到脑后了，现在见到孙承宗，已是丈二和尚摸不到头脑。

"皇上，臣有一事请求。"孙承宗说。

"何事？"熹宗驻足问。

"臣遵圣上令阅上疏奏章，见山海关佥事监军袁崇焕有一疏文，要求在山海关外二百里处宁远城筑垒重兵把守，以确保山海安全。辽东经略王在晋反对，朝中各种意见纷杂，孰是孰非，臣愿亲自前往视察，然后将实情禀报圣上以供定夺！"

熹宗最头疼的就是辽东战事。袁崇焕的"守宁远"、"安外捍内"说，昨天许多大臣在他面前议过，没有定论，弄得他心烦意乱，玩起来也没了情绪。现在一听他素为敬重、信任的孙大学士愿挂战袍亲往调查，心中大悦！他马上点头答应："朕准之！准之！宁远实情如何，该如何定夺，全由爱卿处置，不必再奏！"

"臣谢皇恩遵旨！"孙承宗行礼答道。

熹宗越想越高兴，孙大学士一走，卸掉他身上两大包袱，一是读书的头疼，二是辽祸的心烦，实在太令他振奋了，他乘兴邀请孙承宗和他一齐去用御膳。

谁都知道用御膳是件折磨人的苦差使，孙承宗千谢恩万谢恩地推辞了。他也顿时一身轻，心已经飞向关外的辽东，仿佛鼻腔都已呼吸到了那儿达紫香花儿的芬芳气息。

三天后，熹宗正式下诏，命孙承宗巡边。

孙承宗临行之日，奏熹宗。熹宗脸上挂着游戏般的笑容，率文武百官亲往午门送行，赐蟒玉、银币嘉许鼓励。孙承宗诚惶诚恐，伏地再三推辞。熹宗身旁的太监立即遵旨出示禁牌，凡是辞言，皆不许。孙承宗于是发誓尽忠报国，万死不辞。

旭日下，简便的马队向东北方向进发。

在山海关，王在晋听说孙承宗启程巡边，而且对袁崇焕守宁远的建议颇感兴趣，顿时有些心虚。他知道孙承宗是熹宗眼里的红人，一旦他来了后上奏皇帝批准袁崇焕的方略，那么立刻就等于显示他王在晋的无能和失误，皇上不悦，担当可就大了。他不甘心就此被人赶上绝路，经过苦思冥想，他决定先下手为强，先拟一份守宁远诸多不利的疏文上奏皇上,让皇上有个先入为主的印象,再听孙承宗、袁崇焕疏言时,也好有个比较,谁胜谁负,就看谁在皇上面前的运气了。他心想,你孙承宗也不能一手遮天,据他所知,朝中大臣中也有不少人是反对在宁远设据点的。

夜半三更,和几个谋士商议了许久之后,王在晋回到经略府,泡了一壶浓浓的酽茶,唤起了精神,红烛光下,他提笔,墨香四散地写道:

"辽东经略王在晋明察关防,以报浩荡皇恩尽忠启奏。守宁远的议论,本府监军袁崇焕说了许多次,还上奏朝廷,这实际上是不必要的,因为本臣早有规划和安排。本臣整顿是先从山海关外的八里铺开始,而到前屯,顺序渐进,再规图宁远。本臣正在全盘考虑此事,而袁崇焕已急不可耐地先奏报皇上了。"

王在晋写完开头这段,呵呵一笑,颇为得意,论笔下功夫,他想老夫万历20年进士,比你袁某人资格深得多!他要首先造成皇上认为他在袁之上,眼光比袁远大,袁是沙,而他则是海的印象。他继续写:

"天下,是以时间来运筹的。时间认为可以做的事不去做,是失误于迟缓;时间认为不可以做的事,如果冒失去做了,就会失误予骤急。现在山海关的情况很糟糕,到处都是被大雨浇毁的颓垣残壁,有的地方修复了又倒坍,无可救药了。辽东天气,七月已是接近寒冷,而目前防寒土木物质尚未准备,专门从事维修的工兵也不见踪影,在旧的城关设修缮之时,又要去考虑二百多里外的宁远修筑新城,岂不是异想天开吗?"

在给袁崇焕套上一个不切实际、危险冒进的罪名后,王在晋开始正式切入否定宁远筑城的主题。

"宁远城,离山海关遥遥二百多里,带来一系列问题。接济线路长,容易遭敌破坏伏击,如断供给,驻军立即恐慌,而再从山海关去支援也随之艰难。宁远离我远,则离夷侵占之杏山很近,与敌肉眼相望,敌气焰日夜逼紧,不断挑起事端,构成连绵战事,要日日防寇,日日防斗,日日防勾引。如我方不攻打,敌方必来侵扰。而我在宁远很难立足稳定,没有食粮,兵卒亦无刃器拚斗,怎么和敌人作战?要是士兵连套盔甲都难以保证有每人一副,怎么隐蔽?怎么保卫?守在一座残缺不全的城中,就犹如一头跛足的羊在虎穴旁边,十分危险!

"袁崇焕提出觉华岛可做宁远的犄角。这真是笑话,该岛离岸二十里,岛上的兵就是能派去支援宁远,也要坐船。开船就要借风,宁远发生急事,安能待风?再说,岛上驻守的必然是水军,水军登岸,怎么能敌得过骑马的陆路金军?

"本臣曾请专人议修筑宁远城要费多少银两?有的说百万两即可,其实远远不止。在关外大兴土工,打草斫木,必须要先架防。什么叫架防?就是用马队军士排开保护,以防敌寇侵拢。在八里铺都要这么做,何况要在二百里远的地方?在宁远架防,必须精壮马兵三万。做工一日,就要摆设一日,敌来随时战斗,战得胜后才能保住那些工兵的性命。加上工兵,则要四万人了。这万人的口粮从何处来?三万多匹马用什么钱到哪里买?马料怎么办?居舍怎么构建?现在山海关,一个工匠都募不到,全依靠工兵来解决劳力。而工兵一路逃脱,他们视山海关为绝地,望而生畏。本臣为此事几乎呕气成疾。如再要去宁远修城,到哪儿找人?还有,筑城必须有板木、舂槌、分杵、绳索、畚钗、梯架、树条、扎把,又要在弹丸之城山海关备齐,又要转运于二百里险路,既无车辆,又无马牛,更无人力,怎么筹措这些制具?还有,筑城必先造砖、烧灰,砖灰必先开窑,开窑必须打柴、凿石,打柴凿石又必入丛林深谷,而关外深谷是犬戎之域、豺狼之乡,工兵的安全在这些地方根本无法保障。如真是要守宁远,城池一定要坚固,兵马一定要强壮,器甲务必犀利,钱粮务必充足,缺一不可,方能站立。臣就日夜在思虑,如上所述物品、人事不能备齐的话,宁远距山海难以呼应,声势既遥,怎么能坚守住呢?实在太为难矣!"

谈完守宁远的困难,王在晋估计无论谁看了都会认为他是示之以实、言之有理的之后,他又把笔锋一转,开始阐述他关门守山海关的道理。王在晋最怕朝中大臣会指责他胆怯畏敌,所以他绞尽脑汁,尽量要把这一漏洞用冠冕堂皇的词藻给掩饰完美。

"会治家的人,他必然首先修造屋堂,其后才顾及到园子的藩篱;会种树的人,他也是先要培植树木的根,使之扎深结实,而后再考虑枝叶的修理。本臣为什么提议关门守山海?因为目前我方的兵力微弱,军需短缺,经费紧张,人心惶惶,就象屋堂还没稳固,根本尚未植实,臣怎么敢弃山海如后方而不顾,先去修造前挺宁远呢?宁远,不可忘记它的重要性,但目前提它为时尚早。现在文武诸臣们应当固其精于关内,而不应兴致勃勃把视线投在关外。只有脚跟站稳了,才可以纵步跳跃,才可以加快脚步。我说的是天下之长远安危的计算,而不是某一处的短期安全小问题。"

最后,王在晋又竭力打扮自己,表白一番。

臣在山海职任,不敢轻掷朝廷一寸疆土,也不敢浪费朝廷的一毫帑金,臣明白皇上的恩旨是体现天子的佛意之德,为了拯救辽人,臣不敢惰窳,虚实互用,战守并举,边情重大,臣先将战守方略,备细奏闻,臣以置个人安危于度外,伏候敕旨,甘纳生命,肝脑涂地!"

疏文写罢,王在晋立即派快马手速递北京,上奏朝廷。

可是人算不如天算,奏文到了熹宗面前,熹宗正在用刨刀缕雕一扇门窗,他问,

"文内何题?"下人答:"有关辽东战事。""统统去交给孙承宗!"熹宗头也不抬地说。

这样,王在晋的疏文又用快马递到了正在半途中的孙承宗手上。孙承宗读后,他原打算先到山海关,再去宁远、觉华岛、前屯已视察,现在干脆,先去三个点,然后再回山海关。他身边有一支彪悍精练的卫队,所以他对自己的安全没有顾虑。"等我掌握了实情,有发言权了,回来再跟你王在晋理论。"孙承宗自语道。

谁知,王在晋的手下探得孙承宗要径直赴宁远,马上报告王在晋。王在晋预感大事不妙,决计出面阻拦,他率经略府官员数十人,官服齐整,骑马候在孙承宗的必经之路。

见到孙承宗,王在晋领众人下马伏地,王诚惶诚恐地说:"孙大人,使不得!使不得!先进关门再议如何?"

袁崇焕也跪在其中,他抬起眼角望孙承宗,只见此公面容慈眉善目,其中又透出一股睿智的慧光,他不禁心里掠过一阵预感,一阵吉祥的预感。他再将目光转向孙承宗身旁的卫队,他一怔,那个戴花翎的头目好面熟啊!他迅速回忆,想起来了,这不是在关外湖边遇到的那个会烤肉的蒙古人满桂吗?袁崇焕在这个场合下,不便多言语,冷观王在晋如何表演。

听罢王在晋的恳求,孙承宗淡淡地问:

"何故?"

王在晋诚恳状说:"山海关至宁远道,虽然是在我方手中,但经常发生抢劫杀人的案件,非常危险!臣派前哨将左辅守在八里铺,关以东,宁远以西,五城二十七堡,只有这八里铺堡无恙,孙大人是否改道赴八里铺视察?如元老您出使辽东稍有不虞,我这个小臣如何报明皇上?那只有伏剑死啦!"

"八里铺?"孙承宗自语,"那不是王在晋主张开设的前卫据点吗?"他对王在晋的用意了然在胸了。他不容置疑地说:"王大人毋庸多虑,据闻,东边的敌人,远在杏山,距宁远尚有数十里,平日不敢轻举妄动。而路途那些强盗土匪,本部院有卫队,无以能敌!"

王在晋一反常态,涕泣哀告,又恳请孙承宗的随行幕僚出面劝阻,但都没能奏效。

望着孙承宗远去的背影,王在晋浑身冰凉。

其实,孙承宗胸中有数,他是抱着客观态度去宁远的,袁崇焕主守,王在晋主弃,他则相信自己的脑子,他对谁都不会倚私情而决断国家大事!况且,他跟袁崇焕还素未谋面。关键的是,宁远究竟是不是存在固守价值!这是孙承宗最关心的。

当孙承宗一登上那道漫漫长坡,双足一踏上宁远的城墙,答案就立刻出现了。

他仰天道：

"天设重关，以护神京，觉华岛孤峙海中，与宁远如左右腋，可厄敌之用水，且得展我之用水。是必不可不守之城也。老臣如舍此宝地无以报明主矣！"

一锤定音。

孙承宗返回山海关，王在晋预料此事已无可挽回，便心灰意冷，龟缩在府中不出门。孙承宗对巡抚张凤翼说，王大人是经略，他要把自己的判断告诉他，征得他的意见。张凤翼点头称是，恭维孙承宗是"宰相肚里能撑船"。孙承宗晚上去，王在晋躺在床上不应。次日白天，孙承宗再去，王在晋又是不开门。一连七天，趟趟如此。孙承宗做到仁至义尽，于是向皇上写奏文。

"敌人没到广宁前的镇武，守军便烧了城，逃跑，这是先前巡抚王化贞的罪过；但现在还有人在犯这样的错误，敌人攻占了广宁后，始终没再往前一步，而我方军队则畏敌如虎，不敢出关半步，这就是今日将吏罪过了。都躲在关内，怎么消除怯敌之心，怎么发挥我军的智谋？还要花百万金银投在八里铺这样没用的地方去修筑新城，这八里铺怎比得上要害之地宁远呢？用四万人守宁远，与觉华岛相倚角，敌人如来侵犯，可令岛上出兵断敌后路，绕到敌后袭击，敌必败走。那时，我们就可以收复大片失土。这样，敌夷兵必然近不了我山海关门，京师亦固若金汤。然而这些计谋，非要破除庸人的阻拦不可，否则，辽事不可能有作为！"

熹宗接到疏文后，大大嘉奖了孙承宗。他金口玉言说，"干脆让孙大学士代替王在晋，以后如再有逃臣妄言行为，定斩不恕！"

皇帝钦令下到山海关，孙承宗就地任命为督师，王在晋改赴南京重新分配。

"袁崇焕，你等着瞧吧！"王在晋恨袁崇焕而不恨孙承宗，他咬牙切齿，牢牢地记住，是一个初出茅庐的广东仔把他灰溜溜地赶出了山海关。

孙承宗要起草文书任命袁崇焕为宁远主将时，他这才意识到，他还没见过袁崇焕。

从客观上说，按他的时间表安排，他没见到袁崇焕是正常的。因为直奔宁远、觉华、前屯卫后返回山海关才区区数日，经历了大起大落的跌宕：和王在晋的周旋最后将之驱逐，上疏定下守宁远的方略，被皇上下诏任为督师，等等。在办这些机要大事时，如果涉及到谁，碰到也就碰到了，而没碰到的，要专门抽时间见面，则就无法抽身了。但从另一方面来说，这一切，都是因为这个叫袁崇焕的人引发而起的，孙承宗感觉到虽没和袁崇焕谋面，但总好像这个人一直在身边浮游凸现，仿佛就是一个天天见面的熟人似的，根本不用见，他已经很了解他了。可不管怎么说，孙承宗还是急迫地要见到袁崇焕。

见面地点设在山海城墙最高处,一个旧炮台前,有些话在这里讲,会更直截了当。

按约定时间,孙承宗独自前往。他远远地看见炮台前有匹马,马前有个人蹲在长长的马嘴边。走近了,才看清是个马夫,在用心给马喂料。他没再望他,踱到城墙口,探身向远处的崇山峻岭眺望。

"孙大人!"

他听到身后有人喊他,他回过身,见是那个马夫……不,这个马夫怎么穿着官服?刚才怎么没注意?他只觉得这个人相貌平平,脸膛黝黑,身材矮小,和自己想象中袁崇焕的形象相距十万八千里,所以就浑把他当做马夫了,难道他就是袁崇焕?

"小臣袁崇焕给孙大人请安!"袁崇焕跪下了。

"起身!起身!"孙承宗连忙扶他起来。他觉得袁崇焕应该是高大健壮,声若洪钟,英气豪发,指点江山的模样,没想到真人竟是如此一般,未免有些失望。可四目相对时,孙承宗仿佛被闪电似的光芒耀眼地刺激了一下,袁崇焕火一般的热情,充满意志和毅力的决心,全在这炯炯有神的瞳仁里表露无遗。

"知道本部院何故召你前来吗?"孙承宗问。

"心里有些数。"袁崇焕回答。

"这是一座空炮台,以前是放礼炮的,不到万不得已就不安火器。本部院派你驻守宁远,保证山海无恙,将夷兵永拒千里之外,但愿这空炮台,永远是座空炮台!"孙承宗语重心长地说。"誓死报答孙大人知遇之恩,小臣愿以血肉身躯保证,有袁崇焕在宁远,夷兵休想沾山海关一指头!"袁崇焕斩钉截铁。

"好!"孙承宗满意地点点头。

气氛轻松下来,孙承宗又说,"你带个副将去,山海营帐中任你挑选。"

"山海营帐中无我副将也,小臣想选一人……"袁崇焕欲语又止。

"谁?"孙承宗问。

"小臣不敢说。"袁崇焕耍了个小心眼。

"尽管道来,本部院不会难为你。"孙承宗让他放心。

"小臣冒犯大人,想调大人身边一人……"袁崇焕拱手作礼道。

"调我身边一人?谁?"孙承宗有些奇怪,我都是头次见你,你还认识我身边的谁?

"满桂。"袁崇焕说。

"他?他是皇宫御林军的人,你怎么要选他?"孙承宗问。

"小臣曾与之偶尔相遇,其人勇烈义气,头脑冷静,又是满人,可号召此地大批满人归顺我明朝。"袁崇焕说;但他又补充,"如因他是大人的卫队长,不能肩负使命,也就罢了。"

孙承宗想了想,"待老臣去亲自问他,他若同意,本部院无异议也!"

"小臣感激不尽!"袁崇焕道。

接下来孙承宗又征求袁崇焕的意见:

"守觉华岛派谁去为好?"

袁崇焕提了一串名字供孙承宗参考:"阎鸣泰、祖大寿、何可纲、左辅,还有两个参将赵率教、朱梅;"都各有特点,智勇双全,孙大人可选点其中一位。"

"嗯,阎鸣泰老臣有所晓得,沉雄博士有之,端谨粗详亦有之,可以提纲。"孙承宗点头道。"还有一事,"孙承宗神情和语气都沉凝起来,他停顿了一下,说:"大敌当前同,本部委派你驻扎离散敌尺之遥的最前沿,拨金筑城,交你兵马,可你,让朝廷如何信得过呢?按古法老规矩,朝廷中人会问,袁崇焕有什么可制约他的信物留下来呢?"

袁崇焕没想到孙承宗会这么直截了当地把这个令他突然和尴尬的敏感问题提出来。要是别人,他可能会怒发冲冠"疑人不用,用人不疑,你们看着办吧!"一甩手走之。可孙承宗不一样,他对自已毫无隐瞒,他提出这问题,从某种意义上说,是提醒,是关照,是一种以心换心的真诚。袁崇焕知道,朝廷里对守宁远是有争议的,也就涉及到对自己的争议,如果结局证明孙承宗是用错人的话,那么后果将是无可收拾的。孙承宗怕袁崇焕不理解他的意思,还想解释几句,袁崇焕做了个手势,示意他明白了。"孙大人,臣袁崇焕不会给你丢脸的,你放心吧!"

和袁崇焕谈完话,孙承宗又上疏皇上,请求拨军费银两等,宁远、山海前后阵式方略正式确定。

第四章　壮丽战地

1. 命中之地宁远城

"把旗升起来!"

袁崇焕命令旗兵。

旗杆竖在宁远参政府的院子正中,标有明字的三角形镶红蓝花边的旗帜在旗兵的缓缓拉动下冉冉升起。

这是天启三年夏日的一个早晨,太阳从渤海中跃出,把天际染得一片火焰般的嫣红。袁崇焕的目光注视着旗帜飘扬在旗杆的顶端后,又移向站在院子里的一群早早就从各自营地赶来集中的将佐们。

前屯卫的守将赵率教来得最早,他骑马赶了几十里地,汗流浃背,袁崇焕从议事厅开门出来时,他已在院子里站了片刻,他恭敬地向袁崇焕请了早安后,表白自己天未亮就上路了。袁崇焕表扬了他几句。左营参将祖大寿、右营参将左辅、前营参将何可纲、后营守备朱梅也都在院子里等了一会儿了。参政府参将谢尚政忙前忙后,这时也站定了,等候袁崇焕的指令。

今天袁崇焕把他们全召集来,是要去城门口验收第一期城墙工程。天启二年底袁崇焕领命正式进驻宁远城,他上任的第一件事,就是着手筑城,原先的旧城堡、旧城基全部推掉,他的观点是,有了坚不可摧的城墙,仗就赢了一半。他亲自提出了设计标准,城墙高三丈二尺,城雉再高六尺,城墙墙址广三丈,城墙上要能屯兵数万,要能架大炮,经受几百公斤炸药的震荡。如此高大宽厚坚实的城墙,比山海关有过之而无不及了。

经过几个月的紧张赶筑抢修,总算第一期的外墙初见了规模,袁崇焕欣喜无比,带大家去验收,一是监督质量,二是给弟兄们再鼓鼓劲。可是该来的人差不多到齐了,唯独缺副将满桂。

满桂声称他最讨厌等人,所以每次聚会他总是晚到,这样慢慢就形成了老是大家等他的习惯。袁崇焕对他这点很不高兴,可满桂毕竟是仅次于自己的副将,又是他亲口点来的将,不便轻易开口批评,满桂的脾气也是犟憨出名的,万一出言不慎闹出矛盾,眼下宁远立足未稳,会误大事。袁崇焕隐忍在心里,克制着不发作。

太阳又爬高了一杆子,满桂跨着大步来了,他一到就粗着嗓门嚷:"人齐了吗?人齐了吗?"

众人都朝他阴着脸。

袁崇焕挥手,命令道:"上马,出发!"

马匹仰脖长嘶,铁蹄踏得泥土飞溅,马队正待跑出参政府,忽然,佘义士惊惶失措地奔了进来,他正好拦在袁崇焕的马头前,看见袁崇焕,语不成调地说:"袁、袁大人,快、快回家!"

"什么事?"袁崇焕勒住马,问。

"老、老夫人请你马上赶回家去!"佘义士说。

"娘?"袁崇焕催问,"到底发生啥事?"

佘义士见众目睽睽下,就有些为难。袁崇焕在马背上弯低腰,道:"你说吧,快点!"佘义士踮起脚,把嘴凑到袁崇焕耳边,说:"娘子肚子疼……"袁崇焕一怔,阮伯蓉怀孕了,是不是要生了?可他马上转念一想,不对呀,她怀孕才六个月,怎么会这么快生呢?"娘子腹疼厉害吗?还有什么症状?"他问。"我不好细究,就看见娘子疼得在炕上打滚呀!"佘义士急得脸都扭了,他哀求道,"相公,你就快回去想想法子吧!"

今年元旦前,袁崇焕派遣佘义士去福建邵武接阮伯蓉和母亲来宁远。佘义士嘀咕,这穷山恶水的地方,把两个在南方生活惯的女人接来,不是活受罪吗?袁崇焕听见了,把他拽到门口,指了指大街上走着的辽东女人说;"这里根本不是穷山恶水,是连年战祸把这富得流油的地方给糟蹋了!你看这儿的女人吃上粮食喝进油水后,长得多水灵、多滋润,这是块宝地呀!快把她们接来,等咱们把这新城建起来,养几千匹牛马,种几万亩粮食等着享福吧!"

佘义士出发了,可他一个月后回到宁远,依然是孤单单一个人。

袁崇焕猜到是怎么回事了,没吱声。

佘义士垂头嗫嚅地告诉他,老夫人和娘子都不愿意来宁远,老夫人还把他骂了一通,说他从邵武去北京县官考试,一去就音讯杳无,再也不回去了,把她们娘媳俩甩在空房里不闻不管。他留在京城还不算,现在又跑到辽边去做官,也不问一下娘,要是娘这会功夫归西了,就再也别想见到人影子了!她们俩宁愿回广西,也不愿跟他去什么宁远的蛮荒之地!老夫人还要佘义士回头告诉袁崇焕,要是他记得有个老娘有个老婆的话,就应该自己回去露个脸!

袁崇焕皱着眉头在房里踱步,他对佘义士说,我怎么去得了?宁远这里,要筑新城,要一下子安顿三四万人的吃喝拉撒,还要军事训练,还要防敌入侵,山海关的安危全系在我身上,我是把脑袋挂在裤腰带上拚命干呀,哪有得闲去接她们?"

"那你干嘛非要她们来?有你一个人的脑袋系裤腰带上还不够吗?"佘义士不解地问。

有些道理佘义士是难以领会的,袁崇焕没跟他再说。

夜半三更,袁崇焕敲开了谢尚政的屋门。

"袁大人,有情况?"谢尚政还以为是发生了敌情。

"尚政兄,"袁崇焕把门掩上,摆摆手。他此时此刻没有摆出上司对下级的态度,而是极恳切的语气,"有件事想麻烦你……"

"崇焕兄尽管说。"

"佘义士去接老母和娘子,没接来,你能不能代我跑一趟,无论如何要在春节前把她们接来!"

"崇焕兄,你这是……"谢尚政把"何苦"两个字咽下去了,毕竟袁崇焕现在是管他的官,说话岂能太随便。

"尚政兄,你知道吗?我要把家眷接来,全家人在兵营里和兵卒们一齐包饺子过春节,以表示我坚守宁远的决心!这对我,对宁远都很关键,懂吗?"袁崇焕颇不平静。

谢尚政立即明白了,天高皇帝远,哪个朝代的朝廷都怕守疆的主将会不尽忠心,所以,一般都要在他们身上附加些制约条件。而一家老小全在战场上,无疑就表明,除了决死战斗外,主将无路可走,不会再有二心。袁崇焕用心良苦,正是要表达这番意思。谢尚政受了感动,他拱手道,"崇焕兄,你为了达成报国宿愿,甘心忍辱负重,小弟责无旁贷,理应效劳,去福建接老夫人和嫂子,再苦不辞!"

"多谢!"袁崇焕深深鞠躬,致礼。

谢尚政的嘴当然比佘义士灵活,该说的说,不该说的一言不发。最后,韩慧乔和阮伯蓉到底被拨动了心,跟着这个袁崇焕的死党乘着双舆马轿,在春节前三天赶到了一片冰封雪地的宁远城。

"娘!"听到了望哨的报告后,站在雪地里守候多时的袁崇焕,见到母亲从车轿里迈下来的身影,喊了一声,便踏着厚雪"咔哧咔哧"地迎过去。

韩慧乔听到儿子的声音,但无法瞧见,就愣愣地站在原地,伸出双手在半空中乱摸:

"儿啊,我的儿啊!"

袁崇焕扑到她跟前,让她摸到了自己冰凉的脸颊,"娘!"他动情地又喊了一声。

"我的儿啊——"韩慧乔终于憋不住,一边抚摸着日夜思念的儿子,一边泪流满面地哭泣起来。

"娘子!"袁崇焕见妻子也从轿厢里跨出来,便目光投过去,嗓音颤颤地喊了一声,阮伯蓉冻得鼻尖都通红了,她凝视着丈夫。泪水也在眼眶里转悠。

佘义士从后面赶上来,把皮大袄递到袁崇焕手中,"相公,快把这皮衣服让老夫人和娘子披上吧!"

"不用!快进屋里去,屋里有火,暖和着哩!"袁崇焕陪她们三步二步跨进新家,三间平房夹成的一个马蹄形套院,屋里果然炉火熊熊,零下几十度的严寒被挡在了外面。袁崇焕高兴地说,"看,我们一家子,又团聚了,娘,哭啥?你老人家该乐啊!"

"娘乐不起来!"韩慧乔脸一板,抹去泪痕,又冲儿子数落起来。"袁崇焕,你是我儿子,我做娘的要把话说给你听!你给官府卖命,你图官府给你升官,以后呀,没好果子食!"她的一双瞎眼睛,好似在向儿子昭示一个永恒的主题。

"娘——"袁崇焕耐着性子解释,"要儿说多少遍您才相信我呢?儿不是图做官,也不是给官府卖命,而是为了报国大业!"

"相公,娘的意思,是说……"阮伯蓉叹了口气,望了望四壁空空的屋子周围,道,"我想娘的意思是说,就算你要完成报国大业,可在大明国的其他地方,都也能实现呀,干嘛非要到此地来呢?"

"我的命在这里!"袁崇焕硬梆梆地甩下一句。

屋里的人都不作声了。

"是啊,我的命就是在这里。"他站起来,走到窗前,望着窗外白皑皑的雪地,仿佛自语似地又重复了一句。

两个女人来后,生活上有诸多的不便和困难。尤其是阮伯蓉,由于婆婆是瞎子,基本上干不了什么事,袁崇焕又不准派侍从,佘义士俩口子只能偶尔照顾一下,他们也被分了公差,要养十头牛、马,种几十亩庄稼,家里的事,就全压在她一人身上。

粗粒的棒子面她们咽不下去,阮伯蓉就借来石磨反复磨细了再擀成面条。她的双手因而布满了血泡,在冰水里洗衣裳,浸痛得她忍不住呻吟起来,韩慧乔被惊动了,喊她,她就说谎是水太冷了。院房实际上是旧的,残破不堪,工兵和劳力全在城墙上派用场,阮伯蓉就不声不响自己用砖石垒、用泥巴糊,有一次登高差点把腰给扭断,吓得她眼睛直冒金星。

咬咬牙,也总算熬过来了。可偏偏在这时候,阮伯蓉突然又怀孕了!他们俩口子结婚五六年,从未做过任何节育措施,但奇怪的是阮伯蓉一次也没怀上孕,为这事俩人都很困惑,以为是天意,难以对人启齿。而阮伯蓉在背地里没少哭鼻子。这次团聚后,俩人同房,袁崇焕一反往常沮丧的神情,跪在床沿发誓,一定要让娘子在这辽边宁城落种开花结果,阮伯蓉小声嗔道,这种男女事发誓有鬼用?可袁崇焕很自信,也很虔诚,他又专门带她去拜观音菩萨。阮伯蓉心里想,都这么多年了,也没少拜菩萨,根本不管用,难道宁远的菩萨比广西、北京、福建的菩萨灵?拜一下就能抱上儿子?她跟在袁崇焕屁股后面,尽管也跪下来拜,但已不太信了。相反,袁崇焕出奇地全神投入,他长久地跪在观音像前念念有词,买了十柱高香插在香炉里焚烧。也许真是心诚则灵吧,果然阮伯蓉没过几日就大吐酸水!

手摸着阮伯蓉的腹脐如鼓,韩慧乔欣喜无比。以前阮伯蓉肚里没动静,她心里其实也急,按她妇道人家的见识,肯定是认为媳妇不争气,可是阮伯蓉那么安份善良,她就是有天大的怨艾也不好意思说出口呀!现在有喜了,她成天笑嘻嘻地坐在那倾听阮伯蓉沉重、笨拙的脚步声,就像欣赏一首美妙的音乐,"慢点!慢点!"犹如念经般地叮叮着提醒孕妇,为自己血肉的繁衍喝了蜜酒似地庆喜着。

袁崇焕一天比一天更忙,人瘦得两个眼球都深陷在眼窝里。可是精神很愉快和振奋,甚至比在福建邵武时都要焕发得多。尤其是当他回到家,和妻子四目相对,目光慢慢移到她日渐隆起的肚子上,那份自豪、得意和满足溢于言表。袁崇焕记得娘提醒过他,伯蓉和以前不一样了,她现在是有身子的人,做不得重活,也不能累着,要趁早给她找个会做家务,懂女人房内事的妇女来帮工。还告诉他,要多弄些鸡蛋、禽类的食品给伯蓉补身子,老食那些粗玉米面,哪能有营养?可袁崇焕想,现在这么多主、副将,就自己一个人把家迁来,本来迁移的目的并不是图享乐,但如果铺张了,就会让人产生误会,从而影响军心。所以娘叮嘱的事他没有放进心里去,参政府里一忙,就全忘了。可就在这节骨眼上,也许是阮伯蓉太累了伤了身子?营养不足感染了疾病?他抬眼向自己家的方向望去,忧心如焚。但理智告诉他,自己是宁远主将,公务在即,此时千万不能临阵回家去!

不知什么时候,赵率教骑着马凑在了袁崇焕的身边。他一直对袁崇焕采取一种逢迎的态度,比祖大寿、何可纲、左辅等要亲热,甚至比死党谢尚政都要亲近几分。赵率教其实资历相当不浅,努尔哈赤攻辽阳、沈阳时,他是明军经略袁应泰的中军。袁应泰是文官,不懂战术,而在关键时刻,赵率教怕冒犯上司,身为武官,没有坚持原则去给予袁应泰以军事上的应有忠告,导致一败涂地。城破后,袁应泰自尽殉国,赵率教却苟且偷生,又悄悄地逃跑了。战后,本应抓住他砍头的,他爹是个财主,有钱,买通了审判官,饶了他一命。他感谢涕零,为了立功赎罪,他主动要求到前屯卫做守将。人们纷纷在袁崇焕面前说此人品格不高,起初袁崇焕有些提防他,但时间处长了,他发现此人倒并不是个坏人,并且还具有相当优秀的军事才能。宁远的所有营帐,袁崇焕都去检查过,就数赵率教的前屯卫管束得最规范、最整齐、最有纪律,手下的士卒也个个精神抖擞、武艺高强。人都有长短,我用彼之长即可。怀着这样的想法,袁崇焕在公务中,自然就很器重赵率教。从个人感情来说,虽然赵率教有时候讨好的面孔有些令人难受,可任何人都是不会拒绝他人关心的,袁崇焕也不例外。这时,赵率教就关心地问:"袁大人,夫人怎么啦?"他刚才在旁边已听到了片言只语,"夫人不是怀孕了吗?如果不舒服,要不要请个妇科郎中去看看?"

这无疑是雪中送炭,袁崇焕愁容一展,"你认识妇科郎中?在哪儿?"

"这样吧,"赵率教盘算得细致,"袁大人,你先带各位守将去检验城墙工程,小官到附近的辽人村庄去找熟悉的妇科郎中,找到就送他去贵府,给夫人医病,然后小官再快马赶去与你们会合,公私两全!"

袁崇焕想了想,点点头,"那好吧,你快去快回!"他又转首吩咐佘义士:"你跟赵将军一齐去!"

"是。"

赵率教、佘义士俩人闪到一旁。

袁崇焕策马奔去。其他人也跟在其后,跃马"嗒嗒嗒"一阵风似地跑出大门。

外墙远看非常气派,像座高山直落削平的悬崖陡壁,呈弧形拱卫延伸在城楼两翼。登上宽阔的墙顶,望着可以同时布防几个方队步兵,上下串连的通道,守将们赞不绝口,佩服袁崇焕设计的周到,兵员既可固守,又可随时机动调防,还能迅速出击。可为什么城墙是弧形的,而不是长方形的,他们不理解,求教于袁崇焕,袁崇焕神秘地笑笑,说:"暂时守密吧,到时会给你们一个惊喜!"

大多数人对城墙都很满意,对别出心裁的设计和青砖的质量以及做工都认为无可挑剔,而只有袁崇焕一人踏着脚跟轻轻地跺着墙砖似乎有些疑虑。

负责外城墙监工的是满桂带来的一个蒙古族校尉官,名字叫于兴保。他在一旁陪同,眼角偷偷地发现了袁崇焕的神态举止,脸上掠过几丝惊慌。

袁崇焕突然做了个令大家惊奇的动作,他身体倒伏,趴在城墙顶的地面上,用耳朵悉听声音。

满桂纳闷,问,"袁大人,你的设计还有千里耳、回音壁的功能啊?是不是能听见金鞑子的马队有没有跑过来咧?"

听了一会,袁崇焕站起来,扑了扑衣襟前的灰土,严肃地说,"不是,我觉得这地砖有些不坚实,刚刚听了听回音,不太对劲啊!"他把于兴保叫过来,于兴保早已吓得腿肚子筛糠了,"于监工,本官问你,按设计要求,这城墙砌的全是实心砖,一块都不能空,现场施工是不是这样做的?"

"是、是、是按袁大人的吩咐做的。"于兴保舌头打颤地回答。

"可我怎么感到这墙里要么是有空隙,要么就是没填实,回音很大嘛。"袁崇焕怀疑地问。

"这……"于兴保豆大的汗珠冒出来,"不会!卑职保证用的全是真材实料!"他努力镇定自己。

"谢参将!"袁崇焕喊道,"拿把锤子和钢钎来!"

"遵令!"谢尚政领命而去。不一会,他领着两个军士,提着锤子和钢钎回来了。

"于监工,你自己敲个洞!"袁崇焕命令。

"袁大人,"于兴保可怜地望着袁崇焕。

"快!快动手!"袁崇焕催促;

这时左辅、朱梅和祖大寿都仿效袁崇焕那样趴着听了一会儿,似乎都有些同感。

只有满桂不以为然,他冷冷地观望着,时不时朝各人脸上乜一眼。

于兴保无奈,举起锤子,一个军士给他掌钎,朝下砸去。

没几下洞就挖开来了,袁崇焕用手抓起一块里面震碎的砖头,让大家看,竟是最劣等的灰砖!金玉其外,败絮其中,"扑嗵"于兴保吓得跪倒在地,"我不知道啊!我不知道!"他辩解。

袁崇焕气愤地一把揪住他衣领,眼睛瞪住他的脸,"你不知道?你会不知道吗?这是一碰就碎的灰砖,你把它用来填墙,挡不住一个土炮大的爆炸,你知道吗?你拿这砖在砌什么墙?是城墙,是宁远城墙!是大明国的城墙!你知道吗?"

于兴保"呜呜"地哭起来。

"你为什么要这样?"袁崇焕义愤填膺地质问,"你为什么要做这样的缺德事?"

"畜牲!"满桂把于兴保拽过去,扬手给了两个耳光,向后喊卫士:"把他绑起来,押到营帐里关起来!"

"慢!"袁崇焕说,"让他当着守将们的面,坦白清楚!"

"袁大人,我坦白,我坦白,是因为银两、银两不够了,所以我就便宜买了砖窑里的灰砖,以赖顶数。我该死!我该死!"

"本官拨给你的几万两军费呢?"袁崇焕问。

"给、给我兄弟拿回家去一半……"于兴保垂头招供。

"混蛋!"、"真他娘的吃了豹子胆了!"旁边几个守将骂起来。

"你竟敢损公肥私,把关系国家安危的银子拿回家去!"袁崇焕的脸由于愤怒至极而涨得紫红。

"我、我、我想法子还……"于兴保鼻涕一把眼泪一把地咽声道。

"是要还,我要你拿命来还!"袁崇焕吼道,"来人啊!把他拉下去,斩了!"

于兴保一听,磕头如捣蒜,语不成调地哀求:"袁大人,饶命啊饶命啊!"

满桂丢尽脸面,既恼又怒,他撩起袍襟使劲一摔,扬长离去。

两个持刀斧的军士跑过来,架起于兴保拖走。

袁崇焕的心情仍然难以平静,他在原地直线来回徘徊了片刻,然后把祖大寿招到跟前,严峻地说:"祖参将,监工的事务全交给你,由你负责到底!这外墙,拆掉重砌!"

"领命!"祖大寿拱拳。

"平地高墙,百年大计! 说狂妄点,大明江山的安危,就系在这宁远城墙上! 要是再出岔子,我袁崇焕先宰了你,然后从城楼上跳下去!"袁崇焕刀子般剜了祖大寿等人一眼,转身"噔噔噔"走下城墙。

在城墙下,袁崇焕迎面撞见赵率教和佘义士,他们俩见他下来,都不动了,沉默地站在那。"走! 走! 回参政府去!"袁崇焕没看他们,边说边牵过自己的马,跳上去,向远处飞跑。跑出一段路,他突然又掉转马头奔回来,奔到赵率教和佘义士跟前,问:"你们俩都成哑巴了吗? 怎么不说话?"

佘义士眼圈有些红,赵率教欲语又止似乎很为难。"袁大人,"还是赵率教轻声开口,"夫人……孩子……"

"夫人怎么啦? 孩子怎么啦?"袁崇焕跳下马,嘶哑着嗓子着急地问。

"夫人很安全,就是血流多了,在休息。郎中请到了,可是,可是……"赵率教瞟了瞟袁崇焕的脸色。

"可是什么? 你快说!"袁崇焕预感到不祥的征兆。

"夫人是流产,孩子没了……"

佘义士哭起来,泣声道:

"是个儿子,已经成形了,小鸡鸡都能看到了,在盆子里,一盆子的……"

袁崇焕牵着缰绳的手一下子松开了,他那匹枣红马撒开蹄子绕着弧形跑开去,浓密的鬃毛散开来,像一团怒火迎着夏日炽烈的热风在熊熊燃烧。袁崇焕丢下他们,向城墙相反的方向,向可以眺望到大海的地方步履蹒跚地走去。

数天后,袁崇焕突然接到孙承宗派专差递来的通知,要他火速去山海关。不知发生了什么重大事件,袁崇焕把指挥权暂交满桂,又叮嘱正在监督筑城的祖大寿一番,就带几个卫士,骑上马匆匆赶去。

孙承宗见到他一脸怒容,劈头就喝问:

"你袁崇焕是什么官?"

"孙大人,卑职、卑职是宁远参政和主将啊。"袁崇焕奇怪地回答。

"归不归本部院管辖?"孙承宗又问。

"当然归孙大人管。"

"你既然只是辽东督府辖下的一个宁远参政,你有什么权力杀校尉官?"孙承宗质问。

"这……"袁崇焕明白可能是有人告他了,"孙大人,于兴保私吞公款,修筑城墙偷工减料,造成重大损失,罪不可赦,之所以卑职把他就地正法!"

"就地正法也轮不到你来执行,本部院仍辽东督师,杀校尉官必得经过我允许!你擅杀军官,是越权行为,该当何罪?!"孙承宗声音很大,非常生气。

"小臣一时怒起,忘了禀报,罪该万死,愿受督师大人处罚!"袁崇焕跪下来。

见袁崇焕态度软一些,孙承宗也有所缓和,他顿了顿又说,"于兴保的罪名不是不成立,但你杀了他,有不少他的部下不服,向我告状,说于兴保挪用公款事出有因,他的家所在部落离金夷营地不远,听说他在明军里做官,金夷兵就把他家的整个部落都给烧了,部落里包括他家上有老下有小,流离失所,无处安身,所以于兴保就把公款给了他们救急。他如此暗渡陈仓当然是铸成大错,可你要是问清楚了再处罚,众人也服啊! 还有满桂,他是你的副将,又是于兴保的老上司,你下处死令也不与他商量,以后你们怎么合作?"

孙承宗实际上是在教诲袁崇焕如何使用权力,如何带好部属的方式方法。"本臣这次饶了你,朝廷那儿本臣代你饰过,但你要记住,以后要三思而后举刀啊!"孙承宗语重心长地叮嘱。

"谢孙大人大恩大德,小臣永志不忘!"袁崇焕叩头道。

回到宁远,袁崇焕征得满桂的同意,下令将于兴保的尸骨埋在城内最高处,一片苍松翠柏、三面临海的土坡上,同时埋葬的,还有袁崇焕胎死腹中的儿子——一团骨殖。

这天,所有的官佐都来了,阮伯蓉搀扶着韩慧乔也来了,在临时围就的陵园前满满站了一大群。坟茔只有一座,上有一块方碑,袁崇焕手书题字:

"吾命于此。"

袁崇焕对众人说:

"于兴保是我杀的。他该杀! 就因为他,宁远城墙在未来的争战中,差一点不攻自破! 但他又不该杀,他是个懂得孝敬父母、扶携乡邻的年轻人,他心地善良。他也是想把宁远城造好的,他没有恶意,可他实在不懂这城墙掺不得半点假! 他为此付出生命的代价。我在此沉痛地为他致哀,我把他收为自己的亲人,把他和我未出娘胎就死在这里的孩子一同葬在坟里,他们是为宁远最早付出牺牲的人,我袁崇焕,就算是有血肉扎根在这块土地上了,它证明我的生命在此长留了!"

说完,他点上三柱香,卧膝长跪。

2. 偕将陆海大巡游

隆冬季节,渤海湾浊浪滔天,一艘龙头帆船从觉华岛顺着风缓缓驶向大陆,慢慢地靠上宁远城外的码头。

船停稳后,觉华岛参政、主将阎鸣泰从船上走下来。袁崇焕和满桂、祖大寿在码头迎接,阎鸣泰望见袁崇焕的第一句话就问:"崇焕兄,知道朝廷何故将我紧急召往京师吗?"

袁崇焕摇摇头,"朝廷之事,卑职如何知晓? 不过,阎大人主守觉华,卑职主守宁远,一年功夫战线牢固,依愚见,朝廷召阎大人总不会是兴师问罪吧!"

"那当然。"阎鸣泰点点头。

"也许是阎大人高升了呢!"袁崇焕笑着拱了拱手。

"见笑,愚夫不才,任觉华守将已小材大用矣!"阎鸣泰谦逊地摇摇手。

寒喧过后,袁崇焕请阎鸣泰及随从一行喝了一碗红糖姜水。尔后,他们告辞,阎鸣泰一行骑上快马向山海关奔去。

十九日后,阎鸣泰从京师返回,果然不出袁崇焕的估计,由孙承宗推荐,他升了官价,身份已变作三品辽东巡抚,代替离任的张凤翼。

熹宗委托阎鸣泰给边关守将捎来十几件貂皮大衣,阎鸣泰重又莅临宁远,隆重举行颁发御赐典礼。

喜庆完毕,阎鸣泰和袁崇焕走向参政府后堂。"崇焕兄,在下升职,是托你的吉言利事啊!""不敢当,是阎大人鸿运当头!"袁崇焕推辞。他们在后堂坐下,喝着热茶,坐在炉旁烤火。阎鸣泰说:"皇上对我们成功地开拓了宁远、觉华、前屯的防卫十分喜悦,皇上还记得你的大名,一说宁远,就脱口而出,袁崇焕在该城是么?"袁崇焕感谢地朝阎鸣泰行礼:"全仰仗阁大人美言!""哪里!是你的成绩嘛!还有许多朝中大臣也很关心辽东局势,对宁远的状况问的很详细,侯恂大人、钱龙锡大人要我们把宁远地图送去,尤其是礼部右侍郎徐光启大人,对宁远城的武器配备甚是操虑。""徐光启?是那个提倡实学思想的徐光启大人吗?"袁崇焕问。"是,就是那个对洋火器特别感兴趣的徐光启!""他又复出了?"袁崇焕不禁自语。

被誉为中国天主教"三大柱石"之一的徐光启,由于在朝廷中勇于支持以利玛窦为代表的西方传教士,遭到了传统派的无情贬斥,历经几番沉浮。徐光启最感兴趣的是传教士们引入中国的西方科技,他讲求经世之学,于天文、兵法、农事、屯守、盐业和水利等尤为关注,当他认识利玛窦后,即很快被他的为人与学识所倾倒,从跟他学天文、历算、火器,到习他所著兵机、屯田、水利诸书,成为明朝一代西学博士。他们还共同合作,由利玛窦口述,徐光启笔录,出版了欧几里德数学名篇《几何原本》,对当时中国科技学术界产生巨大震动。但是朝廷中一部份持保守观念的大臣竭力反对,礼部沈侍郎等人指斥天主教"暗伤王化"、"伏戎于莽"、"为患叵测"。不久,朝廷接纳这批大臣的建议,派兵包围了南京等各地教堂,将传教士们逮捕监禁,然后押解出境。在这种剑拔弩张的气氛中,徐光启挺身而出,作《辨学章疏》上呈,为天主教进行申辩。他从自己与利玛窦等西人的切身接触现身说法,认为传教士们"不止踪迹心事,一无可疑,实皆圣贤之徒也。""彼国教人皆务修身以事天主,闻中国圣贤之教,也皆修身事天,理相符合,""臣审其识论,察其图书,参至考稽,悉皆不妄。"但徐光启这种"胳膊肘朝外拧"的异端做法,遭到了明朝宫廷的攻击,将他罢官。

袁崇焕马上打探徐光启这次复出的背景,原来是对天主教持友好态度的叶向高进入内阁任首辅后,斥逐沈侍郎等人,教会风波平息,徐光启才又被请回了朝廷。而且,这次徐光启复出力主兵既要练战,也要练守,守城全赖火器,西洋火炮可以引为中用。袁崇焕大喜过望,他马上打定主意,要设法见到徐光启,请求他帮助找到葡人传教士,购买大炮,装备宁远。

几个守将挑来拣去,最后袁崇焕和满桂的意见,一致认为祖大寿担纲炮队兵总最为合适,他熟悉宁远城的地形,这次他又监督建造城墙,以后对架炮、操炮和炮位移动都会心中有数。定下来后,袁崇焕便修书一封,委派他去京师秘密拜访徐光启。

既然是为宁远城防买炮,那么去京城登徐大人府第还要偷偷摸摸的干嘛?有何不能大摇大摆、光明正大的?祖大寿有些不明白。

袁崇焕暗授机宜,现在虽然徐大人复出了,但不一定朝廷中反西教的势力就消失了,他们还在伺机反扑,万一给他们知道宁远要买西洋大炮,上疏到皇上那儿,免不了又是一番麻烦,为了少出周折,逐是谨慎为妙。

祖大寿性子虽粗,但人却是聪明的,道理一点就明白。他到了京城,拣了夜色浓黑之时,穿一身粗布棉袍,扛着一袋东北獐子肉,看上去像是厨房里的大伙计买煤回府,登上了徐府台阶,拍了拍门环。

差役跑来开门,问找谁?

祖大寿身子灵活一闪,先进了门里,把獐子肉交给差役,然后掏出袁崇焕的信,说:

"请你禀报徐大人,说我是辽东宁远城来的守将!"

差役是个未成年的书僮,好说话,他把门闩上,让祖大寿等一等,进去报告了。

不一会,徐光启亲自迎出,将祖大寿带到书房。"袁参政所说葡人波尔和弥克尔,据我所知,的确已不在福建邵武县了。"徐光启是江苏松江县上海镇人,操的是一口软软的吴音,"他们在邵武的教堂自袁参政离开后遭到了破坏,他们曾经到过上海,我接待过他,后又辗转福建厦门、漳州等地,现在去往何处,我就不太清楚了。不过我可以打听。袁参政要买洋炮,本臣支持,不通过这两个人,找其他彼国传教人士,也是可以帮忙的。"

"一切仰仗徐大人安排。"祖大寿说。

"那好,你在北京暂住几日,待我有消息,便通知你。"徐光启的语调非常平稳。

"卑职住天桥客栈,听候徐大人调遣。"

"好吧!"

祖大寿告辞出来。

几日后,徐光启果然派差役来客栈交给祖大寿一封短笺,说波尔和弥克尔暂时找不到,让祖大寿赴广东澳门,找一个中国名字叫陆若汉的葡萄牙传教士,见到人时,把本笺出示给他看即可,届时,陆若汉会帮助他把炮采购到手,然后送到宁远。

"喝——"祖大寿长出一口气,"要我去广东澳门?"他长那么大,还从未到过黄河以南的地方,心里不免有些犯怵。可既然是重任在身,不买到炮誓不罢休,他硬闯也要去闯一番了。再说,去南方逛一圈也值得,听说那儿的亚热带风光煞是迷人。

他买了足够路上吃的干粮,又在北京换了一匹蒙古种牝马,这种马有耐力,既抗寒又抗燥,跑南方比较适应。

准备停当,他上路了。

半个月后,他过了岭南,进入广东境内。

同样的季节,北方已经是一片灰土的颜色,到处凋敝枯零,而南粤大地却是一派葱绿茂盛,生机盎然的景象。

在韶关,他被沿途摊贩叫卖的鲜红色的甜橙、牙黄色的芒果、嫩桃色的柑子、翠绿色的杨桃、烟茶色的木瓜等各种各样、五彩缤纷的热带水果深深地吸引住了,他目不暇接、垂涎欲滴。这些鲜果他都没吃过,他掏出一块碎银,想选一种尝尝鲜。他挑中了木瓜,因为这是其中价钱最贵的,物以稀为贵,恐怕这也是最好吃的。可没想到,他用刀劈开来,还没来得及张嘴咬,就被瓜内喷出的一股异乎寻常的臭味给熏得直想呕。他暗暗骂道,他娘的南蛮子,拿这种臭东西来糊弄人!他把瓜丢在地上就要走。广东卖东西的规矩是先食后付,所以他的银子还攥在手里没给贩子,现在当然他不愿给了。贩子哪肯吃亏,瓜已破了,岂有不付银之理?他揪住祖大寿,不肯放手,非要他交银不可。祖大寿和贩子吵起来,一个讲北方话,说你这什么玩意,臭的还卖给人家?一个吐粤语,称臭啥?食过木瓜没有,明明是喷喷香的!俩人的话喊急了谁也听不清楚,双方都不肯退让,越扯越热闹,围观的人渐渐拥了一大群。最后祖大寿终于被惹火了,他藐视地望着这些都比他矮一个头的广东小个子,猛地拔出刀,做出要砍要杀的样子,"轰"地一声,围着的人都四下鸟散,那个贩子也吓得蜷缩在地上瑟瑟发抖。祖大寿得意地哈哈大笑,乘机骑上马便一溜烟跑了。

他以为自己脱身了,殊不知,他闯下了祸。

广东人可没那么好欺负。他们知道祖大寿是北佬,也料到天色已晚,他跑不远就会找地方歇脚,果不然,当祖大寿在银盏坳找了户农家过夜时,几个贩子也尾随跟踪到此。

贩子们倒不想害他的命,主要是想报复,吐一口气。他们把祖大寿的夹袋偷走了。

第二天早晨起来,祖大寿发现夹袋不翼而飞,明白与昨日的木瓜纠纷有关,不禁暗暗叫苦。里面有相当于一只木瓜的几十倍银子不算,更重要的是徐光启写的那封信笺也在其中。

他气得要回头去找他们算帐,可又一想,找肯定是找不到他们了,万一再惹出点事来,岂不更麻烦了。他后悔地打了自己脑壳几下,骑马疾速向澳门赶去。幸好那个徐光启介绍的葡萄牙传教士的名字他还牢记在心,叫陆若汉。

到了澳门,祖大寿信心十足,他想他一定能找到陆若汉,因为他看见澳门街头四处皆是洋人。有洋人开的酒吧,洋人办的商行,洋人建的巴洛克式楼房;海边的码头上停靠着无数艘洋人的帆船,到处游逛的洋人搂着洋妓女边喝啤酒边歌唱。一切都让他感觉到这里是洋人的聚集地,陆若汉一准在此,倘若不在此,也能从洋人的口中打探到他的行踪和消息。

他找了一家小酒店住下,酒店住宿的价钱倒不贵,他内衣兜里还剩几两银子,足够开销的了。稍事安顿,他就向店老板讨教如何接触洋人比较容易?老板说这些番鬼最爱到酒吧饮酒,你去那里问事最方便。于是祖大寿换上套干净衣裳,跨进了码头边一家名叫"雷蒙德"的酒吧。

酒吧里奏着风琴,台上还有几个丰腴的洋妞在扭着臀部跳舞助兴。吧台前大多数是番鬼,也有几个打扮像买办的中国人在和他们啜酒交谈、说笑。酒吧大概接纳的全是熟客,一见祖大寿这张陌生面孔进去后,都朝他投来好奇的目光。

祖大寿在一张空桌前坐下,但没人来招呼他。他左顾右盼干坐了一会儿,颇有些尴尬,似乎他在这里反倒变成了众目睽睽的洋人。他打算再换一家,便欲站起身。

这时,吧台走出一个金发碧眼的番鬼,来到他面前,用生硬的中国话问道:

"先生,要点西(什)么?"

祖大寿友好地笑笑,摇摇头,说:

"我不要什么,我打听一个人。"

"找听西(什)么人?"

番鬼抬了抬眉毛,和吧台边几个水手模样的番鬼交换了一下眼色。

"打听一个叫陆若汉的葡萄牙人,"祖大寿说,"有人介绍我来找他。"

"陆若汉?"番鬼眼里掠过一丝怀疑的目光,"请问你认识他吗?"

"我……"祖大寿摇摇头,"我有事找他,是他一个尊贵的朋友介绍我来的。"

番鬼耸耸肩,做了个无奈的姿势,"好吧,我帮你打听一下。"他走回吧台,和那两个水手耳语一番。然后他又走过来,对祖大寿说:"那两个先生愿带你去找陆若汉,陆可能在澳门天主教堂里。"

祖大寿闻罢眼睛一亮,高兴地连声道:

"谢谢!谢谢!"

喝酒的两个水手漠无表情地领着祖大寿走出酒吧,向东北方向的海边走去,祖大寿望见前面不远处果然有座教堂的尖顶冒出来。

在路上,祖大寿察觉这两个番鬼不太对劲。他听徐光启和袁崇焕介绍过过,一般来说,洋人都是很热情豪爽并且健谈开朗的,而眼前这两个,看模样也不像是行恶的流氓地痞之类,可面容却过份地紧张,仿佛如临大敌。但既来之,则安之,凭自己的功夫,他心想你们两个番鬼佬也不是对手。

走了片刻,到了"沐恩堂"门口,一个瘦长的传教士迎出来,"欢迎!欢迎",传教士的中国话讲得很标准。两个水手做了个"请"的手势,让祖大寿先进门。祖大寿也就不客气,大步跨入内。

可祖大寿刚置身在半圆形大门里,还没容他定睛看清楚里面的模样,就"嗡"地一声巨响,后脑勺被猛地一击,他顿时昏厥过去。

待他醒过来时,他的双手被缚在教堂的一根圆柱子上。那两个番鬼水手一人端了一枝铳枪对准他,那架式只要他反抗,就会一命呜呼。正面,有两个穿黑袍子的传教士盯着他。

"你招供,你是哪个土匪帮的?"

其中一个用流利的汉语问祖大寿。

"我不是土匪,我是大明国的官员!"祖大寿忍着痛回答。

"官员?"传教士怀疑地打量他,"那你找陆若汉又有什么公务?"

"难道陆若汉是专门与土匪打交道的吗?"祖大寿反问。

"他不是专门和土匪打交道,而是土匪专门来找他。"传教士冷冷地回答。

"那我不是土匪,我是大明国礼部右侍郎徐光启大人命我来找他办洋货的!"祖大寿心想再不把徐光启亮出来怕是不行了。

"徐光启?"传教士一楞。"你是徐光启派来的?"

"是!"祖大寿点点头。

"那你有凭据吗?"传教士想得到证实。

"有徐大人给陆若汉的一封信……"祖大寿说。

"给我看看,行吗?"传教士伸出手。

"在韶关时,被一伙卖水果的摊贩给偷走了!"祖大寿颓丧地说。

"骗人的鬼话!愿上帝饶恕你。"传教士叹了口气说。

"把他押走,交给澳门地方政府吧!"另一个传教士建议。

"好吧!"问话的传教士同意。

持枪的番鬼水乎把祖大寿的手解开,押他往门外走。

"你们凭什么不相信我?我是徐光启大人介绍来的,不信你们可以去北京找徐大人查!我是来买洋炮的,我在辽东宁远城当参将!我们主将袁崇焕还认识你们洋教士里的波尔和弥克尔呢!你们去找……"祖大寿心想前功尽弃实在可惜,就不顾一切地大声喊叫起来,把该说没说的全嚷出来。

"等一等!"两个传教士露出惊愕的表情,"袁崇焕?你是袁崇焕的参将?"

"是啊是啊,我说的全是真的!"祖大寿拚命点头。

"上帝!我相信!我相信!袁崇焕买炮我相信!"其中一个传教士笑起来,"我,就是波尔!"

"你就是波尔?"祖大寿瞪大眼睛,心里骂,"娘的番鬼,我他妈找的就是你!"

"袁崇焕是我们的好朋友,你如果早讲他的名字,我们肯定会相信的!"另一个就是弥克尔,友善地埋怨祖大寿。

"误会!误会!"波尔对两个番鬼水手说。两个水手耸耸肩,用洋话嘀嘀咕咕说了一串什么,波尔掏出几张纸币给他们,他们就告辞离开了。

波尔和弥克尔把祖大寿请到教堂里的会客室,向他解释为什么他们特别警惕来找陆若汉的人,原来陆若汉已经死了。陆若汉曾与明朝达成提供军火的协议,后来朝廷撕毁协议,陆若汉从国内运来的大批军火就搁置在广州。江湖上有些青龙帮知道后,就千方百计想从陆若汉手里搞走这批枪炮,以加强自己的势力和从中倒卖牟取暴利。最后各派争斗,陆若汉成了牺牲品,被黑帮分子暗杀在澳门街头。所以祖大寿来找陆若汉,他们还以为是又一伙帮会土匪不知陆已死,来打劫他的呢。

袁崇焕要炮,波尔和弥克尔全力支持。他们在第二天就把三门大炮拆卸开来装了箱,并准备一同陪祖大寿去宁远当教练,抵抗上帝的敌人侵略。

真是踏破铁鞋无觅处,得来全不费功夫。祖大寿没想到炮这么顺利就得到了,十分高兴。但他又有担忧,万一路途上出些纰漏,他可担当不起。于是他请了广东镖局的八名镖师,押送货物去宁远。

西洋大炮一路艰辛运到宁远城时,正是春节前的小年夜。大雪纷飞中,边城一派喜气洋洋的景象。几千户因战祸逃难而来的居民,加上军队中官佐的家眷,经过一年建城的休生养息,恢复了生机。家家盖起了新房,垒起了灶台,栏厩里养上了牛马猪羊等牲口,屋前房后成群结队地奔跑着猫狗鸡鸭。昔日四处可闻的哭啼哀鸣,眼下已被老少满堂、天伦之乐的欢声笑语所替代。

祖大寿领着波尔和弥克尔等一行人赶着马车爬长坡时,波尔望着坡顶上灯火晶莹闪烁仿佛天宫似的地方,问,"那是什么亮得如此美丽?""那就是宁远城啊!"祖大寿眼见马上到家,高兴地大声嚷起来,"喝!我已闻到羊肉饺子的香味啦!我闻到老白干的味道随风飘过来啦!"

"欧!"两个西洋人夸张地忘形叫起来,"像水晶宫!像法国的巴黎卢浮宫!"他们关心的不是中国的美味佳肴,而是在白雪茫茫的荒野里宛如烁烁闪亮的皇冠那么奇异迷人的万家灯火。

车夫猛地抽了几下鞭子,马匹拉着他们朝着温暖的城堡奔去。

三门张着黑洞洞膛口的西洋大炮,像三头黑黢黢的猛兽,趴卧在竣工后巍峨耸立的城墙北背海三边。年初一安炮,袁崇焕把守将们召集来,一是给大家拜年;二是让大家同庆大炮开光;三是揭上次他向众人隐秘不说城墙为什么是弧形的谜底。

"现在你们该知道了吧,大炮是有轱辘的,它可以在城墙上运动,城墙是弧形的,炮就可以弧形转圈,在任何角度和位置向攻城的敌人开炮!"

"袁大人英明!"守将们点头称是。

袁崇焕接着又正式任命祖大寿兼任炮队兵总,波尔和弥克尔为炮队师爷。两个洋师爷过完中国的新年就开始训练这支30人的大明宁远炮队。

袁崇焕整四十岁,过了几十个春节,今年这个春节是最愉快和令他兴奋的。宁远新城落成,西洋大炮雄峙城头,城内百姓安居乐业,辽边一年多无战事,一切都象征他守边事业崭露了良好的开端,未来的前景仿佛也依稀朦胧地有了一幅灿烂的蓝图。

他从城墙下来,兴致勃勃地邀请波尔和弥克尔,以及谢尚政、佘义士夫妻等几个同乡,一块回家喝酒吃狗肉煲。进了大门,跨入前厅,韩慧乔喜孜孜地迎上来,叫道:"儿啊! 儿啊!"

"娘,啥事?"袁崇焕张开双手把母亲扶住。"你来! 你来!"听声音韩慧乔知道来了不少客人,她把儿子引到侧室。"娘,什么事把您老人家乐成这样?"袁崇焕笑着问。"儿啊,伯蓉今天早上起床就吐了,我一问,她有二个月没见红了,她又怀上孕啦!""真的?!"袁崇焕惊喜万分,"娘子! 娘子!"他忘记了还有宾客在厅堂里坐着,大叫着跑到卧房,搂住正在床边休息的阮伯蓉兴兴采烈地说,"娘子,我的好娘子! 我们又有儿子了! 我们又有儿子啦!"

这天,袁崇焕沉浸在喜悦之中,放开肚量喝酒,谁敬他酒他都毫不推让地一仰脖闷下去,不仅喝敬酒,自己也自斟自饮,差不多快喝下去一大坛子。最后他酩酊大醉,被佘义士、谢尚政等几个人抬的抬,扛的扛,扶进房去倒在床上酣睡过去。

足足一天一夜袁崇焕没有醒来,他做了一个令他心驰神往的梦。梦中,他骑在一匹高头战马上,身穿铁胄甲,舞一把青龙月牙长刀,率领千军万马走出宁远城的城门,浩浩荡荡地向远方开进。这支铁流似的队伍逢山越山,逢水涉水,所向披靡。在进入一座陌生的城市后,他看到面前也出现了一支壮阔的队伍,也是那么兵强马壮,不过这支队伍不同的是每个人脑后勺都拖着一根辫子。他跨在马背上大喝一声:"异类人等,还不快快向我大明国投降!"随着话音,刹那间这支队伍都向他跪下了。只有一个披虎皮的年长者还兀自站着,袁崇焕跳下马,端着长刀,蹬着筒靴,一步一步向对方走过去,他听到自己脚步踏在雪地上发出的"嘎嘎"脆响声。当他快走到那人面前时,那人也在他的目光威逼下屈膝跪下了,口里称:"奴帅努尔哈赤向袁大人请罪!""哈哈哈!"他大笑起来,"原来你老儿就是努尔哈赤!"这一笑,梦醒了。他体味着梦中威风凛凛的畅快感觉,不禁回味无穷。"我怎么会做这样的梦呢?是否天意在暗示我应当将梦成真呢?"他久久地躺在床上凝神。

元宵节过后,袁崇焕与守将们在议事厅碰头商议开年后的举措。谈论中,奇怪的是,满桂、左辅、赵率教、祖大寿等人都称自己过年做了好梦,梦中发生的就是他们认为要做的事。袁崇焕乐了,他提议,干脆每个人把自己梦见的事用一句话表达出来,写在手心上,然后一齐亮出来对照。"行!"众人一致赞同。写好后都把手放在身后,由袁崇焕喊:"翻——"满桂是"绕城行军游";赵率教是"再造一城",祖大寿是"放它一炮";左辅是"挺兵探头"。袁崇焕的手心伸出来了但有意扣着,看完众人的,他笑道:"看来英雄所见略同!都是想露露头啊!不过,你们的野心都没我大,我写的是——"他手心朝上,大家凑上前看,写着:

"陆海大巡游!"

"还是袁大人气魄大!"赵率教竖起大姆指说。

"巡游?巡游的界线呢?"满桂问。

"金夷京城现在不是设在沈阳吗?我们就到它眼皮子底下去转一转,到它大门口的广宁绕一圈回来,如何?"

"万一他们出城和我们打起来吗?"

"那就与他们辫子军较量较量!我们做好准备,就是去挑战的,看他们有没有胆量出城应战!"

满桂起初还是持审慎态度的,现在被袁崇焕几句挑战性的话一激,顿时被他的气概所折服、鼓舞,他也激动起来:

"好!就他娘的老虎操大象——大干它一家伙!咱堂堂大明国,老输在这一个小小的后金国手上,也实在太窝囊了,这次我们痛快地吐一口气!"

"好!行!"众人一致赞同。

"既然大家都举手赞成,那我明天就去山海关向孙督师禀报,此事没孙大人的允许,我们寸步不能动弹!"袁崇焕说。

山海关的经略府里。孙承宗请袁崇焕坐在他的右首,然后闭上眼帘,边呷茶边倾听袁崇焕述说。听完了,孙承宗丝毫没有表露出有什么激动,依然闭着眼睛沉思。袁崇焕的心渐渐地沉下去、沉下去,一腔热忱也慢慢地冷却。

半响,孙承宗才睁开眼,问:"你说一说,目前金夷究竟有多少兵?有多少将?有多少车马?有多少粮草?他们有多少个据点,他们攻防的战略是什么?他们用兵的手段有哪些？努尔哈赤在什么地方？他现在正在考虑什么，他们最近的计划是什么？"

这一口气问出的一连串问题，把袁崇焕问傻了。"这……""不知道吗？你去弄明白了，再来见我！"孙承宗没再言语，独自踱进后堂。

袁崇焕心里一阵发毛，他以为是孙承宗反对他们轻举妄动，才故意拿这些问题来为难他，意在让他自己打退堂鼓。

第二天，袁崇焕又去见孙承宗，他探问道："孙大人，如果您不同意我们的计划，那小官就告辞归去啦！"

"谁说不同意？本部院没有讲过这样的话嘛！"孙承宗说。"我是让你知己知彼。你要倾巢出动，你知道努尔哈赤会如何迎战你吗？说是巡游，其实时时刻刻会发生战争。一旦对阵，你兵分几路，重点放在哪里？宁远城由谁做守将？你光有进击的雄心，没有防御的戒备，怎么行？我让你去了解敌人的情况，就是这意思！"

袁崇焕恍然大悟，孙承宗是嫌他准备工作做得不够充分，没有把应变应急的步骤计划好。他不禁汗颜，论军事指挥，他其实才刚入门。他连称惭愧，退了回去。

他派了大批的探子深入敌后侦察军情，又捉了几个金军的下级军官摸口供。不问不知道，一问他惊一跳，金夷的实力岂止是雄厚，而是非常强大！

随着对明国发动战争的节节胜利，努尔哈赤建国后统治地区迅速扩大，人口不断增多，他为了加强统治，逐步设立起各级政权机构，完善军政法律制度，鼓励农业、手工业发展以及文化建设。其中，最富有成效的是他亲手创建的八旗制。

八旗制的形成和完善经历了一个相当长的历史过程，它始于女真的狩猎制度，女真人的圈猎组织叫牛录，每一牛录的首领名字称额真。额真的汉语意思是主。努尔哈赤把牛录改为军事组织，每牛录三百人，昔日围猎首领变成军事指挥官。由于军队数量日益庞大，于是他正式创建旗制，设立四旗。旗的满语又叫固山，这是相对独立的最大军事单位。起初四旗分别用红、蓝、黄、白四种颜色作为标志旗帜，后来又增添了四旗，共成了八旗。新添的四旗，红旗镶白边，蓝、黄、白旗镶红边。所以八旗就有了正和镶两大类。每个旗设固山额真一人，副职两人称梅勒额真。这些所有的旗主，统统由努尔哈赤本人和他的儿子、侄子们担任。

八旗经过战火的考验，成为一支军纪森严、训练有素的军队。八旗军有步、骑两个兵种，以骑兵为主。八旗的战马饲养十分粗放，不喂粮谷，无论风霜雪雨，都在野外放牧，养成了能耐四季气候，劳累饥渴的习性，冲杀起来异常勇猛，和明军的战马娇生惯养、避暑畏寒、体态柔弱形成鲜明的对比。骑兵又分为"死兵"和"锐兵"两种，"死兵"披重甲，骑双马冲锋在前，一匹倒下，换上一匹再冲，不得后退，退则被

"锐兵"处斩。"死兵"动摇敌方阵脚后，接着"锐兵"再发起冲锋。

努尔哈赤从起兵时，就十分注意严军纪、明赏罚。他在军队中设立稽察使者，身佩红色令箭，凡是作战畏缩不前扰乱军心者，就用朱箭射身，战斗结束后复查，发现被红箭射中的人，一律处斩。努尔哈赤每次战后，"赏不逾日，罚不还面"，凡是临阵脱逃不战者轻则或杀或囚，重则除砍头外还夺其妻妾、奴婢；而凡是勇敢善战的将士，一律当场重赏金银、女人、财物。因此，八旗军虽然军纪严酷，但由于能获得大量物质利益，他们仍然乐于参战，视出征为节日。出兵之时，家眷们也喜不自禁，惟以多得财物为最大的愿望。军官家的奴隶都争相前往侍从，他们的目的是跟随主人能抢掠敌人的钱财。

严格的军事训练也是努尔哈赤极其重视的一个方面。八旗军练兵除演习枪、马、骑、射外，还进行特殊项目"水练"和"火练"的训练。"水练"是跳涧练习，"火练"是越坑练习，战术的娴熟，使八旗兵视山、水、洼、沟、壕、川为平地，一旦进军，大有排山倒海之势。

说到八旗军，人们自然对它的统帅努尔哈赤的名字如雷灌耳，但实际上，目前八旗的真正实权却在四大贝勒手中。贝勒是满语王子的意思。以皇太极为首，其余三个是代善、莽古尔泰、阿敏。这金国的四员大将，个个能文能武，智勇双全。尤其是努尔哈赤第六个妻子叶赫纳喇氏所生的皇太极，既精明强干，又循规蹈矩，一直是父皇忠顺的辅臣，得力的助手，勇悍多谋的战将。利用马市的机会，派兵乔装马商潜入城内，然后派兵攻城，里应外合取抚顺，其实就是皇太极的功劳，"双阳之战"金军五千八旗军登梯攻打沈阳城，迫使明军弃甲投降，这也是皇太极立下的功勋。

将帅智慧，兵卒勇猛，所以金军八旗虽然只有十五万人左右，但它机动性强，活动纵深大，战斗突破力猛，在它分散面极广的数百个城镇居民区内，能够迅速形成口袋包围圈，将敌军剿灭。

袁崇焕一宿未眠。

天蒙蒙亮他就翻身落床，用冰凉的雪水揉了揉发肿发胀的脑穴，出门、上马，到城外转悠。

积泛着青色的幽亮，使他的眼睛有些晕眩。他驱着马漫无边际地绕着城墙踏着碎步。眼前的雪景渐渐荡漾开来，仿佛又出现了前次刻骨铭心的梦境，金国的八旗军原来由侧立慢慢地跪倒，现在又杀气腾腾地站了起来；努尔哈赤也抬起了脑袋挺直了腰，恢复了他凶狠、傲慢的神态……袁崇焕冷不丁被吓了一跳，他晃了晃有些发僵的身子，使自己清醒，视觉的幻象消失了。是一股气，气足的时候连梦做的都是成功的梦,气要是不顺,那就尽是恶梦缠身。千万不能泄气,气漏跑了,那么敌人首先在心理上就把你击垮了。袁崇焕暗暗鼓励自己。

这时,太阳的霞光开始染红天际,该是队伍出操的时辰了,他掉转马头,向兵营驰去。

先到了前营,袁崇焕以为自己还处在幻觉之中,但揉了揉眼皮,天的确已经露出鱼肚白了呀,怎么操演场上一个人没有?

他转了一圈,找到值勤哨卫,问怎么没有出操?

哨卫答:

"何守将下令今天休息。"

"无节无假,何故休息?"

"不知道。"哨卫摇摇头。

袁崇焕跳下马,迈着大步向何可纲的房子走去。他一脚踹开门,大喊:"何可纲,你给我起来!"何可纲提着裤子从卧房里惊慌失措地窜出来,"谁?谁?"一见是袁崇焕,马上系紧裤带,行了个礼:"袁大人,大驾光临,有失远迎!""别来这一套,我问你,今天为什么不出兵操练?"袁崇焕怒冲冲地问。"我、我、我想大概陆海巡游的计划取消了,就不用那么紧张地操演了,让弟兄们歇一歇……""谁说要取消?我说过这话吗?"袁崇焕质问。"全是我猜测的,敌人的力量那么强大,我们能守住城池就不错了……"何可纲心虚地嗫嚅答道。"敌人强大你就害怕了,这不是敌人强大而是你太软弱!任何事物都会有弱点,现在我们光看到了八旗军的优势而没发现它的劣势,只要我们能够抓住敌人的劣势去攻击它,那么被人抓住弱点的军队才是真正应该害怕的!我们的陆海巡游绝不会取消,我们一定要让敌人知道我们大明军队是有力量、有决心、有胆量保卫国土的!我们一定要让他们像寒风中的土拨鼠那样畏惧!"袁崇焕边说边望着屋外的远方,仿佛这话是说给隐匿在某处的努尔哈赤听的。"是!"何可纲板正了腰表示信服。"快去集合队伍,加紧操练!"袁崇焕下令,"遵命!"何可纲跑去,吹响了号角。

袁崇焕策马返回参政府的路上,途经城门内的小广场,遇见有一群天真活泼的孩子在堆雪人,二溜比人还高的雪人形成对垒,孩子们就躲在雪人后面打雪仗。

他骑马跑过去了,可不知什么触动了他,他又骑马返回来。他定睛地注视着那几个雪人,雪人的头上插着红旗、蓝旗格外醒目。他突受启发,被这旗和雪人挑动了大脑某根神经。他拉转马头一阵风似地回到参政府。

佘义士迎上来牵住马,说煮了他爱吃的粟米皮蛋粥,快去用早餐吧。袁崇焕像是没听见,招呼几个侍卫过来,喊道:"快堆八个雪人,一字形排开,上面插小旗!"

谢尚政领着侍卫跑过来,听到命令,不知发生了什么事。但谢尚政知道袁崇焕最近几日接二连三阅读金夷情报,心情十分烦闷,他没有多问,便带着侍卫提着铁铲、铁锹干起来。

不一会,雪人堆好了,谢尚政进屋去报告,但他发现袁崇焕其实一直站在屋顶上俯视着雪人的形成。袁崇焕蹬着楼梯一步步下来,走到院子里,站在雪人面前出神地端详。然后他又围绕着雪人慢慢转悠,顺着转一会,停下来想一想,又逆着转几圈,再停下来……

谢尚政担忧袁崇焕痴迷过度有什么病了,就悄悄躲出去。本来他想去告诉阮伯蓉,但继而一想,女人搅和进来,袁崇焕的脑子可能更糊涂,他就去喊满桂。

见满桂、祖大寿等人走进参政府院子,袁崇焕眉毛一挑,招手道：

"来来来,我正要派人去找你们,你们倒来了!"

满桂自称是从小堆雪人长大的,他拍了拍雪人的肩,打趣地问："是不是让我们分成两队人马,打一场厮杀拚搏的雪战?"

从他们异样的眼光里,袁崇焕猜出了来意,"你们是不是以为我得病了？我也觉得有一点。是得了病,得了心病呀！不过我从雪人阵找到了治我病的药方。"他把手一挥,"你们来看——金夷八旗,最常用的阵式是八旗横排,正面遇敌,它只要两头一弯,就形成了包围扇面。而它要向纵深地带追击时,则通常也是八旗一字形纵排,单刀直入式。他们的八旗战术虽然很有效,但我刚才琢磨,终于也发现了它的弱点。你们看这八个雪人,它代表八旗,我们如果专对它的左翼或右翼交锋,它要转弯就显得不灵活了,因为它的正面非要转个半圆形不可。等它转过来了,我们也转,再转到它的西翼。我们等于站到了八旗的死角里,它的八旗优势只剩有一旗对付我们,力量的对比就是我强敌弱了,你们看是不是？"袁崇焕说得很激动,为自己的发现而兴奋无比。

满桂、祖大寿和谢尚政在雪人旁边,脸红地垂下了头。"你们说话呀,难道我的判断不对吗？"袁崇焕在雪地里大踏着步,问道。"不是,当然不是。袁大人,您分析得很有道理,使我顿开茅塞。我是惭愧,的确惭愧！这几天我也在看夷军的情报,可我怎么就没动那么多脑筋,只有一种颓丧的情绪,觉得我们不如敌人。您高瞻远瞩,强敌面前不畏怯,竟在弱势中考虑出如何使我们技高一筹的诀窍,袁大人,您的确是我们的主将,我服了！"祖大寿说着跪下地来。"卑职也有同感！"满桂和谢尚政也在雪地里跪下。

"这是干啥？起来！都给我起来,说几句恭维话就算交差啦？不行！你们必须跟我一块儿把战略构想完整了,然后制订出我们的行动计划！"袁崇焕用手指了指屋里,"走,都到屋里去,边烤火边说!"

又一份详细的陆海大巡游方案报到了孙承宗的经略府。这次,袁崇焕提出宁远城守军出三分之二兵力,满桂、祖大寿以及炮队留守城内,以作策应。巡游军队由宁远两个大营的队伍,以及山海关守军的一部份队伍配组而成,以造成前后呼应之势,左右夹击之功,达到壮大声威的目的。巡游指挥由山海总兵马世龙和宁远参政兼主将袁崇焕共同担任。巡游路线分左路和右路,左路至十三山,然后往山海关返回,由马世龙率领;右路逼近广宁城,然后回折海路,经觉华岛沿海一线,至宁远。以我之两翼夹击敌之两翼,使之不能展开。此次巡游不在于作战,而在于演练和示威。

报告递到孙承宗手中的当日,就获得了批准。孙承宗还特别批注:

"此次巡游意在壮我国威军威,由袁崇焕统领,马世龙为辅。"

天启四年三月一日,袁崇焕率万人大军,步、骑、辎重、军粮、料草,浩浩荡荡开始了巡边进军。

自万历11年努尔哈赤发兵夺取图伦城,开始了矛头针对明朝的战争以来,女真族人的金国百战百胜、所向无敌。但他们万万没想到,就在他们一口一口美美地吞食大明江山这块肥肉的无忧无虑之际,突然一支长途跋涉而来的骁勇兵马在广宁城下旌旗飘扬!

正如袁崇焕所料,广宁城金军守兵,是八旗最右翼的一支——镶黄旗。在它的身后是镶蓝旗,距离七、八十公里,再后面是正黄旗,又相距近一百公里,要来会合起码几天几夜。况且他们的战术也不允许各旗作这样的横线运动。所以说镶黄旗基本上是孤立的。

广宁城守将是努尔哈赤的侄子济尔哈郎,他听哨卫报告,说有一支明朝大军兵临城下,简直不相信自己的耳朵,他三步并作二步奔上城头,放眼张望,果然,明军就在城下一箭之遥,连马背上被汗湿润的鬃毛都看得清清楚楚!

"关紧城门!关紧城门!"

济尔哈郎大叫。他以为明军是来攻城的,吓得躲到旗主府里六神无主。他一点思想准备都没有,要是广宁城失守,他的脑袋无疑会被努尔哈赤伯父毫不留情地一刀砍掉!那么就出城去迎战?可明军虚实不清,自己单旗从未出征打仗的先例,万一输了岂不更糟?

正在他慌乱之时,旗里的几个谋士向他建议:明军忽如其来,一时并无攻城迹象,我旗不如一方坚守城池以观事态发展,另一方面派快马速去沈阳禀报国王,以调度整个八旗阵式,迎击敌人的进犯!经这么一说,济尔哈郎才恢复了镇定,派出骑手去报信,然后又到城头观察动向。

袁崇焕怡然自得地坐在行军帐篷里饮茶。他对环坐在旁边的赵率教、谢尚政、左辅、朱梅几个将领说,"城里肯定是乱成一锅粥喽!可惜不能进去看看这台好戏!"

赵率教说:"袁大人,刚才哨卫已发现有快马向沈阳方向奔去!"

"是济尔哈郎报信派人去!"袁崇焕判断说。

"如果我们的方略不是为了攻城的话,那我们是不是要尽早撤离广宁,否则——"

"否则努尔哈赤会派大军来?"袁崇焕微笑地反问,"不可能!努尔哈赤会想,既然镶黄旗遇敌,那么正红旗、正黄旗呢?马世龙的队伍很快会出现在正白旗面前。如果一支旗有敌情,他就急于调入马,那么他的队伍很快会乱套!我想他不会那么傻。他只有等我们真的攻城了,设法去抄我们的后路!哈哈,我们不会攻他的城,也不会露屁股让他打。埋锅做饭,吃完饭,我们掉头挥师向海边进军!"他从容不迫地发布命令。

明军队伍若无其事地在敌人眼皮子底下香喷喷地吃饭嚼肉,引得广宁城墙上的金军兵卒目瞪口呆,直流口水。

镶黄旗在济尔哈郎的亲率下,倾巢出动,全副胄甲武装,如临大敌地监视着明军队伍的一举一动。

直到下午,明军才施放了烟幕,表示了撤离的信号。队伍收起帐篷营具,整理好辎重,不慌不忙地向东面开拨。

济尔哈郎以为是计谋,恐有埋伏,仍不敢打开城门。

过了好几天,这支镶黄旗还犹如惊弓之鸟。后来努尔哈赤知道了,他让济尔哈郎穿上女人的衣服、短袍、裙子,监禁三天三夜,以示羞辱。

袁崇焕率领队伍到达锦州湾,坐上船,向觉华岛方向进发,开始了海防巡游。

明军坐的是用桐油刷了几十遍的大木帆船,这批帆船是特意为这次陆海巡游订造的,簇新闪亮,散发着浓郁的油香。

船舱里,袁崇焕透过圆形小孔向外眺望大海,外洋的一面,茫茫无际,水天一色;而靠岸的一边则能望见泛着白沫的海滩,像根细长的带子逶迤流长。

船在海上航行了半日,袁崇焕忽觉得有些不对劲,他登上甲板。甲板上坐满了士兵,他们一律面朝外洋愣愣地张望,眼球大而无神。一路上,这些兵卒们像逛风景一般,不是笑就是唱,嘻嘻哈哈的欢闹声没停过,可现在却出奇地安静,静得简直令人窒息。袁崇焕在一个小个子兵丁跟前蹲下,问道:"以前见过海吗?"兵丁见袁大人问他话,就要站起来。但被袁崇焕摁住了,"现在我不是你的官长,是你的大哥!随便点。""我家就在南海边,天天见海。"兵丁说:"噢,是我招来的广东仔啊!我们是老乡啊!"袁崇焕高兴地说。"是的,我们跟袁大人来辽东已有两年了。"兵丁垂下头,眼圈有些潮红。顿时袁崇焕明白了,这些广东兵是被大海引发了乡愁。"家在广东什么地方?"袁崇焕又问。"在海丰县。""家里还有什么亲人呢?""有爸爸、妈妈,还有一个小妹妹……"兵丁说着,感情控制不住地"呜呜"哭起来。他这一哭不要紧,周围的一大片广东兵都唏嘘声起,泪水涟涟。

袁崇焕沉默了。他没有阻止他们,儿女情长,人之常情,若是他们连这点基本的感情都没有的话,他们还会对国家有感情吗?不会。如果一个士兵没有感情的话,就不会在战场上冲锋陷阵,因为冒死杀敌,最大的动力,也正是出于一种被神圣的目标激发出的崇高感情。

他站起身,回到船舱,唤来谢尚政。军中的文书工作都归谢尚政管,所以袁崇焕知道他那里定会有不少纸张,一问,果然有不少。"你把纸裁成书面大小,每个兵一人发一张,给他们写家信!"

"写家信?怎么寄呀?"谢尚政问,"还不是要等到回宁远后再寄!"

"你别管了,把纸给他们就是。"袁崇焕吩咐。

纸发下去了,兵卒们都有了思念的寄托,于是找来取火用的碳条,在纸上给父母或是妻儿写信。情绪马上得到扭转,气氛又恢复了活跃。

望着这些小同乡的乡思乡情溢于言表的劲头,袁崇焕也想起自己小时候的东莞家乡,想起远在广西藤县西江边的祖父、父亲,一缕缕的愁念也悄悄袭上心头。

他铺开纸,研好墨,提笔写道:"率诸将巡海岛……"想想不妥,虽说率将是事实,但落在笔墨上需雅量高致些为好,他改写道:"偕诸将游海岛。"此为题,他挥毫作诗:

"战守逶迤不自由,偏因胜地重得愁。

荣华我已知庄梦,忠愤人半谓杞忧。

边衅文开终是定,室戈方操几时休?

片云孤月应肠断,枯树凋零又一秋。"

诗写好后,他吟了又吟,直觉得自己的心意已表露苍天翰海:国家的大好河山如此娇美壮丽,可我等眼望她遭夷蹂躏不能收复,一直拖延在战守之间真是遗憾!什么时候能够自由地纵马驰骋在北国雪原上呢?荣华富贵对于我来说都清如淡水、秋梦一般,我什么都无所顾虑,怕就怕胸膛内的一片报国忠心会被人说成是杞人忧天!边疆的安宁终究会属于黎民百姓,在大明国土上操戈的战争局面定不能长久,但这能在何时实现呢?望着天上的月亮,想起我家乡的父老乡亲,我完成了这封疆大业,就会人魂同归呵!

第二天海上旭日东升,霞光万道之时,袁崇焕令人把晾衣服的竹杆全收集来,然后锯成一节节,做成竹管筒。他把这些竹筒子发给兵卒每人一个,起初谁都没有明白他的意图,当他自己把诗笺卷成小纸团塞进去,然后用蜡封上,抛向大海时,兵卒们才懂得了以漂流寄寓乡情的意义。于是几千只大小不一的竹筒子从船上飘落到海面上,形成蔚为壮观的场面。

有的竹筒子刚到海里,就被鱼嘴吞咽了。袁崇焕作揖道:

"鱼快游到南海去吧!当家乡的渔父捕到你时,从你的肚里取出信时,那么家乡的父老乡亲就永远记得他们的子弟在辽东报国护疆啦!"

历时一个月,袁崇焕士气昂扬地率大军凯旋而归。

满桂带着守城的士兵敲锣打鼓、舞龙扮狮地夹道欢迎,几十米长悬挂在城头的巨龙鞭炮"噼哩叭啦"炸响,碎成纸花的粉末儿铺洒一地,巡游的大军就踏着这散发着硝烟味儿的红粉进入城内,和迎接他们的弟兄、亲人们握手拥抱。

袁崇焕一身征尘地回到家,一迈进院子,他愣了,满脸的喜悦与兴奋被门庭上方一束黑布扎的挽幛给冲得烟消云散,意外的阴影顿时笼罩心头。他疾步跨进屋内,厅堂里坐着瞎眼老母和一个略显陌生的中年男子。"儿啊,是你回来了吗?"韩慧乔颤巍巍地站起来问。"娘,是我回来了!"他喊了一声后,把目光又盯到这中年男子的身上,"你——?"他迟疑地问道。"大佬!"这人开腔道,"不认得啦?我是崇煜啊!""崇煜弟!"他终于认出来了!"崇煜!"他冲上前,把这个当年他最疼爱的细佬仔拥在了怀里。"你什么时候来的?"分开后,他问崇煜。"来了三、四天了。"袁崇煜答道。袁崇焕见屋里也供上了香,香前竖着灵牌,上面的字一时看不清,他心里一紧,忙问:"崇煜,爷爷,还是老豆,怎么……?""爷爷过世了!"崇煜垂下来。"是病的?得什么病?他身子骨一向硬朗得很嘛!"袁崇焕的泪已到了眼眶,爷爷领着他去找阮先生上课的情景浮上心头,历历在目。"不是得病,是……"袁崇煜哽塞着说不下去。"是怎么?说呀!"袁崇焕焦灼地催问。"告诉你大佬嘛!让他再明白明白,官府里的人狼心狗肺,做不出什么好事!"韩慧乔在旁插话。"爷爷是被官府逼死的!"袁崇煜泣声道。

袁西堂、袁子鹏父子开的木材行,由于人缘好,信誉高,服务周到,这几年越办越红火。又加上远近乡邻都知道袁家出了进士,袁崇焕在辽边做了官,更是增添了袁家铺子生意的兴旺之势,人们只要是小动家什,大兴土木,一般无一例外,都是到袁氏木材行来购买材料,亦说是也沾沾进士的光。下游的客户也日益增多,每天都要在江边放十几条木排。山民们只要一听是袁氏木材行的人来收购原木,最粗最上等的木头立刻毫不犹豫地拿出来,一下子付不够钱也不要紧,谁都知道袁家从不赖账。

可是俗话说,人怕出名猪怕壮,官府知道袁家兴隆了,有几个害红眼病的官吏心里就开始盘算怎么也能在这口锅里白捞几块肉吃。他们起初畏惧袁崇焕的背景,还比较收敛,只不过时不时到店里来捞几根木方回去打打柜子。后来时间长了,他们觉得袁崇焕远在天边,鞭长莫及,关照不了家人,就开始胃口大了,放肆起来,整车整车的木头拉走卖了,一个子儿也不给。袁西堂忍不住就发火了,再来要木头,骂回去,不给!恼羞成怒的狗官们沾不到便宜,就绞尽脑汁想岔子迫害袁家父子。

机会终于来了。朝廷要给皇室征集殡葬棺木,广西的木头中国闻名,于是下旨令要广西道府交贡一千根生长期50年以上的柳州杉和枧木。藤县领到差,交纳一百根,县衙的官吏使坏,把袁子鹏找去,把这一百根的皇差全压在他们袁家头上。天哪!他倒吸一口冷气,一百根柳州杉和枧木,别说是50年生长期的,就是5年生长期的都难找呀!就是找到了,他倾家荡产也付不起那么多银子把它们买回来去交差呀!这不是要置袁氏木材行子死地吗?袁子鹏苦苦哀求,最后把儿子也搬出来了:"老爷,不管怎样,我儿子也是在衙府里做官的,你们就看在他的面子上给我们一条活路吧!"

"你儿子当官有什么了不起?还不是一个守疆的苦力?这是朝廷交下来的数字,谁也不敢说个不字,哪怕你儿子回来,他也不能不办!"官吏恶狠狠地说。

没办法,袁家祖孙三代只好拚着命先去深山老林里看样本,然后向山林道的官衙交银子,再雇人采伐。附近的山里根本见不到几根柳州杉和枧木了,袁西堂就咬咬牙,留下儿子袁子鹏看店,自己带着孙子袁崇煜去十万大山,向山里的村民购木,山民们往往并不认得木种,还要袁西堂选好了再谈价格,山民们善良,可以先向他们赊账。就在一天黄昏,袁西堂远远地望见一条深沟里有株几人阔的大枧木树,由于天色昏暗,看不太清楚,他要亲自下去验证。袁崇煜劝说爷爷让他下去好了,因为坡道实在太陡险了。而袁西堂怕他搞错,坚持要自己下去。但是,这一下去,只听到惨叫一声,袁西堂滑坠深渊。袁崇煜哭喊着请来山民拯救,几个时辰后他们把袁西堂抬了上来,可已血肉模糊,早就断气了!

"皇天哪!皇天哪——"袁崇焕跑到院子里,仰天长啸,他心里暗暗地问:"大明国啊大明国!我为你抛头颅洒热血心甘情愿,我可以为你付出一切,可你怎么老跟我过不去啊!丑恶、卑鄙、灾难对准我袁家袭来,难道真的是好心没好报吗?!"他腿弯了,跪倒在雪地上。

"相公!"

不知过了多久,他听到阮伯蓉在喊他。他站起来回过身,看见娘和阮伯蓉、袁崇煜还有一个女人带着一个机灵可爱的小男孩,都站在门槛前望着他。袁崇煜指了指身旁的女人介绍说:"大佬,这是我媳妇,叫阿莲,这是我的仔,叫阿基。叫大伯!"袁崇煜播了摇儿子的手臂。阿基怯生生地叫了声:"大伯!"

"崇煜,这是你的仔?你都有仔啦?"袁崇焕走过来,蹲下身,凑在阿基面前,仔细地端详着。他伸出双臂,忽地把侄子抱将起来,"我们袁家有香火啦!"

夜里,女眷们都睡后,袁崇焕和袁崇煜俩兄弟挑灯夜话,因为他们平时很少书信往来,分别那么多年,几乎再也不知道彼此的具体情况。四更天后,袁崇焕让弟弟也去睡,他自己铺开纸,思绪万千,记下两首诗:

"握手军门倍黯然,相看消瘦最堪怜。
君原来惯风霜苦,我已徒劳岁月迁。
乡国谈余浑似梦,鼓鼙喧里不成眠。
倚间日望还家早,岂不怀归涕泗涟。"

"忆到乡关百事愁,挑灯细语不能休。
人心此日将谁恃,予骨他时望尔收。
画里青山长入梦,镜中白发已盈头。
但求烽火今年熄,得遂闲身及早抽。"

天启四年冬,孙承宗在袁崇焕陆海巡边的基础上提出了一个主动出击,向金军发动小规模进攻,以收复锦州、松山、杏出、右屯、大凌河、小凌河等要塞的大胆计划。他认为明军目前的实力和士气,完全有可能取得成功。

这个计划得到了袁崇焕、闾鸣泰、满桂等官将的全力支持,他们决心在孙承宗的麾下,跟随他出征。

但发动这么一次连续性攻击,需要一笔可观的军费开销。孙承宗令手下制订资金计划,压缩到最低限度,得动用24万两银。

孙承宗给熹宗递了道奏折,连同作战计划,一并呈上。

自孙承宗赴辽边督师后,再无祸事发生,熹宗高枕无忧,甚是喜欢。他对孙承宗倍加欣赏,一切封疆之计都任由孙承宗决定。奏折一报上去,熹宗二话没说,提

起朱笔就写上:

"准之!"

然后交兵部与工部办理。

看到皇上的御批,兵部尚书赵彦与工部尚书惠世扬在背后嘀咕,"老话讲,军饷足,将妄动。孙承宗要是兵粮充足了,他还会听朝廷的调遣吗?"在他们内心更深处的阴暗念头是,如果孙承宗把功劳全捞去了,我们岂不就是无功之臣了吗?在皇上眼里我们不就成了摆设了吗?于是他们串通好,阻止孙承宗把兵饷备足。但皇上的旨令不好违抗,他们就采取公文旅行的拖延法,拖得你们遥遥无期,自动放弃。

袁崇焕三番五次策马去山海关问消息,都是失望而归。最后一次,孙承宗当着他的面大骂朝廷大臣误事,"他们是有意不给我孙承宗成事,他们比金夷鞑子还可怕!还凶恶!"

欲说还休,袁崇焕心情黯淡,骑着马情绪低落地往回走。

到家,弟媳妇阿莲迎出来笑着对他说:"恭喜啊,大伯父,嫂子生啦!"

"生啦?是仔还是女?"袁崇焕边兴冲冲地往里走边问。"是个女仔!"阿莲回答,偷偷地注意观察袁崇焕的面部表情。袁崇焕一愣,嘴角动了动,想说啥,但没说出来。

3. 阉党当朝血洗宫廷

辽东的冬日,几乎没有什么风和日丽的时候,寒潮一到,就丝毫看不见挪窝的迹象。随之而来的便是暴风雪,一场接着一场,冰天雪地……

袁崇焕一大家子居住在宁远,入乡随俗,也学着东北人的样儿过冬。屋前屋后劈了几堆小山似的木柴,以备烧炕之用;屋里的后厢房储存了很多土豆,再加上屋檐下悬挂的十几条冻羊腿,整个冬天就靠这些食物度日。他家的房子大,就在厅堂里又生了个烧煤的暖炉,一根烟囱管伸延到屋顶上去,天冷无事,一家人围在炉旁嗑松子聊天。

平时,袁崇焕公务繁忙,很少加入到这个家庭圈子里来,回来后最多逗一逗女儿袁兆绢、小名阿娟玩一玩,便到书房去了。自从孙承宗的作战计划受阻,风传朝廷腐败,已被一批以大太监魏忠贤为首的阉党宦官把持的消息传来后,袁崇焕的心绪格外消沉,这几日他干脆闷在家里,和孩子们玩,和家人闲扯淡,慵倦懒散什么事也不愿做。府衙里有什么公务,都让谢尚政或者佘义士传递过来,后来他索性又吩咐,没有紧急事情,不要来打扰他。

有好几天,家中出奇地欢快温馨,因为那么多年了,总算有些真正团聚的气氛了。

可是阮伯蓉作为妻子,对丈夫的心理最敏感也最了解。她知道袁崇焕难得的这番闲情逸志,心底里其实潜伏着深深的忧伤和失落。她多么想和他单独相处一会儿,依偎在他的怀里说几句安慰贴心的话儿,以减轻他的负担,但这一腔怜悯的柔情很快就被另外的想法驱散了,一是袁崇焕性格非常刚强,他不愿意让人知道他内心的痛苦,包括妻子在内;二是阮伯蓉也有抱怨,不要你来辽东你偏要来,如果现在仍住在福建的邵武多好,免遭这冰冻三尺不说,冬天里光桔子就够当饭吃,一嘴的甜汁蜜香!都是你认死理,好象辽东封疆非你袁崇焕来守莫属似的。阮伯蓉时不时向丈夫投去几眼,那眼光里有爱,也有怨。

腊月二十八日这天傍晚,阮伯蓉和阿莲在伙房做饭炒菜,崇煜带着阿基闭门在厢房里认字,娘呢,"哼哼唧唧"哄阿娟的声音不时从卧房里传出来,只有袁崇焕一个人坐在厅堂的炉边读书。突然,他打了个寒颤,觉得冷极了,一看炉膛,火苗微弱,煤快燃尽了。他冷得哆嗦,站起来,到屋外面去捡煤。拉开门,一阵强劲的暴风把他差点吹了个趔趄,原来屋里冷还因为外面刮起了骤风,干燥的雪粒被卷成筒形直立在平地上打着转儿乱窜。

这时,一匹马像从地底下钻出来似的出现在袁崇焕面前,是参政府的一个侍卫,他跳下马,行了个礼,禀报道:"袁大人,满大人请您去府里有事相商。"

"什么事?"袁崇焕眯缝着眼,躲避风雪。

"山海关来了个传令的差使,说明天朝廷传首九边的特使要到宁远。"

"传首九边?传谁的首?"袁崇焕一惊,问道。

"不知道。"

"好,你先回去吧,我马上就来。"袁崇焕摆了摆手。

"遵命!"侍卫跃上马跑了,淹没在雪色里。

传首九边,是指将犯人的首级到各个边疆防守之地示众,这是对死犯最大的惩诫,一般只有皇上才有权利下达此命令。九边,是当时的辽东、宣府、大同、延绥、宁夏、甘肃、蓟州、山西、陕西九个军事重镇。

"是谁惹怒了皇上至此境地,遭此刑法?"袁崇焕心里颇不平静。他到屋里,换上朝服,在外面又套上一件最厚的皮大袄,拉开门出去了。

他没有骑马,他此时极想一个人走一走。

到了参政府,满桂也在烤火,他先把今天派出去的几路巡逻哨回来的情况报告了一下,基本上没有什么动静。不待听完,袁崇焕就急着问:"传首九边,传谁的首?"

"熊廷弼!"

"啊?!"袁崇焕惊讶万分,张大了嘴,半天没有合拢。他知道熊将军自从广宁失守后和王化贞一齐被囚,但后来据闻案情有所松动,熊廷弼也快释放。没想到,熊将军却已经蒙难,而且还要传首九边!"他有什么罪?他有什么罪?"袁崇焕回过神来,愤怒地一拳砸在房子中央的柱子上,"全是王化贞的无能、愚蠢害了熊将军,他根本没有罪!"

"皇上说他有罪就有罪,谁也没办法!"满桂叹了口气说。

"皇……"袁崇焕刚说了一个字就下意识地哽住了,他能说皇上有罪吗?"一定是朝廷里出了奸臣啊!"袁崇焕悲怆地自语道,他感到自己像爬了几个来回的宁远长坡似的,浑身疲软无力了。

第二天下午,朝廷特使在阎鸣泰陪同下,押着一辆囚车,来到了宁远城。袁崇焕按要求将几个大营各抽几百号人,列队站在操场上等候。北风"呜呜"地呼叫着,吹得人个个缩着脖子直哈气暖手。袁崇焕见车马队渐渐驶近,就迎上前去,车厢门开处,阎鸡泰先下来,然后恭候朝廷特使下车。袁崇焕与肥嘟嘟朝廷特使打了个照面,一愣,觉得好面熟!阎鸣泰谦卑地提醒:"胡公公,您走好!"胡公公?袁崇焕一下子想起来了,这不是和他交锋过两次的锦衣卫兵总胡应龙吗?他怎么成了胡公公?胡应龙显然也认出袁崇焕来了,皮笑肉不笑地说:"袁大人,久违久违!"袁崇焕迫于礼节,给他行了个礼。

被割了男根的胡应龙神气活现地扫视了一下官兵列成的队伍,开口痛斥和列举了一番熊廷弼的罪状,什么"失陷封疆、罪该万死"之类,说完后,他招招手,令囚车驶近。

押车的军士把蒙住车笼的棉被掀开了,笼里挂着熊廷弼乌黑发青的人头。

袁崇焕不忍目睹,眼睛闭拢了,他咬紧牙关,不让自己发出悲鸣。

"让队伍列队从熊犯首级前走过!"胡应龙下令道。

袁崇焕向领兵的祖大寿做了个手势,意思是把队伍带过来,没吭声。

队伍默默地走完了。他们都茫然地扫了眼囚车,这具首级对他们来说仅是带来恐怖而已。

胡应龙满意地点点头,阎鸣泰不失时机地抬手道:"请!"陪他去参政府歇息。

袁崇焕没动,他突然喊了一声口令。

"跪下!"

全体官兵以为是要向朝廷特使下跪行礼,于是"唰"地都跪在雪地里了,他们面对的正是囚车里熊廷弼的首级。

听到口令,胡应龙回转身,见状,忙问:

"给谁跪?给熊廷弼跪?这是什么意思?"

袁崇焕冷冷地回答:"就这意思!"

胡应龙一愣,正欲爆发淫威,满桂走过来打圆场。他也认识胡应龙,就笑着说,"咱们袁大人是让队伍给胡公公行下跪礼,胡公公是从皇上身边来的,所以我们把胡公公也当成皇上那样来跪拜了!"

"不要乱嚼舌头哟,满桂兄!"胡应龙虽然还要板着脸,但口气缓和多了。阎鸣泰顺势陪着他先走了。

满桂悄悄把袁崇焕拉到一边,说:

"你有几个胆?得罪了胡公公就是得罪了朝廷啊!"

"我不明白,应该是吏部派人来的,怎么来了这么个太监?而且胡应龙本是锦衣卫的人,怎么成了宦官!"

"你不明白吧!现在朝廷阉党掌权啦!胡应龙为了攀高,自然把那根东西割了去凑热闹。千万别得罪他们啊!没把儿的,现在比有把儿的厉害!"满桂善意地劝导袁崇焕,"你知道如今朝廷有个人说话比皇上还管用吗?"

"谁?"袁崇焕浑身冰凉地问。

"魏忠贤!熊廷弼就是他杀的!"

俗话说,京油子,卫嘴子,保定府的狗腿子。魏忠贤是直隶,也就是河北人,正好把天津卫、保定府这两个地方人的特点给占全了。

魏忠贤不能说他没本事,他善于骑马射箭,能右手执弓,左手够弦,几乎是百发百中。他还非常有胆识,遇事敏捷决断,颇有些大将风度,可惜他这点才能没有用在正路上,从小他就不爱读书,目不识丁,养成了好逸恶劳的坏习惯。在他20岁出头的那年,他已成了远近出名的无赖,打架斗殴,吃喝嫖赌,无所不为。有一次赌搏,他把老本输了个精光,还欠了一屁股债。由于无钱可还,他被一帮赌棍打得鼻青脸肿、屁滚尿流,在乡亲四邻面前丢尽了颜面。回到家,他羞愧难当,觉得日后无脸见人,于是一气之下,抄起剪刀自行阉割。父母、妻儿痛苦万分,只得与他含泪分手,于万历17年将他送入宫中做了名太监。

本以为皇宫仍是天堂,但魏忠贤入宫以后,大大出于他的意料之外,并非事事遂心如愿。宫中等级森严,到处勾心斗角,如果没有钻营手腕,没有后台支撑,要想出头,门也没有。

刚开始做太监里的最末一级监丞时,他在司礼监秉笔太监孙暹手下,每天只配干一些洒扫庭院的粗活儿。后来万历23年春孙暹去世,已颇谙宫中事理的魏忠贤便按捺不住寂寞,开始蠢蠢欲动起来。

他充分发挥自己的那张三寸不烂之舌的功用,觍着脸皮到处巴结,讨好权贵,终于先转到了一个皇家仓库做保管,腰间的一串钥匙便是他小小权力的象征。

之后,他听说由于光宗的淡薄,皇长孙朱由校的生母,亦是光宗的妃子王氏无人操办膳食,他便贿赂了皇长孙身边的太监魏朝,让他引荐获得了这份美差。

他主要是想贴近朱由校,因为朱由校尽管当时受到冷落,但他毕竟是皇长孙,日后必然要继承皇位,把他侍候好了就等于是往银庄里存入了一大笔钱,往外提取时便受用无穷。

魏忠贤在玩字上很有天赋,歌曲弦索,弹棋蹴鞠,事事胜人。他还和朱由校一样喜欢骑射,常常因技术精湛而博得赞赏。他知道自己这一手很有发挥的潜力,所以牢牢抓住朱由校贪玩的习性不放,一有时间就陪他玩耍,逗他开心,又在玩乐之余恰到好处地把宫中最鲜美的瓜果递到他嘴边。朱由校有了他这个宝贝,日子过得逍遥自在,好不开心。

同时,魏忠贤拳腿并进,他千方百计地讨好专门照看朱由校的太监魏朝,和他攀本家,拜兄弟。魏朝是太监总管王安的心腹,魏忠贤醉翁之意不在酒,他是想巴结王大太监。魏朝时常在王安面前夸奖魏忠贤,王安性直刚烈,没有小心眼,未能识破魏忠贤的伎俩,对他产生了好感,便逐步提拔了他。

通过魏朝,魏忠贤还与一个特殊人物勾搭成奸,此人便是朱由校的奶姆——客氏。

明朝的皇家子孙,一生下来就有专门的奶姆伺候。这类奶姆规定只能在北直隶的县份挑选,可能考虑到语言的规范。皇城东安门外的北边,有一座礼仪房,俗名称"奶子府",就是专门负责选送奶姆的。入选的奶姆要年轻、五官端秀,身体健康。客氏是北直隶定兴人,曾经有个丈夫,叫侯二,是个普通农民,长相丑陋,笨嘴拙舌,一天到晚光脚在田地干活。客氏初具文化,能读书写字,而且身材婀娜,姿色俏艳,风流放荡,婚后没多久就哀叹自己嫁错了门,去和村里的野男人厮混,给自己的老公频频戴上小绿帽子。她十八岁刚生下儿子,两个乳房鼓隆隆的时候,被官府来人选中,送入宫中做了奶姆。为此她的儿子饿死了,丈夫也跳井自尽。世态炎凉,弱肉强食,锻造了这个女人的淫和狠,她被人称为天启年间宫中最恶毒鲜耻的女人。

客氏把她的乳头塞进朱由校嘴中的第一天,她就看准了,只要把这个皇长孙服侍好了,她以后的生活就不用发愁。朱由校从会下地走路起,客氏就天天带着他到处游玩,把他哄得团团转,任何事都听她"吹风"。

明万历朝,宫中纲纪败坏,淫乱成风,曾被严令禁止的"对食"现象又沉渣泛起。对食,就是太监和宫女在一起吃饭睡觉、相好私通。魏朝、魏忠贤均是阉割不彻底的太监,起初客氏是和魏朝"空把闲情私对食,一同儿女过青春"的,但这个淫妇一见到比魏朝年轻的魏忠贤,又听说他精通房中术,立刻喜新厌旧,把旧情人一脚踹远,扎入魏忠贤怀中。

客氏淫而狠,魏忠贤喜事尚诶、猜忍阴毒,俩人气味相投,不谋而合。他们并不满足在宫中站稳脚跟、有一席之地即可,他们眼见自己已在天子身边,权欲刹那蓬勃,把目标投向更高的权力主宰巅峰。

对于客、魏二人的勾结,世人早有察觉。在魏忠贤任朱由校生母王氏典膳时,就有道士在大街上公开唱:"委鬼当头立,茄花满地红。"委鬼即魏,茄在析字里就是客。

光宗驾崩时,魏忠贤为了加速往上爬,与西李选侍串通一气,企图扶制朱由校——"挟天子以令诸侯",引起大批建臣的反抗。朱由校本人有段时间也对魏忠贤的赤裸裸表演很生气。东林党人杨涟以正国法为己任,上疏弹劾魏忠贤,朱由校令司礼监查处。魏忠贤感到大祸临头,急忙哭求王安相救。王安心地善良,出面救了他一命。再加上客氏甜言蜜语从中调停,朱由校耳根软,渐渐地对魏忠贤又另眼相待了。不仅下诏令其照旧供职,而且在封客氏为"奉圣夫人"时,同时赐魏忠贤世荫。其兄魏钊因此荫为锦衣卫正千户。

在朱由校的羽翼下,客、魏的权势不断膨胀,地位越来越显赫。没多久,魏忠贤掌握了惜薪司的大权,负责帝后的所有日常生活。后来又晋升为司礼监秉笔太监,实际上是为皇帝裁断定夺朝廷大事的位置,权倾国中。

眼见权力的天平向内廷的宦官倾斜,首辅叶向高后来劝谏熹宗要提防失控。熹宗边欣赏着他亲手制做的工艺品,边不以为然地说,外廷政府朕不是全交给你们东林党人了吗?

利用内宫、外府的天然矛盾,制约把控宫府的势力,是历代皇帝统治政权的基本技巧。熹宗作为皇家子弟,自然也接受了这方面的启蒙和熏陶。他登极后,一方面封荫、提拔客、魏,另一方面也大力起用东林党人,让东林党人群贤满朝、盛极一时。

明末门户斗争之激烈,廷臣结党之风之盛行,是创空前纪录的。当时除东林党,还有宣城人、国子祭酒汤宾尹和昆山人、谕德官顾天峻为首的宣昆党;山东人的齐党;湖北人官应震为头的楚党;以及姚宗文挂帅的浙党等派别。

而东林党掌权后,则把这些异党通通排挤。

谁也不甘心轻易退出历史舞台,魏忠贤的阉党势力日益抬头,党派斗争的力量也随之重新组合。凡东林党的对立面,纷纷投靠魏忠贤,原来齐、楚、浙诸党与东林党的对立,转化成为魏忠贤为首的阉党与东林党的对立。

魏忠贤在客氏的腰后支撑下,朝思梦想要向东林党人发起进攻,当时东林党的先锋杨涟告的魏忠贤那一状,差点让他丢命,就已经埋下了仇恨的导火索。

杨涟以小臣之位被光宗命为顾命大臣,深受感激,决意誓死报答皇恩。光宗去逝,他全力拥立幼主朱由校,连续办下三件大事:力主光宗为药物所害,要求严惩太监医官崔文昇和李可灼;采取行动将西李选侍移出乾清宫,为朱由校正式登基做准备;警惕内侍奸变,上疏弹劾魏忠贤。杨涟这些活动的目的,严格意义上说,不是冲着某几个人来进行的,而是为了明朝的皇规国法,防止宦官擅权乱政的悲剧。

因而,杨涟被魏忠贤的阉党认定为外廷政府中的东林党第一号仇敌。

他们想置他予死地,只是一时苦于计无所出。

正好,没多久,宫内出了两件事,给阉党创造了机会。一是西李选侍居住的哕鸾宫发生火灾,二是同情东林党的大太监王安得罪了熹宗,被阉党弄死在南海子。

魏忠贤马上唆使亲信散布流言蜚语,加害杨涟,说西李选侍已经自缢身亡,她唯一的女儿皇八女——朱由校的同父异母妹妹也投井自尽了,全是杨涟暗中派人所为。另外,杨涟结交王安,与之私交甚密,图的是请王安在皇上面前举荐,让他取代方从哲做首辅大臣。

其实西李选侍和女儿都安然无恙,杨涟和王安也仅仅是在移宫事件上稍有接触。

可这两件事都触动了熹宗的心筋。西李选侍毕竟是皇父的宠妃,皇八女也是自己的骨肉兄妹,处理她们的方式是否太过于残酷了?王安一惯以教训的口吻对熹宗说话,他心底里也是不舒服的,谁和王安来往,谁无疑也让他不舒服。

杨涟有口难辩,为了证实自己的清白,他上疏请求辞职回家。奏疏呈上后,他冲动地立即收拾行李,跑到城外听候御批。

熹宗朱由校皱眉犹豫,他还是认为杨涟忠诚可靠的,放他回家,朝廷少了个人才,可不让他走,他又已经站在城门口了,分明是给皇上难堪。

正在熹宗举棋不定时,魏忠贤获知,喜出望外,他跑去告诉客氏,让她去说服熹宗下决心。

客氏会烹饪,她拿手做的炒鲜虾和人参笋熹宗最爱吃,从小孩吃到皇帝,百吃不厌,美称为"老人家膳"。正是用午餐的时候,她计上心来,想,把这两道菜端过去,趁皇上高兴,劝他把那个姓杨的祸害除了,饭桌边的话,她可以托辞是无心,但天子的一言却是九鼎。

熹宗啃着一尾大虾津津有味的时候,客氏侧立一旁,敲边鼓:"圣爷,杨涟以小臣被先帝任为顾命大臣,为保护皇族,里外奔忙,置生死于度外,劳苦功高。今日他要急流勇退,精神委实可嘉,理应从其所请,以遂其心。圣爷,您说,对吗?"

客氏自封为奉圣夫人后,即以天子八母之一自居。政治上大权在握,不可一世,生活上也成了帝、后一般的特殊人物,极尽显贵。每日有数名宫女专门为她梳妆打扮,染发要用由岭南传入的"群仙液",用它洗、染头发可以人老而无白发,青春常驻。吃的是云南进贡的"滇南鸡",营养比人参还要充足,一斤肉价等同一斤白银。冬天,她在咸安宫取暖用的木炭,是用名贵的红萝炭拌上香屑特制而成,制作工艺极为复杂、讲究,闻之味可醒提神。在这种精心的保养下,客氏虽然已是年届四十的半老徐娘,但依然楚楚动人,艳色姿丽不减当年。熹宗比她小近二十岁,又是吃她乳汁长大的,对她产生淫心固然不太可能,可见之貌,闻之音心乱的情况并不是不会发生。

他抬起眼望了望客氏,锣鼓听声,听话听音,他听出了客氏的弦外之音,是催促自己把杨涟赶出宫门去。他这时已经被客、魏包围了,身不由已,跳不出他们的手心掌,于是连连点头:"准之!准之!"

排斥杨涟,阉党不光是针对他一个人,而是对东林党人打击开始的一个讯号。

东林党大臣们反应空前强烈,因为在党内,杨涟以刚猛果敢著称,是他们必不可缺的锐利武器,他如果被驱逐,东林党等同被抽去一根主心骨。东林党人以罢朝相威胁,要求熹宗召杨涟回朝。

迫于压力,熹宗只得颁诏,令杨涟为都察院左副都御史,速回廷上任。

杨涟返京后,决心再次搏击,上疏弹劾魏忠贤阉党。因为他看到阉党已步步紧逼而来,东林党系的大臣撤的撤,换的换,调的调,全变成了亲客、魏的人,如再不做殊死的斗争,就只能任由宦官们作鱼肉宰割了。他和同党左光斗、魏大中、袁化中、顾大章、周朝端等五人商议,拟定了一份奏疏提纲,由杨涟执笔起草。

天启四年六月初一,奏疏送进了宫里。

文书房的宦官打开一看,不由倒吸口冷气。这是弹劾魏忠贤的专疏,措词严厉,慷慨激切,掷地有声,一口气列举了魏忠贤的二十四项大罪:

魏忠贤本市井无赖,夤缘入宫,今为大奸、大恶以乱政。按照祖宗所定法制,票拟应由内阁全权负责,其他人概不得干预。魏忠贤擅政揽权,圣旨不经内阁,多由宫中径直传出,真伪莫辨。近来更支使宦官,三五成群,到内阁威逼阁臣按他的意愿票拟,甚或不经票拟,直接批发章奏。这些行为败坏了祖宗二百年来之政体,大罪一。

原内阁大学士刘一燝,吏部尚书周嘉谟同受先帝临终嘱托,辅佐皇上。当人心惶惶之际,亲捧皇上御手,拥皇上速见群臣,以安天下。魏忠贤不呈皇上"不改父之臣"之训,急于剪除异已,唆使给事中孙杰出疏,攻逐二臣,大罪二。

先帝不幸,进御进药之间,实有隐恨,普天共知。孙慎行执《春秋》讨贼之义,邹元标明万古纲常之重,议论忠正,却一个受魏忠贤威逼告病归里,一个遭魏忠贤所唆言官论劾而去。魏忠贤党护气殴圣母之人,亲乱臣贼子而仇忠臣义士,大罪三。

王纪、钟羽正两人于万历时,为奠安国本立下功劳。王纪为刑部尚书后,执法如山;钟羽正任工部尚书后,清修如镜。魏忠贤使人谇辱构陷,致使一人去朝,一人削籍,不容清正大臣立于朝端,大罪四。

选拔阁臣是国家大事,魏忠贤竟一手遮天,力阻大臣所推举的孙慎行、盛以弘入阁,在内阁安插私人亲信,造成分裂之局面,大罪五。

选用大臣,重在廷推。去年南京吏部尚书、北京吏部侍郎出缺,廷推名单奏上,竟皆不用正推而点用内宫陪推,致使被推者皆不安于位而去。魏忠贤颠倒有常之铨政,掉弄不测之机权,大罪六。

皇上圣政初新,正需忠直之臣辅佐。满朝荐、文震孟、徐大相等人,只因上疏触怒魏忠贤,便经传圣旨降斥,屡遇罩恩之典,竟不召回,京师中都说皇上之怒易解,忠贤之怒难消,大罪七。

听说宫内有一位贵人,德性贞静,很受皇上宠爱。魏忠贤怕她在皇上面前揭露自己的罪行,去年趁皇上到南郊祭天时,将她杀害,谎称她急病而死。魏忠贤竟使皇上不能保有自己宠幸的人,大罪八。

裕妃因怀孕荣膺此封号,内外欣欣相庆。魏忠贤因她不肯依附自己,便假似旨勒令自尽,使皇上不能保有自己的妃嫔,大罪九。

皇后有孕,已经成男,魏忠贤和奉圣夫人客氏合谋,致皇后流产,使皇上不能保全其子,大罪十。

先帝在青宫四十年,操心虑患,护持辅助者,仅王安一人。皇上仓卒受命之时,王安有拥卫防护之功。魏忠贤以一己之私忿,竟假似旨将王安杀害于南海子,身首异处,肉饱狗彘,惨毒难言。大小内侍因得罪魏忠贤而被杀者又不知几何。魏忠贤,骄肆横逆,毫无顾忌,大罪十一。

魏忠贤今日讨奖赏,明日讨祠额,向皇上求索无厌。不仅在碧云寺所建坟茔擅用朝官,僭拟陵寝,近日又在老家河南毁人居室,建立牌坊,镂凤雕龙,大违制度,大罪十二。

魏忠贤不知有何军功,有何相业,竟今日荫锦衣,明日荫中书,家中乳臭小儿皆为高官,亵渎朝廷之名器,大罪十三。

魏忠贤动辄用立枷,枷死皇亲家人数名,竟欲扳害皇亲,摇动中宫,大罪十四。

良乡生员章士魁因开煤窑,伤魏家之坟脉,魏忠贤便诬以开矿,立致之死,大罪十五。

王思敬、胡尊道被控侵占牧地,即使罪行属实,自有巡抚、巡按等官审理,魏忠贤却径自拿入黑狱,拷掠致死,大罪十六。

给事中周士朴尽心职务,因批评了织造太监李实,魏忠贤竟阻其升迁,使周士朴困顿以去。大罪十七。

署北镇抚司监狱司狱司事刘侨不肯滥施拷掠,枉杀无辜以取媚魏忠贤,魏便以其不善锻炼,假旨削籍,这分明是大明之律令可不必守,而忠贤之律令不可不遵,大罪十八。

给事中魏大中与傅櫆疏辩,已奉旨到任,鸿胪寺报谢恩名单时,又突奉旨诘责,使煌煌天语朝夕纷更,将令天下后世视皇上为什么样的君主?大罪十九。

东厂的职责是察治奸宄,并非是骚扰平民。自魏忠贤提督东厂以来,造谋告密,日夜不已,搞得人人自危,鸡犬不守,大罪二十。

韩宗功为辽东金夷奸细,竟潜来京师刺探情报,往来于魏忠贤的家里,直到事情败露,才令避去。倘若韩宗功事成,将使九庙生灵安顿何地?大罪二十一。

祖宗定制,宫内不养兵,用意极深。魏忠贤创立内操,将自己的羽翼安插其中,安知内中没有大盗刺客,图谋不轨之人?大罪二十二。

魏忠贤前往琢州进香,铁骑如云,蟒玉耀目,警跸传呼,清尘洒道。回来时又驾驷马,羽幢青盖,夹护环遮,俨然拟于皇上乘舆。大罪二十三。

听说今春魏忠贤竟然在皇上面前乘马疾驰,大无人臣礼节,皇上射杀其马,贷以不死。魏忠贤却不自思罪,讲有傲色,退多怨言,朝夕提防,介介不释。大罪二十四。

东林党人多迂腐书生,办事愣冲多于策略。杨涟把奏疏投进文书房,这是宦官把持的地方,等于把消息亲手传递给魏忠贤。当晚。奏折就摆在魏的面前。他让身边的宦官念给他听,待宦官战战兢兢地念完,魏忠贤的面孔已变成酱紫色。他把奏疏本子举过顶摔在地上,目眦欲裂地嚎叫道:

"我不把杨涟这些个东林党棍杀尽赶绝,誓不为人!"

怒火之后,魏忠贤又冷静下来,他想事情也没那么简单,目前东林党火在朝廷还有势力,首辅叶向高,次辅韩爌都是东林党系的重臣,这次要一劳永逸地剪除后患,就必须一网打尽。在熹宗那里向东林党捅几刀子、说几句坏话,分量绝对是不够了,要寻求一个契机,一个事端,一个足以触动熹宗肝火的罪名,然后一鼓作气地把东林党人往死里整。

什么罪名呢?魏忠贤绞尽脑汁地翻腾着。

这天,镇抚司司事、魏的亲信许显纯来报告,有一名囚犯因拷打审讯而奄奄一息,请魏公公去裁定。

镇抚司是锦衣卫的监狱,归魏忠贤管,以黑暗、残酷著称,犯人一听镇抚司全吓得发抖,都申请关押在刑部监狱,不想去那活地狱。进去的犯人,十有八、九是出不来的。

魏忠贤来到牢房,瞅了一眼那囚犯,用丝绢扇了扇鼻,冷冷地说:"死就死了呗!备个案,就写是病死的!"说完就快步往外走。路过两个单人牢房,这里一般关押比较重要、有地位的犯人,猛地停住。他觉得有两对眼睛朝外盯着,像两道黑夜里的闪电。是谁?他迅速想,噢,对了,是熊廷弼和汪文言!哼!他轻蔑地嗤了声,扬长而去。

回到宫里,魏忠贤还不时地在考虑如何反击东林党人的计谋,他突然又记起牢里的那两对仇恨、焦灼、愤懑不平的眼光。移花接木、借刀杀人,这些词语从他的脑袋里蹦了出来,好象它们早就伺机而动,只是没瞅准机会,现在正巧能派上用场了!对,就重新拿汪文言做文章,用熊廷弼做引子。

汪文言是个非常奇特的人物,他原是南直隶徽州府歙县的一名库吏,为人机智多谋,慷慨有侠义之气。万历末年,一位闲居在乡的京官为了刺探朝廷动向,给他活动经费,派他常驻京师,并且替他捐纳了一个国子监生的资格以做掩护。汪文言的活动能力极强,通过中书舍人黄正宾的引荐,迅速和许多朝廷大臣建立起密切的关系,还认识了当时的东宫伴读、后来的大太监王安,并逐步博得了王安的钦佩和信任。作为王安的座上宾,也常常高谈阔论,品评当世人品之邪正,给王安以很多启迪。当万历末年,东林党人在齐、楚、浙数党联合攻击下被神宗尽放逐回国后,汪文言发挥他纵横家的才干,游走于三党之间,设疑布谣,离间造衅,暗中帮助东林党,获得极大成功。神宗晏驾,光宗登位,尔后熹宗继位,汪文言在乱世之中,来往于皇上身边的王安与东林诸廷臣之间,调整内阁部署,为局势安定进谏良言。东林党人复朝当政后,对他大加赞誉,许多东林党官员把他视为心腹之交。王安因触怒熹宗,遭魏忠贤迫害后,汪文言受到牵连,遭弹劾后被褫革了监生资格,不久又逮捕入狱。

虽然魏忠贤和汪文言交情不深，但也曾有过一些来往。魏忠贤记得，熊廷弼因在辽边丢失广宁城，被熹宗亲自下令逮捕后，托汪文言来找过他，求他在皇上面前美言，而放熊廷弼过关，答应事成后赠银四万两。可后来熊廷弼又反悔了，一是想自己本无罪，行贿的话岂不自供有罪？二是汪文言是东林党人的交际客，而自己素与东林党有矛盾，托此人实在不妥。贿金没有贪成，魏忠贤一直耿耿于怀，他准备张冠李戴，将熊廷弼行贿的对象变成东林党人杨涟、左光斗等，再捏造一个事实，东林党人接受了熊廷弼委托汪文言所送的贿金。

辽边事大，可以定杀头罪。魏忠贤狞笑，一条旷古毒计就这样诞生。

魏忠贤支使阉党亲信、大理寺丞徐大化向皇上奏疏，用"贿赂"的罪名将东林党与熊廷弼、汪文言硬牵连在一起，再冠以逼迫先帝之妃的大罪，等于为杨涟等东林党和熊廷弼拟定了死刑判决书。

奏疏道："杨涟、左光斗、魏大中、袁化中、顾大章、周朝端六人为东林险恶份子，与王安勾结，逼迫李选侍移宫，居此为夺功，且结成邪党，使天下事皆出其手，以为富贵功名之地。辽边战事，国家不幸丧师失地，熊廷弼罪魁祸首，人臣正应公正发愤，这干党人却反而聚首营救熊廷弼，贪汪文言请托白银达四万两之巨，将执正议者皆排挤而去，实在是知有贿赂而不知有法纪。汪文言不过一下流罪犯，有何通神役鬼之才能，竟能昼夜出入于尚书、都宪、侍郎、科道之家，为人求官如探囊取物？党人之力，至此极矣！"

魏忠贤很诡，他乘熹宗正在用刻刀精雕细镂一个香木球的时候，去把奏疏呈给他。熹宗全神贯注干活儿正来劲，不愿意看，就让魏忠贤念给他听，说的全是让熹宗生气的话，他一发怒，手中的刀就刻糟了。没有什么能比把他的手工活儿搞坏的事情更严重的了，熹宗搁下香木球，鼻子都气歪了，把火全撒在奏疏里的倒霉鬼身上。

"坏喽！坏喽！这本说的是！近来纪纲不振，全是欺君植党辈盘据要津，招权纳贿，杨涟、左光斗等人尤甚。审出口供，追赃完日，交刑部拟罪！"

一声令下，屠刀举起。

许显纯掌管镇抚司是魏忠贤恩赐的，他也正想借审讯的机会报答提携，他让汪文言交出东林受贿名单。

汪文言不肯。

于是，许显纯便让人昼夜轮流审讯，依次施加各种酷刑。汪文言遍体鳞伤，口吐鲜血，实在难以忍熬下去，他躺在刑具上断断续续地对许显纯说：

"我的嘴烂了,成不了你们的喉舌。你想怎么写都行,我承认便是。"

许显纯便遣人在旁边记录,自己扳着指头,一个个说东林党人受贿赃款的数目。当说到杨涟时,汪文言猝然弹起,大呼冤枉:

"世上岂有人敢贪赃杨涟哉!"

"上夹板!"许显纯命令道。

汪文言无言了。

一份捏造的,但按有汪文言手印的口供呈给了熹宗。内里基本上是一份东林党人的黑名单:叶向高、韩爌、杨涟、左光斗、魏大中、顾大章等六七十人。

熹宗读罢名单,觉得惊心动魄,吓得汗毛竦立。但他对叶向高、韩爌还依然心存敬重,只让他们离职养老返乡去。其余人,尤其是杨涟为首的六个东林先锋,"著严刑究问,党庇熊廷弼,沦没封疆,且纳贿招权;移宫一事,陷朕不孝,罪恶滔天。务要指出赃款由何人接受、确招具奏,不得宽纵。"

本是子虚乌有,皇上非要问罪追赃,结果唯有死路一条。

许显纯在用刑上想出许多花样,他将杨涟铁钉贯耳,土囊压身,昏死过去后用水灌醒,再如法炮制。但杨涟宁折不弯,他痛斥道:

"当初熊廷弼在辽阳,我就曾参劾他,及广宁失陷,我又以封疆为重,力斥他何辞不死。熊廷弼恨欲杀我,此岂是受贿为营脱者。至于移宫始末,按仪制旧宫嫔自应避让新天子,自初一至初五,用时数日,亦不能说是仓促。十庙神灵必当鉴此热血,汝时心杀人,天下后世,汝肉不足食!"

按魏忠贤旨意,许显纯陆续下毒手。第一批遇害的是杨涟、左光斗、魏大中、袁化中、顾大章、周朝端六人,人们称之谓"东林六君子。"

杨涟蘸着自己的血写下最后遗言:"欲以性命归朝廷,不图妻子一环泣;大笑,大笑,还大笑,刀砍东风与我何有哉!"

他们一死,许显纯立即让人剔出喉骨,封在小盒中,注清姓名,送给魏忠贤验看。

嗅着刺鼻的血腥味,魏忠贤冷漠地扯动了一下嘴角,他拔出腰佩的短剑,忽然纵臂向墙上抛去。

许显纯一惊,忙扭头朝墙壁张望,只见一幅悬挂做补壁用的熊皮"哗"地掉在地上。

"熊……"他顿时明白了。

熊廷弼不是东林党人,按理说他不是阉党围剿的对象,但魏忠贤诬东林受廷弼贿,并为此杀死"六君子",既杀了受贿者,就非杀行贿者熊廷弼不可了。这样才能死无对证,没有后顾之忧。

一名太监千捧熹宗听信魏忠贤谗言御批处决熊廷弼的驾帖来到监狱。

掌管提牢的宦官胡应龙一猜就是要斩熊廷弼,便让狱卒用假话把熊骗出囚室。

熊廷弼是官场中人,立刻就知道自己的死期到了。他丝毫没有慌张,从容不迫地提了一桶水,沐浴栉梳一番,换上最后一套干净衣服,并将在牢中反复推敲写好的奏疏放在佩袋中,挂在胸前,然后走出牢房。

"我乃堂堂一品大臣,不能草草从事,必须到堂上拜旨!"熊廷弼挺胸抬头说。

"临死还罗嗦什么!"胡应龙不耐烦地皱起眉头。

"那我就在牢里一头撞死!"熊廷弼摆出架式。

"好!好!"胡应龙慌了,只得把他带到庭前。

跪着听完圣旨,熊廷弼站起来,眼圈红了,但他克制住眼泪没有淌下来,"冤啊——"他心里喊道。他素来瞧不起东林党人,他虽然不认为东林党是奸臣相聚,可他坚决认为这些党派之争、家法之争、国体之争,都是低级趣味,都是无聊之举,误国误民。现在他的死罪竟然安在贿赂东林党人为自己买命上面,真是奇耻大辱!但他又深深地懊悔,悔不该在临死前留下平生最大的一次败笔,企图通过汪文言去疏通魏忠贤,事情虽然最终没办,却已给阉党抓住了把柄。他痛不堪言,欲哭无泪,他从佩袋里拿出奏疏递给胡应龙。

"啥玩意?"胡应龙问。

"辩冤疏!"

"你没有读过李斯传吗?死囚犯不能上书!"

熊廷弼轻蔑地望着这个不学无术的小人,开口道:"看来你倒是没有读过李斯传吧?死囚犯不能上书,是陷害李斯的奸臣赵高说的!"

胡应龙顿时脸红起来,仿佛被煽了耳光。

"拿笔墨来!"熊廷弼习惯地用将军的口吻,威严地下令道。

胡应龙乖乖地端来。

熊廷弼赋绝命诗一首:

"他日倘拊髀,安得起死魂。

绝笔叹可惜,一叹天下白!"

赋毕,他慷慨引颈就戮。

行刑时,熊廷弼坚持挺立不跪。刽子手举刀挥砍,一刀下去只及颈半,便又抬刀逆割,情状惨烈异常。

熊廷弼死后,熹宗降旨,将其家属人等即驱逐出境,不许潜住京师。落井下石的朝廷大臣又诬奏熊廷弼生前曾侵盗军资十七万,现有家资百万,要求抄没佐军。熹宗不辨真伪,下令严加追赃。朱氏皇族历来以悭吝著称,朱由校更是禀承了这一祖宗习性,别人拿了他一毫银角都会计较,更何况听说是这么巨大的数额。苦了熊家,因无力完纳,族人和姻亲皆遭查抄,倾家荡产。熊廷弼的长子熊兆珪被逼得走投无路,自刎而死;女儿熊瑚忧愤过度,吐血而亡。

一颗不屈的人头,一颗死不瞑目的人头,在风雪里离去了。

袁崇焕把自己关在房间里大哭了一场,他睁眼闭眼都望见熊将军那一双流血的眼睛在瞪着他,耳畔响着熊将军雷霆般的声音:这就是我为国守疆的结果!这就是我一心效忠皇天的下场啊!袁崇焕仿佛感到心里本是有座矗立的山峰的,现在崩坍倾倒下来,化成了一堆废墟,仔细一看,那就是熊将军的遗骨。

天黑了又白,白了又黑。几天后,袁崇焕才渐渐平静下来,他磨了一砚水墨,提笔记下两首诗:《哭熊经略》

"记得相逢一笑迎,亲承指授夜谈兵。
才兼文武无余子,功到雄奇即罪名。
慷慨裂眦须欲动,模糊热血面如生。
背人痛极为私祭,洒泪深宵哭失声。

太息弓藏狗又烹,狐悲兔死最关情。
家贫罄尽身难赎,贿赂公行杀有名。
脱帻愤深檀道济,爱书冤及魏元成。
备遭惨毒缘何事,想为登坛善将兵。"

诗写好后,他又抄了一遍,然后将原稿洒上酒,点火焚烧了。

宫廷几乎等于发生了一场血腥的政变。消息很快传到山海关明军辽边大本营,督师孙承宗焦虑万分。他曾尊为熹宗的师长,并且为官清正,敢赴国难,在朝中享有很高的威望,现在忠于职守的大臣们被驱逐一净,魏忠贤阉党气焰嚣张,横行霸道,他深恐朝纲混乱,危及大明社稷,就想利用自己的德高望重,力挽狂澜。

他本打算呈奏一本长篇疏文,向皇上晓以利害,陈述大义,但转念觉得不妥,按目前这情势来看,阉党人物已将皇上紧紧裹胁,并使之深迷不悟,单仅一纸疏文恐怕难以使皇上清醒。况且也大抵到不了他本人手中,弄不好打草惊蛇,触怒了魏忠贤,自己都难逃杀身之祸。他反复考虑,决定还是亲自去一趟京城为好。他掐着指头算,过几日就该是熹宗的生日了,可以利用庆祝天子诞辰的时机,晋京会面。他把这想法告诉阎鸣泰和马世龙,他们都为土公捏一把汗。眼下朝廷流血事件不断发生,不是这个杖下毙命,就是那个狱中裹尸,此时带兵之帅忽然莅京,多疑的阉党们肯定会猜忌,利少弊多。

孙承宗听罢劝言,不由感慨道,皇上被谗言蒙昧了心智,如果此刻有一个为皇上尊重、信任的大臣去揭开披在他眼前的黑罩,那皇上没准会被善用而行善,为了江山社稷,我个人的安危可以置之度外! 此大任非我莫属也! 见孙承宗决心已定,众人也不再阻拦。

只是马世龙悄悄又出了个主意,说辽边防区西边可达蓟镇,蓟镇距离京师最近,只有数十里,不妨以巡视名义抵达京师门口,再通报进京陛见的理由,可能更加自然。孙承宗连连称是。

作为辽边督师,孙承宗携带数骑,抵达军事要地蓟镇。他醉翁之意不在酒,马上派员递了一份奏章进城,表述自己谒朝的愿望。奏章说:

"臣已三年未睹天颜,今阅历蓟边,离京仅数十里,正当普天共庆皇上万寿之日,臣忝列惟幄近臣,不谒不恭,不胜瞻恋!"

他还具体说明自己到京逗留三日,一日入都门,二日早朝面君,三日随同内阁大臣恭贺万寿。他又担心魏忠贤起疑,特别解释"此时朝中事体纷纭,臣似不宜冒昧入京,但边防尚有未备之处,军机大事势难耽搁。臣入京陛见后,必当逮出都门,以免混淆……"

孙承宗虽足智多谋,用尽心计,但魏忠贤此时也老奸巨滑。宫中官场明杀暗斗,几番沉浮,使他的政治嗅觉异常灵敏。一见到孙承宗的奏疏,他立刻感到事情蹊跷,绝不会像文字上讲的那么简单。

朝内亲阉党的大臣们在各自的交椅上屁股尚未坐热,一听说孙承宗要入京,犹如泰山压顶般惶惶不可终日起来。顿时流言四起,说孙承宗率领关兵数万,浩浩荡荡开赴京城,举的旗帜上写着清君侧,打下北京,朝廷定当血流成河!

魏忠紧知道谣言似真似假,但他内心掩饰不住恐惧和惊慌,急忙去见熹宗,奏道:

"皇爷,大事不妙啊! 有人谋反!"

"谁?"熹宗瞪大眼问。

"孙承宗已带着铁骑兵马万余人,自山海关日夜兼程向京师开来,欲刀刃见血清君侧啊!"魏忠贤竭力播散恐怖的情绪。

"孙大学士?"熹宗吃一惊,"他要清君侧,清谁啊?"他一时难以把面慈心善、循循善诱的先生和举刀砍杀的谋反者联系起来。

魏忠贤挑拨:"孙承宗历来和东林党人交往甚密,杨涟等人以权谋私,皇上令奴才镇压了他们,孙承宗是要来报复啊!"

"这……"熹宗似信非信。孙承宗他还是了解的,如果连孙承宗都成了逆贼,那还有谁是忠臣呢?他不免有些恍惚。

魏忠贤见皇上迟疑不断,竟像演戏般地放声痛哭起来,他撕开衣襟,袒露出软塌塌的白肉,用拳头捶打着胸脯说:"皇爷如准孙大学士回来,老奴才与其死在他的刃下,不如就放倒在皇上的面前吧!"

熹宗觉得心烦,他想把整天喋喋不休的东林党人赶跑后,才清静了几天,怎么又闹起事来了哩?孙大学士不来也好,免得惹事生非。想到这,他摆摆手,对魏忠贤说:

"行行行!告诉孙承宗,朕现在很好,很快活,让他回山海关去,别进京城了!"

"遵、遵旨!"魏忠贤擦了擦鼻涕眼泪,窃笑地退下去。

他马上令刀笔吏以熹宗名义拟了一道圣旨,给孙承宗送去,措词甚为严厉:

"辽土沦亡,乃是皇祖以来三世之耻,朕朝夕痛恨于心。督师辅臣孙承宗既担负重任,驻守山海关,一身所系,宗社安危。奈何未奉明旨,竟亲历蓟边,且以朕寿节为名,欲入京申贺。往返之间,需时多日,岂不引发夷虏窥伺之狡谋,招致沿途百姓之惊骇?无旨擅离防区,大违祖宗制度。况且三朝仇耻,乃不共戴天之大事;寿节躬贺,乃平常臣子之仪文,缓急重轻,明白易晓。倘中途有意外之变,边关有突然之局,其一应相机调度事宜,将属谁乎?尔兵部急速派人传谕枢辅,马首速转向东,急还山海,待犁庭扫穴,失土尽复之日,再凯旋回京。尔部即宣布朕意,慎勿再有托词!"

兵部速发三道飞骑,拦截孙承宗,传达圣旨。魏忠贤恐有变故。又盗用熹宗名义,下旨给守卫京师各个城门的官兵:"孙承宗倘若进城,先斩后奏!"

在通州,孙承宗碰上骑手,下马跪地聆听宣旨。听罢,他半天没有起来,他哀叹自己低估了对手,他本无拥兵胁持君主之心,想不到却落下个悖逆谋反的疑罪,如何向天下解释?他迟钝地站起来,由部属搀扶上马,拨转头,无力地沿来路返回。

孙承宗入朝事败,魏忠贤虽然心里一块石头落地,但他由此意识到军权的重要性。他产生了要让心腹干将去山海关取代孙承宗的念头。而恰在此时,孙承宗回到关防后,也心灰意冷,称病连连乞休。这是一种发泄不满和抗议的形式。于是,魏忠贤便趁机鼓动手下发难。

先是工科给事中郭兴治上疏要求敕令讨论孙督师的去留问题。

熹宗在辽边问题上倒还有些清醒，他认为边防有关社稷安危，不能造次，命令兵部召集九卿、科、道官详加讨论。

讨论会上，以吏部尚书崔景荣为代表的一批廷臣不敢苟同魏忠贤的旨意，认为别的事可以含混，拒敌大事可不能马虎。孙承宗守赴辽边后，前后修复大城九、堡四十五、练兵十一万、立车营十二、水营五、火营二、前锋后劲营八，造甲胄、器械、弓矢、炮石、渠答、卤盾之具合数百万，拓地四百里，开屯五千顷，岁入十五万。要再找一个这样有成绩的督师，哪去找？这也是为他们自己的利益考虑，有孙承宗守疆，他们岂不是能在高廷上安坐？

熹宗亦感有孙承宗把门，他比较放心。他下旨道：

"辅臣慷慨督师，志切吞胡，今尚未成功，何可骤言召还？关门重寄，简将、汰兵、清饷，相机进止，皆辅臣之责。便着速出任事，整理军务，恢复防御，不得他委。"

孙承宗如此声名赫赫。从国家来看，非留他不可，但从魏忠贤个人来看，不除此人，定无宁日。

没多久，兵部右侍郎李鲁生再次挑起攻击，他向皇上奏疏称，战有战法，守有守则，辽东边防应有一个明确的战略目标。若取攻势，应秣马厉兵，刻期进攻，即使耗费大量粮饷也在所不惜，以图一劳永逸；若取守势，则应高城深池，屯田积谷，兵不须众，马不须多，以图持久防御。而孙承宗以十四万之众，岁费六百万银，虽言唯敌是求，其实百事不办，战固未能，守亦羞称，虚糜自弊，而不虞其后。

这真是鸡蛋里面挑骨头。

当时朝廷财政空虚，议论不和，孙承宗要进行小规模的收复失地反击都未能顺畅批复，还侈谈什么刻期进攻？在沈阳、辽阳、广宁溃败之后，孙承宗经营宁锦防线，善用人才，安定居心，站稳脚跟，这已经是非常不容易了。对于这些实情，李鲁生心里比谁都清楚，他指责孙承宗用兵不当，战略模糊，无非是秉承魏忠贤的意图，想把孙承宗赶跑。

接着，兵科给事中陆文献也充当跳梁小丑，奏上一本，对辽边的弊端进行别有用心的剖析批评：现在从辽边吹来一股风，言称夷兵师老兵疲，这是魑魅无知之谈；又以为山海关防卫已十分坚固，这更是自欺欺人之论。军情急则人心急，军情稍缓则人心亦缓，犹如婴儿之游戏；推举官员要由九卿科道会议，催发粮饷也要会议，今年会议，明年会议，缺乏远大谋略，不适应作战体制；派到边关主持防务的人，有的故意张扬以显示自己能干，有的故作镇静以掩饰自己无能，均属掩耳盗铃之术；辽东战事稍有成功则官员纷纷升迁，出现失利则都寻找借口推诿责任，人人所虑的都是身家私计；发去的粮饷进了将领官员的私囊，以纷繁的公文往来代替练兵备械的实务,纯属颠乱倒行之法。武官在炊下求安,专藉剥削之利,文士在隙中观斗,争谈出塞之功,当今疆土难以收复,全在于上下坏事者多矣!

应该说,陆文献所指出的这些现象,在各个边营都存在。但此刻他把所有的毛病全集中到辽边身上,目的不是在讨论如何修正,而是要抹杀孙承宗的功绩。

谣言重复一百遍也变成了真理。耳边吹的冷风多了,熹宗也对孙承宗渐渐产生了不满心理。

正在此时,发生了一场柳河战斗。

山海关总兵马世龙误信一个被金军俘虏又逃归的文官刘伯漋所提供的假情报,未经请示报告,派遣前锋副将鲁之甲、参将李承先领兵强渡柳河,去袭击金兵正黄旗所据守的耀州。到了柳河边才发现刘伯漋所述有大批夷军空船可用纯属无稽之谈,连一艘帆船的影子都见不着。无奈,只得临时征用渔民的小船过渡,花费了四个昼夜才把人马渡过河。此时金军早就设下埋伏,严阵以待。明军在半夜想趁夜幕发动偷袭时,忽然四野火把通明,金军呐喊着掩杀过来,明军方知上当,溃不成军。鲁之甲、李承先均被砍死在乱阵之中,兵卒横尸四百余具,损失马匹六百七十匹和大量甲胄器械。

消息传来,苦于抓不到孙承宗把柄的魏忠贤不禁大喜过望,赶紧煽动阉党抓住这个战败事件发起猛攻。兵科给事中罗尚忠大骂马世龙:"一旦登上将军之坛,虚具表仪,全无纪律,贪秽之形久著。"而起用马世龙的孙承宗是"信非其人,所伤实多,为今之计,惟惩贪将以正法纪,梲官成绩以杜私党!"

工科给事中顾其仁借题发挥,上疏参劾马世龙"名为大将军,实乃真罪孽!"他还阴险地造谣说马世龙本无将才,是孙承宗图私谋才把他扶上将坛的。他说马世龙与孙承宗的僮仆结为至友,孙承宗意有盘算,僮仆便暗中先透露给马世龙,马逢迎进言,孙便信以为不谋而合,倍加倚重。适时孙承宗欲在辽边结私党,便拉愚才马世龙为将军也!

如刀似剑的章疏一日竟达数十本之多,熹宗翻开过眼全是数落孙承宗的。红的被说成是黑的,黄的被讲成是绿的,一具洁白的风骨就如此被涂抹成了魔妖的形状。

孙承宗闭门不出,坚决求去。

在这样的情势下,熹宗也觉得难以再信任和重用孙承宗,便御准他回籍养病。

皇上的圣旨下到山海关时正是苦夏八月,天边无风,大海如死水一潭,树叶静止屏息。

袁崇焕在宁远得知消息后,如五雷轰顶,这是他任职辽东以来经受的最大打击。可以说没有孙承宗就没有他今天的袁崇焕,也没有今天辽东的平稳局面。一栋大楼,抽去了大梁,楼里的人势必感到楼房摇摇欲堕。袁崇焕觉得天昏地暗,世界毁灭一般,他骑上一匹快马,浑身素缟,发疯般地向山海关奔驰而去。一路他双眼发直,泪流满面,马不停蹄。到了关内,离经略府尚有几百米远,他就纵身跳下马来,泣声大叫着:"孙大人!孙大人!孙大人——"踉踉跄跄向门里闯去。

在内厅的门槛前,他一个趔趄差点摔倒在地,侍卫扶住他,说:"袁大人,孙主公传令,临行之前,来客一律不见!""我是袁崇焕!"袁崇焕沙哑着嗓子说。"一样!"

袁崇焕闻罢,就屈膝跪在了石阶上,抹泪道:"孙大人,您拒绝众人劝留,看来您去意已定矣!可是您冤枉啊!您督师辽东,统帅三军,肩兹重任,图厥有成,劳苦功高,与日月同辉,光不可没!不仅全辽将士万分敬仰,而且夷营也颇有敬畏,不敢冒犯!您事业正处极峰巅,何有回籍养病之理?孙大人,辽边事大,有关国家存亡,您岂能撒手不管还乡西去?您可呈奏皇上,晓明真相,皇上明察,定当挽留矣!孙大人,卑职袁崇焕当年凭一股胆气独闯辽边,若无您提携厚爱和赏识,卑下何有今日之宁远城池据守,为国创立业绩?孙大人,您若心结坚冰,卑职亦也无意再留,随您去吧,天涯海角,岂能无安身之地?孙大人,卑职叩拜,送别矣!"

孙承宗万念俱灰。他知道他这一走,肯定所有的部属都会来劝留,他索性一个不见,任凭他们说去,天命如此,安能回转?但他没料到袁崇焕一番言语发自肺腑,声泪俱下,引得他老泪纵横,伤心欲绝。他几次想出去见这麾下的爱将,可终于还是忍住了。他是唯恐一时情迷,乱了方寸。

第二天清晨,天未亮,星斗尚在苍穹间闪烁,孙承宗令手下出发,顶着晨曦微露远去。

辚辚的马车声在耳际缭绕作响,孙承宗默坐在车厢里咎由思绪白云苍狗。外面过了哪些村庄,走了多少里地,他一概不知。他的老家是北直隶高阳县,在北京的南边约二百公里,距离山海关也不太远,慢悠悠大概走了三日多到宝坻时,他才恢复了些兴致,瞅着窗外田里的庄稼,心情得到些释然。同时,他的脑海也随之慢慢恢复了清晰。他对这几日在山海关的事情已有别梦依稀的感觉,可耳边却越来越明显地浮起一个心曲哀哀的声音,他凝神琢磨了一会儿,记起是袁崇焕最先一个到他府第哭劝,也是最后一个离去。为了证实这一点,他问身边的侍卫,是不是袁崇焕那天跪在石阶前的时间最长?

侍卫回答,那天袁大人一身丧服,哭得满面泪痕,在台阶下跪了足足有三个时辰。

"一身丧服?"孙承宗不禁疑虑,什么意思?是表示我离开山海关,辽边的末日即将来临？袁崇焕不至于如此不分轻重。"那……袁大人都说了些什么？"孙承宗又问。

"袁大人说主公要走的话，他也不想留了，他也走！"侍卫答。

"啊！"孙承宗吃一惊。他真的担心袁崇焕会做出格的事情来。他想，我督师树大招风，朝廷阉党专政，我不得不离任，可你袁崇焕不同，你是宁远边关守将，缺一日不可，阉党再混蛋，他也不敢把守将都赶跑，毕竟江山需人守卫才有朝廷可言。"袁崇焕不能走，他一走，宁远危矣，宁远危山海难保矣！"孙承宗自语，焦急起来。他思前虑后，根据他的了解，袁崇焕是个敢作敢为的血性男儿，他说走，没准就会立刻上马。不行，我得拦阻他！孙承宗想到此，下了决断，毅然命令马车掉头，返回山海关！

袁崇焕的父亲袁子鹏死了。他因木材行破产投西江自尽，转眼间一个兴旺发达的铺子因袁西堂的丧命而江河日下最终门庭冷落，他精神大受刺激，不得不跟随其父也奔上黄泉路。

讣告是帮袁崇焕征过兵最终又没来辽边，而是留在广西替父兄打理木材行的叔父袁玉佩发来的，要袁崇焕回乡守制。

不能说一身素缟的袁崇焕在孙承宗门前的哀诉，没有掺合对自己父亲去逝的悲伤。但更准确的说，孙承宗已俨如其父，他的感情在血缘上归属袁子鹏，而在精神上则完全依托于孙承宗。如今一个死，一个去，两个都离开了他，他怎么能不爆发天崩地裂的悲鸣?!

他呆在山海关不回宁远，住在驿站，除去官服，披头散发，伏案给朝廷写乞守制疏，要求休官回家。

"臣袁崇焕以宁远参政，于前日接家报，臣父袁子鹏子七月初五日，丧殁里门。袁崇焕为君恩当报，子道难亏，伏乞圣明，俯容守制，以重彝伦，以崇孝治事。"

这是初乞。孙承宗被赶走后，魏忠贤心里很慌，生怕辽边出事。见到袁崇焕的告假疏文，他不敢造次，直接报到熹宗处。

熹宗批下圣旨："东事殷殷，宁远重地，袁崇焕不准守制，着照旧供职！

袁崇焕听宣旨后，对送旨来的内廷宦官说："卑职是个小臣，以知县而擢用，是皇上特批的缘故。现在皇上又专为我的守制奔丧事下旨，京外官吏少有的特殊待遇，都萃集臣一身了，臣就是把全身的血肉都献出来，也不足以报皇恩也！"

"那您就好好地夺情守边呗！"宦官说。

"卑职不是不愿意守边，我不怕艰苦更不畏惧死，只是奔丧尽孝，乃万世之典，难以逾越。我大明先王均以孝治天下，教天下以孝成事也。我当今皇上德隆虞舜，也以孝道致治。而唯独对小臣限制守灵之情,岂不铸成我终天之恨?"袁崇焕不亢不卑地陈述。

"您若走了,宁远封疆之计谁来筹划?"宦官问道。

袁崇焕心里暗想,你们也会想着封疆之计吗?逼走孙承宗,杀害熊廷弼时,怎么不想想他们对封疆起的巨大作用?他说:"臣已在关上四年了。热心操虑,然而毫无建树,孙主公都万般无奈,辞官归乡,何况吾辈?虽皇上不追究小臣罪过,但臣心惭愧,当辞而去。更何况还有父亲死离这样的大祸降临,我神情忡悼,方寸无主,骨立形消,力不可支,怎能再像以前那样驰驱戎马?望公公回京转告,万不可再留小臣了!"

"知道了。"宦官漠无表情地点点头。

袁崇焕再拟了一份守制疏,托这位宦官带回朝廷。

"微臣已奉圣旨,不敢有辱皇上之明命。但斗胆再陈,只是守制大典对一个为人之子的名誉实在重大。克否孝丧,称日夺情,然而大丈夫无情无义,违背经典,心岂不让人感到太残忍吗?一个没有道义的人,怎么有脸去见自己的将吏兵卒?军中如果没有礼义,随时可能出现凶灾。臣如果丧失道义,又如何用道义去约束兵士?天理良心,苍天有眼!就算是微臣甘心夺情,而此情又万不夺也,此情已在煎灼着臣的肺腑!

"自从臣离家赴京赶考,臣与父再无见过面,舐犊之恩,生难反哺,死再绝守,望子之魂何以安息?这还不足以触动皇上的恻隐之心吗?

"若从封疆起见,能代替微臣的人,宫廷中比比皆是,他们的雄心伟略,过臣数倍。如果一旦敌情紧急,仍需臣效力,臣当必定衰服归来从戎,不用任何人督促。忆当初广宁初溃,皇上没有旨令,而臣为封疆匹马遄行。身既在朝,为臣死忠,蒙得了皇上的许可,今终天之恨,为子死孝,怎么就得不到皇上的矜怜呢!臣自接到讣告至今,泪血已枯,气息将尽。即使勉强支撑离魂躯壳回车宁远,终会哀毁忧思而自尽。皇上留一死臣在边疆,不能使用,何不放臣归去生还,后日仍可用之?

"臣极苦极悲,沥血向皇上申诉。臣也知道身微言轻,不宜再渎天聪。然而悲深至极,已冒皇上的斧钺之死罪了!伏乞皇上体恤孝思,容臣回籍守制,天下将仰明圣主曲体臣私!臣再冒天威,不胜悚惧。"

袁崇焕含泪挥毫,已分不清自己是在为父亲的死悲伤,还是在为孙承宗的蒙冤而哀号了。他的字里行间,控制不住地流露出对朝廷被宦官把持、无德无义、昏愦险恶的不满。此时此刻,他已对个人的利益毫无顾惜。

熹宗又批下圣旨:

"袁崇焕身任疆场,本朝原有疆土担扰,如何坚求守制?显是避难推诿,姑不究,还著遵屡旨行,不必再来渎扰。钦此。"

袁崇焕不甘心,第三次写了乞给假疏,让传旨的宦臣转呈皇上。

"臣在香案前叩头谢恩,皇上不准臣离任,本意是刻意求治,简贤择能,臣若不能效犬马之力,狗彘不食臣余生矣!但奔丧为守制,不奔丧为夺情,守制是天定的,人怎么可以捣乱它呢?尤其是感情根植予人性之中,岂能因为局外的事情而转移?臣若是乱制乱情,怎么能做父亲一样的官长?对于皇上来说,古话讲得好:求忠臣于孝子之门。臣若不孝,怎能尽忠?

"如果现在敌情紧张跟天启二年那样,臣策马出塞怎敢以父子私情去冲缓疆场之急?现在敌情稍缓,孙主公屯种有方,皇上也不惧夷匪进犯矣,臣这才敢提出私人的要求。若是战局大变,臣再回乡守制就来不及了。

"自万历46年公车进士以来,臣授令在福建,后又到任辽东,离家已八年矣。八年中,臣祖父袁西堂丧矣;臣父袁子鹏今丧矣。臣父生前没有留下遗产,幼弟崇煜家三口,叔父袁玉佩家众人,俱靠臣一人。臣自为令至今,未有存余的银钱,还要赡养老母,臣只有束装遄归,襄安家族生息,以告慰父亲九泉之下先灵。

"臣乃封疆小吏,力薄诚微,生杀去留,全凭皇上裁定。如果皇上实在觉得臣应该重皇道超过重伦常,那么臣不敢再求终丧,而转求准假一年。臣家乡南荒之地,九千里,百日可到,往还二百日,又以百日襄臣父窀穸之事。臣即策马前来。

"如皇上封疆念重,不容臣守制,又不容臣给假,臣再敢有词哉!只有空抱父亲冤魂之灵,泣涕以死,相依于地下。

"皇下责臣负恩,臣知罪矣。臣三冒天威,不胜死罪之至!"

不几日,满腹怨气的宦官再回山关海,转下皇上的圣旨:

"袁崇焕不以君命为重,连章渎扰,还著遵旨供职,不准给假。钦此。"

宣读完,宦官搭拉着脸问:"袁崇焕,你服不服?不再写乞假疏了吧?"

"不服!卑职继续写!"袁崇焕倔犟地说。

"怎么?三次上疏三次驳回,你还不死心?哎哟——"这下轮到宦官哀求袁崇焕了,"我求求您啦袁大人!您就别再闹这玩意儿了吧!我成什么啦?成了您跑腿的公差啦!我的腿都瘦了两圈了,您可怜可怜我吧!再说,您写也白搭,何苦哩!"

"我就是咽不下这口气!"袁崇焕忿忿地说。

"哪口气呢?奴才在皇上那儿递个话儿,帮您消了这口气不就得啦?"

"你出不了!"袁崇焕瓮声瓮气地说。

"哎哟,我的妈妈吔!"宦官叫苦不迭。

北方下起雨来就像头顶有个调皮的女孩端着盆往下倒,杂乱无绪。雨中,孙承宗的马车裹着厚厚一层灰黄色的泥浆驶进山海关后城小西门,城内沿途街市的兵士军官们见马车有些眼熟,但万万想不到是孙主公又折返回来了。他们见马车拐进了经略府,还以为是朝廷派来的新督师到任了。

孙承宗一下马车就找马世龙。马世龙一见孙承宗,马上就下跪行礼,惊喜地问:"主公,是不是皇上又改主意,下诏让您复任供职啦?"

"不是不是,是我自己忘了件大事,回来交代的。"

"大事?什么大事?"马世龙把孙承宗迎进客厅,问。

"袁崇焕呢?"孙承宗问。

"在驿站。"

"他没走吧?"

"他父亲逝世,他接连给皇上写了三次乞假疏文,皇上都没批准,他说要一直写下去,直到御批为止。怎么?主公就是为这事回来的?"

"走,去见他!"孙承宗连坐都没坐,抬脚又往外面的雨水里走,向驿站大步迈去。

袁崇焕见到孙承宗出现在面前,愣住了。

是父亲复活的感受,还是神仙显灵的奇迹,袁崇焕已无法分辨,眼内的泪水夺眶而出。

孙承宗见屋里的正墙上供着香火灵位,他就跨上前欲下跪。袁崇焕如梦方醒,冲过去阻拦:"孙大人,使不得!"孙承宗虽然已是快七十岁的人了,但手劲仍然很大,他把袁崇焕一把推开,执意跪了下去,给袁子鹏的灵位拜了三拜。他站起来,说:

"崇焕啊,你就不要回去守制了,宁远更需要你。我孙承宗老朽,现在是个闲人,我代你去广西藤县守制。这样你我两人,忠孝两全啦!"

袁崇焕闻罢,脸色突变,"扑"地跪倒在地,放声恸哭起来。"孙大人,您就是我的再生父亲,我听您老人家的金玉良言,我不回去了,我与封疆同生死!"

孙承宗眼圈也红了,仰天长叹道:

"苍天有眼!"

第五章　宁远大捷

1. 英雄与狗熊的区别

西伯利亚吹来的寒流袭击山海关的时候,满山遍野的鱼鳞松、山杨树、银杏以及金钟柏全凋零了。从兴安岭纷纷扬扬飘卷过来的枯叶,把关内街巷的石屎路铺得满满的。这才是十月份。可进入深秋的关外,寒流来一次气温就降一次,很快严寒就把人给封冻严实。

这天上午,天空阴霾。阎鸣泰和马世龙率山海关大本营的上千名官员顶着挟裹着灰土尘砂的寒风,在山海关的西门口列队肃立。大概等了近一个时辰,才看见一溜马队护卫着一辆装饰豪华光丽的马车奔驰驶来。阎鸣泰和马世龙做好了欢迎的姿态。马车在拱形的城门洞里停住了,卫队的军官跳下马,殷勤地跑到马车前,拉开包厢门,间道:"高大人,辽边的官员们列队等候您多时,下车接见吗?"

这时,不知哪里吹来的一股风穿越门洞而过,"呜呜"地鸣叫,把马吹得战战兢兢地抖起来。坐在车厢里戴着两个翅膀二品官帽的大人也感觉到了穿堂阴风的沁骨,他难受地捂了捂缎袍子的襟领,哑声吩咐:"不见!在这里不见!快走!"

"遵令!"军官带紧厢门,退到一边跳上马,"不停,走!"他命令车夫。

阎鸣泰和马世龙在北风吹中皱了脸皮,却眼巴巴地望着车马队傲慢地从他们眼前没有任何表示地跑过。

"哼!他娘的什么玩意儿!"马世龙骂起来。阎鸣泰涵养好,劝道:"不要计较这些小节。走,咱们快到经略府去拜见高大人!"

他们下令队伍解散了,然后俩人带了几个随从赶紧向府衙奔去。

高大人,就是新上任的辽东经略高第。

同样是辽东的最高长官,孙承宗可以是督师,高第只能是经略,督师的地位比经略要高得多,因为高第的资格和官爵比孙承宗都差远了,所以他不够做督师的格儿。

高第是万历十七年进士,北直隶永平府滦州人,他原属于齐党派系,受东林党压制,后来见阉党得势,他就马上靠拢魏忠贤。当时除了背地里搞阴谋诡计之外,桌面上谈论辽东战事便是最时髦的事情了,尤其你若能有机会在皇上面前崭露一番见解和谈锋,最容易受赏识。本来高第对军事是一窍不通的,可为了钻营,他也到处搜刮偷记了一些辽东边疆的知识,在宫廷里四处贩卖。魏忠贤听高第屡屡在自己面前卖弄,便信以为真,认为他是个将帅之材。为了安插亲信,魏忠贤向熹宗推荐,让高第代替政绩不佳的赵彦做兵部尚书。熹宗不太了解高第,要见他一面,高第就把浑身解数都端了出来,将孙子兵法倒背如流地瞎摆乎了一通,博得了熹宗的欣赏,举起御笔划了圈。高第坐上了兵部尚书的宝座后,好不得意,常常在殿堂大摇大摆地走过,头仰得高高的,除了皇上和魏公公,谁也不放在眼里。

孙承宗被魏忠贤挤走后,就必须有个适当的人选去顶替他的空缺,派谁去妥当?魏忠贤想到了高第。其实他当初提拔高第做兵部尚书,就考虑到要让他去顶替孙承宗,因为辽东主帅一般都必须是挂过兵部尚书衔的官。

但高第一听要让他去辽边任职,马上就像霜打的茄子——蔫了!回到家跟老婆一说,老婆当即就晕倒在床上,被弄醒后,惊恐万状地抱着丈夫,好像夺命小鬼已站在门口似的,啼哭不已。高第其实心里更紧张,辽边经过张承荫抚顺兵败战死,杨镐"萨尔浒之役"战败,杜松、刘𬘓阵亡,袁应泰丢失沈阳、辽阳自尽,熊廷弼、王化贞弃广宁被打入死牢等一系列的不祥事件,已被廷臣们视关门为死地。现在要他去,绝无生还之路,不是战死沙场就是钦令砍头,很难有其他乐观的选择。凄暗的心情、毁灭的绝望,再加上老婆哭泣的催化,促使他也控制不住地哀嚎起来。

在家哭了几天,高第肿着眼皮去求见魏忠贤,叩头请求乞免。魏忠贤自视自己眼力稳准,看人不会有错,哪知道,这高第竟如此狗熊脓包,一点不中用!他火了,一脚踹过去,正踢在高第肥扑扑的胸脯上,"熊东西!给你官做你还不敢做,真是给脸不要脸!告诉你,我已把你去辽东当经略的提议启奏皇上了,皇上已御准,今个儿你是去也得去,不去也得去!"

声色俱厉的痛骂起了作用,高第又惊又吓,屁滚尿流地滚回府第,他左思右想,去是死,不去也得死,反正魏忠贤不会再让他舒舒服服地在兵部做尚书了,不如去冒一下险,闯就闯一下那鬼门关吧!他老婆知道无可挽回,便捶胸顿足地哀泣:"女人的命苦啊!"

眼看赴任的日子一天天近了,高第又忧心忡忡地考虑到,他是去接孙承宗的班,辽边的官衙、军队里全是孙承宗的人,他如去了,那些各地主官、将领、衙吏怎么会听他指挥呢?他把这个担心向魏忠贤表达了。魏忠贤翘着二郎腿,毫不在意地说,这好办,让皇上下旨给你全权不就得了?谁敢放屁,不听你的,你就把皇上的御旨亮出来!

临行前,熹宗果然下了圣旨:"封疆重权,全在经略,文武将吏,分别劝惩,一以军法从事,务期扫除积弊,使旌旗改观,法在必行,以称朝廷简至意。"

高第领了圣旨,心里乐滋滋的,他想有皇上的亲笔字迹在那儿撑腰自己就方便多了,甚至到时让几个主将守在山海关,自己退到蓟镇都行,那样既安全又可以推卸责任……

可魏忠贤又提醒他,皇上下了圣旨,你不上个奏疏表示一下决心和意图吗?也好让皇上放心呀!

高第知道按惯例是应该奏个方略上去的,但是怎么说为好呢?他从未领过兵,对军事是门外汉,纸上谈兵可以胡吹,现在要实实在在地统领三军,面对强敌,方略若谈不到点子上,岂不是儿戏,让世人耻笑?

他又陷入了苦恼。最后憋不出,干脆就涂了两句模棱两可的话奏报上去,叫做"开诚布公,集思广益"。他内心潜在意识是将来还得靠手下阎鸣泰、马世龙那群山海关的主将、巡抚们,万一有了差池,罪过也好往他们头上栽。

没想到,熹宗格外喜欢这两句话,批了一大段文字表示激励申饬:"自辽东发生战争征兵转饷,选将练兵,茫无实效,其故在于谋略不当。今特任命尔为经略,文武将吏均听尔调遣,进止机宜俱听尔安排,朝廷绝不从中牵制。果能诚心任事,何事不成,公道待人,何人不奋;众思既集,便可择善而从,忠益既广,何难同心共济,不要徇情废法,不要偏听生奸,不要自作聪明,不要快意恩仇,务使将吏用命,士马饱腾,战则能犁庭扫穴,守则能铜墙铁壁。"

随同圣旨下达的还有一道密封的御令,谁也不知道内容,连魏忠贤也不清楚,熹宗交代,由高第抵达山海关上任后拆封宣读。高第没在意,心想大概就是与授命他全权掌管辽东军务有关的事情吧。在皇上的信任下,高第恢复了精气神儿,头又像公鸡那样昂扬起来,摆出不可一世的模样。

阎鸣泰和马世龙赶进经略府,见高第已端坐在大厅正面墙下的太师椅上,这以前是孙承宗坐的位置。他们连忙跪下行礼。

高第得意洋洋地望着他们,也没叫他们免礼,而是自己站起来,称要宣读圣旨。他解开扎着纸卷的黄丝带,展开御令,宣读:

"朕即令阎鸣泰、马世龙皆离任回乡待命,辽边督权统归高第。钦此。"

阎鸣泰和马世龙像兜头浇了盆凉水,浑身寒意彻骨,顿时气馁地直不起腰来了。他们并没犯什么过失,马世龙也仅是打了一次小败仗,与他几年山海总兵的成绩相比,功显然大于过,现在竟遭到就地免职的下场,实在令他俩意外了。

可比他们更意想不到的却是高第。他想不通,皇上不是挺赞赏他的"开诚布公、集思广益"那句话的吗?怎么把集思广益的对象给赶跑了呢?这不是自相矛盾吗?其实自相矛盾的是高第自己,他首先要求的就是皇上给他全权,皇上这道御令就是把妨碍他执行全权的人除去,再让他集思广益。殊不知,打着集思广益旗号的高第是想让面前这俩个人听他调遣,充当垫脚石的,他们走了,千斤重的担子全压在他一人肩上,把他心底的私念全浇灭了,使他毫无退路可言。高第脸色腊黄,神情沮丧,一屁股跌坐在太师椅上。

十一月刚刚开了个头,辽东就已经是一片万里雪飘的北国风光了。

袁崇焕回到宁远城后,和家人商定好,让弟弟袁崇煜独自回广西为父亲守制,妻子和孩子都暂时住在宁远,等他一年后再回来。本来母亲韩慧乔也要去,但被袁崇焕劝阻了,因为她双目失明,行走不便,袁崇煜如陪着她,还不知道要走多久才能到达广西。路上如再出个枝节什么的,就更麻烦了。母亲终于被说服后,袁崇煜就准备动身,可由于他对北方的寒冷实在有些不适应,加之哀伤的心情,疲惫的肌体,抵抗力骤弱,发高烧病倒。足足在床上躺了半个月,后来还是亏得赵率教请来本地的草医,才把病治愈。这时候天气虽然还冷,但雪停天晴了。袁崇焕把弟弟送到山海关上路。

住在驿馆里,一个当年从广东征来的老兵在这儿做主事,为兄弟俩烫了一壶老白干,备了几盆子家乡风味的可口菜肴,请他们喝酒。

望着窗外萧瑟的冬景,袁崇煜敬了哥哥一杯酒后,用充满关心和倾诉的语调低声说:

"大佬,你的雄心壮志,我是知道的。可我来这几个月,看你好象也不是太顺心啊。离家那么远,如果实在呆着心里不舒服,还不如回家乡做个官算了。家乡毕竟是家乡,听着口音也亲切。在那里当个官,我们也都好有个照应,没准,爷爷和父亲,都不会那么早死去。"

袁崇焕默默地呷酒吃菜,脸有些红,他不愿说话,他前段时间在山海关为去、留这个话题已弄得人太憔悴了。再说,和弟弟说,他又怎能理解和明白呢?这里面牵扯的感情太复杂了,远比儿女情长要难以言述和梳理清晰。

"崇煜弟,我们不谈这个,好吗?你这次回去,先把老豆的墓造好,把老豆安葬,多烧些纸线,代我们多磕几个头,等你回来了,我们再从长计议,如何?"

"嗯。"袁宗煜点点头。

夜深了,明天还要赶路,袁崇焕逼着弟弟躺下了,而他自已又是一个失眠夜。浮想联翩,丝毫没有睡意。他到哪儿都带着笔砚和水墨,这会儿又欲罢不能地提笔写几首诗。他先写了两首题名《山海关送煜弟南还》的七律:

"公车犹记昔年情,万里从戎塞上征。
牧围此时犹捍御,驰驱何日慰升平。
由来友爱钟吾辈,肯把须眉负此生?
去住安危俱莫问,燕然曾勒古人名。"

"弟兄于汝倍关情,此日临歧感慨生。
磊落丈夫谁好剑?牢骚男子尔能兵。
才堪逐电三驱捷,身上飞鹏一羽轻。
行矣乡邦重努力,莫耽疏懒堕时名!"

刚才他面对弟弟的提问,一时难以回答,现在要想吐露的内心活动和思想轨迹全在诗里表达出来了。他意犹未尽,斟酌一番,又写下一首《边中送别》:

"八载离家别路悠,送君寒浸宝刀头。
欲知肺腑同生死,何用安危问去留。
杖策必因图雪耻,横戈原不为封侯。
故园亲侣如相同,愧我边尘尚未收。"

写完,他特别欣赏那句"横戈原不为封侯",自己甘洒热血"万里从戎塞上征"、"去住安危俱莫问"是为的什么?的确既不为封侯做官,也不为升平虚名,全是为了"图雪耻"的一个中国男儿为报国的理想与抱负。

他把三首诗又抄了一遍在纸笺上,然后塞在袁崇煜的口袋里,准备天亮后嘱咐他在父亲的墓前烧化,托寄给冥界里的父亲灵魂。

送走弟弟后,经略府来了一个小吏,对袁崇焕说,高第大人请他去府上一聚。

"高第?高第是谁?"袁崇焕故意装作不认识地问。

"高第大人就是新到任的辽东经略啊!"小吏诚惶诚恐地回答。

"噢,咱们辽东新来了经略吗?新来的经略怎么也没到宁远去视察和宣布圣旨呢？我不去见他,我是宁远参政和主将,我会在宁远迎候经略大人!"说完,他骑上马,扬鞭而去。

小吏回府俺报告给高第听,"这南蛮子!"高第气得把手中的茶杯"呼"地一声摔碎在地上。

阎鸣泰和马世龙走了后,高第在山海关成了一个光杆可令,全权是有了,手下的小官们对他也是俯首帖耳,但谁也不敢为他出主意,更别说为他担肩膀负责任了。他常常感到四周无数双眼睛呆呆地望着他,听他发号施令,他像个孤家寡人,孤独极了,也害怕极了。晚上在空荡荡的大屋子里睡觉,听见外面暴风雪"呜呜"地像猛兽在嘶叫,他吓得怎么也睡不着,索性就坐起来,拥着被子思虑如何摆脱自己的困境。他一直在琢磨一个策略,想找个理由把孙承宗和阎鸣泰再请回来。官职不再恢复,但可以在自己的支配下做事,这真是两全其美！关键是他们回来的理由,什么理由呢？他点亮烛灯,写了个奏折,说经营山海关防务最大的两件事情,就是安抚辽人和防御金夷,经查阅卷宗,发现孙承宗、阎鸣泰一直与辽人村庄、部落有密切联系,辽人也只磕拜孙、阎俩人,应严敕孙承宗、阎鸣泰返回山海关,将此事办妥,不负皇命,然后再返乡休养生息。"妙!"他自己夸奖自己,皇上一旦御批,这两个垫背的肯定受宠若惊,感激涕零地赶回来。本经略就稳坐钓鱼台,轻松自由啦!

谁知,上疏到了熹宗手中,天子触动龙颜,诘责道:"孙枢辅已准回籍,阎辽抚也另行安排,岂能再返伏制辽人?"熹宗终于也看出高第想要滑头推诿责任、苟且偷安了,他严厉下令:

"高第经略务期安辑庑情,毋得轻坏款局!"

此计不成,高第又生一计,想把山海关周围据点包括宁远城的人马全调回山海关,以壮大声势,保证安全。另外,这些据点的主将若都集中到山海关,日后有敌情,他也好把担子卸给他们担。

他首先瞄准了宁远。

当他知道袁崇焕来山海关后,就想见他谈这事。袁崇焕让他去宁远见面,这正是戳到了他的痛处,他哪里敢去宁远？在他看来,宁远就像沾在老虎嘴上的一颗饭粒,老虎啥时候想吞到嘴里去,只消舔一下舌头即可。他不去,坚持要袁崇焕来,他以经略的身份命令袁崇焕来山海关谈军务。

拖了几日,袁崇焕不便硬顶,便答应来山海关述职。

听说袁崇焕要来,高第特意请手下去买了飞龙、虎鞭、鹿肉等辽东名特产,准备了一大桌丰盛的宴席。

袁崇焕带了满桂、祖大寿、赵率教三人一同前来,进了暖烘烘的经略府,就被高第请上了饭桌。

"诸将举杯,为我们大明江山,辽边关塞固若金汤,饮尽!"高第首先敬酒。

"谢高大人!"

袁崇焕等人仰脖把酒全喝下肚了,但目光保持着警惕。事先袁崇焕就告诫过诸位守将,高第请我们来,醉翁之意不在酒,他是不会安什么好心的。

果然,酒过三巡,高第就装似充满关心、体贴地对坐在他右首的袁崇焕说:

"老弟啊,令堂大人和妻小全安寨在宁远城,是吗?"

"是。"袁崇焕有礼貌地点点头。

"哎呀,在那里条件太艰苦了吧,离关又远,容易出危险呀!"高第的表情很怜悯。

"不怕,我们就是吃危险这碗饭的嘛,过得很舒心!"袁崇焕用平稳的口气回答,又意味深长地瞥了高第一眼。

"你不怕是应该的,可家里老幼总不能不考虑吧?她们有没有怨言呐?"

"有当然有。"袁崇焕坦然承认。

"就是嘛!无情未必真丈夫,你若能关心亲人,就能关心兵卒。这样,你的参政府呢,我可以启奏皇上,升为兵备府,你就提升为兵备使,然后调到山海关来驻扎,怎么样?"又升官,又回撤到安全地带,这下你袁崇焕满意吧?高第虚情假意地笑望着他。

"哈哈哈!"袁崇焕一阵大笑,高第的真实意图终于暴露,原来他是想放弃宁远,保全自身。可他太愚蠢了,没有宁远的拱卫,哪有山海的安谧?"谢谢高大人的美意,为了报答高大人的关心,依卑职之见,还是驻扎在宁远为妥吧!"袁崇焕的话里不无讥讽。

"怎么?"高第不明白。

"卑职当初奉皇上旨意和孙大人命令,驻守宁远城防,护我大明国疆,辽边金夷隐患一日不除,我袁崇焕一日不离开宁远!"回答的语调斩钉截铁。

"老弟的心迹可敬可佩!但如果宁远一旦失守呢?是我高某人的责任还是你袁参政的罪过?"高第不怀好意地问。

"高大人请放心,宁远城如果真的不敌陷落,我袁崇焕要么战死沙场,要么就让你提着我的首级去见皇上!"袁崇焕把面前的一杯酒灌下肚。

"袁参政差矣,宁远若陷,责任怎么可能在你呢?皇上一定首先是怪罪本经略没有尽职!为了不负皇恩,我要下令宁远驻军回撤山海关,宁远失,山海在,大明江山依然矗立!"

"宁远、山海唇齿相依,唇弃之,齿何以呵护?"袁崇焕诘问。

"宁远距山海二百余里,怎能起唇之用?本经略维护山海为核心,其余无暇顾及!"

"你!"袁崇焕气得把酒杯捏起来重重地往桌上一顿,"昏庸无知也!高大人对一般的军事常识丝毫无所知,就擅动几年行之有效的御敌方针大略,岂有不出危险耶?"

高第冷笑,"袁崇焕,你敢辱骂上司,足以见你目无朝纲,乃一亡命徒!本经略受钦命全权掌管辽东军务,若不懂兵法何以委任?若是你懂,你应先懂战场上下级服从上级的指挥!从宁远撤回山海,这就是本经略的命令!"

袁崇焕"腾"地站起来,"恕我冒犯了,驻守宁远,卑职是奉皇上圣旨,现在高大人要另行一套,再拿钦令来吧!对不起,告辞了!"说完,他甩手走了。

满桂、祖大寿、赵率教等人还没来得及捞上说话,甭问,他们都是反对放弃宁远的,见袁崇焕罢宴而去,他们也跟着一齐离开了。

"姓袁的,你等着瞧,我会让你知道厉害的!"高第二脚把旁边袁崇焕刚才坐过的椅子蹬翻了。

到了十二月的一天,经略府一名负责粮草军饷的小吏在高第耳边嘀咕了一句:"户部欠的八万多两军饷银子怎么还没押来呀!"

这一说激发了高第的灵感,何不以缺饷缺粮的理由,将宁远的兵马撤回来呢?他下令先扣发宁远的军饷粮草,同时马上拟了一份奏疏,谎称辽东缺饷,尤其是宁远城驻军又缺饷又缺粮草,因路途遥远,运输粮草的费用都难以支撑,士马坐以待毙,不如撤回山海关以节省财政负担。

熹宗见疏大惊,当时朝廷中经费的确是一大难题,屡屡动用皇室金库内的帑币,他也很心疼。他立即下旨,宁远城如果真是供给不足,他同意保存兵力,先将他们调回关内。但是,他也严敕户部:"士马交困,当此隆冬积雪,岂能以饥军羸马担负防御重任?著户部速将额饷星夜催解到关,务在岁终前发给士卒。其派定豆、革,并著饷司严催各州县,立刻发运,以济急需。如有迟误,重治不饶!"

户部尚书李起元也是阉党,但他认为高第明明打的是退却保全的算盘,却把祸水引到他身上,心里很气愤,他立刻让司官查核饷额底簿,他料想不会像高第说的那么严重。查出来的结果果然如此,山海关军饷,每月该银22万9千,11、12两个月,户部已运去30余万两,各月仅差8万余两尚待发运;每年米豆共该130万石,辽东各处实已运去145万石,当地驻兵屯种所收10余万石尚未计算在内。

为了更加准确,李尚书又派专员赴宁远核实。袁崇焕如实报告,本月军饷尚未解到。粮草应不成问题,因为除了自己解决的部份外,上级拨给的粮草全是他们派车马卫队到山海关拉回来的,不存在山海关方面连运输费用也承受不起的问题。
"就是无饷无粮,我们宁远守将也能就地取材,向大山大海索取所需,我们决不放弃宁远城!"袁崇焕气慨非凡。

户部专员回京师向李起元禀报,李起元恨不得咬高第一口肉下来,你想坑我?没门! 他马上把证据向皇上奏明:

"米豆运去如此之多,军士似可无饥;国库银元既已发放,军士似可无寒。高第谓粮饷不继,士马待毙,臣殊不得其解。"

熹宗要查高第:"户部奏本开算甚清,饷额不缺,况又多解十五万石,宁远袁崇焕颇为稳固,如何说粮饷不济,参差如此,其故安在?"

魏忠贤怕这把火烧大了危及自己,便包庇下来。然而他没轻饶高第,把他在北京府上所有的侍役全撤走了,妻子的车马待遇也取消,与平民相差无几,并警告他:如再耍滑头,就让他全家滚出京城,发配山西!

高第慌了,连忙打消了弃宁远的念头。

袁崇焕是一块硬骨头,啃不动。但其他一些小据点的守将就顶不住高第的压力,还有吃不住他的劝诱,锦州、右屯、大小凌河、松山、杏山等处的守军携带百姓,全部被离第撤回了山海关,宁远实际上在山海关之外成了座孤城。

"你袁崇焕有本事去守吧,守不住我要割你的脑袋!"高第狞笑地心里暗暗说。

2. 辫子大军终于扑来了

天还没亮,佘义士就从热炕上爬起来了。他一边穿衣,一边向窗外观察,可是透过挡着窗板的窗棂,外面什么也看不清,他估计雪已经停了,因为半夜里雪飘得狂舞时,他被惊醒,听见屋顶被雪团砸得"嗡嗡"响,而现在,静得无声无息。

腊梅半睁半闭着眼,睡意朦胧地问:"你又起那么早? 干啥哩?"

"已经是腊月啦,过年的野味还没有准备呢,我拿几爿猪肉去城外和猎户换熊掌虎鞭和狍子肉去!"佘义士小声说。

"早点回来!"老婆翻了个身,又沉沉地睡去。

年轮又转一圈,已是天启六年了。佘义士如今是参政府的膳食总管,说是总管其实手下只有老婆腊梅一个兵,人虽少,但要做的事情却不少,府衙内几十号大小官吏家庭的油、盐、酱、醋、柴的供应配给,没有家眷的还要单独做给他们吃。夏天要酿酸小菜,冬天又要贮存蔬菜果鲜。两人耕种了十几亩小麦和高粱地,收下来的粮食存一部份做口粮,余下来的全部蒸酒。酒能御寒,这在东北是不可缺的。酒窖里的事也全是他们夫妻俩干。除了这些,因为军中南方人不少,所以圈栏里还养了二十多头白猪,城里市场上牛羊肉多,猪肉平时舍不得吃,逢年过节杀它几头,尝尝鲜,还有就是拿它去和吃腻了野兽肉的猎户们去交换,他们没有饲料喂猪,猪肉反倒成了稀罕东西了。昨晚上,佘义士一个人拿着尖刀,一口气杀了三头猪冻在冰窖里,除了留三爿在府衙里派上用场外,另三爿他已装在驴车上了。

出了门,果然雪已消停,空气格外清冷,冻得鼻子像有个夹子在捏,痛得很快就麻木了。他到厩里把一头灰驴子拉出来,将放了猪肉的车套上,然后蹦下屁股坐在车帮上,"吁!"赶着车向城门奔去。

出了北城门,他让驴压着步慢跑,因为是一条长长的下坡道,跑快了怕收不住栽下去。

走了大约一袋烟的功夫,佘义士已看到猎户村庄的房屋顶了。

自打孙承宗主辽边,袁崇焕建了宁远新城,金军就没敢再来侵扰。战事消停,于是四年光景风和日丽、太平安祥。逃难的百姓有的回来种庄稼,有的迁到城里做买卖,更有远走高飞去蒙古避战火的东北猎户,成群结伙地也都跑回来重操旧业了。这些猎户不愿在人多稠密的地方住,而是喜欢在偏僻冷落的荒山野沟里自成部落,男人们打猎,用兽肉、皮子、骨头去城里换钱换物,女人们就在家里做饭做菜、喂孩子,日子过得逍遥自在,也极随意自由。他们说走"呼哧"一声可以瞬间在马背上溜个无影无踪,说住支上帐篷铺上毛毯就成了家了。他们天天吃野味吃不出香臭咸淡了,就特别向往家饲的鲜猪肉。有几次佘义士去猎户村子用银子买野兔,知道了他们的这个要求,之后就干脆不带银子带猪肉来,互通有无,既做成了生意,又交上了一大帮猎人朋友。

佘义士赶着驴车进村庄的当儿,天已大亮了,一枚蛋黄似的太阳从挡着海的山梁后冒出来,将雪地染成桔红的颜色,晶莹剔透如果脯洒满遍地。他觉得奇怪,这村庄怎么如此安静,连一丝声儿都没有?难道猎户们全进山了?那也该有妇孺在家呀,到了起床做早餐的时候了,怎么不见一根烟囱里冒烟气呢?他赶着驴车溜溜哒哒在猎户村里转悠,大声吆喝间:

"喂——有人吗?有没有人啊?"

没人答应他。"吁——"他把驴车停下来,跳下车,向他认识的一个猎户家走去,这个猎户好象还是这个村的头领级的人物。他"咚咚咚"地敲门,最后一下劲用大了些,门自动开了,原来没锁。探头一看,屋里空空如也。

"怎么？人都跑光了？出什么事啦？"佘义士站在雪地里吐着热气，十分纳闷。

"喂，你找谁？"忽然背后有人问。他猛转身，见是一个精干的猎人，背着鹿皮行囊，挎着猎枪，用警觉的目光盯视他。

"你是这村里的吗？你们村的人呢？"佘义士问。

"你是谁？"那人反问。

"我是宁远城里参政府的佘义士，瞧，我给你们送猪肉来啦！我来过很多次，你们村都是人丁兴旺的，今天里是怎么啦？我来的不是时候？唱空城计啦？"

"我认出来了，我还拿一根虎鞭换过你一只猪大腿呢！"那人终于解除了警惕，憨厚地笑了笑。"你们大营子难道没听说吗？金国的辫子军要杀过来啦！这儿要打仗，我们当然就走啦！"

"金国的辫子军要杀过来？谁说的？"佘义士惊诧地问。

"到兴安岭去捕豹的人回来经过沈阳，亲眼见到的，大队人马往这里开过来啦！"

"真的？"佘义士愣住了。

"我是最后一个走的，老哥你也快回城里去吧，辫子军说到就到哩！"那猎人讲完就走了。

佘义士也跳上驴车，"驾！驾！"使劲催赶着驴子，往回赶。

他回到宁远城，袁崇焕刚用完早餐到参政府办公。"袁、袁大人！"佘义士跑得上气不接下气。"背后有尾巴在撵你啊，奔那么快？"袁崇焕瞥了他一眼没在意。"袁大人，奴才有重要情况向你禀报！"佘义士一面喘气，一面把在猎户村看到的和听到的全说了。

听完，袁崇焕不露声色，他在想，猎户的说法也许有些根据，但准确不准确呢？猎户没有多少军事知识，他们能知道什么叫大军开进吗？莫非是金军搞实地演练哩？他琢磨了一会，让佘义士先退下去，然后把谢尚政叫来。

谢尚政担任了参政府的总管，又是卫队的总兵，还是探子营的主事，袁崇焕是把他当做心腹来对待的。他把佘义士刚才说的情况告诉了谢尚政。"不会吧？"谢尚政不相信，"三、四年他们都没敢动一下了，怎么就挑了这时候来发难哩？""难说。"袁崇焕站起来走到火炉边，用铁钎把火拨旺了，"现在辽边的统帅已不是孙承宗了，高第算什么东西？努尔哈赤也知道他无能，看不起他！再加上他们见宁远周围的小据点大部份都撤了兵，一线防守虚弱，出现了空档，岂有不来咬一口肉的道理？"袁崇焕忽然记起，"我们不是派了探子在沈阳和辽阳的吗？他们有没有情报递回来？"

谢尚政摇摇头,"没有,一直是太平无事的。"

"那好吧,等等再说。"袁崇焕让他照常干事去,自己也坐在太师椅上处埋公务。

晚上回家,小侄子阿基远远地望见他,就喊着:"伯伯！伯伯！"袁崇焕怕他在雪地里滑跤,提醒他:"慢点！慢点！"可小阿基异常灵活,手舞足蹈,跑到跟前,一头扑进袁崇焕的怀里。袁崇焕特别喜欢他,把他当成自己的亲生儿子来疼爱,所以阿基跟他也极其亲热,甚至超过了和自己的亲生父亲袁崇煜。这不免有些冷落了亲生女儿阿娟,阮伯蓉常常望着伯侄两人玩耍的甜蜜劲头,心里暗想,自己要是生了个儿子该多好啊！

袁崇焕把阿基扛到肩上,迈进家门。

"儿啊——"母亲韩慧乔一听他回来,赶紧颤危危地站起来,似乎有什么话要对他讲。"娘,您坐嘛,啥事?"袁崇焕放下阿基,去扶了老娘,问。"让你娘子跟你说吧！"韩慧乔向阮伯蓉坐的方向指了指。袁崇焕这才发现,阮伯蓉一副愁眉苦脸的模样,呆坐在桌子旁,也没心思去做饭。"么事?"他问。"城里都在传,说是金国的辫子军就要打来了,我们起初不相信,可全城人都在说,有的人家已在收拾家当准备逃难了,我想无风不起浪,大概是真的吧,回家就跟娘说了,娘问焕儿怎么没言语呢？别让我们给鞑子抓了去啊！"阮伯蓉边说边忧心忡忡地望丈夫。

"别听城里有些人乱嚼舌头根子！"袁崇焕生气地说,"哪有的事？鞑子要是来了,我应该第一个知道！放心吧！金夷鞑子没那个胆量！"他充满自信地给他们吃定心丸,"就是辫子兵来了又怎么样？我们也不怕的！"见娘和阮伯蓉还在怀疑,他又安慰了一句。"阿莲是不是在做饭？我去帮个手,肚子早饿了！"说着,袁崇焕向厨房走去。

剩下韩慧乔和阮伯蓉婆媳俩人,沉默着。

饭后袁崇焕一直藏在书房里查阅近期探子发回的情报,想从中发现些什么线索。可没有结果。夜深了,他连连打着哈欠走进卧室,脱衣上床。阮伯蓉翻了个身向他挤过来,他知道,妻子每逢心里有负担或心情不好,都有愿望和他亲热,他马上伸出手臂,将她搂进怀里。

事后,阮伯蓉仍依偎在丈夫怀中,眼睛睁得大大的,睫毛扑闪在袁崇焕的皮肤上痒痒的。"唉,要是真能这么平平安安地过下去多好！"她喃喃自语。"别去想它啦！快睡吧！"袁崇焕拍拍她的背,安慰道。"嗯,有你在,我就不怕……"阮伯蓉又往他怀里挤了挤,婴儿似地露出许些笑意,片刻便睡着了。袁崇焕也困极了,轻轻地把压在自己手臂上的妻子沉重的头颅移开去,然后侧转身,耳朵贴在枕头上,昏昏欲睡。

突然,他的耳窿里响起一阵自远方传来的震动大地的撞击声。开始他以为是自己疲乏了,耳朵在耳鸣。可耳朵紧紧挤贴在床面上,越听越不像耳鸣,倒像是有千军万马铁蹄踏响地面的震荡声。他索性爬起床,侧卧到地上,仔细地谛听,这下更清晰了,无疑是地面受到强烈震动的回音。他站起来穿衣服,刚跨到客厅里来,就听到有人敲门。

"谁?"他问。

"袁大人,是我,谢尚政!"

袁崇焕赶紧过去开了门,他先抬眼观了观天象,大约是三更天的时辰,"什么事这么着急?"

"袁大人,派在沈阳的探子连夜赶回来了,他说,金国的兵马的确出动了!已越过锦州、大小凌河,向我们宁远扑来啦!"

"嗯。有多少人马?"袁崇焕冷静地问。

"探子说,大约有十三万!"

"走,到参政府去!"

袁崇焕和谢尚政深一脚浅一脚地往府衙奔去。一边奔,袁崇焕一边吩咐:"快,你把所有的守将全叫到议事厅里来!"

"嗳"谢尚政朝另外一个方向跑去。

到了府内的正堂上,袁崇焕端坐了,提笔先亲自拟写一份敌情报告,给山海关经略府经略高第,在报告里他要求火速派援军来宁远加强防守。刚写完,满桂、祖大寿、何可纲、左辅、朱梅就都赶到了。"情况紧急,何可纲带十余骑,火速去山海关向高经略禀报,请派援兵来!"袁崇焕异常严肃地把信笺递过去。"遵令!"何可纲接了纸卷儿,转身就出去了。

"大家坐!"袁崇焕扫了众人一眼,招呼道,"我们到宁远来建城,可以说防了金鞑子辫子军四年,也等了他们四年,现在看来他们终于来了!诸将有什么高见?说说?"

满桂以副将的身份说,"现在是不是该先采取一些措施?我建议,先把所有的城门都关闭,进入战时紧急状态;因为我们目前不是出击,而是防守,所以我再建议,所有城外的兵营全撤入城内统一编排,一线的兵马就应该驻扎在城墙上,二线人马立即准备火药、枪弹、弓箭,三线的人员负责粮草马匹的供给。敌人说到就到,我们不能打无准备之战!"

"我同意满副将的提议!兵营立即撤回城内,营内搬不动的营产,全部焚烧,不能留给敌人使用!"袁崇焕交代。"另外,谢守将再派多一些探子出去,将敌人的虚实再摸准确些,尤其是到达的地点和兵力人数!"

"遵令!"谢尚政回答。

大家七嘴八舌各谈了些自己的想法,表情都很严峻,情绪非常激动,没有一人表现出懦弱和害怕,袁崇焕因此心里也有信心和力量了。

"前屯卫赵率教那儿怎么办?"满桂问,"要不要撤回来?"

"马上派人去通知赵率教,要他坚守城池不要动!"袁崇焕看来对前屯卫的考虑胸有成竹,"前屯卫、宁远、觉华岛是我们的三足鼎立之势,这三角缺一角不可!"

"那好吧!"满桂说。

"诸将还有什么要说的吗?"袁崇焕问。

"没有了!"

"那好,分头去行动吧!"袁崇焕挥了挥手。

天蒙蒙亮的时候,所有的城门都关死了,手持刀矛的兵卒们里三层外三层地围在城门前。只有一个在悬崖边通海边的便门,是袁崇焕指令让持有特许通令的人进出的。

开始,有些想逃难或出城捡粪的老百姓站在城门前不知所措地发愣,后来涌来越来越多的平民、商人,男女老幼,拖儿携老的一家一家,把贵重的和生活必需的用品都带上了,他们嚷嚷着,全是表示要去城外逃难的。他们见军士们把着门不让出,就合着伙一点点向前逼进,想把城门冲开。

军官见情势不妙,就赶紧去报告左辅。

左辅登上城楼,一见人潮汹涌,也感棘手,马上派人去向袁崇焕禀报。

没一会功夫,袁崇焕赶来了。他刚露面,人群马上安静了,都在小声传:"袁爷来了!袁爷来了!"这几年安宁日子是谁给他们的?是袁崇焕。

袁崇焕站在高处,看了看黑压压的人群,他大声问:

乡亲们,你们拖家带口的,这是要上哪去呀?"

沉默了一会儿,有个戴皮帽的汉子站出来,回答:"袁爷,听说金国的辫子大军杀过来了,是不是真的?"

"据本官所知,金夷鞑子想要来侵犯我大明国,是奔我们宁远城来了!"

"那袁爷您就让我们去逃命吧!我们不能坐着等死啊!"皮帽汉子说。

"有我们军队大营在,你们尽管安安心心在城里过日子,干嘛要去逃命呢?"袁崇焕镇定地反问。

"不是说你们军队早已做好撤离的准备了吗?""对,你们都先撒腿跑了,还会管咱们死活?""要逃就一块儿逃,别把我们撂下呀!"底下群众乱哄哄地嚷起来。

"大家肃静！大家肃静！"左辅做手势劝服。

等人声小一点后,袁崇焕问:"谁跟你们说宁远军队要撤的？是谁说的？我袁崇焕从来不会下这样的命令！如果谁认为他可以越过我,在宁远发号施令,那他站出来,让我见识见识？"

草民们被唬住了。但片刻后,又有个老汉说,"袁爷,您甭管是谁说的,咱们也不论是谁放的口风,您就甩句话,军队撤不撤？"

"决不会撤的！"袁崇焕口气坚决、毫无疑问地说。

"万一撤了呢？"有一个尖嗓子冒出来,"我们听说,袁爷把老婆孩子和娘都已经秘密地送到山海关去了,有这回事吗？"

"这是谁造谣?!"袁崇焕气愤地脑袋一下胀开了,"你们别听有人别有用心的谣言！"这时,袁崇焕已经意识到,事情不那么简单,老百姓之听以能那么快那么坚信不疑地集中起来要去逃难,肯定是有人在背后做了策反工作。

他在思索的时候,老百姓见他沉默,还以为是他心虚不敢再吱声,就"嗡嗡"地又闹起来坚决要求开启城门放他们走。

"乡亲父老们！我的娘子女儿母亲都在家果呆着,绝没有去山海关。如果你们不信,我马上去把她们请来和你们见面！"

"那好,她真的没走的话,就请来让我们见一见！"几个嗓门大的人在叫喊。

左辅轻声说:"袁大人,别理他们！"

可袁崇焕二话没说,拔脚就走。

家里,阮伯蓉俨然像处惊不乱的指挥官,正有条不紊但又紧张麻利地吩咐佘义士、腊梅、阿莲收拾东西,往几口木箱子里搬,客厅、卧房、书房已拆卸得七零八落,一副大难临头的样子。韩慧乔坐在一旁搂着孙子和孙女,自言自语地唠叨哀叹:"有没搞错？早知道要出乱子,还来这辽边干啥？唉,天作孽哟！"

这时,袁崇焕大步迈进来,他一看眼前的情景,极其惊讶和意外,迎面撞见正往外抬箱子的佘义士,问:"何故如此？"

佘义士答:"搬家。"

"往哪搬？"

"先搬到马车上去,马车往哪去,袁大人你说哪去就哪去！"

"丢那妈！佘义士你昏头啦？"袁崇焕怒不可遏地大骂起来,"你要扰乱宁远城的军心、民心。别怪我袁某人不讲情义,是谁都要砍头！"

佘义士不知原委,吓得手一松,箱子砸下来,磕到了他的脚趾头,痛得"哇哇"直叫。

阮伯蓉闻眼声跑过来,解释:"这不关佘义士的事,是我喊他来帮忙的!"

"娘子,你要干啥?"袁崇焕强压怒火问。

"干啥?我们老老少少的不愿把命丢在这里,我们要回家!"阮伯蓉揽过女儿搂在怀中,凶巴巴地说。

"回家?这不就是我们的家吗?"

"哼,这哪像家?成天过的像流放的日子!我们的家在广西藤县!你不回家,我们要回家了!"

"怎么?有点风吹草动就怕成这样?要让人家看笑话?这是袁崇焕的家人吗?这简直是一窝针尖大胆儿的老鼠!"

"对!我们是胆小如鼠,丢了你的脸!你看着办吧,要杀要剐随你的便,反正是一个死!"说着,阮伯蓉"呜呜"地哭起来。一见妈咪哭,女儿阿娟用小手去给阮伯蓉眼泪,也跟着号啕大哭起来,哭喊震天。

"哭什么!敌我尚未交战,主将家里就哭成一团糟,丧气!"袁崇焕吼道。

"儿啊——"韩慧乔眼圈潮红地开腔了,"你不能对伯蓉这样态度呀,她操持这个家够辛苦的啦!你要怪罪就怪罪娘吧,是娘说咱不把命卖给这大明王朝的,大明王朝害死了我们家三口人命了呀!"

"娘,您老怎么如比糊涂?!"袁崇焕埋怨。

"娘不糊涂,娘比你还清醒!"韩慧乔不服气。

"娘,儿是大明国的宁远主将,儿虽然是朝廷命官,可儿是为大明国效力,我们不都是大明国的子民吗?有这个责任和义务!"

"大明国大明王朝大明皇帝,不都一回事!"韩慧乔一肚皮的怨气,不屑地撇嘴说。

"不一样!儿忠心报国,不是报谁的恩,也不是还谁的怨,更不是图封爵授位。敌人现在来侵犯我大明疆土,儿要是顾了自个儿的命逃跑了,不是成了千古罪人了吗?娘,您老人家愿意儿像秦桧那样让千人唾万人骂吗?您就那么狠心吗?"

"儿——"韩慧乔一时回答不上来,心情复杂地难以言语。

"娘子,"袁崇焕对还在抽抽嗒嗒的阮伯蓉说,"你跟我从军也那么多年了,你应该知道军中的规矩,大敌当前,你要向后方跑,这是临阵脱逃,我能容你,军中将士不能容我!你们走了,我只有先把自己的首级割下来祭旗!"

"袁大人,你别……"佘义士捂着脚,心有不忍地脱口道。

"也好,你们都走吧,一切罪名都让我承担,就让我也落得个熊廷弼的下场吧,传首九边!只不过熊将军是蒙受冤屈的,日后总会昭雪。我袁崇焕是死有余辜,永世不得正名!"说着,转身就往门外走。

"相公——"阮伯蓉凄恻地喊了一声,"你别离开我们!你不能离开我们!"她抱着女儿冲过去,扑进袁崇焕的怀里,"我们不走,不走了,要死,也死在一起!相公,你说怎么就怎么吧!"边说边"嘤嘤"地哭。

袁崇焕搂紧了妻儿,鼻子一通酸楚。"我知道你们会想通的,我们袁家不分男女老幼,都不是孬种!我们报国不是讨好谁为了图个人名利和安危,我们是为了做一回堂堂正正的大明国人!"

城门楼上,出现了一支奇特的队伍,有男有女,有老有少,这是袁崇焕的全家人。

袁崇焕打头,领着他们站到了城楼的扶栏前,在聚集城楼下的群众前亮相。

老百姓们屏息无声,目光在袁爷的亲人们脸上一个个仔细辨认,仿佛要弄清楚是否是真的似的。但更多的人,被袁爷义无反顾的豪气征服了,他们在袁家人的面容上搜寻给自己壮胆的勇气。

"乡亲们,我袁崇焕没有诳你们吧!"他介绍道:"这里我娘,这是我娘子……"

城不大,袁崇焕的家属差不多人人都认识,袁爷的家人都已跑掉的谎言不攻自破。

可袁崇焕家门还没报完,就发生了意外。

人群中有人见事情已败露,目的再难达到,就向城楼上的袁崇焕发来一支暗箭。左辅是一直站在他边上的,他见势不妙,眼疾手快,挥起戴护铠的手臂伸出一挡,箭头"咣啷"落地。"快!快保护袁大人!"左辅一连用身体掩护,一边招呼周围的兵士,"呼哧"兵士们涌上来,围成了一层厚厚的人墙,把袁家一干人全围了里面。"撤!快撤!"左辅下令。

老百姓之所以能在宁远城安定下来,心里明白是受了袁崇焕的恩惠的,现在见有恶人要暗算袁爷,他们马上明白是怎么回事了,是有人要和大明军队过不去,和袁爷过不去,施毒计啊!他们大呼:

"我们上当了!我们受骗啦!"

那个放暗箭的家伙根本无法逃脱了,就在人群里被老百姓拳打脚踢,揍了个七窍流血,当场毙命。

几个从城头下来的兵士挤上前,撕开尸体的上装衣襟,露出内里刺绣的"金"字。原来是奸细!

"快回家!快回家!听袁爷的!"不知谁在召呼众人,老百姓顿时散开了,各自返回家中,保持安宁。

看来金军已开始向城内渗透了,谢尚政向几个守将的住宅都派去重兵保卫,袁崇焕听从了大家的建议,把家眷全部迁入了参政府居住。将阮伯蓉、老娘、女儿等在后院安顿好了,袁崇焕刚要离开到前厅去,阮伯蓉拉住他,塞给他手里一件东西,他摊开一看,原来是阮伯蓉一直挂在胸前的小玉佛,这是她父亲阮先生送的护身符。他深情、感激地瞥了一眼妻子,阮伯蓉也无限依恋地望着他。他们手握着使劲捏了捏,分开了,袁崇焕把玉佛挂到脖子上,走去。

在前厅,碰见谢尚政,他交代:"最好的防卫方法,就是抓住另外剩余的奸细,不让他们跑掉一个!"

谢尚政说,已经开始分头查了,每家每户按甲、保登记人数,街上全部戒严,一有可疑、陌生的人员,就扣留。如反抗,当场即可处死。

"好,尽量抓个活的,好审问口供!"

"是,遵命!"谢尚政走去。

平时城里的日常生活用品供应全是靠城里城外的贸易流通,现在城郊的老百姓全都迁进城里来了,城内的居民又不能随便上街走动,吃、喝、穿、燃料等问题只能依赖军队解决。

佘义士负责油、米、副食的供销,他手下又分了两个兵卒、一辆驴车,把备用的粮食拿出来分售给各家各户,地窖里的土豆、白菜什么的,也一齐搭配供应。

这天,佘义士和一个年仅十七岁的小兵赶着驴车去南门的居民点分售土豆和辣椒干,驴车在街上的雪地里奔跑,视线里除了戒备森严的兵士外,一个百姓或穿杂服的人也没有。

他把车拐进一条通南门的胡同。

跑了没几步,突然看见有一个穿明军服装的男子闪身在一棵树后。开始佘义士没在意,以为是这个弟兄要撒尿,避一避行人。可驶过去后,他觉得有些不对劲,再扭头看,那人已不见了。

"会不会是一个穿了我们弟兄军服的奸细呢?"他琢磨。跟着他的兵卒叫柱子,他说:"柱子,你先赶着车挨家挨户问去,要不要货,我到那边看看!"

"嗳。"柱子赶着车走了。

佘义士握着刚才从车帮上卸下的一根粗木条,向那棵树走去。树的周围是座小山丘,还有些被雪覆枯死的杂树丛,山丘后面是几排静悄悄的房屋,不知里面有没有人。

他查了一遍,没发现什么。他就又安慰自己,兴许是个溜小号的兵卒,现在回队伍去了吧。他往回走,去追柱子。在胡同里往南门方向赶了三十米左右,听见旁叉的一条小巷里传来呻吟声,他奇怪,就趸进去,看到一个后营兵卒被砖头砸得头破血流,倒在地上喊救命。他扯大嗓门朝前方不管三七二十一地喊:"柱子!柱子!快过来!"又急急忙忙撕下衣襟蹲下给这个仅穿着内衣裤的弟兄包扎,问:"给谁打的?"受伤的兵卒气弱地回答:"抓奸细!奸细把我的军服扒走了!"

前后联想,佘义士顿时明白了。

这时柱子也赶着驴车到了跟前,"咋啦?咋啦?"地问。

"你别多问,先带这位弟兄去后营治伤,回头多带几个弟兄来找我,我去抓奸细!"说着,佘义士就已跑出几米远了。

"你去哪儿抓奸细呐?"柱子问。

"就在前面那两排房子周围!"佘义士边跑边说。

绕过那座小山丘,佘义士借助杂树林掩护,悄悄地向平房迂回。到了房屋跟前,他贴着墙根向屋墙的正面慢慢移去。他听到一个孩子受到惊吓"哇"地哭泣声,又被一个大人的巴掌堵住了,还伴随着恶声恶气的咒骂。他刚跨到房子前面,亮出身子,猛地和两个穿明军服装的人相撞。

"对不起!对不起,老爷!"

对方的神态很紧张,见佘义士胡子拉喳的,不住地哈腰赔礼,以为他是个什么官。

但佘义士发现这两小子的眼角不停地斜视,警惕地盯着自己,他再仔细辩认,其中有一个仿佛就是刚才看到在树后面像要撒尿的家伙。他暗暗攥紧了木棍,问:"兄弟,哪个营的?以前没见过嘛!"

"噢,前营的!"其中一个胡乱指了一个方向。

佘义士一听就知道狐狸露尾巴了,前营的人怎么跑到南门来了?"哪个队的?"佘义士故意又问。

"旗队……"那小子脱口而出,但马上意识到说错了,连忙刹住。

明军没有旗队,只有金军八旗才有,这就证明他们是敌人的奸细无疑。

"那好,我是参政府的膳食总管,正要去你们前营查看一下伙食,一齐走吧!"佘义士下意识和他们错开一段距离,说。

"行!行!"那两人鬼鬼祟祟地相觑,似乎在暗示什么,就转身往前走,但没走几步,两人就"嘿"地飞速掉头,挥拳向佘义士击来,一个勾他的腹部,一个捣他的脑门。

佘义士就知道他们会来这一手,向旁一跳,避过了脑门,肚子还是挨了一拳。他忍住疼,右手腕狠使劲,拖着棍子向两家伙横扫过去,这一出手爆发力非常大,第一个躲过了,第二个没躲过,"哎哟"一声被击中腰肋。"贼鞑子！和你老子较量！好吧,来呀！"他挥着木条又劈过去。那两个奸细不敢恋战,赶紧就扭身向后面那排房子逃窜。

用劲过猛,棍子扎进雪地里,佘义士拔了半天才拔出来,待他追去,奸细又不见了

他沿着平房一间一间屋子搜,他打开一道门,往里瞅,这才知道这几幢是本地老百姓筑的夏房,也就是比较通风透气的简易房子。天热时住密封的冬房太闷气,东北人就喜欢搬到这儿来消夏,现在正是隆冬腊月,夏房肯定是不会有什么人的,除非是没地落脚的外地人,到这临时租房。

佘义士连开了几道门,都是空房,又开一道,见里面绑了三个农夫模样的人,嘴巴也被人用烂臭袜子堵上了。见到佘义士又晃脑袋又蹬腿,希望他去救他们。他给他们松了绑,他们说是从城外撤进城里来的菜农,因为没房住,就暂时借了一些富裕人家的夏房临时安身,没想到刚才冲进两个凶神恶煞的人,要抢他们的居留证,他们不从,被稀里糊涂揍了一顿后,又被他们绑了起来。

"两个人是不是穿着兵士的衣服?"佘义士问。

"是是是！"他们回答。

"是夷鞑子的奸细。走,跟我去抓他们！"

"他奶奶的,我们还以为是营子里的烂痞呢！金鞑子的奸细,抓住了剥他们的皮！"

"哎,逮活口,袁大人说了,抓住要问口供！"佘义士提醒道。

他们出了屋子又向前搜。

刚走到前二道门的门口,忽然从房顶上跃下两道沉甸甸的黑影,一个扑在佘义士头上,另一个落在另几个农夫的面前。头上这个手里握了块尖瓦,用劲在佘义士天灵盖上一拍,佘义士就昏过去了。

等他在雪地里冻醒过来,看见三个农夫正在和两个奸细殊死搏斗,农夫虽然胳膊腿都有力气,但毕竟没受过武术训练,用的是拙劲,击不中要害。奸细有些功夫,渐渐地占了上风,要把农夫往死里掐和砸,情势很危险。佘义士挣扎着爬起来,拾起刚才在头顶上拍碎的瓦片作武器,向一个离他近的奸细蹒跚过去,他沉重的喘息惊动了正在狠命抢拳的敌手,那人回转身来瞪着凶恶的眼睛望他,说时迟那时快,佘义士像挺剑那样将瓦片的锐角向对方的眼窝刺去,"哇！"一声惨叫,一股浓浓的血水喷出来,溅了佘义士满身满脸。

另一个奸细松开农夫向他冲来,可刚抬腿就被躺在地下的农夫绊倒了,于是佘

义士继续用尖厉的瓦片当作匕首,一次次地拼尽全力扎下去,直到扎得像扎在一堆软塌塌的烂棉絮上才住手。他也没劲了,手一松,跌坐在被血染红的雪地上。

"佘管爷!佘管爷!"柱子带着一个军官和十几个弟兄提着刀矛奔来,佘义士用手指了指旁边,话也说不出口了。

两个奸细都死了,不过谢尚政另外又抓到两个活口。一共混进城五个,三死两活,全部落网。

袁崇焕立即提审俘虏,证实了两个情况,一是努尔哈赤亲自统帅,率大军向宁远扑来;二是总兵力大概是在十三万左右,八个旗基本上都出动了,成扇形包围宁远。

黄昏,雪地泛着灰白的光,"嗒嗒嗒"一阵纷纷扬扬急促的马蹄声由远及近,一队人马停在城门口。"放桥!放桥!"

城楼上的守卫问:"你们是谁啊?"

"何参将!"何可纲大声自报。

城门楼上摔下一束燃烧的松枝,火光映亮,守卫认出确是何可纲,便"隆隆"地放下了吊桥,横在城壕上面。

马队迅速驰进城内。

参政府内,袁崇焕焦灼地问何可纲,高第怎么说?

何可纲绷着脸,气得眉毛高高翘起:"哼!高大人说,咋地?怕啦?早干什么去啦?没那个豹子胆,就别捡那打虎棒!要想撤,现在还来得及!我没客气,顶他的话讲,袁大人并不是非要山海关出人不可,没有援兵我们照样也守得住宁远,来请援兵只不过是想让高大人也有个向皇上表忠的机会罢了!"

"说得好!"满桂在一旁插道。

"高大人以为我讽刺挖苦他,鼻子不是鼻子,脸不是脸了,朝我吼,我不要表这个忠,让给你们的袁大人去表吧,要想从我这里搬救兵,痴心妄想!他袁崇焕只有两条路可走,要么退回关内,要么和金军拼个鱼死网破,打败了是死,被努尔哈赤逮住了剥皮也是死,反正他死定了!我一听他嘴巴放屁,就没理他,转身回来了!"

袁崇焕倏地站起来,用手指着窗外:"他高第到底是哪国的经略?!"他强忍欲火,不想让自己发作,眼下多少双眼睛在盯着自己,千万不能意气甩事,丧失理智,否则便会影响军心,使下属们觉得主将喜怒无常,不可信赖。另一方面,何可纲答的也对。本来便对高第派援兵不抱希望,靠别人都是不牢靠的,关键是自己救自己!想到这里,他平静了。他潇洒一笑,说:"辽东多青松,松高大且挺拔,何故如此?常有大雪重压使然,没有压力,树反而软塌了!我们就来做一回青松吧,重压之下岿然不动!"

当晚,袁崇焕召集全体守将堂议,作战斗部署和具体分工。

副主将满桂负责全城防务,主要兼管城东北防御;

参将祖大寿负责城头防御及炮队;

参将左辅负责城西北面防御;

参将朱梅负责城西南面防御。

主管谢尚政继续负责纠堵金军奸细,把守城内各个巷口,有乱动者即杀;凡城墙上担任防守任务的兵卒擅自脱离岗位下城的,即杀;

参将何可纲负责编排民夫,采办物料,供给饮食;

袁崇焕负责总督全局。

堂议中还决定,将宁远银库所储存的一万多两银子全解出来,以备战斗激烈时,犒赏作战勇敢的官兵使用。

堂议到深夜,在城头警戒的兵卒突然来报告,说远处发现密集的火把群。

袁崇焕马上率众守将登上城楼,向远处眺望。因为宁远城是建在山坡顶上的,所以周围一望无垠,视野开阔。他们看着火把光闪闪烁烁,不觉心里一阵凝固,这些火把无疑是金军在行路照明,他们傲狂无忌,近在咫尺了!

"祖大寿,把炮全都推上炮台!所有的兵士不准上床,做好迎战准备!"袁崇焕下令。

他自己连参政府都不回去了,就在城楼里搭了一张床,铺了一块木板做书案。他把自己的佩剑取来,挂在床头上,凝视远处,返身"嗖"地将剑抽出来,在空中舞了几下,试了试锋芒,剑刃闪着寒光,仿佛就是他坚毅的目光。

第二天,太阳升起后,站在城楼上的兵卒都能看见金国辫子军移动的身影了。

袁崇焕命令敲起警钟,几千名第一线的官兵都排列在城圈内的小广场上,接受他的训话。

在一张面幅有门板长宽的纸上,袁崇焕写下了决心文告,他宣读:

"奴酋入犯,本道与副主将满桂、参将祖大寿、何可纲、左辅、朱梅驻扎宁远,守将赵率教驻扎前屯,为死守计。今日以宁远为前锋,宁远一固。则奴必不敢舍坚城而西犯山海、京师。宁远不敌,前屯、觉华诸堡,未必能存,山海亦危!本道身在前冲,奋其智力,自料可以挡奴!然事变不可知,且奴之蓄锐四年,其图必我深。万一不测,本道定与此城共存亡!而本道申明,内有各将领或守或援,但当与本道共存亡。结连一处,彼此同心,死中求生,必生无死!但恐贤愚不一,除临阵退缩,本道法所得及,均于军前诛之!其法所不及,上禀台官必正之法。盖未必有可一之心,惟齐之以必一之法,则心无不一。所有守城官兵,若有逃者,逃入前屯,赵守将以贼论,执法杀之！放一贼过前屯,是赵守将的罪过！若逃入山海关,那么山海关守将诛之,否则,亦是山海关将领之罪！本道呼吁猛官健丁们,为报国捐躯之时,甘洒热血以染红战袍,告慰天杰地灵也！"

读完,两个兵卒手执过去,袁崇焕"嚯"地拔出佩剑,割开姆指,滴下鲜血在文告末尾,以示军容,场面颇为庄严。接着,满桂等诸将也仿效,将自己的鲜血洒在决心文告上,象一朵朵绽开的寒冬腊梅在怒放其香！

兵卒将文告高高举起,向城墙走去,张贴在墙壁上。

袁崇焕意犹未尽,用剑在半空划了个弧形,然后扎到雪地里,他右手扶剑,单腿屈膝跪地,向官兵们拜了三拜,站起,拱拳道：

"本道仰仗诸位啦！"

官兵们受感动了,"哗"地齐刷刷全跪下了,"袁大人,我们当以死效忠！"喊声此起彼落,撼天动地。

八旗辫子军越逼越近,雪夜已不再宁静,无论站在城内的哪一个角落,都能听见敌人铁骑的"哒哒"响声。袁崇焕避开了左右侍卫,来到参政府后院的一块空地上,他从怀中摸出一块方帕,正是他珍藏多年的那块熊廷弼赠送的,上面书写"国耻亘记"的方帕,他把它铺到雪地上,然后虔诚地跪了下来。他闭上眼,祈祷苍天英魂保佑："熊将军熊将军！您屈死的不散之魂,曾镇赫奴贼不敢越池半步,您赐我力量、铸我勇气吧！您保佑我击败奴夷大军,还我河山威壮,您在天之灵照耀我愚顽给我智慧之光吧！"一阵风"呼呼"地飘来,将方帕卷起,带向灰白苍茫的天空,方帕竟冉冉升起,渐入气流之中,消逝在远方。"熊将军！是您应答我了吗？"袁崇焕往前一扑,双手伸向上方,凝固如一座塑像。

3. 城上城下两军对垒

北风呼号,大雪弥漫,以排山倒海之势向宁远城渐渐推进的八旗辫子军仿佛有意要造成一种神秘感,在守城的明军心里施加一种无形的心理压力,他们突然在距宁远城五华里处的地方停住了,摆出了安营扎寨的架式。

如果他们一鼓作气向城门、城墙攻来,倒也使早已做好战斗准备的明军拼个爽气、干脆。他们这一拖延战术,就使神经已经绷得如弯弓之箭、一触即发的明军官兵心提到了嗓子眼,内心万分紧张。

"努尔哈赤老贼！搞什么鬼名堂？"袁崇焕趴在城墙的凹槽上，瞪大双眼，朝巨蟒般盘卧在宁远城外的金军观察，可遮天蔽日的风雪挡住了他的视线，他根本无法看清敌人的活动和阵式，以及他们使用的兵器、战车，因而他无法估计敌人将用何种手段攻城。要是在平时风和日丽站在城墙上居高临下，视野开阔完全可以一览无余的。但不掌握敌情如何迎战呢？袁崇焕心里怎么也不踏实，他就眼睛一眨不眨地朝敌营注视，希望捕捉到哪怕是一点一滴的细节和动静也好，他趴了足足有两个时辰，雪将他覆盖几次，抖落了又趴上去，祖大寿和谢尚政要他到城楼里去烤烤火暖暖身子，他也不干。实在太冷了，他就要佘义士给他一瓶白酒。"咕嘟咕嘟"喝几口。可最后还是没结果，"丢那妈！看不清楚同，连他们脑后的长辫子都看得蒙蒙喳喳！"袁崇焕甩动着冻僵的手臂走下城墙。

他在火炉旁沉思地踱步，踱了无数个来回，忽地，他停下来自语："不行，不能提心吊胆地等着他们来打，我们要反被动为主动！"他对祖大寿说："叫两个功夫强一些的侍卫，穿上白袍子，骑最快的战马，跟我出城！"

祖大寿吓一跳，"袁大人，您要出城？"

"对，出城！"袁崇焕语气坚定地说。

谢尚政在一旁问："袁大人，您这时候出城做啥？城外都是夷鞑子的辫子兵啊！"

"我从来没见过辫子兵，出城去见识见识！"袁崇焕用幽默的语气说着，套上盔甲铁铠和白大氅。

"您是说想去探营？"祖大寿"嘿嘿"一笑，"这还用得着您亲自去吗？我去就行啦，或者让一个末将带两个探子去都行嘛！"

"对，主将去探营，岂不太危险啦！万一有个差池，如何是好？"谢尚政担忧地插话。

"让你们去探营，我听情报陈述，毕竟隔了一层，我没有把握。我亲自去，就可以有亲眼听见，我的决断就会更准确。没事的，凭我这身功夫，旁边还有侍卫，几十个鞑子休想近身！"袁崇焕说服两个部下。

祖大寿和谢尚政面面相觑，不再吭声。他们知道，袁崇焕一旦决定了的事，一般无法能改变他。

他们就去叫侍卫，挑了四个身手不凡的蒙古骑手，他们不仅骑术一流，而且能在马背上挥刀砍杀，如履平地般娴熟、凶猛。人数比袁崇焕嘱咐的多了二个，好歹他被劝服同意了。

城门洞开，马队像五支脱弦的箭飞射出去。

城头上的明军兵卒见主将亲自出马去敌营侦探,无不受到激励和鼓舞,这种轻蔑强敌、无所畏惧的精神将他们紧张、胆寒的情绪一下子驱散了很多,他们顿时热情高涨,纷纷涌到城墙边暗暗为袁崇焕鼓劲和祈祷。

八旗辫子军太高傲、目中无人了!

他们按旗排列,扎下营寨,连前卫哨都没有布放,他们根本不相信明军竟然有胆子会区区数骑闯入营来。

袁崇焕命令四个侍卫二个在他前面,两个在他后面,成一字形纵队向前穿插。他们顺利穿过正红旗的大寨,八旗军中谁都没理会他们,还以为是自己军中的骑兵在跑动。

他们又向右拐,从正黄旗插回来,依然无人发现。

袁崇焕胆子大起来,他吩咐侍卫,不必那么如临大敌,咱们放缓速度,让马跑慢些,仔细观察。于是马踏着碎步,在八旗营区内悠哉地逛起风景来。静心一看,袁崇焕不禁十分佩服八旗军队伍的严整、素质的优良,他们帐篷只有顶,没有围幔,风雪就在帐篷顶下肆虐,这肯定是为了出动的方便才把围幔拆除的。每人垫块毛皮作褥子就是全部卧具了,一个方队一个帐篷,大约三四十号兵,全都盘腿而坐,齐刷刷一动不动,这是经过长期严格训练才练就的令行禁止。

还有几个步兵队在雪地里操练。踢腿、挥臂、舞刀弄枪的姿式都很有力规范,可以说,训练水平只会在明军之上,不会在明军之下。袁崇焕注意到一排兵卒大概在指挥官命令下做攻城的演练,向前冲锋跑了十多米,随着一声"趴地"的口令,全部卧倒,有一个兵卒卧倒的地方正好是块突兀的树根,一条姆指宽的树皮冻硬了叉在上面,像匕首的刀刃那样锋利,他如果趴下去肯定皮开肉绽。不趴又是违抗命令,结果他一声没吭就倒卧下去,血刹那间溅出来,把雪地都染红了。

"好!"袁崇焕情不自禁刚要喊,却用手捂住了嘴。他赶紧拉开马头向一旁闪去。

有个侍卫贴到他身旁悄声说,"袁大人,出来时间很长了,别露了马脚,快回城去吧!"

"急啥?再看看!"袁崇焕不以为然地说。

"嘟嘟嘟"随着木管哨声响起,八旗辫子军开晌午饭了。

兵卒们井然有序地取出木饭盆,等待伙夫来分食物。

袁崇焕绕在饭菜桶前溜了一圈,见是热气腾腾的稠面糊、馍和煮肉。还有一道汤,乍看不知是什么熬的,可见一个兵卒捞了一勺,他着实吃了一惊,原来是人参汤。"这努尔哈赤老贼要打我宁远可是下大本钱了!顿顿给兵卒喝人参,他们还不鼓着劲儿往城墙上冲了?!"

胯下的马闻着香味也想往前凑,他把马头拨开。还看什么? 对,趁着他们开饭乱的功夫,把八旗军的武器装备了解一番! 袁崇焕一不做二不休,干脆跳下马来,牵着马沿着帐篷边溜达,这样看得能更清晰些。

金军兵卒大多用的是钢头长矛和弓箭,还有少量的铳枪,下级军官用的多是长剑和短刀。在一个密闭的帐篷口,他看到有许多辆形状很怪的木轮车,这种车活象巨型棺材,四壁用极厚的木板围着,顶上是包着铁皮铁钉的活动盖板,这是干啥用的呢? 袁崇焕有些纳闷,难道是准备用来拉战死的官兵尸体? 又不像,因为前后还钻了不少透气孔。

在袁崇焕观察琢磨时,四个侍卫警觉地散在他周围把风。

这时,一个侍卫擦过他身边,提醒道:

"袁大人,前面有人来了!"

袁崇焕猛一抬头,见果然有一个高大魁梧的王爷,前呼后拥着向他迎面踏雪走来。

这个王爷正是努尔哈赤的次子莽古尔泰,统率正红旗和镶红旗。雪大迷眼,他见袁崇焕个子小,还以为是他手下的一名旗官,就抬手晃了晃,问了句"你咋愣在这哩?"之类的话。

要是袁崇焕不回答,也许莽古尔泰就擦肩过去了,王爷一身积雪,懒得多说话。可偏偏袁崇焕回了一句话,因为他怕不吭声反会遭到怀疑。莽古尔泰耳朵背,听见袁崇焕一句稀里糊涂的话还以为是请他抽烟,便停下来,把斗蓬往后一推,就伸出手来接,可能是烟瘾犯了。

袁崇焕第一次这么近注视一个八旗军人,他首先情不自禁地将目光投向对方那根又粗又黑的长辫子,他诧异,军中无女性,这根长辫子是否每天洗? 是否每天散开来梳? 如果这样的话,谁给王爷扎辫子呢? 难道是他自己? 还是侍从? 男人难道也有这么好的手艺,将头发扎得如此紧密、油光可鉴? 袁崇焕的凝神使他几乎忘记了自己身置何种境地,面对何种人物。

"暖,不对啊! 你是哪个旗的?"莽古尔泰发现袁崇焕并没有递给他烟时,就抬眼打量起来,这才发现是个陌生人。

"老爷,我给您拿烟去!"袁崇焕嘟哝地应付道,抽身上马。

"暖,你别走,你是谁?"莽古尔泰边喊边抽手去拔剑。

这时袁崇焕一个飞腿,把莽古尔泰踢得向后仰去,同时皮靴上的马刺朝马腹狠狠一扎,马"蹭"地向前窜出老远,前后四个侍卫也举着刀剑做护卫状拍马而驰。

"抓住他们!"莽古尔泰下令。

他的随从才醒悟过来,可袁崇焕他们已跑出很远。

"放箭!"

莽古尔泰的卫队向袁崇焕一行追击。

跑在最后头压尾的一个明军侍卫手持佩剑在身后划着密实的弧圈,将射来的铁箭全拨落在雪地里。

莽古尔泰的卫队追了一阵就不追了,因为袁崇焕他们向宁远城跑,身份已不言而明,卫队便折回报告。

回到城内,袁崇焕"哈哈哈"大笑,连声说"痛快!痛快!"他对祖大寿和谢尚政说:"都称谁见了辫子军都会害怕,我怎么不呢?我见了那王爷的大粗辫子,还直想伸出手去摸一摸呢!"

兴奋完了,他又陷入思索。他对坐在他周围的守将们谈他的想法:"我看辫子军攻城倒不会有什么出乎意料的手段,除了那棺材车我没琢磨透外,他们的兵器也并不比咱们高超,甚至落后于咱们,咱们有洋炮,而他们只有铳枪!依我看,他们最大的战斗力,可能就是八旗兵的良好军事素质和勇猛作战的精神!"说到这里,他的眼前又浮起那个八旗兵迎面朝地扑倒在树桩上血流满地的情景,"他们会不顾一切,不怕死亡,不计代价地攻城,纵然在城下尸山血海也不退缩。"

"唔——"众人不禁都倒吸口冷气。

"如果辫子军真的是如此,他们人多势众,我们势单力薄,如何能和他们来拼命消耗?"一旁的左辅和朱梅担忧。

袁崇焕蹙紧了眉头,一时没有恰当的语词来回答他们。

"看他们有多少人命来撞炮口、刀口!他奶奶的!"祖大寿骂,他代袁崇焕回答了,可袁崇焕和其他人没被他的话逗出什么意思来,沉默着。

无论怎么说,八旗十三万精兵,而明军只有两万人马,对比太悬殊了!虽然高第不派兵,袁崇焕摆出不在乎的样子,其实,如果高第能派出一支队伍在金军屁股后面捅一下,把努尔哈赤包围宁远的这道铁箍拱出道口子,压力会减少许多!但高第就是横下心来坐山观虎斗,仿佛他是局外人似的!袁崇焕听山海关的人说,高第竟然向熹宗报奏说金军不是奔宁远来的,而是奔山海关的粮草右屯去的。高第竟敢睁着眼睛说瞎话!右屯早已被他放弃了!反正天高皇帝远,熹帝竟然也相信了,下旨说:"朕以渺躬,继承祖宗大统,夙夜兢兢,希望保有祖宗疆土,而辽阳沦陷,未能恢复;柳河之败,更加痛心。朕是以更换经略、总督、道臣,正是希望有一番振作,建功立业。今得情报,谓逆奴将至右屯,其于山海关,势已逼近。尔经略、道臣、守将务要殚心竭力,分地防守,应守则守,应战则战,勿轻率躁进,勿观望不前。度逆奴之情,不过为抢夺右屯粮草,我方正可借此为饵,一举荡灭逆奴。以仕文武官员不和,今务要一心一德,勿相推诿;以往将士望风而逃,今要申严军法,逃者尽斩!"虽然全篇大多是空话,但有最后这句话就好,袁崇焕想,如果自己真的把城守住了,他一定要豁出命来把真实情况呈奏皇上,叫高第罪责难逃!

想到这里,一股愤怒激发的昂扬之气又充实了袁崇焕的心胸,使他定下决心,硬撑胆轰轰烈烈干一场,八旗辫子军也不是三头六臂的妖怪,并不是击不垮的,明军没有战胜金夷的纪录,到宁远一定要改变!他突然想起刚才在敌军营垒中见他们喝人参汤的情景,忍俊不住"哈哈"笑起来,周围的人不知道他笑啥,都投来疑问的目光,于是袁崇焕说:"八旗军要靠人参汤来鼓足元气,看来也气虚的很嘛!我们做啥要怕他们?!"

话还没说完,参政府的唐通判跑上城楼,向袁崇焕报告:"城南门有几个穿高丽服装的人要求进城来,因风雪刮得太大,听不清楚他们的话声,他们就递了一份书笺上来,写着交袁崇焕大人收!"言毕,唐通判递过一只大纸口袋。

袁崇焕拆开来,阅毕,说:"是朝鲜国特使,进京城朝拜圣上,路过本城。快!快去迎接!"

危难时刻,竟有外交使臣造访,岂不乐哉!袁崇焕换上朝服,带领满桂、谢尚政等官员,向通往海边码头的南门策马赶去。

李朝时期的朝鲜是中国明朝的一个附庸小国。两国的边境线全部在辽东,所以朝鲜自然成了明朝抗击金国的一个侧翼。为发巴结大明皇帝,李朝国王李倧不仅出钱出人帮助明军袭击金军,而且还提供军事基地给明军作跳板、飞地,对金军进行进攻。明朝派出的将领毛文龙就长期驻扎在朝鲜靠近鸭绿江口一个叫皮岛的岛上,经常在朝鲜辽东边境地区展开游击战,对金军进行牵制干扰。还有,朝鲜土地富饶,物产丰腴,国王源源不断地向明朝宫廷进贡,从人参、兽皮、木材到美丽的高丽族女人,无不博得明朝皇帝的欢心。而作为两国互通往来的条件,李朝向明朝寻求的没有别的,就是翅翼下的保护以获得安全而已。

这次金军向宁远进攻,传话不准朝鲜在这段时间对金国有什么冒犯的行为,否则,大军就挥戈东进,将朝鲜王国踏个稀巴烂!李倧国王不知要发生何事,吓得食寝不安,最终还是派使臣朴瓦釜到明国来禀报,打探消息,以期望万一有不测,好及时去搭救。

朴瓦釜从本土坐船经皮岛再到觉华岛,然后上岸先奔宁远,没想到,刚到觉华,就听说八旗大军已把宁远围得像水桶一般密实,当即朴特使就慌张得两腿直筛糠。

他想,退回国去吧,使命未完成不好交代;继续前进吧,陷在宁远怕难再出城,左右为难。最后还是咬咬牙,先进城再说。

袁崇焕命人打开城门,当他把朴瓦釜特使、翻译韩瑗——一个英俊的小生和一个侍卫迎进城时,他看到朴特使脸色蜡黄,神色不安,走路也有些摇摇欲坠。

"袁、袁、袁大人,金兵进、进城了吗?"朴瓦釜语无伦次地问。

韩瑗翻译给袁崇焕听。

"金军若是进城了,本参政官能在此轻松自如地迎候特使阁下吗?"袁崇焕轻松自若地反问。

韩瑗又把话翻过去。

朴瓦釜上下打量了一番袁崇焕,他们以前没见过,他似乎不相信袁崇焕能有比杨镐、袁应泰、王化贞、熊廷弼更大的能耐,所以听了袁崇焕的豪言有些不以为然。

袁崇焕在朴瓦釜身上突然看到了怯懦者的表情和神态是什么样的,十分可怜和可笑。他想刚才自己对敌人强兵十三万流露出的许些畏怯是否也是这般令人悲哀? 于是在这一瞬间,袁崇焕决定以后就是死到临头,也不必表现出这般毫无男人气的猥琐相!

"朴大人,您来得正是时候,我大明军官兵已严阵以待,准备金军八旗来进攻,是否有兴趣到城墙上观赏观赏?"袁崇焕请韩瑗把话转达给朴瓦釜。

朴瓦釜马上脑袋摇得像拨浪鼓:"心领! 心领! 下官不懂军中兵家之事,还是免、免了吧!"

"阁下不必担忧生命安危,本参政随同前往,保证万无一失!"袁崇焕给他吃定心丸。

"袁大人斗志昂扬,信心百倍,下官已察觉粗略,守城事大,不便打扰,吾等还是退避为好!"朴瓦釜辞谢。

"哈哈哈!"袁崇焕开怀大笑,心想李朝国王怎么派这么一个窝囊废出来作使臣? 连敌兵的影子都没见到,就吓得连城头都不敢登!"行吧,满将军陪同特使阁下前往参政府歇息,本官恕不奉陪!"说完,袁崇焕就欲往城头上去。

"慢!"翻译朝瑗喊了声,"袁大人,我随您前往!"他向朴瓦釜解释,"我们是肩负国王打探敌情使命而来的,要是不亲眼目睹,战况一点都不知道,回去如何呈奏国王?"

朴瓦釜听听也有道理,可固执地依然自己不愿去,留下侍卫跟着自己,让韩瑗一人单独行动。

为了遵从外交礼仪,袁崇焕放弃了骑马,陪韩瑗一同坐轿子。

八人抬的双杆大轿在卫兵的护送下气派不凡向城楼行进。韩瑗无心欣赏街沿的民居风情，以及绮丽的雪景，而是不断地问袁崇焕制定怎样的方略迎敌？

袁崇焕笑而不语，只是问韩瑗有什么嗜好？是喜欢喝酒呢，还是饮茶品茗，或是吸烟？

韩瑗说他只爱好喝茶，喝中国的乌龙、祁红和龙井。

"好！我等会儿让人给你泡一壶最正宗的福建乌龙！那是我曾任县令的邵武，今年刚摘的新茶，其香无穷！"袁崇焕兴致极高。

"谢谢！谢谢！"韩瑗暗想，袁大人怎么不跟我谈正题呢？难道是怕泄露军事机密？可又是他主动邀请我们参观的。

到了城楼下，袁崇焕陪韩瑗跨出轿子。一边往上攀登，韩瑗一边欣赏地打量这高墙巨楼，赞不绝口："宁远竟有如此宏伟宽阔坚固的城墙！没想到！没想到！我看山海关的城墙也只不过如此！"

在冷兵器时代，城墙是最有效的战争防御措施和手段。谁拥有城墙谁就拥有城市，谁拥有城市，谁就拥有国土。

袁崇焕不无自豪地说："宁远城墙就是让辫子军来拆，起码也得拆上一个月！"

韩瑗自叹，朝鲜王国的汉城、平壤如果有这样的城墙岂不安哉！不至于在外强凌辱面前那么温顺得像头挨宰的羔羊。可他难以言表的屈哀是，朝鲜根本不可能修建如此宽大的城堡，一旦修筑，首先明朝就会认为他们要有反抗之心，马上会派大军入侵镇压。弱肉强食，他们的命运只能是不设防！沉思中登上城楼，雪消日出，蓝天碧透，视野极其开阔，金军的活动尽在眼中，气势规模是够吓人的。宁远城除了退向海边的一条路，其余全部围上了黑压压的金国大军，他们的旗帜在一座座连绵不绝的帐篷上空飞舞飘动，张扬着他们咄咄逼人的傲慢狂大！再看城墙上的明军，韩瑗甚为吃惊，在懒洋洋的冬日阳光下，兵卒们围成一个又一个的圆圈，竟在打牌娱乐，而军官们呢，更过份，他们不仅不管束兵士，反而躲在一旁下棋！朝瑗大惑不解地望着袁崇焕，看他有什么反应？袁崇焕却十分欣赏地浏览着这一场面，神情十分满意。"袁大人，请恕我直言，"朝瑗的口气有些不屑地说，"大战在即，贵军不是加紧练兵防敌，而是在玩耍消遣，实在太令人不可思议了！"

袁崇焕安然地回答："是我命令他们这么做的！"

"您？"韩瑗以为是在开玩笑，"为什么？"

"这叫一张一弛，张弛有道。你见过头次学射箭的人吗？他太紧张，以为把弓拉得越紧箭就射得越远，结果弓绷断了，箭也落在了地上。人的神经就像弓弦一样，绷得太紧，同样会断裂。我的目的就在于让他们放下包袱，轻装上阵，发挥出自己最大的本领来!"

"原来如此!"韩瑗想想有道理,不禁佩服起面前这个其貌不扬的主将来,"袁大人带兵有多少年的历史?"韩瑗问。

"没多久,我来宁远任职四年,便是我带兵的全部时间!"

"您是文官兼武职啊!"

"习文从戎,实际上道理都是相通的。摸清它们的内在法则,无非是天文、地理、人心的范畴!诸葛亮一介书生从未带过兵,但他统军打仗,一鸣惊人!孙武也是如此,他刚开始领兵,领的还是皇帝宫中的嫔妃呢!真正的武将,我认为都要从文开始,粗人怎么也做不了统帅的……"

袁崇焕边陪韩瑗在城墙踱步巡视,边侃侃而谈。

"袁大人,八旗军此番攻城,您有稳操胜券的把握吗?"韩疆问道。

"稳操胜券是不尊重天意!谁胜谁负苍天自有安排。可我敢断定骄兵必败!努尔哈赤向我大明国开战以来,屡战屡胜,占地夺城,不可一世,仿佛天地间只有他们的八旗军是所向披靡、不可战胜的!他们在自己心里吹起了一个神话,久而久之,他们就依赖这个神话来发动战争,而每战将会必赢!尽管我也承认,他们是最上乘的军队,但他们的骄傲情绪在内心蔓延,侵蚀着他们的战斗力,他们目前既是最强大的也是最脆弱的,他们的脆弱将使他们承受不起哪怕是一丁点微小的失败,而两军对垒交战,怎么可能没有输的时候呢?所以我有信心,我等待时机给他们一次致命打击!"

说着说着,袁崇焕已陪着韩瑗差不多将城墙兜了一圈。

回到始点城楼里,他们忽听祖大寿操着大嗓门在喊:

"放箭射!放箭射!"

几个戴盔甲的兵卒拉开弓箭瞄准城下"嗖嗖"地放。

袁崇焕忙间:"怎么回事?"

祖大寿回答说:"金军派了两个使者在城下叫喊劝降,我命令放箭把他们赶跑!"

袁崇焕站上城头俯视,见果然有两个皂衣小吏手捧一张布告似的纸张,站在城下,要求进来,似乎明军如果不接受,死也不离开。他摆摆手说:"两军交战,不杀使者。我们是君子,不做小人!让他们进城来吧,带到参政府去,我倒想听听他们说啥!"

"好吧!"祖大寿回答,下城楼去了。

"走,我们回参政府召见奴贼!"袁崇焕领着韩瑗,下城楼坐上轿子往回返。

朴瓦釜在客堂里忧虑地转圈,他在想如何能从宁远脱身。这时,袁崇焕派谢尚政来请他去前厅。

"朴特使阁下,明军守城情况刚才韩瑗翻译官已全部亲眼目睹,由他向您转述,你再回国向国王禀报吧!"袁崇焕说道。韩瑗向朴瓦釜点点头,似乎有不少感触要传达,趁他们还没功夫交谈,袁崇焕先指了指他右首的太师椅,说:"特使阁下,您先坐这里,我们马上来共同配合演一台好戏!"韩瑗把话翻译过去,朴瓦釜不是太清楚,还以为是做一次礼节性的仪式,就整了整衣襟下摆,端坐到椅子上。

厅外喊:"建州使者到,请求拜见大明国宁远参政府参政大人!"明军正式称呼金国仍为当年努尔哈赤的发迹地建州地名——那是个微不足道的屁眼大地方。

袁崇焕咳了两声,清清嗓子,吩咐站在他旁边的谢尚政:

"准进!"

谢尚政高声复述:"准进!"

两名脸上饱经风霜的金国使者捧着劝降书,夹在左右举刀叉戟的卫士中间走进来。他们傲然地环视了一眼周围,仅仅弯了弯腰,道:"大金国使者给大明国宁远参政大人请安!"

"跪下!"谢尚政喝道。

"我们只给大金国国王陛下和世袭王爷下跪,堂上坐的非祖宗非公爵,凭何要我们下跪?"金国使者拒绝道。

"辽东乃我大明国疆土,你们聚啸山野,草寇为贼,我宁远参政大人是朝廷命官,召见尔等,是破例降尊,哪有奴才见主人不行跪礼叩拜的?"谢尚政教训道。

两个使者脸红地沉默了。

袁崇焕摆摆手,抬起身,"好吧,无礼也罢,送客!"欲离去。

金国使者怕把事闹僵了,目的达不成,就屈服了,"扑通"下跪,"小人给大明国宁远参政府参政袁……"话没讲完,他们忽然又站了起来,原来他们看见了朴瓦釜,目光对视了一下,产生了疑惑,其中一个问:"请问坐在参政大人右首的是何人?是否朝鲜国人?"

谢尚政答:"正是!朝鲜国使臣朴瓦釜阁下!"

朴瓦釜原来安坐在太师椅上旁观袁崇焕和谢尚政戏耍金国使者,心里颇有满足、得意之感,现在听这么一问,像小偷被抓住似的,浑身不自在。又碰到金国使者投来的鄙夷目光,顿时有些恐惧。

"实在抱歉!参政大人,我们金国使者绝对不会向区区渺小贱国朝鲜的使臣下跪!"

听了这番凌辱性的话,韩瑗羞愤地涨红了脸,拔腿就向侧门跑了出去。

谢尚政看了看袁崇焕。

袁崇焕不动声色,冷冷道:"朝鲜使臣乃我大明国尊贵的宾客,他们的尊严就是本官的尊严,绝无相异,如果你们的膝盖骨硬,弯不下来的话,也好,开战吧,用不着来这一套!"

"跪下!"谢尚政又大喝道。两旁的卫士"哗啦"一声,把刀戟指向他们。

朴瓦釜极尴尬,他怕得真想避开,但袁崇焕如此强硬地给他面子,他也不能躲掉。

眼看再不下跪性命难保,金国使者只得委曲求全地跪倒在堂中央。他们把劝降书高高举过头顶想让袁崇焕派人接过去,可袁崇焕根本不理会,道:"有话就说吧!"

使者无奈,就照章念:

"金国国王努尔哈赤陛下向宁远参政袁崇焕诚意宣告,我金国二十万大军前来攻尔小城,呈山崩地裂、投鞭断流之势,踏平宁远如囊中取物般易事!劝告尔等守将从速弃城投降,我努尔哈赤一言九鼎,不杀不剐,凡兵卒均编入汉八旗之中,衣锦丰食;凡军官都加爵一级,金银各百两,袁崇焕开城门拱手相让,爵位可以与王爷平起平坐!大明皇帝和朝廷昏庸无能,百姓饥寒交迫,尔等不必执迷不悟,从速投奔新主以择坦途!"

"你们主子努尔哈赤原先也只不过是我大明国建州一小吏而已,拿我大明的俸禄,吃我大明的皇粮,每年到京城朝拜圣上,不也是恭恭敬敬摇尾乞怜吗?我大明国对你们主子不薄,封爵赏地,恩宠有加!但,却不知是头白眼狼,喂饱喝足了,反过头就咬我大明国一口!这算什么能指出坦途的明君?是叛逆!我袁崇焕守疆报国不图名利官禄,如果为了一私己利,就把自己的国家疆土拱手出让,那我还值得你们的国王收降吗?不如一刀剐之,以绝后患!因为我能出卖大明,也能出卖你们八旗!别痴心妄想了吧!既然大兵已经压境,屯积城下,就来攻城吧,我袁崇焕不怕!"

袁崇焕慷慨激昂,口气强硬,对金军的劝降嗤之以鼻。

两个使者最初是趾高气扬的,经过这么几个挫折,气焰早已荡然无存,他们可怜巴巴地收起劝降书,怯声问:"既然如此,求参政大人饶我们两个小人的命,放我们回去吧,行吗?"

"回去吧!"袁崇焕轻蔑道,"以后要吹牛皮,也要看看对象,你们哪有二十万兵马?不过十三万罢了!以少充多,本身就表明了努尔哈赤的心虚!回去告诉他,宁远兵没他多,但个个能以一当十,不好惹!"

"是是是!"两个使者磕头如捣蒜,心想光棍不吃眼前亏,赶紧溜吧,爬起来就往外跑。

"哈哈哈……"袁崇焕和众人一齐开怀大笑起来。他心里是有主意的,此时此刻,不怕多说些大话壮胆壮声势,士气可鼓不可泄!"各守将坚守职位,辫子军可能会马上发起攻势,做好迎战准备!"他提醒和召唤各位。

他自己也往城楼赶去。韩瑗唤住他:

"袁大人,我们还可以再去城楼观战吗?"

"行啊,一齐去吧!"

"不,我是说,朴大人也想去……"

朴瓦釜红着脸说:"袁大人,您的胆识和气度使我自愧弗如啊!我想跟在您身边,领略一下您的雄风,也熏陶熏陶自己啊!"

"客气了!特使阁下临危进城,给我鼓舞更大啊!请吧!"

袁崇焕命令左右给朝鲜贵宾备轿,自己心急地跨上马先走一步。

金国使者回去没多久,八旗军就气势汹汹地向城前逼过来几列由几千名兵卒组成的队伍,几乎就簇拥在城门下。阵前跑出了几个嗓门响亮、身坯粗壮的汉子,朝城楼上叫骂挑战。骂的话全是寻衅性的,骂得很难听,夹杂了很多污辱词汇,他们的意图就在于激怒明军,打开城门交战。

袁崇焕坐在城楼里听得清清楚楚。开始他还能忍住,吩咐祖大寿等人别理他们,他们喊累骂够了,自然会走掉的,待他们动枪动刀来真格儿的攻城时再作计较。

可金军的官兵可能也是人参汤灌得太饱了,精力没处宣泄,退下一拨,又上一拨,轮番扯着大嗓门叫骂,吵得城头的明军守兵头痛难忍!袁崇焕脸涨红了,一拍桌案,说:

"备炮!"

洋炮队里虽清一色的洋炮,但已经没有一个洋人了,所以可称是真正的中国炮队。祖大寿和波尔、弥克尔把炮运来后,又往返几次一共购齐了十门炮,还预备了不少零部件和炮弹。这两个热心的葡萄牙人辅导明军官兵操炮技术,见教得差不多了,试射了几次又很成功,就提出了他们的要求,要在宁远建一座巍峨的天主教堂。他们雄心勃勃,想在辽东设立上帝的第一个驿站。袁崇焕本人是答应的,他极其佩服这些洋人百折不挠的精神,他有时甚至不理解,为了一个虚无飘渺的上帝,他们远渡重洋,来到陌生的中国,语言、饮食、风土人情什么都不熟悉,生活艰苦不说,还要冒生命危险,竟然就没有谁在督促他们,而他们自觉自愿地这么虔诚地献出自己的一切。真不可思议,袁崇焕想,难道自己信奉的报国和他们的报答上帝是相同的吗?在宁远设教堂按朝廷规定要逐级审批,孙承宗的山海关督师府批准了,但卡壳在魏忠贤那里。魏忠贤唯恐天主教的影响大了,谁还会信皇帝呢?要是没有皇帝的威望,他们这些宦官还有什么作用?上疏被驳回。波尔和弥克尔并不气馁,他们决定先回南方,在那里有众多的省份和县城需要他们去开辟新福音,那里远离京师,相对管理松疏得多。袁崇焕再三挽留,但他们的信念是不容变更的。于是袁崇焕和他们痛饮了一场后,给他们备齐了两箱银子,还有几大袋肉干、烧酒,送他们踏上了南归的路途。波尔、弥克尔走后,袁崇焕对这十门炮倍加珍惜,分别给它们起了名字:克敌、杀敌、天敌、无敌、应敌、国威、国光、报国、强国、立国。

十门炮"隆隆"地在铁轱辘助动下推出来了。碧雪蓝天下,炮身乌黑铮亮,炮口怒伸,指向远方。

"祖大寿,先给那些叫驴子们放一炮,看看能放倒他多少个?"袁崇焕吩咐。

炮队虽然试射过不少发炮弹,但参加实战还是头一回。而且,以前发炮都在泥巴地上。这次在坚硬的城墙上,不知后座是否撑得住?祖大寿接到命令后,心里不免有些紧张。他下令放置在城墙正中央的无敌号炮先射头炮,又考虑了一番,准备换几个技术高超的炮手来发炮。

正在这时,站在袁崇焕身边的参政府通判唐天寿自告奋勇,要求由他来发第一炮。唐通判最初曾派在波尔身边当侍从,学会了一些放炮技术。

"好!就由唐通判来点放第一炮!"袁崇焕批准。

当时造城墙时,就在墙顶上筑好了炮台,每个炮台都是个洼形的圆坑,洋炮推进去,定好位,校对射程尺寸,然后就装填炮弹。要发射时,关上炮筒的尾盖,最后由炮手点燃导火索,燃烧引信发炮。炮弹出膛,会有一股强烈的后座力从尾巴顶出,这股后座力在野地里能把湿土瞬间击裂并灼成焦土。一般野外泼炮,要在炮后面大约五米远筑通沟,点火后炮手赶紧躲到沟里。在城墙上,只能垒了道坚固的护栏。

袁崇焕宣布完命令就和守将们以及朴瓦釜、韩瑗登上城楼观看爆炸。

唐通判得意洋洋地充当炮手,炮弹上膛后,他用火捻子点引信,没料到,导火索受潮了,他怎么点也点不着,他着急了,干脆把导火索搓开,让药粉露出来,再点,"滋滋滋"飞快地窜出了火苗,很快就向炮膛燃烧,他一见不妙,赶紧往后逃,还没等他闪进护栏里,炮弹"咣"地声出膛了,一股巨大的后座力带着浓浊的硝烟把他震倒在地上。

城楼上,袁崇焕只见敌人阵前的人堆中燃起一团火光,"轰咚"一声炸响,顿时惨叫声起,血肉横飞,雪地上倒卧了几十个缺胳膊断腿的兵士。八旗辫子军一时都愣了,不知发生了什么事。可能是有知情人喊了句:"打洋炮了!"这才吓得捂头四散逃命。刚才还齐整整的队列炸了营,像浇了烫水的蚂蚁!"哈哈哈!洋炮够威!"袁崇焕情不自禁夸道,"再射!再射几炮!"他下令。

炮台前,唐通判给震得七窍流血,人已昏迷不醒。祖大寿跑下去,问明情况后,用手摸了摸他的鼻息,说:"抬下城去吧,没气了!"战斗要紧,祖大寿赶紧换炮手,继续发射。

这次炮队的官兵有经验了。把导火索在炉壁上烤干了再续上去,再点火就顺利了。

又射了两炮,每炮都炸在人堆中,横七竖八倒地一片。

八旗军吃不消了,领头的旗主下令撤退,"哗——"人喊马嘶,队伍一下子退缩了几里路,躲到了炮弹射程之外。

出师不利,又听派去的两个使者回来描绘袁崇焕如何蔑视大金国,把八旗军丝毫不放在眼中,努尔哈赤原来像头冷酷、平静的雄狮,现在发怒了,他可怕地吼叫着,向远处暮色中的宁远城指着咆哮道:

"攻城!攻城!破开城门,割下袁崇焕的脑袋!祭奠被洋炮炸死的弟兄!"

4. 尸山火海煮城门

落了一夜的瑞雪,乾清宫里道路、台阶、院门全被雪堵塞了。一清早,手冻得像水萝卜似的太监们就拿着铲子和竹刷出来扫雪,"哗哗"的刮地声和"沙沙"的扫雪声把还在东暖阁里鼾睡的熹宗惊醒了。他倒没有责怪太监们惊了他的驾,他挺喜欢舒舒服服地躺在龙床上,缩在被窝里听外面的这种响动,衬托出一种安谧的意境。最近他老是产生忧虑的感觉,所以格外贪恋温馨的氛围。

恭候在帐外的宫女和太监见皇上身子动弹了,就悄悄撩开点缝隙张望,目光正好与熹宗大张着发呆的眼睛相遇,一个宫女就怯生生地细声问:"皇上,您醒来啦?奴婢是否可以端水来侍候皇上梳洗?"

熹宗睡足了正想有人跟他说话,就答腔道:

"朕要起床了,端水来吧!"

"哎!"宫女和太监们忙呼起来。

盥洗完毕,太监开道,宫女簇拥,熹宗来到西暖阁用膳。餐桌上已摆满了一百多道冒着热气的各式各样点心、稀粥、饮品。因为昨晚熹宗对保姆客氏说了一句天冷烧暖炉燥,朕的喉咙整日都是干干的话,客氏就吩咐御膳厨子今早特意制了一道冬藏雪梨缕空,内里塞薏仁、绿豆、百合、花生、莲子、桂圆、燕窝、桑椹、松子、红枣的润肺清嗓大补膏,端在桌首。熹宗尝了一口,觉得很爽滑入味,就几口全吃完了。

"朕的心思,只有奉圣夫人知道得细致啊!"熹宗抹抹嘴感双道。他马上给惜薪司下旨,再给客氏选送几十公斤香屑红萝碳去,给奉圣夫人取暖,勿要冻坏了她。

用罢早膳,熹宗回到乾清宫的交泰殿,探望皇后张宛灏。张氏是河南祥符县张国纪的女儿,端庄美丽,文静大方,而且性格刚直,遇事严明。熹宗和她结婚后,开始双方感情还比较浓厚,可后来由于各自的性情迥异,爱好不同,一个贪玩不羁,随心所欲,一个持重端谨,典雅清正,互相之间的爱慕很快就淡漠了。最近几个月,熹宗极少到皇后的中宫来,今天是觉得有些心绪不宁了,便不知不觉拐了进来。可皇后的贴身女侍禀报说,皇后还没起床。熹宗有些快快不乐,还以为是皇后故意冷淡他,抬腿便要离去。没等起驾,文书房的太监赶来了。他们以为皇上今天要在中宫盘桓,就把上疏奏折送来了。"也罢,朕在此处理国事吧!"熹宗吩咐端笔砚来。

头一件,是内阁任命一批朝廷官员,如果熹宗用朱笔画圈,便是通过了。

第一个是阎鸣泰任命为兵部右侍郎。阎鸣泰原来是山海关辽东巡抚,位子坐得好端端的,可高第去了后,熹宗为了给他扫清障碍,把阎鸣泰也给扫回老家去了。阎鸣泰并不是很有才学的人,他自知自己根基浅,无背景,在官场上混不会有太大作为,回到安徽歙县老家,也就认命,安安稳稳过清闲日子了。偏偏此时,他在乡里做小官时推荐的一名太监侄子回故里来省亲,见阎鸣泰百无聊赖地在家中高堂呆着,不禁慌忙下跪参拜,问道:"叔台大人如何在此家园赋闲修养?"他还不知道阎鸣泰受贬。阎鸣泰便把经过告诉了侄子,同时也劝诫他深宫孽海,欲患无穷,自己要倍加小心才是,适当时机,激流勇退,离开朝奉为好。没想到,侄子却不同凡响,拍着胸脯说,一定要帮叔父把这个身给翻过来!因为他在宫中一直是以自己的叔父为荣耀的,以自己的家门长辈中有高官而自鸣得意、身价倍增,现在叔父倒霉,也就等于他倒霉,他岂肯咽这口怨气?但区区一个小太监,又有何等能耐把一个倒下来的三品大员再扶上马?侄子露了他的现在身份,太监虽然还是太监,但他是魏忠贤身边的内侍,这就大不一样了!他说,魏爷用官,他有时也帮着递个帖子什么的,经他手提拔起来的高官重臣都不知道有多少,叔台大人的事,他包了!

果然,侄子回京城没过二月,宫里就传来内阁牌令,要阎鸣泰速赴京城领受官衔。阎鸣泰赶到北京,见到侄子感激不尽,侄子说,一荣俱荣,一损俱损,把他引荐给魏忠贤,告诉道:"叔台大人,您不用谢小侄,全是魏爷赏识您,说您只要懂他的意思,领他一份情,就全妥啦!"登上魏府的台阶。一进大堂,见到魏忠贤,阎鸣泰"扑嗵"跪倒在地上,连磕了几个响头,哽咽地说:"魏公公给下官再生,下官永世不忘魏公公恩典!"魏忠贤微微一笑,"你有个好侄儿啊,这是你的造化!到兵部去吧,你领过兵,现在到处出乱祸,仰仗你保全天下太平啊!""不敢!下官听魏公公调遣,在所不辞,一定尽犬马之力!"阎鸣泰恨不得把心掏出来给魏忠贤看一看,他此时此刻的效忠是如何的纯贞不瑕!

一般来说,魏忠贤定的官员任命名单,熹宗扫一眼就批了,但今天他突然记起,这个阎鸣泰不是原来的辽东巡抚吗?他又勾起对辽东战况的牵挂,那里究竟如何了?一点消息也没有,阎鸣泰在辽东呆过,问他,莫非能知道些情况。熹宗提起朱笔,先在奏折上划了圈,然后下旨传阎鸣泰到堂上问询。

这时,皇后梳妆完毕迎出来,她以为熹宗又是来叫她去出内操,就皱着眉头,两眼无神。前两天,熹宗把所有的戏法都玩腻了,就在魏忠贤的主意下,仿效皇祖神宗的做法,在宫内布列兵器,弄枪练武,叫做出内操。这一招既新鲜又刺激,熹宗顿时迷上了,他要皇后与自己同演内操,他率领宦官三百名列为左阵,举着绘龙旗,皇后统率宫女三百名组成右阵,张扬绘凤旗。可皇后一到游乐场就觉得不伦不类,装疯卖傻,有失皇家尊严和体统,就佯称月经来潮不舒服,拒绝参加,独自回宫去了。她为了避免再次遭到那天的难堪,就先把内心的反感放到脸上。熹宗不知何故,皇后一露面就不高兴,他自讨没趣,没吭声,就移驾到了乾清宫大殿。

"快!快!"侄子兴高采烈地把阎鸣泰请来,"叔台大人,您的鸿运又来了,皇上亲自召见您哪!"

腊月里的天,阎鸣泰额角上淌着紧张而又兴奋的汗珠,提着锦绣长袍的下摆,三步并作两步在殿堂间的台阶、通道上快步疾走。进了乾清宫,他见皇上端坐在龙椅上注视着自己如一团黑点在刺眼的雪地里一路滚进来,就马上跪下地,磕头道:"奴才晋见皇上,皇上万岁万万岁!"

"免啦免啦,平身!"熹宗此刻没有心情接受朝拜式的礼节,只是急于想知道前线的内情,"你是兵部右侍郎阎鸣泰吗?"熹宗问。

"奴才……"阎鸣泰听皇上这么称谓,知道奏折已御批了,心里一股暖流淌过,可又不敢马上应,愣了一下,答,"奴才是阎鸣泰。"

"坐!"熹宗指了指他右首的一个椅子。

"奴才不敢。"阎鸣泰垂着腰说。

"让你坐就坐!"熹宗有些不耐烦。

阎鸣泰不敢抗令,只得厥着屁股坐过去。这么近靠着皇上,他平生是第一回,心想恐怕以后也是最后一回了。他不敢正面看龙颜,只听到熹宗细微但有些急促的呼吸声。

"你知道辽东的战局吗?"熹宗问。

阎鸣泰以为皇上要召见,是为了任命廷臣的决断想亲眼见一见他,了解一番他的人品才学状况,没料到是问辽东战况,这下他镇定下来。他来京师后,遇到一些知情的低级官吏,他们都曾与他共过事或在他手下做过官,见到他无话不谈,他通过这些渠道知道八旗辫子军已经包围了宁远,依他们的见解,宁远肯定是完蛋了!但阎鸣泰话到嘴边又停住了,他想,为什么高第没有向皇上报告呢?战报迟迟不奏,引起了皇上的疑惑和不安,足见高第为了保全自己封锁消息已临近欺君之罪的边缘,他顿时恨从心起。是高第害得他卸任归乡,饱受贬黜之苦,眼下不正好报复这家伙一下吗?把高第往欺君之罪的深渊推他一把!于是他故作不解地问:

"启禀皇上,奴才不懂,难道辽东的战事辽东经略高第大人没有奏折来?"

"没有!只是先头有一份奏折讲夷奴妄图侵占粮库,朕严饬他们防范,后来就再无音讯了!"熹宗颇有疑虑。

"唉呀——"阎鸣泰故作为难地叹了口气,"皇上,奴才不敢妄言,因辽东是高第大人的管辖之地,微臣怕言多造次……"

"朕让你说的,你快快奏来!"熹宗着急地催促。

"回皇上!据奴才得知,夷匪出动十几万大军,已将宁远层层包围。宁远城覆巢之卵,危在旦夕啊!"阎鸣泰边说边斜眼看皇上的表情。

熹宗呆住了。他自语道,"那不等于说,宁远沦陷,山海且不保夕了?"

"奴才以为高第大人定能制伏夷匪……"阎鸣泰火上加油地激怒熹宗。

"高第罪该万死!辜负朕对他一片苦心,隐瞒夷患不报,误我江山矣!"熹宗手指颤抖着,从未有过的震怒。他马上传令内阁,召集五军都督府、六部、都察院以及科道等官员开会,议论对策方略,他要阎鸣泰也随同参加。

所有的廷臣都知道大事不妙,诚惶诚恐地赶来与会。而魏忠贤则狡猾,知道皇上发怒了,愤怒的对象是自己保荐的高第,生怕殃及到他身上,借故避开了。他玩弄权术的本事再大,也知道封疆事大,不能随心所欲指鹿为马。

熹宗指望这些大臣们能拿出些主意来,但谁都不敢把自己的谋算端出来,一是怕说错了遭人耻笑,引起皇上的恶感。二是怕万一皇上肯定了自己的见解,采纳照办,却又失败了,最后找替罪羔羊,肯定是自己。所以绕来绕去,一条有实质内容的建议都没有。

内阁首辅顾秉谦提议由兵部右侍即阎鸣泰出任顺天巡抚,全盘负责山海关以内的防御事务,熹宗当场批准。

山海关以内目前尚无险情,阎鸣泰担任此职不会有过失,所以提这条建议不会有风险。

见首辅吐言了,兵部尚书王永光不得不讲上几点。他提议,为了增强京师防御能力,应命周围省份驻军向京师靠拢。比如,保定抚镇移驻南苑;宣府抚镇移驻昌平、阳和一带;大同总兵移驻宣府;山西抚镇驻阳和;山东巡抚移驻沧州;河南巡抚移驻磁州;他们各带本镇兵马三分之二,闻警后即星驰入援京师,慢令后期者均军法从事。

熹宗点头称是,令依议施行。

至于说到宁远的安危,众人都一筹莫展,似乎宁远已是跌入深壑的一头羔羊,谁说去救,谁就会跟着一同坠入深壑。

会议后,熹宗下了道旨令,限高第火速派兵去援救宁远城,他总是记着当年孙承宗对他说过的那句话——"宁远在,山海在;宁远失,山海失"。如果山海一失,那么京师势必成为倾斜之大厦。皇帝最怕江山败在自己手里,在皇族的传统训诫下,他知道君王的命可以丢,但江山不能丢!

高第接到圣旨后,表面上装作奉行的样子,下令总兵官杨麒率三千兵马出关,向宁远方向开去。杨麒也是个怕死鬼,他早看出高第肚子里打的算盘,所以根本不积极,磨磨蹭蹭,一天走不了几里路,压根就不想到宁远去送命。出关三天,高第的真实面目暴露,派出特使,说山海关防务薄弱,总兵官如未遇敌奴,可以速返回。杨麒巴不得听到这句话,兔子似地溜回了窝。

在金军潮水般攻势下,宁远始终是座孤城。

腊月二十四日,八旗军开始向宁远城墙发动第一次进攻。正红、正黄、镶黄、镶白四个旗的一万多名兵卒,利用夜幕的掩护,悄悄地靠拢了城墙。临近护城壕沟时,因为沟内有明军设置的障碍物,他们停下来,调整好队形,然后趁城上的明军毫无察觉之际,突然每人都举起一支燃烧的火把。刹那间,城北、城西的半边,被火光照耀得如同白昼。守城的明军士兵被火光晃得扎眼,趁此时机,辫子兵们呐喊起来,在壕沟上架设圆木,踏在木头上向城墙冲来。

这天正好祖大寿在城头上督阵,他也被这鬼神般的阵式惊骇住了,但他毕竟久经沙场,迅速镇定下来,指挥炮队装弹发炮。"咚咚咚"十门炮都伸缩着炮筒喷射出一团团火光硝烟,炮弹炸响外,辫子兵惨叫着弃尸而逃。有的辫子兵胳膊或腿被弹片削断了,他们捧着自己的断肢,坐在雪地里痛不欲生大哭起来。

听到喊杀声,满桂握着钢剑,登上城楼。他见洋炮开火了,便去指挥步兵射箭。

"散开,排成一线!"他命令,"瞄准了出箭,不要慌,慌了箭就会射飞!"他探头向城下看,已经有些辫子兵越过壕沟登墙了,他向下指:"放箭!"一排弓箭流矢般落下去,辫子兵被射倒了一排,后面的便掉头跳进壕沟里躲避,壕很深,还有尖桩,跳下去便爬不上来了。他们大声喊叫、咒骂,同伴就找来绳子、竹杆放下去吊起他们。明军兵卒见目标明显,又放了几排箭,射死不少辫子兵,中箭的兵倒栽在壕里再也出不来了。

第一次进攻被利落地击退了,明军士卒欢呼雀跃。满桂提醒他们,别高兴得太早! 这只不过是夷鞑子试探性的进攻,更残酷的战斗还在后面。

果然,八旗军针对明军洋炮的发射间歇性规律,抓住发炮空档,用散状攻势,冲上来一群弓弩手,他们举着一种特制的弓弩,向城头上射炮箭,炮箭头部装了火药,一碰到物体便炸开来。成百上千支炮箭呼啸着飞上来,有的磕在城墙上爆炸了,但也有不少跃上了城墙,炸伤了明军兵卒的脸颊、脑袋和前胸。

面对分散的辫子兵,祖大寿没法用炮去轰,那样太浪费炮弹,炮弹毕竟是有限的。这时,左辅、何可纲、朱梅来了,他们在城墙上策马,一会儿在自己的防区,一会儿互相间联系和磋商。左辅说,他的营中有一批加长铳枪,是请两个铁匠做的,射程估计可以射到城下的这批夷奴弓弩手,不妨调来试一试。满桂同意,左辅就下令他管的城西北营马上把火铳枪手调到城头来。不一会儿,二十名手持乌黑铮亮铳枪的兵卒跑来了,"你们卧在凹槽里,瞄准鞑子的弓弩手放炮,打倒他狗日的头一排,跟后头的就会退下去!"左辅用手指给他们看。

"遵命!"为首的是一个把总,他充满信心地向左辅做了一个保证的姿式。

辫子兵以为城头上的明军被他们的炮箭压服了,于是"嗷嗷"叫着往前贴近,想更准确地射木头结构的梁柱,以引起火烧的效果。可刚等他们跑近,明军的长铳枪就开火了,火药炸响的刺耳声音划破夜幕,溅起无数的火星四处飞溅。这批挑选出来的枪手的确枪法不俗,枪枪命中,晷时在城下又倒下一批辫子兵的尸体。

轮番进攻被击退后,天边已露出鱼肚白。

满桂和几个守将熬了一夜,个个眼珠血红,人已经非常疲惫。但他们生怕辫子兵又发起新的攻击,都不敢有丝毫的松怠。

大约过了一个时辰,谢尚政派了几个探子去摸情报,回来说辫子兵在用早餐,他们这才松了口气。"去禀报袁大人,就说夷鞑子退了!"满桂吩咐一个随从。随从"哎"了声就跑了,可没几分钟又返回来,跪报道:"回报满大人,袁大人就在城下的雪地里坐着!"满桂和几个守将听了一惊,忙向城楼下跑去。

城楼背面是个小广场,中央有座旗塔,塔杆顶端飘扬着大明国宁远军旗。原来,袁崇焕一宿一直和佘义士还有几个侍卫坐在塔下守候,战斗的全过程他不是用眼,而是用耳点滴不漏地全聆听了。

"袁大人,您……"守将们全有些困顿。

袁崇焕笑着站起来,说:"打得精彩!我没到城楼上去,是怕妨碍你们的指挥!"他走向前,"现在夷鞑子暂时退了,但我估计他们在今天白天还会发动更凶猛的攻势!你们现在都快去睡一觉!不能被他们拖垮了!"

"那夷鞑子说来就来,我们去睡觉,谁来掌旗?"满桂虽然全身倦意难忍,可他不敢离去。

"本官在!我来代替一下你们!"袁崇焕说。

"可袁大人您也一宿未眠嘛!"祖大寿说。

"我比你们休息得多,我一直在闭目养神!快去快去,能睡能吃,才能打得了硬仗!"袁崇焕转身吩咐佘义士:"快去熬汤!咱们也不含糊,多放些高丽参,大补元气!"

"遵令!"佘义士领命而去。

只听"扑嗵扑嗵"的倒地声,满桂、祖大寿等诸将全裹着皮大衣躺倒在地上"呼呼"大睡起来,他们困倦到不省人事的程度了!

"快给他们垫上皮子,旁边升篝火!"袁崇焕吩咐侍卫。他自己顿感责任重大,刚才已经夸下海口,他顾不上再关照诸将,大步流星地朝城楼上跨去。

太阳升起来,把积雪烤化,变成残缺不全黑白相间的不规则图形,僵硬的尸体横陈在深色的泥土上,像一截截砍断的树干。已经有些大胆的野兽探头探脑地从躲藏的树林后面跑出来想饱餐了,可遭到炮击后燃烧的树木发出"噼叭"的响声,又把它们惊吓得跑掉了。

大约上午一个半时辰过去后,潮水般的八旗军又喊着杀声在旌旗的鼓动下向宁远城门扑来。

炮队见状就要发炮,袁崇焕制止了,"慢,注意步军的后面,有名堂!"

闻到呐喊声,满桂、祖大寿、何可纲、左辅、朱梅都赶上来了。袁崇焕让他们看,顺着他的手指方向望去,八旗军的后面出现了许多个像棺材似的家伙往前爬来。再看城下,打先锋的辫子军企图在护城壕沟上铺设木板。"放箭!"袁崇焕命令。站在城头排成一线的明军守兵顿时箭如雨下,向八旗军的头顶射去。

八旗军抵挡不住,纷纷弃下木板,掩面逃去。又冲上一批,担负的使命依然是铺设木板,也被打回去了,只有零零落落几块板散架在壕沟上。

袁崇焕密切注视着那些棺材似的东西。它们越走越近,他终于看清了,原来是特制的战车,就是他去八旗军中去探营发现的那种棺材似的运输车辆。当时他还琢磨不透是干什么的,现在他明白了,是掩护冲锋用的战车!

居高临下,战车的结构装备一目了然。车前装的挡板足有五、六寸厚,大概是冲着铳枪的火力设计的,看来他们对明军的装备非常熟悉。挡板后站着七八个弓弩手,他们可以边运动边在保护下实行攻击。

战车后面还是车,是密密麻麻的小独轮车,车斗里装满了泥土。袁崇焕马上明白是怎么回事了,八旗军企图用战车压住城上守军的火力,后面拉的土是准备来填壕沟的。他向更远的地方眺望,原来黑压压的骑兵在尾部压阵,阳光在骑兵身上折射出耀眼的金属光亮,这些骑手都披着重铠,握着利刃,他们才是觊觎着目标,准备饕餮一餐的真正饿狼!大批的铁骑兵是呈左右扇形向城墙包围而来的,他们全线攻击,如果正面攻不破,那么侧翼总会有哪个薄弱之处,能让他们扯开口子。

"快!快!"袁崇焕向几位守将挥手道:"你们不要都集中在正面,快回各自的守营!辫子军到处都在袭击!"

"是,遵令!"左辅、朱梅、何可纲分头跑去。

满桂跟着左辅到城西北营视察,朝这个方向冲来的八旗军最密集。

敌人的战车已快接近壕沟,完全在洋炮的射程之内了。"发炮!"袁崇焕命令祖大寿。祖大寿向炮队传令,登时,炮筒怒吼起来。十门炮已分散到各个方向的大营中,所以炮弹炸起的蘑菇状白烟在一条弧形的圆周中冉冉升起。"轰!瞄准那些战车轰!"袁崇焕狠狠地用手往下劈,仿佛他的十个手指就是十门洋炮。

被命中的战车特别惨,整个车的骨架全散了,站在车上的弓弩手被炸飞起来,断臂残腿血肉模糊抛在泥泞地里。

但没被炸中的战车继续向前冲,车上的弓弩手向城墙上发射炮箭,城上像下了箭雨,城堞上落满了箭杆,犹如刺猬脊背。许多明军兵卒被射倒,向后仰的被抢救了,向前扑的就栽下城去,摔成了肉饼。

战斗愈演愈烈,火光四起,喊声震天,城上城下的敌对双方都前仆后继,绝不示弱,任凭枪林弹雨在顶上倾盆而下,无惧死神的魔爪在身边撩来拂去。

承受死亡更多威胁的还是八旗军。可他们训练有素,毫不畏怯,也没有退路可走,身后就是手执红箭的督军,谁逃谁就死。反正进退一样是死,不如往前冲杀做个豪杰。

这样,踏着自己同伴的尸体,有不少装着泥土的小车终于推到了壕沟前,把一车车的土倾倒在壕内,有几段已被填平了。有个八旗军士卒浑身中了十几箭,一支铁头箭还射穿了他的喉咙,可他仍然坚持把车里的土倒进壕内才死去。

袁崇焕目睹这一幕幕惨烈的景观,心里不禁悚然。

尽管明军炮火猛烈,箭射不停,城墙前八旗军的尸体堆积如山,但还是有一些战车和辫子兵冲到城墙下的死角里,他们开始用随身携带的锋利工具猛凿城墙。

城头上的明军炮轰不到,铳枪打不着,箭更是失去了作用,急得他们团团转。

"快！兵马分成两半,一半留城头,一半守城根!"袁崇焕当机立断,下达命令。他对祖大寿说:"你留在城楼上,我带一批人马到城下去!"说完就拨了一批人马往下跑。祖大寿本想自己下城根,因为墙如果挖破了,就会有肉搏恶仗,但已不容他分说。

首先被凿开洞的是城西南角。这里由朱梅负责防守。这个辽东汉子人精瘦,留着一部大胡子,他领着几百名兵卒,一律端长柄尖枪,紧张地注视着发出"咚咚"响声的地方。他喘着粗气,瞪着眼,简直有些不相信三丈厚的城墙会被这么快挖穿,这些八旗辫子兵是人还是兽? 脑子正在飞转着,突然"嗵"的一声,面前一处墙砖轰然倒坍,出现一个大窟窿,两个辫子兵的脑袋沾着砖屑戳进来,朱梅眼疾手快,跳上前一刀,旁边的一个兵卒又是一枪,两个辫子兵全死在洞里。

"快！快堵上!"朱梅情急地大喊。

可用什么堵? 事先根本没想到,也没准备。

"快！快通知谢尚政大人,调民工往城基挑砖土!"朱梅吩咐一个随从。

辫子兵扩大洞口,人往里挤。可他们虽然洞挖开了,但城墙高,没法形成缺口,人在洞里塞得很难活动,而且几乎是进来一个死一个。见一个洞口不奏效,他们就紧接着挖第二个洞,打算挖一连串洞口再相接起来,人就能大量地涌进来。

"石头！石头！要大块的岩石!"朱梅嘶哑着嗓门朝后喊。一旦让辫子兵的企图得逞,后果不堪设想。

城西北角的辫子兵可能拥有的工具不够坚利就像耗子那样,从城基下面的土层往里打地道。发现地面在震颤,左辅知道辫子兵钻地底下了,他马上命令兵卒用木桶到城里的井里打水来,只要辫子兵的地道一冒顶,就往穴内灌水,天寒地冻,水溢进去势必结成坚硬的冰块,地道自然也就被堵上。这方法很好,几百个兵卒都被动员去担水,可天气实在太冷了,水在几十米的地下井里是暖和的,但打上来,没等跑到城基就全冻成了冰砣。

怎么办?

左辅下死命令,无论如何,也要把水挑到城基上来,谁完不成,提着脑袋去见袁大人!

兵卒们在大冷天里个个急出一身冷汗,最后他们咬咬牙,回住房抱出棉被,来捂住水桶,再将水桶抱在怀里往城基上拚命跑。增加保温度,缩短运输时间。水终于没结冻,"哗哗"地流进了辫子兵的地道里。

井水刚浇进去时,只听见传出来刺骨的尖叫声,简直比挨刀还要痛楚。最后是几十桶水浇灌出一块巨大的冰塞子,把地道填得满满登登没有丝毫缝隙。

辫子兵见此计不成,只得用刀剑和枪尖凿墙砖,铁器碰撞击打在墙砖上发出震耳欲聋的响声。仿佛有无数双铁嘴钢牙在啃咬。

"准备肉搏!"左辅下达命令。

满桂守在城东北角。其它地方都听到有辫子兵在挖墙的动静了,唯独他这儿没有,他挺纳闷,怎么辫子兵特别关照我?可他怀疑敌人有什么阴谋,人心隔肚皮不好揣测,敌我隔城墙亦难以判断。他盯着墙砖,恨不得自己的目光能够穿透墙壁,一目了然辫子兵的活动。

突然,脚尖前的砖缝松动了,"沙沙沙"砖缝的水泥灰窸窸窣窣地掉下来,没等他来得及仔细琢磨,一块枕头那么大的青砖受到一股力量的推动,脱落下来,城墙外的光线也随之跌倒进来。

"狗娘养的!原来在用剑挑砖缝!"满桂骂道。他拿过一支铳枪,戳出去,一勾扳机,"呼——"地放了一枪,"哇!"只听一声惨叫。"拿石头来堵!"他命令。看来攻东北角的辫子兵里有泥瓦匠,他们懂得凿城墙不如拆墙来得省力、便当,可是他们的计谋败露,就难以再得逞。明军守兵搬来许多岩石,哪里的砖被拆了就往哪里填,而且容易被填严实。

凿城最猛烈的地方还是要数城楼下。

城门已在开战前全用砖头封死了,但因为刚封的泥石,缝还不太严实,所以辫子兵很容易就挖开了三四个洞。在城楼下抵挡敌人的是袁崇焕亲自指挥的一队弟兄,他们见从洞口爬进来大约二十多名精悍的辫子兵,这些辫子兵红着眼摆出决斗的架式保护洞口,以便能让更多的后援进来。"杀啊!"袁崇焕手握双剑,一边砍杀敌人,一边命令手下去堵洞。但他必须先把辫子兵从洞口赶开,才能让弟兄们搬石头去堵,担任先锋的这些辫子兵知道自己无路可退,视死如归,拼命抵抗,决不从洞口挪开半步。

袁崇焕杀得很吃力,他毕竟已是四十三岁的中年人了,而面对的却是一群二十刚出头、身强力壮的年青刀剑手!他挥舞剑砍掉一个辫子兵的脑袋,削在几截散洒开来的发辫在空中飘扬,又奋力劈掉了一个辫子兵的胳膊,血迸溅到他身上,满头满脑全被糊住了。他抬起手,用手背擦一擦遮住眼帘的血迹时。一个高大的辫子兵趁机挺刀向他胸口刺来,他身子一侧,避开了胸部,可是左臂躲闪不及,被深深地扎了一刀。他借势抬起剑,割开了对方的喉咙。

这一刀挨得不轻,袁崇焕只能用右臂挥剑了,左臂怎么也抬不起来。正在这关键时刻,谢尚政率领一批举着铳枪的卫队奔上来了,他大喊:"明军弟兄全让开,让开!"

"唰"地一下,城墙边混战的双方兵卒只剩下几个还在拼命抵抗的辫子兵了,还有一些辫子兵的脑袋从洞口伸进来。

谢尚政举刀指过去:"放——"

"轰!轰!轰!"一排铳枪弹射过去,硝烟弥漫,辫子兵全倒在地上毙命。

"快!快堵洞!"袁崇焕急令。洞口终于被堵上了。他晃了一下,手里的剑掉在地上。谢尚政赶紧上前扶住他,摸到了往外涌的鲜血:"袁大人,您受伤啦?快!快抬到参政府去!"谢尚政召唤卫士,"叫郎中,叫郎中赶紧到参政府来!"一忙乱,袁崇焕昏过去,眼前一片苍白如雪。

城墙那头的枪炮声"噼叭——轰咚"响个不停,就像过年时的爆竹声,但听这响声的人,心情是绝然没有过节的那种欢愉。

奸细捉净后,阮伯蓉就搬回家住了。她知道城头已开战,心就吊起来,时而在屋里徘徊,时而踮着脚在门栏上张望,心神不宁,魂不守舍。女儿阿娟有几次被炮弹的炸声震骇了,吓得扑到她怀里"哇哇"地哭,她就搂着女儿哽声道:

"乖女乖女,勿怕勿怕,是老豆在城头放炮玩啦!"

等女儿被她哄得闭上眼睡着了,放到床上去后,她又惶惶然地跑到院子里,听喊杀声大抵是在什么位置,有没有蔓延到城里的街巷中来?

侯到中午,妯娌阿莲懵懵懂懂地走出房间,问她今天吃啥?阮伯蓉才猛然想起,该做饭了。她跑到灶房里,水缸里没水了,她拎起桶去天井里吊水,可发现阿莲在用木棍砸辘轳上的冰块。"怎么啦?"她问。"绳子全给冻住了。打不了水啦。"阿莲答。"我去街上吊水!"阮伯蓉扭身就往门外走,她想,正好还可以打探点消息。

巷子口有一口直径几丈的大井,因为几乎时时刻刻都有人来吊水,所以辘轳始终是运动着的,不会被冻住。

井旁围了很多百姓市民,他们忧心忡忡地正在七嘴八舌地议论,平时他们见到阮伯蓉都是很热情的,"夫人!夫人!"喊得极其亲热,甜蜜,可今天见到她都不吱声了,冷眼望着她。

阮伯蓉一愣,不知是怎么回事,她照往常一样和蔼地笑笑,问候道:

"你们都在这儿啊?我来打水做饭!"

没人理她。她尴尬的脸红了,只得站到人少的一边弯下身吊水。

沉默了片刻,人群中有人尖酸地说,哼,命都快保不住了,还有心思吊水做饭吃呢!马上有人接碴道,就是,做官的就没有一个是安好心的,他还不是为了捞功名图升官,把我们百姓堵在城里,这下可好,包饺子啦!

声音越来越大:"早知道,咱们死活也得跑出城去,现在死路一条,辫子兵把城破了,还不把我们全剁了!""唉——"有人叹道,"永远是当官的享福,做百姓的吃苦,你们瞧着吧,打得差不多的时候,袁爷,哼,就会来接家眷,准备开溜啦!""不行!"一个汉子的声音。"不能让他们做官的跑了!要死一块死,要活一块活!"

随着话声,所有人的目光又一齐朝阮伯蓉身上射来。

阮伯蓉知道他们是在责怪袁崇焕和她。本来她和他们的心情是一样的,他们想弃城逃难,她也想离开宁远,但都没走成,道理也是相同的:为了稳定军心。现在如果城要破,要遭难的话,他们要遭,她和女儿也要遭。可现在从他们嘴中说出来,似乎她成了罪人,成了造成他们苦难的责任者,至少袁崇焕是!她替自己喊冤,也替丈夫喊冤!他们骂袁崇焕不让市民逃跑是为了自己的功名,天晓得,袁崇焕如果为自己,他早就可以服从高第的调遣,撤兵到山海关去,高第已许诺他,去山海关可以替他上疏升迁,袁崇焕宁死不答应。他不是为了自己,是为了大明江山才留下的呀!

她望了这些怨气十足的百姓们一眼,心想,也别跟他们计较了,跟他们说相公的那些道理,恐怕她说不清,他们也听不进。草民只有一颗窄窄的灯草心嘛!她提起水桶就往家门走去。

"夫人!"

她走了十几米远了,听到身后有个苍老沙哑的声音喊她。她回过头一看,呀,她差点惊叫起来,井边的这一群市民百姓全跪在雪地里了。"你们……"她不知该说啥,"夫人,求求您,您大慈大悲,菩萨心肠,让袁爷想法子让我们逃难去吧!"领头的是个白发老翁,他颤抖着声音说:"如果我们再不逃,就全没命啦!"阮伯蓉嗫嚅地回答:"袁,袁大人他,他正领着军队在城墙上守卫,他会保护你们的啊……""保护我们?呸!"一个凶悍的妇女跳起来,"城墙都被挖出洞了,过不了二个时辰,辫子兵就会杀进来,我们女人要被他们奸,男人要被砍头,孩子成为孤儿被他们抢去做牛做马,袁爷的心到底是肉长的,还是石头做的?他怎么心那么狠啊!"

阮伯蓉受了棒击似地往后退了几步,"不,不,他不是那样的人,他是为了报国守疆,他也会为百姓着想的……"

"鬼!他要是为我们着想,就不会让我们留在城里等死!你快去,求求你快去见袁爷,让他派兵送我们去城外,啊?!"老翁双目露出哀求,甚至是绝望的凶光,仿佛刀已架在他们的脖子上,他们要拼个鱼死网破了。

"大人——"百姓齐声喊起来。

"不——"阮伯蓉丢下水桶,掉身向家门奔去,倒扣上门,扑进屋子。

"嫂子,怎么啦?"阿莲问。她看见阮伯蓉苍白的脸,颇为愕然。

"娘呢?"阮伯蓉喘了口气,问。

"在后屋呢。"

阮伯蓉来到后院,跨进堂屋,见韩慧乔正在观音菩萨像前烧香磕头。"求神保佑呀,求神保佑!保吾儿平平安安,保吾宁远城坚若金汤,让辫子兵遭雷劈,让辫子兵全死光!菩萨有眼,菩萨让吾儿忠心耿耿,善待苍生……"阮伯蓉原来想对婆婆诉一番心里的委屈和苦衷的,但婆婆神情贯注,嘴里唠里唠叨不停,实在不忍打扰她。

这时,佘义士突然进来,他轻轻喊了声:

阮伯蓉就跟着他回到前厅,他凑在她耳边低语了几句,"啊!"阮伯蓉顿时大惊失色,"快!快!佘义士,你带我快去!"

走到门口,她又返回来叮嘱阿莲,可要管住两个孩子!阿莲惊慌地使劲点点头。

去参政府的路上,阮伯蓉不断地看见有阵亡的明军兵卒被抬下来,还有伤员。重伤的有人扶,轻伤的就自己到郎中那里去上点药缠绷带。杂夹着炮声和叫喊厮杀声,气氛十分紧张。

她跨进参政府的后院,见袁崇焕左身全是血迹,裹着绷带躺在床铺上,鼻子一酸,泪眼模糊,扑上前喊了声:"相公!"便"呜"地哭起来。

袁崇焕受了伤,感到很疲倦,闭目瞌睡了会儿,听到阮伯蓉的哭声,睁开布满血丝的眼睛,安慰道:

"哭啥?我又没死,只不过受了点轻伤,你哭得那么伤心,阎王爷还以为我真没气了,派小鬼把我收去!"

"相公!你千万不能有意外啊!你不能抛下我们母女俩不管啊!还有你的老母、侄儿,都盼望着你平安返家来啊!"阮伯蓉说得很凄测。

"别说傻话,没有那么严重!"袁崇焕安慰她。

"我好怕!我真的好怕!"阮伯蓉把脸贴在丈夫的胸口上,眼里噙着泪珠。

门"嘡"地声被推开,谢尚政卷着一股寒气跨进来:"袁大人……"

"尚政,有啥情况?"袁崇焕腾地坐起来,他已恢复了精气神儿。

"有不少街里的百姓听说城墙破了洞,心情惊慌,向城西南角涌去,说要出城逃难!"

袁崇焕急了:"这怎么行?不是往虎口里送吗?"

阮伯蓉擦了擦泪痕,说:"相公,算了吧,让他们走吧,你不让他们走,他们恨死你了!"

"他们会明白的,宁远城丢不了,他们跑出城去只能成为两军交战的刀下俎!"说着就要起身,"我去劝他们!"

"相公!"阮伯蓉拦住他,"相公,你不能去,他们对你火气很大,别出点什么祸!"

"军心民心是联在一起的,民心不稳,军心也要受影响,不行,我一定要劝阻他们!"袁崇焕下了床,整理好衣袍,向门外径直走去。

"袁大人,我来给你备马!"谢尚政跟上前。

"相公,你的伤——"阮伯蓉追了几步,大声提醒。

袁崇焕已跃上马背,他的脸色菜青,看得出在强打精神,可嘴里却很轻松:"没所谓啦!你快回家去照顾老娘和孩子!"话音未落,他就催马跑远了。

西南城墙上,一群以壮年汉为主的百姓发了疯似的推开兵卒的阻拦,抱着一大团麻绳,要往城下爬。他们的目光都被过度膨胀的求生欲给扭曲了,像一头头绝望的狼。他们的视线已觉察不到城外远处的危险,可兵卒们都看见了树林后隐伏的八旗辫子兵。

袁崇焕赶到时,已有二十多个人爬下城去了,他们仓惶地向西南面奔逃。"你们都站定,站定!"他制止那些尚未爬下去的人。

那些人转回身来,朝袁崇焕发出凶狠的警告:"袁爷,你别拦我们!你愿意守城你守去,你可以升官,可以到皇上那儿去领赏,我们不陪啦!我们的贱命虽然不值钱,但也是一条命啊,我们不愿意就这么白白地糟塌了!"

袁崇焕逼近几步,说:"人人都是一条命,你们要活命,本官何尝不知晓!可既然众人都在这座宁远城,都在这大明国里,要活命,大家就一齐活,活得好一些,不能光顾了自己活,是吗?何况,眼下这关头,你们抛弃这座城,抛弃守城,去逃命,能逃得了吗?我不信!"他下意识地伸出手想拦住他们……

"袁爷,你别过来!别过来!"这群人在一个个往下爬,眼都红了,他们瞪住袁崇焕,仿佛他再靠近,就要把他吞下去!

袁崇焕心里一阵难受地紧缩,这些人不久前还对他充满了真诚地感激,把他当成恩人来跪拜,因为他给了他们安宁的生活,给了他们充裕的粮食,给了他们温暖的火光,还有结实的住房、农牧猎工具。没有他,他们可能至今都在金国军人的驱赶下流离失所。可现在,当他需要他们的支持时,需要他们的力量时,他们却把他当成了仇敌！朝他投来一束束憎恨的眼光。他孤独地愣在城墙上，无法找到使自己清醒的答案。

二十多个百姓全爬下了城墙，他们像一群惊惶失措的野兽向远处那片树林窜去。

突然，辫子兵跑了出来，他们以为是突围出去的明军，要去山海关方向联络援军，便形成了一个包围圈，向手无寸铁的百姓杀过来。

这些头脑简单的百姓拼命地求乞，示意他们不是军人，不会打仗，不会对八旗军构成威胁，可在战争状态中，一切这种幼稚的解释全是徒劳的。

辫子兵的战马在这群人的中间恣意冲撞，马上的骑兵挥舞刀剑，砍向肉靶似的脑袋、胳膊和心胸。离得那么远，城墙上的袁崇焕和明军官兵，都能看见殷红的血迹浸染土地，在空中迸溅！

"开炮！开炮！"袁崇焕命令。朱梅提醒道："开炮炸谁呢？把老百姓也炸在里面？把他们的尸首全炸烂了，到时去收尸，收不到全尸，他们的亲属不又要骂咱们！"袁崇焕痛苦地闭上眼帘。

城门守营来了两个传令兵卒，他们向袁崇焕禀报说，祖大寿大人请袁大人去定夺军务！

袁崇焕以为是发生了什么危险变化，赶紧驰马向城门那儿跑去。

"大寿，怎样？"他着急地问。

"进攻的辫子兵倒是击退了，可城基下现在隐藏了大批的凿墙敌兵，他们都挖了一个个像神龛似的洞窟，躲在里面。但等天黑，便一齐行动，前面挖通墙洞，后面增援进攻，突破城墙。如果我们再不把这批藏在城下的辫子兵消灭掉，便会面临极大的危险！"祖大寿向他陈述。

"有什么好办法没有？"袁崇焕问。

祖大寿说："向您禀报的正是此事。参政府的金启保说他曾在一个寨子里见到寨主为保卫寨子的安全，发明了一种万人敌的杀敌方法，他想试一试！"

"万人敌？"袁崇焕颇有兴趣，说："听名字很威风，当然可以试一试，只要行，马上就用！是个什么家伙！"

祖大寿招手，叫金启倧过来。金启倧是辽东人，原来是祖大寿手下的一名文官，组成宁远参政府后，袁崇焕见他会写一手好字，就把他要到了参政府做通判。

他向袁崇焕解释说，万人敌就是用火药均匀地撒在芦花褥子和被单上，卷成一捆，丢在人成堆儿的地方，然后乘其不备，点上火种，焚烧炸开，达到杀死杀伤敌人的目的。

"行不行啊?"袁崇焕有些担心。

"袁大人可亲眼见小人试验!"说着,金启倧就让两个兵卒把洒了火药的芦花被子抬过来,他检查了一下,觉得火药洒得不够多,又拆了几颗铳枪枪弹,把火药挤出来。在剥弹壳时,他有些紧张,火药溅了一些在身上。万人敌做成后,他点燃了一包硝黄投上去,没想到,人离得近了些,火药和硝黄碰到火一下子炸开来,溅到他身上,又点燃了他衣袍上的火药,顿时人成了火团。

"快救! 快救!"袁崇焕和祖大寿都被眼前瞬间变化愕然了。

这万人敌确实厉害,等旁边的兵卒用扫帚扑打把火灭掉时,金通判已烧成了黑糊糊的一截。

开战至今,已死了两个通判官。所以后来辽东民间流传一句顺口溜:"苦了唐、金俩通判,好了宁远袁崇焕。"

"给他厚葬!"袁崇焕唏嘘不已,眼眶湿润了。"我不要他试就好了,全怪我!"他非常后悔。

"袁大人,等把城守住了,再一齐哀悼这些英烈吧,现在灭敌要紧!"祖大寿提醒。

"行! 就用这万人敌投下去!"袁崇焕同意。

城墙哪有这么多芦花褥子和被单? 况且,天气寒冷,如果全扔掉了,兵卒们休息盖什么?

祖大寿提出向老百姓征集,袁崇焕制止。百姓市民已经对军队产生了怀疑,要是再在他们的恐慌之上增添负担,他们会做出什么举动就难说了。根子在于,百姓对整个明朝官府都缺乏信心和信任。

"把当官的家里褥子全拿来! 先去我家拿!"袁崇焕下令。

"这……"祖大寿有些踌躇。

"怕什么? 当官的家里都有热炕,冻不坏!"袁崇焕说,"快去办,迟了就来不及了!"

"遵令!"祖大寿去组织人员收被褥。

这边,袁崇焕指挥兵卒把现有的万人敌搬到城垛上,往下扔。

这时已是黄昏时分,日光照耀的一些暖气变得稀薄,空气越来越寒冷,地上全结了一层反着光亮的厚冰霜。躲在城墙洞里的辫子兵冻得牙床磕碰直打抖,手脚全麻木了,肚子又是空的,更加生出几分难熬的寒气。

突然,有人喊起来,城上掉下被单褥子来了! 辫子兵们也顾不上细想,纷纷从各自的"神龛"里跑出来抢,谁抢到就急不可耐地往身上披。

就在城下乱成一锅粥时,明军兵卒将一个个点燃的火把、火团摔了下去,刹时,底下成为一片火海,辫子兵成了火海里四处逃窜的硕鼠,活活被烧死,蒸腾出一股股焦臭的恶气。

后面征集来的被褥陆陆续续都运上来了,其他城角的辫子兵见上了当,再也不敢出洞抢万人敌。于是明军就用绳子慢慢放下去,与那些"神龛"平齐时,用燃火的弓箭点射,火焰飞溅流窜,洞内的辫子兵都披着一身火球"哇哇"叫着滚出来。

候在远处的八旗军见明军火攻,同伙岌岌可危,就不顾一切地发起冲锋,企图来救援。

袁崇焕命令开炮,几排炮弹炸开,形成了一道封锁线,往前冲的八旗军死伤无数,又退了回去。

天已完全黑了,辫子兵不敢再进攻。

等万人敌的火焰慢慢黯淡后,祖大寿派了几批兵卒携带刀剑和工具吊下城去消灭残敌、修复城墙。

有个把总发现有几辆战车栽在壕沟里,就大声喊问,要不要把它们吊进城去?祖大寿请示袁崇焕,回答说,烧掉它!祖大寿说,索性多加些柴禾,烧篝火照明,防止辫子兵偷袭。袁崇焕便下令所有城墙的大营全照此实行,夜晚严密监视敌人的踪迹。

谢尚政再派探子数名,以探敌营中的虚实。

这一夜,所有的明军官兵都睡不踏实,睁会儿眼,闭会儿眼,哪怕有点轻微的响声,都会惊动一阵子。

袁崇焕伤口疼得厉害,左臂肿得像馒头一般。佘义士急得要去前屯卫找赵率教。因为他认识本地最好的郎中,让他寻一个专治金伤的来给袁崇焕诊治。袁崇焕"哼哼唧唧"地说你傻,赵率教认识的郎中全在城外,现在要么进城来了,要么逃走了,或者是在乱战中被打死了,去找他有啥用?这一说提醒了佘义士,他说他去避难民居中查找,没准能找出个有祖传秘方的世医来!

大概是心诚则灵,果然被佘义士找到了。

这是个八十多岁,鹤发白须的老叟。他说他正好随身携带了一些专治刀枪金创的特效灵丹药,服一粒,搽一粒,不消一个时辰,愈合如初。

袁崇焕半信半疑。但战事在即,治伤心切,不管三七二十一,哪怕是毒药也拼着命喝了。结果,这个世医真没骗他,一个时辰后,手臂不仅消肿了,伤口也奇迹般地愈合了,只留下一道象长虫似的疤痕。他舞剑挥了几下,感到臂力不减当初,高兴极了,当即取出两个银锭要佘义士去送给老叟,以表示谢忱,并要他把老叟接来参政府,给更多的受伤官兵医治。

宁远也许是明国疆域中最早看见日出的地方之一,站在高高耸立的城楼上,鸭蛋黄似的太阳尚未喷薄,天边已满是姹紫嫣红的绚丽色彩。辫子军营寨上空的炊烟升起后不久,袁崇焕、满桂等守将就全等候在城楼上监视着他们的动静。

四野安谧无声,鹞鹰"呱呱"几声,俯冲滑翔寻找食物,鼹鼠从白雪覆盖的土坡里探出脑袋,东张西望,渴望有所收获。

战争无法毁灭所有的生灵。

"看那儿——"一个兵总眼尖,发现了一辆金碧辉煌的敞蓬车在里三层外三层的的辫子兵簇拥下,浩浩荡荡地开来。跟随着这辆特别显眼的车辆,潮涌般的八旗军又在包围圈全线开始了攻击。

谢尚政找来一个探子,问这辆车是谁坐的?

探子惊得吐了吐舌头,说,这是他们大金国皇帝坐的车啊!

"努尔哈赤老贼亲自出动了?"袁崇焕心一沉,他知道今天有一场恶斗难以避免了。

在几百辆战车的掩护下,辫子兵呐喊着向城墙冲来。放眼观望,兵勇密密麻麻、手挺兵器,就像蝗虫一般扑腾着、滚动着。

当他们冲到护城壕前一百米左右时,明军的洋炮鸣响了,"咚咚咚"白烟开花,升起一柱柱火光,辫子兵成片成片地倒毙,冲击的势头被遏制住了。

可这仅仅是一个涨势的瞬间停顿,在督战队的吆喝威逼下,辫子兵又掉头冲向前,任凭炮弹在人堆中开花,置死不顾。战车行进到壕沟前,车上的弓弩手放炮箭,炸得城墙垛边的明军乱了阵,死伤不少。在炮弹爆炸的间隔中,辫子兵冲过了壕沟。

"掷万人敌!"袁崇焕命令。

今天的万人敌材料更广泛了,用干草、柴禾、麻布都能做,一捆捆地摔下去之前,就快速地点燃了,落在辫子兵的人群中就成了喷射火舌的火球。打头阵的有不少是十三、四岁的少年兵,被火烧身后,情不禁哭爹喊娘地往回跑。

督战队这次毫不留情,也许是因为努尔哈赤在车上亲自坐阵的缘故,他们的大刀向逃兵的头上砍下去,无数个龇牙咧嘴的脑袋在地上滚动,后退的势头又一次被顶住。

辫子兵重整阵容,再鼓士气,向城头冲击。他们似乎一次比一次顽强起来,他们的神经已经麻木了,渐渐地对死亡已经没有知觉,督战队灌输进他们大脑一个讯号,就是——冲锋!冲锋!冲锋!

这样,突破炮火和弓箭封锁涌到城墙下的辫子兵越来越多。明军守兵以为他们又要凿城墙,可是他们没带任何工具,又估计他们是不是要登城墙,但也没见他们扛云梯过来,正紧张地心里悬着疑问,辫子兵开始叠罗汉似地把城下的尸体重叠起来,叠得很有技术、很有章法,底层最宽,然后依次变窄,留出台阶来。这真是一座令人恐怖生畏的死人阶梯。明军这才恍然大悟,辫子兵要踏在这阶梯上攀登城墙!

"放箭!"守将们下令。

箭如雨下,辫子兵用盾牌顶在头上抵挡。

"掷万人敌!"守将们又下令。

这一招却渐渐失去了效力,因为尸体表面都冻了一层冰,非常滑,洒了火药的被褥柴草丢上去后都马上滑坠掉了。

尸首越堆越高,辫子兵挺着刀枪,脚蹬缚了草绳的靴子,发出震天动地的吼声,虎视眈眈地向城墙上跃跃欲试。

最先爬上城墙的是东北角的辫子兵。满桂身先士卒,接连冀两个敌人从城墙上砍翻下去,可是要阻止辫子兵已非常困难,两军白刃格斗,马上就显出明军士兵的体力不如辫子兵,只有依靠数量上的优势,几个围着一个拚杀,才能免强控制辫子兵不向左右扩展串连,不让他们站稳脚跟。

继后,朱梅的西南角也冲上来了辫子兵。明军抬着长木条拦在城垛上往下赶,可辫子兵无所畏惧,前头的掉下去,后面的再接着往上冲。朱梅突然见一个圆呼呼的东西向他砸来,连忙用剑叉住。一看,原来是明军兵卒的脑袋被辫子兵砍飞了,血肉模糊。他也杀红了眼,率领着身边的十几个卫士,把一个个的敌人分割包围起来剿灭。

袁崇焕和祖大寿率几百名守军卡在城门上,爬上来的辫子兵只要脑袋刚冒出来,他们就挥刀削。削到最后手都酸痛得抬不起来了,可这些挂着长辫子的脑袋还象韭菜似地割了茬又长一茬,层出不穷。

砍着砍着,有的明军士兵突然精神崩溃,丢下浸满脑浆、鲜血的刀剑就往后逃,边逃边神经地尖叫。

城头的争夺战完全在消耗兵力,看谁的兵力充足,谁就赢。袁崇焕下令把城中的所有后备力量全调上来,但这也不行。全城的明军才二万人左右。而辫子兵足足有十三万!

满桂忽然想起赵率教那里还有二千多兵马,他立即喊来四个传令兵,令他们找个空档角落吊绳子下去,往前屯卫找赵参将,让他赶紧回宁远增兵,或者在辫子兵的屁股后面捅一下。

"遵令!"传令兵衔命而去。

赵率教很鬼精,他的前屯卫其实已经被金军的正白旗和金国征的蒙古兵给围得水泄不通。正白旗的旗主是多尔衮,努尔哈赤的第十四个儿子,虽然年纪只有十五岁,但精明强干,威武刚强。不过,毕竟年龄小,对人心的揣摩识别还是嫩了些。赵率教正是利用其弱点,和他磨起了洋工。

多尔衮按照父王的嘱咐,先下通牒,要赵率教弃屯投降,金军围而不攻。如果不投降,那么立即将前屯卫踏为平地。

赵率教避而不出,叫手下一个文吏携带一白方巾前去见多尔衮,先把多尔衮夸奖了一通,说他多么多么的年少英才,多么多么的慈善仁义,把白方巾献上去后表示,我们赵参将有意献降,请大帅设一个中立地点与赵参将见面详议。

多尔衮见不费一兵一卒,前屯卫就将垂手可得,不免兴奋异常,他答应道,好,就在吾军帐前至屯门中间挂张帐篷,在帐中见面。

于是赵率教洞开屯门,担了数十罐白酒出来。到了帐中,见多尔衮便拜。多尔衮见此人气度不凡,岁数可做他的父亲,如此虔诚、驯服,便顾虑全消,扶赵率教同坐几旁。赵率教先和他天南地北畅叙家常,言谈词汇之中,不时流露出对多尔衮父子的敬佩,然后就令手下倒酒喝。为表示对八旗的忠心,赵率教令人凡给多尔衮喝的每碗酒,都由他先尝之。不仅如此,赵率教还申明,只要多尔衮喝一碗,他喝十碗!果然如此,多尔衮干了八碗,赵率教干了八十碗,直到酩酊大醉,瘫成一团烂泥,被部下扶回屯内。多尔衮非常感动。

次日,多尔衮催促明军快行投降仪式,迎八旗军入屯收编。明军答,赵参将酒醉不醒,此事必得他下令才行。

多尔衮点头允许。

过一日,又派人去催问,明军答,赵参将躺在床上昏沉酣睡,水泼之不醒。

多尔衮念其是为自己而喝成如此醉态的,心有怜悯,就网开一面,耐心等待。

前屯卫内,赵率教的酒早就醒了,他心急如焚,盼望宁远那儿的战事能有结局。如努尔哈赤攻城兵败,多尔衮势必跟着一齐撤走,那么他就解脱了。要是宁远城陷,他盘算留一座烧得精光的空屯给多尔衮,自己率兵杀开条血路,退到蒙古草原去——绝不能回山海关,高第正需替罪羔羊呢。但两天过去了,一点音讯也没有,多尔衮还像饿狼似地守在屯门口等着吃他这块肥肉。

继续哄骗下去,恐怕多尔衮再幼稚也不会上当了。正在此时,满桂派来请援军的传令兵到了。

"赵大人,您这儿风平浪静,快发兵去救宁远呢!"传令兵们跪在阶下求道。

"你们偷偷进屯,不是没看到,本屯给辫子兵围得像水桶,哪儿能出得去救宁远?"赵率教满面愁云地回答。

"可是满大人让您无论如何也要去救援,那儿兵马紧张!"

"我自己都快救不了自己了,怎么去救你们?我能保住自己就不错了,要不是我略施小技,恐怕现在已经成了辫子军多尔衮的刀下鬼了!"赵率教生气地说。

传令兵也不高兴了,他们瞧赵率教坐在太师椅上舒舒服服,却连大营都不去救,就悻悻地说:"那好,我们回去禀报去!"说罢,就走了。

四个传令兵在归途中被八旗军截击,死了二个,伤了一个,只有一个跑回宁远城。

这个幸存者把所有的怨气全撒在赵率教身上,说前屯卫平静如水,赵参将欢情逸乐,准备投敌,根本不肯来增援宁远。

满桂闻之大怒,咬牙切齿地骂道,我满桂如果活着见到你这兔崽子,不活剥了你的皮有鬼!

稀薄的太阳羞答答地升上日空,她仿佛齿冷于人间残杀的场面,一点炽热的笑容也没有,但她的光却照见城墙上被鲜血改变的颜色,暗红如紫禁城的四壁!微微的北风刮来,踏烂炸碎的尸体释放出腐败的恶臭,小兽小虫闻到这味道格外兴奋,跑出巢穴窜来窜去,结果被冲锋的兵士们践踏,成为人类残杀的牺牲品。在杀斗的兵卒们于生死关头已嗅觉失灵,可稍有停顿,他们就会胃肠里翻江倒海,大口地呕吐起来。

战斗呈波浪形,一浪退下去,又翻上来一浪,就似海洋的涨潮,没有停息的意思。所有明军官兵的刀剑全卷了刃,铳枪的枪弹也即将告罄,而洋炮的炮弹只剩下最后五箱!袁崇焕的脸快凝固了,他朝城下远处望了望,源源不断的八旗军还在往前运动。

满桂来禀告,是否要把城中所有的百姓都编入队伍?因为再拚几轮,恐怕守军的人数就快接济不上了。

袁崇焕反问,如果百姓也全拚光了呢?他摇摇头,这不是办法,而且百姓早已惊恐万状,哪能作战?现在这情势,八旗军是打红了眼,就像他开战前去探营看到的那幕,辫子兵完全处在受到命令的驱使而一往无前、不可阻挡的忘我状态中,守军渐渐滋长的只能是对辫子兵这种疯狂的恐怖。调援军也没用。他当时就曾思索过,辫子兵也是具有七情六欲的人,他们怎么能做到像没有感情的动物那样凶猛呢?

他眯缝着眼睛朝不远处那辆金碧辉煌的坐驾车凝视,他突然意识到,是努尔哈赤在激励和召唤他们,他们每个人心里都有个神在控制、摆布,这个神灵就是努尔哈赤,神让他们干什么就干什么,义无反顾,毫不犹豫。既然是神的意愿,要是这个神失落了,那么控制八旗兵的力量是否也就随之消失了呢? 袁崇焕被自己的这个发现猛地触动了,他问满桂与祖大寿,能否放炮把努尔哈赤的车击碎?

满桂是传统型的军人,他说,两军交战,从来不兴打主帅的,除非敌我主帅交手,主帅相斗。

"擒贼先擒王,情势紧急,别无他法,不必拘泥于礼节!"祖大寿表示赞同。

因为在宫廷里呆久了,满桂亦受了大明王朝里那些王公贵族礼仪、道德兴邦的道学思想熏陶影响。袁崇焕表示理解,可危情迫在眉睫,他说服满桂:"皮将不存,毛何附焉? 我们总不能靠那些经堂上的清谈来护国守疆吧?"满桂一脸羞愧,其实他也不是那样的人,只不过是潜意识的流露罢了,他马上也表示同意。

祖大寿目测了一下,担心射程不够。

"那把这老贼引近一些!"袁崇焕提议。

"用什么办法?"祖大寿问。

袁崇焕思考片刻,毅然决心道:"我袁某人出城! 站在壕堑边,摆出决战一死的架式,努尔哈赤顾其面子,必然前来,你们趁势放炮炸死他!"

"不行,这样岂不太危险?"祖大寿说,"城外全是辫子兵啊!"

"胜败在此一举,吾命已危殆,何惧出城一搏?"袁崇焕显出视死如归的神情。

"袁大人,我伴您左右!"满桂道。

"城墙上还要主将,你代我负此重任!"袁崇焕阻止他,但满桂的义气已使他非常感动。

堵在城门内层的砖头被拆除了,一声"嘎隆隆"长叹般的响声后,城门徐徐推开。

围在城前的辫子兵都惊呆了,冲击的浪头戛然而止,他们都不知明军要有什么新举动。

一杆袁字大旗率先在一队明军兵卒的擎举下冲出来,其后是几百名兵卒簇拥下的袁崇焕。他骑一匹枣红高头大马,身披铠甲,手执双剑,一身豪迈之气。阵容刚排稳,又从阵中飞驰一骑向前狂奔,骑手捧一卷战表,边奔边呼号:"勿要拦吾! 勿要拦吾! 袁大人给金国汗王努尔哈赤下战表!"

辫子兵闻听皆让开一条通道,让其行过。

骑手驰到金碧辉煌的驾车前,两排高大威猛的亲兵拦住他,接过战表,令其返回。

城头上,满柱和祖大寿手心都捏了一把汗,紧紧盯着辫子兵的动静,担心他们掩杀过来,袁崇焕此命难保。

马上的袁崇焕为克制自己过度紧张的心房颤跳,索性闭上了眼帘。他祈祷苍天给大明国,给宁远城一条生路。成败在此一举!他知道事情的后果,如果努尔哈赤并不理会,原地不动,催令大军冲锋,那就毁灭在即矣,宁远城门已无法再垒紧,辫子兵进城易如探囊。这时他甚至后悔自己的轻率来,这场赌局下的赌注太大,太轻率了。可他又说服自己,不这么做又能怎样呢?辫子军攻城之势一浪高过一浪,一阵紧似一阵,志在必得,明军疲惫已至极点,恐也难保城墙了,唯有破斧沉舟,一锤子买卖了!话又说回来,努尔哈赤没有理由不往前靠拢,他最要面子,守军下的战表都不敢应承,还有什么威信下令八旗进攻呢?他只要往前挪移,祖大寿就没有理由不炸碎他,十门炮打一个目标还击不中吗?应该是天算人算都算尽了!并且,无论如何,我袁崇焕都是鞠躬尽瘁了,如此计不成,他就打算冲向努尔哈赤老贼驾车,与他拼个同归于尽!正在胡思乱想,忽然身边的将士轻声唤他:

"袁爷,您瞧哪,努尔哈赤的大车子推过来啦!"

袁崇焕一阵欣喜,心吊了起来,但他又不敢朝城头上顾盼,怕努尔哈赤识破。他只是默默替祖大寿和炮队祝愿——马到成功!

祖大寿一见努尔哈赤启动往城门这儿来了,顿时暗暗钦佩袁崇焕的决断英明,他对满桂说:

"八旗老贼气数尽矣!"

满桂冷静,叮嘱他旁的别多想,保证把炮打准了!

于是祖大寿下令十门炮全推到城墙正面,并肩靠齐,瞄准努尔哈赤的车子,等他的口令,同时放炮。

车行得很慢,可能是由于地面坑坑洼洼不平的缘故,或者是推车的亲兵怕颠簸重了惹怒努尔哈赤,不敢用大力。

驶近每一步,都像在拉紧袁崇焕和满桂、祖大寿心里绷着的那根弦。弦紧而又紧,简直快承受不住了。炮队的把总问祖大寿,行了吧?祖大行伸出一根指头,示意他别出声,他想等再近些,近了就能有两次机会,打第一炮,打不准的话,车往后撤还可打一次;如距离不够,第一炮没命中,努尔哈赤就溜了。

终于到了肯定在射程之内的位置上,祖大寿下令:

"放——菩萨娘娘保佑啊!"

"咚咚咚咚咚……"每门炮都响了,在努尔哈赤的车前车后,绽起十朵白云朵。

"娘的！没炸中！"祖大寿一拍城墙，沮丧地骂道。

"快！快填弹！"满桂催促，"要不就让那龟儿子跑啦！"

炮手赶紧调整距离。

努尔哈赤的车停止前进了，但并没往后撤，祖大寿绝望的眼光又有些纳闷，难道老贼不怕死吗？顾不得想那么多，他一挥手：

"放！给我放！"

话音刚落，"咚咚咚……"炮又齐齐地响了，车子豪华的厢篷被腾起的白烟包围了，祖大寿的眼睛睁得像卵大，他急于想看见车还在不在？白烟散去，车还摆在那儿完好无损！

"娘的皮！你们这群饭桶！"祖大寿愤怒了，他向炮队扑过去，狂怒地要把炮手们撕碎以泄心中无望的悲愤！完了，这下宁远完了！

可他刚揪住一个兵卒的脖子，忽听满桂嚷："大寿，你快来看，快来看，怎么啦？"满桂指着几处的辫子兵，问。

祖大寿五官扭歪着走过来，顺着他的手指观望——辫子兵们都在朝后奔，奔得很突然，样子不像是后撤，倒像是城门转到了背后让他们扑去。而且向城门扑去不是进攻，仿佛是去救火，仿佛他们生命最紧要的东西被燃烧了面临着大灾大难！

渐渐地看清楚了，他们其实都在向努尔哈赤的座车扑赶过去，车旁的亲兵们全跪在地上号啕大哭，呜咽的哭声如悲歌随风飘向城头。辫子兵在车旁越聚越多，随即车被他们扛了起来，又像一股旋风挟裹着这辆车为中心向远处旋刮而去。

"咋回事？"祖大寿和满桂疑惑地对视了一下。

袁崇焕来不及细究原委，而是急于率队回撤入城，然后疾声下令道："快！快！快把城门堵上！"

等城门迅速地用砖重新垒起了，他才松了口气，登上城楼。"怎么样？炸中了没有？"他在底下看不真切，那辆车好象还在，可辫子兵又往回奔，明军炮队究竟得手了没有？

"没炸中车。"满桂与祖大寿同时禀告袁崇焕，"但他们的队伍全象退了洪水似地跑光了！"

袁崇焕转到城墙的几个方向朝敌方眺望，果然，八旗军全线收兵了。他不敢肯定努尔哈赤是否受到了重创，他令谢尚政派探子去侦察，八旗军回撤究竟是什么原因。

探子扒了城下辫子兵尸体的军服套上，装扮成溃兵疾疾潜去。

在没有得到确切的消息之前，袁崇焕回到城楼，躺在那张临时搭就的小床上，一声不吭。他知道,无论是好消息,还是坏消息,呆会儿都不会闲着,何不趁此时机稍事歇息一下。

祖大寿心里有预感,他对满桂说,那狗日的老贼我看八成是吓破了胆,不顶事了! 他悄悄地走下城墙,招呼佘义士,让兵卒抬10坛酒来,扛上城头,在每尊洋炮的炮筒下都放一坛,准备给他们庆功。炮队的把总乐滋滋地问:

"祖大人,咱们的洋炮把努尔哈赤炸归天了吗?"祖大寿心里喜不自禁,可嘴巴还不敢肯定地说,回答道:"我想大概八九不离十吧!"

一股浓郁的酒香飘进城楼,袁崇焕知道祖大寿他们快沉不住气了,他浑身舒坦含笑地跌入梦谷。梦中,天地之间火光熊熊、烈焰腾腾,完全还是连日来战场情景的原版复制,一个手执巨钺的骑马猛士,冲破硝烟弥漫的雾障,赫然出现在他眼前:"滚开!"猛士开腔道,声音在苍穹间回荡,"别挡住本王的路!"这喊声仿佛刀剑在他皮肤上划出一道道伤痕。他努力支撑自己,壮胆问:"你要走什么路? 通往何方?""哈哈哈!"对方狞笑,"通往汝大明国京师,将汝皇帝小儿拖下金銮宝座!"他闻之,浑身颤抖地愤怒了,这才发现手中有剑,于是他把剑挺向前,"那你就是努尔哈赤了?""正是!""看剑!"他要舞剑杀去,可脚走不动,使出浑身解数也难以挪动半步,他急出一头汗。而在这时,努尔哈赤举着寒光闪闪的长钺向他策马冲来,钺头就对准了他的心窝,他无法躲避,眼看就要被刺中,突然,努尔哈赤僵硬地停住不动了,和他一样,怎样挣扎也无效。他看见努尔哈赤怀恨地望着他,嘴腔子里喷出一股黑血,仰天长啸……梦被喊醒了,袁崇焕揉了揉发酸的眼睛,原来是满桂把他推咒哈!"对方狞笑,"通往汝大明国京师,将汝皇帝小儿拖下金銮宝座!"他闻之,浑身颤抖地愤怒了,这才发现手中有剑,于是他把剑挺向前,"那你就是努尔哈赤了?""正是!""看剑!"他要舞剑杀去,可脚走不动,使出浑身解数也难以挪动半步,他急出一头汗。而在这时,努尔哈赤举着寒光闪闪的长钺向他策马冲来,钺头就对准了他的心窝,他无法躲避,眼看就要被刺中,突然,努尔哈赤僵硬地停住不动了,和他一样,怎样挣扎也无效。他看见努尔哈赤怀恨地望着他,嘴腔子里喷出一股黑血,仰天长啸……梦被喊醒了,袁崇焕揉了揉发酸的眼睛,原来是满桂把他推橡大寿早已把敬炮的酒坛揭开了盖,摆上了十个大海碗,每个碗都斟满酒,然后在点火燃烧。

"端酒来庆功! 不分官兵,每人三大碗!"袁崇焕下令。

顿时,响起了一片畅饮声和欢呼声。

喜乐的人堆中,袁崇焕一眼看见了正在分酒的谢尚政:"尚政,你找个参政府的通判,立即拟写一份详尽的战况疏文,准备送往京城,奏报皇上!"

"遵令!"谢尚政退下城墙,往参政府去了。

片刻,疏文拟毕,由袁崇焕亲自再过目一遍。他见有"捷报"和"击败"的词句斟酌一番,提笔改成"奏报"和"击退"。审定后,他告诉谢尚政还是不要拆除城门障碍,用绳索将信使垂下去,飞骑驰往北京。

此事交代完后,他避开饮酒狂欢的官兵,想再到城墙各角落去察看一下破损的情况。可他发觉已无法脱身。

满桂来请他:"袁大人,城下的广场聚满百姓,他们提出非要见你不可!""又有什么请愿?"袁崇焕问。"带了许多酒来,可能是来拜救命菩萨的!""那你去吧。"袁崇焕向满桂做了个请的手势。"不敢,百姓认的是你这个救命神仙!"满桂谦虚地说。

的确,这场护城战的几次关键性决断,都体现了袁崇焕的出众才智与英明,尤其是最后的高潮——炮打努尔哈赤,赢得了诸将和官兵们的由衷钦佩。

袁崇焕在众人的簇拥下,换上整洁的朝服来到城中心小广场。他刚登上高台出现在百姓面前,只听潮水般的"哗哗"撩棉袍声涌起,人们全朝他跪下了,"谢袁爷恩典!谢袁爷救城救命之恩!"喊声此起彼伏、连绵不绝。

袁崇焕见过这阵式,那是在皇上面前,现在竟朝着自己,他惊呆了,有些不知所措。制止他们,肯定是徒劳,安然领受吧,心里又实在不安。他在矛盾中沉默地僵立。渐渐地,这种沉默产生了奇异的变化,他觉得命运是无法抗拒的,一个人成为皇帝、领袖、或者是王侯,都是命运的代表——潮水般的人流自然推涌而起的,你根本失去了自主权,你只有顺应的选择。有了这种感觉,于是他就自然多了,表情丰富多了,甚至有了一些心安理得的陶醉,毕竟,他成为了击败努尔哈赤的胜利者。

从广场退出,他又重返城楼。远远望去,八旗军的营帐已在拆卸,看架式真的灰溜溜要撤退了。至傍晚时分,辫子军已从肉眼视线里消失。

"打开城门!"袁崇焕传令。

堵门的墙砖复又卸下,城门恢复了原样。

袁崇焕骑着马,慢腾腾地荡了出去,他想亲身感受一下他打出来的战场,在城墙上观望好象是看戏,现在他忍不住要自己登上舞台回味一番。

残阳如血,城墙下、壕堑旁堆积如山的尸体本已无一点血色,被雪水洗刷了几次,灰白如泥,此刻猛然沉浸在落日余晖的光耀之中,仿佛都涂抹了一层重重的艳红色蜡油,显出令人胆寒的瑰丽与狰狞!

坐在马背上穿行于死人堆中间,他以前更多的想象是战争的壮烈雄伟,而没想到眼前战争的残酷与凄惨,他隐隐感到人性毁灭的伤痛。他想勒住马,因为跟前有一具年青士卒的尸体,辫子像烟囱似的冲天竖起,脸白得象张纸,眼帘合着,非常安祥,看得出这年青人生前一定很聪明、内秀,嘴角似乎还含着梦幻的微笑,袁崇焕不想惊扰他的宁静姿态,欲绕过去,可马却不理解主人的心思,已大踏步踩了过去,铁蹄正好踩在这年青人的脸上,顿时污血肉浆迸溅,眼珠弹到几米开外的泥泞里,脸庞不复存在。袁崇焕闭上眼不忍目睹,他受了刺激,赶紧拨回马头返回城内。

看到敌方尸积成堆,他联想到自己队伍的伤亡情况,他问满桂,阵亡的弟兄尸体都放在哪里?满桂回答,是谢尚政处理的,可能全抬到城东面的海边山坡上,准备掩埋吧。他催马驰去,跑到东门口,只要出了城门,就可以看见安葬归天官兵的情景了,他突然胆怯地失去了勇气,他勒住马,望着隔着死亡的东门,不敢再往前走。

活了四十多年,他从少年时就立下的壮志,这趟活生活色的战争是他第一次得到满足,也是第一次感到沮丧。前者是雄性的充足展示,后者却是良心的深深忏悔。一将成名万骨枯,果然不假。他郁郁寡欢地骑马回到参政府,坐在火炉旁,沉下心来思索,想的竟是这样一个问题:努尔哈赤此时此刻的思绪是否和我相同呢?要是此时能和这老贼像朋友似的坐在一起促膝谈一下心,该是件多有趣的事情啊!

袁崇焕素来是个感情丰富又易于冲动的人,他马上走到书案前铺开纸,挥毫给努尔哈赤写信。他说,"后生久仰汗王大名,少年即立志与您决一雌雄而正天下,今日终有机会对阵,老将称霸辽东几十年,现败在吾无名小辈之手,一定愤愤不平,请老将还是保重身体,勿要发燥发怒,只怕是人意可违天意难悖啊!如有可能,后生定登府拜见!"和信捆在一起的还有两包福建乌龙茶,袁崇焕作为礼物送给努尔哈赤。

这次辫子兵的傲气受挫,没再拦明军使者,尊敬地一直把使者引到努尔哈赤的卧榻前。使者回来向袁崇焕禀报说,努尔哈赤读了信,眼光黯淡,捂往胸前的伤口直皱眉头,问,袁爷长得什么模样?多大年纪?然后难过地躺下去再没说一句话。

此时,袁崇焕知道自己的信函也许太残忍了,像无形的匕首,插进努尔哈赤的心窝上,他觉得周身寒彻。

5. 捷报如同雪花飘

惨烈的宁远战事最后一日,尚不知鹿死谁手的熹宗远在千里之外的紫禁城里食寝不发。他担忧的不仅仅是宁远,而是操虑宁远如破,不知何时,辫子兵会突然出现在金水桥前的午门口。

这大夜里,他早早地就缩进暖阁龙床里躺下了。皇上取消了玩乐,那么宫里也就没人敢再嘻嘻哈哈喧哗了,一片死气沉沉,万籁俱寂。

半夜里,熹宗"哇哇"尘声喊叫,猛地惊醒,慌得守夜的太监们连忙奔进来,跪地叩安,问万岁爷有何不妥?魏忠贤闻讯也离开了客氏的热被窝,坐着八人抬大轿,风也似地赶来,跪地爬进暖阁,先扫了自己几个耳光,说奴才有罪,让皇上受惊了,接着也问熹宗需要奴才效劳什么?

熹宗指着外面说,有火!有火!

屋外一片漆黑,哪有火光?

魏忠贤以为是皇上连日惊吓,神志不清了,就暗中令宫廷御医配一剂定神汤来,同时细声柔语地劝皇上高枕卧平,定安无忧。

冒着热气的定神汤端来了,魏忠贤亲手扶着碗捧给熹宗喝。岂料,被熹宗一巴掌拍在地上砸碎了药碗。"朕无病!朕心明眼亮,看见外面有火!是努尔哈赤打进宫来了!你们快为朕把火给扑灭!扑灭!"熹宗额角青筋暴跳,两眼惊恐,指着魏忠贤的鼻子,逼他快去。

魏忠贤无奈,只好带着一队武装太监去巡逻。

寒风凛冽,他们垂头拢袖像游魂似的在高大的宫墙间穿梭。"魏爷,您看——"一个小太监指着东华门方向说,"那里好像是火光,皇上真是天子有天灵啊!他老人家在乾清宫里都发现喽!"

魏忠贤望了望,果然有些红光朝天映射出来,像是谁在那儿生火。"走,瞧瞧去!"他一挥手。

东华门专门抬门闩的老太监鬼使神差,半夜里醒来,一时兴起跑到门庭里扫起枯叶来,扫拢了一大堆,就擦火点燃了烧荒。他坐在火堆旁捏了一个酒葫芦,"叭唧叭唧"地喝,殊不知命已喝到了尽头。魏忠贤率人赶到,从井里提来冰水,"滋滋"地往火头上浇。"魏爷,您老还没歇着?这火不碍事,烧光了败叶自然就会熄的,奴才在边上守着呢,不会烧到宫里去的……"没等他醉熏熏地把话说完,魏忠贤的剑已把他的喉咙割断了,一股腥血喷出来,像是绽开一地的夜玫瑰。魏忠贤再令手下将尸体的首级砍下来,用布裹了带走。

回到乾清宫,魏忠贤跪在暖阁外,奏报道:

"皇上,奴才已把火扑灭,肇事者也被割下头来,首级在此,请皇上垂验!"

熹宗趿鞋跨出来审视,问:

"他的辫子呢?"

非要抓到个辫子兵,这就难了。"呃……他冒充大明百姓,已将辫子剪除。"魏忠贤扯谎。

熹宗顿时没了兴趣,也不再追究,转身返回暖阁又倒头躺进龙床。但他这一夜再也没能入寐。

天亮后,他传下御旨,要去紫禁城背后的万岁山培土。

元世祖忽必烈在北京建都城时,发现宫城后面有一片自然风景区,因其紧靠大内禁地,就下令在此开辟专供皇家游玩的后苑,造了些假山和亭台水榭。建成后,忽必烈来视察,见芳草绵芊,四处碧绿,遂赐名曰青山。明代永乐年,重建北京城,监督工程的大臣将所有挖出来的土方沉渣以及开浚紫禁城筒子河的稀泥就近卸在青山上,不知不觉之中形成了五座山,于是就在山表面植满花草树木,又在山顶上盖了五个亭台,分别叫缉芬亭、富览亭、万春亭、固赏亭、观妙亭,形成了一道紫禁城背后的天然屏障。之后,明朝历代皇帝都对这五座山欣赏不已,封名万岁山,又称之谓"镇山",以山为镇,大明朝永葆江山的含义。山上的亭子里挂满了天子们写的"皇图永固"、"长治久安"等匾额。熹宗要去培土,也是想在此时,乞灵于这座"镇山"来保佑他的皇位。

他由魏忠贤陪同,先来到万岁山下,亲手用玉柄金铲挖了一盆土,然后抬上万春亭,一把一把地撒在周围的草里。他觉得挺好玩,一直紧蹙地眉头舒展开来,似乎忘了缠绕的忧虑。魏忠贤时刻不停地观察熹宗的一举一动、表情神态。见皇上舒心些了,以为万事大吉,可以回宫了。没想到,熹宗又提出,还要到妙应寺去烧香拜菩萨,求神保佑。

"皇上,您就是神啊,还求庙里的神干嘛?"魏忠贤奉迎地说。

"那不一样,老祖宗都到妙应寺去拜过!"熹宗认真地说。

妙应寺位于阜成门内大街路北,因寺内有座通体涂以白垩的白塔,故又俗称"白塔寺"。该寺元代十六年落成,叫"大圣寿万安寺",至明代天顺元年改称妙应寺。从七佛殿登数十级台阶,通到以矮墙围绕的塔院,院内中间耸立着白塔,四周各建小角亭一座,塔前一座佛殿。白塔建在一个砖砌的高大须弥座上,台基高九米,塔高五十米,底座面积一千四百多平方米,由塔基、塔身和塔刹三部分组成。台基又分为三层,最下层呈方形,台前有一条通道,前设台阶,可直登塔基,上、中二层是亚字形的须弥座。台基上砌基座,将塔身、基座连接在一起。莲座上又有五条环带,承托上面高大的塔身。塔身俗称"宝瓶",即塔肚皮,形状象倒置的陶钵,外形粗壮,轮廓成圆形,上安七条铁箍,稳重、浑厚。伏钵之上又有亚字形小型须弥座,俗称"塔脖子"。再上就是十三天相轮,顶端承托一个直径十米的巨大华盖,华盖以厚木作底,上置铜板瓦,并做成四十条放射形的筒脊,网以华鬘,形如相连的挂线,一周共挂着三十六付,一挂铸成阳文佛字,另一挂花纹繁缛,中间铸成梵文佛字,每挂下悬铜铃一个,当微风吹动时,响起悦耳的铃声。

熹宗进了寺内,秃顶的主持早已跪在地上迎接。"平身,免礼!"熹宗说道。他问主持,先帝神宗、光宗有否来过妙应寺?主持回答,神宗帝、光宗帝均曾大驾光临,赐释迦金佛像各一座,还拜佛像一个时辰之久。

"如何拜佛这么长久?"熹宗好奇地问。

"先帝念尊胜咒。"主持回答。

"那么,朕也念吧!"熹宗说。

魏忠贤暗暗叫苦,皇上不怕呆在这寒风肆虐的寺内念咒,他们陪着,还不一块儿挨冻!

"皇上,尊胜咒是藏文的,得要翻译念一句,皇上跟着念一句。"主持解释。

"只要是先帝念过,朕念了便是!"熹宗十分虔诚。

整座佛殿里,就坐着熹宗和翻译俩人。翻译先念一句,他便复述一句,非常迟缓。

魏忠贤和一大群陪同太监、侍卫全站在北风呼号的殿外等候,已经到中年了,他们的肚子饿得"咕咕"叫,像一窝猪崽在拱槽。魏忠贤悄声问立在他旁边的主持,快完了没有?主持闭着眼,手捻佛珠,也在默念,他摇摇熵宗说。

魏忠贤暗暗叫苦,皇上不怕呆在这寒风肆虐的寺内念咒,他们陪着,还不一块儿挨冻!

"皇上,尊胜咒是藏文的,得要翻译念一句,皇上跟着念一句。"主持解释。

"只要是先帝念过,朕念了便是!"熹宗十分虔诚。

整座佛殿里,就坐着熹宗和翻译俩人。翻译先念一句,他便复述一句,非常迟缓。

魏忠贤和一大群陪同太监、侍卫全站在北风呼号的殿外等候,已经到中年了,他们的肚子饿得"咕咕"叫,像一窝猪崽在拱槽。魏忠贤悄声问立在他旁边的主持,快完了没有?主持闭着眼,手捻佛珠,也在默念,他摇摇朴的,吓得皇宫卫队忙挥舞兵器,将它团团围住,疑是刺客。

仔细一看,却是熹宗在宫里的一一名内侍太监。魏忠贤赶上前训斥:"大胆!怎敢如此冒失!拦皇上的龙轿,惊动了圣驾,砍你的鸟头!"

熹宗平时玩耍时与这个小太监很熟,他拉开轿门,问:"何故如此惊慌?是否抓到稀罕野物?"

小太监跪在街沿,喜气洋洋,激动得语不成调地说:"皇、皇、皇上,皇上大喜!"

"喜?"熹宗双眸茫然。

"宁远飞骑来报,城池无损,疆土复在,夷酋努尔哈赤兵败身亡!"

刹静。

听见风在空荡荡地呼啸。在场闻声的所有人,包括熹宗在内,都凝固了。在这凝固的几秒钟内,心态骤然发生了翻天覆地的变化。

"真的?"熹宗笑问。

"奴才不敢造假,千真万确!"小太监仰起头,眼缝里都含着喜悦。

忽然,熹宗像顽童一样纵身跃出轿厢,他仰面朝天"哈哈哈哈……"地大笑起来。奇怪的是,就在这当儿,天空浑沌一片,絮絮繁繁地下起鹅毛大雪来!他更兴奋,更高兴了,站在大街中央,张开双臂,作拥抱状,如处无人之境。

魏忠贤立即下令侍卫们封锁场地,围出一块空地让皇上尽兴渲泄。

熹宗一边用手接雪,一边绕着圈子大声道:

"瑞雪是菩萨托上天之灵、玉皇大帝送来的喜报!是朕的诚心诚意感动了上苍,替朕打败了夷贼,保住了江山,大明定能兴旺发达、安邦盛世!"

他反复哗念几遍后,仿佛没看见周围的一切存在,径直向东华门方向奔去。谁也不敢拦他。等魏忠贤和宫中太监醒过神来时,熹宗已跑出老远。

"追!追上去!"魏大喊。

于是皇上在前面跑,太监们在后头赶,一幕奇特、滑稽的图景。

街沿的百姓们看热闹,都弄不明白是怎么回事,有的以为皇上在玩捉迷藏,有的以为皇上发疯了!

熹宗回到宫里,让十几个花容月貌的宫女服侍着脱光衣服,跳进热水池里痛痛快快洗了个澡。抹干身子,他换上临朝穿的龙袍,来到乾清宫门厅。

所有的大臣们都聚集齐全,跪在大殿里山呼万岁!

首辅顾秉谦和兵部尚书王永光上奏道,宁远大捷,乃辽东夷贼犯事以来明军首次胜利,意义重大,应当隆重庆贺,以震撼海内!

大学士魏广微也附合道,辽土沦亡,乃是皇祖以来三世之耻,今皇威无敌,奴酋饮弹归毙,乃天意顺我明国,该普天同庆之!

熹宗闻罢大喜,当即宣布,给廷臣们十天准备时间,十天后,在皇宫午门内举行庆典!

努尔哈赤被炸死的消息实际上是误传。但努尔哈赤确实又是死了,那是数天以后的事情。

当时他负了重伤,回到沈阳的瑷鸡堡行宫疗养。请来的所有郎中都回天无术,他不是死在炮伤上,而是死在心里的忧伤上。他憋的一口气怎么也吐不出来,自己二十郎当开始起兵征战,战无不胜,攻无不克,这次竟败在一个不起眼的宁远小城上,输在一个名不见经传的袁崇焕手中,实在窝囊,让世人耻笑!脑筋不通,血脉不畅,伤口急剧恶化,一颗璀灿的帅星黯然熄灭。

国王的死讯传出后,沈阳城官兵百姓民众无不大恸,全城张挂挽幛,黑纱、白结像秋天的落叶一般四处飘扬。所有的葬礼乐队全歇业,自动聚结到皇宫门口,昼夜不停地吹奏哀乐。

努尔哈赤的遗体放在后皇宫里供人吊唁,大殓三天,尔后下葬。

袁崇焕听探子回来禀报,心里尚存疑问,他几乎不相信努尔哈赤真的会被自己打死了!别是八旗兵玩当年吴国大帅周瑜假死骗曹操的把戏?正在这时,赵率教解困后,从前屯卫迈出脚来向袁崇焕禀报军情,他总是能最准确地体察袁崇焕的心思,帮助出点子和主意。他表示这好办,他认识一名替努尔哈赤治过面疮的乡村郎中,这位郎中对努尔哈赤的脸庞可以说是烧成灰都能认得出,叫他去沈阳探一探虚实,保证能知道那老贼是假死还是真死,躺在棺材内的尸体是冒充的,还是货真价实。

袁崇焕觉得这个主意妙,就让谢尚政给郎中几两银子,让他做一回间谍。赵率教讨好地说,当年周瑜再狡滑精明没骗过诸葛亮,他努尔哈赤若诈死也休想骗过咱袁爷!

郎中骑快马,去后又返回,只用了一天时间。他禀报袁崇焕,努尔哈赤遗体躺在宫中大殿里让所有奔涌而来的女真人瞻仰,他一眼就辨认出是真的,他相信自己的眼睛不会有毛病,千真万确,是当初那个威赫八方、神乎其神的老汗王!

袁崇焕这才放心,又给了郎中一个银元宝作酬劳。另外,他还打探到,八旗军没有任何要出击的迹象,证明是暂时偃旗息鼓,这和郎中的口证是吻合的——全去皇宫吊唁了。于是,他拟了一份专门陈述努尔哈赤死讯的奏报,派人送京师呈皇上。

这几日,紫禁城里比过节还要喜庆,所有大红色的灯笼全悬挂在飞檐雕梁下,流光溢彩;所有的宫女都换上了簇新衣裙,像一团团花蕊在高墙深院里闪动粉华;太监们更像一个个被抽转的陀螺,忙得屁股一刻也沾不了地。司礼监、御用监、御马监、内官监、司设监、神富监要制订庆典司仪程序、置办典礼用具,兼带训练行马路线,排定内外廷坐次等等;尚膳监、尚宝监、印绶监、直殿监、尚衣监、都知监全面负责典礼的宴会食品购买烹烧、宫内殿堂房屋庙宇的维修刷新、订做有功之臣的授奖物品、裁剪配发升迁官员的新朝服、记录名册等等;惜薪司、钟鼓司、宝钞司、混堂司必须准备几万人参加庆典的住宿用具,烤火取暖材料以及赶制浇铸庆典特种金银锭币,以备发放入典同庆官员珍藏纪念;兵仗局、银作局、浣衣局、巾帽局、针工局、内织染局、酒醋面局、司苑局属于具体操作的部门,一切订单、样品、尺寸交来后,他们就开始紧张地赶做,十天时间,供他们使用的也就只有三、五天,但没有任何拖延的余地,届时拿不出货色,必得受严厉的惩罚,他们只得不分昼夜地埋首干活。

宫内操办庆典,大概只有皇上一个人高兴,其余人全暗暗叫苦不迭,诅咒这孤家寡人的欢乐。熹宗这几天非常安静,以往他是闲不住一刻钟的,每天都挖空心思想出十几种花样来玩耍,现在他忽然被宁远大捷激发出了做皇帝的责任感,对皇帝的龙椅宝座产生了奇异的兴趣,他不认为辉煌是自己创造的,但他相信皇位是一切成功、胜利的根源,所有人都在为这宝座而忙碌、效忠,他就没有理由再去冷落这个该由自己端坐的位置了。他第一次品尝到坐在龙椅上的滋味,这是无与伦比的尊严和自信,他这才明白,以前他老是控制不住地要去玩游戏,内心是在逃避行使皇帝的职权,因为他没有自信,所以害怕。如今终于获得了坦然的回归。

每天都有许多份奏折和疏文从内阁、文书房报到他的手里,他以前所未有的认真态度来审阅。这段时间的上疏内容大都是有关庆典事宜的,他几乎在每份上疏额角都批字,他的御批不假思索,全体现了一个单调的意思:奖励有功之臣!他第一个御批的就是在宁远呈送的那份击退夷军的奏报上,把袁崇焕三个字写得有杯口那么大,然后注明,辽东经略非袁莫属。

兵部尚书王永光接到退回交办的疏文,赶紧禀报皇上,经略是二品大员,袁崇焕目前才是从四品,升的太快怕有同僚不满呀!

"那就正三品辽东巡抚吧!"熹宗爽快地一挥手,说道。

接着,又封袁西堂以孙崇焕贵,追认兵部右侍郎、右佥都御史;封袁予鹏以子崇焕贵,追封兵部左侍郎,右佥都御史。

还要封袁崇焕的儿子。但查袁没有儿子,只有女儿,袁家第四代男丁仅有袁崇焕的侄儿袁兆基。那就临时下御令将袁兆基过继给袁崇焕为子,封其为锦衣卫千户指挥佥事。

然后是满桂升任辽东总兵官,督阵宁远。祖大寿、赵率教、朱梅、何可纲、谢尚政全都官升一级,加爵一等,赠银千两。

熹宗在战情疏文上屡屡见到洋炮立下了汗马功劳,连努尔哈赤亦是洋炮所伤致死,于是他要给洋炮也授励封爵,十门炮统统任命为安国全军平辽靖虏大将军,级称比指挥发炮的守将还高。

宫内的太监们都在帷幕后嘀咕,那些辽边的官兵窝囊包袱背了几十年,这次可逮着了,皇上一高兴,想给谁官帽子一顶谁就戴上了!

说是这么说,表面看熹宗是乐糊涂了,没什么原则,像是在随手撒官帽子,其实他心里还是明白的。山海关经略府报上来的疏文提到的人名中,有一个人他没批准加禄。

他牢牢地藏着一份密报,是兵部一个叫罗尚忠的给事中写的。密报中言称:"虏众十五六万人攻围宁远,关门援兵并无一至,是因为画地分守,不应支援,还是因为兵将骄横,不听指挥?宁远守城之功,以不救而愈彰,关门将领之罪,以催救不救而滋甚!"矛头直指高第。

一天早朝完毕,熹宗把魏忠贤和兵部尚书王永光留下,要求他们查核此事。

高第是阉党亲信,魏忠贤自然要帮他一把,派人告知他,要寻机开脱。高第就千方百计地找替罪羔羊推诿责任。他先瞄准的是总兵官杨麒,上疏参劾杨麒"懦怯不前,畏敌如虎"。杨麒总兵官万万没想到自己死心塌地追随的高第大人竟会在关键时刻将自己往火炕里推,以保全他个人的生存,欲骂娘、想辩解,但无人听他的,只有打落牙齿往肚里咽。

熹宗当即将杨麒革职,派他去顶替赵率教守前屯卫,若再退回关门,即以擅离驻防地论处。

光推出一个杨麒似乎还难消皇上的疑虑。高第又想把罪过往前任辽东督师孙承宗身上推,他奏报说,"孙承宗原报关上兵有十一万七千余名,实则不过五万八千名。这点兵力防守山海关尚嫌不足,哪有支援宁远之力?"

阉党御史李懋芳立即起而弹劾孙承宗,声援高第。他奏道,孙承宗所报兵额竟比实际多出五万九千余名,显有欺蒙,孙督师四年,糜费金钱岁至数百万,却碌碌无为,力求卸担,还曾不奉旨擅离防区,欲进京觐见,以致中外惊疑。去年柳河之败,使夷军了解到关外无备,今春才敢大举进犯,显然应由孙承宗担负责任。要求皇上以无兵一节诘问孙承宗。

熹宗记得孙承宗离职时,曾奏报兵数十一万多人,时隔数月,竟少了近六万人,颇有困惑,他不相信是孙承宗故意虚报,任何一个将帅,都可能虚报夸大些兵额,以求增加饷银,但很少差漏这么大的。他下旨说:"关门兵数多寡,众目难逃,尚有经管各官,如何专责孙承宗?查核自明。"他又通知户部官员:"高第刚到山海关任职时,曾按十一万七千人发饷。现在他说关上只有五万人,那就按新的数字发饷!"

高第慌了手脚,倘若关上一半多将士领不到军饷,哗变作乱,非把他的肉剁了吃不可。他急忙上疏引罪,表明自己原先查核疏忽,关上兵力,关内有三万九千五百余名,关外有九万九千五十余名。

出任经略数月之间,高第上疏屡屡自相矛盾,以军饷、兵额这样的大事而言,也屡致参差,熹宗耿耿于怀,他要派一个贴身太监充任特使,去山海关检查政务。

魏忠贤虽然想方设法庇护自己的党羽,但最终也怕引火烧身,于是找了借口,不再管高第的事情了。

失去了挡箭牌,高第一下子显得非常孤立,成为众矢之的。阎鸣泰对他更是落井下石,揭他的疮疤剜他的烂肉。熹宗对高第不再抱任何兴趣,将其撤职返乡,削官为民,任命原蓟辽总督王之臣代替其职务。

聪明反被聪明误,求生反遭求生罪。高第在回乡的半途中,莫名其妙地被人割下了脑袋,弃尸沟旁。

山海关方面,孙承宗不在后,袁崇焕始终不抱好感。朝廷惩处高第、杨麒,他心里是痛快的,可他是山海关下属的官员,也不便多插嘴,保持着洁身自好的缄默。但他没料到,山海关的厄运竟波及到自己的防地上来了,后院失火!

满桂见皇上革了高第、杨麒的职,定了他们的罪,他就想到,宁远城最吃紧、最危急的关头,他派人去向前屯卫求援,赵率教非但不派兵,还有向辫子兵求和求降的迹象,难道不应该了把他撤职查办、从重发落吗?满桂知道赵率教和袁崇焕的私交好,若与袁商量,他肯定不会支持自己,而会把事情遮掩起来,于是他就以个人名义写了份奏折,通过自己在宫廷中的熟人朋友,呈送给了皇上。

因为牵涉到宁远守将,他们都已钦定为是有功之臣,熹宗不愿降罪割爱,什么话也没说,就转给了辽东经略王之臣。

赵率教马上知道了,非常气愤,怒冲冲去满桂的总兵府上辩解、论理。满桂以为他是上门寻衅报复,就令卫士将他拒之门外。赵率教认为这有关他的名誉和今后的前程,非要讲清楚,要求满桂再上奏收回前次疏文,否则不离去。耳闻赵率教在门口大声斥责,满桂憋了许久,终于光火了,大步跨出来,指着赵的鼻子训道:

"你他娘的肚里有几根虫虫我满某人都看得清清楚楚,你不是英雄是狗熊,想欺上瞒下骗取官爵,可耻!我非揭下你的画皮不可!"

赵率教也不买帐,说:

"下次辫子兵再来,你守前屯卫,我守宁远,看看谁有本事!"

满桂此时已贵为总兵官,觉得自己在门庭前被部下如此顶撞污辱有失体面,节制不住,挥拳向赵率教揍去。赵率教脸挨了记勾拳,也豁出来了,一头向满桂的肚皮牛角似地顶去,将满桂顶翻在台阶上。俩人扭在一起,手下的兵卒都不敢上前劝解,最后,要不是袁崇焕闻讯赶来,把俩人镇住,还不知要闹出什么乱子。

此次告状,满桂瞒着袁崇焕,等于把袁崇焕也得罪了。而且从感情上讲,袁崇焕是站在赵率教一边的,他比较相信赵对他陈述的前屯卫防卫实情。袁崇焕用裁决的口吻,要满桂停止对赵率教的追究行为,在适当的时候向朝廷、王之臣把前屯卫的真相予以澄清。

满桂坚决不同意。他对袁崇焕跺脚道,你和赵率教沆瀣一气,既然皇上把此案交给了王经略,咱们就到山海关去辩个是非吧!

袁崇焕也火了,心想你满桂不就是升了总兵官吗?脾气大成这样!我袁某功劳更大,官也比你升得更高,你难道还想爬到我头上拉屎不成?于是他强硬地说,此案到本官这层为止,不许再纠缠,否则后果自负!

"自负就自负,你还能把我的鸡巴给咬掉?"满桂火冒三丈地骂道。

本来是满、赵的矛盾,现在转化成了袁、满之间的矛盾。

袁崇焕向朝廷连发三本陈述疏,对满桂不服管束大为不忿,强烈要求将其调往它处任职。

大明朝廷刚从战争的惊悸中复苏过来,心理上完全依赖于袁崇焕神话般的威势,对他的要求百般顺从,就一纸命令,把满桂先免职,调回京师听候任用。

在满桂与袁、赵的冲突中,王之臣是维护满桂利益的。他在京师时,曾和满桂有过交往,深知满桂虽性格有些鲁莽,但忠勇绝伦,是个不可多得的良将猛帅。对袁崇焕和赵率教,他以前均不熟悉。他认为调满桂离开临战第一线是错误的,袁崇焕和他毕竟是文官,满桂却是地地道道的武将,敌情叵测难料,不能因为赢了一仗就疏忽大意,防地没有一名像满桂这样的战将是万万不可的。他将此意上疏朝廷,言之有理,辩析中肯,朝廷也不得不听从他的意见,王之臣万历十年进士,是老资格的明国廷臣。

又一纸命令下来,让满桂留在辽东,镇守山海关。

袁崇焕此时已不能抑制自己火山爆发似的情绪。人从本质上来说都是自大的,只不过有种种约束克制着自己,一旦这种约束受到骄傲的瓦解时,自大欲就会弥蔓头脑。他要与王之臣、满桂争一雌雄,看谁的力量能占上风,就是受这种自大欲的驱使。

对于辽东官员内讧式的矛盾,内阁和兵部唯恐它扩大,酿成防线破裂的后果,所以采取息事宁人的对策,哪边强硬就倾向哪边。两边看来还是袁崇焕这边更重要,于是满桂又被调回北京,任兵部左都督,是个闲差,兵部怕给他位置优越了,袁崇焕又要发脾气。

满桂突然沉默了,一次理直气壮的行为结果成了四分五裂的隔阂,这是他始料不及的。他冷静下来,不再言语。几年相处,又经过生死战场结下的友情,一念之差就毁于一旦,他多少有些伤感,唯恐再吐口错言了什么,更加深裂痕。接到朝廷调令的当晚,满桂就收拾了简单的行装,带了两个侍从,悄悄也离开了宁远。

次日清晨,袁崇焕练完早操,不知不觉地就踱步到满桂的府宅门口来了,以往,袁崇焕有公务要商量,满桂如不在旁边,他一抬脚就来串门,不分彼此,家常便饭。时间长了,满桂单身的家,似乎就成了他自己的家。现在他也难以改变这种习惯,他骂道:"满桂你个兔崽子,你出来!你把我当成外人,我可一直对你掏心掏肺的,你忘记啦,是谁把你要到宁远来的……"要是往日,满桂早就像一头豹子似地冲出来应战了,可今天却静悄无声。袁崇焕奇怪地张望,此刻他才明白自己的心理,与其说是来骂满桂,倒不如说是和满桂想见上一面,俩人并肩作战、休戚相关,一日不见,便心里空落缺憾,不知所措。

一个守屋的侍从走出来,向袁崇焕行了跪礼后禀报:"袁爷,满大人已经赶赴京师履新!"

像被击了当头一棒,袁崇焕猛地愣住了,他似乎不相信,骂道:"混蛋,你要讲假话,本官宰了你!"

"奴才不敢!"侍从吓得跪地不起。

袁崇焕三步二步冲进屋门,果真见四壁空空荡荡,他悻悻地吼道:"满桂,你走了吗?你一声招呼不打怎么就走了?酒还没喝呢,你不会走的,你出来!你出来和我见个面!"

房间里"嗡嗡"地发出回响,可是满桂的影子也没有。他喊累了,垂头丧气地走出来,见那个侍从还跪在栅栏前,没好气地说:"你还乌龟似地趴在那儿干啥?满大人走你为什么不来告诉我一声?咹?"

侍从语不成调:"奴才、奴才罪过……"

袁崇焕没再理他,径直走了。边走边自语,"走了也好,你们就走吧,走光了都好!"他摇摇晃晃,浑身疲惫。

回到府第,阮伯蓉见他脸色灰暗,一头扎在床上昏昏欲睡,就紧张地问:"相公,你怎么啦?哪里不舒服?"

袁崇焕摇摇头,握住娘子的手,捂在胸口,长叹一声。

"出什么事啦?"阮伯蓉体贴地问。妻以夫荣,皇上给袁家封爵授禄后,阮伯蓉真也想显显自己应享的富贵,可没有,依然是做不完的家务,家里的事她不习惯别人插手,还有操不完的心,丈夫日日像在钻火圈,走钢丝,讲不定哪天就一个闪失……

袁崇焕幽幽地回答她:"满桂走啦!""好好的,不是还升了总兵官吗?怎么又走啦?"阮伯蓉问:"是我逼他走的。"袁崇焕说。"你?"阮伯蓉不理解地望着丈夫。"我好傻,我该死哟!"袁崇焕拍了拍自己脑壳,闭上眼,似乎不愿看面前这纷攘的世象。

几日里,袁崇焕食寝不安,坐卧不宁,总是一个人不带侍卫,说声"我出去走走"就出门了,有时几个时辰,有时大半天才回来。

阮伯蓉不放心,叫阿基跟在伯父后面,阿基回来告诉伯母,伯父爬上城墙就一直坐在城垛上,望着西南面,发呆。她知道相公心里在悔恨,他实际上离不开满桂,可嘴上又不愿说,是自己把人家赶走的,如何再请人家回来?

夜里,阮伯蓉在枕头边对丈夫说:"想做啥就去做,别憋在心里憋坏自己!不就是个面皮吗?大丈夫不同我们小娘子,心胸开阔,肚量宽大,主动认悔,不但不会遭人耻笑,反而更会被人尊敬!"

袁崇焕翻了个身,在清澈如水的夜光里瞪大眼睛,问:"你是这样看的吗?""就算是妇人之见吧,反正我就是这么看的。"袁崇焕马上翻身起床,披上衣服,往外走。"相公,你上哪?"阮伯蓉问。"去找赵率教。"袁崇焕丢下一句,走了。

把赵率教从床从喊起来,袁崇焕劈头就问:"满桂被我赶走了,你高兴不高兴?"赵率教简直是袁崇焕肚里的虫子,他一下子就明白话里的含义和弦外之音了,他问:"袁大人,您要我讲真话还是假话?""当然是真话!""不高兴,后悔!宁远不能没有满大人,我后悔当初没有耐心向满大人解释清楚,让他动了怒火,闹成这僵局!袁大人,这样吧,我去京师负荆请罪,让朝廷派满大人回来!""不用啦,这事由我来办!"袁崇焕长嘘口气,身上的重负终于放下了,他决定由自己上疏请求满桂回辽边,满桂愿不愿回来另讲,自己的内疚总算是解脱了!

朝廷见袁崇焕回心转意,自是高兴,马上委派满桂统领山海关内外所有兵马,赐上方宝剑。明朝有个规矩,凡武将必要受文官管辖,经略和巡抚都是文官,所以满桂仍受袁崇焕调遣,但在军事指挥上,满桂只要得到了王、袁的批准,就有绝对的权威。

四月初春,辽东大地开始回暖复苏,坚冰流失,积雪消融,白皮松和垂杨柳都悄悄地绽出了新芽,飘拂的微风里也有了许些温馨。顶着满字大旗的一队浩浩荡荡人马向宁远城驰来,黄土坡道尘土飞扬。袁崇焕下令打开城门,放下吊桥,他迎在拱楼前。马队奔腾至城壕边,满桂一身战袍盔甲,跳下马来,紧跑几步,向袁崇焕拱手单跪:

"满桂向袁大人请安!"

袁崇焕还礼,然后走上前扶满桂起来,"兄弟,你可回来了,害我想得好苦!"

俩人眼眶都有些湿润,猛地紧紧拥抱成一团。

明朝皇宫内廷外府,袁崇焕名声鹊起,有关他的传闻一时间几乎成为人们口头谈论的固定话题。什么"袁崇焕谋比庞统,武赛关公"、"说一不二,皇上都怵他三分"、"有袁崇焕在,京师有如锁在海龙王的须牙殿里那么安全"、"大明国离不开袁爷,以后江山没准归他坐!"袁崇焕成了神话般的人物,当人们把他当救星推到异想天开的峰巅时,同时也将其搁到了一个非常被动、不利的位置。

在官场的倾轧,权力的漩涡中,最忌讳的是锋芒毕露。当你树起成功的旗帜时,你也为无数支明枪暗剑立出了靶子。曾把几百名东林党对手置于死地的魏忠贤,原来是不熟悉袁崇焕的,就是偶尔在上疏中见到这个宁远参政的名字,也从没加以注意,因为这一个边塞小官,根本不是他的对手,提不起他嗜血的兴趣。现在,他则像一头时刻警惕着的猛兽,突然发现了一个有可能威胁他安全的目标,于是他那可怕、阴险、残忍的眼眸,仇恨地盯上了这个强敌。

当然,这是个老谋深算的赌徒,政客,他不会莽撞地轻易行事。他先采取怀柔手段,派人给宁远送去五万两银子,特别申明这是魏公公个人的礼物,以试探袁崇焕的反应。没料到,袁崇焕派了五十名骑兵把银子原封不动地送回来了,礼貌而又客气地回答,如是朝廷拨款,宁远梦寐以求,但是私囊银两,宁远官兵不敢接受分毫。

魏忠贤碰了个软钉子,知道袁崇焕一不是好惹的人,二绝不会是和自己气味相投的同类,所以立即采取步骤。

早些年,明朝在九边都设有内廷监军,派出太监到守军中督察、密探,直接对皇上负责。后在神宗期因将领反对而撤销,现在魏忠贤又令其恢复,首先迫不及待地就派出两名太监赴宁远监军,以掣肘袁崇焕。所谓冤家路窄,派去的两个太监中,其中一个就是胡应龙。

乍一看,袁崇焕简直不敢辩认这细皮嫩肉、滚圆白胖的葫芦,就是胡应龙。原先那个尖嘴猴腮的形象已荡然无存,不过,袁崇焕还是从这张抽掉阳气的尿泡脸上发现他奸诈的眼光和虚伪的假笑,以及媚、恶瞬息转变的表情依然如故。以前几幕不愉快的回忆顿时浮上心头。

"袁大人!"

吊桥上,胡应龙给袁崇焕下跪。

"胡应龙,胡公公!"袁崇焕用讥讽的口吻唤道。

"在!"胡应龙知道此时的袁崇焕炙手可热,不能惹。

"你来监我的军?"袁崇焕问。

"不敢,奴才奉魏公公之命,前来听候袁大人调遣!"胡应龙小心翼翼地说。

突然袁崇焕提高声调:"这战场上全是他娘的男人挺着鸡巴拎着脑袋玩命,你这个没把儿的拿什么监军?瞎鸡巴胡闹!丢!"他辽东话夹着广东话,把胡应龙骂得脸红脖子粗,头也不敢抬起来。

"没我的照准,一切闲杂人员不准入城!"袁崇焕转身飞跨上马,"嗒嗒嗒"地驰进城去。

包括满桂在内的其他守将犯了难,袁崇焕甩下这句话,明显的是不让胡应龙和另一个叫纪用的太监进城,他们又不便违令驳袁的面子,怎么办?得罪了这俩人就等于是得罪了魏忠贤。而魏公公的手段,比辫子兵还凶恶啊!

胡应龙和纪用直起身,拍拍袍襟上的泥土,一言不发,讪讪地冷观,看你们咋办?

祖大寿、何可纲、朱梅面面相觑,然后都把目光投向满桂,指望他拿主意。满桂打圆场说:"两位公公请多包涵,袁大人脾气不是冲你俩发的。"

"那是冲咱魏公公发的喽?不欢迎?那好,咱俩原路回去,原话奉告,也算是交差了!"纪用比较耿直,就要转身。

"哎!"满桂拉住他们。"你们稍等片刻,我去见袁大人,很快给你们回话!"说着,他嘱咐祖大寿陪客,自己跳上马飞奔而去。

袁崇焕兀自在参政府,如今改成巡抚院的后庭花圃前舞梅花剑,眉头紧锁,气冲霄汉。只听"呼"地一声,剑刃削在假山上,一块巴掌大的碎石片应声扎进泥地里。悄然出现在门口的满桂待他转步换气的当口,唤道:"袁大人,你听我说句话,行不行?""赶那俩个阉货滚蛋,我们宁远不欢迎!"袁崇焕边舞边回答。"何必呢,小不忍则乱大谋!如今朝廷阉党得势,魏公公一言九鼎,说话比皇上还威风,谁能惹得起?"满桂耐心劝说,晓以利害。"魏忠贤害死了熊廷弼,辽边差点毁在他手中,他如今还想来插手捣乱,我坚决不答应,除非他来割我的脑袋!"袁崇焕气喘吁吁,面红耳赤。

强劝无效,满桂只得换一种方式,他一拍腿,喝采似地叫了声:"好!"竖起大姆指,"好!袁大人,你真是条好汉!兄弟我今天发现您铮铮铁骨,的确毫无掺假,名不虚传!视名利如浮云,待生死如草芥!兄弟服了,我也向您看齐,去把那俩阉驴宰掉算了!为熊将军报仇雪恨,以后省得罗嗦!"讲完,他"嗖"地拔出剑,抽身便走。他走了几步,就嘀咕,不出十步,袁崇焕保证会喊住我!袁崇焕毕竟也是从政六七年的官家了,官场上的利害关系他应该比我更清楚,更看得透,更老练,他现在只不过一时性起,耍一下脾气而已,冷静下来,肯定会改变主意。

果然,袁崇焕在背后喊:

"哎,满大人,你别胡来!朝廷派来的监军,怎能随便杀了呢?"

"杀跟不杀一个样,您想想,您不让他们进城,赶他们走,一路上虎豹出没,他们的车马疲惫至极,还不成了野兽的口粮?与其让老虎吃了肉,还不如咱们杀了出口恶气!"满桂故意激他。

"胡说!还不赶快把他们接进城来安顿?"袁崇焕肚里明白满桂在用激将法,而佯装不知,顺水推舟让了步。

可他怎么也咽不下这口气。他知道这两个太监明摆着是魏忠贤冲自己来的,心想反正此时你阉党也不敢拿我开刀,就故意整一整他们!

胡应龙、纪用被带进城,安顿在一处离巡抚院有几里路的破院落里,派了个耳聋的老头去伺候,任何话听不见,也就无法办。第一顿饭送去的是棒子面和菜糊汤,告诉他们,这是与兵卒同餐共饮。纪用把饭锅摔在地上,骂,这哪是人吃?分明是猪食!他把聋老头找来,问袁崇焕把他们当人不当人?老头呆呆地望着他们,指指耳朵,摇摇头。纪用跳脚大骂,袁崇焕你他娘的畜牲!你让咱们吃糠咽菜,是不是宁远城的人都绝啦?只剩下猪狗牛羊?好,你吃咱也吃,你不把咱当人,你先不是人!胡应龙劝纪用别发怒,他提醒道,适者生存,咱们现在犯不着跟他斗气,免得招来杀身之祸!大丈夫能跳龙门能钻狗洞,当年韩信还从胯下钻过呢。等着瞧,以后总有机会跟这南蛮子算帐!他的眼睛里充满了隐忍的诡诈。

十日期将毕,宫廷鼓瑟齐鸣,庆典在即。

袁崇焕和满桂等守将功臣都准备秘密赴京参加盛会,接受皇上的授封,可是熹宗却病了。

宁远被围给他造成的惊恐,然后又是努尔哈赤兵败突然的喜讯,陡然的大悲大喜,使他虚弱的身子本来就难以承受,再加上他那天在雨中狂舞,更是寒气侵表入腑,使他终于在兴奋的顶峰前倒下了。

魏忠贤心里本来就嫉恨这次庆典,因为和他毫不相干。见皇上病倒,他马上借机宣布取消庆典,传令辽边将士不得滋长居功骄傲情绪。功臣们似乎一夜之间不仅没功还有过,得夹着尾巴灰溜溜地做人。

袁崇焕是在家里辞了老母、娘子等家人到巡抚院准备出发时接到京师快马驰递的通知的。

他换下盛装,没再骑马乘轿,款款迈步走回家园。跨进大门,他见母亲在守望。其实她是什么也看不见的,但长久以来,只要儿子出远门,她的心就悬浮在半空里。

他说,娘,我回来了。"儿啊,你不是去京城了吗?"她问。"不去了。"

"不去了?好嘢!那地方少少去为妙矣!"韩慧乔用苍老沙哑的声音回答,她是深深记着家仇的!

第六章 宁锦大捷

1. 冒"国人皆曰可杀"之险

天启七年一月的初十日,宁远城蒙在冬日的冰封之中,寒峭覆盖的灰色城墙连带锈色的木排房,还有护城的那一溜溜青黛松林,以及苍黄的离离原上枯草,都一如往日的沉静。

兵卒们在操练,百姓家有的在晒大豆,有的挥斧劈柴禾,妇女从井里吊上水来洗衣服,孩子扭动小腿追逐着狗儿嬉闹,谁也没注意到天色慢慢地黯淡下来,忽然变得跟傍晚一样皆黑。当人们奇怪地抬起头,观察天际时,都惊讶地呼喊起来,啊!日头被天狗吃啦!果不其然,刚才还光芒四射的太阳,此刻成了块被咬去半拉的烧饼,缺了个大口子!他们惊恐万状地全扑在原地下跪,双手合拢,不断地向天空磕头祈祷,以求平安。偶发的日偏食,把宁远人唬得惶惶不安,他们预料今年将要发生什么灾难。

次日,谁也不敢出门,城内外一片沉寂。

临近中午,站在城楼上落寞的哨卫,远远地望见空旷的坡道上,孤单单走来一个人影。愈走愈近,哨卫看清楚是个喇嘛僧人,一身麻黄色衣袍,草鞋绑腿,背了个行囊,风尘仆仆。

当他站到吊桥下时,哨卫问他从哪儿来?回答说是山西五台山,并递了路条。"辛苦啦!打那么老远走来!"哨卫同情怜悯地说道,便放他进了城。

宁远城不大,喇嘛天天在大街小巷转悠,百姓们都晓得他姓李,就称他李喇嘛。

李喇嘛白天四处逛荡,向群众宣讲佛经,说宁远城这个地方血腥气太重,要建一座佛庙来普渡众生,安息魂灵,请求大家积德化缘。晚上累了就蓬头垢面蜷缩在城南角一个狭小的土地庙香台下歇息。

不少人因受日偏食惊吓,信服李喇嘛的说教,拿馒头和盐、土豆给他进食,还向他跪拜。

几日后,李喇嘛的行踪被谢尚政发现了,以为他是金国派来的奸细,就在一个伸手不见五指的黑夜,派一队军士赴土地庙捉拿他。

谁料军士扑了个空,庙里的香台下已无李喇嘛的踪影。谢尚政以为走漏了风声,李喇嘛躲到街上去了,便举着火把到街巷里搜。还让地保敲锣,喊叫如果是哪家居民收留了僧人,快把他交出来,这是个夷贼派来的奸细!可是仍无收获。

这时,有个家住在袁崇焕府宅旁的居民跑出来瞧热闹,告诉谢尚政,他见李喇嘛进了袁大人的院门。

"胡说!你竟敢说奸细进了袁爷的府上?"谢尚政恨其逗趣竟逗到自己头上,便要将这居民扣起来押走。这居民大叫大嚷辩解,我亲眼目睹,如瞎说你剜了我的眼珠、割了我的舌头!见他发毒誓,谢尚政半信半疑,就说,我现在就去登袁爷的府上问,你以为我不敢吗?如果没有这回事,我不饶你!

平素谢尚政进袁崇焕的家门,如进自己家门一样无拘无束,但今天太晚了,他生怕打扰了袁崇焕及家人的休息。不过,如那个李喇嘛真是奸细,进了袁府,还不会有危险吗?想到这,他便壮胆使劲敲起门来,一边敲还一边喊:"袁大人!袁大人!谢尚政火急求见!"

一个护院的侍卫跑来开门,奇怪地问:

"咋回事?"

"我要见袁大人!"谢尚政进了门,直奔客堂。

片刻,袁崇焕披衣迎了出来,"尚政,出了什么事?"

"袁大人,我们在抓一个叫李喇嘛的人,可他不见了,我生怕他窜到您这儿来作乱,所以赶来查询。"谢尚政说。

"你抓李喇嘛干啥?"袁崇焕反问。

"他可能是夷贼的奸细!"

"有什么证据吗?"袁崇焕不经意地问,吩咐侍卫给谢尚政端热茶来暖身子。

"他造谣惑众,扰乱民心!"谢尚政很肯定地说。

"别大惊小怪!"袁崇焕笑了笑,"他的确是五台山来的僧人,我和他聊过。他现在住在我的后院里。"

"啊!真的?"谢尚政惊讶地张大嘴。

"先守密,我自有另外安排。"袁崇焕嘱咐道。

"遵令!"谢尚政点头。

退出后,谢尚政还有些百思不得其解,袁崇焕收留一个叫化子喇嘛干啥呢?报信的居民忽然闪出来扯住他袖子说:"大人,怎么样?奴才说的没错吧?给个赏银?"他掏出个银角,摔在地上。

三日后,袁崇焕差人请满桂和祖大寿到家中来做客。

他们被引到一间密室里,暖烘烘的火炕中央,方桌上早已摆了一只面盆大的火锅,锅里的汤沸腾着冒着热气,锅旁边搁着三条肥嫩的羊腿,三把锋利的短刀。

"来,来,请入席!"袁崇焕邀道,"自己削肉自己涮,不够再添!"

"袁大人,您今天怎么突然想起来请我们吃涮羊腿的呢?"满桂笑吟吟地问。

"还缺一件老朋友,酒咋没有?"祖大寿嚷道。

"今天我有正经事要和两位商酌,怕饮酒伤脑乱神,就免了吧!"袁崇焕解释,"坐!"

三个宁远城的首脑人物围着桌盘起腿。

嚼了几大块肉后,袁崇焕咽了口热汤,说:"咱们哥仁个是一口锅捞饭割肉吃的弟兄,一根绳子上捆着的命魂儿,我肚里有什么心思,打什么算盘从不瞒你们,你们说是不是?"

"对,袁大人,要有话您就尽管对咱们说,需要咱们敲边鼓的,咱们就帮着吹呀,不让咱们泄出去,咱们就烂在肚里,权当没听见!"祖大寿晃着蒲扇似的大手,爽人爽语。

"袁大人,您把咱们请来,是信得过咱们,有啥要咱们尽力的,别见外,都当是自己家的人自己家的事!"满桂也表达了同样的意思。他们都猜,可能袁崇焕个人碰到什么为难的事,或有什么难言之隐想对他们倾诉。

"我最近一直在思考一个决定,翻来覆去地考虑了很久,现在想听听你们的意见。"袁崇焕顺着自己的思路说,但今天似乎不那么干脆,好像对他们两位的反应有担心,眼光一直在他们脸上探索。

"什么决定?"满桂和祖大寿问。

袁崇焕停顿,欲语又止。

他们从未见过袁崇焕这么优柔寡断过,都异口同声地又催问了一句:"袁大人,您有什么决定?"

袁崇焕手在炕上猛地一拍,道:"我打算与金军议和!"

这句憋了许久的话一吐出来,不啻一个惊雷,把满桂和祖大寿震住了。"啊!议和?"他们相觑,以为听错了,想从对方的表情中得到印证。议和在他们眼里就跟投降差不多,难道袁崇焕疯了吗?这可一点不像"宁为直折剑,犹胜曲金钩"的袁蛮子呀!

"袁大人,您、您,报国守疆,收复失土,不是您毕生的理想和抱负吗?您要放弃和改变吗?"祖大寿困惑万分地问。

"不,我不会放弃,也不会改变!"袁崇焕回答。

"那您怎么忽然要议和?咱们刚获得了胜利,有什么理由要向敌人屈膝弯腰?"满桂更是不理解。

他们俩人的反应都在袁崇焕预料之中,他冷静地说:"你们听我把道理讲明白,宁远这个家一直是我在做主,我可能对咱们的家底了解得比你们更清楚些。孙子兵法里阐述了三种情景是兵家不可取的大忌,一是用兵长久,耗损兵力,挫伤锐气,军事实力耗尽,国家经济枯竭;二是兵员多次征集,粮秣多次运输,造成百姓怨声载道;三是内外受敌,攘外其首,安内其尾,顾头失尾狼狈万分。而我宁远城表面上看正处在兴旺昌盛之中,其实,诸多的困境不幸均被孙子兵法所言中!"

满桂和祖大寿的心情由峰巅跌入谷底,他们有些不相信。

袁崇焕摸透了他们的心思,说:你们有疑问,我可以给你们全部摊开来——

宁远守城战结束后,明军暴露出一个很大的弱点,就是只能凭城坚守,发挥火器威力,若是两兵相接,正面野战进攻,根本不是辫子兵铁骑的对手。他们从墙洞里钻进来少许兵力,都能把守军纠缠得精疲力竭,可以想象要是全线厮杀,将会遇到怎样的结果。那么从长远看,必须训练一支既能守,又能战,再能收复失地的野战军旅。但在目前的兵员基础上,是难以实现这一目标的。因为他们服役时间长,兵龄偏大,体力消耗多,再无新的斗志来应付繁重、艰苦的军事训练。还有一个原因,目前兵卒大部分是外省人,除广西广东外,还有不少河南、河北、山东、安徽兵,经过这场血战,同乡死伤颇多,他们都有怨言,为了这块他乡异地,抛头颅洒热血,马革裹尸,值得吗?很多兵士都萌动了退役的念头。我们不能对每个普通兵卒都期望过高,要求他们必须有报国捐躯的觉悟,我们只能尽力安抚,然后做好替换的准备。事实上,我们增加和调整兵员已是迫在眉睫的事情了。新兵源一到,要有相当一段时间投入训练。所以我们现在要是遇到战事等于大祸临头!

希望有新兵源的接续,然而,能否募征到新兵又是一个问题。这需要大量的军费,粗算一下,宁远的守备实力要恢复到战前水准和进一步提高,需筹措马匹银二十万两,盔甲器械银十万两,铅子火药银五万两,犒赏筑城修械工役银十万两。但朝廷根本无力支付,哪怕是皇上御批了,兵部、工部、户部也拿不出银子来。不仅如此,宁远守军的粮饷已有三个月没有发来了,长期拖欠,守军只得抽调大批兵力去开垦荒地,用收获的粮食接济不足。国库财政枯竭,各地官吏必定横征暴敛,势必造成百姓对战争的仇视,他们,怎肯再将子弟送到边城来作战?

还有一个不在明处却在暗处的钳制,就是宫廷宦官集团对宁远日益明显采取的对立态度。魏忠贤派遣太监监军便是一例,但这还仅仅是开始,以后但逢宁远的上疏,提请的要求,他们都会拖延、阻挠,人为地形成障碍,目的就在于防范宁远声势大了,对阉党在朝廷中的专制形成威胁。明枪好躲,暗箭难防,尤其是背后射来的暗箭就更是防不胜防。这种背腹受敌的局面如不能摆脱,那么大规模的作战是不可能顺利进行的,投入的话也只能是失败。

当然需要切实的对策,才能解决这些不利因素。但所有的对策都离不开时间的缓冲,只有争取到时间,才能争取到空间。一段和平,目前可以说比几万两黄金还宝贵。

袁崇焕高屋建瓴,对敌情背景下的我方态势中肯的分析、判断和预测,从而充分体现出的军事、政治才干、战略眼光,再一次征服了满桂、祖大寿这两个部将。

上述种种疑难,他们不是没有耳闻目睹,但他们沉醉在胜利后的欢愉中,丝毫没有忧患意识,他们更多的是观察眼皮底下面临的事,而没去想将会面临的事,他们是很好的战术家,比袁崇焕缺乏的是大将风范。

求和是缓兵之计,他们有些接受袁崇焕的思想了。或者说,是袁崇焕睿智的英明开通了他们的脑筋。满桂表示了赞同,但他接着又问,金军方面会接受我们求和的意愿吗?

崇焕淡淡一笑,料事如神地说:"他们日子也不好过,依我看,他们愿意求和的期望只会比我们更大、更迫切!"

所言不无道理。

努尔哈赤死后,接任他的是第八子皇太极。权力的移交很微妙,努尔哈赤遗命是四大贝勒共同执政,进行集体领导,只不过皇太极的名次排在第一而已,所以他的权位很不巩固,国内上下人心动荡。努尔哈赤屡屡发动战争,正是想不断地摆脱面临困境,实际上最后留给皇太极的正是一笔丰厚而又棘手的遗产,等待他的是一系列亟待解决的难题。占领辽沈后,金国定都沈阳,他们把女真族建州的奴隶制移植到了这块封建经济高度发达的汉族地区,把汉族居民奴隶化,处处提防、歧视汉族人,稍有反抗,便大肆屠杀。原先努尔哈赤对汉族上层人士尚算客气,但好景不长,他的鞭子不久也抽到了他们背脊骨上。当局下令凡是前明闲居在家的官员以及秀才、乡绅,一经查出,立即监禁,若有煽动不满情绪的言论,马上处死。这些措施非常愚蠢,非但没取得政治效果,相反,却如一盆投入沸油的冰水,激起汉族各阶层人士和群众强烈反抗。他们或是啸聚山林,起兵争战,或是联络占据敌后的明军毛文龙部,袭扰金军战略要地,甚至在沈阳皇宫里进行暗杀,令金国朝廷惊恐万状。

经济形势更是一塌糊涂。多年的战争本使辽沈地区的经济惨遭破坏,金国的奴役和屠杀则进一步摧毁了辽沈经济发展的根基——农业。人口逃亡,田园荒废,连年的灾荒更是雪上加霜,经济濒临崩溃的边缘。努尔哈赤临死前,喃喃地道:"回建州去,回建州……"可他已无退路,辽沈已成了金国的中心地带。皇太极继位不到半年,国内就发生了大饥荒,粮食奇缺,出现了人相食的惨剧。

军事上。宁远失败,国王战死,使他们处在不利的境地。而且他们的领土位于明国、朝鲜、蒙古之间,强邻相逼,虎视眈眈,三面受敌。努尔哈赤的理想是宏伟、璀璨的,想以自己为旗杆,挑起三国大旗、全集中在金朝八旗的麾下,但是目前的根基仍然是脆弱的,任何后继者稍一不慎,一失手就有可能让这旗杆轰然崩塌。

皇太极站在历史的十字路口。

这个精明的金国贝勒自幼不仅受过初步的政治锻炼;还从父亲那里继承了本民族的尚武精神。他刻苦练习骑射技术,骑术、箭术都很出众。他还有一个长处为同辈兄弟不及,那就是通晓文墨,具有较高的文化素养,少年时读过许多汉文书籍,不似其他兄弟骠悍多勇却目不识丁。因此,他弱冠之龄,跟随父亲投身于统一女真、建立金国的征战中,显示出非凡的才华,成为努尔哈赤阵前一名能文能武、智勇双全的爱将。他深信,只有重新布置战略,革除旧弊,实行新政,才能巩固金国的根基,把父王开创的基业发扬光大。

可是他与袁崇焕一样,需要时间,需要时间来喘息。

桂桂和祖大寿不再犹疑,他们相信袁崇焕的政治眼光,支持他的和谋略。肉香四溢的火锅旁,他们商定,再过三日,在巡抚院召集所有守将宣布决策,然后向朝廷、皇上呈奏疏文,力求取得批准。

可是三日后,却又不见袁崇焕有动静了。

桂桂和祖大寿纳闷,他们似乎比袁崇焕还焦急,去登袁府的门探询。

阮伯蓉面露忧愁地告诉他们,袁崇焕把自己终日锁在密室里,让她把饭菜从门缝塞进去,不说话、不吭声,人不人鬼不鬼的,不知他要做啥。"唉——"她叹气道,"官越做越大,可跟着他也是越来越倒霉,别人家都是团团圆圆热热呼呼的,可咱们家,终日像在衙门里似的!"

满桂劝慰道:"嫂子,袁大人最近在考虑事情,是件报国立业的大事情。让你含辛茹苦了!"

"大事情大事情,他的什么事都是跟天坍下来一样重要!"阮伯蓉抱怨,"我是妇道人家,不便多言,可堂中还有老夫人呢!"

祖大寿拉拉满桂的袍襟,让他别掺合,说:"嫂子,让咱们俩和袁大人说几句公务上的话,可行?"

"行!只要他肯露脸。"阮伯蓉把他俩引到密室门口,仄身避开去了——按官府规定,密室是三亲六戚也不能入内的。

"袁大人!袁大人!"满桂轻声喊。

稍顷,门开了,袁崇焕眼睛布满血丝,忧虑重重地站在他们面前。他俩不禁倒吸口冷气,才区区几日,袁崇焕简直像变了个人!面容枯槁,神情憔悴,头发都苍白了许多,仿佛突然苍老了十几岁。

"袁大人,您,您这是……"祖大寿不解地问。满桂见袁崇焕不言语,意识到他们是否有些唐突?便解释道:"那天在这间屋子,您不是说三日后公布决策吗?今天已是第三日,不见您踪影,所以就找了来……是不是,有,变化!"

"我在打架啊!"袁崇焕冒出一句。

"打架?"祖大寿懵懂地偏头往里窥视,"跟谁打架?"

"跟我自己打架!两个袁崇焕,一个主战,一个主和,还没打赢!其实那天跟你们谈议和的,只是主和的我,主战的我还没发言呢!这几天我矛盾极了,实不相瞒,我的勇气和胆略也有限,我也是怕冒国人皆曰可杀罪名的!你们先回去吧,待我把脑子里的乱麻梳理清楚了。再见面相商!"

"遵令。"满桂和祖大寿拖着长长的背影,心情沉重地退了出去。

袁崇焕的心理矛盾是非常现实的。汉族历来是争强好胜的民族,受到外族的军事压力而议和,全是屈辱性的,汉族人对这种屈辱有先天性的反感,对那些和外族沟通联络的人不是扣上"投降"的帽子,就是斥责为"汉奸",毫不留情!袁崇焕提出与金国人议和的主张,无疑是冒天下之大不韪,更是冒历史的大不韪。他从性格本质上来说,是个刚烈性子的人,越刚直,越是对名声非常珍惜,若是被人指脊梁骨骂"汉奸",他的脸会烧红的,痛苦会折磨得他不得安宁!相比之下,死守宁远,抗拒外敌,在他都不为难,讲到底,打败了,自刎殉国便了结了,很心安理得、豪情壮志。但要负"历史罪人,民族罪人"的责任,哪怕是暂时冤枉,都要艰难得多。他抛弃安逸,置自己和家人的生死而不顾,远离故土,甚至连祖父、父亲的守制都放弃了,辛辛苦苦几十年朝思暮想,全部精力都贡献出来,图的是什么?不就是图的文天祥慷慨赴义《正气歌》里的那种报国名节吗?可与金国议和这一举措,纵有千万道理,他在世人眼里,包括妻子、老母、亲人眼里,还有自己的第三只眼里,都改变了形象!时值卑鄙的奸党的朝中作威作福,卖身投靠,鲜廉寡耻,世风日下,在这个时候,影响全国舆论的士林阶层对风骨和节操看得极重,昏政黑暗时期士大夫读书人最讲究道德价值,岁寒坚贞、冰雪情操被为广为楷模,互相勉励。忠与孝是立身之本,若是他的这一行为传播出去,被天下人士所不齿,唾成狗屎堆,活着,还有什么意义?他不寒而栗。

但另一个袁崇焕又在争辩。当军事上准备没有充分之时,暂时与外敌议和以争取时间,历史上不是没有先例。汉高祖刘邦曾与匈奴议和,争取时间来恢复、养育国力,待到汉武帝强盛时才大举反击。唐太宗李世民曾代父皇李渊作主,与突厥议和等到兵马齐备,军队训练有素时,才派李靖北伐,大杀突厥犯敌。同是议和,秦桧与前金的议和,同诸葛亮与孙权周瑜的议和,有着天壤之别,前者是真正的投降,而后者是暂时妥协,为将来的进攻作策略上的准备,不能相提并论!

是啊是啊,很明白的道理,碰上传统观念,便成为毫无道理了! 真是慷慨就义易,委曲求全难;守宁远易,迂回求和难;国人皆曰可杀,便可杀矣! 老将岳飞一夫当关万夫莫开,宁死不屈,天下皆赞其忠;杨家将为拒外敌,男女老少齐上阵,世人皆知其勇! 袁崇焕的功业或许比不上岳飞和杨家将,然而他身处危境行举世嫌疑之事,这种为国利益大计着想,忍受精神上的沉重负担,岳飞和杨家将也都是不可比拟的!

时间在一分一秒地过去,战略时机云谲波诡,不能再瞻前顾后,袁崇焕这时记起《孟子·公孙丑》里曾子说的一句话:"只要深信自己的道理对,虽有千万人反对,我还是去干!"英雄寂寞,壮士悲歌,纵然得不到当世的理解就盼望后人所知吧,他挥笔写下一句自诫:"心苦后人知",奋勉自己。然后毅然跨出了密室,向巡抚院走去,携带一身浩然正气,胸藏一颗委曲求全之心,去宣布决定。

守将们各怀心思对待袁崇焕的决策,他们都缄默不语,此事重大,已超出了他们惯常的思维范围,取明哲保身的态度为好。

这使袁崇焕深感失望,但部将们没一个顶撞他表示反对,多少又让他有种后院安稳之感。

还是赵率教多了个心眼,他向袁崇焕坦言,宁远诸将不会跟着他嚷议和,可也不会跟他作对,只要责任以后不追究到他们身上,叫他们干啥就干啥。"不过,"赵率教提醒道,"向朝廷上疏时,先不要提议和两字,而是称派人去夷蛮处探虚实,否则,朝廷一口否决,再难以行事!"

"有道理!"袁崇焕十分欣赏他的智谋。

果然,上疏呈送后,只说派人乘夷酋祀祭之机去窥探虚实,以决定是对之征讨,还是招安抚定,满足了熹宗泱泱大国之君的虚荣心,很快就御批允许,许之以强者之感,君临败寇之弱,逼其驯服。

派谁去为好呢？赵率教继续出谋划策。"派谢尚政去吧，他是内卫官员，无论在敌方还是朝廷，都不太敏感……"

"不，人选我已有了。"在这点上袁崇焕早有准备。他想，不能派正式的官员去，否则，要是朝廷知道了，就不会再相信是窥探虚实，而且，金国方面也可能会以平等官员互访规格为借口，上层人士拒绝接见，派一名小吏打发。

他决定派李喇嘛去。因为女真族人笃信佛教，很尊崇喇嘛，李喇嘛和他们会有共同语言，他既非官又非吏，见谁都没任何拘束，客观上带来很多方便。用他作居间调停使者，既不会让朝廷有猜疑，也不会使金国尴尬，妥贴、自然。

在努尔哈赤逝世一周年祭典时，李喇嘛带着两名随从，去沈阳专程祀祭，借机伸出橄榄枝，作议和的试探。

征服大明国，自然是当年努尔哈赤起兵征战时的宏大目标和理想。但经过几十年的艰苦卓绝奋斗，理想毕竟还蒙着一层飘渺的雾纱，时而朦胧时而清晰，以至于他们并不真正企望能把大明江山吞食。努尔哈赤和皇太极的列位祖宗，长期以来都是明朝所封的边疆小吏，努尔哈赤幼时住在明军大将李成梁家里做童仆，血液里对明朝有先天性的敬畏。传到皇太极这一辈人，心里都有极深的自卑感。宁远惨败，使他们下意识里潜伏的自卑感又抬起头来，冒着硝烟的洋炮，轰破了他们"女真满万不可敌"的神话。而且从当时的情势来看，明金双方的国力也实在太悬殊。明国的人口六千多万，可能达一亿，女真人最多五十万，人口的对比是二百到三百比一。金国的占领土地，不足明国的一个省，蕴藏相差极远。武器方面，明军有数量充足的洋炮、火铳，金军虽悍勇，却不及炮弹犀利。皇太极是位目光极敏锐的统治者，他不会看不见这些不利因素，并且此时，他已做出了一个摆脱困境的重大决策——侵略朝鲜。朝鲜物产丰富而兵力薄弱，是理想的掠夺对象。金国盛产人参、貂皮，原本明国内陆腹地是他们传统的倾销市场，可双方交战，市场丧失，给金国造成巨大经济损失，如能征服朝鲜，这个市场便可通过朝鲜转口继续占领。还有，金军攻打明军时，朝鲜给明军提供方便，明军将领毛文龙至今驻扎在朝鲜皮岛上，牵制金国的后方补给线，是个眼中钉、肉中刺，不拔去永远是心头之患。攻打朝鲜，可解决经济、战略上的双重困难，非常迫切需要，是皇太极至为英明的战略决策，他为了能顺利达到这一目标，心里正想方设法如何能与明军缔结暂时的合约。差不多在每次战役之后，金国总是希望谈和，因为他们对取得的战果喜出望外，希望通过和谈来得到正式承认。但明国虽败，架子却总很大，置之不理，认为夷鞑子是奴才、土匪，根本没和谈的资格。在又想议和又怕明军拒绝的犹豫心情中，皇太极得知李喇嘛代表明军来沈阳祀祭的消息，不禁惊喜交加！

他知道这是对方抛出的和平信号,马上热情款待。在正式会见中,皇太极告诉李喇嘛金国有着多么欲与明国修好的强烈愿望;祀祭结束,皇太极派遣方吉纳、温塔石两名使者,携带一封国书,与李喇嘛一起回到宁远,当面交袁崇焕巡抚大人。

信中说:"大金国皇帝致书于大明国袁巡抚。尔停息干戈,遣李喇嘛等来祀祭先帝,并贺新君即位。尔循聘问之常,我亦岂有他意?既以礼来,当以礼往,故遣官致谢!至两国和好之事,前皇考曾致玺书与孙督师,令孙转达明皇,至今尚未回答。汝主如答前书,欲两国和好,我当览书词以复之。两国通好,诚信为先,尔须实吐衷情,勿事支饰也!"

与信同交袁崇焕的还有参、貂、镂银鞍、玄狐皮、舍利狲皮等礼物。

袁崇焕令礼品贮于库中,然后淡淡一笑,心想你皇太极真诡!书中表面是愿意和好,可无一处诚意和好的措词,将责任全推到明朝方面,分明在将和好当戏在演,打打文书仗而已,拖延胶着,赢取时间。

双方心照不宣,袁崇焕也虚与委蛇地回敬。他复信说:"汗帐下,知晓美意,谢贡珍品,转待京城皇命以告廷内外。但,文书中大明国、大金国字样并写,不便奏闻。"然后将此信与皇太极原信一同交方吉纳、温塔石带回。

没几日,方吉纳又独自作客,递交了一封皇太极的私人信件,格式做了修改,抬头的大金国字样没有了,语气也客气多了。但袁崇焕仍然在文字上和他绕圈子。他答复说,信写的还是不合礼节,虽然忌讳的字眼去除了,但仍没明确双方关系,恕难奏报。

沉默了一段时间,皇太极又派方吉纳送来一封长信,内中的称呼完全改变了,提议以后书信的格式,天字最高,明朝皇帝低天一字,金国汗低明朝皇帝一字,明朝诸臣低金国汗一字。地位上让了步,措词却比前二次都更强硬,信中说,两国所以兵戎相见,在于万历年明朝派到辽东的官吏狂傲自大,始终认明朝皇帝高居天宫,弱小民族理应俯首称奴,我们忍无可忍,才在先王率领下起兵反抗。信中又重举了女真七大恨,然后提出议和的条件,要求刚缔结和约时,明国必须一次性赠予金国黄金十万两,银百万两,缎百万匹,布千万匹。缔约后,两国每年交换礼物,金国送礼东珠十颗,貂皮千张,人参千斤。明国送礼金一万两,银十万两,缎十万匹,布三十万匹。一旦实施就对天发誓,永远信守。皇太极也知道明朝绝不会答应这些条件,他的算盘是抛出个难题,让你们花时间琢磨去。

但此信至少可以证明和议探试的最初成果——金国改称汗,也就是甘愿为臣。于是袁崇焕将它奏报朝廷,转呈皇上。

同时,他又给皇太极捎去一封回信,李喇嘛也托方吉纳带去一封书信。袁崇焕在信中亦不做任何实质性让步,而是文采雄辩地劝告,过去的纠纷,都是双方边境小民口舌琐碎争吵引起,这些人都已受到了严厉的处置,如还要追究不舍,只有到阴曹地府去审判了,双方还是把不愉快忘记了吧。你们苦战几十年,既然为的就是这七件事,那现在女真族的仇敌叶赫早就被消灭了,而因为你们用兵,辽河两岸死者岂止你们七大恨里的十人?牵连改嫁的哪止只有老女一人?辽沈境内百姓的性命生灵涂碳,更别说财物了,全是因为你们的仇杀。你们的仇怨早已雪恨了,你们的委屈也都伸张得一干二净,我们明朝对这些悲剧惨情也竭力克制忍受,就不要再提它了吧!今后若要修好,你们退出已占居的城池地盘吗?送还俘虏的男女民众吗?盼汗帐下仁明慈贤、怜悯爱心作出决裁!你们求赐的财物,以明国物宝的丰腴,不会吝啬地拿不出来,只是以往没有先例,你们多取也不合天意,还是请重行斟酌吧!

李喇嘛在信中以佛道释理:

"我自幼承继佛教真传机密。朝礼名山,上报四恩,风调雨顺,天下太平,仍我僧家之本愿也!袁巡抚闻老汗去世,遣我至沈阳上纸,承汗以及各王子供养美馔,并赠礼物,铭刻五内。及回,又遣人远送,且差方吉纳、温塔石等同我来谢。我至宁远,将汗及各王子美意,俱已备述,袁巡抚甚喜。因文书内字样不妥,未能转奏,至第三次换来格式,差已妥协。随经拆视,内有七恨及往来修好之礼,是汗所应言者,只有今仍不忘七恨之意,恐朝廷见之不喜。谅汗及各王子俱有福智,心地明白人。我佛教法门,慈悲为体,方便为用,众生苦乐,一切皆因,皆由自作。法界有亲登称岸者,根于觉悟,如来有戒定慧兰等,乃臻上乘。圣人离四相,绝百非,因得见王子身,见宰相身。须要救济众生,消除嗔恨,以成正果。我佛家弟子,身虽贫,道不贫,难行处能行,难忍处能忍。解度为体,劝化为用,我佛祖留下这三个法门,只有欢喜,更无烦恼,只有慈悲生人,更无嗔恨损物。若汗说七宗恼恨,固是往因。然天道不爽,再一说明,便可放下。

"袁巡抚是活佛出世,有理没理,他心下自分明,所说河东地方人民诸事,汗当斟酌。良时易遇,善人难遇,有僧在此,随缘解说,事到不差。烦汗与各王子,放得下,放下了;难舍者,舍将来。佛说苦海无边,回头是岸,干戈早息,即是极乐。

"我种种譬喻,无非为解化修善,演我如来大乘慈悲至教也。敬修寸楮。"

就在袁崇焕通过与金国书信往来,赢挤时间,准备着手屯田、修城、摹招新兵之际,皇上突然来了道金牌旨令,召他火速赴京谕谕。

袁崇焕心里"格登"一下,想,难道朝里谁做了范增,怂恿皇上扮演项羽的角色设下鸿门宴,把我传去杀头?

满桂、祖大寿和朱梅、赵率教、何可纲等，也都替他担心，预料此行凶多吉少，最好是借故婉言推辞。尤其是满桂，他深知袁崇焕对宁远不可替代的作用，而眼下百事待兴，万一袁崇焕有个意外，他根本无力独自支撑，这门事业马上会濒临绝境。他利用与王之臣的私交关系，侧面打听皇上金牌宣召的背景。但王之臣故作深奥，滴水不漏。

狠狠心，袁崇焕对诸将说："我去。真要是一个死字在等我，我如何能逃得脱？君要臣死臣不得不死，不去也没用！"他吩咐佘义士给他准备行李，马匹，明天一早启程。

他回到巡抚院的书房，刚想整理一下文案、书册，以便对可能接替他的继承者有个交代，只听门扇"吱哑"一声响，一个瘦小的身影闪了进来，细柔的嗓音叫道："老豆！"抬眼一看，原来是女儿阿娟。"老豆，妈咪叫我来请你返屋去食夜饭，为你明日饯行！"女儿扑闪着长睫毛的眼帘，有几分陌生地望着父亲。

"噢——"娘子平日很少关心他的政务，长年不能在家与妻儿老小共享天伦，渐渐地她也冷漠了。今天莫非是得知了消息，也有某种不祥的预感，才……袁崇焕不禁涌起一股别离的伤感和爱怜，"乖女，乖女，过老豆这边来！"他招呼女儿。阿娟怯怯地走到他跟前，亮晶晶的大眼睛有些羞涩"乖女！"袁崇焕鼻子一酸，将女儿搂进怀中。阿娟四岁了，可在他的记忆中，他们父女俩在一起的时间不足一个月，难怪女儿对自己那么畏生，作为一个父亲，没有机会对亲生骨肉付出父爱和培育，他的内心留着一道伤痕似的愧疚和自责。现在千言万语涌到嘴边，是潮水般的柔情，是流云般的寄托，但似乎都已为时晚矣！面对纯真的女儿，生离死别，前程难卜，如何对她启口？只能咽在胜里，化成默默的凝视。"乖女，冷吗？"他抚摸着女儿单薄的棉袍和裹在内里的温热身躯。"不冷。"女儿僵硬地摇摇头，在这个撒娇的年龄，女儿却学会了成年人般的淡漠。袁崇焕知道，女儿虽然身体不冷，但心很冷却，她缺少的是一份父亲的温暖。"乖女，"袁崇焕克制住自己的难过，嘱咐道："老豆明日要去京城，什么时辰返来，我都吾知，如果无返来，乖女要听妈咪的话，回广东老家去，懂勿懂？"他有些哽咽了。女儿完全明白，她其实全明白，出于袁崇焕意料之外，女儿忽然"哇！"地一声偎在他怀里大哭起来，哭得凄恻婉哀，泪水倾盆。袁崇焕憋了许久的咸泪也终于静静地流下眼眶，打湿了衣襟和怀中女儿的秀发。"乖女，乖女，以后长大了，不要忘记老豆啊！"

的确有人在熹宗面前参了袁崇焕一本。点导火索的是辽东经略王之臣，他根本不了解战局的实情，仅凭空洞的传统道德观念来左右自己的思维，他强烈反对与金国议和，认为是有辱国格，易让敌有机可趁，"此举断然不可为也！"上疏呈到朝廷的同时,胡应龙也递来了密报,满腔仇恨地中伤袁崇焕私自议和,其实是私通夷匪,匪酋已赠送袁崇焕金银财宝无数,买通他以割据现有领土,互不交战妨扰。

仔细琢磨,就可以明白这是多么可笑的指责,但魏忠贤抓到手里,不仅深信不疑,而且认为是终于有机会来踢掉袁崇焕这块绊脚石了。他将疏文和密报呈给熹宗,又添油加醋地攻击了一番袁崇焕此人是多么地阴险贪婪和毒辣,期望引起熹宗的恶感。

熹宗正在刻意用刨刀做一只镜框,以往此时,他怕国事烦他,都马上开口让魏忠贤去办理拉倒的。但今天他没吭声,说了句"待朕阅后再理会"。次日,熹宗认真交代,让袁崇焕来京师,他要召见。

虽然尚不知熹宗腹中的定论,但不外乎两种,一、认可,二、否决。

魏忠贤暗中令锦衣卫派出五十名刀斧手,埋伏在乾清门左右隐蔽处,只要皇上一旦否决袁崇焕的和议,马上冲出来以通夷匪的罪名将他拖出殿外砍头。魏忠贤估计皇上否定的可能性居大,因为熹宗对臣属做危害社稷的事情是最气愤的。他甚至在考虑除掉袁崇焕后,派谁顶替辽东巡抚的位置,亲信中不乏可靠的人,但能镇关打仗的不多,宁远那儿毕竟是块国防要地,不能疏忽大意。他考虑阎鸣泰,此人来兵部后,虽在高第处理上有些伤阉党的面子,但追随他还是很紧的,基本做到指东不往西,加上阎鸣泰本来就在辽军做过巡抚,再让其复任,比较合适……

"传袁崇焕!"

清晨,大殿上宣召的喊声发出"嗡嗡"的回荡,传出很远,惊得栖息在飞檐上的燕子扑腾着翅膀飘上天空,在高高的杏树间缭绕。

袁崇焕套着簇新、硬挺的三品大员朝服,不紧不慢地从午门向乾清门走去。

昨天下午,他带着佘义士赶到京城,照例住进广东会馆。馆内装饰一新,使他差点认不出来了。会馆的掌柜——广东商会会长对他的光临表示热忱欢迎,将他安排在上等客房内住下,说这套房子前两天刚接待过广东进士、探花,翰林院编修陈子壮。袁崇焕和陈子壮是同科,早就认识。他在床上躺了会,就独自一人到街上去溜达,不知不觉,走到了左安门自己曾经住过的旧居前。他怀旧、好奇地在门口往里探头张望,见房屋已有了新主人,他认出是个太监,在园里和一个年轻女人手牵着手散步。他一阵恶心,不用说,又是一个找到了对食相好的太监在此金屋藏娇!到处是太监阉党的天下!他们不仅在宫内称王称霸,还把脚爪伸到宫外来了,太横行无忌了!败了心绪,加之明日进宫的未卜悬念,他赶紧缩了脖子返回会馆,倒在床上再也不愿出门半步。"也好,"他胡思乱想道,"在北京开始仕途,在北京结束生命,只当划了个'了'字!"

从午门到乾清门,两旁全肃立着太监。他不愿看他们,可又不得不看他们,目光无法回避。见他们全绷着脸,几分凶恶地瞪着自己,他的心有些发毛,看这阵式,不是走往天堂,而是要通向地狱之门啊!进了乾清门,他跪下,根本看不见熹宗的尊容,只能凭声音判断皇上在何方,是喜,是怒。"臣辽东巡抚袁崇焕叩见皇上,吾皇万岁万万岁!"

"袁崇焕?"熹宗问道。

"臣在。"

"你可私通夷匪?"熹宗直截了当地问。

"臣不敢,绝无此事!臣遣使者赴夷营,目的在于侦察。东夷来者,为方吉纳、温塔石二夷,是夷中大头目,臣与诸将共召见之,此夷非常恭敬柔顺,三步一叩头,与我大明征服的蒙古部落夷奴无二样。他们跪着禀一封书信与臣,虽是以下申上体例,但犹称自己为大金国,这是老酋努尔哈赤的一贯伎俩,臣都以原封退回。夷又递一份礼单,臣令手下收之,现藏于库中,听候皇令处置。"

"嗯。"熹宗饶有兴致地静听着,无一点恼恨的样子。

"是日,"袁崇焕继续禀奏,"臣以边域旧例,赏夷酒食,臣观察他们的脸色,感激、惊怖之意俱有。二夷表达了酋主皇太极愿和好之意,当然,是计谋也,臣也敷衍,以争取缓兵之息!"

熹宗听得很认真,尤其是听到二夷面露惊怖时,笑了,得意洋洋溢于言表,"嘀嘀,朕已说过,阃外机宜,恩威并重,好便收服!"

听到这句话,袁崇焕大大地喘了口气,说:"臣自领受君命,任巡抚以后,设想方略守为正著,战为奇著,和为旁著,和只是计谋也!"

"朕准之!"熹宗接口道,他向左右环立的大臣们说道:"此方略颇善,朕不反对宁远与夷谈和,夷来谈和,我与之亦谈和,谈和不是目的,用意在谈和之外,是手段!"

袁崇焕终于放心了,熹宗这番话,等于是肯定了自己的做法,宣布无罪!他轻松起来,思维也活跃了。

"袁崇焕!"熹宗又问,"那你旁著既有,正著和奇著何时有设想和部署呢?"

"启奏皇上,臣正想向皇上禀报。"这时袁崇焕抬起眼大胆瞟了一下龙颜,熹宗挺胸端坐,眉清目秀,格外年轻,目光正盯着自己,他又马上垂下头来:"臣欲从宁远向前推进防线!山海关至宁远地带长不过二百里,其间北乞山,南临海,狭窄处仅三、四十里,这样一条狭长走廊驻扎近十万军队、数万马匹,还有数十万百姓,生计艰难是必然的,指望朝廷拨放口粮,恐国力难负此重担,所以请求皇上准许臣重新收回修筑锦州、人凌河、中左所三城,以锦州为要点,明军防地向前推进一百七十里,派军队百姓且耕且练,是为长久之计!"

袁崇焕向熹宗展示了他设想的锦绣前景,熹宗顿时喜不自禁,欢愉地赞许道:"朕甚为满意! 一切机宜,由你全部包揽,不得有误!"

"臣不敢有误! 锦州三城若成,有进有退,全辽即在目中!"袁崇焕也兴奋地眉飞色舞起来。

熹宗当堂赐袁崇焕十六万两帑银,勉励他"回辽后不厌叮咛,鼓舞吏士,明烽远哨,仍旧戒严,务保万全",结束了召见。

一出乾清门,迎面见到的太监们脸色全放光彩了,个个谄媚谦卑、嘘长问短。一个小太监请袁崇焕留步,把他领到司礼监魏忠贤的衙门里。

魏忠贤备了一大桌酒宴,有鱼翅、熊掌、飞龙、虎鞭、鹿睾丸等名贵菜肴,款待袁崇焕。

不便拒绝,加之心情也舒展,袁崇焕就不客气入了席。

"知道皇上为什么放你一马,还赏你银子吗?"魏忠贤虚伪地说,故弄玄虚一笑,"老弟,你得谢我才是呀! 是我背着皇上把那些弹劾你的上疏全撕了,然后又在皇上的面前,斥责那些小人忌能嫉贤,夸你德才兼备呀! 皇上这才扭转了对你的印象!"

"是吗?"袁崇焕装作感动地要下跪,"魏公公救小臣,小臣今生今世不忘恩典!"

"嗳!"魏忠贤拖长声调,端起酒杯:"都是自己人嘛,好说!"

俩人各怀心思,仰脖灌下。

宫里的车轿把袁崇焕送回广东会馆已是深夜。他生怕惊扰四邻,便没有喊佘义士开门,只是用力推,一般在他没返回之前,门是不上闩的。但奇怪的是门怎么推也推不开,难道佘义士睡死了把门闩上了? 袁崇焕用手轻轻地敲了几声,没反应,再敲,依然没动静,没办法,只有喊了,他轻轻道:"佘义士! 佘义士! 快开门!"

只听"咚"地声,一件沉重的物体倒在地上,"哗"门洞开,佘义士泪流满面地扑在脚下,"相公,您回来啦? 您终于平平安安地回来啦!"

"佘义士,怎么啦?"袁崇焕纳闷地问。

"奴才以为你进了宫,再也出不来,让皇上砍了头呢!"佘义士抹着泪,笑盈盈地说。

袁崇焕再看烛火照亮的屋内,梁下悬着一个绳套,凳子翻倒在地。佘义士羞赧地说:"您若是死的话,我也不想活了,见您半夜也没归来,奴才正想上吊呢!"

"傻佬!"袁崇焕又感动又埋怨地说,"走,把马牵出来!"

"现在上哪去?"佘义士不解地问。

"跟我走!"

袁崇焕策马在前,佘义士骑马跟在其后,在寂寞无声的深夜长街上,像两支脱弦的利箭,朝城南永定、门外的南海子飞驰而去。

城内的街巷上,袁崇焕还不敢放声大喊大嚷,可一出了城门,在茫茫黑夜笼罩的旷野大地上,他情不自禁地扯起喉咙"啊——啊——"地仰天呼唤起来。惊飞了附近河渠沟里的水鸭子,还有树梢上的猫头鹰。它们扑腾着翅膀不知所措地在夜空里瞎撞。

"袁崇焕——"他突然喊起自己的名字,"袁崇焕,你在哪里?"又自己回答:"袁崇焕,我在这里! 在这里——"喊声萦回在无遮无挡的荒山崇岭上。

佘义士见主人如此欢快舒畅,心里也高兴起来,他听到边上"哗哗"渠水声,这是向京城供水的引水渠,便跃下马,脱光衣服,"扑嗵"一声跳进去,振臂畅游起来。不一会儿,他忽地在胯间夹到一条滑溜溜的东西,用手捏住提出水面一看,嗬,原来是条大鲤鱼!

"相公! 相公! 您看,您看,鲤鱼跳龙门,被奴才撞上啦!"

和议事件平息后,朝廷忌讳王之臣与袁崇焕结下的冤结,为了避免他们之间冲突,就将王之臣调到京师,顶代退休的王永光,出任兵部尚书,加太子太保衔。阎鸣泰调到山海关任蓟辽总督,不再设经略职,原经略职权由巡抚全权掌管。

阎与袁有私交,到任的当天就赶往宁远。他见到袁崇焕后私下说,我不会反对你用和议的策略,但我要忠告你,这条路归根是走不通的,你已在你的前程上埋下了对你不利的伏笔,千万慎重才是! 对老友的提醒,袁崇焕表示感谢,可他认定的路,目前状况又良好,他不会轻易放弃。

还有一件事阎鸣泰与袁崇焕商量,他掏出一份上疏,内容是歌颂魏忠贤功德的,请皇上御批,在宁远建祠,赐名"懋德",要袁崇焕作为辽东巡抚在疏文末尾署名。

"这……"袁崇焕皱起眉头。

"我知道你的脾气,可同样是策略,你不是连'国人皆曰可杀'的罪名都敢担戴下来吗? 建个祠算什么?"阎鸣泰开导道。

"那是两回事!"袁崇焕辩解。

"你知道吗? 现在紫禁城里,皇上是万岁,魏公公是九千岁! 全国各地都在为他建生祠,祠中的魏公神像全用真金塑身,派武官守祠,百官进祠要对他神像跪拜,喊千千岁! 历史上的张居正、郑和、戚继光,他们大志得伸,哪个不奉迎皇帝身边左右？你难道比他们还神通广大吗？你若要想求菩萨保佑达成你的丰功伟业，你就先给这尊活菩萨烧香磕头吧！"

无疑，阎鸣泰的话极其实惠。

犹豫再三，袁崇焕硬着头皮在上疏尾巴处签了名，他觉得比吞了只苍蝇还恶心，钻狗洞都没有这么耻辱。

春节过后，深知这次停战机会来之不易的袁崇焕分秒必争地开始了筑城、修城、屯田、练兵和购买军火的战略计划。

除了宁远城城势增高、堡垒更固外，从它的左右前方双伸出两个犄角，那就是锦州城和大凌河城。尤其是锦州城，城墙工事几乎与宁远不相上下，运去洋炮八门，分别安在城墙四角，站在高高的城门顶端，八旗军的前沿阵地一览无余，甚至炮弹可以炸到出来巡防的辫子兵马队，对金国形成巨大威胁。

一部分广东兵因不适宜辽东寒冷、干燥的气候，先期返回家乡了。袁崇焕便制定了"以辽人守辽土"的新方针，就地在辽人难民中大量招募新兵，他们因饱受战乱之苦，愿意用武力来保卫家乡的和平，士气十分高涨，训练的成绩也就非常理想。

军火方面，广东、福建沿海地区的外国传教士又运来订购的二十门新洋炮，宁远城留下四门，其余的全分配在各个附属城堡。另外，袁崇焕动用皇上赠赐的内帑，购买了各式铳枪，头号发弓枪三位、二号发弓枪九位、九边神炮二百位、虎铸神炮二百位、头号葡萄牙散珠枪一百位、二号葡萄牙散珠枪一百位、铁涌珠枪一百杆、连珠枪一百杆、铁三眼铳一千杆。还有火药二万斤、大小铅子十万粒、弓二万张、箭六十万枝、刀二万把。

原本袁崇焕最不放心的是屯田。要在避开战场的荒地上开出几千亩良田来，及时地春播上种籽，赶在今夏断粮前续上军粮，谈何容易，他把这项重任交给了朱梅。过了一个月，待到他去视察时，他意外之极，以为回到了万顷田园的富庶故乡，广东珠江三角洲。土地平整完毕，一望无际的平川沃土，麦苗绿茸茸连成一片，煞是可爱，如同巧夺天工的潮汕刺绣。

"照这个长势，只要不开战，从老天手里讨个好收成是十拿九稳的啦！"朱梅喜滋滋地说。

"交战是不可避免的，"袁崇焕自语道，"只是盼它到来得晚一些，再晚一些。"

天下没打下来，一支骠悍、强大的八旗军是不会放下金戈剑戟歇息的。

早在努尔哈赤在位时，他就有兴兵侵朝的打算，只是由于不断地进军辽沈，无暇东顾才作罢。天聪元年，皇太极一边假议和缓冲与明军的关系，一边以迅雷不及掩耳之势，令阿敏、济尔哈郎率兵三万闪电式进攻朝鲜，八旗军势如破竹，半个月的时间,就占领了朝鲜西部与中国接壤的重镇平壤。辫子兵每到一处,就急于将占领地的财富用人力车、骡马车运往国内,以实现此次战争的战略目标——输朝鲜的经济血液补充自己国家的生存命脉,摆脱萧条和凋敝。

配合战争手段,皇太极坐镇国内,实施新政。

辽沈是汉族居住区,金国进占后,能否使汉人安居乐业,直接关系到女真与汉民族的矛盾平息,政权能否巩固的大问题。皇太极就从此入手迈开新政的第一步。他针对汉人人心不稳,大量逃亡的严峻现实,一反努尔哈赤歧视汉人的作法,采取"编户为民"的政策,解放奴隶,恢复他们的自由民地位。汉人编为民户,分屯别居后,由汉族官员管理,自耕自种,向国家交纳赋税,顿时生产积极性高涨,促进了经济和人口的发展。在努尔哈赤时代,汉官遭受欺凌侮辱,个别汉官侥幸得到任用,也备受冷遇和猜忌,难以施展才华。皇太极重新重用汉官,他首先信任他们,量才录用,发挥特长。有个汉人叫范文程,在皇宫里做一名章京,即最低职位的文员,皇太极在偶然的交谈中,发现他胸存韬略,多谋善识,就命他参议国是,每逢军务大事,都要听取他的意见。有时范文程因病没有顾及发表见解,许多国政大策就专等到他病愈后裁决。而且,皇太极在生活上对范文程体贴入微,常和他一道进餐替其补充营养。有一次,皇太极用异国珍味款待他,范文程是个孝子,想到寒舍里的父亲未曾享用,迟迟不肯下箸。皇太极看出他的内心活动,立即命人把佳肴起盘送到范宅,赐予范父。皇太极的礼遇终于使范文程感激涕零,发誓竭尽犬马之劳,报答知遇之恩。在这次征战朝鲜的行动中,他出谋划策,发挥了重要作用,迅速成为金国名臣。

缓和民族矛盾的同时,皇太极逐步进行政治、军事体制的改革。努尔哈赤在遗嘱里下令实行八旗旗主共议国政制度,实际上是四大贝勒共管国事。他们有权废立新君,同君王一道并肩共座,接受大臣参拜,平分战利品,保留了浓厚的原始氏族军事民主制残余。皇太极继位后,受各旗主的掣肘颇多,新的政治形势要求相应的体制,不允许旧制原封不动地维持下去,皇太极的才干、雄心也不能容忍自己受缚于传统习俗,加强皇权成为时代的需要和他本人的强烈欲求。他不动声色,稳扎稳打,时值战后,汉族和蒙族的难民增多,其中有很多是逃兵,他全数收拢,用严厉的纪律约束,严格的军法训练,按照女真八旗的建制先后建立了汉族八旗和蒙族八旗。这些旗的首领归他直接任命,与女真八旗旗主世袭不同,马上扩大了皇帝直接控制的军事势力。在政治上,鉴于国家决策机构——议政会议,为八旗旗主们控制,皇太极表面上把权力摊给更多的首领,下令每旗可派三人议政,实际上是击破旗主的垄断,使议政会议形同虚设,成为咨询机构。他又借口军务繁忙,不要让每个贝勒都行政缠身，免除了三大贝勒轮流来与他坐的权力，将三大贝勒和他一起面南共座的礼制，改为唯有自己向南独坐，突出了皇帝大权专揽的尊严。接着，他重新调整国家机构，仿照明朝政府制度，设立了一系列新的朝廷部门，诸如吏、户、礼、兵、工、刑六大部，还建立了直接归皇帝管辖，上可规谏皇帝，下可弹劾百官的都察院，管理蒙古事务的理藩院，以及负责编纂国史、起居注，撰拟各诏敕文书，给皇帝讲解经史的内国史院、内秘书院、内弘文院。形成了包括内三院、六部、都察院和理藩院一套完整的政权系统，合称三院八衙门，完全和氏族部落化划清了界限。

新政实施后，金国政通人和，经济生产蒸蒸日上，军事进攻节节胜利，笼罩在新旧君主接替之时国家头上的阴霾愁云开始消散。

五月，在欢迎侵朝八旗班师回国的典礼仪式上，皇太极不无自豪地宣告：

"朕继位以来，励精图治，国势日昌，地广食足，天下何以匹敌？！"

但他的话音未落，风尘仆仆、一身战炮的阿敏亲王就禀报，大军返回途经明国防线，见修筑锦州、大凌河、中左所等诸城的工程正日夜兼程，热火朝天，明朝防我大金、灭我大金之心不死啊！

皇太极闻后十分震怒，他没料到袁崇焕下手比他还快。如果诸城修筑顽固，成为明军前线阵地上的坚强堡垒，将来不但是金军挺进的障碍，而且还会时刻威胁到国内疆域的安全。他立即下定决心，要抢在锦州诸城竣工之前，明军立足未稳之时，迅速闪击，像进攻朝鲜那样先发制人。

猛虎在扑向猎物时，首先长啸一声，企图骇倒对方。皇太极也想取得这种先声夺人的效果，于是修书一封，遣人递往宁远，交袁崇焕，想震慑明军于前奏之中。信中道：

"汗书致袁大人。在制定计划想派官员给贵方赠送春礼之时，以明逃人报告中听说你们修筑锦州、大凌河、中左所诸城。察哈尔的使者报告也同样。听此消息后，停止了我们官员出行。若两国真诚议和，大概应定地域，以何地为明疆，以何处为诸申地，将各治其地。你既然议和并派人，却又只管前进修筑城垒，是假议和、真主战吧？自以为得意，不愿意太平，想战争，恐怕不像你们想的那么容易！你们可能固守数城，能固守所有的城池、田中的庄稼吗？若不停止战争，进行无休止的征讨，天都不喜欢把北京城给你们！到时明皇帝亲自败走到南京去时，名声可就扫地啦！自古来，你们文臣全如同妇女在家时那样说骗人的谎话，使军中诸将和兵卒战死，使国中的人民受苦受难。由于以前你们明朝的官员行恶，河东、河西地方被夺，官兵被消灭，你们还不接受教训，还不满足，难道还要战争吗？"

袁崇焕一把将书信撕了，轻蔑地丢在地上，冷笑道："吓唬谁？！"

2. 道高一尺，魔高一丈

　　五月的辽东，冻结在土地深层的寒气彻底地被春天的温暖驱散了，达紫香花便像疯狂的舞女般四处绽开了她俏艳霓裳彩衣。麦田和大豆地里的农夫弓着背锄草，他们陶醉在这春光明媚的天地间，手臂就像风轮，不知疲倦地轮转着干活，仿佛已与庄稼浑成一体，对周围的一切毫无预感。更陶醉的还是在山坡上放牧的男娃女孩们，他们让牛羊找到块草地进食后，就放心地互相追逐嬉戏起来，在花丛里翻滚打闹，直到满身大汗，精疲力竭，采几个野果子吃了，放肆地张开四肢，仰在草丛里睡觉、晒太阳，感到小虫子在脸上蠕动，撩拨起体内青春的无限温馨与纯情。到了黄昏，晒了一天变得异常松软的田野窜出无数只鼹鼠，它们大摇大摆地在散发着农牧人味的地方散步，知道有人便有食物的存在……

　　就当这幅安谧、宁静、平和的画卷即将在夜色到来之前添上最后一笔黑白交替的重彩时，地平线的尽头像海啸的潮水般涌来万马奔腾的大军，他们似张牙舞爪的巨兽，经过之处，花草摧残，庄稼蹂躏，人头落地，天地变色。这支气势汹汹的大军以不可阻挡之势，遮天蔽日地向锦州城扑去。

　　金军从朝鲜得胜而归后，稍事休整了数日，皇太极便从参战队伍中挑出富有经验的二万精兵，又从留守军队中拨出三四万人马，组成了一支有六旗合成的征伐大军。由他本人亲自挂帅，阿敏、硕托二亲王率正红旗、镶红旗、镶蓝旗、正白旗，莽古尔泰亲王率正蓝旗和镶白旗。起行时，放三次礼炮，以示壮行。然后又到努尔哈赤的灵堂前叩头，祈祷先汗保佑，队伍就开进了。

　　几万匹烈马铁蹄所经之处，如蝗虫一般留下的全是废墟。大凌河、中左所的城墙还没最后竣工，全被推倒踩烂，来不及撤走的兵卒被追杀，踏在马蹄下成了肉饼血浆。

　　快到锦州城时，他们赶上了二千多名难民，是从一路上被毁弃的村庄逃出来的。

　　阿敏亲王提出尽数杀掉。皇太极不同意，说，让他们奔锦州城里去，既可以增添他们守军的负担，又可以制造城内的恐慌情绪，以利于我们达到先劝降智取的目的。

　　于是二千多的难民像炸了营的羊群涌到了锦州城下，他们几乎扮演了八旗军的先锋，逼着明军要打开城门。可是城门像受了惊的蚌壳，紧紧闭合，丝毫没有松开道缝的迹象。失望、愤怒的难民只得绕过锦州城向山海关方向逃去。

见此计不成,数万名精锐的八旗军便趁着夜色布置兵力,将锦州城像包饺子似的裹在当中,围得水泄不通。第二天早晨,心情紧张、听了一夜震天撼地马蹄声的明军爬上城楼一看,不禁倒吸一口凉气,他们就像一座被汹涌海洋环绕的孤岛!

从收到皇太极的那封极富挑衅性的书信始,袁崇焕就命令负责大凌河和中左所的左辅放弃这两处。率兵马上撤到锦州。负责锦州城防的赵率教立即加固城墙,做好迎敌准备。八旗军从沈阳一出动,这边袁崇焕就很快得知了消息,他布署和任命赵率教为锦州守卫总兵,左辅、朱梅为副总兵,令他们克守职责,不得有误!

满桂对赵率教依然怀有成见,怀疑把如此艰巨的重任交给他是否可靠!袁崇焕说,去年守前屯卫,赵率数是单将,而我们宁远有四五个守将,不论用何种手段,他守住了!谁能与他比?满桂不再吭声。袁崇焕安慰道:"就算赵率教失职了,还有左辅和朱梅两个副总兵嘛!"

布署完毕,袁崇焕记起魏忠贤安插在他身边的两个太监,脑筋一转,心想既然你们担负监军使命,也不能让你们徒有虚名,叫你们亲身体会一番战争的惊恐、尝一尝流血的滋味吧!他让朱梅赴锦州时,将胡应龙、纪用两人一同捎去。

但临走时,两个太监来找袁崇焕,说朝廷委派他们是来宁远坐镇监军的,不该把他们发配去锦州充军!袁崇焕火了,拍案怒斥道:"你们监军不到火线上去监,要在后方享清福,岂有这等监军?如果怕死,在下不留,给我滚蛋!"

他们没接到魏忠贤的旨令,哪敢轻易离开,便无可奈何地跟朱梅走了。袁崇焕又差人给赵率教捎去一信,嘱咐如果二太监临阵脱逃,或干扰军心,就地处决!

安排停当,谢尚政的探子回来报告说,辫子兵已过了辽河,马上就要到锦州城下。袁崇焕不敢有误,立刻给朝廷拟战情疏报,令快马骑手飞报京城。

兵部尚书王之臣接到疏报后即奏熹宗。

熹宗又令王之臣覆议。

王之臣提出部署兵力方案,所有的兵力都向发生战斗的地方前进和靠拢,蓟州的尤世禄和三屯总兵孙祖寿移驻山海,黑云龙一部移驻靠近宁远西面的一片石,北京昌平调兵一万,天津、保定、宣府、大同各调兵五千,星夜赴山海关听用,并自山西、河南、山东及直隶地方,凡有兵马处,都要简将选兵,厉兵秣马,备好粮食和武器,随时听调。另外,山海关总督阎鸣泰应向宁远移驻,宁远袁崇焕巡抚除了担负全局指挥外,还应向锦州率兵进发以期增援。猝发战情,需及时向朝廷奏报。

熹宗依议,他同意这个总原则,哪儿失火就赶到哪儿去救火!

其实这旨令没有一点儿兵法,但圣旨不可违抗。袁崇焕命满桂守宁远,自己亲率宁远城总兵力的三分之二——三万五千人,携洋炮四门,向锦州方向开拨增援。队伍逶逶迤迤走了十公里,前面是座挺拔险峭的熊背山,道路从山谷里穿行而过,还是佘义士不经意说了句,在这个山左右弄点伏兵,我们还不全报销了!袁崇焕听了,不禁心里一震!是啊,自己真是糊涂,怎么就轻易把宁远的主力全拉出来了呢?且不说留一座空城好让辫子兵来攻古,自己的这支大队人马,在平道上万一遭到辫子兵的伏击,后果不堪设想。他记起孙子兵法里的第十五计,调虎离山、围堞打援。我在宁远是虎踞龙盘,是块难以啃动的硬骨头,现在皇太极将锦州围住,估计我要去增援,不正是把我调出了虎山,在半道上打我这个孤立的援军吗?啊,差点中诡计!

"掉头,立即返回宁远城!"他下令。

回到宁远,满桂问何故?袁崇焕把自己的推测告诉他。原以为满桂会不以为然,在常人心里会想,无非是胆怯怕死而已,其实袁崇焕此刻哪想到自己?肩负重任,辽边的安危早把个人的生死之念淹没了。岂料满桂拱手歉疚道:"袁大人,我实在是早已有担忧,可不敢吐露,怕担违抗圣令的罪名,与袁大人相比,我私心太重!袁大人唯大明疆土城池为重,不怕担当罪责,臣属实在钦佩之极也!"他表示,"待朝廷责问,撤回不援主张者是在下也!"

"哪能让你担当?"袁崇焕摇头,"是本抚定的主意。"

"那好!届时就疏称是你我二人的主意吧!"满桂退了半步。

事实正如所料。

八旗军包围锦州后,皇太极立即派了一支二万人的重兵越过锦州,向东进发,迫近宁远设伏击线。他估计明军会有大批援军前来,正好能发挥八旗铁骑的优势,在平原野地会战,予明军以重创。可等了几日,也没见明国援军的影子,他令伏兵按地不动,自己掉头先来啃锦州这块心头之患的骨头。

孙子兵法不单单明国汉人会用,努尔哈赤也早知大略,到了皇太极就更精通了,他对部属说,孙子曰,凡伐国之道,攻心为上,攻城为下。我们先不急于用武力,如有法子让赵率教投降于我,便是上策良方。他派使者携劝降信去喊城,要赵率教吊绳接信。

与前一次守前屯卫相比,这次守锦州有些令赵率教猝不及防。前屯卫是个小堡垒,他去守完全符合他当时参将的地位和指挥才能,而现在让他任锦州的主将,独挡一面,战略地位已与宁远相差无几,大大超出了他本人的份量。他想不到会让自己来挑这副大梁,凭良心讲,他在前屯卫的表现并不是无可指责的,他的狡猾、他的侥幸帮助了他,如果不是宁远首当其冲,努尔哈赤强攻前屯卫的话,他早就没有好下场了。以满桂为代表的一批武将们早已在背后看死他了,不会打仗和不可信任。尤疑义是袁崇焕支持了他、器重了他,将他放到这么一个显赫、关键的位置上。满桂对他的指责后来他还是默认和心怀惭愧的,他知道自己并不适合担当主帅,既缺乏应有的胆量也没有指挥若定的豪气,可既然锦州已交到了他手里,意外之余,他怎能不惶然,又怎能不感到背负泰山般的沉重?

他把原来指挥筑城工程的发令所搬到城头上,改成作战发令所。几次他坐在首席的太师椅上,都很不自信。正好朱梅带着胡应龙和纪用来了,他马上在上首安了两把红木太师椅,请两位监军太监就坐,自己退到侧面从属的位置。

胡应龙和纪用顿时得意起来,居高临下地教训起人。胡应龙恬不知耻地大谈自己在锦衣卫时欺压市民百姓、和人打架斗殴的秘道经验:

"打仗和打架就是一回事,鬼怕恶人,你要凶过他的头,他就怕你!我在京城和刁民打架时就这样,别看有的主儿个子大,手膀粗,可我把手一叉腰,让他过来过来呀,他一挨近,我飞起一腿踢在他腰上,登时小子稀泥一堆!还有,我用手指撑开眼皮,天不怕地不怕道,你狗日的打吧,你小子有种打瞎我!你不打瞎我的眼珠儿,今天我就抠烂你的尿泡子!他登时就吓得溜了。还有,把衣襟撕开,拔出刀来先割自己一道,来吧,放点血!谁他娘的不见血不是人操的,对方早跑不见影了……"

正当他吹得唾沫星四溅时,一个城楼上的兵卒跑来禀报,说从大凌河逃出来的两个弟兄求见赵大人,通报敌情。

赵率教点点头,示意让他们进来。

禀报的兵卒刚退下,便跌跌撞撞冲上来两个血肉模糊的伤员。一个后脑颅已被刀削飞了,头只剩下一半,白花花的脑浆绽放着像朵盛开的菜花,天晓得他怎么还活着;另一个满身全是血迹,仿佛是刚从刑场上跑下来的血人,令人触目惊心!

刚才还在神气活现的两个太监,以前再浑,也没见过这活地狱般的阵式呀,浑身哆嗦起来,像打起了摆子。

"赵大人,辫子兵杀过来了,如狼、如狼似虎……"

"对,对,势不可挡,赵大人,快、快搬救兵……"

这两个忠心耿耿的兵卒话没说完,但认为已尽到使命,体内硬撑的一点游丝般的生命便顿时化成了轻烟溜走了,人颓然倒在堂下死去。

"啊——"胡庆龙和纪用神经质地尖叫起来,人向后仰去,也摔倒在地,恐惧得昏厥过去。

赵率教令人把两具兵卒的尸体抬走用上好棺木厚葬,并追银抚恤亲眷,然后转身察看两个魂飞魄散的太监,倒没了主意。

"胆小如鼠的窝囊废!"左辅和朱梅鄙视地大骂。他们原先就瞧不起这两个太监,但也体谅了赵率教心里的难处,这内中亦有他俩的因素,他们三个参将原来都是地位相等的,现在让他们二人做副手,赵率教就产生了顾虑,他们会不会服气呢?于是索性就把监军太监扶上了首位。与其让这两个废物做头领,不如就干干脆脆撑赵率教一把,让他当好主将:左辅和朱梅的心思瞬间沟通了,他们下跪道:

"赵大人,别理睬这两缺鸡巴的货啦吧,您就做主下决心,制定方略迎敌,我们听候您调遣!"

"不敢!"赵率教忙将两人扶起来,一拱手道:"左大人!朱大人!您们都是我的兄长,重担大家一齐挑!请起!"

"赵大人,您答应行主将令,否则,我左辅就长跪不起!"左辅又屈膝。

"对,守城要紧,现在还顾什么名份!赵大人,您就拿主意干吧!"朱梅也重又跪下。

"行!"赵率教膝盖在城墙砖地上狠狠一跺,"承蒙两位仁兄抬举,在下就恭敬不如从命了!本官命令,左辅大人——

"在!"左辅站起。

"守城墙西边前后两角。朱梅大人——"

"在!"朱梅站起。

"守城墙东边前后两角。仰仗二位,不得有误!"

"遵令!"

左辅和朱梅大声答应,各自去点兵把守。

赵率教刚想单独呆一会,将脑子里的思绪理一理,究竟如何抵御兵临城下的强敌,皇太极送来的劝降书递到了——城头上的兵卒用绳子将信吊上来后,不敢耽误片刻。

信中说:"锦州城的守将及全体官兵!你们与其饿死渴死,不如缒绳子下来,投降我大金国,放你们回家与父母妻儿相会。我们兵到之日,已释放过二千余名百姓,没有动他们一根毫毛,你们尽管放心!如不投降,那只能是死路一条,我们决不会放弃要陷落我手的城市离去,我们大金军已把攻城的梯子、藤牌、锦甲全运来了,马上就要攻城了!在我们攻城前从城上下来,去与你们的父母妻子相会不好吗?任何官兵来归附,大金国都将以大功恩养你们!"

赵率教读了两遍,他想,既然八旗军玩先礼后兵的这一套,何不与皇太极周旋一番,伺机寻找解围的办法呢?

于是他给皇太极回了一封信,表示愿意择选一个日子进行双方首脑议和,条件是金军向后退五公里。

皇太极精明异常,看透了赵率教肚里拨的算盘珠儿,他再次递来书信,丝毫不给赵率教以任何空子可钻,信里说道:"先前,你们的袁大人派李喇嘛来想议和,在填写皇帝上下格时,我们照你们的话办,你们的皇帝在上出一字写。又说我们要求索取的东西多,让削减,我们也按照你们的意思减少了。后来,在派人送来的文书中,竟然把我写在你们宁远的守边官员之下,我可是一个国家的汗啊!怎么可以如此污辱我!这是一。若两国议和,要商定地界,锦州是中间地带,谁都不能占领,你们却擅自修筑城堡,驻扎重兵,不是对我大金的冒犯又是什么?想靠武力来实施轻慢,你们应该知道你们的实力!这是二。现在我来收复该属于我们的土地,你们竟然要我们退后五公里,视我们为强盗,颠倒黑白,有意激怒我们,这是三。令我们愤怒之极!我们这次派兵正是因为你们不知好歹的原故,今你们的城被围,或者你们投降,或者双方交战,决无什么议和的必要。你们的文官认为太平相处不好,要战争,宁愿数万兵士被杀掉,难道他们就是这样肩负皇命的吗?我们连草木都可惜,你们怎么不爱你们的兵卒、百姓呢?你们不为皇帝着想,不为百姓着想,又胡言什么议和?是执谬而说。今要降则降,若不降,杀得你们片甲不留!总有一天,当我把你们的军队全杀尽,占据山海关、北京时,就是你们文臣宦官使皇帝遭灾、使武官蒙受失地之罪的时候。你们文官不是男人,是女人吗?你们为什么不出来迎战?"

因为皇太极一直知道明国的规矩是文官统领武官,而赵率教是武官,所以他只骂文官,期待起到挑唆武官反抗文官的效果。

接到此信,赵率教知道这次皇太极志在必得,求胜心切,自己已无任何退路。前次是侥幸,使他不战而胜,而侥幸毕竟是侥幸,不可能重复数次,如能重复,就不叫侥幸了。至于投降,他是绝对不可能的,他在陕西的家乡,有年迈的父母,还有结发妻子和儿女,他们都盼望他能在外光宗耀祖、衣锦还乡,如他成了叛逆,诛连九族不说,他以后还有何颜面相见父老?只有硬拼了!不论拼赢拼输,都对得起天地良心,对得起祖宗,对得起袁大人对自己的信任和栽培了!"

他拿定主意,请左辅、朱梅等文武官员全到齐,然后令城头的兵卒用绳索一个八旗军的使者上来。都以为赵率教心动了要献降,垂头丧气的明军费劲地提上一个洋洋得意、拖着根大辫子在脑后的牛录额真。

"斩!"赵率教喝道,"拿八旗军的血祭旗,保护我们护城成功!"

人首分家,从牛录额真腔内喷出来的热腾腾鲜血,把两个居中央的城垛染得像耸立的鸡冠。

"喂!接住!"执刀的兵卒朝下喊。城底下接应的辫子兵以为明军赠送什么礼物,抢着把落下的布包兜住,解开一看,是鲜血淋淋的人头,大哭起来。辫子兵很多是同宗同族人在一个营中,也许是杀了他们的族长呢!牛录额真是个不小的官名。

锦州之战由此拉开帷幕。

八旗军这次改变了攻打宁远时的战术,不再用密集形队伍冲锋,而是以一架架云梯为单位,组成战斗小队,分散开来向城墙猛扑。主攻方向是赵率教的朝北正面和左辅的西南城墙,辫子兵"嗷嗷"地吼叫着突飞猛跑。

赵率教估计他们已进入洋炮射击圈,就下令开炮,炮弹将一架云梯炸成了数截,举梯子的辫子兵也像踩了弹簧似地腾空跃起来。

"卧倒!卧倒!"督阵的旗主大嚷。八旗军虽然没有洋炮,但对洋炮也做了不少研究,知道了炮弹爆炸的角度是呈锥形散开的,只要趴在地面上就能躲过弹片的溅射。

炮轰一停,旗主又嚷:"冲锋!冲锋!"辫子兵又都迅速站起来如走兽般往前奔。

眼看八旗军越冲越近,终于让他们冲到了城脚下,几十米高的云梯随即戳了上来。

明军守兵也很勇猛,都伸出双手去用力推梯子,想把梯子推翻。但他们上当了,八旗军在每架梯子的顶端都浇了一层粘性很强的胶液,透明无色,手一触上去就被牢牢地扯住挣不脱了。这时辫子兵再把云梯一收,明军兵卒便被拽下城去。"啊——"一声声的惨叫。后面的明军兵卒都不知咋回事,吓得缩手不敢再去碰。

就在这当儿,辫子兵不失时机地冲了上来。赵率教原本以为靠洋炮怎么样也能抵挡一阵子,没想到这么快就被辫子兵攻上了城墙,他急得大吼:"杀啊!"自己将斗篷一甩,挥着一把宽刃长刀就扑了上去。

守军一见主将拚了,也重振士气,举着各种兵器和爬上来的辫子兵肉搏起来。

幸而爬上城的敌兵数量不多,加之先爬上的兵手都拿了防胶液的牛皮,后爬的没有,被粘住的也不少,于是明军趁机将他们杀死,然后将梯子推翻。

第一轮攻击被击退。

城脚下云集的辫子兵越来越多,他们诡计多端,迅疾将云梯锯短一截,伸到明军守兵够不到的地方,大约离城头还有二米左右。辫子兵纷纷举着火把登上来,然后往城墙上投。火把落地就散开,拾都没法捡,城头上风大物燥,火碰到啥就烧啥,顿时烟火弥漫。

明军脱下自己的战袍来扑火,一时顾及不到爬城的辫子兵,云梯已被石头垫高,辫子兵挥舞盾牌长刀像沼泽地里的气泡似地"扑扑"冒上来。明军兵卒丢下扑火的衣服,拾起刀剑仓促应敌,几个回合,被怀抱杀不赢则死决心的辫子兵砍毙无数。辫子兵杀红了眼,有的身中数刃,还在奋力砍杀,仿佛体内安装了机械,使之不倒。

赵率教在数位卫士的左右保护下与辫子兵拼杀,脸上和胸前全是湿漉漉的鲜血,空气间也全是血腥气在飞扬。他的刀法并不高明,但他想,自己此时决不能后缩,否则守城的弟兄们会压不住阵脚,顷刻大乱。他支撑着,忽然,手里的刀没有任何知觉地滑落到地下,卫士马上围成圈保护他,他弯腰去拾刀,手没劲,怎么也捡不起来,一瞧,原来是右手中指被削掉了一截!血像结了冰的河水被凿了个洞般地涌出来。刀是无法再捡起来拼杀了,他忍住痛,忽然心生一智,拿起那截断指,纵身蹦到一个城垛上,嘶声力竭地号召:

"弟兄们,杀这些狗娘养的鞑子兵呀!我赵氏以断指为誓,不把锦州城守住不是人种!"他把断指高高举起。

一见此情此景,明军守兵激情澎湃,都豁出命来拼了。毕竟人多势众,趁辫子兵后续力量一时跟不上,将他们赶到城墙一隅,然后放铳枪全部歼灭。

进攻西南城墙的辫子兵更狡猾。他们为躲避洋炮的轰击绞尽脑汁,一队登墙的步兵在马队弓弩手的掩护下匍匐前进,马队不停地跑动,炮弹炸不到他们,但只要城墙上的明军一探出头来攻击他们的步兵,他们就放弓箭射击,瞄得极准,猝不及防的明军中箭栽下去,摔得脑浆迸溅!这样,一队队的辫子兵集合在城下,一声号令,弓背叠起人群,杀上城头。

左辅令队伍全撤离城垛,一字形排开几列弓箭手,只要登人梯上来的辫子兵一露头,就是一阵箭雨狂泻。侥幸躲过箭矢,也被冲上去的大刀手围斩在垛下。

打得非常漂亮,左辅正暗自夸这个办法灵,突然,几匹浑身披着甲铠的八旗军战马驮着骑手如天兵天将般冲上来,赫然出现在守军的眼前。左辅惊得目瞪口呆。

原来,辫子兵见单兵冲上城缺乏后援站立不稳,就干脆用云梯斜撑在城垛上,铺上木板,让铁骑一鼓作气跳上去驰杀。

第一波大概冲上来二十多匹,骑手由于有重铠护身,箭矢触在身上纷纷落地。他们摆出决一死战的架式,向明军的阵式狂冲,企图冲垮守军,为爬城的步兵扫清障碍。

左辅被一匹战马踢倒在地,骑手的刀跟着就劈下来。他的手臂受到重重一击,麻得几乎没知觉了,他以为手臂肯定断了,却不见有血流出来,原来骑手慌乱中误用了刀背!左辅自然也就不敢怠慢,横扫一剑,砍在马脚上,马惨叫一声,曲腿跪倒在地,骑手跌了个斤斗,左辅站起来,一剑将其刺死。

他豁然开朗,想出了对策,"快!快拿绳索来!"他命令手下。用绳索绊马腿!

这一招果然有效,马在城墙上的活动范围有限,被明军赶来赶去,全摔倒在地。弓弩手只拿笨重的短刀,无法和手执枪矛刀剑的明军兵卒抗衡,如数被赶尽杀绝。战术目标没有达到,城下的辫子兵也不敢再贸然进犯了。

种种方法均难奏效,皇太极不得已,还是用老法子,向耗子仿效,在城下掘洞!

陆陆续续冲到城脚下的辫子兵越来越多,他们人人一把尖镐头,"咚!咚!咚!"地凿城墙。

城上的明军用石头砸下去,砸死不少辫子兵,可大多数敌兵已寻到死角处躲起来,继续挖洞。

这样明军守兵就迫不得已,必须分成两摊,一摊仍然守在城头,一摊要转移到城脚处。一旦城墙被凿通就要堵洞和肉搏。兵力显然不足,情势危难!

朱梅和左辅向赵率教建议要去宁远或山海关搬救兵。赵率教豆大的汗珠儿从额上往下滚,他的断指处在火烧般地疼,他说:

"去搬救兵不一定就能搬得到,宁远和山海关要是能来支援咱们早来了,现在不来,肯定也遇到战事,一是八旗军分出了兵力去围他们;二是皇太极设了伏击线打援军,把他们狙击在城外。"关键时刻,主将的头脑清醒格外重要,赵率教不愧被袁崇焕看出有大将风度!

"那咱们只有孤立无援地死守啦?"左辅瓮声瓮气有些气馁,"人拼光了咋办?"

"去搬救兵可以,我不反对,但我们目前一刻不能放松,不能把希望寄托在外援上,胜败乃是靠自己的运筹与战法!"赵率教的真正意思在于此——莫浮躁,守城的希望在城内而不在城外,搬救兵不能乱了这个根本方寸。

左辅和朱梅顿时领悟了,也同时在心里暗想,以前满桂指责他贪生怕死,恐怕是冤枉!

"我并不反对搬救兵。"赵率教重复一遍,"派谁去为妥?"他征求两位的意见。

派个军官,目前战斗力正薄弱,实在难以抽出;派个兵卒,又没有说服力。

忽然朱梅灵机一动,说:"派个太监去吧,就派纪太监咋样?"

"对对对,让太监去,要不他们呆在这儿吃白饭,屁用没有!"左辅也赞同。

见二人一致,赵率教不便反对,就差人请来纪用与他一说。纪用马上表示愿意效劳,目睹惨烈战斗,他感到了自己的渺小,产生出自卑感,现在只要能把他派上用场,他在所不辞!赵率教请纪用去更换百姓的便装,以利行动,纪用就跟着左辅、朱梅走出发令所。

他们前脚刚走,胡应龙后脚便跨了进来。他毕恭毕敬行了个礼,道:"拜见赵大人!"以前哪见过胡应龙对袁、满以下的守将行过大礼,有这等谦恭的态度?

"不敢,胡公公您请坐!"

"不坐。赵大人,奴才有一事相求。我和纪公公是同道来的。现在他去搬救兵,是否也让奴才与他同行?"

"这……"赵率教明白胡应龙想溜,但他不敢作主,"胡公公,这话不错。可袁大人交代卑职两位公公是奉皇命来监军的,要是卑职把两位公公都放走了,咋交代?卑职不好交代,恐怕日后魏公公在朝廷查下来,您也不好交差吧?"

"也是也是。"胡应龙被噎住了。可他不放心,把嘴凑近赵率教的耳朵边说:"赵大人,不瞒您说,纪用这人,最不可靠! 他是个假太监,六根未净,贪欲极强! 我怕派他去,在半道上万一遇上财或色的引诱,他会误事啊!"

"噢?"赵率教没料到胡应龙会诽谤起自己的同伴。

"应该派奴才去! 奴才对大明国、对皇上都是忠心耿耿、死不变心的!"胡应龙脸不红、心不跳地表白自己。

赵率教是一个很善于迎合别人而相处的人,但此刻也禁不住有些厌憎。早就知道明朝宫中尔虞我诈,互相倾轧,尤其是阉党甚为炽烈,搅得整个大明国都不得安生,耳听为虚,眼见为实,现在眼前的这个胡应龙不就是个活例证吗? 他口气变得冷淡,"如果纪公公品行不端,假太监真欺世,那么魏公公是老眼昏花,拣了块烂石头当成金香玉喽?"

"不是这意思! 不是这意思!"胡应龙连忙辩解,"奴才的意思是派本人去更恰当些!"终于赤裸裸地挑明了目的。

"那有劳胡公公自己去跟纪公公商量吧,卑职是行武的,令既出驷马难追,否则朝令夕改无法服军心!"赵率教不愿再与胡应龙纠缠。

纪用都已经准备出发了,胡应龙来和他谈判互换角色。也许纪用真的是个六根未尽、阳具未被彻底割除,身上就尚存阳刚之气,他豪爽地说:"胡公公既然有愿效力,那胡公公辛苦一趟,祝胡公公一帆风顺!"胡应龙没想到纪用这么容易就答应了,他悄悄掏出块金锭,塞到纪用手心里,低声道:"放在身上有用,万一落入夷鞑子手中,好买路!"纪用没吱声,收下是收下了,但送胡应龙上路的最后一眼是充满鄙视的。金锭后来交给了赵率教,纪用嘱咐一定要犒劳作战勇敢的官兵。

胡应龙肚里早打好了如意算盘,一是逃命,二是公报私仇,他根本没去宁远,也没去山海关,而是直接回了京师。

熹宗一直发愁锦州方向没有第一手的消息送来,各路传到的报告均不一致,道听途说,真假难辨,愁得他整日食寝不安,躺在龙床上懒懒地爬不起来。

魏忠贤见胡应龙从锦州跑回来,带来了亲身经历的战况,高兴极了,高兴自己能端一道最好的解忧菜给皇上品尝。他马上把胡应龙领到暖阁门外,令他跪在高槛前,自己进去禀报。

果然,熹宗急不可耐地打足精神,立即召见。

胡应龙嗑嗑巴巴地大致把锦州守军如何浴血奋战的状况描述了一遍,当然省略了他和纪用被吓晕过去的细节,扯谎称自己如何勇猛,如何提刀上阵。

一听锦州还在,喜得熹宗当场赏了胡应龙一件缀珠袍子。

胡应龙谢了皇恩,话头一转,开始捏造事实攻击袁崇焕。他说,锦州目前兵少城薄,夷贼大军轮番进攻,危在旦夕,可宁远方面,辽东巡抚袁崇焕见死不救,拒绝派兵援助,他是想看笑话,坐山观虎斗,锦州丢了,更能显出他镇守宁远的本事!根本置国家利益不顾,一心沽名钓誉,可气可恨!

"袁崇焕?"熹宗还是头次听见袁崇焕有如此拙劣的行径,十分意外。

"皇上,奴才早就有些意见,袁崇焕此人不可信赖,乃南蛮刁民也!"魏忠贤趁机推波助澜。

"袁崇焕为什么不派援兵?袁崇焕为什么不派援兵?"熹宗连问二遍,大声一叫,"宁抚负朕恩典也!"嘴一张,吐出一股浓腥的鲜血。

"皇上!皇上!"魏忠贤连忙招呼宫女太监来扶,自己去找御医。

胡应龙见自己闯下祸,也知趣地溜走了。

御医给熹宗号脉,诊断为急火攻心,淤积于胸,开了几味药:麝香、地黄、虫草、龟板。

熹宗服药后,长吐口气醒过来。他对守在龙床旁的魏忠贤说,"朕待宁抚不薄,你代朕拟渝令,下牌赴宁远,限令袁崇焕发兵救锦州城不得有误!"

"奴才遵旨!"魏忠贤跪应道。

一道金牌令用快马刻不容缓发出,中途驿站一路接风,更替了十匹骏马,最后一匹跑到宁远便倒地口吐白沫毙命。

袁崇焕为了保存实力,克守宁远,但也不是消极地龟缩在城池中,不敢遣兵赴锦州一步。他得知山海关援宁远的二千兵马到后,即从宁远营中挑了二千熟悉地形的辽人兵卒,配合山海关兵马,由祖大寿统领,企图绕过围堵的八旗军,从爪篱山向锦州进发。岂料山势险峻的爪篱山也有八旗军的镶白旗一支兵马在埋伏,见明军到来,三声鼓响,冲杀下来,一阵乱杀乱砍。明军步兵哪是骠悍的八旗铁骑的对手?顿时溃不成军,纷纷逃回宁远。

金牌令根本无法指挥战局,袁崇焕拟了一道疏文,将明军目前的作战特点和夷匪在宁远外围设伏的情况作了详尽的阐述,表明并不是不增援锦州,而是从全局考虑,敌强我弱,以宁城池为上,城外交战为下。疏文派骑手飞报京城皇廷。

第一次宁远大捷以前,朝廷大臣和兵部对辽东战事都是采取躲避的态度,因为谁粘上了谁倒霉,总是输,而不会赢的。大捷之后,袁崇焕的进取、勇气和大胆取得的胜利,使他们误以为只要有勇猛的气概就能制服辫子兵,都像吃了豹子胆似的会口吐狂言了。他们不明白袁崇焕这次如何跟上次判若两人,谨小慎微,不敢冲出城去与辫子兵拚杀,他们在宫殿里吵吵嚷嚷地隔山画虎,出谋献策,要逼袁崇焕出击。

"夷鞑子就是欺软怕硬嘛,跟他们拚!李逵没有三板斧,小鬼能逃掉吗?"这些脑满肠肥的大臣们个个都像是诸葛亮。可他们全看了表面,而不知袁崇焕所遵循的兵法规则。袁崇焕进有进的道理,守有守的理由,是经过知己知彼得出的方法战胜顽敌的谋略,并不完全是热情和气概。当然,他报国的信念是他永恒不变的精神支柱,但战场、战争是一门深奥的学问,仅有情感的冲动是远远不够的。

第二道金牌又送到。

还是令袁崇焕从速发兵援救锦州。

袁崇焕异常愤懑,他回了一道疏文,说,如果拿我袁氏的脑袋去换锦州的太平,我袁崇焕马上把头剁下来!臣不是怕死,而是去增援非但无用,还会将宁远也赔进去,一大一小两个城都会沦落敌手!这是自缢!

紧接着第三道金牌令又来了,几乎在威逼袁崇焕,如果畏怯强敌,将就地免职,让新任巡抚率军增援!

到了无路可退的地步,袁崇焕干脆回疏表示,可以派兵增援,宁远驻军甚至可以倾巢出动,但必须得到皇上的钦准字样,以对后人有交代。

朝廷所有官署的爵臣们在接到此文后都像哑巴一样三缄其口了。红口白牙嘴巴说说可以,显示自己多有能耐,但要他们负责任,谁也不会挺胸站出来。

仿佛传一只刚出炉的红薯,全怕烫,没在一双手里多耽搁一刻,飞也似地送到了熹宗案前,皇上定夺吧!

熹宗这时倒有些冷静。在袁崇焕拒不援兵的问题上,先前廷臣们都义愤填膺,慷慨激昂,争相在他面前表现,可此刻又个个沉默起来,究竟有何原委?袁崇焕也许真有道理。于是他抱病爬下床,在烛蜡下认真仔细地读长达二千余字的疏文,读完了他才明白,宁远、锦州好比是母亲、儿子。现在夷贼抓住了儿子,诱使母亲来救,母亲一旦来了就一同杀掉,全都难保。

"若真如此,那可不能中计!"熹宗想,"宁可丢卒保车,也不能陷了宁远。"还是那个孙承宗告诉的老道理在他身上起作用:"宁远若失,山海不保;山海若失,京师危矣!"

他召来王之臣,令他以皇上名义下旨,仍然遵循"辽事袁巡抚悉听便宜行事"的原则,任何人不得干予,袁崇焕当以重任在肩,死守宁远不得有丝毫差池!

袁崇焕接到皇上诏令,这才松了口气。

但随即想到锦州城尚在危急之中,他的心不免又悬挂起来。锦州是他亲自规划、经营的前进堡垒,就像是他的孩子那么令他心疼,从西北方向传来的每一声炮响,都像是刀在剜他身上的肉!按他制定的预测方案,锦州的军备估计粮草、弹药、兵器能坚持七天左右,现已是第四天了,赵率教究竟能不能坚守得住呢?

锦州城四面墙仿佛全变成了皮鼓,在八旗军一阵紧似一阵的镐头敲打下发出有节奏的"咚咚咚"震动声。赵率教将所有兵卒分为左军、中军、右军,左军由左辅把总,右军由朱梅把总,自己指挥中军。三军又分成三个梯队,第一梯队是从城墙上搬下来的洋炮,墙一破就放炮轰,轰它个城毁人亡也在所不惜,反正已是最后关头,与其城被敌人占领,不如炸它个稀巴烂,让皇太极站在废墟上留连忘返;第二梯队是弓箭和铳枪,躲过炮弹不甚密集的火力网,剩余的辫子兵就将覆盖在铳枪的枪林弹雨之下,还有无数支蘸了毒汁的铁箭,只要皮肉稍一触破,便会立即倒地毙命;第三梯队便是守军兵卒的刀剑手们了,顽强冲过前二道防线的辫子兵最后的遭遇就将是残酷无比的肉搏战,不是你死就是我活,成败的关键就看谁能搏到结束。

布置停当,赵率教又令人将袁崇焕调拨给他的军饷、节余的筑城费共二千六百多两银子,全数抬到城墙后的一口大铁锅上,铁锅内有一颗炮弹,战胜了全分光,战败了全炸光!

随后,严阵以待的明军营垒便是一片刹静,与墙外"叮叮当当"八旗军的喧闹形成强烈的反差对比。

墙灰和粉屑"唰唰唰"地往下掉,眼看就要城墙洞穿时,忽然,声音全停止了,剩下几声零碎残余的敲打,显得格外的不协调,随后也彻底平息了,简直令人不可思议。

赵率教没有吭声,他也纳闷,但他在等待,兴许八旗军想整备一下队伍,就要全线推进!他用手势命令军队千钧一发,开火就在顷刻。但时间在一分一秒地过去,日头也缓缓地投下斜影,影子越拖越长,敲击声消踪匿迹。

"赵大人!"城头上的兵卒大喊,"辫子兵全撤走了!"

"真的吗?"赵率教简直无法相信,他三步并作两步,奔上城头。果然,城脚下的辫子兵全撤远了,把阵亡的兵士尸体全抬了走,只留下一堆堆烤食物的火堆余烬在袅袅升烟,随后跟上来的左辅和朱梅观察了一会儿,说,皇太极这小子在玩什么花招? 这里面肯定有名堂!

"兵来将挡,水来土掩,他和咱搞阴谋,咱就和他斗心眼!"赵率教说,他令人派探子去敌营侦察实情,弄清真伪。

在八旗军准备破墙而入攻城的最后关头,皇太极突然意识到锦州城虽然可以占领,将之划入自己版图,可是会付出难以预料的代价。他注意到明军安在城头的洋炮没再响过,肯定是抬到城底下去了,只要八旗军洞穿一露脸,炮弹劈头盖脸炸过来,伤亡人数不可避免地会急剧上升。他考虑得较为深远,军事上要取得成功,但不能赔本过大,否则宫廷里的政敌会抓住把柄,攻击他无能,得不偿失。更严重的是白骨累累将引起阵亡士兵亲属的不满,万一他们被人煽动利用,团结起来要颠覆他,国内的政局要大动荡。但,他又想,既然兴师动众已把仗打到这种程度,不拿下锦州城功亏一篑也无法回国交代,必须用一个万全之计来保证拿最小的代价换取最大的成果。

身边的谋士范文程给他献策说,锦州城刚刚修筑完毕,城内无百姓,也就意味着不会有足够的粮食储备,依愚臣判断,赵率教的存粮顶多够再用三日,三日过后,那些精壮的汉子们就会饿得浑身无力,站立不稳,到那时,我们将城洞一穿,冲击进去,不等于如入无人之境吗?

"对!围而不打,让他们慢慢地自我消耗,尔后我们去收尸!"皇太极非常高兴。

"只是注意,必须围得水泄不通。但凡只要让偷运粮食的明军内外接应了,我们的功夫也就作废了!"范文程又叮咛。

皇太极下令围城军队加紧密度,要做到连一只野兔、一只田鼠也不能跑进城墙里去!

探子把消息报告回来,赵率教也吃了一惊。上次努尔哈赤攻宁远,只攻了两天时间,不论成败都撤兵了,所以他想当然这次皇太极也不会长久,根本没料到时间会被敌人利用!利用做了战术!他叫粮食监官来问,剩余的粮食还能吃几天?

粮官回答,最多只够二天了!

"你咋不早说?"赵率教怒火燃起,质问道。

"起先都要拼命的架式了,小人不敢提及此事!"粮官愁眉苦脸。

"城里还能找出粮食吗?"赵率教问。

"没有,"粮官摇头,"咱们来之前,城里可是一个人没有哇!有粮的话也全给田鼠、黄鼠狼吃了!

不仅找不到粮食,城里不像荒山野岭,连能充饥的野菜都挖不到。

赵率教急了,一边下令将营中所有的粮食全收缴上来统一分配,一边令朱梅组织人马去城外不远处的麦田里抢麦穗来吃。

微微泛黄、眺望得见的麦田全是朱梅领兵屯种的,长势非常好,如果不是遇到战争,再过个把月就可以收割了。朱梅捋捋袖子说自己亲自带一干人去收,被赵率教劝阻后才同意派手下一员校尉领队去。

深更半夜,用粗麻绳将他们二十个吊下城。如果趟开这条路,每天晚上跑一次,每人背一袋麦穗回来,粮食就不愁没接济的了。

可是美梦第二天就破灭了。天蒙蒙亮,城头上了望的兵卒来禀告赵率教,请他和左辅、朱梅去看,兵卒一脸的惶恐。他们不知道发生什么事,一看,浑身都冰凉了,原来昨夜派出去的二十个弟兄,全被割下脑袋,齐整整地排列在城门楼下。

"他娘的!"朱梅悲痛欲绝,这二十个兵卒是他的心腹侍卫呀!"皇太极,你姥姥的不会有好下场!我日你十八代老祖宗哟!"

出城偷粮的路给堵死了,大家都有些束手无策。

赵率教心想无论如何也得拿个主意,天无绝人之路,就不相信一点辙都没有!他琢磨皇太极这次用的是心计,咱们必得也要用心计来对付他,否则硬拼正中他下怀。

他问左辅:"皇太极现在最盼咱们马上全饿垮了,他们好轻轻松松进城来收尸。反过来说,他现在最怕咱们干啥?"

"那还用说?最怕咱们有的是粮食吃饱肚子,只要他们进攻就可以开炮轰他们!"左辅回答。

"对,只要我们全饿趴下来,他也就有恃无恐了。可是,"赵率教又问,"皇太极和我们隔着城墙,他又不知道我们兵员的情况,他凭什么来判断我们啥时候全断粮饿倒了呢?他无法判断,心里那个怕字就无法去除,是吗?"

"这……"

"他怎么不好判断?"朱梅说,"咱们在城头上日夜不停巡逻的兵卒还在走动,咱们生火煮饭的炊烟还在升上天空,就说明咱们还有粮!什么时候巡逻兵走不动了,炊烟断了,皇太极就该来进攻了!"

"那好!"赵率教心里一计已经想定,"我们大部分人员从现在开始都喝稀米汤,匀下来的粮食,做干饭,保证每天一百个官兵吃饱喝足,在城头上巡逻,吓皇太极,让他不敢来攻城!另外,每天做饭的时辰一刻,就在城里各个地方同时升十堆炊烟,柴禾没了拆房子房梁烧,一定不能中断!"

"这主意妙!"朱梅赞同。

"可大多数兵卒全喝米汤,万一鞑子兵破了咱们的计,冲进来,怕是连点炮引子的力气都没有啊!"左辅担心道。

赵率教缓缓说:"善于斗心眼的人,实际上是自己的心眼最多,也就是最狐疑。但愿咱们这疑粮阵能够多疑它几天,时间拖长了,总有新的情况出现!"

传下令去,按"疑粮阵"实施。

皇太极安坐在他的大营帐篷里读《九章算术》,他把汉人编户为民,分给他们田地耕种后,同样也对女真人采取按人头分地的办法,让每家每户都有一定数量的自耕田,抑制王侯日益膨胀带来的贫富差距,以利于稳定统治。分割田地必须制定法规,范文程建议他运用汉代张苍、耿寿昌编订的《九章算术》来划算丈量。皇太极马上找来这本书,戎马倥偬也不忘抓紧时间读,书里有二百四十六道路的解法,分方田、粟米、衰分、少广、商功、均输、盈不足、方程、勾股等九章,非常切合生产和生活的实际,他读得格外入迷,仿佛这大营不是战场,而是书斋。

读了二日,他才问阿敏亲王,明军全饿倒了吗?阿敏是皇太极的叔伯哥哥,回答说:"好象没有。"皇太极不喜欢听模棱两可的词语,问"好象是什么意思?"阿敏又答:"就是天天能看见明军的兵卒雄赳赳地在城墙上巡逻不停,日日望到满城都有早中晚三餐的炊烟!"

"唔。"皇太极耐住性子,继续读《九章算术》,还同时拟了两道国家行政诏令,遣人递回沈阳宫中颁布。

又过了二日,他把阿敏召来,问明军还有没有人跑动?有没有炊烟?阿敏如实回答,明军兵卒似乎比前几日更有精气神儿了,几乎是在城头上跑动不停,喊声阵阵。炊烟也定时升起,无漏下一次。

"啊?"皇太极似乎很意外。但他毕竟具备统帅风度,没有马上表露出来。可阿敏走后,他读《九章算术》的兴趣已骤然消失了。他在帐篷里来回踱步,想,锦州城里粮食如此充足,看来明军早就料到我会来围城并用断粮这个计谋啊!难道是我低估了赵率教?还是赵率教比我还强?

再过二日,阿敏报告情况依然没有任何变化,皇太极按捺不住了,亲自骑上马跑到前沿了望。

城头上的明军见涌来一群穿王公大将服装的人马,料定是大官,就射了一排铳枪弹过去,打在皇太极的坐骑前,把马惊得高高撅起双腿。

皇太极火了,令人把范文程喊到跟前,质问:"人说三日不吃粮,饿得不认娘,已几日过去了?怎么明军还在城头上欢蹦乱跳的,还拿铳枪打朕,是何原委?"

"这……"范文程虽然早就疑心锦州城头是明军布置的假象,可他怎能让皇太极信服?"启禀皇上,待臣属派探子去城内观其实情,尔后再做计较,如何?"他提个建议,避开正面回答。

"也好。交与你安排吧!"皇太极快快不乐地说。

范文程派了两个精明强干的汉人,都曾在他家做过护丁,受过他的恩惠。他交代,一定要耳听为虚,眼见为实,看看锦州城里究竟还有没有粮食!

"老爷,您放心!"两个探子保证道。

探子装扮成明军兵卒的模样,黄昏时潜伏到城墙下,到了夜晚伸手不见五指,甩上一根带勾的粗麻绳,就开始爬城。但他们刚站到城墙的凹槽上,就被巡防的守城兵卒发现,逮住了。

"别误会!我们是从宁远来递消息的传令兵,是自己人呀!"探子早就编好了台词。

兵卒把他俩押到朱梅的屋子里,向朱梅禀告。朱梅一看这俩人脖后头发刚剪过的痕迹就明白他们的来历了,金国汉人虽不用留长辫,但头发也不能太短,一般是齐肩长发,这俩人就是刚断了长发的模样。他问:"既然你们说是从宁远大营来的,是谁的属下呀?"

"祖副总兵的手下。"

"交代你们来干啥?"

"来问赵大人和左大人、朱大人,锦州城里的粮食还够吃吗?"

朱梅一听此言,明白赵率教的计策成功了。现在皇太极心里在打鼓,只要打消了他们的怀疑,八旗军相信城内尚有粮,多半不敢发动进攻。他假装笑了笑,感激地说:"多亏祖大人还念着咱们!本官就是朱梅,你们二位看我脸色如何?"朱梅长得胖,喝了几天米汤,脸庞还是圆鼓鼓地泛着油光。"回去告诉祖大人,咱们储备的粮食还有多半哩,足够吃它一个多月的!"

"是吗?那就好!"探子尴尬地陪着笑脸。但没有亲眼见到粮食,他们还不死心,说:"朱大人,咱们躲辫子兵在路上跑了几日,干粮全吃完了,饿得肚子、肚子……"

"哦,无礼!无礼!怎么忘了请你们用饭呢!来人啊!给宁远来的两位弟兄端饭上肉呀!"朱梅朝屋外吩咐手下。不一会,侍从端上来热气腾腾的两大碗米饭和一锅红焖肉块,放在探子面前。"请用!请用!"朱梅避了出去。

两个探子对视,又四看无人,便迅速将一碗米饭倒在其中一个的衣兜里,然后又匆匆把另一碗米饭吃了,嚼了几块肉。

吃毕,他们提出要辞行,朱梅也不挽留,请他们回去代问祖大人好,请祖大人放心,有他朱梅等守将在,锦州安然无恙!

巡逻兵卒将俩人用绳子吊下去,和他们假装恋恋不舍地道别又道别,等他们的身影刚消失在夜幕中,心疼那两碗大米干饭和肉的兵卒便恨得咬牙切齿地骂开了:"他娘的狗奸细!白吃咱的大米饭,咱这里都快饿得晕过去了!"

朱梅将皇太极派探子的事向赵率教禀告,赵率教苍白的脸上露出了笑容:"他道高一尺,咱魔高一丈,看谁斗得过谁!"

"这几天是关键,他若是相信咱们有粮食储备,下一步采取静或动的步骤都有可能,要严密监视!"朱梅建议。

"对啊!"赵率教的眉头又紧蹙起来,万一皇太极丧失了耐性,孤注一掷撞开城墙洞口进来,喝了几天米汤的兵卒还有没有力气发炮,有没有劲头拚杀呢?他十分担忧。他问朱梅,"现在一共杀了几匹马啦?"

"咱营杀了十匹,左大人营里大约杀了十二匹!"

赵率教狠狠心,说:"再杀它几匹,让大家吃多些肉好有力气拼杀,成败就在此一二天内了。"

范文程带着探子去拜见皇太极,把白花花的米饭团往案前一放,以为接下来肯定是雷霆万钧,他已做好准备,杀头或流放,随便处置。没料到皇太极"哈哈哈"大笑起来:"赵率教有粮食,准备了那么多粮食,他们早就估计到我大金国会来攻锦州。而袁崇焕现在坐在宁远城里想什么呢?他只知道我会打锦州而不会去打宁远,因为先帝在那座城下受到了挫折!"皇太极双目流露出强悍的凶光,"哼!我要打你个措手不及!等我灭了宁远,再杀回头的时候,你赵率教恐怕粮食堆成了山也该吃完了吧!"范文程内心紧张,杂念丛生,再难清醒地判断战局,只得应声附合,任由皇太极操纵舵盘。

八旗军留下硕托亲王的一个镶红旗,其余大部队全部掉头,在皇太极以及阿敏、莽古尔泰亲王,大将瓦克达、阿格、多拜山、巴希的率领下向宁远城扑去。

就在袁崇焕日夜操忧着锦州战事胜败之际,一个对于他来说陌生而又特殊的人物闯入了他的领域。

这天,从山海关又来了几支增援队伍,一支是总兵孙祖寿、副将许定国带的兵马,一支是尤世禄、尤世威堂兄弟主、副将带的骑兵,他们是从关内遥远的地方日夜兼程赶来的。袁崇焕正忙着安顿他们,张罗住宿吃饭,侍卫来禀报,称城东南便门外来了一队明国水军,携带大量珍奇异宝,说要进城歇息。

"水军?"袁崇焕问,"是不是华岛上的弟兄?"

"不是!"侍卫肯定地回答。

"那是……"袁崇焕嘱咐满桂代他招待友军,然后对侍卫说,"走,去看看!"

来到城头,见城下列了一队骡马,都驮着沉甸甸的货物,押运的一个校尉耀武扬威,喉咙管很粗:"喂,是袁大人吗? 我们大帅有一封信简在此咧,您开城门我交给您!""你们大帅是何人?"袁崇焕问。"毛文龙! 毛帅!"对方回答。原来是此人! 袁崇焕从未见过毛文龙,所以陌生,可毛文龙在他防区又不属他管辖,所以熟悉也特殊。"快开城门,请毛帅的人进来!"他下令。

骡马队"踏踏踏"地放了进来,护卫的水军兵卒手执铳枪、刀矛,如临大敌般警惕地边向四周张望,边小心翼翼地牵着骡马行进。

袁崇焕亲自站在城边迎候,接了毛文龙的信简,拆开看,无非是些客套寒暄词语,他收起信,陪校尉来到巡抚院饮茶。

"这队货物是运往何处的?"袁崇焕问。

"轻易不能说,不过对袁大人实不相瞒,这是毛帅运往京师,孝敬魏公公的礼品!"校尉诡秘地笑了笑。

"噢。"袁崇焕不再多问,也不想再提起这种令人恶心的事。他说,"现在皇太极正领着兵在攻打宁锦,宁远城外有伏兵,你们这时要穿越战线,恐怕难以通过。"顿了顿,他又补充,"恕本官此时可没有多余的兵马给你们做掩护。"

校尉张狂地哈哈大笑起来,"多谢袁大人关心! 不过,袁大人不必忧虑,小官就是在道上碰到了辫子兵,他们也不敢拦我!"

"哦,为什么?"袁崇焕不明白。

"咱们毛帅在皮岛,正好就是卡在夷贼屁股后头的一把叉子,皇太极要是敢动咱一根毫毛,咱们的兵马就去捅他的屁股眼儿,准让他疼得叫爹喊娘的吃不消!"校尉得意洋洋地说。

"哦!"

袁崇焕想是啊,要是毛文龙在皇太极的后方点一把火,兴许能解锦州之围呢! "那你能不能回去告诉毛帅,就说我袁某人请他在皮岛出击一下,好解我锦州困境!"他对校尉说。

"那不行那不行!"校尉一听此言连连摆手,"毛帅在皮岛可不能轻易打,我们老打夷贼,夷贼也就会老来打咱们,那太平日子就没有喽!"

"也就是说,你们和夷贼有默契,互相有约,人不犯我,我不犯人!"袁崇焕挑明了说。

"就算是吧!"校尉点点头。

"但现在锦州被围可不是轻易之事啊! 锦州一旦失守,辽东防线便脆如薄饼,宁远暴露在无遮无拦的开阔战线前首,一触即溃呀! 宁远若失,山海便难保!"袁崇焕向校尉说明战局的危情。

"但我们在皮岛,不在辽东战线的辖内,朝廷和皇上都没有让咱们来支援锦州城啊!"校尉轻描淡写地说。

"可毛帅是哪国哪朝的毛帅?是大明王国的毛帅嘛!"袁崇焕抬大声说。

校尉自知刚才自己说的话有些理屈,便推辞道:"袁大人,说到底,小官只是负责将货运到京城便罢了,哪有调兵遣将的权力?您如有这方面的谋略,去向毛帅直接相谈便是!"

"毛帅在何处?去皮岛需多久?"袁崇焕问。

"不用去皮岛,毛帅就在海边的大船上!"校尉说,"他亲自送我们下船的,估计尚未离去。"

袁崇焕一听便顿时心血来潮,决定亲自去搬毛文龙这支救兵。

出城到海边,果然见到海面不远处停泊着一艘大帆船。他先派手下划艘小舢板去通报,接到毛文龙邀请登船的回信后,他便坐了条小型木帆船乘风破浪驶去。

毛文龙祖籍山西太平,父行商浙江钱塘、杭州一带,其降生,遂取当地为籍贯。一般浙江人是很少去当兵打仗的,他所以投军,是因为有个叔父毛得春在兵部做官,万历21年,毛文龙到北京后,得推荐到辽东效力著名将领李成梁,这年他二十岁。后来又在袁应泰、王化贞的手下,升职到练兵游击、副总兵。辽东失陷后,他带了一批人马,在渤海备岛和辽东、朝鲜边区打游击。他的根据地是在朝鲜,招纳了不少辽东溃散下来的明军逃兵和难民,势力渐渐扩大。天启元年,他率二百余兵马渡过鸭绿江袭击了金军占领的镇江城,生俘守将。虽是小仗,但却是明金交战来的罕见胜利,王化贞极为高兴,向朝廷邀功报赏,升毛文龙为左都督,赐尚方剑。不久,金军反击,夺回镇江城,毛文龙就将大本营迁到了朝鲜的皮岛上,继续在海陆地展开游击战。

皮岛在鸭绿江口外,与朝鲜陆地隔水相望,水面距离大约二公里左右,对岸便是朝鲜国的宣川、铁山。当时朝鲜的义州、安州、铁山一带因为邻近中国,涌来了大量的难民和明国败兵,十个人里,倒有七个是汉人,三个才是朝鲜族人。皮岛弹丸之地,原来毛文龙的队伍汉人就很多了,再加上逃来的汉人,明国的声势就更盛大了,几乎成了明国天下的岛屿。为此,明朝廷特设一个东江镇,升毛文龙为总兵,岛上军民俱受他统治。

宁远大捷之前,明朝在关外能与金军作战的就是毛文龙,所以他的威望特别高。当时有许多廷臣在奏疏里称,大明只要有两个毛文龙,努尔哈赤可擒,辽地可复,可见朝野对他的呼声和期盼之大。受舆论的影响,熹宗把他也当成了神一般的人物,提到他时都称毛帅,而不叫名字。

船渐渐靠拢了毛文龙的大船,大船放下舷梯,让袁崇焕登上甲板。

阳光灿烂,海风习习,在船首眺望海景的毛文龙一见袁崇焕,连忙迎上前,作揖道:"有失远迎有失远迎!"毛文龙高大魁梧,模样威严英俊,一表人才。他的脸上堆满了热情的笑容,对袁崇焕说:"本应下官去拜见袁大人的,现劳袁大人大驾,不胜荣幸,不胜感激!"

"毛帅客气!无论是资历还是声望、年龄,毛帅都是下官的前辈,下官蒙毛帅海上接见,不胜欣慰!"袁崇焕说这番话倒是真心实意的,并不屈尊。因为毛文龙在关外纵横捭阖的时候,他刚到山海关任职;毛文龙时已五十开外,要比他整整年长十多岁。

毛文龙听了恭维话心里很舒坦,论地位袁崇焕还是比他高的,可袁以后生自居,他岂有不快活之理?

他们就在宽阔的前甲板落坐,侍卫端上美酒、菜肴和水果款待袁崇焕。谈话内容自然是战局,袁崇焕老把话题往锦州战事上扯,可毛文龙显然有意回避,总不接这话喳。

袁崇焕一看这样谈不行,干脆单刀直入,说:"毛帅,现在皇太极数万精锐大军围剿锦州,本部将领赵率教顽强抗守,已有六七日之久,夷贼围堞打援意图十分明显,在宁远城外设下重伏,诱我上钩,在这锦州城危,援又不能的情势下,只有到敌后方进行牵制方可乱其方寸,毛帅是否能夺此天工之妙,抄皇太极尾路以救我燃眉之急?"

毛文龙听罢沉默,端起一杯长白山葡萄酒,在嘴边慢慢地啜饮。许久,他才开口道:"袁大人,夷贼早已觊觎锦州,我大明守军也早已防患于未然,这段酝酿和准备时间有多久?"

袁崇焕不知他意思,回答:"从我们筑锦州城算起,有大半年之多吧。"

"那好,你们双方先前还一直都处在临战状态。可我呢,在下驻扎的皮岛,因为有大海天然屏障,夷贼断不敢轻易来犯,我虽是敌心头之患,但他心有余而力不足,敌我已有几年相安无事。现在要我拿毫无准备之师去袭敌后方阵防地,岂能奏效?并非在下不愿伸出救援之手,而是兵家不打无把握之仗,以石击卵,只能得飞蛾扑火之果啊!"毛文龙推脱,可理由又似乎冠冕堂皇。

"毛帅太谦虚了!"袁崇焕还想继续劝说,"谁不知道毛帅带兵有方、常备不懈。精兵强将又何需踌躇再三,宝刀藏柜三年出鞘依然寒光潋滟,大军苦心尝胆一旦势发而不可收矣!"

"哪里哪里!"毛文龙不为称赞所动,"皮岛生活条件相当优裕,军队自耕自养,吃穿不愁,有道是苦练方能出精兵,我是心慈手软养了一群拿刀的农民啊,只问收成不问操戈,实在惭愧! 幸得夷贼尚无犯我之意,若真汹汹扑来,在下这真不知如何是好了,可能还要向袁大人搬救兵了!"

话说到此,袁崇焕知道再讲也是多余,他后悔怎么没向熹宗提出将皮岛的指挥权要到自己手下,否则,他军令如山倒,毛文龙哪敢不应?"告辞!"袁崇焕拱手,"后会有期!"

毛文龙起身送客到船舷边,也拱手道:

"后会有期!"

坐在颠簸的帆船上,袁崇焕一路怏怏不乐,他不理解,同是大明国的臣子将领,毛文龙和孙承宗、熊廷弼简直是天壤之别,大明国的疆土安危仿佛与他毛文龙无关,他是那样的自私、冷漠! 可就是这种人官运亨通,他给魏忠贤送那么多礼物,没准他一仗未打,反而会军功卓著哩!

下了船,没料到满桂早在码头迎候。"锦州敌情如何?"他问。满桂回答:"锦州尚在我手中,但皇太极向我宁远扑来了!"

"好嘢!"袁崇焕一听兴奋地大叫起来,"锦州之围可解矣! 皇太极转攻宁远,锦州城外的围军肯定单薄,满总兵,咱们赶紧商议乘此良机派兵去给锦州运送粮食!" "是,我也是这么想的,这不,在这里等您归来,急着跟您商量!"满桂说。

宁远云集各路兵马数支,在袁崇焕主持合议下,决定由孙祖寿率四千人,携粮食二十万公斤前往锦州救援。其余军队统由袁崇焕调遣、满桂指挥,做好迎敌守城的准备。

袁崇焕问满桂这次怎么打? 满桂反问,守城最怕敌人使哪一招数?"哪还用说,当然最怕城墙被挖开!"袁崇焕回答,"上次守宁远,差一点就让辫子兵破了墙杀进城来死命往街巷里冲!" "对!"满桂像是已经胸有成竹,"我这次就决不让辫子兵靠近城墙,在城外就将他们击退!"接着满桂详细摆了一摆他的作战设想:防线设在防护壕与城墙之间,第一线是铳枪、火箭;第二线是绊马索;第三线是肉搏兵卒。每一线消灭夷贼一批兵马,最后在城墙上再备一批弓箭手,专射敌军官和精兵! 兵营分布为,祖大寿守南门,西门由尤世禄、尤世威把守,北面正门由他本人压阵。"那么本官呢?"袁崇焕问。满桂回答:"袁大人,您就在城头上督阵吧!" "光说不练使嘴把式不行,我来指挥发炮吧! 在辫子兵还没冲到防护壕之前,我先炸倒他一大片再说!" "行! 只要袁大人的炮声一响,我们在城下就做好准备全力以赴!"满桂披上全身盔甲,精神抖擞。

八旗军很迷信日出给戎马带来的阳刚武力,他们惯于在黑夜时隐秘地进入攻击地点,然后在晨曦之中威武雄壮地列成阵式出现在敌人面前。次日,当第一缕朝霞染红地平线的时候,守卫在宁远城前的明军发现昨日还开阔碧绿的城郊田野,今已浩浩荡荡遍地都是刀矛林立、旗幡飘扬的八旗军兵马了。

"咚咚咚!"城头四角擂响了战鼓,城里的百姓再也不像上次那样胆怯地去躲避,而是纷纷拿起扁担和箩筐,挑土担石,向早已布置好的岗位奔去。"咣!咣!"袁崇焕令炮队放了二炮在八旗阵前示威。

硝烟随风散去,一匹乌黑色的蒙古高头大马驮着一个手擎"令"旗的使者飞也似地从八旗军阵中奔出,向明军防线跑来,到了城下,使者勒住马,惯冲力将马的一双前腿吊起来,长嘶数声。"宁远明军听着!"使者像是唱过戏,嗓音十分洪亮,几百米开外都能顺风听见,"我大金国王向你们宁远巡抚、总兵挑战!不要放炮,不要使枪,双方置于中间,一对一厮杀,有没有胆量啊?没有胆量就乖乖地把城池交出来吧!"

袁崇焕一听,这不是皇太极在向自己挑战吗?如果不应战,会伤了手下广大兵卒的自尊心和士气,年轻兵卒们都以自己的主将勇猛超强而自豪、为荣的,不能让他们抹了这个面子!他穿着铠甲,"噔噔噔"地就跑下城楼。

"袁大人!"满桂拦住他,说,"皇太极是夷贼,你贵为朝廷三品命官,去和他斗,岂不伤了我大明威严!而卑职不同,卑职是武将,理应剿匪歼贼!让卑职去应敌吧!"不容分说,他提了杆长棱镖,跃上马背,双腿一夹,"哒哒哒"飞驰前去。

那边,皇太极也提着把青龙宝剑跃马上阵。

两股腾空而起的烟尘迎头拢近,越靠越近,相隔只有三米左右的时候,停住了。

皇太极问:"是袁巡抚大人吗?"

满桂答:"辽东总兵满桂是也!你就是皇太极吧?"

皇太极冷笑一声:"到底是袁崇焕胆小,不敢摘冠应战,明朝的文臣全是吃干饭的废物!"

满桂回敬:"战你区区建州夷贼,何需惊动袁巡抚大驾!快快落马回头吧,否则满爷爷的长镖可不长眼睛。"

皇太极大吼一声,恨恨地挥剑劈上来。他三岁开始就习文舞剑,功夫早已是炉火纯青。满桂用棱镖挺刺,然后向上猛挑,化解了皇太极的"黄蜂刺"的剑法。满桂原在宫廷卫队,虽武功上乘,但天天巡游查哨,总缺乏实战演练,调到辽东来后,搏击沙场,觉悟了很多枪法的真谛,并溶合到自己的套路中去,长进很多,他的兵器和皇太极的青龙剑一碰,就明白对方的武功非同一般,但他认为自己可以匹敌。

棱镖长,顶着皇太极的剑锋,使他无法施展,所以皇太极千方百计想突破棱镖的活动半径,近满桂的身。而只要让皇太极的青龙剑挨近了身,满桂就危险大了,他的兵器长,无法防御近距离的攻击。

虽然皇太极的几次努力都没成功,但满桂却也处在被动的劣势。

两边的大军都在为自己的主将呐喊助威。先是八旗军粗犷的嗓音有节奏地叫:"大金必胜! 大金必胜!"见辫子兵声势浩大,袁崇焕也在城头指挥明军展开声援,"咚咚咚!"城头上的大鼓敲起了京韵大调,兵卒们唱起"牛牛腔",如千万头牛犊在牛气十足地长鸣嘶叫!

受了鼓舞,皇太极越战越勇,剑法令人眼花缭乱,频频向满桂的怀中送去股股寒气。满桂一听"牛牛腔",知道是自己的兵马在助阵,也热血沸腾,使出浑身解数,力拼强敌。

虽是两将争斗,但犹如千军万马在奋力混战,杀得尘土飞扬、金星狂舞、血光相照,日月变色! 互拆了上百个回合,各自的马匹跳离分开,终不分上下胜负。

"看你也是武林高手,还为腐朽明朝效力做甚? 不如投我大金,封你王位!"皇太极气喘吁吁地指着满桂说。

"多谢美意! 但你堂堂大金汗王,犹战不胜我大明一区区总兵,有何天地供我满桂施展? 你还是放下刀剑,立地成佛,向我朝廷归顺吧!"满桂露出一丝讥笑。

"既然如此,人各有其志,咱们伺机再战!"皇太极拍马走去。

"随时恭候!"满桂也掉转马头奔回城门。

还没抵达城脚,满桂就听到身背后八旗军的喊声像涨潮的海水般咆哮着奔涌而来。他催马快奔,过了防护壕,跳下马,回身观望,真是动如虎,静若兔,皇太极最多也是刚回到营帐,大军就片刻不停地掩杀过来!

"准备迎击!"他下令。同时抬头向城楼上张望,袁崇焕和他目光会意地相遇,高声提醒他:"先听我的炮声!"满桂竖出根大姆指表示明白了,一切正常!

八旗军呈蛇行冲锋,站在高处,袁崇焕发现他们似乎雷声大、雨点小,兵士们喊声震天,但步伐却不似以前那么疾厉,有如放羊那般散漫。没容他多想,敌人已过了炮火警戒线,"放炮!"他下令。"咚咣! 咚咣! 咚咣! ……"一阵排炮射出去炸起乳白色的烟柱,硝烟周围的辫子兵像喝醉酒似的东倒西歪地躺倒在春意盎然的野草丛里,喊杀声受挫,顿时偃旗息鼓,进攻的八旗军向后退缩。

往回跑了几十米远,督阵队挥着砍刀逼着辫子兵又掉头向前冲,就像退了潮又涨潮的波浪一样,他们又重整旗鼓,渐渐提高了呐喊声向明军防线冲杀。

袁崇焕总感到辫子兵的士气有些不对劲,但此刻争分夺秒,来不及细思熟虑,他劈下手命令炮队——"放!"这次炮队一鼓作气,放了两排炮弹过去,又炸翻不少辫子兵。

阵亡者的同伴哭叫哀嚎地抬起尸体,不顾一切地向后撤。有人带头,其后便犹如兵败如山倒的潮水,迅猛地退泻而去。这一退,退势惊人,辫子兵竟越过了皇太极指挥的几顶大营帐,径直向更后的地方卷去。皇太极挂白龙旗的营帐,还有其他将帅的营帐刹那间变得象几座孤岛般兀立在荒野里,他们似乎也难以把握局面,手忙脚乱地拆下营帐,准备溃退。

满桂原以为要有场恶战,摩拳擦掌,严阵以待,没料到敌人一触即溃,心里很不过瘾。他对城墙上的袁崇焕说:"袁大人,我去追赶皇太极,不能让这小子溜了!"他跨上马,召唤几个手下部将,"快!拉上队伍,跟我去追!"队伍"呼啦"一下就跟着满桂冲过了护城壕。

袁崇焕忙制止:"满大人!停住!"可队伍杀声震天,一发而不可收。袁崇焕急得只好抡起鼓槌敲响了大鼓,满桂警觉地站住了,又唤住队伍。"袁大人?"他奔回城楼下,不知何故。"满大人,千万不能上皇太极的当!依我看,他是使拖刀计,诱使我们离开城墙依托和洋炮保护,拉我军去平川上野战。而这正是敌强我弱的不利局面,我们不要理睬他!"袁崇焕一口气说道。

满桂一听,觉得有道理,马上冷静下来,令队伍恢复原位,密切注视敌人的动向。

皇太极撤了几公里,见明军并未上钩,没趣地停了下来。阿敏和莽古尔泰亲王问,怎么办?皇太极觉得窝囊,花了那么大的代价要这个计谋,却被识破,他咬牙切齿道:"杀上去!先把城外的那些明军杀光,然后攻城!"

阿敏壮胆劝谏:"汗!明军早有准备,恐怕不宜强攻,只宜智取!先前我们不是截获过明军的兵士吗?称,明朝廷力主袁崇焕派大军支援锦州解围,是否我们再等一等,待宁远城内的队伍开出……"

用智原本是皇太极的一贯主张,可此刻他不知怎么情绪特别暴躁,很不耐烦。他气咻咻地对众人说:"先帝曾攻宁远不克,这次本汗攻锦州亦不克,若再攻不下宁远,天聪开年就太不吉利啦!"他胸中郁闷不快,不顾一切地下令发动强攻。

一点不假,袁崇焕判断得丝毫不错,八旗大军又排山倒海地朝城墙掩杀过来,边冲边从腹腔的深处迸发出撕心裂肺的长鸣,如同兽类在望见猎物前的欢叫和威吓,又如同一切动物在濒临死亡前的狂呼绝唱。

炮弹炸响了,但八旗军早已熟悉了炮弹出膛时那声沉闷的"咣哨"声,提前趴下了,碎溅的弹片杀伤不了多少兵卒。

八旗军冲过了炮击的拦截,便马上来到防护壕前。满桂的铳枪、火箭开始疾雨般地发射,辫子兵手中也有炮箭,他们在一排厚铁盾牌手的防护下,站在其后与明军对射。弹如雨下,双方都有大量的伤亡。

就在枪弹稍稍缓和的那一刻,八旗军的铁骑挥刀冲杀而上,跃过防护壕,向明军的散兵线扑来。明军的绊马索见状拉高,战马冷不防纷纷倒地。但骑手毫不犹豫,翻身爬起来,"嗷嗷"叫着继续向明军守兵冲刺突击。肉搏战顿时在城墙的北、西、南三面全线展开。

开始时,明军的大多数新征兵卒缺乏实战经验,战术上和心理上都比较生疏。以前耕田、养猪、放牛羊的小伙子,一下子要他们用真枪真刀砍活人的脖子,刺活人的胸膛,他们虽然知道这是生死搏斗的战场,可依然有点不忍心下手。辫子兵逮着了机会,他们趁明军兵卒手软之际,心狠手辣地大砍大杀,明军士兵像屠宰场里的牲口,脑袋和胳膊四处乱飞。

满桂的发令所在一堵砖塔后面,周围有重兵把守,辫子兵无法接近。他看到明军处于劣势,着急了,提着梭镖往外冲,忽然,一人拦住他,他一抬头,是佘义士。

佘义士说:"满大人,袁大人嘱咐奴才守候在此,保证满大人安全。满大人,眼下两军混战,明枪暗箭不易提防,您千万别出砖塔!"

"可本官若不上阵,恐兵卒们支撑不住!"说着,满桂跨上马。

"满大人,您千万别出去,有个意外,袁大人要拿奴才是问!"佘义士又拽住马头,恳求道。

"你真糊涂!"满桂眼一瞪,"此时此刻,城破人亡之际,别说我,就是袁大人,身在城前也会冲锋陷阵的!城若不保,我安何在?!"

佘义士只得松手:"可是满大人,您不能拿梭镖,施展不开!接住!我的这把刀尚算上乘!"说着,将自己的佩刀解下甩过去。

满桂接住,纵身飞也似地冲向前去。佘义士不敢怠慢,也飞身跃上旁边的一匹战马,拔出身上的另一把佩剑,紧跟在满桂身后。

奋力砍杀了几名辫子兵后,满桂看出了明军兵卒怯阵的征候,他知道自己手下的这批兵训练有素,亦身强力壮,现在就是要把他们的血性和杀气调动起来,要他们个个都像猛兽一般不存丝毫怜悯之心。他的马正好停在一具被割下脑袋的明军兵卒尸体旁,尸体的惨状令人发指,他弯下腰不容置疑地单手将尸体捞起来抱在了怀中。佘义士都没明白他要干什么,只见尸体脖颈口一个大洞,真所谓是脑袋落地碗大个疤!冒出来的汩汩鲜血马上将满桂的铠甲染红了。满桂纵马在混战的敌我双方兵卒间驰骋,挥刀边砍杀,边大叫道:

"弟兄们,你们睁大眼望啊!这是刚才还和你们共同生活,并肩作战的兄弟,而如今,他的头没啦!是给夷贼砍掉的!我们要为他报仇啊!敌不仁,我不义!无毒不丈夫!用你们手中的刀剑向夷贼杀啊!不是他死,就是你亡,两军相遇,分外眼红!千万不能心慈手软!不杀光夷贼,我们都得变成这位兄弟的下场,城里你们的父老乡亲也一样啊!"

他的话语声调极富鼓动力,明军兵卒们体内的残酷、冷血给激发出来了,仿佛力量增长了几倍,个个杀气腾腾,不顾一切地向辫子兵扑去。满桂见收效了,就把尸体放下地,挥刀向一名八旗大将冲去,刚跑几步,早就盯上他的几名八旗弓弩手瞄准他一阵乱箭。

"满大人!"佘义士扑上前用梅花雨剑法抵挡,箭矢纷纷坠地,但最终还是有一支箭射中了满桂的背部肩胛。

周围的侍卫马上回击,将那几个弓弩手射死。

眼看刚刚调动起来的士气又要因为主将的负伤而受挫,满桂万分焦急,他用手伸到背后,咬紧牙使劲将箭拔了出来。

佘义士说,"满大人,把箭给奴才!"他接过箭,内行地盯了一眼箭头和沾在上面的血迹,幸好,没有毒!"满大人,进城让郎中上药吧!"他劝说。

"不行!所有的兵卒都在望着我!"满桂勒着马在原地打了个转儿,然后挥着刀仍向刚才盯住的八旗大将冲杀过去。

大将名叫瓦克达,其实也是个身手不凡的战将,武功绝不会在满桂的水平之下,但他被满桂的气势震骇坏了,他认出满桂就是和汗王拚了个不分上下的那个将领,心里极其畏惧,竟拖刀便逃。

满桂哪容他溜走,赶上去便是一刀,正砍中瓦克达的耳朵。耳朵落在泥巴里被踩成了碎末。瓦克达疼得呲牙裂嘴,拚命抵挡了一阵,瞅了个空还是往后逃。满桂不再追,他让瓦克达当个头羊,引导辫子兵溃退。

果然,见瓦克达败走而去,辫子兵们也不再恋战,全都跟着撤退。

回到城楼,满桂包扎箭伤,袁崇焕向他拱手道:"满大人勇猛智慧,我宁远当得稳守,幸哉幸哉!"

满桂则愧道:"末将没把夷贼那个大将砍死,遗憾也!"

祖大寿和尤世禄、尤世威也回到城头上来向袁崇焕禀报战情,说手下的兵卒箭伤了一名八旗将领,一个俘虏供称,是大将阿格。

伤敌两大将,旗开得胜。袁崇焕用肉、酒犒劳他们。然后又布置人清点兵员,打扫战场。稍顷,他得到禀报,明军阵亡一千四百八十六名,八旗军大约也战死一千五百名左右,两军伤亡人数相等。这是场真正的恶战。"也许,更大的恶战还在后头!"袁崇焕自语,他令人将所有明军兵卒的尸体全运到海边山坡上安葬,造名册给家属发放优抚金。

"夷贼的尸体怎么处理?"负责此事的谢尚政问。袁崇焕思忖道:"派使者去八旗营中,允许他们来一百军士,不带任何兵器,收回尸体!若佯装收尸,实为进攻,定炮轰不误!"

使者去后又返回,答曰,夷贼放弃了!

"皇太极不是在国内实行仁政吗?怎么做出如此不仁不义的事来?"袁崇焕不解,"看来仁政是假的,全是权术而已!"

时正值五月下旬,夏天早早地来临,偏巧这几日又是热浪滚滚,辽东日晚温差大,夜晚要盖被子睡觉,白天就已经可以光着膀子洗凉水澡了!可想而之,尸体在日头的暴晒下一整天,到第二天的中午已是如何的臭气熏天!

明军兵卒闻了臭味直恶心、呕吐、头疼,甚至睁不开眼睛!情况反映到袁崇焕那儿,他当下决定,辫子兵不收尸,我们来收!派城内替补队伍的数百名弟兄就地挖坑掩埋。

城门大开,白细布掩住口嘴的明军提着锹铲奔出来。他们刚在宽阔的战场上散开,三五一组的挖坑,突然,城头上瞭望的一名军官大叫:"不好!辫子兵突袭!"

'原来皇太极一听收尸,马上认准了机会,观察到明军出动后,立刻发动攻势。他如意算盘打得很好,八旗军和明军收尸兵卒混在一起,城头上明军洋炮就不敢放了,他们便可一鼓作气杀进城去!

袁崇焕这次是吃了心慈手软的亏,收尸的慈悲行为被敌人所利用。几千骁勇的八旗铁骑喊打喊杀地分几路纵队向城门猛冲,收尸的明军光有铁锹铁铲没有武器,抵挡几阵便鸟散逃开。他们和八旗军混成一团,袁崇焕的确无法命令开炮。铁骑越冲越近,满桂下令放铳枪也阻止不了他们的势头,在离绊马索还有几米的时候,八旗骑兵曲身吊在马腹一侧,用刀纷纷将绊马索斩断。攻势迅雷不及掩耳,快得连准备肉搏的明军都还没排好迎战的队形。再不撤就要遭灭顶之灾了,满桂知道不能逞能,当机立断下令左、右弓箭手射排箭掩护,刀剑手及大部分步兵撤回城去。

骄阳下泥土都晒成了散沙,排山倒海的铁骑将沙土扬成了一团团升腾的巨大烟柱,呼哧喘气的战马就从烟尘里钻出来,犹如地狱里的魔鬼一般。当城门刚刚关闭严实,八旗铁骑的战刀就簇拥在城门外"咣!咣!"地砍起来,砍得城门颤栗不已。

城头上,袁崇焕和满桂、祖大寿、尤世禄、尤世威紧急商议,采取什么对策击退辫子兵的进攻。尤氏兄弟主张以牙还牙,乘辫子兵以为我们不会出城交战,放松戒备之际,打开城门,冲出去和他们拚!满桂否定了,认为这样拿城池来押胜负,风险太大!祖大寿则说,城池很牢固,让他们在外面瞎转悠吧,等到天黑降温时,投"万人敌"火烧敌阵。袁崇焕分析,一是等不及,辫子兵肯定会片刻不息地挖城墙,再牢固也难保不出现洞穿的危险局面;二是辫子兵已经对"万人敌"有所了解,他们不会再上当去捡那些浇了火药的被褥、柴草,所以这个办法不灵。满桂一拍案站起来,说:"干脆,把洋炮的炮弹拔掉保险,点燃后丢下去炸它个弹林火海!"袁崇焕点点头,可犹豫地说:"好倒好,就是怕炸坍城墙!""也是!"祖大寿不太赞成。"什么也是!祖大人,你丈量过炮弹坑和碎片的尺寸,是多少?"满桂追问。"坑是二丈不到,碎片可溅到三丈多。"祖大寿俱实回答。"那么好,咱们将炮弹往城墙外三丈的地方扔,只要损伤不到城墙就成,碎片可以溅到三丈多,足以杀伤周围的辫子兵!"满桂看来早有预备。袁崇焕眼睛一亮:"满大人的主意切实可行,扔!但嘱咐扔炮弹的兵卒一定要扔准距离!"祖大寿也不再反对,说:"干脆全让炮队校尉、兵总以上的军官来扔,把握更大些!""行!就如此决定!"袁崇焕拍了板。主要实施由祖大寿负责,他紧张地去布置。

明军不再阻拦八旗军的前进,大批的八旗步兵携带工具蜂拥到城墙下,兴高采烈地大举挖掘墙洞,他们以为守军已如同钻进洞穴里的耗子,只有躲藏的份儿没有反抗的力量了。

阿敏亲王得意洋洋地向皇太极禀报,明军已无抵抗能力,坐守待毙,但等城墙破洞,大军冲进城内,袁崇焕、满桂等人便可束手就擒!

皇太极对忽如其来的成功有些不敢相信。他说他要亲自去城墙边巡视。可走了几步,又停住了,心想,如果明军耍的是计谋,我跑过去不又要重蹈先帝的覆辙了吗?他心有余悸地止住了步。但他远远地张望到八旗军的旗幡已在城墙下飘动,尤其是阿敏和莽古尔泰的帅旗在其中高高张扬,他心犹不甘了,两个亲王都敢在阵前亮相,他堂堂国王,竟萎缩在后方的营帐中观望,兵士们会如何感想?他不愿自己的威信受到一丝一毫的损伤,就居高临下地对阿敏说:"我主张强攻城墙时,你们还畏畏缩缩的,现在破城即在眼前了吧!"

阿敏恭维地说:"还是汗英明呀!汗率军攻战所向无敌!"

皇太极被捧得有些飘飘然,挥手道:"走,大队伍冲进城时,朕要亲自为他们披挂战袍!"说着,他跨上马,扬鞭向前飞驰。

他的命大,他没有与城下的那些辫子兵一同去见阎王爷。就当巍巍耸立的宁远城在他眼前越来越清晰,越来越庞大的时候,突然,一团团火光带着浓烟升腾而起,伴之刺耳的轰隆巨响,城楼城墙全被烟雾吞没了,他的视线里一片混沌和昏暗。

不知是身边哪个侍从大呼：

"汗！汗！快卜马趴卜！"

他糊里糊涂被人拉下马摁倒在地，耳朵里全是"嗡嗡"的回响。

不知过了多久，烟雾消散了，宁远城楼城墙仍旧岿然不动，但皇太极明白，他的挖城、攻城兵士全完蛋了！阿敏和莽古尔泰因为来迎接皇太极，侥幸捡回一命，大将瓦克达、阿格阵亡，固山级军官死四人，牛录级军官死三十余名，兵士死伤二千多名。

皇太极回到营帐号啕大哭，在宁远城下，他败得比父王努尔哈赤还要惨！

炮弹炸过之后，八旗军存活和负伤的兵士全退回几里外的营帐，偃旗息鼓，鸦雀无声。沉默得像冰山！

城头上的明军却是另一番场面和心境，开怀畅饮、乐不可支！

袁崇焕不敢懈怠，他站在城楼上严密地观察敌情，他估计受到重创的皇太极决不可能咽下这口气，他们还有一多半的兵力没投入使用，难保皇太极不会孤注掷！"传我的令，城墙炮队做好发炮准备，骑兵大营在城门口伺机冲出城外迎战！"他吩咐各守城部将。

皇太极在帐中以泪洗面，咬牙切齿，他狠下心不报此仇誓不罢休，一定要破宁远城取袁崇焕首级，以祭典战死兵士将官的亡灵！但偏偏坏消息都相约而至，留守在锦州城外的硕托亲王遣人来飞报，锦州城内的明军打开城门冲出袭击金军，造成人员大量伤亡，请求赶紧增援！前后夹击，皇太极感到一种不祥之兆在缠绕他，他终于有了恐慌。

他将范文程召来，气弱地问："朕想退却，你意如何？"

范文程垂首不敢言语。

"大胆直言，朕不会加害你！"皇太极和缓地说。

"汗，中国有句古话，君子报仇，十年不晚！"范文程间接地表达了自己的意思。

六月初一日的清晨，天刚蒙蒙亮，据守在城头上的哨兵发现前方八旗军的帐篷一夜之间全消失了，忙向袁崇焕禀告。

袁崇焕把满桂等诸将叫起来，趴在被露水打湿的城墙上，透过缭绕的晨雾张望。他长长地吐了口气说："算日子，孙祖寿肯定已把粮食送到了锦州城，赵率教了却了腹饥，不会闲着，见敌营空虚，肯定会乘机捅它一刀！皇太极背腹受敌，不会再呆下去，八成是回他的沈阳老巢去了！"

这时，谢尚政的探子也来报告，皇太极的白龙王旗已向沈阳方向去了。

"向朝廷拟疏呈报，此役可称之谓宁锦大捷！"随着袁崇焕的话音，在座的所有守将都再难以抑制欣喜的心情，痛快地大喊："取酒来啊！"

3. 欲加之罪何患无词

满架的翠绿长白山葡萄藤又肥又厚的叶片儿遮挡着七月天毒辣辣的太阳光，午后的灼亮透过重重叠叠的裂罅洒在庭院的砖地上拼凑出大大小小的许多圆影子，又像是一道斑驳陆离的图案覆盖着藤椅上的袁崇焕浑身。

"老豆！老豆！"

四岁的女儿阿娟一头兴奋的汗珠，小手里捏着根长长的狗尾巴草，摇摇晃晃地奔过来。

这些天袁崇焕远离了铁筝铜锣、战鼓杀喊，忽然间变得轻松，也变得疲累，睡意袭上了头颅仿佛就再也不愿清醒过来似的。听到爱女的呼叫，他微微睁开道眼缝，可怎么也振作不起来，眼睛又闭上了。

女儿长大了几岁便学会了调皮，虽然和父亲见面时间不多，可特别喜欢和他玩耍逗乐，她见父亲不理她，就用狗尾巴草的须子戳到他的鼻窟窿里去，撩得袁崇焕在昏昏欲睡中笑了起来。

"啊，谁在暗害人啊？"一个粗豪的嗓门叫道。阿娟被吓了一跳，手松了，她扭头看，原来是经常与父亲在一道的满桂。

袁崇焕这下彻底醒了，他坐起来，搂住女儿结实亲了口，然后用手拍拍她的小屁股蛋儿，说："乖女，去喊娘端冰水来！"

"哎！"阿娟笑吟吟地跑了。

"坐、坐！"袁崇焕朝旁边的藤椅指道，"大中午天这么热，也没在府上休息，有事啊？"

"山海关阁大人差人来报，明日皇上差遣的朝廷内宫大员来咱宁远宣读嘉奖令！"满桂说。

"噢？"袁崇焕眉一挑。

"书函送到巡抚院，差丁说您不在，就转送到我的总兵府。我知道您这个老广免不了又在午睡，就来告诉您。"

广东人的确有用午休来捱热的习惯。这时，阮伯蓉端着一只木托子，托子里有切好瓣的西瓜，旁边全是雪白的冰块走出来，"来来来，吃冰镇西瓜！"

满桂惊诧道："嫂夫人，您这会儿哪来的冰啊？"

袁崇焕笑道："我这是偷的京城里庙会上的技法,将冬天的冰雪藏在地窑里,夏天取出来用,还挺灵!"

满桂自惭地说："我在京城这么多年,还不知有这回事咧!"说着,伸手抓了一瓣"呼哧哧"地啃起来,不住地赞叹："凉!凉!凉到心里去了!"

阮伯蓉又招呼婆婆和阿莲、阿基来吃西瓜。阿基挥舞着木头宝剑,作骑马状冲刺出来,后面跟着疯笑的阿娟,韩慧乔在阿莲的搀扶下拄着拐杖走出屋子,庭院里马上热闹起来。

袁崇焕扶过韩慧乔,说："娘,儿不是跟您说过满大人大战皇太极的故事吗?喏,这就是满大人!"他引导娘向满桂走来。

满桂忙施礼："老人家万安!"

"老妇眼睛看不到,焕儿讲你神奇英武,让老妇摸一摸你的臂膀!"韩慧乔伸出手笑吟吟地说。

"老人家见笑!"满桂遵从地伸出粗壮的胳膊。韩慧乔老皮干瘦的手在上面摩挲着,感叹："比广东屋里收稻谷时臼米的木杵还要粗一圈子哩!"天真的话换得满庭院一阵快乐的轰笑,满桂不好意思地收回胳膊,说："如真是比木杵还要棒,早就把那个皇太极捶死喽!"

说说笑笑后,家人都散去,袁崇焕和满桂又斟酌了一番明日迎接内廷大员的具体事宜,定下全体官员首先在护城壕前作礼兵,放十二响礼炮的排场。

第二天的下午,一长溜轿队在重兵护卫下来到宁远城城门口。袁崇焕率文武官员鞠躬迎候。第二顶轿子先欣开帘子,是蓟辽总督阎鸣泰,他颠着碎步,跑到第一顶轿子前,恭敬地请道："胡公公大驾光临宁远,请移步下轿!"

袁崇焕脑袋"嗡"地一声,他抬起头,胡公公?莫非又是那个胡应龙?果不然,帘子掀开处,一个浮着假笑,肉球似地脸孔出现在众人面前,胡应龙跨下轿,抖抖烁烁闪亮的绸缎夏袍,说："宁远城,好地方,我又回来了!"

应该想到是他的!袁崇焕懊恼地恨自己糊涂,既然魏忠贤已派他来做过监军,怎么不会派他来做宣读嘉奖令的大员呢?但此时此刻千万别让个人的好恶感情破坏了大家的情绪,他提醒自己。广大的官兵打完仗后图的是什么?不就图个封官加爵和奖赏吗?他忍住心头强烈的敌意,跨步上前施礼应承道："胡公公别来无恙?今番胡公公奉旨前来小城,故地重游,令臣等欢欣鼓舞!"

"对对对!"阎鸣泰现在完全掌握了阿谀奉承的那一套,"胡公公大驾光临,使宁远城沐浴朝廷圣上恩泽,光彩耀目啊!"

"胡公公有请!"袁崇焕立于一侧,手摊向城门。

"不敢!"胡应龙一敛容,整个脸变成了肃杀的寒秋。"袁大人,您没有忘记吧,去年我和纪公公来宁远,被您当作无关闲杂人员,不准过这道护城桥!"他冷笑。

"这……"袁崇焕语塞,他料定胡应龙会抖出这段旧恨,可没想到他一下轿在桥上就开始发难,真可谓君子报仇十年不晚,小人报仇就在今朝。"记得。"

"胡公公,您宰相肚里好撑船,此一时彼一时,就宽恕袁大人当时的蛮脾气吧!"阎鸣泰打圆场。

"不,我要再问问袁大人,我胡应龙到底是不是无关闲杂人员?"胡应龙不依不饶,耍上了赖劲。

当着所有部属的面,受一个小小太监的羞辱,袁崇焕已经到了爆发的边缘,可他清楚,如果自己脾气发作,肯定会一刀斩了面前的小人,局面将不可收拾,所以他忍着,忍着,青筋在脑门上突跳,不言语。

"袁大人不吐个话儿,看来还是把我当成不受欢迎的闲杂人员喽?那好,我就站在这桥口办公干吧!"胡应龙看样子是要逼着袁崇焕给他赔礼。

阎鸣泰又走上前拉袁崇焕的袖子,让他好歹让个步。袁崇焕百般克忍,才开口道:

"胡公公此番是京城贵宾,宁远岂有不欢迎之理?欢迎欢迎!"

"就是说,我上次不是贵宾,就不欢迎喽?"胡应龙还不解气,追问。

袁崇焕又不吭声了。

"好吧,"胡应龙翻了个白眼,"我也是公务在身,在此宣完嘉奖令,立即打道返京!"说着,从身后的小太监手中接过裱卷就要展开宣读。

阎鸣泰急了,这不是打他的耳光吗?袁蛮子不怕,他怕,怕传回朝廷议论纷纷,丢他的官!"胡公公,这怎么行!这怎么行?袁大人刚经过战役,生死惨烈,颇有刺激,所以性情耿直,言语无忌,若开罪了公公,还请包涵!"然后又转身朝袁崇焕做揖,低声道:"自如兄,给本臣一点面子,说几句中听的话,行不?"

熟悉袁崇焕名号的只有阎鸣泰、谢尚政和家人,谢尚政成了下属,不敢再喊,也就是阎鸣泰在格外贴近时才喊一喊。袁崇焕心里怦然一动,他想,也许自己再坚持下去,会连累大家了,他扫了一眼众人,见在毒辣辣的骄阳下,他们一个个汗流夹背,都直楞楞地盯着他,他心软了,终于让步道:"胡公公宽宥下官一时悖逆,下官真心欢迎胡公公光临宁远城!"

像背诵课文似的,袁崇焕没有任何表情,胡应龙也知道他是言不由衷,可气总算是吐了出来。"好吧,各位辛苦啦!"他拱拱手,小人得志般地高视阔步向城门内走去。

站在巡抚院的大厅上首,面对倾耳谛听的辽东文武官员,胡应龙展开裱卷,念道:

"兵部叙宁、锦功。宁锦大捷,皇心嘉悦,内外文武诸臣宜行叙赉。厂臣魏忠贤体国忠诚,筹边胜算。开泰长否消之运,收保世滋大之功。劳而能谦,勋名未艾,恩命已涣,申锡方隆,监臣王体乾等协赞庙谟,功在帷幄。胡应龙、纪用等拮据战守,绩著疆场,加恩示酬,已俱有旨。"念到自己的名字,胡应龙声调格外高昂。"内臣李永贞、孙成、高进忠、李进喜、马吉祥、臧钦、马进忠、王镇、孙朝、王永寿、曹诚各各升一级,荫弟侄一人锦衣卫试百户,给与应得诰命,赏银十五两。阁臣魏广微,忠猷素著,加赠一级,荫子锦衣卫指挥佥事世袭。王之臣升二级,荫一子锦衣卫指挥佥事世袭,赏银四十两,大红纻丝二表里。冯嘉会加赠一级,于原荫子锦衣卫指挥同知上加一级世袭。霍维华升一级,荫一子锦衣卫正千户世袭,赏银四十两,大红纻丝二表里。魏鹏冀、苏茂相、李春烨、薛凤翔、崔呈秀、孙杰、杨梦衮各升一级,荫一子入监读书,赏银四十两,大红纻丝二表里。张晓、曹尔桢、张我续、吴淳夫各升一级,赏银三十两,纻丝二表里,俱给与应得诰命。许可征升一级,赏银二十两。段国璋、郭兴言、李鲁生、陈维新各升一级,赏银十五两。陈序升任之日加一级,赏银十五两。潘士闻赏银十五两。倪文焕加升京堂,照旧管事,赏银十五两。卓迈侯升任之日加一级,赏银十五两。梁梦环即升京堂,仍加一级,赏银二十两。刘徽加升京堂,差满推补,赏银二十两。苏兆先、杨文岳、汪若极、张素养、张枢、智铤、李应公各赏银十五两。田吉升一级,荫一子锦衣卫副千户,赏银三十两,纻丝二表里,给与应得诰命。洪瞻祖加升一级,赏银三十两。冯时行加升一级,赏银十五两。苗胙土、王楫、郭庚各升一级,赏银十两。王登三、刘嘉遇各升一级,赏银二十两。单明诩、林翔风、周鼎、潘曾纮、梁廷翰、郭捍城、刘席民、苗思顺各于升任之日量加一级、各赏十两。曹尔材、孙廷洞、毕可芳、蒋茂浙、叶宰各升一级,赏银十两。杨环、孙云鹤、王崇德各升一级,赏银三十两,彩段二表里。王禄、王选各升一级,赏银二十两,彩段一表里。王文光、刘彬、印灿、王学礼、李赞、马钟乾、杜春光、方应登、黎梓流各赏银二十两。阎鸣泰升二级,荫一子锦衣卫指挥佥事世袭,赏银四十两,大红纻丝二表里。黄运泰升一级,荫一子入监读书,赏银四十两,大红纻丝二表里。郭尚友量升一级,赏银三十两,纻丝二表里。刘诏升一级,荫一子锦衣卫正千户,赏银三十两,纻丝二表里。以上四员俱给与应得诰命。张凤翼、张翼明、秦士文各赏银二十两,纻丝二表里。毕自肃、王应豸优升京衔,照旧管事,赏银二十两,俱给与应得诰命。张春量加一级,赏银十两。孙织锦、张维世、庄起元、石声谐、张福臻、陈其柱、解经传各赏银十两。乔巍升一级,赏银十两。王玘赠一级,给优恤银二十两。张之芳加一级,赏银十五两。方岳贡、于朝、陈调鼎、孙允杰、李之茂、辛思齐、张志芳各赏银十两。韩争春、万民憨、崔及弟、严昌祖、李尚德各赏银八两。吏部纪录赵广胤、张珍、刘梦龙、苏涵谆、赵宋儒各赏银六两。吏部记录内,张珍俟升任之日加一级,赵宋儒准复原职,安国栋等十五员各赏银四两。喇嘛僧王桑吉、李锁南各赏银十两。王举等十二员各赏银二两。满桂加太子太师,荫一子锦衣卫指挥佥事世袭,赏银四十两,纻丝二表里。赵率教加太子少傅,荫一子锦衣卫正千户世袭,赏银四十两,纻丝二表里。俱给与应得诰命。杨国臣升一级,赏银二十两。尤世禄、左辅各加右都督,荫一子锦衣卫正千户世袭,赏银三十两,俱给与应得诰命。杨嘉谟、黑云龙赏银二十两。朱梅、祖大寿、徐应垣、董用文、钱中选、尤世威、麻登云、巢丕昌、谢尚政各加升一级,赏银廿十两。李世爵、徐琏、王应晖各升一级,赏银二十两。许定国、孟兆、程应麟各准复原职,赏银二十两。冯廉等二十一员各升一级,赏银十五两。陈兆兰升一级,赏银十五两。宋承煮、屠安、娄云龙各准复原职,赏银十二两。黄士英等八员各准复原职,赏银十两。郑学舜等十员各准实授,赏银八两。贾得胜等四十七员各升一及、孙怀忠等二十六员各升一级,赏银十二两。于化龙等四员各准复原职,赏银八两。宗珏准实授。张令等九十二员各赏银六两,听该镇移咨推用。魏守义等共五百六十一员各各赏银五两,听该镇移咨推用。杨应乾赠都督同知,袭升三级,给与应得恤典。弼科袭升二级,给优恤银二十两。刘成祖袭升二级,给优恤银十五两。佘义士给优恤银十两。有世职者袭升二级。李希周、贾有怀等一千二百六十七名各给优恤银五两。窦承功等六员各赏银十两,仍给优赡银十两。黑熊等五员各给优赡银十两,咨部擢用。刘钦等三千二十七名,陈应元等四百一十名,各给优赡银三两。李应春等十名各赏银十两。"

胡应龙念完这长长的一串,已是口干舌燥鼻尖沁汗。一名侍应马上给他端上燕窝羹,让他润喉。下面还有,他接着念:

"吏部随复宁、锦功恩。王之臣加少傅,照旧督师。霍维华加升兵部尚书。魏鹏翼得旨为安平伯,加少师衔。郭允厚加升太子太傅,苏茂相加太子太保,各照旧管事。李春烨加太子太师。薛凤翔、崔呈秀各加太子太傅,照旧管事。孙杰、杨梦衮、张晓各加太子太保,照旧管事。曹尔桢、张我续、吴淳夫各升都察院右都御史,照旧管事。许可征升都察院右副都御史,仍管兵科给事中事。段国璋、郭兴言各升太常寺少卿。李鲁生、陈维新各升太仆寺少卿。以上四员各照旧管事。陈序、卓迈各俟升任之日加升一级。倪文焕升太仆寺少卿,照旧管事。梁梦环升太仆寺卿,暂准添注候补。刘徽升太仆寺少卿,差满遇缺推补。田吉、洪瞻祖各升都察院右佥都御史,照旧管事。冯时行加升太仆寺卿,仍旧管少卿事。阎鸣泰加升少傅,照新推协理索营戎政。黄运泰加太子太傅,郭尚友加升都察院右都御史兼户部右侍郎,各照旧管事。刘诏升都察院右都御史,照旧巡抚。郭臣苗胙土等、道臣毕自肃等具依拟。"

全部念完,所有的官员、将领在欣慰的同时,都万分愕然,怎么没有袁崇焕的名字? 袁崇焕以为自己听漏了,可见部属们都投来探询、纳闷的目光,知道并没听错。

"袁大人,"胡应龙"嘿嘿"诡笑几声,"我这儿没您的名儿,您是立下震天大功的功臣,朝廷都没那权份儿给您颁赏,要皇上亲自给您授勋哩!"

文官武将们散去。阎鸣泰陪着胡应龙一行赴驿馆下榻。袁崇焕回到巡抚院的后厅。

他前脚进来,后脚满桂、赵率教、祖大寿还有佘义士都跟了进来。"袁大人,是咋回事嘛,怎么没您头号功臣的份儿?"满桂奇怪地问。"是不是搞错了? 不可能呀!"赵率教简直不可思议。"错是不可能错,内里肯定另有讲头!"祖大寿琢磨。

对这些疑问,袁崇焕都一时无法应答。

忽然佘义士惶惶不安地在一旁说:"袁大人,连我这么个不中用的奴才都有赏银,若没有您的份的话,奴才就把这份银子退了去,退去给胡应龙!"

他这么一说提醒了大家,满桂说:"对,老子也不要加那个什么太子太师、四十两银子了,退回朝廷去!"赵率教附合:"我也不要,我替袁大人咽不下这口气,把太子少傅退回去!"祖大寿更坚决:"走! 现在就去找胡应龙说!"

"胡闹!"袁崇焕生气地大声制止他们,"你们全退了奖赏,是不是想证明宁锦没有大捷是大败啊?"

"可这不公平!"满桂嚷道,"我们拿了这些奖赏心里不踏实!"

"怎么不公平?"袁崇焕注视他们,"仗是你们打的,敌是你们退的,给你们立功,有何不公正? 至于我,无功不受禄,也对!"

"不对! 袁大人,怎么可以说您是无功? 难道名册里那么多在京城宫殿里的太监都有功吗? 他们与宁锦之战毫无关系! 下官听一个小太监刚才讲,名册里有个叫魏鹏冀的受赏者,是魏公公侄儿魏良卿的儿子,才刚满月,抱在襁褓里,就封为安平爵了,可以说他也是有功之臣吗? 袁大人还不如一个婴儿?"满桂气得脸发青,宫里的阿猫阿狗都有奖,而且还排列在他们之上,这岂不是也在污辱驰骋沙场、浴血奋战的将士?

边上几个人大怒,坚决要去替袁崇焕申辩,如不成就退了功名。

袁崇焕反而出奇地平静,他说:"几位仁兄老友为我抱不平,我袁某人心领! 可事情的原委也许与我本人有关,宁锦大捷立功人员的疏文,是我亲自拟定的,底稿还在我处,我拿给你们看!"他从案几中取出上面有涂改痕迹的原稿,"我在疏文中就没报我自己,怎么能怪朝廷没想到我呢?"说着,给他们看。

果然如此,辽东方面报赏的人员全列上面。满桂等几个全愣了,他们对袁崇焕的行为疑惑不解,可又不知道该说什么。敬佩?感动?似乎都难以表达他们的心情。

"回去吧,我在房里还有些公务要办妥!"袁崇焕将他们送到门口。

战后评功加禄奖赏是件大事,全城人,尤其是兵营里,家喻户晓。当然,袁崇焕榜上无名的事也都风传开了,一直传到阮伯蓉的耳朵里。袁崇焕回到家,在荫凉的葡萄架下藤椅上一躺,她端了碗百合莲子羹迎出屋:"相公,喝,败败火!"

袁崇焕没应,也不喝。

韩慧乔从儿媳妇口里知道的,摸摸索索地跨下门槛,凑到儿子身边:"儿啊,没有更好!不要官府里那些脏银子,也不要去讨皇帝的好。官当得还不够大吗?咱们和夷鞑子交战,不是图朝廷里的封官加爵,是不是?图的是你常说的那两个字——报国!心放宽些!"

"你们怎么都知道?"袁崇焕诧异地问。

"城里谁不知道?"阮伯蓉别过脸去。

"娘,娘子,你们都回屋里去,让我一个人在这里清静清静!"他有些心烦地说。

她们不敢再扰他,知趣地避开了。

袁崇焕的确是有些心烦意乱,他刚才在巡抚院里拿那张疏文底稿给满桂等人看,其实是糊弄他们的。按朝中规矩,他作为巡抚、主将是不用报自己的,朝廷自会论功行赏,怎么可能漏掉呢?不知道那些廷臣们肚里打的什么算盘,想整治我难道蠢到连时机都不选择一下?眼下正是我成功气盛之际嘛!算了算了!他又劝服自己,无功一身轻!

已是深夜,静得前庭后院都是虫鸣声。守院的侍卫进来禀报,阁大人到访。袁崇焕已在卧室躺下了,阮伯蓉对侍卫说,告诉阁大人,天晚了,明早让袁大人去回拜他吧。侍卫正要转身,袁崇焕披着便装趿着木屐走出来,他哪里睡得着?睁着眼睛在黑洞洞的夜里数虫叫。他说,请阁大人到客堂坐。又吩咐阮伯蓉泡壶上等的铁观音。

阎鸣泰进了客堂,神秘地说:"胡公公晚宴被灌了十几大杯酒,现在已睡得到天宫的蟠桃园里去云游四海啦!"

"阁大人,胡公公没睡的话,怕是您也不敢登卑职的门吧?"袁崇焕不冷不热地挖苦了一句。

"哪里哪里,你们都避开了,光让我一人陪着嘛!"阎鸣泰装出叫苦不迭的样子,"有啥办法?"

喝了几巡茶,阎鸣泰蹙着眉头,说:"今天的事,我也是不明白,大大小小上上下下该得的全得了,咋就没你呢?"

"阎大人问卑职,卑职问谁去呢?"袁崇焕呷了口茶水,淡淡地回答。

"就是就是,谁都不知道朝廷葫芦里卖的什么药哇!"阎鸣泰点头。他的眼珠朝袁崇焕斜过来,"哎,胡公公临末,不是留了一句话吗?你的功劳大,皇上都要亲自给你授勋哩!"

袁崇焕摆摆手:"阎大人,您怎么信他这句挖苦卑职的话?"

"哎,胡公公不全是挖苦啊,他的话是有来头的!他毕竟是后宫的宦官,跟魏公公、皇上都贴得近,没准他是听到了什么传言!"阎鸣泰越说越认真,他半是关心半是试探,"自如兄,您就没有听到些啥?"

"没有。"袁崇焕简单地回答。

见他如此笃定,阎鸣泰愈发有疑,他不相信袁崇焕一无所知,"袁大人,日后有了好光景,可别忘了咱弟兄哟!"

袁崇焕觉得很可笑,他明白阎鸣泰的心理,一是怕他袁崇焕的官再大了,把蓟辽总督的位置给挤掉;二是怕朝廷这么大的事都瞒着他,恐是对他不再信任。他反过来安慰阎鸣泰:"阎大人,咱们一起来辽东任职的,您是我的前辈,我有啥事,会瞒你吗?再说,朝上现在谁把握权柄?您心里有数,他们是不会喜欢我的,从今天胡公公的态度您就看得出,我怎么会发迹呢?能在宁远呆着就不错了!没准,连宁远都呆不下去啊!"边说,边流露出一种怅然若失的情绪。

"是吗?"阎鸣泰张大嘴。

"阎大人,您当时被高第排挤,回到老家去,很超然物外,卑职很是佩服,现在您的那副神情又浮现在我眼前啊!"袁崇焕颇有感触地说。

"对,对!"阎鸣泰心不在焉地回答,当时可能是超脱的,可此一时彼一时,现在要他回首往事,简直不寒而栗!

半月前,宁锦战事甫终,袁崇焕将大捷疏文奏报朝廷,首先拆封的是兵部尚书王之臣,他读后迫不及待地往宫中报,但他无权直接晋见皇上,要通过内廷司礼监,也就是内廷的内阁。司礼监掌印是王体乾,其次的职位叫赞画,是李永贞,他们都是魏忠贤的心腹,只有他们先阅览通过了,报魏忠贤,然后最后报熹宗。宁锦大捷事关重大,王体乾、李永贞、王之臣三人一齐来见魏忠贤。

三伏天里,魏忠贤怕热,躺在铺了竹席的凉炕上懒懒地闭目养神,两旁各有四个宫女给他摇蒲扇吹凉风。"魏爷，宁锦大捷！"王体乾面露笑意地凑上前轻轻禀报。魏忠贤睁开鳄鱼眼，"蹭"地坐起来，"什么？你再报一遍？"王体乾躬着腰："宁锦大捷！夷贼皇太极被击败退却。"

"喔，嗬嗬嗬！"他噘起嘴像吸了风似的连连干笑，这是他极度兴奋的表现。可忽地他又嘎然而止，整张脸挤满了皱褶，瞬间表情的急剧变化，连川剧的变脸都望洋兴叹。他跳下炕在地上来回地踱起步来，连瞧也不瞧旁边几个一眼。这消息使他又喜又怕，喜的是江山又一次转危为安。他明白，如果宁锦不保，皇太极一路杀进来，破了京城，他这个一人之下，万人之上的大太监哪还有福享？连命都难保！可欣喜的同时，他又怕，因为辽边的守将们已有大功，熹宗对他们极为欣赏，这次再立功勋，熹宗一旦知道，肯定又大加封赏，以后岂不给自己树立了一大群权力的挑战者？尤其是袁崇焕，根据查检的资料，他中进士是韩爌阅点通过的卷子，也就是说他是韩爌的门生，之后又与熊廷弼打得火热，经侯恂保荐任职辽东后是受到孙承宗的赏识和提拔才坐主宁远城的。他这路的贵人从韩爌到侯恂、孙承宗，几乎全是东林党人。熊廷弼被阉党所杀，其他人全遭流放、贬职。袁崇焕本人虽然没沾党争的边，但他同情与支持东林党是毫无疑问的，既然如此，他就是阉党的政敌！他退回私赠的银子，对派去的太监监军肆意污辱，他要是得势，还不要仗着手中握有军权，和自己分庭抗礼，争夺权柄？魏忠贤越想越感到有股阴气从脚底升起。"太凉了！退下！"他喝退了八个摇扇子的宫女，颓然跌坐在梨木太师椅上。可以暂时封锁皇上的耳目，但绝不可总卡着不奏报呀！怎么办？

几个心腹不知魏忠贤的表情怎么跌宕变化那么快，都小心翼翼地不敢吭声。还是魏忠贤启口将自己内心的活动告诉了他们，既然全是一条绳子绑着的蚂蚱，一荣俱荣，一损俱损，没必要隐瞒，可以大家出出主意。他们齐口称颂魏爷深谋远虑，高瞻远瞩，但在魏忠贤未拿出主见来之前，谁都不愿瞎掺合，毕竟是涉及封疆和皇上，提防以后被甩出来做替罪羔羊。

"全他娘的鬼精灵！"魏忠贤在肚子里骂，他指着李永贞说："小李子，你说！不用前怕狼后怕虎，有什么担子我挑着！"

李永贞在阉党里是个惯于动心计的两脚狐狸，魏忠贤未得宠前，他就是司礼监的秉笔，后因经常两面三刀、挑拨是非，被大太监王安斥贬。魏忠贤却早就看中了他的密谋才干，当他急需干将为他尽力时，想到了这个最佳人选，不仅将李永贞恢复原职，还把他作为自己的亲信，携带在身边作高参幕僚。见魏忠贤点了自己，尽管不愿作出头鸟，但李永贞知道躲是躲不掉了，他脑子迅速盘算好，咳了几声清清嗓门，说："魏爷，您老最忌讳的不就是袁崇焕吗？要抑制他容易得很，只要寻他一个过失,非但无功可泽,反而要追究他的罪过!"

"什么过失?"王体乾在一旁插问。

"人焉无过?只不过有大有小,追究和不追究,而这一切全由朝廷来定。"李永贞一边讲一边晃着他的胖脑袋。

"对!王尚书,袁崇焕有什么过失,你兵部最清楚!"魏忠贤说。

王之臣有些为难,要挑袁崇焕的过失,还真是鸡蛋里难挑出骨头!

"你想想看嘛,他都做了些什么让人非议的事!"李永贞开导王之臣。

"非议的事……"王之臣吞吞吐吐地回忆,"也就是和金人议和,没有派援军救锦州之围……"

"行啦!就这两条够这小子喝一壶的啦!"李永贞喜孜孜地说,"私自议和,让夷贼有机可乘。不援锦州,畏敌如虎!两条皆是大过,能拟罪!"

魏忠贤兴奋起来:"小李子,我没看错你,你小子真是头鬼狐狸!行,就向皇上这么奏报,起码可以说袁崇焕是胆小如鼠,与辽东巡抚一职不相匹配!对不对?"

了却心事,魏忠贤留他们吃蛇宴,"蛇好哇,喝了蛇胆酒,夏天再也不会长疖子!"他浑身轻松地说。

宴毕,魏忠贤直奔熹宗居住的乾清宫。

努尔哈赤去逝、皇太极再被击退,熹宗不禁喜形于色,心中忧患一扫而光,以为夷贼再难构成威胁,又经魏忠贤挑唆,原先对袁崇焕议和、拒援的不满便无所顾忌,复又从心底里冒出来。"朕对此人也早就觉察,但大敌当前,不可使之有疑心。现今夷贼已退,可令其述过!"熹宗坦露心迹道。任何皇帝都是不喜欢臣属和自己心愿相违的!现在正是他"飞鸟尽,良弓藏;狡兔死,走狗烹"的心理形成状态的时候。

原来皇上也早对袁崇焕有戒意了!魏忠贤便有恃无恐,放开手密织加害袁崇焕的毒网。他以皇上名义下旨,传召袁崇焕进京问话。

接到诏令,袁崇焕周围所有的人都觉得是应验了胡应龙的那句话——皇上要亲自给他授勋!尽管他本人一点迹象都没察觉,可在众人的推断下,他也只好将信将疑地应承,做进京晋见皇上的准备。

除了将皇太极当时送的议和礼物参、貂、镂银鞍、玄狐皮、舍利猻皮全数带上转呈皇上外,又以宁远巡抚院和总兵府共同的名义采集进贡礼品东珠一百颗、貂皮五百件、人参八百斤,一并携带送往京城。

这次陪同袁崇焕进京的是谢尚政和佘义士。到了北京,天气也热,袁崇焕又要住广东会馆,说那儿冲凉方便。谢尚政劝阻,说此次是朝廷宣召入京,在吏部签到,该听从他们的安排才是。袁崇焕想想也有道理,便让车轿往六部口驶去。

到了吏部,一个黄姓给事中出来迎接,果然已有安排,差役引袁崇焕一行前往下榻。在小街胡同里曲里拐弯地绕了几个圈,来到一幢朱门宅院,进去有前后厢房,气派不小,但不象是驿站会馆,倒像是公馆住家。

房间分配停当,袁崇焕踱出屋,见到扫院的仆人打听,不错,真是公馆。以前谁住的?礼部右侍郎徐光启!"啊!徐大人!"袁崇焕脱口而出,他没忘记宁远城的洋炮全是仰仗徐光启的穿针引线,才从澳门洋人那儿买到手的,当初祖大寿回到宁远向他禀报后,他就想借赴京办公务的机会登门拜访徐光启,当面感谢。可宁远大捷之后,他来京城听说徐光启因与洋教关系从密,竭力推荐西洋历法而得罪阉党魁首魏忠贤等权贵,遭贬回江苏省上海县老家去了。没想到,斯人已乘黄鹤去,此处空余黄鹤楼。他长久地要来答谢恩人,等待他的却是一座空屋。袁崇焕当即嘱咐谢尚政命令随从们,不得损坏徐公馆内物件一丝一毫,否则重罚!

次日,他复去吏部签到,接待他的还是那个黄姓给事中,说现在皇上和内阁廷臣们都很忙,让他回住处等候传令。既然都很忙,顾不上见我,那又把我召来做什么事?袁崇焕十分纳闷。

一连等了三天,无所事事,百无聊赖,因为心里悬着个问号,所以谢尚政、佘义士领着随从们出去逛京城,他根本没兴致,就闷闷地独个呆在屋里,哪儿也不想去。

第四天,他再也憋不住了,又闯入吏部衙门,要求见尚书周应秋。周应秋倒不想为难袁崇焕,他知道是魏忠贤想整治人,所以找了个借口去外地巡视避开这场是非。吏部的小卒告诉袁崇焕,周尚书不在,到山西巡视去了。"那黄给事中呢?"袁崇焕又问。"也不在!"小卒回答。黄给事中也借口生病避开了,袁崇焕连火都没处撒。

他怏怏地回到徐公馆,谢尚政给他出主意,既然吏部无人管问,不如到兵部去打探一下消息,和王之臣尚书虽然有过节,可他主持军务,日后也得巴结咱们辽东为他守边报功啊!

袁崇焕听从了建议,又前往兵部。哪知,兵部的态度和吏部一个样,说王尚书不在,让袁崇焕回住处等待消息。

"丢那妈!"袁崇焕气愤地把广东话"三字经"随着胸中的怒火喷出来。"返去,返宁远城!"他冲动地想道。可冷静下来仔细斟酌,这里面定有蹊跷,没准谁正在暗处盯着他的一举一动,就看他的笑话呢!他回去,马上那边向皇上奏报请求宣见,结果人不在,不正好罗织罪名吗?不能走!也好,他心定下来,等就等吧,反正有吃有喝,我奉陪到底!

闲暇之余,他想到几位提携过他的恩师家去拜望拜望,可探听下来,韩爌不在北京,孙承宗也不在,都被魏忠贤赶回老家去了,就剩下侯恂。因为他在天启二年得了场大病,辞官在府内休养,躲过了魏忠贤的清党大屠杀,幸免能留在京城隐居。

袁崇焕先遣佘义士去通报,得到允许后,提了两条高丽参作礼品登进侯府大院。

"侯大人!"袁崇焕跪地长拜。

"不敢!不敢!"侯恂站在满是书架字画的大堂中央迎接,弯腰将袁崇焕扶起,"袁巡抚镇守辽东,大战夷贼,捷报频传,梅开二度,老夫颇感欣慰,无愧为国家甄送良材,成大气候者为阁下啊!"他的嗓音有些颤抖,但一字一句抑扬顿挫。

"学生不才,得皇上圣威方有业绩,实不敢掠美!"袁崇焕谦逊地回答。寒喧略几,分坐左右品茗聊天。

侯恂捻着花白长须,长叹一声:"老朽已身残志破,也就罢了,袁巡抚正值盛年,当为国贡献树为栋梁,可树欲静而风不止,亦生不逢时啊!"

袁崇焕听出侯恂话中有话,就含蓄地问:"侯大人身在深院,可洞若观火、明察秋毫啊!"

这话不假,侯恂毕竟在朝中做高官几十年,廷内尚有耳目经常给他提供消息。他点点头:"你的事我略知一二,你正受小人奸讦!"

"噢,是吗?"袁崇焕一脸迷惑。

"怎么,袁巡抚此番应召入京,不知背景吗?"

"下官不如。"袁崇焕摇头。

"嗨,你还蒙在鼓里!"侯恂轻轻地击节而叹,"督饷御使刘徽、河南道御史李应荐、兵部给事中陈维新都上书皇上弹劾袁巡抚私自与夷贼议和,导致夷军东攻朝鲜,西攻宁锦。而你在大战时不救锦州,又是暮气沉沦,不可救药云云。"

"岂有此理!"袁崇焕闻罢大怒,拍案而起。

"息怒息怒,欲加之罪,何患无词?廷内东林党几百名高官都被捏造罪名除之后快,何况你势单力薄,还不被他们随意捏弄?只是,东林党人当时权欲颇重,你与他们不同,你是守边的务实派,他们不会将你置于死地的!"侯恂安慰的同时又分析。

袁崇焕已听不进耳去,无法遏制的愤怒充斥全身。但他明白,不能在侯大人府中喧哗,侯大人虽然以老朽自居,无所畏惧,但总得为他老人家安危着想,别让奸人抓到同谋抗廷的把柄。

"侯大人,下官告辞了!"袁崇焕施礼。

"多保重!"侯恂叮嘱。

"大人保重！"袁崇焕辞退出来。

轿子在巅簸不平的大街上行走,随从问上哪去？"回去,回公馆！"袁崇焕硬绑绑地吩咐。但轿子行过几条胡同,袁崇焕心潮起伏,仍难平息。他实在无法理解,自己辛辛苦苦守边征战,并非图名图利图功,全是为了报效国家,可弄到现在,自己非但无功,还要加罪,天理何在？这关系到自己毕生事业的评定,倘若不澄清黑白,岂不留给后人以盗名窃誉、贪生畏死的丑陋恶名？他越想越不能容忍,越不可容忍,大喝道："改方向,奔紫禁城皇宫！"

魏忠贤窃喜,他就等着袁崇焕这一着！

熹宗坐在凉风习习的御花园八角亭里,细致地镂刻一只象牙塔。本来这段时间他一直是病恹恹的,连床都下不来,宁锦大捷像给他注入兴奋剂,四肢再也不愿僵在床第,硬挣着下地走动,大的木工活儿做不了就弄些小手艺来解闷。正在他专心致意的时候,魏忠坚来禀报,袁崇焕直闯宫门,要求晋见皇上！

"怎么事先不通报,听候传召？"熹宗抬了抬眼皮,面有愠色。

"袁巡抚这个人就是一个南蛮子,不懂什么王法,他依恃自己宁锦有功……"

"他有什么功？"熹宗打断道,"他不是不援锦州,险些耽误城防大事吗？"

"就是！"魏忠贤点点头,"奴才正是按皇上圣旨训令他思过,才传达他来京问话的！他倒还有理似的,盛气凌人的很哩！"

"朕召见他,看他有何辩解！"熹宗放下手中的活计,在宫女们簇拥下回暖阁更衣。

魏忠贤赶紧绕小径赶到大殿,将布置好的人员全唤齐,然后宣袁崇焕登殿。

在两名太监引领下,袁崇焕行云流水般疾步穿过一道道画梁雕栋、气象万千的拱天门、殿前庭、曲回廊,走到一座装饰华丽、两边有八字照壁,门前有金狮子、金缸成对排列的大门前停住了,他知道这就是皇上"御门听政"的乾清门。

"皇上传辽东巡抚袁崇焕进殿！"有个响亮的声音发话。

袁崇焕小跑奔上殿,跨入门槛,"扑嗵"跪下,大声道："臣袁崇焕叩见吾皇万岁万万岁！"

熹宗没理睬袁崇焕,而是转脸向侧立大殿两旁的廷臣说道："诸位爱卿不是要质询辽抚宁锦战役过节吗？现辽抚已在堂下,尽可发问！"

"皇上！"督饷御史刘徽迈前一步,说："袁崇焕一贯以灭奴自许,朝廷内外都对他极其倚重,但他之前议和一节,闻者无不诧异！袁崇焕解释称议和是借名而已,他另有战略企图,然而企图未曾见有什么成果,奴贼却乘机侵犯我锦州！记得当时枢臣王之臣在山海当辽督时,苦口婆心劝袁崇焕不要轻易与奴讲和,要慎重！误个人事小,毁国疆域事大,可谓真心诚意。但袁崇焕非但不听,还驱赶王之臣回朝。枢臣老成持重,洞悉夷情,若边臣都能象王尚书烛照,何虑边事万全？现虽有宁锦大捷,均得益于皇上英明,厂臣魏忠贤、枢臣王之臣等忠臣殚心策划之效,袁崇焕实误事也！望皇上明察！"

刘徽的话音刚落,河南道御史李应荐也站出列开腔道:"袁崇焕每有奏疏,动辄高谈阔论,慷慨陈词,言称保疆卫国是己重任,决意要收复全辽,臣心颇壮伟！可派僧人出使夷贼,令人奇怪费解。他仍旧大话搪塞,称此番奴贼必然投降,若不降可一鼓而歼之！举朝都对他寄予厚望,等待他的捷报传回。不意竟盼来的是夷贼再度侵犯我大明国土！蹂躏我奔逃百姓！既然贼已围犯锦州,人谓缨冠被发,义不逾时,况且锦州的意义就是保全宁远,仍咫尺之间,何以袁崇焕又拥兵逗留不前,拒绝援救呢？何以拿着朝廷的丰厚饷银而不愿出城半步？幸亏锦州孤城壮士忠愤支持,保全城池坚固,否则后果不堪也！对袁崇焕的言行不一,实臣听未解矣！"

这两人既非阉党中人,也非东林瓜葛,与袁崇焕平素也不相识,没有矛盾,所以魏忠贤选他们做讼官是想给世人以公正的面目。可这两个却是地地道道的小人,他们得到了魏忠贤升官加爵的许愿,便昧着良心颠倒黑白。

袁崇焕觉得这二人的言论经不起一驳,便说:"启禀皇上,臣可否为自己辩解？"

"准。"熹宗冷冷地说。

"二位大人适才忧国忧民,用心可嘉。但他们未曾亲临战局,对敌我两方态势实不了解,所言均是凭其想象。横加臣头上的罪名有二,一是议和,二是不援锦州,臣俱认根本不成立,议和是手段,不援锦州亦是手段,这是朝中公认的方略,怎能作为罪名责加于臣？"

"是手段？"刘徽怪声怪调地问,"那目的呢？一鼓作气歼灭奴贼？"

"不是！目的是取得缓和时间,稳固城池和训练新卒！"袁崇焕纠正。

"这个目的不议和亦能取得！现在的结果却招致夷贼入侵！"刘徽恶语训斥。

"既然不援锦州也是手段,那目的是保宁远还是保锦州？"李应荐设下陷阱问。

"当然是保宁远！"袁崇焕不假思索地回答。

"袁大人在宁远所以保宁远,实贪生之过也！"李应荐摇头。

"你！你血口喷人！"袁崇焕抬起脸用手指向李应荐,"宁远非我袁崇焕私人拥有,而是国家边疆重镇,为保全宁远又有何不可？"

"袁崇焕！"李应荐像恶狼般狠狠叫道,"你一贯说的漂亮,实为一己私利打算,现面目已清,朝中上下不会再受你蒙蔽！"

"我袁崇焕做事光明磊落,从不隐瞒企图,若是你们二位大人对议和与不援锦州有异议,可问兵部与内阁,二项决策均奏皇上,得到皇上恩准!"他们把袁崇焕的战略构想全部否认,认为取得的宁锦大捷成功并不缘于袁崇焕的指挥,不仅他没有功劳,而且他的方略还是一切过失的根源。袁崇焕看他们的架式来者不善,知道低估了他们的背影和能量了,别无他法,最后只有搬出皇上御准的事实来证明当时决策的合理。

矛盾推到皇上那儿,大殿上一片刹静,文武廷臣的目光都盯到了熹宗的龙颜上。袁崇焕并不是要熹宗为自己开脱,他根本不承认自己有什么过失,更没有罪责,他的所有方针大略都是为了封疆,为了大明国的安危,而不是为了自己的私利,他要皇上证明这一点!可他并不清楚,这个与堂审差不多的召见,实际上是熹宗在魏忠贤挑唆下授意进行的,他要熹宗为他作证是不可能的!

"袁崇焕大胆推诿罪祸!朕何时恩准你议和、不援?辽东军务,你当禀报枢臣王之臣,他有否接到禀报?"熹宗矢口否认,把球踢到兵部尚书处。

王之臣摇头:"启奏皇上,臣曾接到袁巡抚疏报,但臣没有同意过!"

"果真如此,袁崇焕便是私自议和,擅不派兵,何以将此责推往孤身?"当面撒谎,熹宗竟还能把自己打扮得十分冤屈。

"皇上!"本来袁崇焕跪在堂下,皇上没喊平身,他是不能抬头的,可这时实在是大吃一惊,意外之极,他情不禁直起腰,直视熹宗,"皇上,就在这乾清门大殿上,皇上不是亲口对臣下旨说,讲和不是目的,而是手段,阃外机宜,悉听便宜行事的吗?无皇上恩准,臣岂敢私自实施如此重大决策?皇上,您——"他的声音含有无限的悲愤,后面的话差点没吐出来—您不能出尔反尔啊!

"大胆!"站立一旁的内阁首辅顾秉谦喝斥,"蛮臣袁崇焕竟敢廷上抗辩皇上,岂有不敢私自议和、拒不发兵援救锦州的?启禀皇上,臣以为当从重发落!"

"对对对!从重发落!"一些幸灾乐祸、落井下石的廷臣在旁边推波助澜,他们早就嫉妒袁崇焕连获战功、平步青云了。

如果边上有一把利剑,袁崇焕会马上自刎而死,他要用珍贵的生命毁灭来证实自己无法比拟的悲哀。可他环视四周,是一堵堵行尸走肉做成的厚墙,滚圆光滑,别说利剑,就是一处尖锐的棱角也没有,他无法实现自己的意志!他孤立无援地垂下头颅,怆楚叹道:"皇上,既然朝廷上下视臣如此罪孽深重,臣当该万死,愿听候发落!"对明国朝廷的党争倾轧、贪污腐败,小人当道,忠臣遭贬的黑暗,袁崇焕心里是十分明了的,可他对天启皇帝却抱有莫大的好感。这不仅因为他是在天启年开始时被录用到京城,又被熹宗恩准派往山海辽东任职,从此他的事业一帆风顺,而且熹宗对他的确也是恩宠有加的,以天启二年到现在的天启七年,短短的五年多时间,他由一个七品芝麻官的小知县,年年升官跳级,直到三品辽东巡抚,谁能与之相比? 可谓飞黄腾达! 好感还远不止个人感情的成份,他觉得熹宗赏识他并不仅仅是对他个人有兴趣,实际上在广义上是在关怀为国家做贡献的臣属,也就是树立一种新形象,激励人们以国为重,去除私利,用心是在振作大明江山,这样有抱负的皇帝令他敬仰和崇拜! 所以长期以来,他只要听到有百姓骂朝廷,包括自己的亲属家人,他都自觉地将皇帝与昏官们区分开来,国家的糟糕局面全是庸臣们的所为,皇帝发号施令如能有忠臣不折不扣地贯彻执行,国家定能兴旺振作! 他时时刻刻地勉励自己要做一个明君麾下的忠臣,保全大明江山,守卫大明疆土,恢复大明雄风! 但这个以英明君主为支撑、色彩斑斓的理想美梦,在熹宗当廷扯谎的言而无信下戳破了! 在这一刻,熹宗撕破了自己的嘴脸,暴露了他名为国家利益,实为一己安危的真正私欲! 他奖赏自己是因为替他卖命了,在他认为已无危险的情况下,他为了树立他的皇威,冷酷地打击胆敢违背他意志的人。他不愿议和,可当时袁崇焕独挡边关,不得不允从;他也不愿锦州有险、宁远不救,但袁崇焕举足轻重,所提方略尽管他难以接受,可还是御批了,现在过河拆桥,他忧虑的不再是江山而是自己的权力,于是就要向敢于挑战皇威的袁崇焕开刀! 袁崇焕哀叹自己的幼稚可笑,天下的君主不全是如此吗? 自己怎么会将熹宗排除在外? 天下哪有圣主? 哪有明君? 就像天下哪有不吃人的虎? 没有! 有的话也全是假的,迟早会露出真性! 熹宗现在就亮出了真面目!

"袁崇焕……"这个曾经是袁崇焕视为大明救星和希望,现在知道全是欺骗的声音又响起在耳边。"汝轻遣李僧,动出非常,茫无实效,近日宁、锦危急,赖厂臣及众枢调度,以奏奇功,说的是。汝当援不援,当击不击,锦城几乎殆误。汝暮气难鼓、当是有过。"

至此,熹宗已是给袁崇焕定了调,暮气难鼓和当是有过。袁崇焕垂头伏地,等待量刑发落,皇帝一言,令臣死,臣不得不死。

"袁崇焕……"熹宗老是重复这个名字,似乎这个名字令他非常迷恋。"朕念汝曾经忠心耿耿,立下战功,此次擅举不予追究!"说完,熹宗站起身,迅速离走而去。他想马上避开,以免自已改变主意,凭良心,内心深处他对袁崇焕恨不起来。

"皇上万岁! 万万岁!"在一片呼喊声中,想置袁崇焕于死地的廷臣们十分意外。袁崇焕本人也极其奇怪,既然有过,何不论罪处罚呢?

"哼!"王之臣走过袁崇焕的身旁,甩下一句:算你命大!"

在大殿继续跪了许久,直到有个扫地的太监过来提醒:"袁大人,退朝已久啦!"他才蹒跚地站起来,使劲地揉搓发胀发酸的膝盖骨,环首四顾,廷臣们早已走光,殿堂空空荡荡的,自己像是被抛弃在荒野上的一具弱小生灵,显得极其孤独。他一拐一拐,慢慢向宫外退去。

回到公馆,天已擦黑,佘义士一直候在大门口张望,见到袁崇焕的身影,他高兴地提灯迎上前:"袁大人,您出去一天,也不知您上哪去了!谢大人和奴才等得好焦急!"袁崇焕没吭声。

一块吃饭的时候,谢尚政见袁崇焕脸色铁青,眼神发呆,就关心地问:"袁大人,是否求见皇上没能见得成?倒也不急,既然是皇上宣您进京,定会安排妥当适时召见的。"

"不,我已见到皇上了!"袁崇焕简短地说。

"噢,皇上下了什么旨?"谢尚政刹时兴奋起来。

袁崇焕没回答,只是牙齿在咀嚼,沉默了片刻,他放下饭碗和竹箸,换了个话题缓缓地问谢尚政:"尚政兄,九年前,你我共在京城相聚投考文武进士,你落榜,我及第。后你又投于我门下,虽封有一官半职,然终究于你不得志,你心中可有落寞之感?"

谢尚政没料到袁崇焕会问这个问题,这可是他的一块心病!他当然是郁郁不得志,他并不认为自己比祖大寿、赵率教、朱梅这些守将差,他甚至认为满桂也只不过皇宫卫队里混过一阵,捞到些资本而已。而自己无人赏识,蜷缩在这些人之下!他委屈的不是袁崇焕不提携他,他也明白袁是意图亲者疏,疏者近,避免旁人有异议。他委屈的是袁崇焕本人无形中压制了他!若不是袁崇焕做主将,他何至于如此窝窝囊囊地驯服?他早就站出来欲与强手试比高了。袁崇焕在,也就是知他底牌的人在,对他有知遇之恩的人在,他抹不下这个面子,不敢张狂!听到袁崇焕问,他心里一惊,难道这番心思全让袁崇焕识破了吗?他刚想辩解否认,袁崇焕又开口道:

"尚政兄,不要以为我快活,其实谁能得志一辈子?天有不测之风云,人有祸福之旦夕,功名是过眼烟云,瞬息骤变。你莫怪我没关照你,也许这正是你的福份呢!眼下,咱们不是彼此彼此?而从实际感受来说,也许你还比我更轻松些!"

谢尚政听了这些摸不着边际的话,不知袁崇焕发生了什么事,欲问又罢,干脆在边上不言语地愣着。

在一个人独语的时候,袁崇焕已敲定了一个重大的决定,此时他站起来,向书房走去。走了几步又回过头来嘱咐:"我拟一份疏文,你们别来打扰我!"

次日清晨,一分辞呈疏文摊在书桌上。辞呈说:"奏为积劳病剧,不能供职,伏乞允放狗马余生,勿误封疆大计事。卑臣以一介草茅,遭遇圣明,拔之邑令之中,与之以兵戎之寄。七年在沙场,疆土未复,而爵阶日增,虚冒为愧。去春一守仗,今夏一战役,虽效出少许犬马微劳,然大部分却是同事内外、文武诸臣做出的努力。臣在碌碌无为中,方欲之后再建功劳,以报皇上知遇之恩。而福过灾生,自战事以迄于今,无日不病,近几日勉强支撑,因皇命不可违,只得抱病体赴京述职。现事已平,而病愈不可支,泻痢交作,饮食断绝。延医诊视,皆谓积劳血耗,脾胃干焦,若不及早谢事调理,入秋肺金泄尽,脾土气,必无起理。念臣报主情深,即使身殉职于辽东也无所谓,哪敢爱贱体?哪敢言有病?但是,病既不可痊愈,又不能速死,这样一具不毙不活之身,在岗位上岂不废时误事?现虽然兵威大振,但亦要防敌再举进攻,他们言称要取我柴草以备冬用。为战为守,战要死战,守要死守,一个强壮身体的人都要养精蓄锐方能迎敌,况且臣的病骨,实难振奋。伏乞皇上早为封疆计,容臣休退,速简览贤能代替。以便交代。皇上成臣生臣的善念是次要的,一而封疆之计才是大事也。臣不胜悚切,待命之至。"

凡是自知自明的辞呈书,都是托称自己患有重病,这是规矩,乌纱帽不是你想惯就惯的,要皇上有个由头来恩准你来惯。

袁崇焕揣着辞呈书离开书房时无限感慨地凝视了几眼,自语道:"徐光启大人,您也是在这间房子里写辞呈的吧?也是自己无病硬称自己有病的吧?到底谁有病?!"

收到辞呈,熹宗当即御批道:

"袁崇焕拮据封疆,劳勋可念。疏称抱病,情词恳切,准其回籍调理。叙功之日,另行优录。宁远防敌再逞,料理需人,员缺另推采用,兵部斟酌。"

袁崇焕返回宁远交割。接替他掌管辽东大权的是王之臣,兵部尚书一职由霍维华代替,王之臣曾遭袁崇焕驱赶,现在轮到他来赶袁崇焕,他令袁崇焕三日内离开宁远城,以免滋事。

滋事的缘由,是因为前来为袁崇焕送行的宁远百姓拥在东西南北几个城口和巡抚院、袁府门口不愿散去。他们不知道袁崇焕何时走,于是就早早地围在他出城可能经过的地方等候,情绪哀伤凝重,在酷暑盛夏的空气里犹如一堆堆蕴藏着烈火的干柴。王之臣生怕这些络绎不绝赶来的"干柴"会被某个火星点着,于是派了一个通判来到袁府,要求袁崇焕解决此事,将百姓驱散。

袁崇焕冷笑道:"王大人如今是辽东督师,宁远百姓全是他辖下的子民,他不想法子解决,倒要我卸任的巡抚来解决,我有什么法子?百姓是自愿聚集的,又不是我召他们来的!"一口回绝掉了。他独自坐在宽大的书房中央,惆怅、沉默地注视着屋里书架、案几、砚墨、字画等等熟悉的一切,他的生命遗留在这些物件的灵魂之中。

他就这么一动不动,一声不响地坐着、望着。两天过去,他似乎忘记了屋外正在发生的所有事情。

府内已翻天覆地,两个孩子阿基和阿娟听大人说要搬家回广东的老屋去了,高兴得手舞足蹈,发疯地在一个个房间里追逐耍闹起来,远足的好奇在刺激他们活泼的天性。加之经常熏陶在南方有奇异的花朵、美味的鲜果,以及热带动物诸如猴子、果子狸等种种美妙的渲染之中,他们早就盼望回到那神往的家乡去,他们的欢叫差不多快把房梁震坍了。

要在平时,阮伯蓉早就来制止他们了,可今天她更兴奋,忙得更不亦乐乎。她让婆婆和阿莲照看孩子,自己张罗请来的民夫搬运随身携带的衣物细软装箱装车,东西并不多,但她不想有什么遗漏,所以宅第的大小角落都翻了个遍!在她的想法中,此地是不会再回来的了,丈夫的别愁离绪丝毫没有影响她的快慰,她是另一番情感,她早就不想呆在这荒芜之地了!

车装得差不多,又来了几个收旧品的货郎,也是阮伯蓉请来的,搬不走的那么多家俱,她要统统卖掉。"笃笃笃!"袁崇焕听见书房门敲响了,阮伯蓉推门进来:"相公,你挪挪地方好吗?"她摊着一手灰和土对他说。"做啥?"袁崇焕漠无表情地问。"把这些书架卖掉吧!""你说什么?"袁崇焕像是没听清楚。"卖掉!卖掉!把屋里的书架、桌几卖掉!"阮伯蓉抬大声说。袁崇焕一拍案站起来,喊道:"谁敢动?我不卖!""么啊?"阮伯蓉一愣,然后细声相劝:"这些家伙又笨又重,带也带不走,收旧品的货郎来了,就让他们拿走吧!""不准!"袁崇焕坚决地说。"为啥?"阮伯蓉不解地问。"不为啥,就是不卖!"袁崇焕走到门口,像是想堵在那儿。"相公,你是不是把它们留在这里,日后想再回来?图什么?你要报国,可这个国不要你来报!"阮伯蓉越想越难以平静,越想越激动,她和袁崇焕的感情完全不同,再在宁远呆下去,她本能地感到不仅丈夫要毁灭,她和孩子,以及这个家都会被葬送!"货郎,来,搬东西啊!"她像一头母兽似地向袁崇焕冲去,想把他推开。袁崇焕对娘子今天表现出如此强烈的意志也深感吃惊,他扭住她僵持了一会儿,忽然放开手,他有种山崩地裂的感觉:"卖吧,卖吧,卖吧!全卖掉!"他神经质地"哈哈"笑起来,"我们孤身来到的辽东,也孤身去!"边说,边脱自己身上的衣衫,天气热,穿的也少,三下两下,就脱成了光膀子,他还要往下脱……阮伯蓉头脑清醒过来,她哭泣地扑到丈夫身上:"相公,相公,不卖了!不卖了!是我糊涂,是我糊涂!你别这样,求求你,你别这样,行吗?……"

满桂率诸将前来送行。他站在最前头,身后是祖大寿、赵率教、朱梅、何可纲、左辅、谢尚政。

在袁崇焕写了辞呈疏后,谢尚政曾探询他要不要也同时辞职,因为他是袁崇焕招募来而非官府任命的部将。袁崇焕安抚他说,他的官位早已在朝廷造册,是五品参将,怎还能说是袁崇焕的私用部将？干下去,会大有前途的！谢尚政也不是真心要随袁崇焕回老家去,而是表示一种姿态而已,就不再言语地留下来了。

行完礼后,满桂说:"袁大人,您在宁远功德无量,百姓们都恋恋不舍地前来为您送行,城门通衢全堵塞了,您的家门口也水泄不通,他们都想和您再见上一面,您不出去见他们,他们就不走不散,他们会彻夜地守候下去的！袁大人,恳请您和他们再见一面吧,他们都曾是您统辖的子民啊！"

袁崇焕点点头,他并不拒绝与百姓见面,只不过刚才不愿意唯王之臣马首是瞻。他抬脚就要向门外去。阮伯蓉眼疾手快地拦住他:"相公,您换件衣衫！"她知道衣衫上刚才沾了她的眼泪,恐出去亮相不雅观。她寻出一套丝质的长袍让袁崇焕避到屋内换上,然后又用梳子梳齐他的头发,才送他走出门。

袁崇焕站在一辆四匹马的战车上,驶向夹道的人群之中。"袁大人,您别走啊——"、"袁大人,宁远不能没有您啊——",百姓们此起彼落的哭号起来,朝着他跪伏在地面上,不停地磕头。有些白发苍苍的老翁老妪把前额都磕出了鲜血,他们是真心真意的,没有袁崇焕这几年的政绩,他们今天可能还是金国的奴隶,在荒野里无望地挣扎。袁崇焕实在不忍心看下去,他把头仰起,对着热辣辣的太阳光,眼睛又疼又痒,泪水已全模糊了他的视线。

袁府内,满桂派人帮助阮伯蓉已把所有行李都准备停当,一行车马驶出城区,停在南门等待袁崇焕。当袁崇焕绕城一周与百姓见面往回驶时,满桂骑马追上他,凑在他耳边说:"袁大人,现在卑职护送您出城,您的家人已全在南门！"

"我不能就这么离开宁远百姓！"袁崇焕有些猝然。

"袁大人！"满桂焦急地说,"您再不走,就难走啦！谁也不能保证百姓会做出什么情绪激烈的事情来！"

"那好吧。"袁崇焕无限怀念地又张望了人头攒攒的百姓们一眼,"听你的安排吧！"他对满桂说。

抵达南门,袁崇焕和家人会合,车马队向山海关方向驶去。

袁崇焕拉起车窗竹帘回望,见满桂和祖大寿、赵率教、朱梅、何可纲、左辅、谢尚政全跪在路上向他行礼送别。"痛煞我也！"他手一松,觉得身体轻飘如云,在热浪中冉冉升起,浑不知轻重。

佘义士和腊梅两口子忠心耿耿地陪着袁崇焕一家离开。但车行至北京郊外,他们跳下车给袁崇焕、阮伯蓉及老妇人跪下了,说:"袁大人！老夫人！娘子,恕奴才不忠,奴才不愿回广东!"

袁崇焕诧异地问,为啥不愿回广东老家去?

佘义士回答:"奴才在广东是做过强盗的,名声不好,不愿连累大人一家。"

袁崇焕原想劝说他这已无碍,可转念,人各有其志,不必强求吧,就点头道:"好吧,随你吧。"又问:"那你上哪安顿呢?"

"腊梅的家在北京广渠门内,奴才随她去投奔娘家!"佘义士有些羞愧,因为这是倒插门。

袁崇焕不再问下去,嘱阮伯蓉拿五十两银子给佘义士置家。

"谢大人恩典,奴才终生不忘!"佘义士和腊梅泪流满面。——他们分手。袁崇焕一家继续赶路,向炎热的南方而去。

4. 城头换了大王旗

八月十四是白露,暑气已像烧烬了柴禾的土坑慢慢褪消了热量。二十九便到了秋分时节,天开始凉下来,却又不冷,这时是北京一年中最好的气候,天空碧蓝深邃,如映着一汪高原纯净的深湖,而地上的湖面又清澈若空,浅水游草间的游鱼历历可见,惹人心旷神怡。

历来有一颗顽童闲心的熹宗在晦暗重重的宫殿里避暑已被憋闷了整整一个夏天,此时他再也忍不住欢快的天性灵动,下旨让后宫准备,他要去西苑秋游。不仅是天气好,更是心境爽,宁锦大捷,熹宗的心病扬清激浊,他也早就想乘兴舒展一番。

魏忠贤晓得后,知道熹宗喜欢热闹,为讨其欢心,他下令索性让后宫无事的太监宫女们倾巢出动,自己和客氏带队,组成一支浩浩荡荡的欢歌笑语队伍,陪皇上乐它一场。

这天,熹宗在前呼后拥下来到西苑,魏忠贤早就派人在这里准备了一条大画舫,就停在拱桥边的小码头边,熹宗兴致勃勃地登上去,船便慢悠悠地如云彩般向水中央飘去。

其余的太监、宫女们在环湖岸边载歌载舞,玩耍戏嬉,以烘托湖中画舫的气氛。

整个西苑湖像片树叶,而水当中的琼华岛簇拥在绿荫中,如一把绿色的伞盖,覆遮在浩瀚的湖水上。万绿千红中,隐现着碧瓦黄墙,四周湖岸上的亭、台、殿、阁别致多姿。北面延楼游廊,回环曲折,和五龙亭隔苑相望,湖水上飞鸟翱翔,如置身神话境界。魏忠贤、客氏在案几前陪着熹宗,斟上珠光美酒,让琴女拨弄丝弦……

可熹宗并不喜欢这些毫无生气、古板的对酒当歌,他要逛、要玩皮、要满足野性。沿着船舷浏览了一遍后,"高永寿!刘思源!"他喊两个贴身的小太监,"跟朕去划小船!"这两个是熹宗平时最喜爱的小太监,高永寿生得丹唇秀目,姣洁如处女,美称"高小姐"。刘思源精灵如猿猴,动作敏捷,随叫随到。熹宗对女人兴趣不大,这两个小太监比妃子还要受他的宠幸。

画舫上有小舢板,高永寿、刘思源抬起来放到水里,然后扶着熹宗跳下去。三个人骤然落到瓜皮似的小船上,引起一阵痉挛般的晃荡,他们为了保持平衡,都手舞足蹈地乱挥乱动,惹得两岸的宫女们一阵嘻笑。熹宗坐在船头,拿着一支扁桨,将船急速向远处划去。划着划着,木桨向船尾搅起一阵阵水花,坐在后面摇橹的小太监见水溅来,急得欲躲,可又怕动作猛了弄翻船,只好屁股不动,身子如蛇般东扭西转地闪避。熹宗见两人一身水湿,狼狈不堪的模样,不禁乐得哈哈大笑。

画舫上,魏忠贤和客氏在悠哉游哉地对饮,听到熹宗舒畅的声音,他们满意地说,皇上今天可真是高兴啊!

熹宗划了一阵船,见湖水晶莹碧透,忍不住要用手去捧起来润脸。他跳下舱底,俯身伸出双手。由于纵身的力量太大,小舢板左右颠簸,船舷向一边倾斜,水差不多要漫进舱来。高永寿惊得丢下摇橹,大声劝阻:"皇上,当心啊,还是稳稳坐在船头吧!"熹宗哪会听小太监的劝告,依然俯身在船舷上,让凉丝丝的湖水潺潺从指缝间滑过,皮肤微微有些酥痒,如有细嫩的葱指在他的背脊抚摸,十分惬意。见他不从,高永寿和刘思源只得矮身挪过来,保护在他身边,以防万一。

小舟飘荡到西苑湖心了,水面开阔,乳色的雾气随风卷曲来去,隐隐绰绰地看见湖岸边那楼台、那人影、那绿树,跟着水浪的拍打上下起伏,画眉鸟和燕子在水面剪出一道道波痕,叼起小鱼与小虾。景色太美了,熹宗边用手撩水,边环顾欣赏。这时,忽然不知从何方吹来一股阵风,在湖面上席卷而过,掀起层层波浪,小船顿时起伏摇摆不止,随浪惊颤抖动。熹宗蹲立不稳,向后翻仰就要倒下,两个小太监赶紧将他扶牢。风却走了一阵又来一阵,被风卷起的波浪象一群头角躜动的小鹿,猛烈撞击着船舷,船似受惊的马匹忽地立起,又"啪"地摔下,尔后船尾又屁股朝天地翘起,失去了控制。高永寿惊恐地搂紧熹宗喊叫起来,可嘴一张、一股腥味的湖水灌进去,同时,三个人扭成一堆,翻滚在舢板一侧,重心偏移,船立刻就倾覆在湖里。

"救命! 救命!"

皇上和太监三个全是旱鸭子，他们扑腾着将脸露出水面，拚命叫喊。

岸上的宦官、宫女们被这突发事变吓得面无人色，发出一片惊叫喧哗声。大画舫上的魏忠贤更是慌了手脚，不顾一切地"扑嗵"扎进水里，向熹宗游去。但他离得远，一时半刻游不到。岸边会水的太监们也纷纷跳水救援，最先游到熹宗身边的是管事谭敬，他用手臂架住了熹宗往回游，跟上来的太监也帮他一块儿托住皇上，那两个小太监就没人管了。等到熹宗回到岸上，吐出腹中的湖水，换上干净衣服烤火取暖时，才想起水里还有人。再去救，捞起的已是两具尸体。

熹宗经过两次战祸的惊喜交加，淋过一次雨水，身心早已疲惫不堪，再经受这么一次水激惊吓，虚弱的病体难挽衰势，躺在床上便爬不起身来。

九月初一是祭太庙的日子，熹宗不能亲往行礼，只好让宁国公魏良卿代祭。

皇上得病，最焦急的当数魏忠贤。他知道，若是熹宗驾崩，他的末日也将来临。为了祈祷熹宗痊愈，他把后宫库中贮存的金寿字大红纱全部取出，自王体乾、李永贞至御茶房、御药房近侍宦官，都发给一二匹，做成贴裹，凡进入乾清宫都要穿上，以图吉利。他还唤来几十名小太监，每天早晨、中午、黄昏和晚上都仰天喧嚷："圣驾万安！圣驾万安！"

可这一切都无济于事。

兵部尚书霍维华早年学过些医术，他琢磨，皇上落水是受了寒气，他记起民间有个制米汤的土法，能驱寒压惊，就进内宫找到魏忠贤，郑重其事地表示忠主，进献所谓的秘方，还给这秘方起了个美妙的名字叫"仙方灵露饮"。

魏忠贤接过装在银瓶里的样品和锦帛上的配方，拔开瓶塞，嗅了嗅，一缕甜香沁人心脾，通身无不舒畅，不禁称赞道："好药！好药！"接着又翻开锦帛问："这药怎么配的？"

霍维华说："其实很简单，用银锅一口，内安一圆形木甑，高和周长皆为一尺左右。甑底安放箅，箅中央安放长头大口空银瓶一个，周围用粳米或糯米、小米、老米，徐徐添入瓶中，待有了热气，再添一层，候热气再添一层，离瓶口七分满时而止，不可十分满，以防米涨入甑中，上盖一尖底银锅，底尖正对银瓶之口，离二、三分许，上添冷水，周围固济严密，下用桑柴或好炭火蒸之，待上锅内水热即换冷水，换上几次后，甑中之露就满了，这是米谷之精，趁温热时让皇上服下。"

"仙方灵露饮……"魏忠贤重复着这个名字，"霍尚书，若是有效，圣体康复，一定给你重赏！"

"多谢魏爷！"霍维华也觉得很高兴。

魏忠贤立即派人制作，然后端到熹宗御榻边。

听说是什么灵露,熹宗抬起身,背靠在软垫上,打开瓶塞,仰脖就喝。几口下肚,齿颊之间甜香缕缕不尽,胸腹里也像渗入了烈酒般暖烘烘的,他来了精神,"灵啊!灵啊!的确是灵露也!"原来游丝般的声音提高了起码三、四度,脸上有了难得的笑意,也泛出了些许烙饼似的光彩。

魏忠贤大喜,责令御药房提督王守安、吴国桢每日不断蒸制供奉皇上饮用。

一连喝了十几天,熹宗觉得这玩意儿不仅能治病,而且能当饱,连饭都可以免进了。他胃口极佳,气色红润,饮露不止。

九月十六,天放亮后,熹崇早早地醒来了,他喊来近侍,说要下地走走,活活腿脚。

"皇上龙体安康喽!"小太监们马上把消息去报告给了魏忠贤。魏忠贤乐得连奔带跑朝乾清宫里来,想给熹宗道喜。没料到,看见的却是皇上一张哭丧的脸。"皇上?"魏忠贤不安地跪在地上,不知又发生了什么事。

"你看,朕一双脚怎么胖成如此模样?连鞋子都穿不进去啦!"原来熹宗要下地,内侍替他套鞋子,却发现皇上的一双脚仿佛像两只煮熟的肥蹄膀,本是合适的缎鞋怎么套也套不进去了。熹宗把脚伸到魏忠贤的鼻子底下,魏忠贤一瞧,皇上的脚背两侧象灌了水似的透明雪亮,里面毛细血管清晰可辨。"呀,"他倒吸口凉气,"别是肿啦!"没闹明白之前他不敢吭声,连忙请来御医诊治。

御医名叫韦尽性,他用手指在熹崇脚跟上一摁,陷下去个大坑,又慢慢地浮上来。"浮肿,这是浮肿!"韦尽性禀告,"皇上,您最近都服用了些什么药物?"熹宗喝"仙方灵露饮"没通过御医,韦尽性心里正窝火呢,这下他存心要报复。

"朕服用了十几日的灵露。"

"什么灵露?能否让奴才验明成份?"韦尽性故作惊讶地问。

魏忠贤让内侍把灵露端来。

"所谓灵露,分明就是米汤嘛!"韦尽性用手指蘸了蘸,放在舌头上舔了舔,不屑一顾地说。"皇上全身浮肿,正是饮用了过量的米汤所致!"

魏忠贤肚里骂道:"狗屁!米汤还能把身子喝肿起来?"

熹宗听罢又惊又惧,就算灵露是米汤,那么谁会喝了米汤浮肿的?只有病入膏肓的人才会如此吧?他前几日的喜悦马上一扫而光,瞬间跌入绝望的深谷,眼前又昏又暗,四肢疲软无力,倒回床铺,再无精力动弹。

魏忠贤在一旁端详,这次熹宗看上去已死了五六成了,御医恐怕也回天乏力了,他浑身冰凉,心里责怪霍维华:"这条老狗,说什么仙方灵露饮,八成是慢性毒药,他想害皇上早死,不就是想害我吗?"

次日,熹宗的病情江河日下,趋于恶化,从早晨到下午,昏迷了五六次,有两次御医几乎以为他已经死了,可他勉强地又睁开了眼睛。熹宗自己也明白要将不久于人世了,他喃喃地吩咐近侍,要立即召见五弟、信王朱由检。

近侍全是魏忠贤的亲信,他们马上通报给他。魏忠贤唤来党羽王体乾、李永贞商量,因这事非同小可,皇上召见信王,大概就是要交代传位遗嘱了!

"这哪成?一朝天子一朝臣,立了信王,还会有咱们的排场吗?"李永贞焦急地说。

"是啊,魏爷,您伺候皇上辛辛苦苦有今日,不容易,也别大意失荆州,前功尽弃啊!"王体乾附合。

"那怎么办?"魏忠贤也急得像热锅上的蚂蚁,"把信王宰了?"

"万万不可!"王体乾提醒,"目前满朝文武,虽个个皆承受过魏爷的恩典,但人心隔肚皮,千万不可轻信他们,这些都是属狼性的,一有个不测,扑上来咬脖子的就是他们!"

"对!"魏忠贤同意,"霍维华这条狗就不是个好东西,弄来那个仙方灵露饮,把我坑苦了,也把皇上喝成个半死!"

"不如撤了他,让崔呈秀替他做兵部尚书,也算在危难时刻先杀一儆百,让廷臣们老实些!"李永贞提议。

"好!"魏忠贤拍板同意。

可信王之事还没解决,三人又陷入沉思。

"唉!"还是两脚狐狸脑子转得快,"令皇后假称有了身孕,日后将魏爷之侄魏良卿之子魏鹏翼领入宫中,接替皇位,由魏爷辅佐,就像'新莽之于孺子婴'那样,皇位就掌握在魏爷手中了,岂不妙哉?"

这个计划非常大胆,也非常蛊惑人,魏忠贤听了砰然心动,兴奋起来,"我看可以试试。如成则得天下于怀矣!"

王体乾也像被李永贞迎头喷了一口鸦片烟,眼睛射出烁烁闪亮的绿光,"我去办,我去办!"他自告奋勇。

魏忠贤叮嘱:"让那个姓张的娘们明白,事成后不会亏待她,她可以做皇太后!"

"嗳!"王体乾兴冲冲地向乾清宫北面的交泰殿走去。

由于熹宗催得急,所以皇后怀孕的假情报必须马上启奏,魏忠贤就在司礼监等王体乾的消息,只要张皇后一答应,他就去暖阁见熹宗定遗嘱,乾坤将会在他嘴巴的一句谎言中顷刻扭转。

可没一会儿,王体乾满脸沮丧地回来了,"魏爷,不成!那娘们是茅房里的石头,又臭又硬!"

张皇后早就对魏忠贤、客氏的恶孽有憎恨和警惕。一次熹宗到后宫,见张皇后正在读书,就问读什么书?张皇后冷笑答:"读的是《赵高传》",暗指熹宗被奸臣阉党小人所左右。熹宗黯然,无言以对。传到魏、客耳中后,他们不断寻隙闹事,企图废除张皇后,让魏良卿的大女儿取而代之。只是事关重大,且有大臣谏阻,才作罢。这次张皇后一听完王体乾的劝说,马上直言不讳地说:"从命亦死,不从命亦死,等死耳。不从命而死,可以见二祖列宗在天之灵!"态度十分强硬,让王体乾碰了个钉子。

魏忠贤牙齿咬得嘎嘣响,骂道:"臭娘们!看我有机会不把你剁成万段!"但此刻他无可奈何,只得暂时收起狼子野心,遵奉圣旨召信王朱由检入宫晋见。

得知皇兄落水染病,朱由检一直心情沉重,本想前往探视,可身为信王,多有不便,尤其是在这敏感时刻,他唯恐引起人们猜测,说他有迫不及待继位的念头,所以只好在王府勖勤宫里祈祷,盼望皇兄早日康复。接到圣旨,他不敢有误,立刻来到乾清宫,跪在御榻前,惶惑不安。

听到朱由检的衣服窸窸窣窣声,熹宗疲惫地睁开眼来,端详了弟弟一会儿,说:"五弟怎么这样清瘦?要善自保重啊!"

朱由检见皇兄已经命若游丝还在关心自己,不禁伤心地呜咽流涕起来。熹宗对这位弟弟一向不薄,册封他为信王,亲自操办他娶妃成婚,平时隔三岔五便派人探视,嘘寒问暖,这些兄弟情谊、骨肉血缘都深深地印刻在他的心灵中,使他怀有发自肺腑的感激。熹宗刚当皇帝时,兄弟俩曾有过一次颇值玩味的小插曲,朱由检见哥哥穿着蟠龙皇袍挺威风、神气,就天真地问:"哥,你这官儿我能不能做!"熹宗笑答:"可以,可以,等我做几年以后,就轮着你来做了!"也许这时熹宗又记起了当时的这句戏言了,启口道:"吾弟勿泣,你该当尧舜矣!"这次是认真的。

朱由检听了大惧,叩头道:"陛下出此言,臣该万死!"

熹宗没理会他,把视线掠过拱顶、掠过房梁,仿佛要穿透苍穹,"吾弟继位后,善视中宫皇后,拜托啦,魏忠贤宜委用……"旁边的皇帝起居日记官在速记,而朱由检越听越惧,听到皇兄声音中止,昏睡过去后,急忙叩头辞出返回王府。

继位之事尚未如魏忠贤的愿,他不想让熹宗那么快寿终正寝,想尽方法挽救。听风水先生说宫里的懋德殿最有吉祥之气,就连夜将熹宗迁移到该殿,自己彻夜在殿堂口跪拜上天,请求保佑。

到天快亮的时候,只听宫女"哇——"地哭嚎起来,知道大事不妙,奔进去一看,熹崇头歪在枕边,崩逝了。

面对熹宗之死,怀有野心的魏忠贤即想自篡皇帝之位,又犹豫不决,迟迟不将天子驾崩的死讯公布于众。

第二天,没有不透风的墙,百官大臣们已有所闻,议论纷纷。

不得已,魏忠贤才按皇家规矩,宣布皇后懿旨,将天启皇帝逝世的讣告发布中外。同时,又派宫中太监迎接信王朱由检。

朱由检来到还残留着皇兄死亡气息的乾清宫,内宫外廷都不知道,没有任何仪式,一切都悬而未决,他十分恐惧,忧心忡忡,大有危在旦夕之感。但他远远比皇兄要精明,虽然他这时年仅十八岁。他为了自我保护,临来宫前,悄悄带着干粮和炒熟米麦等食物,不吃宫中一粒米,不喝宫中一滴水,对宫中的一切投之以习惯的警惕与怀疑目光。到了夜晚,他审视着周围不敢躺下,和衣秉烛独坐。一名巡夜的小太监持剑从窗外走过,他唤来跟前,令其将剑丢在离他几米远的地上,然后再叫小太监退后,他过去将剑捡起来,试了试锋芒,便留下放在膝前。不知过了几个时辰,他听到了几回巡夜的击柝之声,忽然,身后隐隐传来鼻腔呼吸的"咝咝"声,"有人!"这是他的第一个反应,全身的神经顷刻崩紧如拉成满月的弓弦,说时迟,那时快,他提剑转身刺去,"啊——"跪在那儿的小太监胸口喷出鲜红的血柱,向后颓然倒去,眼珠翻出了死鱼目的颜色。"是他呀?"朱由检悔之已晚,遗下剑来的小太监没得到王爷的允许,不敢离开,现在成了剑下亡魂。

闻到喊叫,纷沓的脚步声响起,一队卫士拥入。朱由检令他们把尸体抬走,不要声张。忙乱了须臾,一切又恢复幽暗、孤独和寂寞。他再也无法平静,魏忠贤的图谋、未卜的前途,使他焦虑不安,心绪茫茫,往事如倒流的渠水在他的脑子里"哗哗"淌过……

万历三十八年岁末,古老阴沉的紫禁城皇宫里,为迎接一年一度的正旦节,太监、宫女和奉命服役的差匠马不停蹄地忙碌着,有的在修补破败的宫墙、门窗;有的在整理不知用过多少次的彩灯,剔除被油烟熏黑的灯罩,换上鲜红的绢绸;有的在披红挂绿,张幡结彩。

蹒跚走过242个春秋,已呈现苍老龙钟的大明王朝需要依靠这些装扮来增加几许亮色,企求在除旧布新之际上天赐福,招来好运。就在十二月二十四日,东宫一个婴儿的"呱呱"啼叫弥漫在鹅毛大雪之中,在昏暗深宫回响,时而尖啸,时而低徊。又有位宗室子孙降临在这冰雪覆盖而又寒凉的人世,他就是贤妃刘氏所生的光宗朱常洛第五子朱由检。谁都不清楚这孩子以后会因明王朝的命运而如何,也不知道明王朝会因这孩子的前途而如何。

然而一个人更多的还是接受外界的影响,皇子也不例外,朱由检幼小的心灵从他的生命开始就在环境的挤迫下产生了极大的扭曲。生母贤妃,是其父光宗众多嫔妃中的一位,虽生了男儿,当母以子贵,无奈有争宠的妃子康妃西李在侧,鼓动如簧之舌,说三道四,使光宗对贤妃日渐疏远,进而寻隙斥责。忠厚贤惠的贤妃,恪守妇道,毫不辩解,将冤曲和悲愤深深地埋在心田,只有怀抱儿子默默地淌泪,咸湿的泪水把朱由检细嫩的脸蛋都腌疼了。久而久之,贤妃积愤成疾,在朱由检五岁那年,郁郁而死。

光宗见朱由检孤苦伶仃,遂令当时最受宠爱的康妃西李抚养。西李没有生孩子,已经抚养着光宗长子朱由校,并且对其倾注全部心血,暗盼得到皇长子继位后的报赏,现在又派来个朱由检,心里十分讨厌。但因是光宗之命,也不好拒绝,不过她十分清楚皇长子与皇五子的差别与份量,所以,对待两位皇子的态度有着明显的不同。一个饱得撑死,一个饿得饥肠辘辘;一个无忧无虑,颐指气使;一个弃之角落,拖着长鼻涕无人理睬。朱由检睁大他那双惧怕、孤愤的眼睛望着这人世间的冷暖与厚薄,慢慢地种植着他的疑惑和仇恨。

未过多久,西李生了个皇女,便趁机禀报光宗,自己无暇抚养朱由检,要将他弃放。光宗便改命庄妃东李抚养。朱由检因祸得福。

庄妃宽厚仁慈,她的地位虽列于西李之前,因其行事谨慎,不与人争,不与事较,受庞爱的程度却远不能与西李相比。加上膝下无子无女,孤处内宫,十分寂寞。现在天上降下来一个皇五子,朱由检来到她身边,正是求之不得的喜事,她冰冷寂寥的心怀增加些许温暖,又可以使她女人纤细的爱心有倾注的对象。

而朱由检也从此得到了新的母爱,阴鸷的心理得到了稍稍的缓解。但另一方面,也许是庄妃倾注的偏爱太多,又培{未过多久,西李生了个皇女,便趁机禀报光宗,自己无暇抚养朱由检,要将他弃放。光宗便改命庄妃东李抚养。朱由检因祸得福。

庄妃宽厚仁慈,她的地位虽列于西李之前,因其行事谨慎,不与人争,不与事较,受庞爱的程度却远不能与西李相比。加上膝下无子无女,孤处内宫,十分寂寞。现在天上降下来一个皇五子,朱由检来到她身边,正是求之不得的喜事,她冰冷寂寥的心怀增加些许温暖,又可以使她女人纤细的爱心有倾注的对象。

而朱由检也从此得到了新的母爱,阴鸷的心理得到了稍稍的缓解。但另一方面,也许是庄妃倾注的偏爱太多,又培垫烟灭了,对外界的恐惧、怀疑与警惕刚被庄妃抚平一些,现在又紧紧吸附在他身上,裹紧了他抽缩的心房。

天启二年,皇兄熹宗皇帝封朱由检为信王,他成了一位少年王爷。身份改变,待遇提高,前后左右侍奉的人更多了,他满足地要庄妃与自己同享。一天他去见庄妃,想请她去百鸟房欣赏珍禽。没想到,庄妃身边的几个宫女正在哭,"怎么啦?"他愕然地问。

"王爷,庄妃娘娘仙逝啦!"她们告诉他。

"嗡"地一声,他差点晕倒,"怎么会死的?"他半晌才醒过神来,问。

"御医房说是病死的。"宫女泪汪汪地说。

他相信是真的,只是不明白养母恪守礼仪、一仁慈宽厚,对自己抚育事事周到,倾注全部心血和母爱,如此善良本份的皇妃,怎么上天要让她得病死去呢?

之后有一次在和太监的闲聊中,他忽然获得一条重要的细节,庄妃死时满嘴都是尖钉,她是被人灌了钉子害死的!是谁害的?他这就不难判断了,皇太后的位置有三个人可能获得,一是西李,二是东李,三是客氏。西李和客氏勾结成伙,东李是她们共同的敌人,而能下手残害东李的只有她们的帮凶、后宫大权在握的魏忠贤。

"庄妃养母,儿一定会为您老人家报仇的!"他在隐蔽角落为庄妃烧香祈祷时发誓。

从此,他对周围的任何事、任何人,都不再轻易相信,全凭自己的观察、思考、判断来决定自己的行为。

十六岁那年,他突然生了场病,内侍召来御医韦尽性和纪某来为他诊治。韦尽性是名医,但为了讨好皇族,有时也常在医术上做些手脚,他故意说得很严重,还开了许多药。朱由检则大概知道自己得病的原因是由于好几天野外漫步所致,于是手一摆,否定道:"服药千剂,莫如独宿。"韦尽性暗暗惊奇、佩服。果然,他安安稳稳睡了一夜,第二天病不治而愈。

另有一次,工部尚书薛凤翔奉命来察看信王府坏损状况,以便筹资修葺。见到朱由检,就卖乖地说:"五爷,您还是禀报皇上再盖一座正式的信王府吧,这座宅院住了几代王侯,太旧啦!"薛凤翔走后,朱由检越想越不踏实,他知道国库非常之困,皇叔瑞王、惠王、桂王前往藩国的花费巨大,重建信王府,朝廷肯定力不从心。再则,自己年少封王,本已十分引人注目,再大兴土木修造府宅,会有犯上之嫌,万万不可。他怕薛凤翔在他之前就向皇上呈奏,于是连夜拟疏,连王府维修也请免了。事实证明他是对的,熹宗刚对一位大臣破格重建府第做了惩罚:免职流放。如再碰上他的事,后果不堪设想。

他把《皇明祖训》放在枕边反复阅读,对其中的章节熟习于心,甚至可以倒背如流。"凡古王侯,妄窥大位者,无不自取灭亡,或连及朝廷俱废。盖王与天子,本是至亲,或因自不守分,或因奸人异谋,自家不和,外人窥觑,英雄乘此得志,所以倾朝廷而累身己也。若朝廷之失,固有此祸;若王之失,亦有此祸。当各守祖宗成法,勿失亲亲之义。"他明确自己的身份、地位和所处环境,目的是为了能更好地保护白己。

天渐渐露出晨曦,恐惧随着黑暗的消失减轻许多,朱由检终于困倦得支持不住,倚靠在床榻背垫上合拢了疲倦、发胀的眼睛。

皇宫之外,又是另外一番局面。傍晚时分,魏忠贤公布了熹宗的死讯,群臣百官都在自己的寓所,各怀心思。他们为大明天下、为自己的前途忧心如焚。但有一点心思人人俱同,魏忠贤及阉党苦心经营、把持朝政,熹宗这棵大树倒了,猢狲们是散是聚? 都担心明天入朝,若有重大事变,生死难以预测。

尽管可能会遇到危险,文武大臣们还是在天亮后不约而同地来到宫殿门口。可守卫殿门的宦官不准进入,令他们返回改穿丧服。廷臣们急忙回去穿着丧服赶来,又说丧服不够整齐,让他们再跑回配齐。如此往返奔波三四次,个个气喘嘘嘘,上气不接下气,向守卫殿门的宦官苦苦哀求,才得以进门,行哭灵之礼。

魏忠贤、王体乾等阉党头目都守护在熹宗灵柩周围。魏忠贤眼睛红肿,侍立灵侧,一言不发。只有李永贞来回往还,布置礼部官员准备治丧礼仪及器物用品。

群臣百官退出之后,魏忠贤悄悄留住新任兵部尚书崔呈秀一人进殿侧密室。俩人心照不宣,魏忠贤就想听他一句话。

"取而代之如何?"

崔呈秀沉默不语。

魏忠贤追问再三,崔呈秀才吐出一句:

"恐外有义兵。"

一听此言,魏忠贤极为沮丧。

经过反复思考,再三征询同党意见之后,魏忠贤无可奈何地收敛了篡位的野心,令内阁拟撰遗诏,正式宣布:

"皇五弟信王朱由检聪明凤著,仁孝性成。爰奉祖训,兄终弟及之文,命诏伦序,即皇帝位。勉修令德,亲贤纳规,讲学勤政,宽恤民生,严修边备,勿过毁伤。内外大小文武诸臣,协心辅佐,恪守典则,保固皇图。"

当公、侯、伯、驸马、文武百官及军民耆老等呈上劝进表文时,朱由检内心如狂潮般激动。可表面上,他依然冷若冰霜。连他自己都惊讶,十八岁的年纪,怎么城府如此之深?

按规矩,劝进表应送三次。第一次,他回答说:"览所进笺,具见卿等忧国至意,顾予哀痛方切,继统之事,岂忍遽闻,所请不忍。"第二次,他回答:"卿等为祖宗至意,言益谆切,披览之余,愈增哀痛,岂忍遂即大位! 所请不允。"第三次,他回答说:

"卿等合词陈请,至再至三,已悉忠恳。大位至重,诚难久虚,遗命在躬,不敢固逊,勉以所请。"算是同意了。

按他的本意,恨不得立刻披上龙袍,施展他的宏图伟略,抑或借以发泄久积胸襟的怨恨,然而皇家礼仪使得他不得不扭捏作态一番,真是难受死了!

答允继承皇位之后,礼部便安排登极礼仪程式:明天清早,驾崩皇帝几案前设酒菜,朱由检穿孝服,亲自前往祭奠受命。再到皇极殿前设香案、酒果等物,朱由检穿戴加冕,行告天礼。接着前往奉先殿谒告祖宗,再到皇祖宣懿昭妃前行五拜三叩之礼,再到皇极殿前行四拜之礼,最后回到中极殿。

礼部又拟了四个改元年号给朱由检过目。他翻开奏折,见四个名字为永昌、绍庆、咸宁、崇贞。他提起笔改"贞"为"祯",点用。

一切准备就绪。天启七年九月二十四清晨,按照礼部拟定的礼仪,朱由检依次祭奠、行礼,在午时时分来到皇极殿即皇帝位。他拿出撰写好的《即位诏》照本宣读:

"我国家列圣,缵承休烈,化隆俗美,累洽重照,远重万祀。我大行皇帝,仁度涵天,英谟宪右,励精宵旰,锐虑安攘,海宇快睹,维新疆土,勤思恢复。万机总揽,六幕提休。方启鸿图,忽宾龙驭。爰膺顾命,及予眇躬,侧聆凭儿之言,凛念承祧之重。文武群臣、军民耆老合词劝进,至于再三,辞拒弗获,乃仰遵《遗诏》,于今祇告天地,即皇帝位。以明年为崇祯元年。朕以冲人统承鸿业。祖功宗德,惟祇服于典章;吏治民艰,将求宣于变通。毗尔中外文武之贤,赞予股肱耳目之用,光昭旧绪,愈茂新猷。"

朱由检称号思宗。又称崇祯帝。

苍天古道、漫漫长路,黄土尘沙飞扬,风刀霜剑云涌。湖南境内,二辆厢座马车,一辆载物马车,晃悠悠、慢腾腾地随着"吱咕吱咕"响的圆木车轮自北向南向前滚动。太阳升起了又落下,月亮爬上来又滑坠;忽而是金色的光芒,忽而是蓝色的月光,透进狭窄的车厢里,照在袁崇焕和他的家人们身上,表示着大自然的亲切与严峻。

失去了官位,沿途衙府设立的驿站便不再提供精壮的马匹和换驶的车舆,甚至连食物和住宿都要加倍索收费用。几千公里路程,全靠这几匹从辽东就开始跑起的辕马,纵然是铁做的都要疲乏了,更别说是要吃没吃,要喝没喝,早已掉了膘的瘦马,能迈开四只蹄子就不错了,要到达遥远的广东,还不知猴年马月。

眼见前景渺茫,失去耐心又觉无利可图的三个车夫就相继悄然离去,连声招呼都没向袁崇焕打。世态炎凉、人情冷暖,阮伯蓉黯然地洒下了泪水。这个时候,倒是袁崇焕乐观起来,他安慰家人们说:"都走了也好,求人不如求己,我来赶头一辆车,后二辆车用绳子牵着,自然会跟在后头!"

"相公,这要走多久才能到家?"阮伯蓉搂着女儿愁眉苦脸地问。

"急啥?我们一路逛返去!"袁崇焕笑咪咪地说,"你们不是老怪我出门在外却没陪你们游山玩水吗?没尽丈夫的责职吗?做了个杀人的官儿也没什么风光的吗?"他学阮伯蓉的神态和口气,惟妙惟肖,"那么好,这次就尽兴地游大山看名川、尽显一次风光,如何?"说着,他使劲地甩了一下鞭子,"叭!叭!"的清脆如爆豆般的响声,把车厢里的两个孩子和老母、娘子等都逗乐了。

河北与河南北部是华北、中原大平原,除了一马平川的秋收景象之外,没啥好入目的。从河南的黄河沿岸、太行山、秦岭东段起,千岩万壑,镜花水月,便如行走在山阴道上,应接不暇、美不胜收了。

袁崇焕诗兴大发,在封丘黄河边,他作诗道:"神禹疏九河,千秋一大智,众流翕受多,力大不可制。怒涛日奔驰,所贵杀其势。九河既疏通,流注去积滞。浊流自滔滔,其利可万世。如何任壅塞,故道不可记。遂使圣人功,一望作平地。泥淤水必争,地狭浪必肆。补筑日增高,决溃更滋弊。微禹吾其鱼,隐忧道曷济。早能为经营,事半功倍易。凭谁讲上策,复造万世利。"以河喻世,充满了对国家命运的担忧。

在孟县韩愈故居,袁崇焕特别欣赏这位"唐宋八大家"之首的诗人写下的散文气势磅礴,感情充沛。韩愈提倡"文以载道"也符合袁崇焕积极入世的观点,所以他挥笔写下:"一饭君知报,高风振俗耳。如何解报恩,祸为受恩始。丈夫亦何为,功成身可死。陵谷有变易,遑问赤松子。所贵请白心,背面早熟揣。若听蒯通言,身名已为累。一死成君名,不必怨吕雉。"对照屡屡遭贬的韩文公,他已对自己的挫折不怀怨艾。

他描述黄河,悟到了"性本地中行"的人生真谛:

"河水奔流去,喧腾万马声。源从天上落,性本地中行。独处真须激,清来自太平。济川吾有愿,击楫动深情。"

进入湖北,名胜古迹遍地皆是。在襄阳,他率家人游鹿门,拜谒大诗人孟浩然隐居地,注诗曰:

"鹿门多隐士,我爱孟浩然。柴门月夜还,多病无人怜。虽无官可仕,已有诗堪传。当时李杜辈,众口推其贤。杜门却不出,高卧弄云烟。富贵是何物,安居全其天。嗟我不才者,劳劳三十年。徒索长安米,忧来心自煎。躬耕吾亦肯,负郭家无田。入林适我愿,买山囊无钱。茫茫大地内,何处堪息肩。誓寻佳山水,茅屋筑数椽。咏歌毕吾事,偕隐将终焉。"

隐居这个念头第一次跳入脑海。一路山水风光、田园景致,使袁崇焕的心情愈来愈平稳下来,韩愈不屈不挠的激昂固然可敬可佩,可孟浩然的陶渊明闲情似乎更适合他目前的心境。

阮伯蓉读了他这首诗,试探地问:"相公,做隐士有乐趣吗?"袁崇焕在摇滚的马车厢里沉吟地回答:"做隐士固然逍遥自在,可人微言轻,到老多病无人怜啊!"阮伯蓉鼻子有些酸:"相公,说到哪去啦?娘子哪怕吃糠咽菜都不会离开你的身边!""好娘子!"俩人紧紧依偎在一起。

想到了做隐士,就更有了作诗的兴趣,以后可能只有靠诗来咏物寄情了。

他在啸台上作诗道:"奇声与人殊,龙吟复虎啸。云飞波浪高,木落鸟鹊噪。孙登效甚声,激发混沌窍。如同百舌鸣,众音会其妙。人物不相同,物声乃人貌。偶然登兹台,掩口发一笑。"这么多的百舌鸣声,使他有些茫然。

长江边的沉湖上,他们泛舟漂流。在湖边,袁崇焕见到一座塔楼,他登岸绕楼观赏,见竟是纪念为辽边筹措军费而建,他无限感慨,记诗道:"何人边城借箸筹,功成乃以名其楼。此地至今烽火静,想非肉食所能。我来凭栏试一望,江山指顾心悠悠。闻道三边兵未息,谁解朝廷君相忧。"

在传说是卓绝一世的屈原浣衣的井旁,他看到有斑斑红点,有记载是三闾大夫放逐后割指的血迹。他写下怆然诗篇:"忠臣血入地,地厚为之裂。今溅帝王衣,浣痕亦不灭。灵质偏成磷,光焰九天彻。精诚叩帝阍,愿化一寸铁。良土铸作剑,剑锷百不折。斩尽奸人头,依旧化为血。血污常如新,抚摩触手热。什袭在笥中,留作裳衣设。后来谁可同,惟有南八舌。"

诗作完,他马上欲撕毁,不是要做隐士吗,怎么又发起"斩尽奸人头,依旧化为血"的癫狂来!在一旁磨墨的阮伯蓉叹道:"相公,留着吧,你真要做隐士,也不是写首诗就成、就不成的啊!"

"我真的会做隐士吗?"他对自己未来的选择变得恍惚起来。

路途断断续续,时而驻足游览,时而逗留观光,到了深秋的十一月,袁崇焕一家才进入湖南界地。踏上潇湘鱼米之乡的第一个城池便是岳阳,这天阳光格外充沛,掀起一股股暑气,袁崇焕将衣袍脱得只剩小褂,兴奋地指着远处潋滟闪耀的水光说:"娘,儿今次要请您老人家吃洞庭湖的全鱼宴!"

当晚,他们找妥了驿站,将车马拴牢锁闭,然后全家夜宿洞庭水泊。就着渔火,袁崇焕写道:"舟泊君山下,旁有钓鱼矶。秋暑酷未退,坐来白羽挥。林前逗月影,鸟鹊绕枝飞。我时兴不浅,拾级登翠微。啸歌将夜半,凉露湿衣襟。舟师起解缆,引手招我归。我游方适意意,徘徊不能违。始信古人乐,秉烛游未非。"

在湖心岛的君山上,他看到湘妃斑竹,诗道:"二女事圣人,观型室家好。修短理难齐,此理识已早。况当陟方岁,年华计已老。如何苦相思,衰痛作烦恼。同心表精诚,洒泪染丛筱。斑斑或有之,万古不枯槁。吾粤有此竹,根蒂谁肇造。流俗喜神奇,谬托恐无考。"

天热,是因为有一股暖流自下而上,占据了湖南上空。然而毕竟已是秋寒时节,冷空气源源不断地从蒙古、辽东纷沓而至,冷热交错,便淅淅沥沥地下起雨来。

第二日的午后,舟子向岸边摇去。未及堤岸,就听见雨点拍打在乌篷上的"瑟瑟"响声,袁崇焕伸出头去看,望到湖水猛涨,逆风而起。小舟驶不快,他安慰船夫莫急,自己先记下一首即兴诗篇:"缠绵苦雨声,留滞孤舟夕。卧听渔人语,又添水数尺。推篷试一望,不见春草碧。急当乘长风,高帆破浪白。"

在湖南,袁崇焕自认为写得最满意的一首诗是他携家人,连同三驾马车一块儿租了条船自湘江顺流而下,途经长沙岳麓山和南岳衡山时挥就的《寻禹碑》。不论心情多么复杂,无论世事如何沧桑,他以大禹治水报国为楷模的人生理想仍然潜藏在胸臆之中。诗句大气浩荡:

"衡岳镇南方,无气自瀚郁。支分走别麓,岣嵝乃独出。山尖神禹碑,兀然千古立。奇字蝌蚪形,后人不能识。昔吾读韩诗,奇语动魂魄。所愧生南方,恨不长两翼。奋飞到山顶,亲手为拂拭。今日扁舟过,系缆应努力。晓起裹糇粮,殷勤带纸笔。攀援曷云疲,汗喘不敢息。但见白云起,一林深万感寂。归路忘东西,自朝至日昃。高下遍幽寻,此碑杳无迹。岂果有神物,呵护作秘惜。或缘我痴蒙,当前未由觌。因思朱晦翁,考异得其实。禹碑徒传闻,山上无此石。始知昌黎叟,好奇误著述。我乃为所愚,枉折游山屐。振策出山中,山花露欲滴。"

……车马在两边青山急水相夹的坡路上走得很慢很慢,也许是快到南岭的缘故,道在向上不易察觉地抬高,最有感觉的是马,它的腿越迈越吃力。

袁崇焕睡着了,他已经连续睡了一天一夜没有下车,就像一个顽皮的孩子折腾得精疲力竭后,进入了安怡的梦乡。他在湖南写了几十首诗,耗费了大量的情思和心血,好比一次次地把自己放进水和火里淬砺,人在精神和肉体上都处在矛盾中绞痛,他终于累了,浑身再也提不起一丝劲。

"相公!相公!"这是在黎明到来的时候,阮伯蓉拍他的脸,急切地唤他。"到哪里啦?"袁崇焕侧了侧身,迷糊糊地问。"已过了耒阳了,你快起来看!快看!"阮伯蓉的嗓音有些急切,似乎发生了什么事。袁崇焕醒过来,他发现车马已经停住了,就钻出车厢,见在汨罗雇来的车夫手里握着长鞭杆子站在车旁,看戏似地观赏迎面走过去的一溜车队。"老爷,道全让他们占满了,我们只好让一让啦!"车夫对他说。"嗯。"他应道,也拿眼去瞧。喝!真是气派,这溜车队似乎望不尽头,清一色的红酱漆棚车,拉车的骡马昂首阔步、膘肥体壮,还有许多衣饰簇新的押车官兵,全端着刀镖和火铳。

"看来这是官府的车队,拉的是什么货?"袁崇焕自问。"刚才我问过,有个兵仔用广西白话回答我,说他们的车装的全是木材,拉到京城去!"阮伯蓉像是在回答丈夫的疑问。

"是码?"袁崇焕似乎预感到什么,他见到一个像兵总模样的官儿走过来,就打了个招呼,问:"老总,您大老远辛苦,拉的是啥货色,什么官差呀?"说着,拿了包辽东烟丝递过去。

"给皇宫里出差呀!"兵总一口广西官话,得意地接过烟丝,"不过,"他又露出苦相,"是苦差使哟,一点马虎不得!车里装的全是广西最优等的枧木,掉了一根就等于要掉一个人的脑袋!"他用手在脖子边一抹。

"拉那么多,皇宫里又要做啥?修哪座王府?"

"不不,是为当今崇祯皇上修陵!"兵总纠正。

"崇祯皇上?"袁崇焕一惊,问:"哪个崇祯皇上?"

"刚登基的崇祯皇上嘛,你不知道?"兵总很奇怪。

"那、那天启皇帝呢?"袁崇焕不敢说死这个字。

"驾崩啦!"兵总回答得很干脆,"再会啦,老乡!"兵总见前有同伴在叫他,就和眼前这位听口音是两广人的中年汉子道别,大步流星地走了。

"皇上驾崩啦?"袁崇焕与立在旁边同样惊讶万分的阮伯蓉相视一眼。

会车结束,袁崇焕一家的马车继续向前行进。坐在车厢里,袁崇焕的思想无法再集中,他知道头脑混乱的原因并不是因为熹宗的死,而是新旧帝制更替之后宫廷和辽东可能出现的种种不测局面。刚登极的崇祯皇帝会如何对待宁远的战略位置,会不会将城池放弃,合并到山海关?辽边的主官和守将会有什么变化?皇太极会不会乘虚而入?他想得头疼……

瞧他呆呆的样子,已经从愕然中复归平静的阮伯蓉劝他道:"相公,你发啥愁?你早已是辞官归乡的闲人了,操那份心干啥?只要新皇帝让老百姓有安生日子过,咱就谢天谢地啦!"

听了娘子的话,袁崇焕自嘲地笑了笑:"是啦,我这是狗拿耗子,多管闲事!"说罢倒头一躺,又昏昏睡去。

还乡在京城千里之外的袁崇焕所关心的却根本不是皇帝要关心的内容。千百年的皇帝只关心一件事：权力。

崇祯帝以信王入继皇位，所有举动被阉党所包围，天子的权力受到严峻挑战。按他血统中对帝王的理解，他完全可能凭借手中至高无上的权威下达圣旨，将魏忠贤、客氏之流剪除干净。但他的智慧超出了年龄的局限，他清醒地认识到，目前阉党势力之大，非皇祖、皇父及以前任何朝代所能比拟。所有衙门都被他们牢牢把持，几乎到了牵一发而动全身的程度。若没有充分的准备，结果将适得其反，不仅达不到预期目的，反而会被其所害。同时，崇祯帝心里还有另一番苦衷，皇兄尸骨未寒，"忠贤宜委用"的遗嘱，犹言在耳，如操之过急，会给阉堂培植的廷臣留下口实和把柄，形成谋反的理由与旗帜。所以，他暗定主张，从长计议，根据情势的自身发展和变化，相机行事。

即位之后，他仍像熹宗那样对待魏忠贤及其党羽，该赏赐的照样赏赐，该荫官的照样荫官，就连熹宗生前曾定下赐予魏忠贤的匾额也照授不误，一切按旧制执行，没有任何变化。在上朝处理国务之时，他也仿效熹宗的做法，向魏忠贤、王体乾等询问、请教，然后尊重地按他们的意见去办。

崇祯帝就像一头等待时机捕获猎物的老虎，隐其真相，屏住呼吸，收拢利爪。然而一股杀气却在胸底越来越强烈。

十月底的一天，他像是偶然想起地问侍立在侧的魏忠贤、王体乾："朕记得前朝有臣提起，厂臣用事动以枷示威，前后毙死者千计，何故？"

厂臣就是指魏忠贤，崇祯帝想投块石子探探路。

魏忠贤一时没反应过来，王体乾赶紧替他回答说："大奸大恶，法所不能治者用之。"

崇祯帝默然良久，才故作忧愁地说："虽如此说，朕还是觉得太残惨，非国家盛世啊！"

两个太监瞠目结舌，无言以对。

之后，忧心重重的魏忠贤看到崇祯帝即位以来，亲理政事，有条不紊，宫中也一片平静，见不到丝毫不利于自己的迹象，越是这样，他反而越发不安。尤其他一想起崇祯帝偶尔问起的立枷之事，不禁为之战栗。索性刀枪相见，他倒也能使恶相向，现在表面死水一潭，他就像演《三岔口》，看不见敌手的破绽。

为了摸清崇祯帝的真实内心，魏忠贤使用以攻为守的伎俩，上书乞求辞去东厂提督之职，交还印信，借以试探虚实。结果，大出意料，崇祯帝不仅没批准，而且还美言相劝，极力慰留了一番。

过了两天，崇祯帝准许奉圣夫人迁出宫外到私人宅第居住。魏忠贤琢磨此事似乎与已有关，又似乎仅是宫中嫔妃之事。为了使悬着的心能够踏实，他又上书乞请免去户部丧礼香蜡三万金。崇祯帝立即表示同意，付诸实施。辞职不允和乞请允准的两次试探，把魏忠贤本已慌乱的心搅得更加动荡不宁，皇上的不准和准，看起来都合乎常理，无可挑剔，使他未能从中窥探出究竟。

接着，阉党党魁之一的王体乾也向崇祯帝请求辞职，崇祯帝仍然切实地慰留一番，令其安心任事。魏忠贤还忧虑不安，上书乞请停止为其建立生祠。崇祯帝优礼有加，给予答复："其前赐额数如故，余止之。"又赞美他说："建祠祝厘，自是舆论之公，厂臣有功不居，更见劳谦之雅。"

见到皇上的御笔亲题，魏忠贤的心略略有些放宽了。

为了更进一步打消阉党们的顾虑，崇祯帝也采取主动姿态，连连封荫了一百多名内宫宦官，给他们加官加禄，迷惑了这群嗜血的惊弓之鸟。魏忠贤、王体乾等人似乎于心稍宁。

虽然如此，崇祯帝对乾清宫近侍的安排和防范不敢有丝毫放松和马虎，背地里将原来信王府侍奉他左右的太监尽易新衔，入内供事。然后再把阉党的人明升暗迁，全散遣出门。

正当崇祯帝一步一步地将潜移默夺阉党势力的计划付诸实施之时，突然收到了云南道御史杨维垣上书，弹劾兵部尚书、魏忠贤的亲信崔呈秀。奏疏说，崔呈秀与相辅冯铨争权，唆使吴淳夫攻击冯，事成后，吴淳夫一名七品郎官，便在数月内升了二级。于是崔呈秀的家门趋之若鹜，人们纷纷求他给官。后来，河南道缺员，崔又越级提拔倪文焕，又用他的弟弟凝秀为浙江总兵。更为可疑的是，皇城内三大殿的改建工程，都是崔呈秀推荐来的可疑之人。崔呈秀为什么能这么肆无忌惮呢？因为早先他认识厂臣家的王掌家，这位王掌家在厂臣面前替他美言，掩盖他的丑行。厂臣后来就信任地，并重用。崔呈秀家实际是在内谀厂臣，外擅朝政。奏疏写了十几大张纸，疏内虽未直指魏忠贤，但所列的崔呈秀罪状，均涉及到厂臣。

崇祯帝觉得时机还不够成熟，便下达圣旨说杨维垣率意轻诋，不予追究。

可当事人崔呈秀无疑是受到了沉重打击。这杨维垣原是他们同伙，因没受重用给弄到云南偏僻荒蛮之地去了所以内讧以泄私愤，崔呈秀便一面上疏辨白，一面请求回家守制。

崇祯帝未予批准。

几天后，杨维垣再次上书弹劾崔呈秀，指其贪淫横肆、明目张胆之举为挟愤泄怨之事。

崇祯帝仍御批："未即罪。"只是令其"静听处分"。还在寻求打蛇打三寸的最佳机会。

皇上的冷静,使作恶多端的阉党团伙更觉时刻都可能大祸临头。魏忠贤虽小有同感,但还心存侥幸,多年经营建立起来的庞大势力和盘根错节的利益网络,使他有恃无恐。几次试探崇祯帝的动向后,他相信了自己的估计:年轻稚嫩的新皇帝还不具备胆量和实力与自己对垒。

然而,魏忠贤万万没估计到,崇祯帝是在等待进攻的时机,而且这时机说来,就来了!

十二月,工部都水司主事陆澄源上书言四事,即正士习、纠官邪、安民生、是国用。在"正士习"一节中,他直指魏忠贤:近年来朝廷内外士气渐降,士节渐卑,成天就在干称功颂德的事,误国误民。如厂臣魏忠贤,服侍先帝、筹划边务、宫廷维修等,本来就是他的份内事,论功行赏也要按常典,何至于要宠他超过开国元勋,封爵要在王府之上?他的宗亲遍布锦衣卫,他的乳臭侄儿滥斥在京堂中。先帝的圣威已不存在,因为诏旨批答,全被厂臣包办了。厂臣手中握着这般至高无上的权力竟用之毫不疑虑。长时期以来,京外大臣奏疏不敢写他魏忠贤的姓名,而称他九千岁,尽废君臣之礼。为什么士习渐降渐卑呢?就是魏忠贤带的头!

接着新任兵部武选司主事钱元悫,专疏数落魏忠贤。他说,迩年以来,成千上百的卿士,不媚天子而媚奸臣,最卑贱的抬轿小隶和随身奴才,拍了厂臣的马屁,也能马上成为官府显要,污滥朝署。就是厂臣魏忠贤本人,不也就是干的穿衣戴帽的活儿吗?可他竟装出枭獍的凶狠高贵的姿态!先帝念他服侍左右,给了他一点权力,可他立即召集小人结成同党,称功颂德,布满天下。钱元悫恳请皇上要认清魏忠贤的真面目,凡是他的爪牙,都要明曝他们的罪行,或杀或放逐,奸党肃清,九流澄澈!

而继后上书揭露魏忠贤十大罪恶的贡生钱嘉征,语言更为犀利、尖锐,而且详尽。十条为:一曰并帝。所有的奏章都要先对魏忠贤表白一番称功颂德,然后再提先帝;代拟谕旨,必要以朕与厂臣开头。哪个朝代有这样臣属与皇帝并列的文体?二曰蔑后。皇亲张国纪,并没犯不赦之罪,只不过略有过失罢了,先帝令魏忠贤告诉皇后,可魏毁掉圣旨不传。皇后得知后在御驾前面斥逆奸,魏忠贤及同党就罗织罪名,欲加害张国纪,称其非皇后之父。幸亏先帝神明,没有照准,不然后宫危险。三曰弄兵。大明国祖宗曾立家法,后廷内不能听到兵士的喊声,可魏忠贤外胁大臣,内逼富闱,操刀率兵在禁苑之中示威。四曰无二祖列宗。开国明太祖垂训,中涓宦官不许干预朝政,可魏忠贤一手障天,动辄杖斥,连士大夫也不放在目中,恶毒压榨;他的心腹干将遍布钱谷衙门、边腹重地、漕运咽喉,意欲何为?五曰克剥藩封。先帝册封了三个王爷，并赐给了他们庄田和银两，可到他们手中，不足一个王爷的份额，大多数的堂赐到哪去了呢？是魏忠贤侵吞了，他占有的土地全是最膏腴的上等良田，超过万顷。六曰无圣。孔子先师是万世名教主，魏忠贤算什么东西？他竟敢将自己的生祠建在孔庙之侧，相提并论。七曰滥爵。古来已久定下的制度，没有军功的人不能封侯，但魏忠贤竭尽天下的物力，始修复三殿，居然自封为上公之爵，毫不知羞。八曰邀边功。建州夷贼侵犯我大明疆土以来，夺名城，奸士女，杀大帅，国人共愤，现没收复尺寸地。宁远取得了些许战捷，可功臣袁崇焕却被陷罪还乡，席不及暖，魏忠贤冒天下之大不韪，大赏自己，冒封侯伯；如果辽阳、广宁这些城市被收复的话，要怎样酬劳他呢？九曰刮民脂膏。全国郡县建魏忠贤的生祠不下百座，祠建费五万金以上，如此敲骨剥髓，难道不全是国家的血脂吗？十曰通同关节。魏忠贤的家乡考乡榜，规定是二十六日拆卷，可他遣人二十四就私自开卷修改，到揭榜时名字全是他的亲族，其夤缘要挟，不可胜数。

钱嘉征怀揣疏文站到通政司门口，要求呈奏皇上。政通使吕图南是阉党份子，他怎能让十大罪状报到崇祯帝那里？就以字划称谓不合格式为由，命钱重新誊写，想堵之门外。钱嘉征也是背水一战，豁出命来了，他在宫门口披头赤足，狂呼嘶叫，要求皇上召见，接受疏文。

消息终于传到乾清宫崇祯帝耳里。他考虑，连日来这么多官员冒死上疏揭发魏忠贤，现在连一个来京考进士的贡生都能列出魏忠贤的十大罪状，并敢舍得一身剐，看来破阉党的舆论已深入人心，气候已形成趋势，他毅然定下决策，该亮牌收网和予以追究了。

"调钱嘉征疏文！"圣旨传下。

魏忠贤很快闻知，他像一头疯狂的野兽闯进崇祯帝的内室，嚎叫着："奴才不怕！奴才侍奉先帝，早已将肉身置之脑后而不顾！圣上若要信了那小子的胡言乱语，就把老奴才杀了吧，把头割下来悬在紫禁城门首，让百姓瞧一个为皇上鞍前马后一辈子的太监下场！"边说，又捶胸又顿足。

崇祯帝不为所动，仅吐出两个字：

"放肆！"

魏忠贤又"扑嗵"一声跪倒在地，一把眼泪一把鼻涕地痛哭流涕起来，连呼："万岁爷，奴才冤枉啊！奴才冤枉啊！"

"朕尚未指你犯甚罪，你如何喊冤枉？"崇祯帝冷冷地打断他的话。

魏忠贤瞪大眼睛。

"来，"崇祯帝招呼一名内侍，"把钱嘉征的奏疏念给他听！"

念毕，魏忠贤震恐丧魄，脸色惨白，冬天的寒冷中淌下豆大的汗珠。他还想表白和解释一下，可崇祯帝挥手阻止他，让他回去思过反省。

魏忠贤跌跌撞撞出了宫门，昏得头晕脑涨，几次认不得路了，碰在墙上，肿起血瘤。回到私宅，赶紧差人叫王体乾、李永贞来商议对策。等了许久，他如坐针毡，也不见有人影子。他冲出门，大叫道："来人啊！王爷和李爷呢？"可别说王爷、李爷，连亲随的家丁都闻讯逃之夭夭了。庭院厅堂里空空荡荡的，往日这个时候，该是车水马龙、门庭若市的，可眼下那些打关节的、报缉捕的、送本来看的、领取票拟的、送礼的、拜见的，全都没见了。只有铺陈豪华、与皇室内的家私一模一样的桌椅案几，还一动不动地呆在原处，冷冷地陪衬着寂寞。他知道大势已去，慢慢地挪回屋，哆哆嗦嗦地提起笔，写下辞呈，以"患病不能供辙"为由，请求退职。

崇祯帝批复："可返私家调理。"这是将魏忠贤驱逐出宫的意思。紧接着，崇祯帝召集文武百官大臣，当朝宣读了自己亲自撰拟的告谕：

"朕览诸臣屡列逆恶魏忠贤罪状，俱已洞悉。窃思先帝以左右微劳，稍假恩宠，忠贤不报国酬遇，专逞私植党，盗弄国柄，擅作威福，难以枚举。赖祖宗蓄在天之灵，天厌巨恶，神夺其魄，罪状毕露。朕思忠贤等不止窥攘名器，紊乱刑章，将我祖宗蓄积贮库传国奇珍异宝金银等朋比侵盗几空，本当寸磔，念梓宫在殡，姑置凤阳。其犯家产，籍没入官。"

起初崇祯帝还是有些手软，因他顾忌皇兄尸骨未寒，就绝其亲仆，恐有撼天灵。可魏忠贤是自取灭亡，他见发配凤阳，以为结果也就如此而已了，于是重又调集亲信随从与几十名壮士，携带短刀弓箭，套上一百多匹彪猛马匹，把私宅中的金银珠宝收拾了四十余车，前呼后拥，浩浩荡荡地开拨而去。道路两旁的行人还以为是皇上巡游，围挤观看，声势盛大。

马上有人密报圣上。

崇祯帝十分担忧魏忠贤会卷土重来，再度威胁自己得之不易的皇权，终于起了杀机。他责令锦衣卫前往扭解，当场处死魏忠贤。

此时魏忠贤已行至阜城，还以为脱离了险境呢。"哒哒哒……"一阵马蹄声从后头赶来，他在宫中的心腹爪牙李朝钦得知了圣谕，立刻星夜驰马前来飞报。"与其让那些锦衣卫当差的戏弄，还不如早寻个自尽干净哩！"魏忠贤留下最后一句话，当夜在旅舍里悬梁自尽。

获得魏忠贤死讯后，崔呈秀亦割腕自杀。

王体乾、李永贞跳井见龙王。

魏忠贤的侄子魏良卿风光了几年伯爵生涯，也吞药暴毙。

死得最惨的是客氏,这位丰腴骚性的女人,大概崇祯帝要在她身上报养母庄妃的冤仇,将她押到浣衣局,用布鞭活活抽死,又将尸体抬到净乐堂焚烧成灰。

与此同时,崇祯帝钦定逆案,与阉党有瓜葛、牵连、裙带的人全部列入打击对象。其中不乏受诬陷的清白君子也一并拢进网中,矫枉过正,宁错勿漏,大开杀戒!先后处死、削籍、罢免、降用、流放内阁首辅、吏部尚书、户部尚书、兵部尚书、刑部尚书、工部尚书、锦衣卫都督、内官司总管等廷臣官员五百多人,阉党几乎清扫一空。

连续几日京师上空弥漫着浓浊的血腥气,当初残杀东林党人的场景几乎一模一样地又在重演。妙应寺、龙泉寺,法海寺的铜钟日夜不停地响彻四面八方,超度着一个个无论是善是恶的亡灵……

如果不是新任的内阁首辅韩爌、大学士钱龙锡、李标等人的劝阻,还不知要有多少人的脑袋要搬家。韩爌是被阉党诬陷而罢官的,钱龙锡亦被魏忠贤视为东林党附逆而驱逐出宫,按理说他们如公报私仇的话,可以变本加厉地报复,皇上要杀,正好杀个痛快!可韩爌为人老成持重,钱龙锡仁慈谦和,都不是心肠险恶的小人,不想广搜树怨。他们复任后,更多的是从国家利益来考虑,既然魏忠贤首恶已除,目前崇祯帝的当务之急便应当是扶正和支持大厦欲倾的王朝统治,运用皇上的权力,驾驭大明之舟,渡过政治、经济、军事上一系列的急流、暗礁和险滩。他们三人深受崇祯帝的信任,于是就利用这种有力的保障,集体向崇祯帝递交了一份疏文,要求停止杀戮,避免日后党争复仇,迅速将政局秩序纳入正常轨道。

崇祯帝一颗扭曲的心折射在血光刀影中已有变态的倾向,见到韩爌等人的上疏,冷落的理性又突然挣扎地凸现出来,照亮和清醒了他的头脑。他如同从恶梦中睡了一觉,睁开了浸满血丝的眼睛,天空一片宁静、灿烂的阳光。

"宣韩爌卿、钱龙锡卿、李标卿,朕在文华殿召见!"他下旨。

以往皇上都是在乾清门朝见文武百官,现在崇祯帝要向前推到临近金水桥的文华殿,表示了他走出深宫、亲理朝政的决心。

韩爌、钱龙锡、李标三颗花白鬓发的脑袋叩在石板地上掷地有声:"吾皇万岁!万万岁!"

崇祯帝令他们平身,赐坐左侧太师椅。

"疏文朕已阅览,深感欣幸,允之。不知诸位爱卿还有何谏见?"天子的声音很谦和。

三位大臣心领神会地互望了一眼,然后推举德高望重的韩爌启奏。

韩爌具奏了三点。一,加强吏治,选拔、召回廉能之士,充任重要官职;二,边事危急,务当即审督;三,百官大臣,各司其职,忠于职守,一心为公。

虽言简却意赅,听罢,崇祯帝一身冷汗泛起。对啊,光知道剪除宫中对自己权力威胁的内患,怎么忘记了外虏对大明皇权挑战的险况呢?皇兄熹宗可以说就是惊恐在夷贼的忧愁之中,健康受损丧命黄泉的。他深深感激韩𬬮的提醒,他赞赏后,问:"依爱卿之见,当如何抵挡建州夷贼?"

"皇上,有一人臣不得不提。"

"何人?"

"皇上可知大明国今日何以能安于京师,皇上何以能安于紫禁?全赖于辽东宁远城之屏障,固若金汤!而镇宁远者只一者,此人姓袁,名崇焕也!"

"袁崇焕?"崇祯帝自语,他似乎见过这名字,对!他记起来,授予他肃杀魏忠贤阉党宝剑的那封钱嘉征上疏里,控告魏忠贤十大罪状其中一条就是守边功臣袁崇焕受迫害流返老家,席不及暖。"袁崇焕现在何处?"他急切问道。

"袁崇焕是臣的门生,臣可速寻他回来!"

"不!"崇祯帝压下手腕,"是朕亲召他进京,商议封疆大事!"

"遵旨!"韩𬬮垂头答道。

5. 大明国里的亡命徒

郴县是湖南最南的一座县城,绵延的南岭将它与广东相隔在山脉两边、形成了两种截然不同的气候。隆冬季节,湖南灰阴湿冷,广东则是温暖如春。远远望见郴县城门的牌楼矗立在铅色的天空中,袁崇焕觉得自己终要摆脱这一路低调的遏抑心情了,血液流动得不禁畅快起来。天已将近傍晚,车夫问:

"要不要进城?"

"进,进去!"袁崇焕快声说,"找个旅馆好好安顿,烫壶热酒,多弄几个菜,明天就算是回到家乡啦!"

"是喽!"车夫起劲地一甩鞭,驾着车马飞跑起来。

城门口今天气氛不一般,城厢外左右两排军士,城厢内夹道两溜县衙官员侍役,再里面的街沿停了十几辆豪华马车,既像是如临大敌,又仿佛是隆重欢迎贵客,究竟是防谁抑或是迎谁,远远围观的普通百姓们都浑然不知。推车的小贩和提着红辣椒干收集的农夫全被赶到一边,似乎怕他们妨碍视线和有碍观瞻。几部略有身份的私家马车驶进城门,受到礼貌的盘问,有个县衙的官员咧着大刨牙于一侧注意地察看,显然不是要查寻的对象,挥手让车通行。

袁崇焕一家三辆马车蒙着厚厚一层驿道的尘土驰至县城门口时,天色尚有几许日间的余光,可城楼的拱门已如黑黝黝的巨兽般蹲立在路途两旁,投下预示黑夜的阴影。挨得仅有几步之遥距离的地方,车夫才猛然发现城门口这一肃穆、戒备的阵式,他吓得"吁——"赶紧想勒住马,哪里勒得住?不过马还是长啸一声停住了步,是冲上来的军士将马头强行拽住的。

"干、干什么?"车夫结结巴巴地问,他以为军士一定会臭骂一顿甚至揍他,可没想到,军士反而低三下四地赔礼道:"对、对不起,让您受惊啦!"

衙门的官员拨开军士,上前点头哈腰地问:"请问车里坐的老爷尊姓大名?"

车夫给弄得有点懵头转向,把袁崇焕的姓也记不清了,"叫、叫……"

袁崇焕不知发生什么事,但他什么世面没见过?还怕这小小的县城门禁?从容地跨出车来,问:"有何缘故?拦驾在此!"

"小、小人是郴县师爷严纯佑,请问大人从何处来,到何处去,尊姓是……"这个叫严纯佑的师爷抛开车夫,脸上堆满笑,向袁崇焕迎上来。他的身后又跟来一个捧着幅碳条素描画像的听差,边打量袁崇焕边对照画上的人,失声叫起来:"是啦,就是这位老爷啦!"严师爷喜笑颜开地问道:"老爷,您是袁崇焕、袁大人吧?"

袁崇焕机警地打量他们,心想别是阉党派来拦截他的锦衣卫杀手吧,想赶尽杀绝我吗?我究竟犯了什么弥天大罪?他从牙缝里迸出几个字来,生硬地回答:"是的,又怎样?"他盘算,是不是要和他们拚了?反正已到广东家门口了……

"哎哟,袁大人,终于等到您大驾光临啦!王县令在此恭候一整天,下官去禀报他!"说罢,严师爷掉转身就往后跑。

片刻,一个胖胖实实的中年汉子穿着七品官服颠颠地奔来,老远就跪下叩道:"郴县县令王湘安给袁大人请安!"

袁崇焕还礼,有些糊涂地问,"这……"

不容他细究,王县令一挥手,"快!快!轿子上来,扶袁大人上车轿,回县衙!"

袁崇焕被让进八乘大马车的轿厢,在头里走,家人的马车后跟着,再后是一长溜以王县令为首的迎宾官僚乘的车马,直奔张灯结彩的县府大院。

进了双狮护立的朱漆大门,下车轿,直接又被迎进了宴厅。袁崇焕一家老小安排在上首落坐,由王县令亲自陪同。满桌的山珍海味以及斟满杯盏的广东名酒珍珠红,在明亮的烛火下灯红酒绿泛着姹紫嫣红的光色,煞是喜庆热闹。

阮伯蓉又顾全婆婆,又关照两个孩子,不亦乐乎。她以为县令是袁崇焕的老友呢,多日没吃个囫囵饭了,这次也就毫无顾忌放开肚量嚼饮起来。

只有袁崇焕心里明白,这一切的来由王县令还没兜底呢。他敬了一杯酒后,悄声问道:"县令大人,你我素昧平生,可您又知草民的名字,又请草民吃喝宴席,县令大人是……"

"袁大人岂能称是草民?下官当死罪也!"王县令惊慌地要跪地,被袁崇焕眼疾手快拦住,"好好好,我袁某人是做过几年三品巡抚,可眼下已辞官归乡……"

"不不不,是当今皇上又亲召您回朝啊!袁大人要重挂桂冠啦!"

"噢?"袁崇焕心里一阵颤栗,"县令大人何处得来的消息?"

王县令一愣,随即歉意地笑出声来,用手使劲拍了一下脑门,"当罪!当罪!下官见到袁大人兴奋得脑袋都糊涂成一锅粥了,把最重要的事给忘记告诉了!"他接着郑重其事地禀报道:"京师朝廷派驿骑急递公文昨日晚送到郴县,崇祯帝亲召袁大人返京,让下官今日在城门口守候,一俟截到袁大人的大驾,即转告不得有误!"

刚才还满桌谈笑风生、杯盘咣当,此刻随着王县令的话音毕落,顿时变得刹静,众人的目光一齐射在袁崇焕脸上,尤其是他的亲人们。

袁崇焕浑身已是一片翻江倒海、风摇叶落,他的眼眶湿润了,最先的一个念头是,朝廷终于又想起我袁崇焕了!皇上和宫内大臣没忘记我的功劳!我在辽边精忠报国、抵挡外夷,事业终究是不可埋没的!王县令在一旁看着,他以为袁崇焕肯定要站起来与大家共饮一杯喜庆酒,然后吩咐明日即备车马,速折回头赶赴北京,可他估计错了。袁崇焕刚才像是心里猛然点燃了一把火,但火没烧多久,就又熄灭了。袁崇焕激动之余想道,宁锦大捷,我袁崇焕受了那么大的委屈可以一笔勾销,但熹宗翻手即云覆手即雨失信于天下的卑劣,已深深刺伤了他的心,现在新皇上一封诏令就轻而易举地要他回去,他感情上无法接受!谁能保证这位熹宗的弟弟能比其兄强多少?他能让人信任吗?就凭这种仅让驿骑传信而不派任何官员来陈述情况变化的轻率、急躁态度,袁崇焕疑虑崇祯帝不会比熹宗高明到哪去,没准还没等他赶到北京,崇祯帝的主意又变卦了,他重新成为权力的玩物而被抛弃,辛辛苦苦来回白折腾。所以,一切情况尚未最后清晰、明朗,还是谨慎为妙!他暗暗提醒自己。

"噢,县令大人辛苦一天了,在下实在过意不去,来,请接受我一杯敬酒!"酒干了,袁崇焕把话扯开,"县令大人,今年县里的秋收如何?粮食储备可是要紧,在下也做过县令,冬天无粮,饥民可是要闹事的啊!"

"啊?对对,还行还行,粮食基本够吃、够吃!"王县令有些茫然,本想再追问返京的事,可袁崇焕本人不再提了,他也不好再多嘴。

阮伯蓉知道丈夫肚里有主意,可对突如其来的变化和未来的不可预测,她充满了复杂的念头和忧虑,再也无法把香喷喷的饭菜咽下肚。

郴县的生活状况并不良好，袁崇焕不忍心过多打扰。次日，一清早，他就从县衙后院的下榻处绕到前园，来向王县令辞行。

王县令问："袁大人是去北京？稍安勿躁。路途遥远，容下官准备……"

"不，不用麻烦县令大人了！"袁崇焕摆摆手，"在下不去京城，而是继续南返家乡！"

王县令大为惊愕，"这、这、这是皇上下旨，亲召您返京啊！"言下之意，你连皇帝的圣令都敢不听？

"在下会复命皇上的，与县令大人无干系。此次承蒙盛情款待，衷心感谢！"袁崇焕作揖致礼，就转身辞去。

王县令愣在原地好半天，才醒悟过来，"嗳，袁大人！慢！您回广东老家，也还有不少路程！下官见您的车、马都已陈旧疲惫，换上新车和壮马再成行吧，王县令肚里的一把算盘拨拉得很快，不论袁崇焕眼下怎样，就冲皇上对他恩宠的程度，日后不仅会官复原职，还会当更大的官！把他的腿抱紧了绝不会吃亏！他谄媚地堆着笑，几近哀求地请袁崇焕接受他的这番美意。

"行！"袁崇焕考虑了片刻，答应，那几辆车、马也确实是踯躅难行了。

坐在簇新的马车里，袁崇焕和陪送到城外十里处的王县令频频挥手致意，向南岭的山垭口驰去。

东至宜章的骑田岭，这里是湖南去广西和广东的分岔，往西南就是桂东的贺县，往正南是粤北的韶关。忽然，从第二辆车的厢座里传出韩慧乔的喊声："停车！停车！"

袁崇焕以为老娘要方便，就令车驶到一处小树林旁停住，让娘子下车去搀扶母亲。可过了好一会功夫，奇怪，不仅不见老母下车方便，连娘子钻进老娘的车厢里也不出来了。他跳下车，向后喊："么事？么事啊？"走过去，拉开车厢门，头探进去望。一见里面几个人，都像庙里菩萨似的沉着脸端坐着，母亲与娘子的面颊上有道道泪痕，似乎刚才哭过。"怎么回事？"他探寻地问。

"儿啊，我们这是上哪去啊？"从辽东宁远出来，韩慧乔一路缄默不语，这还是头次认认真真地说话。

"禀告娘亲大人，儿不是正陪您老人家回故里吗？"袁崇焕说。

"故里是广东，可家在广西，你究竟回故里还是回家？"韩慧乔不动声色地闭着眼又问。

"当然是回故里！"袁崇焕不明白还有啥疑问的。

"那好。儿啊，娘有个要求。"

"要求?"袁崇焕更丈二和尚摸不着头脑了。

"对,奇怪是不是?娘还有要求!从宁远到湖南,现在面前两条路,能去广东,也能去广西,你都没有问过一声娘有什么要求!"韩慧乔话里含怨。

"娘……"袁崇焕有些惶然。"娘有什么要求尽管吩咐儿,儿当以犬马相劳!"

"娘只有一个要求,就是回广西去。你父亲和你祖父都葬在那里,你弟弟现在还顶着你为亡父守制,我年纪大了,又双目失明,活不了多久了,也该去陪陪我的夫君了!"

"回广西?"袁崇焕傻了。回广西他不是没考虑过,可明朝廷有规矩,凡辞官的必须归故里,他的故里是广东,就得回广东,不得随意安置他处。"这……"一边是娘亲大人,一边是朝廷国法,究竟听哪边的啊?

"你不愿去也罢,娘必得去,你娘子也要去,她的家在广西,她要孝敬她的家父大人!"

袁崇焕觉得惭愧,他实在是应该陪母亲和娘子回广西的,可他又毕竟是回籍的命官,并未削夺官制,怎能擅违朝纲呢?他把这念头向母亲诉说了。

不说尤罢,一说老夫人火冒三丈,用手点着儿子训斥:"你还是死心塌地跟着你那朝廷,这丧天害理的朝廷害死了你祖父你父亲你大佬,你为国尽忠,朝廷反倒将你贬斥返乡,我们这家就因为朝廷支零破碎,可你对这个朝廷比对亲爹亲娘还要亲!你心里还有没有你袁家的祖宗、长辈!"

"娘!"袁崇焕竦竦地跪在了车厢前的路上,"儿岂不想供俸尽孝父母大人,可也是娘将儿送到学堂读书,期盼儿有出息光宗耀祖的!儿读孟子天下之本在国,国之本在家,家之本在身,修身齐家治国平天下。朝廷虽昏庸,但儿身已不属自身,知其不可为而要为之,虽遭贬还乡,可仍不敢将身休闲,望娘恕罪!儿伏乞恳求!"

"儿啊——韩慧乔哭起来,"做娘的大概只有这点自私了,总想把儿拴在身边,可现在娘是把儿养壮了放进虎口哟,你的心也已经野了,娘已拢不住你啦!去吧,你管你去闯荡吧,娘是为人之妻,不得不去守候你父亲的灵位啊!"

"娘!"袁崇焕也已是泪眼模糊了,他站起来,扶在车厢门口嘱咐阮伯蓉,"娘子,你带阿娟跟娘去,照顾好娘的起居,代我尽孝……"他抽咽地说不下去,手下一用劲,将门带上。

载着老母、妻儿、弟媳、侄儿的车"辚辚"拐向朝西的另一条道,缓缓驶去。

"娘——"袁崇焕扑跪在地,给娘送行,他不知道,此一别,尚不知何时能相见。

许久许久,已经听不到车马的辘辘声了,他才将沉重的头颅抬起来,以为视线里会一片苍白,可揉了揉眼睛,只见两个一高一矮的身影立在不远处撑满了他的眼界,"娘子? 阿娟?"他简直不相信这是真的。他一步步向她们母女走过去,问:"你们怎么没跟娘走?"

"娘不允,娘说要我们留下陪你……"阮伯蓉没说完,泪水夺眶而出,慌忙用手掩住脸。

"老豆!"阿娟向袁崇焕伸出小手臂。

"囡!"袁崇焕俯身一把抱紧女儿。

到达广州正好是崇祯元年元月,车马从大东门进城,大街小巷都在放东莞花炮,摆花市,卖油果、煎堆、异常热闹。透过车窗朝外张望,袁崇焕回忆起自己孩提时代在家乡放烟花的情景,恍若隔梦。他对广州的路巷并不太熟,车夫是在郴县由王县令提议更换的,说他们经常去广州办公务,对广州的大街小巷了如指掌,不会迷路,于是他任由他们带领,但绕了几道路口,他慢慢认出来了,车夫赶着马是在穿过豪贤路,向府前街直驶。"这是到何处去?"他问道。他曾进城前交代过,到江岸的天字码头附近找家隐蔽的小旅馆歇脚,然后搭乘客船顺珠江水而下返回家乡东莞,不要惊扰广州的任何人,可现在车夫似乎在朝广州府的衙门而去。

车夫别转脸,把他披在头上遮灰的布帽掀掉,笑道:"袁大人,下官奉命一路护送您!"好面熟! 袁崇焕认出来了,是郴县衙府的严师爷。

"怎么是你?"

"县令交代,因有皇上宣召旨令在此,不敢造次,一定要把袁大人安全送到广州府,移交给广州府的巡抚大人!"

"胡闹! 我不要见什么巡抚大人!"袁崇焕有些生气地说。

"袁大人宽恕! 下官不敢违令,若袁大人有甚节外生枝,下官定难保全小命!"严师爷露出哀求的神情。

袁崇焕心软了,人家混口饭吃也不容易,何必与他为难!"唉——"他长叹一声,修身修身,身已不能由己啦!"好,去吧!"任凭严师爷尽职了。

其实,王县令还打了个埋伏,他派了两名驿骑,赶在袁崇焕前面,到达广州府,向府衙通报袁崇焕已向广州而来,请他们做好迎接的准备。

袁崇焕的车马刚在府前的台阶旁停稳,就见广州巡抚徐同琢率文武官员峨冠博带伴着隆重的鼓乐迎接出来。施礼寒暄后,两边礼宾夹道,袁崇焕登上台阶,跨进朱门,向府衙大堂内走去。

行至堂前,堂内忽然涌出一群穿着宫廷礼服的人,为首的是一个太监,手捧黄龙烫金丝册,大喊:"袁崇焕听旨!"这一招王县令就不知道了,袁崇焕当然更不知道,皇上的诏令先发到郴县,大概知道难以留住他,第二道诏令又紧接着发到广州来了。袁崇焕赶紧下跪,回禀:"旧臣袁崇焕接旨!"

"袁崇焕韬略夙娴,危疆允赖,前逆党煽虐,委曲苦心,朕已鉴知。现起升兵部尚书衔,右副都御史,督师蓟辽,官居二品。着遵旨速来料理,付朕委托至意,不得推诿,钦此。"

袁崇焕犹豫了一下,没有说"遵旨"二字,仅以磕头作回答。宦官的地位已大大不如从前,太监宣完旨,便由人领到一侧去自便了,主角是袁崇焕。

"恭喜恭喜!"州府的文武官员们纷纷涌上来向他道贺。徐巡抚陪同袁崇焕步入宴会大厅,厅内早已备好为他洗尘的丰盛宴席,向他表示热烈的欢迎。

席间,袁崇焕终于从众人的口中知道魏忠贤等一伙阉党已被崇祯帝处死的消息。他意外之极!这才真正是喜讯,甚至比刚才皇上的圣旨还令他鼓舞!他无比兴奋,连连对左右州官们说:"原来如此!原来如此!皇上英明!皇上英明也!"说罢,端起酒杯与他们频频痛饮,他喜不自禁地想,阉党既除,又遇明主,这下大明有救了!辽边无恙也!越想越高兴,自己又端起海碗,斟满了酒,"咕噜咕噜"地往肚里灌,宁锦大捷以来,他还是头一次这么畅怀地喝酒!

"袁督师海量!袁督师海量!"

围在桌旁的官员们都端着酒杯向他恭维,谄媚地凑上来,一张张胖瘦不齐的脸浮着虚伪、奸诈的笑容。但这时候袁崇焕已分辩不出真伪,他被督师这一声称呼陶醉了!明国军队,文臣地位历来高过武将,统兵的文臣头衔最高的就是督师,一般是要大学士或宰相才能兼任;其次是经略,由兵部尚书或侍郎衔兼任;再下是巡抚,巡抚之下才是武将中最高级别的军官。袁崇焕辞职前仅是三品巡抚,现在却成了二品督师,可谓是青云直上,殊荣空前!官衔还是其次,主要这是标明他事业成功的极冠。

袁崇焕一家下榻在州府后院接待王公贵族的豪华宅院里,一道月牙拱门,门正中题有院名,曰"留园"。他被侍从扶入寝阁时已醉得不省人事,如一团烂泥。寝阁内炉火熊熊,温暖如春,阮伯蓉让侍从退出,说:"让我来吧,你们都去休息!"侍从退走后,她把门带上,解开袁崇焕的衣襟,替他把沾有油、酒秽物的衣袍换掉,套上轻便宽松的睡袍,扶他躺下。在隔壁的套间里,稍事沐浴,阮伯蓉带着女儿也卧床休息。如今她是尊贵的督师夫人了,她感到旁人投来一束束目光里含着的羡慕,可她自己只觉得一个字:累。躺下没多久,就浑然不觉地进入了梦乡。

一直睡到次日黄昏,袁崇焕才睁开惺忪朦胧的眼睛,实际上还是一名园丁在院子里清扫落叶的声音把他吵醒的。他坐起来刚发出一点轻微的响动,门外守候的侍从就轻步进来了,垂着头恭敬地问:"袁大人,有何吩咐?""夫人呢?""夫人带千金去逛花市了。""噢。"袁崇焕揉了揉脑门,觉得有些隐隐作痛。"袁大人起床,让奴才来服侍!"侍从说罢,上前代他穿衣服。下床后,侍从又端来洗脸水,这次袁崇焕没让他代劳,自己用巾帕慢慢地擦着脸颊。这个屋子对他来说还是陌生的,他缓缓地四周打量满墙满壁的豪华陈设,全是酸梨木的家私,还有西洋进口的座钟与装饰品,花架和几案上陈列着名贵花卉,他认出几种是米兰、海棠和绽开花蕾的仙人球,仙人球十年才开一次花,全为了应他的景才找来的吧?他的目光最后落在书桌上一封雪白的请柬上。

"这是谁发来的?"

他问,擦干手,走过去拿起来。

"回禀大人,是致仕回乡的朝廷翰林院编修陈子壮大人派人送来的。上午送了一次,下午又送来一次。"

陈子壮?好熟悉的名字!他马上记起来了,不就是那个与他同科中进士的广东南海人吗?陈子壮大名鼎鼎,当时是殿试第三名,光彩夺目的探花郎呀!他马上拆开请柬,见一行洒脱飘逸的行书写道:

"恭请同科、同乡袁崇焕大人光临敝府,薄宴小酌。陈子壮。"

不称官衔、品位,体现出主人看重的并不是袁崇焕的督师权势,而是他的人品和性情。陈子壮亦是个不随俗流、正直清廉的忠臣,他没加入任何党派,可他对魏忠贤的阉党危害大明王朝的江山非常忧愤。他在翰林院任职,天启五年时趁赴浙江作主考官时,出题暗讽君主被宦官小人蒙蔽的昏暗,被魏忠贤的亲信识破,罢官后贬回故里赋闲。对陈子壮的行迹,袁崇焕早就有所耳闻,敬佩之情难以言表,这次没料到不期而遇,而且大有殊途同归之感!他的酒彻底醒了,马上吩咐:"备车马,赴陈府拜访!"

"遵令!"侍从刚要出去,听见门外响起女儿的笑声,"老豆!"阿娟一头扑进来,手里拿着一枝红艳艳的木棉,"你看,漂亮吗?""几漂亮!花靓!我乖女也靓!"袁崇焕一把将女儿抱起来。阮伯蓉进来,脸上也荡漾着笑意,"还是家乡好,冬天在北方,哪敢到屋外去逛?不把鼻头冻烂!可这里现在就像春天,行行停停几惬意!""走!"袁崇焕放下女儿,"你们回来了正好,同去陈府拜访做客!"他重新吩咐侍从,备二辆车马。"陈府?哪一家?"阮伯蓉问。"万历47年,你陪我在北京会考时住在广东会馆,没定你还见过他,他叫陈子壮,广东举子,家里很有钱,会馆住了几天嫌差,就搬到杏园去住了,后来中了探花。"袁崇焕说了半天,阮伯蓉也没印象,正好车来了,他们就坐上往陈子壮的府第驶去。

陈子壮在市郊的珠江畔购筑了一座楼,自己命名为眺江楼。四周皆为平川田野,突兀中一幢滇红色的三层高宅,颇有些鹤立鸡群的孤傲之感。

当袁崇焕步上楼前台阶时,陈子壮正在教几个弟子读书,琅琅的念词传入袁崇焕的耳中,他听出是《岳阳楼记》,"衔远山吞长江,浩浩荡荡,横无际涯,朝晖夕阳……"他想起这次游洞庭,本该是去瞻仰一番岳阳楼风采的,领略范仲淹"先天下之忧而忧,后天下之乐而乐"的意蕴,可听说岳阳刺史为拍魏忠贤马屁,竟在岳阳楼边盖了座魏忠贤的生祠,便顿时极为扫兴,绕道避开了。

见袁崇焕到来,早有家僮去禀报陈子壮,课马上停了,他亲自迎出楼门,作揖施礼道:"有失远迎!有失远迎!袁大人光临寒舍,令吾蓬荜生辉也!"陈子壮细白的皮肤,清瘦的骨骼,比袁崇焕高出半个头,穿一身葱白色的绸袍,看上去比实际年龄要年轻洒脱,他比袁崇焕要年长,也该有四十五岁光景了吧。

袁崇焕圆礼道:"早仰慕陈大人大名,此次承蒙赐见,实不胜荣幸!"

接着陈子壮的夫人也携出公子来迎接,女流孩童们上侧室游耍嬉戏去了。

坐大堂正中两侧,陈子壮歉意解释:"袁大人,本来应该是鄙人登门去拜访您的,可实在是有难处,自打致仕回乡后,深尝州府里那些巡抚提督老爷们认富不认人、趋炎附势的炎凉滋味,对他们的嘴脸,鄙人是一见就恶心,所以实在不愿意登府衙那道朱门,委曲袁大人屈尊移步,光临寒舍,心里忐忑不安呀!"

袁崇焕全然没有这种繁缛礼仪养成的尊卑感,他无所谓地说:"陈大人不用客气,是应该我来拜望您嘛!一,我回乡,岂有不望一望同乡同党的?况且您还是我同科探花,早在我之上!二,您有这么一座世外桃源似的眺江楼,着实让人羡慕,您就是不请我,我也要来叩门求见的啊!"

见袁崇焕平易近人,陈子壮也就心宽踏实了。"听说袁大人在州府接到皇上的圣旨了?"他挑开话题问。

"是的,昨日甫抵城府,圣旨已在广州等我聆受!"

"袁大人之意如何?是复命还是拒绝?"陈子壮很关心袁崇焕的态度。

"这……"袁崇焕思忖片刻,"崇祯帝登极,忧勤畅励,殚心治理,现除旧布新,平整内外忧患,身为大明臣子,不应召恐怕有辱使命矣!"回答的这番话是真心的,他的确已经有些心动了,故打算不回东莞故里,在广州稍事停留就北上返京。

"看来袁大人已回心转意,要遵旨回返啦!"陈子壮长叹一声,似乎有些萎顿。

"陈大人有何高见?"袁崇焕看出他有衷肠欲倾欲诉。

"不瞒您说,鄙人前几日也接到皇上圣旨,召我回京任礼部侍郎!"

"噢?"袁崇焕高兴地一扬眉,"那好啊,朝廷里多个朋友,以后到京城也好多个去处!"

"袁大人有所不知啊！"陈子壮愁眉不展，"因鄙人在朝中做翰林院编修，学生弟子遍布科道，他们时常将消息传递与鄙人。现崇祯帝登极虽镇压魏忠贤及其阉党，可官场远非如此简单，依然荆棘遍布、陷阱横生啊！"

"噢？"袁崇焕一听，先前那种压抑的感受仿佛又浮在心头，"愿听陈大人指教！"

"崇祯帝现在起用的首辅是韩爌，内阁大学士是钱龙锡和李标等人，他们虽然为人清正，可他们毕竟是东林党人，东林党最喜欢搞党争，他们是不会放弃这种兴趣的！"

说到这一点，袁崇焕倒不很在意，韩爌是他的进士座主，对国家忠心耿耿，不会太妨碍辽边事务的。东林党人再搞党争，总不会象阉党那样横行霸道吧！

可陈子壮进一步说："糟糕的还有，六部中，已有几部重又被阉党分子所把持，譬如周延儒、温体仁，以及王永光！"

"王永光不是已退休了吗？"袁崇焕问。这人做兵部尚书时，正好打第一次宁远之战，他支持高第，想放弃宁远，把兵全撤回山海关，既无能又昏庸，虽对袁崇焕无大仇大恨，但袁崇焕对他的印象极差。"朝中还有谁？"他心思沉重起来，若是换汤不换药，光除掉个魏忠贤是远远不够的！

"兵部尚书已换了两任，先是阎鸣泰，现是王在晋！"陈子壮说。

"啊？"袁崇焕大惊失色，愣住了。他万万没想到王在晋会又回来做兵部尚书！他刚从福建邵武调任山海关时，就在此人手下当差，他提出设防宁远以保山海的主张，遭到过这位时任辽东经略的王在晋强烈反对，充分暴露出此人既胸无大志，又心襟狭小的毛病。后来遇到了对袁崇焕有知遇之恩的孙承宗，顶替了王在晋的位置，才开始拓建了宁远城。辽东防线因此变得坚如磐石。这段曲折的往事留下的刻痕太深，他永远不会忘记自己的艰难起步，可原以为走了魏忠贤会万事大吉，却不料又回来了两个拦路的大草包、大屎石！如何不把孙承宗请回来呢？要是熊将军还在世多好？袁崇焕的心里一下子又成了一团乱麻。"还是你好，"他神色游移地对陈子壮说："筑楼读书，闲云野鹤，当然还是别去做那种鸟官的好！"

"哈！"陈子壮强笑一声，"袁大人，您真以为鄙人想终日游手好闲，养尊处优，了此残生？"他摇摇头，"鄙人也是无可奈何啊！走，既然袁大人到了这座眺江楼，不能虚有此行，得欣赏一下眺江楼的景致，请跟鄙人来！"他带袁崇焕顺着柚木板铺就的阶梯向楼顶攀登。

站在顶处，眼界顿时开阔，如浮云际，如飘风烟，像换了个天地。"哦，此诗境也！"袁崇焕赞美。

"袁大人何不乘雅兴赋诗一首？"陈子壮鼓动。

袁崇焕没接口,自在腹中酝酿。他凭栏往东看,珠江水滚滚不息地流向大洋,海心沙如艘抛下锚链的帆船,在奔涌的潮水中沉稳不移;往西看,白鹅潭在佛手万千舞动般的日光照耀下泛着金色光波,如满江的游鱼在翻腾水花,景致真可谓气象万千、空灵浩渺。置身其间,胸襟被一股无形的万方气流撞开了,淤浊之气清扫一空。他的诗兴随即油然而升,润嗓吟道:

"层楼高百尺,形势控西东。人物兴亡外,川原指顾中。万家江杵月,一片锦帆风。薄醉吹空笛,登临兴无穷。"

"好诗!"子壮夸道。

"焉称好诗?"袁崇焕问。

"点睛之句是人物兴亡外,登楼超然物外也!"陈子壮会意。

"你我懂了!"袁崇焕感慨道,"陈大人,您并非是筑楼养闲啊!您是太忧虑太愁绪了,对国之兴亡耿耿于怀,无法排遣,只得借楼高眺江,以打开胸襟矣,是否言中?"

"果然你我懂矣!"陈子壮激动于默默中,两行清泪夺眶而出。

"老爷!"一个家僮惊扰了他们的情绪,"寺家的客人到了!"

"知道了,就说我马上来!"

"是!"家僮退下。

"陈大人,您有客人,在下告辞了!"袁崇焕作揖。

"哎,袁大人!鄙人的请柬上不是写清备薄宴小酌吗?您怎么能走呢?再说,鄙人今天请您来的真正目的还没达到呢!"陈子壮挽留。

"还有么事?陈大人尽管吩咐!"

"就与现在来的寺家客人有关。请下楼,我们会面细谈!"

陈子壮陪袁崇焕回到楼下。客堂的一幅"天溪苍松八仙对弈图"下面两把绿磁坛凳,坐着一胖一瘦两位穿着袈裟的和尚,见陈子壮与袁崇焕出现在楼口,立起来行礼。陈子壮马上作介绍,胖和尚叫释通岸,瘦和尚叫释通炯,分别是罗浮山三界神庙的道长和方丈。

"袁大人!"两和尚折腰如水畔垂柳。

"道长、方丈,幸会幸会!"袁崇焕深深鞠了一躬回礼。抬起身,他仔细地注视着释通岸,凝神地问:"罗浮山?就是我家乡在北面的那座罗浮山吧?"

"对对对!袁大人离家几十年,还记得故乡山山水水、一草一木啊!"

"哪里!我记得罗浮山,是因为我小时候去过二位仙道的三界神庙烧香,还有段故事……"袁崇焕话被释通岸打断了,胖和尚笑咪咪地接口说:

"这段故事罗浮山人人皆知啊！说袁大人小时候背上生了个疮,怎么治也治不愈,老夫人就背着您到罗浮山给三界神烧香,求神保佑您。她老人家见三界神的背上有个石仔碰烂的小洞,就虔诚地捏了团泥把洞补好,奇迹便发生了,袁大人刚回到家,背上的疮就消失了。因此,人们都说袁大人就是三界神的真身啊！"

"哦！"袁崇焕十分惊讶,"你们都把它传得如此神乎其神？"

"不是我们传的神,袁大人真的是神啊！"

"袁大人！"旁边的瘦方丈开腔了,"道长与本道早就听说袁大人要返故里,昨有州府官员赴罗浮烧香,称您已抵达广州,道长与本道立刻马不停蹄赶来,求陈大人出面请您赏赐一见！"

陈子壮证实:"他们昨日就到了,催鄘人给您下帖子。"

袁崇焕问:"二位仙道不用客套,有么指教？我袁某人甘愿效劳！"

释通岸接口说:"前年一场火灾,恶鬼煽风助势,将三界神庙烧毁。该庙乃罗浮圣地仙境,保佑我四方八邻众生平安祥和,庙毁我等无处安生事小,误香客敬神求神事大,本道忧虑不安、食寝不宁！四处募捐款项,试图重修庙宇,普渡众生,可效果甚微。今求袁大人真神化身,写一篇疏文,畅晓论理,以向各方乡绅筹款资助,定下开工日期。此具声名号召也,万望袁大人勿推辞,万谢万谢！"他说完,又和释通炯反复致礼。

"不敢当！不敢当！"袁崇焕还礼,琢磨道:"二位所托,在所不辞,在下文笔鄘陋,既然承蒙错爱,无妨一试。只是……"他为难道,"我儿时赴罗浮,现已无甚印象……"

"袁大人可以亲临庙址视察！"释通岸邀请。

"在下当然愿意重游罗浮胜景,可是这一去一回,时间……"

陈子壮明白袁崇焕的心思,就插话说:"袁大人如定下主意返京赴任,用州府快车快马赴罗浮两天时间写毕疏文来回足矣。如想在故里长住长歇的话,便更可在罗浮云游一番。除非另一种急情,皇上再下圣旨,限刻抵京,则另寻机缘,道长和方丈也不会不理解袁大人的苦衷,当否？"

袁崇焕笑道:"陈大人不愧为翰林院饱学之士,乃我尊师,给在下指出三条道,何去何从？"他向两和尚施礼道:"容在下再思虑一宿,明日天晨给二位仙道答复,如何？"

"恭候！"道长和方丈又一次做垂柳状。

"请！便宴小酌！"陈子壮向餐厅指道,同时朝袁崇焕表示歉意:"委屈袁大人用斋,如何？"

袁崇焕意味深长地回答："未到罗浮，已到罗浮矣！"

斋宴毕，袁崇焕携妻、女告辞归去，回到白兰花飘香的州府"留园"。

阮伯蓉和阿娟白天逛街，晚上赴宴，已累得精疲力竭，早早便睡了。袁崇焕却心绪翻腾，难以平静，在厅堂皇时而伫立，时而踱步。

是夜明月高照，繁星点点，袁崇焕索性拉门站到园子里漫游起来。凉风夹着浓郁扑鼻的花香吹在脸上爽而不寒，煞是惬意，他更是脑眼清醒，思绪万千。可一切都是混杂的，过了许久，他想沉凝下来，梳理一番自己的思维，究竟在考虑什么？可一片模糊。宫廷、皇上、辽边、和尚、罗浮、妻女什么都有，但又，什么都无。他拍了拍脑门，自嘲道："是得了释通岸、释通炯的什么仙道啊，怎么脑子里神魂颠倒的那么虚玄！"神字一出口，很怪，他马上意识清晰了，神？对了，他头脑里全占满了一个神字！是三界神在作祟！

回到房间，他唤来侍从，令寻一卷罗浮史料来。"这息，怕是只有到岭南书院的学政老爷家去寻了！"侍从思量道。"不管你上哪去找，找来便是！"袁崇焕很着急。

"哎，遵命！"侍从退去。

片刻，侍从气喘吁吁地跑来，手里捧着泛黄的书册，"袁大人！袁大人！找到了！""很好。"袁崇焕接过书，顺手塞去一块碎银。

烛灯下，袁崇焕打开这本名为《罗浮清月山居杂录》的旧书，查阅有关三界神庙的记载，翻了几页，找到了，原来三界神并非广东本地之神，而是广西浔江上游贵县的一个姓冯人家的祖先。他的心又怦然而跳，难道这三界神真的与自己有关？自己的第二故乡实际上是在藤县，藤县就在浔江的下游啊！两县是一脉相通、一水相承的！他又继续看下去，何谓三界神？释为天、地、人三界也！他推开书卷，倏地站起来，愣了半晌，然后缓缓地离开书桌，靠在窗前望着泻地如银的月光沉思。是啊，神并非仅存于天际和地藏，也在人灵现，人也可以成为神，人的精华就是神灵的体现！《中庸》里不是说过，"至诚如神"，《礼》里也说，"清明在躬，志气如神"，《孟子》里讲："圣而不可知之谓神"。其根结在于善、明、学、清、廉，则人与神也二而一之，一而无容二也。为什么极大多数的人不能成为神呢？就因为他仍与物相逐，障翳了灵气，继而善恶不分，终日昏愦，六神无主，行尸走肉，无复人伦，离神灵越来越远。长久以往，人皆忘记了自己也能成为神，就以为人不灵而神灵，觉不灵而梦灵，天地不可人测。人若是改变现在顾眼前的不顾身后、见人而不见天、严于人所见而不严予人所不见者的状况，那定会有神来贯通，一俟诚信，神便附身，以至山河、昆虫、草木，俱有神气。到时不必问哪有神、哪没有神，神之何氏、何始，会将是事事、处处都有神助矣！

想到此,他十分惭愧,晚上在释通岸、释通炯面前,自己是遇神而不神,犹疑万千,足见自己尚非神也!试问自己对神犹裹足不前,若放马辽东,何有神之仙气保证再战夷贼再胜?朝廷忠奸混杂,自己贸然闯入,何又辨别真伪?无神之韵,怎么能肯定自己不成为逆党的刀俎,或混于逆党间同流合污?无神则如履薄冰,如临深渊,稍有不慎,后果不堪设想。三界神啊三界神,您是否专为我而来,警醒我启示我勿入歧途啊!

他回到书案前,重又捧过《罗浮清月山居杂录》吟读,渐渐地,视线朦胧,睡意袭上,垂下脑袋伏在书卷上……

天大亮,袁崇焕一觉醒来,发现自己躺在床上,阮伯蓉在他床畔的软椅上斜靠着,眼睛望着窗外的景色,"这……"他记得昨晚是趴在书案上的。见他睁开眼,阮伯蓉便说:"是侍从怕你着凉,伺候你躺到床上的!""哦!"他长长地舒了口气,手搁在胸前,神色非常怡然、平静。阮伯蓉转过身来,问他起来吗?要伺候他穿衣。他嘴角浮着笑意,微微摇头:"不,我再躺一会儿。阮伯蓉又问他饿吗?要替他端碗皮蛋瘦肉粥来喝。他依然是摇摇头,说他不饿。"啊,你现在真有闲心啊!"阮伯蓉叹口气,她对前程未知,全家还是如此漂泊深怀忧虑,她对丈夫的选择从不干预,但不等于心里毫不关心。"相公,我们该离开了吧?是回东莞故里呢?还是遵旨北上?""娘子,你说呢?"袁崇焕反问她,神态非常认真。"我?"阮伯蓉噎住了,她不好说,她觉得上哪都有难处。"我考虑好了,回东莞,先上罗浮山!"袁崇焕胸有成竹地说。阮伯蓉闻之漠无表情,起身离开了。

过了一会儿,袁崇焕起床盥洗,用了早餐,向州府前院走去。

他告诉巡抚徐同琢,他预备今天动身。

徐同琢一副巴结的样子,点头哈腰说,"本府原想恭请袁大人在广州多逗留几日,为我岭南风貌点赐一、二,可不敢耽搁袁大人应皇上宣召之旨令……"

"徐大人!"袁崇焕打断道,"在下不回北京,而是赴故里罗浮山云游。"

徐同琢以为自己听错了,"什么?罗浮山云游?取道罗浮山赴京师?"

"不是,在下辞官归去,现在赴罗浮游山。"袁崇焕又重复一遍。

徐同琢还是不明白,问:"那么皇上的圣旨……"

"哈哈哈……"袁崇焕只是一阵洒脱的大笑,不再做回答,告辞而去。

回到留园,他吩咐侍从代他收拾行装,然后又通知陈子壮让释通岸的车马来接他,便回他屋里整理个人的什物。忙了一阵,他忽觉怎不见娘子的身影?正纳闷,女儿阿娟跑来,说,"老豆,娘在床上流泪呢,你快去呀!"小手拉着他的衣襟就拖。"乖女,老豆去看看!"他抱着女儿来到隔壁套间。"娘子,有么事?"他坐到阮伯蓉身边,俯身问,用手抹去她脸上的泪痕。

"相公,"阮伯蓉哽咽地握住他手,"狠毒莫过帝王心,你不服从皇上的旨令,回罗浮山,会不会遭迫害啊?皇上一怒,降罪下来,你我死了也罢,可别诛连九族,女儿还小哩……"袁崇焕沉默,稍顷,他嗓音低沉地说:"如果我不接旨令,皇上就要砍我的头,抄斩满门,那我就是领旨去赴任了,又怎能保证他今后不会因个什么岔子来杀我呢?是福不是祸,是祸躲不掉!顺则生人生物,逆则成仙成佛,如今三界神找上门来了,说明我该成一回仙,还是去吧!去了罗浮再从长计议。放心!"他安慰娘子,"纵使我抗旨,皇上也不会一下子就起杀心,毕竟是辞官不争官,我不做,会有人抢着去做的!"经他这么一说,阮伯蓉的心情缓解许多。

他们收拾完毕,释道岸、释通炯的马车也到了州府门口,在以徐同琢等一批州官的送行下,车载着袁崇焕一家驶出府前街,出广州大东门,向东南方向驰去。

徐同琢见车马从视线里消失,马上下令:"快!快!飞报京师朝廷,袁崇焕抗旨奔罗浮山!"

罗浮山的罗浮,本身就是佛教里一个与罗汉、佛陀齐名的和尚的名字,据说山中有二十四个仙洞。昼夜不停地向外弥漫仙气,但没有人数清过,因而山间充满了神秘与玄妙。

进入山界,清波荡漾,凉风丝丝,巍峨林峰、迷茫云海扑面而来,使人顿觉有尘世隔绝在外之感。

释通岸将袁家安顿在一条清澈见底的小溪边的屋里居住,他说这里是罗浮山目前条件最优越的住所,是万历年间神宗的御医来山中采草药时建造的。进了屋子一看,果然不错,共有大小四间,屋里用上等柚木做的床、柜、案几家具,一应俱全。释通岸早已嘱咐两个小道伺候起居,每间屋都生起了火炉以驱除湿寒之气,既干燥,又有股清香的木炭味,一问,小道回答说烧的是楠木炭。

正打量屋子,阿娟已跳到她自己房间的床上翻起滚来,忽然,她惊叫:"老豆!娘!快来救我啊,我好怕!"袁崇焕赶紧冲进去,阮伯蓉也疾步跟来,顺着女儿惊恐的手指处,见原来是只硕大的蟾蜍从床尾跳下地。他笑了,抱起女儿安慰道:"勿怕勿怕,是只蛤蟆嘛!"阿娟跳下,拎起只鞋子,说:"那我砸死它!""不要!"袁崇焕赶紧制止:"不能杀生!罗浮山的生物都是转世之灵,没准它上辈子和我们一样是人,还是我的长辈呢!千万别有悖天理啊!"他谆谆劝诫女儿。一旁的释通岸双手合十道:"善哉!袁大人已得道矣!"袁崇焕也合十回礼:"少少、少少矣!"

寺院专门请了个村女来给袁家做荤饭。吃的第一顿,肉不多,鱼却异常丰足,全是山间河溪里捕捞的,说是捕,实际上多的只需用手拾便行了。鱼肉鲜美嫩香,对他们三个生活在北方几乎忘了河鲜滋味的人来说,好似吃了天宫珍馐般的过瘾。

饭后,夜已幽深,山里起雾了,大团大团如棉絮信的雾气从窗缝间渗进来。小道将炭火拨旺,雾便在窗外化成了汽体,滴滴水珠淌在窗台上。

阮伯蓉领女儿先躺下,袁崇焕照例在书案前坐定,慢慢地摊开纸,磨起墨。他沉吟片刻,记下一首诗:

"少小辞乡国,飘零三十年。敢云名在榜,深愧祭无田。邱陇棠梨在,衣冠手泽传。夕阳回首处,林树郁苍烟。"

诗句优美,文彩沉重,他自己挺满意。写毕,他问:"娘子,你说我跟你父亲读书,令尊嘱我将来要学而优则仕,仕而救国,现在见我这番境地,他老人家会失望吗?"

阮伯蓉没回答,原来已睡着了。

他笑着摇摇头,又记下一首诗:"四十年来过半身,望中祇树隔红尘。如今著足空天地,多了从前学杀人。"写罢搁下笔,自语道:"一场空,一场空啊,仅仅学会杀几个人!"

忽然,阮伯蓉"咯咯咯"笑出声,坐起来,嘴里说:"戏水戏水!"袁崇焕知她做梦,坐过去拍拍她脸:"娘子!娘子!醒一醒!"阮伯蓉懵懂地睁开眼。"你做什么梦?""我梦见自己在山泉里像鱼一样游水……"阮伯蓉回答完又躺下。"真的?那太快活自在了,我也来发一个这般美妙的梦吧!"说着,他脱衣上床。可刚躺下,他又坐起来叫道:"这哪是梦?这是真的,水就在床底下!"阮伯蓉真的醒过来,问:"水就在床底下?怪不得我听到溪水叮咚的在耳边响!""是,没错,肯定有条小溪从这石屋下淌过,它还在唱歌哩……"袁崇焕侧耳在枕上,边听,边露出了会意的微笑,喃喃道:"不是溪水在唱歌,是山神在念佛经呵……"

离群索居在石屋,听着淙淙的溪水伴唱,袁崇焕先写了一篇《重修三界神庙疏文》,内容大致就是那天在留园的深夜所思所想。之后又写了两篇《募修罗浮诸名胜疏》,第一篇写道,我生平有依恋山水之癖好,纵然是荒山野岭中的一丘一壑,都要留连再三,不忍离去。所以公务在身,要常常出门在外,就乘便跑遍了大半个中国。但罗浮山洞天仙境,仅离我的故里四十余里,我除幼时登过一次山门,之后再无闲暇盘桓其中,尽顾了边外,而忘了故乡,罪过!今冬我告官归来,隐隐中觉得罗浮是我的归宿所在,是不是能造一间房子在山中,以度残生呢?尽管君主又召我出征,派来的使者在路途络绎不绝,可我的念头越来越想在山林做主人矣!山中的道士亦劝我别再远行,他们要我的疏文能够招来绅土们的金银,诚意可嘉。现在我在山中,连一匹马,一辆车都没有,哪里走得脱啊!释通岸、释通炯道人对我畅谈了谋构山中各院洞的新奇想法,要在罗浮山的所有冷僻处,游人走不到的地方,都用弯洞贯通,这样罗浮诸、胜就能让世人观览走遍。而且还要在洞里都写上书法刻上字,让游人尽雅兴受熏陶。我很赞成,山一向是以静为主体的,因无干扰,自始自终很是寂寞。现在让山灵多一点乐趣,多一点声音,让更多的人来观赏、了解山灵,可以减少它的冷孤。道人们又对我说,自从有罗浮山以来,官府为保山护林,专门立了法,可山中阉堂观院,造了毁,毁了造,不知反复了多少遍,人们都以为神灵是过眼的空花,浮生的泡影,殊不知山灵是和宇宙合于一缘的啊!怎么也说服不了凡人们,于是道人们都觉得为山灵所累了。我以为,最好说服人们的办法,就是让人也成为神灵。你如果只说山比人灵,仙人最终安在?死了,可山终古长存。那我就说不对,山经常变化,经常也停止变化,停止的才叫山,而人是一个绵延不绝的旅途,旅生旅死,始终是人,人灵是不比山灵差的。人一旦觉得自己也是神灵,那他就不会来毁山啦!在此,我劝众善信之人,修身养性,尽一份应有的力量。

第二篇是因为觉得第一篇所谈募款之言太轻,又补加几段。他说,昨日过三界神庙旧址时,释通岸高僧对我说,庙里的憨大师先前入寂时曾说,"三十年后我生还,以宰相的身份来修庙宇大殿!"我笑大师痴矣!何不说,"愿天下有善情者来重修大殿"呢?我不就是因善缘有情而来的吗?只是我为官这些年,并未积攒多少钱,仅三百银,全数资助给罗浮名胜。望四乡村邻,相告呼唤,出资出力。新庙盖成后,并不是要众人求神积累财富,而是都能得些神仙之气,父亲勉励儿子,兄长勉励弟弟,大家做神不做鬼,不要互相攻击、猜忌,尔虞我诈,过太太平平的日子。

疏文完成,交给释通岸,袁崇焕便天天带着娘子和女儿去踏遍罗浮的每一寸山山水水。有时阮伯蓉和阿娟跑得腰酸背疼,不要玩时,他就一个人兴致勃勃地继续云游。

一天,他拉着娘子和女儿来到冲虚观,认真地说。"在这里造幢房子,隐居成仙如何?"阮伯蓉问:"真的?""当然是真的。"袁崇焕点点头。阮伯蓉未置可否,反正她现在觉得相公无论是出是隐,是进是退,都像是走在薄冰上,不知何时就出现了个窟窿,落到深不可测的深渊里去,可她不愿意把自己的这种感受讲出来,怕他烦恼、难受。"老豆,隐居成仙是么意思?"阿娟天真地问。"就是餐风饮露,乘虚御风,遨游天地,逍遥自在。"袁崇焕回答。阿娟似懂非懂地说:"就是快活的意思吧?""对!"袁崇焕点点头。"可是我看只有和尚住山里呀,你又不是和尚!"阿娟似乎有些不太情愿。"你这么小就知道尘世的享受、脱俗的清苦啦?"他点了一记女儿的鼻子,"看来人要成神灵也难啊!"

冲虚观是座废观,四野里静悄悄一个人影也没有,袁崇焕看中它是因为有废地基可以利用,能省点银两。阮伯蓉却感到此地清寒幽深,怪瘆人的,就催促:"相公,咱们快点回去吧,以后再商量!"他们慢慢往回走。忽听身后有窸窸窣窣的碎叶声,似乎有人潜遁的脚步在响动。阮伯蓉吓得轻轻抓过女儿的手不敢大声呼吸,袁崇焕警觉地握紧了拳头,浑身运劲轻提起来,忽然,他腾空而跃,在半空中作了个大回转,脚刚落地,就马步、弓背地大声问:"何方神圣是也?"没声音了,僵持了片刻,一个壮实的汉子从棵巨树后闪了出来。

"祖大寿?"

袁崇焕吃了一惊。"袁大人、夫人,近来无恙呀?"祖大寿行了个大礼。"你什么时候来的?"袁崇焕怔怔地问。"今天刚到,听小道讲您往这方向来了,就在此等候,想试试您还有没有习武的警觉。还行!功夫没丢!"祖大寿憨憨地笑着说。"来干吗?"袁崇焕问。"是特意来……"祖大寿话刚开个头,袁崇焕顿时明白是怎么回事了,忙打断道:"噢,这真是千里有缘来相会啊!走,咱们回去!"

路上,祖大寿又几次挑起辽东的话题,都被袁崇焕截断了,岔到别的地方,向他介绍罗浮山的名胜风景、寺院庙观、珍稀草木等等。在一道岔路口,袁崇焕让娘子和女儿先回去,自己领着祖大寿走另一条道。祖大寿以为这下要问他宁远的事情了,可袁崇焕什么也不问,默默地走,一直走到三界神庙的旧址,让他在一所烧坍半边殿顶的庙宇下稍等片刻,他离开了。

祖大寿开始以为袁崇焕是去找人,可左等右等,再也不见袁崇焕的影子,他急了,刚欲跨出去,一个端着盘子的小道迈进来,笑嘻嘻地说:"祖大人请用餐。"说罢,放下盘子在地上。盘里一碗米饭、两条葱煎河鱼。"吃饭?"祖大寿莫名其妙地问,"袁大人呢?""他走了。""走了?"祖大寿瞪大眼睛:"他把我抛在这里,自己走了?走到哪去了?""他不让说。"小道俱实回答。"好哇!"祖大寿愤愤地嚷,"我从辽东马不停蹄地赶到这里,好不容易找到他,他却让我吃闭门羹!""袁大人说让你睡在这里,一会儿我给您去拿被褥!"小道好言安慰他,以为他是个流浪汉呢。"不用,我要去见袁大人,你带我去!"祖大寿殷切地恳求小道。"不行,不行,袁大人再三嘱咐我,不让我讲他的石屋地方……""石屋?""不不不,看我这张烂嘴!"小道自责地抽了自己一个耳巴子。祖大寿见状,不再难为他,径直跑出去,四处寻觅,边寻边大声喊:"袁大人!袁大人!你出来!你出来!你怎么不见我?你为什么不愿见我?"喊声在树林里回荡,惊飞了一群群栖息在树枝上的翠鸟。小道恐慌地追上来,阻止他,"别喊!别喊!这里是佛家禁地,不能惊扰。"可祖大寿哪管这些,依然声嘶力竭地喊。小道无奈,只好暗地里用手指了指东南方向:"你往那去,有条水涧,就在水边……""谢谢!"祖大寿顺着小道所指方向寻去。果然,在山涧边,见到一幢石头垒起来的屋子,可是门户紧闭,似乎像无人居住。祖大寿"咚咚咚"地擂门,"袁大人!袁大人!你开门!开门!你为什么要如此待我?啊?你知道吗,我为了来找你,没日没夜地骑了十天的马,中间只睡了四个时辰!没想到,现在到你跟前了,你却变了个人!变成了冷酷无情的负心汉!"祖大寿越说越气,索性愤慨地骂起来:"你丢下宁远的官兵乡亲不管,自己躲在这罗浮仙境里享清福,你还算是英雄好汉吗?你成了个懦夫,成了个胆小鬼!成了个私欲熏心的窝囊废!你简直就像辽东的熊瞎子那么愚蠢,你比魏忠贤还要残忍!你以为成仙了,辽东的山、辽东的水、辽东的人就会忘却了吗?你忘记了他们,他们不会忘记你!他们就是变成鬼,也要来找你,找你作主!找你算帐!因为你永远是他们的主公!主心骨儿!你不会安宁的!你不会得到安生的!你不信?我给你看看这封给你的请愿疏,几十名将官都签了名,所有的兵士推举代表也签了名,宁远的老百姓也全让年纪最大的寿星代替签了名,请求你回去领兵抗夷守边。袁大人,我祖大寿请你请不动,这么多人的面子还不够大吗?"他急得快哭出来,"袁大人,你就开一下门,看看我,听我说几句嘛!你不答应,我怎么回去交代啊!"尽管他如泣如诉地嘶喊叫骂了老半天,石屋就仿佛就块巨石似的,不开一条缝,没有半点回音。祖大寿深深地失望,他悲伤地说:"好吧好吧,你就成你的仙吧,享你的山中清福吧,我走了,走了。袁大人,夫人,告辞了!"说完,掉头迈着沉重的步伐离去。

石屋里,袁崇焕正在默默地收拾行装。阮伯蓉在一旁搂着女儿流泪。"相公,这次你一人前往,也不知何时能归来,不知能否安然无恙地归来!""娘子,你带女儿去藤县找娘,也去侍奉侍奉你父亲。不要管我,我会回来的,会回来找你们的!"袁崇焕安慰、叮嘱。"相公,你不是说要在罗浮筑屋隐居的吗?"阮伯蓉恋恋不舍地问。"是啊,"袁崇焕喟然长叹,"我是这么想的啊,可怎能遂意呢?宁远边城,是我和将士们经营建造起来的,我离开了,军心民心就会溃散。一旦宁远失守,八旗大军就会长驱直入,攻打京师。大局就危了!唉,在这危急关头,似乎我像个顶梁柱似的。可我不久前还像块破抹布,被人弃之一边而不顾。我究竟是个什么人呢?"他望了一眼娘子的泪脸,"十余年来,父母不得我为子,妻孥不得我为夫,我是个什么样的人啊,是一个大明国里的亡命徒吧!"

破庙里,祖大寿把腰带解下来,悬在梁上,系个圆套,他跪地朝北,磕了几个响头,道:"爹、娘,宁远城的父老官兵们,大寿请不回袁大人,无颜回去再见你们,宁远城误在我手里,我罪不容诛,就让我自裁吧!大寿若落进阴曹地府变做鬼,辽东正在与夷贼交战的话,定会助我明军一臂之力,奋力杀敌!"言里,他站起来,踮起脚,将脖子套进绳圈……

"嗖"地声,一块石片如利刃般旋飞过来,将带子割断,祖大寿"扑嗵"掉在地上,他还以为是自己身体太重,绳下被崩断了呢,可抬头一看,袁崇焕站在身后,明白是他救下自己。"想死? 大明封疆危如累卵,破在旦夕,你想死个安生?"祖大寿听了这话,犟着头颈反驳:"死又怎样? 总比你躲在石屋里想成仙强!""我有难处,"袁崇焕承认,"皇上虽裁处了魏忠贤阉党,可朝廷里还有王永光、王在晋、王之臣这样的昏庸之辈在把持军机大权,我纵有三头六臂,也是如孙悟空被念了紧箍咒,无计可施,所以我不想领圣命!""可你要是不出山与他们去抗争,他们就会永远赖在那些生死攸关的位置上不走。你不回辽东做督师,王之臣就还做他的辽东经略,你能容忍他们那样糟蹋大明江山吗?"祖大寿殷切地说。"宁远现在如何? 王之臣想做啥?"袁崇焕焦虑地问。"想干什么? 你又不会再去那鬼地方,关心有啥用,我还是不说罢了!"祖大寿卖起关子来。"好兄弟,你快告诉我,我都快急死了!""急死了? 急死了刚才为啥不开门见我?"祖大寿忿忿地说。"哎呀! 我现在又不是二、三十岁的年轻人,我早已过了不惑之年,要把定下来的生活再转向,能不假思索就答应你吗? 我总要斟酌再三,和娘子有一番商量、交代……""那你现在决定了吗?"祖大寿急切地问。"决定了,回去! 回辽东去!"袁崇焕晃晃拳头。"那太好了!"祖大寿兴奋起来,"这下王之臣的小日子算到头了!""王之臣做了些啥缺德事?""这老小子总想把宁远城给撤了,这不,先是把洋炮全调到山海关去,说那儿更需要。现在又卡我们的粮饷,说朝廷已断了定远的额数,兵士们怒不可遏,都快闹兵变啦!""啊?"袁崇焕倒吸口凉气,"那怎么得了?!"他心急如焚,在原地打转,自语道:"快! 快! 快回到辽东去! 守住宁远,守住宁远!"

释通岸将袁崇焕的三篇募捐疏文用正楷字抄在绢帛上,后面署着钦命督师辽东山海等处地方提督军务正二品兵部尚书衔兼都察院右佥都御史里人袁崇焕,又替他勾了三百银两的数目,然后送到各个大宅大院去化缘。效果奇佳,袁崇焕在故里名声显赫,他领了头,谁敢不认? 重修三界神庙的款项很快捐齐了。道长和方丈兴高彩烈地跑来石屋想告诉袁崇焕喜讯时,只见到孤寂的母女俩在黯然神伤。阮伯蓉告诉,"袁崇焕已远行北上。"释通岸赶紧诉陈子壮,想请他代为在广州为袁崇焕饯行。

陈子壮请广东名画家赵悖夫画了一幅孤帆远行图,岸上有妇女三人、幼童一名相送,大概是指袁崇焕曾言及的宁远家中三个女性:老母、娘子、弟媳,幼童便是女儿。陈子壮在图上题了四个字:"肤公雅奏",又注诗:"曾绶带高谈日,黄石兵筹在握奇。回纥传呼喉郭令,召公受策自淮夷。追锋北向趋三事,露布东征宠六师。此去中兴麟阁待,燕然新勒更何辞。"黄石公保留的《太公兵法》是汉代大将张良的秘笺,这里喻袁崇焕为张良,"郭令"又将袁崇焕比作唐代名将郭子仪。这两个比喻有警劝之意,因张良在立了大功后即告隐退,才避免给猜忌残忍的刘邦所杀,郭子仪也如此,他提醒袁崇焕要及时地把握机会,功成便早退,免得殆误自己性命。

在陈子壮之后,又有广州名士梁国栋、黎密、傅于亮、陶标等十九人题了赠诗,都含有戒劝之意。

但,他们没能把图交到袁崇焕手中。阮伯蓉母女俩返广西路经广州,去探望陈子壮时告诉他:"袁崇焕早已远行北上矣!"

第七章　在劫难逃

1. 请赐帑银平兵乱

　　双座马车载着袁崇焕和祖大寿日夜兼程地朝正北方向疾驰。每到一个驿站，广州府派遣的车夫就亮出皇上宣召袁崇焕进京赴任的圣旨，大喊："换马！换马！贻误钦命当死罪！"再强壮的马在皮鞭抽挞下跑完这一程，都得吐血趴下，但只要路途还在前方延伸，这索死马命的喊声就在苍凉的天空下发出急迫、凄凉的回响。

　　就当袁崇焕心急如焚地渡过黄河之际，实际上宁远缺粮少饷，肚皮里的怨气已积压到顶点的兵卒们发动的兵变已经开始了。本来他坐镇宁远，兵卒们哪怕再苦再饿，也不敢闹事，因为他们信赖他。他一走，满桂和赵率教尚能镇得住，但心怀鬼胎、唯恐宁远不乱不垮的王之臣有意要拆散袁崇焕在时凝聚起来的这个坚固指挥堡垒、统帅集体，他勾结王在晋，将满桂调往大同，将赵率教调往蓟县，然后将自己的亲信毕自肃派到宁远任巡抚，压制原班人马中剩下的祖大寿、朱梅、何可纲等。最后祖大寿也南下去找袁崇焕了，宁远再无猛虎般的人物能镇住山林，王之臣将粮、饷一断，想用这种手段卡断宁远据点的脖子。宁远的兵卒们马上就冲出了兵营，抓起毕自肃、总兵官何可纲、副总兵官朱梅以及参将左辅、谢尚政，扣留在谯楼上，然后占领了全部城墙，竖起了反叛旗帜。

　　天未亮，崇祯帝做了个恶梦，猛然醒了过来，刚才梦中的可怕景象似乎还在眼前浮动，一个凶神恶煞似的番鬼，瞪眼吐舌，举着大板斧向他砍来……他历来对女色毫无兴趣，每晚太监给他挑一个国色天香的美女赤身裸体地抬进来放在他御榻香被里，都被他赶跑了，他内心是想安静，想睡个安稳觉。但痛苦的是，尽管每晚都没有任何人来打扰他，他却没有睡踏实过。这段日子他最怕上朝，一坐到龙椅上，就会看见兵部尚书王在晋向他奏疏，宣称夷贼皇太极已陈兵数十万，今天到了哪里,明天又到了哪里,仿佛马上就要杀进王宫来似的。王在晋的话,一半是真,一半是卟唬,他为了稳定自己的地位,怕袁崇焕回来挤掉自己,就成大弄些真真假假的敌情来刺激崇祯帝,让他不得不依赖自己。果然有效果,崇祯帝又怕见他,又希望见到他。廷臣们都向圣上推荐袁崇焕,可袁崇焕拒绝领旨,崇祯帝还能依靠谁来抗夷呢? 不只能靠这个兵部尚书了吗? 尽管崇祯帝已经厌恶透了这个一眼就能看出愚蠢的糟老头子。他唤来内侍,说要起床。

"万岁爷,天色尚早,启明星还高悬在天空上呢,您不再睡片刻?"侍从太监好意地劝他多躺在床上享享福。

崇祯帝听了这话倒有疑念:"为何让我别起床? 是宫外有何不妥吗? 夷贼已杀进京城?"

"不不不,"太监吓得伏地叩头;"太平无事! 太平无事!"连忙服侍他穿衣、洗漱。

用毕早餐,崇祯帝站到朝东的左安门护栏前的平台上观看日出,他觉得日出能给他力量,因为帝王就仿佛是天日,每日帝与日同出相会,便能受其无穷元气。他一直望着喷薄的红日缓缓跃出紫禁城护城河两岸的杨树梢顶,爬到他仰视的角度位置。这时,有个像球体似的人物连滚带爬地在他脚下台阶上蠕动,老远就跪着不动了,大声禀告道:"万岁爷,接到午门传报,袁崇焕奏请皇上赐见!"

"王在晋不见!"崇祯帝一听有人求见神经都紧张了,料定必是王在晋无疑,他生气地大嚷:"夷贼若杀进宫再报朕,若在封疆滋事,他兵部尚书无奈,要他这个官儿做甚?"

"回禀万岁爷,"那人伏在台阶下更正,"不是王在晋,是袁崇焕!"

"袁崇焕?"崇祯帝有些不敢相信,"是那个广东的袁崇焕? 朕发了几次诏令都没领旨的袁崇焕?"

"正是。他现在来复命领旨了!"那人知道皇上喜悦,所以话里含着笑音。崇祯帝望着鲜艳欲滴的红日咧开嘴笑了,自语:"今天是个好兆头,天日终于把袁崇焕给送来了!"他大声道:"传朕的旨令,一个时辰后,朕在此地平台上召见袁崇焕! 同传韩爌、钱龙锡、王在晋陪见!"

"遵旨!"来人又像一只皮球似地滚下台阶,退去。

定下一个时辰的间隔,一是想准备一番衣着,二是理一理思绪。崇祯帝知道自己年轻、资浅,所以平时特别要求大臣们必须相信他的圣明,他也自信自己是圣明的,重新起用袁崇焕就是做给诸臣看的一个体现圣明的极好例子,没料到袁崇焕没听他的召呼。据广州巡抚和宣旨太监向他密报,袁崇焕对天子重新起用态度冷漠,奉诏之时,丝毫未有感激涕零的表情。他没有记恨袁崇焕,毕竟互不相识,大概他是把对熹宗的不满发泄到自己头上,现在既然他来复命了,也就说明他对新天子有了初步的了解,开始臣服了,所以他给袁崇焕这样的能臣第一面印象很重要,要能慑服他!不能让他再以为新皇帝还是个庸主,以弥补先前圣明形象的损失!

"来人!"他喊来侍从,"给朕准备换龙袍!"

"遵旨!"一群宫女太监簇拥着他回到暖阁去。

片刻,崇祯帝脚蹬高底皮靴,身穿绣金织银的宽大龙袍回到平台上,他挺胸耸肩,高视阔步,努力想做出龙行虎步的帝王气度来,无奈身体瘦细,怎么摆也难以摆出龙凤之姿、天日之表,倒有点像木偶人在台上耍戏。这是旁人看的,他自己却不自觉。脸容严肃、紧蹙对眉,颇有深思之状。离一个时辰还早,他便站一会,踱一会步,心里颇不平静,他又想,他一直在考虑自己要给臣子一个什么样的印象,怎么一点也没想一想袁崇焕会给自己一个什么样的印象呢?此人统兵打仗,威震敌胆,一定是个气宇轩昂、神色不凡的伟岸男子。这样的男子征服欲极强,他怎么会想到隐居成仙呢?纵然他对皇兄有诸多不满,可朕已给他升了二品官衔了嘛。想到成仙,他忽然狐疑地嘀咕,既然他要成仙,说明心已成为死灰,怎么又死灰复燃,来京城复命的呢?莫非有假?是王在晋弄了个假袁崇焕来骗取信任?实际将朕赋予的权力全控制到他的手中?崇祯帝有永远不会完了的疑问,而且都有独特的推断、结论。

时辰未到,崇祯帝已按捺不住,他令侍从传阁臣传袁崇焕速进。侍从应声而去,他自己却诡诈地躲至平台门内。

袁崇焕由侍从引领先到,站在平台上。之后韩爌、钱龙锡、王在晋也到了,久别重逢,互相热情溢于言表。袁崇焕恭敬地一一向他们参拜,韩爌是恩师座主,钱龙锡是与侯恂一齐发现他的县令考试考官,王在晋不论怎么说,总是他到山海关的首任上司。他们也不停地夸奖袁崇焕的功绩,述说皇上是如何渴慕他复出。

正寒喧之中,崇祯帝突然从门后走了出来,说:"诸位爱卿!"

众人一见天子出现,都马上诚惶诚恐地跪地叩道:"皇上万岁!万万岁!"袁崇焕道:"臣袁崇焕迟迟赶到,负皇上恩典,死罪也!"

崇祯帝未答,而是转向韩爌等三人问:"该人是袁崇焕否?""是是!"韩爌答,钱龙锡和王在晋也点头:"是!是!"

"朕看不是!"崇祯帝脸一沉。"啊?"三个阁臣愣了,袁崇焕更是吃惊,下意识地仰起头,望着崇祯帝,见皇上的一双细眼直勾勾地盯着自己,他觉得自己也胆大,竟敢问道:"皇上何以见得臣不是袁崇焕?"

"袁崇焕身怀武艺,威镇夷贼,一定高大猛壮,相貌堂堂,而朕却见你瘦小矮细,其貌不扬,如何让人折服矣?"崇祯帝的见识还是十七八岁少年的幼稚。

钱龙锡一听此言,忙解答:"皇上,没错,臣先前任县令考试考官时,头次见到时任邵武县令的袁崇焕,也有此感,但侯恂劝臣不必以貌取人,臣这才破例向先帝推荐的。"

崇祯帝不理会,又说:"朕听说入了道的人一般不会回头,朕先前三番五次召你,你不领旨,称要进罗浮成仙,朕闻听便有意成全你。现你怎么又突然弃道返尘,来京城领旨呢?"

"启奏圣驾,臣实不相瞒,臣原本已绝断尘念,虽皇上圣恩屡屡撼动臣心,但臣已心如死灰。不日前,臣在宁远死党至交祖大寿前来寻我,称宁远已危在旦夕,臣这才体味到皇上的一番苦心,乃为大明江山屈尊召臣,臣顿时回心转意,重返征途!如皇上不信臣是真袁崇焕,臣诚惶诚恐,只得退回罗浮,求神接纳,重修成仙矣!"言罢,袁崇焕叩了三个响头,声声震撼石阶发出铿锵之音,额头渗出血迹,然后毅然直起身,昂首退下台阶。

走到一半,突然崇祯帝爆发出一阵瘆人的大笑,"哈哈哈!真袁崇焕也!真袁崇焕也!"

韩爌、钱龙锡、王在晋都连忙叩头,"皇上圣明!皇上圣明!"

崇祯帝说:"袁崇焕敢抗朕的圣旨,所以现在才敢大胆弃朕而去,此胆唯袁崇焕独有,朕终于识透此乃真袁崇焕!"

袁崇焕闻听,又慌不迭地奔上平台,俯伏在地:"臣罪该万死!"

"诸位爱卿,朕赐你们站立言述!"崇祯说道。又朝袁崇焕:"朕念你不畏死、不爱财,免你不恭不礼之罪!朕将辽东全境之事,交你督师,你应善体朕意!"

袁崇焕回答:"臣愿肝脑涂地,平夷复辽,以仰报圣恩!"

"建夷跳梁,已有几十年光景,国土沦陷,辽民涂炭。卿现万里赴召,忠勇可嘉,你有何平辽方略?可具实快快奏来,朕急想详知!"崇祯帝想听袁崇焕的高见,神情已是急不可待。

袁崇焕刚刚抵达北京,前方的军情尚不了解,如何有说出一个万灵的高招来?但他注视着崇祯帝,觉得这个少年天子的神经实在太紧张了,他的狐疑全是因为极度的焦虑不安和过多的聪颖敏感所引发的,他现在绝不可能冷静、理智地与你共同分析外患敌情,他只需要有安全的保证,哪怕这种安全感是虚无飘渺的,他也会抱住它让自己平静片刻。袁崇焕想到这里,不禁对皇上生出许些怜悯,这些有关国家安危的沉重话题实在不应该让这么个稚嫩的孩子来言谈!他决定先给崇祯帝一些安慰,就说:"臣先前对先帝有拟议,夷贼虽日益强盛,但他们毕竟是游牧习性,不习惯占领据点和城廓,而我大明在辽东,原有人民,有城廓,往日守土官员,弃之贻敌,遂使土地沦陷,百姓流离,敌势嚣张! 现我辽东有兵近十万,居民数十万,当今之计,首要之务,应为安抚军民,当以辽之兵,守辽之土,以辽之土,养辽之民,以辽之民,助辽之兵。而用兵之方略,则以守为主,以攻为辅,以守为正,以攻为奇。逐步推进,修建城池,聚民固守,伺机出击。敌来无所掳掠,退则我以奇兵袭之。如此,五年之内,可以破敌,收复全辽失地!"

"五年?"崇祯帝十分惊奇,"五年,这般容易?"

"就是五年!"袁崇焕肯定地说。

崇祯帝顿时异常的轻松和愉快起来:"啊! 五年复辽,就是最令朕满意的方略! 爱卿若实现了,朕定会大加奖赏,就是封侯也不会吝惜! 你解除了大明外患,朕不仅要奖赏你,连你的子孙也要受到恩惠!"

袁崇焕看到皇上轻快了,心头也松了口气,回答:"谢皇恩!"

崇祯帝全身缓解下来,倒又被一泡尿憋急了,他刚才太紧张,连尿意都被抑制了,现在一刻也不能耽搁了,侍从扶着他去方便,留下话:"尔等稍憩。"

韩㚩转过身夸奖袁崇焕:"袁督师肝胆意气,识见方略,种种可嘉!"袁崇焕慌辞谢:"恩师过奖,此乃学生过时之论,究竟方略应如何制定,还得去了辽东再酌酌!"王在晋也阴阳怪气地凑上来:"袁大人真奇男子也! 五年复辽,好大气派!"袁崇焕回了个礼,没理他。只有钱龙锡无语,他把袁崇焕拉到一旁,着急地问道:"你答应五年收复辽东,采取什么措施? 人力、物力怎么调集? 遇到的一系列困难如何解决?""恩师,我是看到皇上为辽边战局处心积虑,有恐他积劳成疾,姑且许诺五年收复辽东,予以安慰。"钱龙锡面露愠色,道:"老夫一猜就知道你是在开玩笑,这怎么得了! 皇上英明果决,励精图治,说一不二,你要是五年不能收复,怪罪于你,你如何解脱?"袁崇焕像被浇了一盆凉水,清醒许多,是啊,皇帝是年轻,但毕竟是皇帝而非孩子,如此感情用事去哄他,用心再好也会贻误国家大事啊!"恩师,学生待会跟皇上再解释!""勿要再出岔子!"钱龙锡认真地叮嘱。"遵令。"袁崇焕十分感激。

崇祯帝解完手浑身舒泰,又返回平台,他要袁崇焕再描绘一番治理辽东的美妙图景,可袁崇焕的口气已跟先前有别,开始摆困难:"启奏皇上,收复辽东,本是不易完成的重任,既然皇上委任于臣,臣当敢推辞? 但是,五年内,户部转军饷,工部给器械,吏部用人,兵部调兵选将,等等,须事事相应,方克有济,才能不辱使命。首先是钱粮,俗话讲皇帝难差饿兵,饿兵皇帝尚难差,何况我等! 其次,夷贼的器械久来犀利,马匹壮健,久经训练,我大明军队难以匹敌,今后解到辽边去的弓甲等项,也须精利! 还有,五年中,官员配备变化很大。吏部,兵部需与臣紧密合作,当选的人派下来,不当选的不可随便压下来,该留的不应擅自调任,当走的不要强留!另外,以臣的力量,制全辽是绰绰有余的,但众口难调,要平息众人的议论,那就不足了。臣一出京城,与皇上立刻隔成万里之远,忌能妒功的人一定会冒出来说三道四的,他们即使畏惧皇上的权威,不敢明目张胆,但难免背后嘀咕作梗,扰乱臣的方略……"

崇祯帝刚才还喜气洋洋的,可现在越听越觉得不对劲,心里纳闷,转身前还气壮如牛,夸下海口五年复辽!可一个转身回来,怎么就变调了?满口是困难,还提这么多的要求和条件……他阴郁地望着袁崇焕,他想把这个人摸透,可似乎难以琢磨。

见皇上沉默不语,袁崇焕也知趣地收口。须臾,崇祯帝怏怏地以鼻腔里"哼"了声,"唔,你们先退下吧,容朕再作思虑!"他转身,侍从太监们马上围过来,簇拥他进入门内,消失在阴暗的黑洞般殿堂中。

王在晋趁韩爌、钱龙锡与袁崇焕走在前面之机,磨磨蹭蹭地故意拖慢脚步,然后转身又返回宫中,求见皇上。崇祯帝的面色铁青,他便挑唆:"皇上,袁崇焕这个人喜说大话,吹牛皮!实际上没啥真本事!"崇祯帝本来就烦,不想再提袁崇焕这个名字,王在晋是拍马屁拍到了马眼上,被斥责赶了出去。人虽赶走了,可话音依然在耳畔缭绕,崇祯帝更烦了,对浮在眼前不散的袁崇焕面孔反复问:"你在耍朕?你在耍朕?"

当晚,宫内漆黑一片,因崇祯帝不喜玩乐,又收敛了内宫宦官,所以宫内与熹宗在世时相比,显得格外冷清。崇祯帝本人早早地就躺下了,他睡不着,可愿意在黑暗里苦思冥想。突然,一个侍从跪在暖阁门口奏报:"皇上,山海关总督王之臣遣飞骑驰报,宁远驻兵发生兵变!"他大吃一惊,从床上坐起来,问:"疏报何时到的?"侍从答:"就在刚才!"兵变其实早发生了,起初王之臣不敢报,想宁远官员自行解决了事。可眼见事态扩大,他再不敢隐瞒,只得上奏。

"快!快叫兵部尚书王在晋来!"崇祯帝叫道。

"遵旨!"侍从飞跑而去。殿堂里的烛火全点燃了,亮得晃眼耀目,崇祯帝在龙椅上坐下,又站起来,他想到了皇兄,皇兄是怎么死的?大概就是烦忧而死的吧?这时,王在晋连滚带爬地出现在他视线里。"王尚书,宁远兵乱,你快替朕想个法子,如何平定下去!"崇祯帝瞪着他说。王在晋也已听说,知道完了,自己这个官坐不下去了,因为他对宁远根本不摸底,他一直是主张撤了这个据点的。"皇上,兵乱,乱套,怎么搞的?这,这……"他语不成调,脑门汗珠一串串地冒出来。"饭桶!废物!"崇祯帝为顾及自己的尊严,没有把粗口骂出来,而在肚里已这样骂了几十遍,"你去宁远吧!你赶快去宁远,叛兵有什么条件,统统答应,千万别让他们开城门投了夷贼!""皇上,求求皇上,臣、臣不认得宁远如何去,臣……"王在晋一听崇祯帝要他去宁远,顿时吓得一裤裆屎,昏倒在地。王之臣卡饷与他通过气,是他默许的,叛兵要是知道了内幕,他去了还不把他活剥了吃肉?"这个废物!"崇祯帝厌恶地终于骂出声来,"把他抬出去,丢到鱼池里清醒清醒!"望着王在晋一条腿搭拉在地上被拖出去,崇祯帝心里终于下定了决心,启用袁崇焕,刻不容缓!

"宣袁崇焕进殿!"侍从传下圣旨。同时传来的还有首辅韩爌、大学士钱龙锡及六大部的尚书们。崇祯帝当众全部答应了袁崇焕白天所提的条件,令户部尚书王家祯着力措办,不得让辽东军中钱粮不足;令工部尚书张维枢,今后解去辽东的器械,必须铸明监造司官和工匠的姓名,如有脆薄不堪使用的,就要追究查办!令吏部尚书王承光,今后凡派往辽东官职人员,一律征得袁督师认可。

当即任命的新任兵部尚书王洽,被人美称为"门神",是个相貌堂堂、魁梧威猛的男子汉,崇祯帝就喜欢这样的形象左右在他身旁,他也接到崇祯帝的第一道旨令,往后辽东要兵给兵,要将给将!接着,崇祯帝又下旨令免去王之臣的一切职务,收回尚方宝剑,遣送回乡。

"启奏皇上,那就将尚方宝剑授予袁崇焕吧!"韩爌提出建议。"正合朕意!"崇祯帝同意,除赐尚方宝剑外,又赏赐袁崇焕蟒袍一件、玉带一条、银币百枚。最后,崇祯帝令端来酒樽,倒了满满一杯递到袁崇焕的手中:"近是宁远兵乱,远是五年平辽,朕全仰仗爱卿了,请饮之!"袁崇焕欲跪接,崇祯帝坚持不允,他高兴让袁崇焕站着,站着也比自己矮,说明了自己的皇威居高临下。

袁崇焕接过皇上的酒,手却在颤抖,他不是害怕,而是对自己的命运有了一种悲壮的预料。崇祯帝的一波三折,诡端多变,与他的兄长熹宗何其相似!他肯定自己将来的诸多行为也会遭到这位新皇帝的猜疑与忌恨,前程已显叵测,可已无退路,宁远的艰危唯有他可去排解,这点他比崇祯帝还要清楚,国家利益使他下定了舍身赴难的决心。他把酒一干而尽,跪道:"臣领命!"

乌云密布下的宁远城。

"城门口来了两个大官!城门口来了两个大官!"

占据了宁远城楼的乱兵们全都涌到城墙边来察看,恰逢阴天,又是黄昏,四下里灰蒙蒙一片,两个骑马官长模样的人在城楼下徘徊,面庞有些模糊不清。

"快开门!快开城门!"祖大寿喊道,"我是祖大寿,你们的总兵官!"

一个拉吊桥的兵总听是祖大寿,便解开缆绳,牵在手里,欲给予放行。乱兵头目杨正朝和张思顺跑来了,制止道:"慢!是祖大寿吗?让他走,我们不抓他,也不要让他来坏咱们的事!"继而杨正朝又探出半个身子回喊:"走!我们不开门!"可他的话音未落,一个响亮的声音又在城门口响起来:"你们快打开城门!我是袁崇焕!"

"啊?袁大人?!"握着吊桥绳索的兵总胆战心惊,手一松,绳子"哗拉拉"脱落下去,城门顿时洞开。袁崇焕和祖大寿策马一溜小跑进了城,在城门内的小广场上跳下马。乱兵们骤然紧张,都掉转方向,涌到朝城内一边的城墙上,端着刀矛枪剑,戒备森严,充满了敌意地盯视着他们两个人。

"你们谁是头?下来一个,本部院要与他见面!"袁崇焕大声说道。开始没人应答,都像一根根树桩木愣愣地戳在那儿。僵持了片刻,杨正朝和张思顺憋不住站了出来,他们走下城楼,迎着袁崇焕和祖大寿靠近。"袁大人!祖大人!我们是领头的,我叫杨正朝,他叫张思顺!"两个人都很瘦,肤色肌黄,眼光炯炯有神。

"唔,敢做敢当,还有点男子汉味道!"袁崇焕冷冷说,又问:"你们扣了几个人?"杨正朝回答:"扣了五个,毕自肃巡抚、何可纲总兵官、朱梅副总兵官和参将左辅、谢尚政。""你们有什么要求?""我们要求发粮、发饷!已经有四个月空缺了!弟兄们是忍无可忍……""行!"袁崇焕把话打住,他"刷"地从背后抽出崇祯帝赐他的尚方宝剑,从剑鞘中拉出剑来,一缕寒光在落日的余光里如蛇旋舞。两个乱兵头目吓得往后退了几步,以为要杀他们。"别怕!"袁崇焕大声说,"都是自己弟兄,我不会砍杀一个!我是给你们看皇上授予本部院的尚方宝剑!王之臣已被解职了,我现在是辽东督师,说话一言九鼎,告诉你们,粮、饷全会有的,我向你们保证,一定会补发给你们,以后也不会再空缺!你们把人放了,全回兵营里去!"

"瞅瞅!"城楼上响起一阵欢呼声,兵卒们是相信袁崇焕的,如果他在,不会缺粮饷,更不会闹兵乱。

"都别高兴得太早!一二句保证话谁不会说?要看到真货!"两个头目头脑冷静,朝城墙上大声挥手制止,口气强硬地:"袁大人,不行!非要等见到弟兄们的粮饷才能放人,才能回兵营,四个月的粮饷,得有五万两!"

"不相信敝人?"袁崇焕问。祖大寿气得大骂:"混帐鸟玩意!你们如再扣人闹事,砍头示众!"

"祖大人,话别讲得这么难听!要知道,现在你也在我们手中捏着!要扣的话,也可以把你扣起来!"杨正朝威胁。

"好吧!我去山海关找王之臣讨饷去!"袁崇焕收起剑,跨上马。

"袁大人,"张思顺有些内疚,"您先回府歇吧。我们一定保证您的安全!"

"不!我的安全不在话下!我担心的是宁远的安全!"说完,拍马与祖大寿向城外驰去。

　　袁崇焕、祖大寿披星戴月向山海关猛赶。渴了就喝河水,饿了就打一头狍子,升火烤一大块肉吃。曙色升起之时,他们终于远远看见了关门。

　　一长溜骡马车队载着箱包货物从城里走出来,中间有辆装饰华丽的轿厢车前后顾及着货物,不时暂停,有个沙哑的声音在喊:"快跟上! 快跟上! 别掉队!"这是卸任的辽东总督王之臣,他亲自押着车队,满载回归故里。

　　突然,前面停住了。"干嘛停?"王之臣探出头,紧张地问。一个家丁慌张地跑过来禀报:"老爷,车被拦截了!""谁拦截? 是土匪?""不是,是袁崇焕大人!""啊!"王之臣垂头丧气,知道倒霉了。他跳下车,颤危危地去拜见。"给袁大人请安!"王之臣施礼道。袁崇焕从马上跳下来,"王大人荣归故里,东西真不少呀!"话是嘲弄的口吻。"全是些破烂,不值一提!"王之臣掩饰。"王大人!"袁崇焕两眼喷出火焰,"你克扣粮饷,中饱私囊,引起兵乱,该当何罪?""在下、在下没有克扣,如有侵吞之罪,皇上当会制裁,与你、与你何干!"王之臣色厉内荏地辩解。"好吧,不是你说车上全是破烂吗? 拉回城去,如搜出银两,一律充公!"袁崇焕不再啰嗦,驰马奔进城内,行使督师职权,让祖大寿派出卫队截获车马货物,拖回城内检查。

　　结果,共查获有三万两银子,有的银包还没拆封,封条上印着户部的封章,明显是饷银。"袁督师手下留情!"王之臣求饶。"滚吧,念你无甚滥用耗费,饶你一命!"袁崇焕令卫士将王之臣塞进一辆马车,赶出城门。

　　揣着这三万两银子,还有山海关囤积的几十吨粮食,袁崇焕和祖大寿又返回宁远。

　　银子搁在杨正朝和张思顺面前。"放人、归营吧?"袁崇焕平静地说,但口气里有种不容抗拒的力量。

　　"只有三万两? 还有二万两呢?"杨正朝点过银数后问。"再给我一点时间,我袁某人答应五万两银子会全部发还你们,君子一言,驷马难追! 请相信我!"袁崇焕肯定地说。

　　"好!"两名头目答应,但他们又提出,兵乱停止后,是不是要将他们领头的人全杀了?

　　"不杀! 我说过,自己弟兄。一个不杀!"袁崇焕回答。他们将信将疑地回去了。不一会,乱兵们全聚集到小广场上,齐刷刷跪成一片,听凭袁崇焕发落。"回兵营去! 我再说一遍,回兵营去!"袁崇焕大吼。兵卒们手里握着刚领到手的银两,噙含泪水,如梦方醒,纷纷奔回自己的营区、岗位。

　　释放的五个人质中,毕自肃自知无颜见人,夺剑刎颈自杀,朱梅和何可纲,还有左辅、谢尚政都流泪向袁崇焕忏悔自己的过失。"好了好了,一切都过去了,责任不在你们身上,我知道!"袁崇焕安慰他们。

当日晚,杨正朝与张思顺将自己五花大绑来到袁崇焕的府衙大堂上,坚决要求伏罪赐死。谢尚政说杀了他们! 袁崇焕像没听见,他环顾大堂,这座大堂最早是他的参政府,后来是巡抚院,现在又将成为督师府,他感慨地说,"风风雨雨,楼在人亦在,实属不易也!",然后缓缓走到跪在堂中央的二个叛兵头目跟前,"杨正朝、张思顺,我想起来了,你们俩都是辽人吧? 是我亲自把你们招来的! 我还记得你们都是被八旗军杀了父母亲的孤儿! 这次没酿成大祸,我就不怪罪你们了,但你们要记住,如果八旗军趁你们闹兵乱之机杀进城来,占了宁远,你们就是大明国的千古罪人! 你们回兵营去,立功自赎吧!"

两个兵卒长久跪在袁崇焕脚下,以泪洗面,最后表示今后生是大明人,死是大明鬼,当以肝脑涂地,报效国家。

重又各司其职的守将们纷纷邀请袁崇焕住到自己的府弟去,因他原来住的宅院已被王之臣称之为"赶人拆庙"给拆毁了。袁崇焕拒绝,他扫了一眼诸将,说,"本部院头三个月,住兵营! 有谁愿随同前往?"大家一听就知道他要亲自体恤军情以便掌握态势,谁敢不应? 都表示愿意陪同。"不是陪同,是个个都选个营房与兵同住数日,将不知兵,何以领兵?"闹兵乱,袁崇焕没有指责这些将领们一句,可他是在言传身教,间接地警醒他们。

他让手下在西大营安个帐篷,那儿的情况令人触目惊心! 他是在一个中午没通知部属做任何准备,闯入大营的伤病休养治疗营帐视察的。伤病员们正在用膳,几十号人轮流用大勺在一只汤锅里捞菜叶煮米粥,几颗米,几片烂叶,早已是清汤光水。

"你们就食这种东西?"袁崇焕心疼地问,他见弟兄们一个个瘦得皮包骨头,宽大的补丁连补丁兵服如同吊在木头架子上,"怎么会是这样? 我从山海关拉来的几十吨粮食呢? 我拿来的三万两银饷呢?"他以为又有军官克扣贪污,火已顶到了脑门,如查出来定问斩不误! 负责休养治疗营帐的兵总解释:"袁大人,宁远驻军有几万人,区区几十吨粮食,怎够当饱? 再说,还要留一部分储备战时使用,每天巡逻站哨的弟兄要优先供给,轮到普通兵卒就所剩无几了,在这里已经够是优待的了! 三万饷银倒是全按人头发下来了,但兵卒们家里大多要供养妻儿父母,都忙不迭寄回家了,自己一分未留,所以无力购买吃穿用品……"

袁崇焕泪水盈眶,他一眼见到个顶多只有十五、六岁的少年兵卒,躺在地铺上像是要昏厥过去的样子,马上怜悯地脱下自己的长袍,给他披上,问他得了什么病?

年轻兵卒的回答十分微弱,简直无法听清。兵总代替回答道:"他实际上没什么病,只要给他吃几天饱饭,他立刻可以生龙活虎!"袁崇焕急切地问:"像这种情况的兵卒住在这里的有多少?""收容了几十号,可全大营几乎三分之二都到达了收容的程度!"袁崇焕捏紧拳头狠狠地在掌心里一砸:"这样的队伍怎么能打仗?怎么能守城?军队是吃皇粮的,可皇粮到哪去了?难怪兵士们不得不反,不得不乱!"

正好,几日后兵部尚书王洽奉圣旨前来奖励袁崇焕平定兵乱,带来崇祯帝赐予的一大块蟒玉。袁崇焕问王洽:"可否速拨二万两银饷、二百吨军粮?以解我宁远燃眉之急?"王洽仅有门神的外表而已,金玉在外,败絮其中,对朝政没有任何见解,也不敢担任何责任。他推脱:"本臣无异议,可你最好直接去向户部讨!""行!我就去找户部尚书王家祯,皇上交代过他,军中钱粮由他解决!"

袁崇焕到了北京,坐进户部的衙门,朝王家祯摊开巴掌。王家祯哭丧着脸,诉苦道:"袁督师,你向我要银、粮,我哪有啊!""王尚书,那天皇上当着我的面,要你保证供给,你答应的!""皇上的圣旨,我能不答应吗?可户部交到我手里,是个空架子,我把自己卖了也拿不出几两银子给你呀!"王家祯的话不假,明代的军营,有京营军和卫所军两种,永乐设三大营,京营劲旅七八十万。后来,从三大营变为十团营、十二团营,再变为东西两官厅。卫所军亦如此,最初在洪武末年军官总数为二千七百多人,到万历时突然增加到八万二十余人,兵卒人数是它的三十倍!这么多军队,每月的军饷开支令任何人望而生畏!万历末年后,大明经济凋敝,物价飞涨,因而新、旧兵的月银也随之增加,新兵原定一两二钱,今递加至一两八钱,旧兵原是四钱,今递加至一两二钱。饷银分五等,一等月给银二两,二等一两八钱,三等一两五钱,四等一两二钱,五等八钱。军饷总数从明初的月五十万两,到万历时增到三百八十万两,崇祯年又上涨到四百二十万两!如此巨额的军饷,远远超过朝廷的经济支付能力而不能按时发放,拖欠极为严重,仅天启年间就欠九边年例银九百六十八万五千五百多两,到崇祯年,崇祯帝刚登极时为普天同庆,破例向全军发了一百余万两银子,之后就再不见踪影了!这一百余万两犹如荒山上撒了把沙子,根本无济于事!为了弥补国用之不足及边军的粮饷,朝廷不得不向穷苦百姓开刀,不惜加重赋税,杀鸡取卵,使本来就穷困潦倒的百姓更加衣食无着,四处逃亡,沦为流民,进而为糊口活命,揭竿而起,举行反抗和起义。

"那么,就无计可施?"袁崇焕阴沉着脸问。"有,有地方可拿银子啊!"王家祯像哄孩子那般说。

"哪里?"袁崇焕精神一振。"皇家银库里,内帑堆积如山!"王家祯神秘地说道。内帑就是皇帝的私钱,其实是搜刮的民脂民膏。内帑在神宗手里积累到登峰造极的地步,他派出大批太监去征收矿监税,随手一指,无论是坟墓、住宅、商栈、作坊、田地,占地人家就得交税,征来的税全放入他的内帑,他死的时候,内库的银锭年深月久,生发氧化作用,有的黑如漆,有的烂如泥,可谁问他要内帑,就杀谁的头!

袁崇焕不清楚内帑的规矩,"唰"地站起来,说,"那好,我去启奏皇上,要内帑!"

"袁大人,你疯了!"王家祯赶紧拉住他,"我是说的玩玩的,你当真了!你吃了豹子胆?敢要内帑?"他告诉袁崇焕一个例子:"现任河南按察副史的杨嗣昌,当年在神宗帝时任户部主事,曾提出将内帑拿出一些烂银周济边关急用,你猜怎么着?神宗令锦衣卫将他拿下,要砍他的头!幸而当晚陪神宗睡觉的一个选侍是杨嗣昌的湖南常德姨妹子,替他求了情,才保了一条命!之后,神宗还专门立下一道大明家规国法,不得请发内帑,违者死!就再也没人敢提内帑这两个字了!"

"那我总不能不管辽边官兵的死活!"袁崇焕沉闷地说。"本臣爱莫能助矣!"王家祯将袁崇焕送出来。

回到吏部专门为外地来京的高官大臣设立的公馆里,袁崇焕脑子里终记住了内帑这两个银光闪闪的字眼,"与其烂在内库里,为什么不取出一些分发粮饷?"他不明白皇上的思维方式,"大明王朝是姓你朱家的,江山不保,你朱家的银子又有何用?"他认为这不是害皇帝,而是替皇帝着想,有什么不对?但从谁口袋里拿钱,谁都不会舒坦,这也是人的本性,不得不防崇祯会发怒啊!他左思右想,犹豫不决,就去征求首辅韩爌的意见。

韩爌满面苍老相,他把袁崇焕迎进客厅,面对面坐着,和蔼慈祥但无力地望着人。袁崇焕觉得他苍老不仅在面容上,更深的是在内心,韩经过东林党一案的打击,其实已经锐气消尽,崇祯帝请他复出,实际他已无力掌权,全靠昔日的威望支撑而已。本来乘着新皇帝的力量,他可以一鼓作气扫尽阉党余孽的,可他唯恐日后遭报复,反而代阉党在崇祯帝面前求情,刀下留了相当一部分阉党骨干,还安排他们位置,像王永光、王在晋之类就是如此。袁崇焕把来意向他挑明了,韩爌连连摆手,"不可不可!列祖列宗先帝们有遗法,不得请发内帑,我们做臣子的只有维护大明国法家规的义务,没有破坏定律的权力!再说,你也得为自己想想……"话不再说下去,意思很明白,你袁崇焕想找死吗?"可首辅大人,宁远的军队已成了一支饥民队伍了啊!"袁崇焕殷切地说。"这……"韩爌不作声了,又恢复了和蔼慈祥的神态。袁崇焕怀着深深的失望,告辞出来。"唉!"他长叹,连首辅都没有办法,我还有什么办法?

第二天,他收拾了行装,返回宁远。车马已出了永定门,他越想越窝囊,觉得自己的行为有失男子汉大丈夫的自尊,泱泱大明国,连首辅都不敢站出来说话,大明国是没人了吗？自己肩上担着几万口人的担子,竟然也不敢吭一声,算什么东西？求神求仙,自己也是神也是仙,可现在像什么？像一头贪生的畜牲！人要像畜牲,那么连畜牲都不如了！他热血沸腾,阳气喷顶,不就是一个死字吗？文官不贪财,武官不怕死,自己又文又武,应该什么都无所畏惧！"回去！回京城！"他大吼道,命令随从。回到公馆,他拟草一份奏疏,写道:"今日见钱,户部无有,工部无有,太仆寺无有,各处直省地方无有。自有辽事以来,户部一议挪借,而挪借尽矣;一议加派,而加派尽矣;一议搜刮,而搜刮尽矣。有法不寻,有路不寻,则是户部罪矣。至于法已尽,路已寻,再无银两,则是户部无可奈何,千难万苦。臣等只得恳请皇上将内帑多年积蓄银两,即日发出百万,存贮太仓,听户部差官星夜赍发辽东,急救宁远。宁远最急,依次为锦州、蓟州、山海关。除此见钱急着,再无别法！"

捧着这千钧重的疏文,袁崇焕义无反顾地递呈内阁,上奏崇祯帝裁决。

这天正是芒种日,崇祯帝由礼部安排准备在太和殿接见波斯帝国使者,面容极其愉悦、开朗。刚在殿堂坐下,没等宣召外宾,内廷的太监就把奏疏呈交给他。他拿起扫了一眼脸色顿时刹地变了,生气地"啪"一声把奏疏摔在镂花台子上。作为陪同官员的礼部右侍郎周延儒在一旁看在眼里,猜度皇上遇到了什么不愉快的事。周延儒是江苏宜兴人,万历41年会试状元,长得英俊漂亮,但一肚子阴谋诡计,前些年因为及第后分在南京翰林院任少詹事,没机会与魏忠贤勾结,升的不快,现在调到京城里来了,玩弄权术使坏心眼的本事便可以大施拳脚了,所以他跃跃欲试,总在寻找时机。今天陪皇上,他一直在热络感情,套近乎,但皇上似乎没有理会,他不急,相信门不会总关闭。现在发现皇上生气,他本能地觉得攀援的时刻到了,便轻轻俯就身子问:"皇上,可以传波斯人登殿吗？"

"不见！朕不见了！"崇祯帝脾气暴躁地一甩手,站起来便从后门走出太和殿,向乾清宫走去。

周延儒吩咐礼部的听差通知外宾稍候,自己便急不迭地追赶皇上,悄无声息地尾随其后。

崇祯帝在做信王时读《皇明祖训》就知道内帑是皇家的私有财产,非皇家成员不得使用,他祖父神宗也留下遗训,不得请发内帑！现在这个袁崇焕竟如此胆大妄为,敢伸手要起内帑来！可他的理由还很堂而皇之,是为辽东讨粮饷,所以又不能降罪责怪他,否则惩罚的就不单是袁崇焕一个人,而是刚刚兵乱过的几万兵士！崇祯帝憋一肚子火发不出,愤慨、懊丧。

这时正好察觉到了周延儒,顿时将火撒到他身上:"你跟在朕身后居何用心？唉？"

换是别人,早吓得尿裤子了,因为皇上很可能一剑杀了他。可周延儒是有备而来,他镇定地说:"启禀皇上,臣见皇上火即未火,腹有心事,欲为皇上解忧,所以尾随而至。"

崇祯帝愣了,心想这人颇有些胆识,口齿也很清晰,便问:"你知朕有心事,有甚心事?"

"与辽边有关。"周延儒是猜的,可他明白,除非辽东有急事,否则皇上不会突然中断和外宾见面这样的国体大事。

"啊!"崇祯帝高兴起来,"你真有本事,真给你猜中了!"周延儒跪道:"臣是把大事猜中了,可臣不知具体情况,请恕罪!"

"起来起来!"崇祯帝赐他平身,说:"辽边督师袁崇焕请发内帑,朕是在忧虑,边关兵士动辄鼓噪,如辽边能发内帑,各边效尤,都强挟求发,内帑何有这许多?如何得了?"他把心思告诉周延儒。

周延儒稍一转动脑筋,便献计献策说:"皇上,军士要饷,不单单是为了少饷,是另有隐情!"

"何以见得?"

"古人虽罗雀掘鼠,而军心不变。现在各边兵卒动辄鼓躁,定与率兵者缺乏父心有关!皇上可严敕袁督师,不可借兵卒怨言为由,行犯乱抗上求内帑之事!"

"罗雀掘鼠?这个例子妙!"崇祯帝大声称绝!罗雀掘鼠是唐朝将领张巡的典故,张巡在睢阳被叛将安禄山包围,苦守日久,军中粮尽,只得张网捉雀,掘穴捕鼠来充饥,但仍死守不屈。崇祯帝觉得宁远的官兵都要像张巡那样多好!"古人尚能罗雀捕鼠,今虽缺饷,哪会到请发内帑的地步呢?"说着这话,他觉得眼前周延儒对自己忠诚可靠,而袁崇焕口称五年复辽,以清慎为己任,现竟大言不惭向皇家要钱,张狂到打内帑的主意,真怀疑他是不是个忠臣!

第二天上朝,崇祯帝大加夸赞周延儒才学兼备,同时一口拒绝袁崇焕请发内帑的要求。钱龙锡给袁崇焕报信,告诫他再也别提内帑的事了,这次皇上没降罪责罚就算是很幸运的了!

袁崇焕极度失望,双手空空地回到了宁远。为了表示自己的愤懑心情,他奏疏辞退崇祯帝赏赐的蟒玉。崇祯帝也不再客气,冷冷地收回,御批道:"督师袁崇焕疏辞蟒玉之赐,允之。"

袁崇焕骑着马在兵营的帐篷间踽踽独行,他慈怜地望着自己手下的兵卒们,就像父母疼爱自己的孩子那样。他们缺吃少穿,饥寒在身,可疼却是疼在他的心上。他们不再会叛乱了,袁崇焕待他们如家人父子,兵卒们自不敢叛,不忍叛;不敢叛者畏其威,不忍叛者怀其德。但袁崇焕对他们的疾苦决不能袖手旁观,纵然他们不为他打仗,他也难以熟视无睹。这一群人要生存,要顽强地活下去! 想到这里,他的情绪已从与崇祯帝的矛盾纠葛中解脱出来了,不为皇上,也不为自己的功与利,就为依赖自己的人们,为大明国,也要努力摆脱眼下的困境! 这样脑子就豁然开朗,记起屯田种粮的那一大片土地,靠别人,靠皇帝,都靠不住,就只有靠自己了! 靠每个人的一双手养活自己!

次日,他召集了复任后第一次守将会议,就目前军队的生活、守备、训练状况给每个人分了工,祖大寿任宁远总兵,何可纲任锦州总兵官,左辅任前屯卫总兵官,谢尚政任督师府卫队参将,朱梅任屯田总兵官,请求朝廷调任赵率教守山海关,还任命一批参将、副将。他自己宁远、山海关两头跑,但更多的还是呆在宁远,这是他的主心骨、命根子! 他始终不变地认为只要抓住了宁远,辽东无恙!

布署妥当,他找来谢尚政,稍事寒暄,介绍了一些广东家乡的状况后,就问,"能不能弄几个八旗军的活口来? 知己知彼,方能百战百胜,我军情况大致如此,可现在敌方,我是一点不了解啊!"谢尚政马上回答:"巧了,我设在沈阳的一个探予叫刘爱塔,已打入金国内部,取得了上层信任,今天刚送回一份情报说,皇太极派出一支轻骑兵队伍前来宁锦附近刺探我军的近况,因皇太极听说您回来复任了,有些怀疑,想弄明白真假。如何对付。""噢?"袁崇焕陷入了沉思。"这样,还是设法诱捕一个做官的,让他说出皇太极的真实意图。"

"遵令!"谢尚政派了几名身怀绝技的卫士前去捕俘。进展顺利,抓到的八旗军官吐露,皇太极打算如果袁崇焕真的复任了,就施行议和谈判的手段,稳定辽东战局。

袁崇焕丝毫不怀疑皇太极议和的目的是另有企图和野心,且暂不去探究,关键是,我方需不需要也把议和当作手段,进行缓兵之计,恢复生机,以利再战?

袁崇焕把诸位守将召集来,合议。讨论很热烈,有的说,夷贼用的是阴谋手段,目的在灭亡整个大明;有的说夷贼可能因经济、政治、军事,或社会的原因而确有和平的诚意。冷静的发言者觉得目前如立即开战对我方并不利,还是能够休战一段时期再打比较有把握;情绪激动的发言者则反驳,缔结任何和约或进行谈判,都会削弱士气心,造成城寨的混乱,损害作战能力! 意见纷纭驳杂,但最后是要袁崇焕一锤定音。

他神色严峻地说,"本部院欲提出与皇太极议和。道理很简单,我们的兵马需要养精蓄锐,我们的枪炮需要购置弹药,我们的屯田庄稼需要时间生长。议和,当然违背了我大明的道德规范,会遭不了解实情的国人们唾骂,让我们背黑锅。可是,如果我袁崇焕背一口黑锅,能换来我辽东的平安,以后实现五年复辽的战略目标,我情愿背!"

"袁大人,我也情愿背!"祖大寿单腿跪下,抱拳作揖。"我也背!""我也背!"众人都跪下表示心愿。

"那好,本部院给皇上写奏疏!"袁崇焕说,他又细致考虑了一番,最后决定还是以个人的名义启奏,如果崇祯帝反感,日后追究,他独个承担,不连累大家。

可奏疏很快被崇祯帝否决,退了回来。崇祯帝御批的意思是,夷贼的地位仅仅是小小的建州卫,是我大明属下的最低行政机构,而袁崇焕则是大明二品督师,代表皇帝行使职权,去与夷贼谈判会有损大明尊严。他闭眼不承认金国和几十万八旗大军,以及明军十万大军在饥寒交迫中难以生存这个事实。

谢尚政为难地请示袁崇焕,求和的使者还派不派?袁崇焕把手心摊开又翻覆朝下,提示:"你明白吗?"这是暗中进行的意思,谢尚政点点头,"明白。"

宫中,周延儒更有机会接触皇上了。崇祯帝被人称道的是他与其碌碌无为的皇兄迥然不同的中兴之梦。他要拯救明王朝,所以他时时以圣君的形象来要求自己。圣君不能不读书,尽管案牍堆积如山,他对礼部代皇上准备的例行经筵、日讲仍不放弃。这个月的日讲官恰巧是周延儒。这段时间崇祯的心思已被周延儒摸得清清楚楚,最困扰的不外乎还是辽东战局,于是他神出鬼没,四处探听消息,以讨崇祯帝的欢心。

这天,讲完课,他跪在地上,禀报道:"皇上,臣耳闻一件事,不知当讲不当讲?"崇祯帝对周延儒的印象愈来愈好,他的每一句话都对自己的胃口,而且他讲的课和那些饱学之士的迂腐论调不同,内容多是经世致用的帝王之学,对发号施令很有帮助,对他已经有考虑升入内阁的念头了。"爱卿快说吧!"崇祯帝捧起一盅燕窝羹。"臣听山海关方面的人回来说,袁督师已秘密派使者去夷贼国里议和……""当真?"崇祯帝眼睛瞪大了。"臣不敢谎言!"周延儒拿眼斜睨皇上。"呼!"地声,崇祯帝怒不可遏地把燕窝盅狠狠摔在地上,"大胆袁崇焕,见朕不给内帑,便屈膝丧权辱国,去向夷贼讨银饷了!朕看他不是什么不怕死不爱钱的清官,是逆臣!"周延儒帮腔:"他私自议和,有辱国体,是变节行为嘛!""爱卿,你速奏朕,有何高招制服此人?"崇祯帝欲拿主意对付。"依臣愚见,先不触动他,辽边事大,尚得赖他支撑!孙悟空再有本事,还逃不出如来佛的手心呢,他袁崇焕也逃不脱皇上您的摆布!"周延儒说。崇祯帝想想有道理,如把袁崇焕逼急了,投夷就糟了!

袁崇焕自刚与崇祯帝见面开始,就不投缘,留下了裂痕,现在终于形成了矛盾,而且显出扩大的趋势。

2. 诛杀毛文龙

　　一朵洁白的云絮缓缓地在空中飘游,显示出倦慵与祥和的姿态。蓝天白云下,两支巡行的马队沿着大凌河两岸奔跑,东面是八旗军,西面是宁远明军,他们互望,吹唿哨,挥手致意。

　　皇太极继努尔哈赤又败在宁远城下后,对袁崇焕一直是畏惧的,在得到袁崇焕的求和信后,他暗自庆幸,立即用最谦卑的语句回复函件,答应以臣属自居,不再冒犯辽东大明边境,双方保持友好往来。金国实际上这时就已经有了从蒙古部落的西北方向进攻大明的构想,如实施进行,那么宁远的东线就是背部,皇太极绝不希望背腹受敌,所以先与袁崇焕媾和是至关重要的。而袁崇焕很简单,就是争取时间,恢复元气。

　　这天,一直关心农副业生产的袁崇焕又来到田头,找朱梅询问庄稼的长势。朱梅知道自己肩挑担子的分量,领命后就一直住在田埂上监督,可麦子急也急不出来,否则就是揠苗助长,适得其反了。他瞪着一双熬得血红的眼珠说:"袁大人,靠田里的东西只能是长远之计,可队伍现在需解燃眉之急呀!""就是!"袁崇焕也有同感,可又无计可施,不可能从天上掉馅饼下来,也不可能去偷去抢。

　　"袁大人,我倒有个主意!"朱梅压低嗓门,"驻扎在朝鲜皮岛上的毛文龙,比咱们活得滋润得多!他靠什么把自己养肥了?外靠与夷贼互通有无做生意发财,内靠虚报兵额,冒领银饷,贪污军粮积攒。全都来路不正!如能去清查他一家伙,光把毛文龙这些年虚领的粮饷拨来一部分就能救咱们了!"

　　提起毛文龙,袁崇焕马上想起他上次进贡魏忠贤的一车队货物和在大船上他不愿出兵支援锦州的骄横。可毛文龙历来我行我素,与朝廷关系密切,要去支配他可不容易。袁崇焕的心思朱梅马上看出来了,他鼓动,"怕他什么?袁大人您如今是辽东督师,握有皇上的尚方宝剑,他若不服你管,你可以撤了他,甚至杀了他都可以!"袁崇焕心想也是,一个小小的皮岛,在我的辖区之内,上次就因管不着而无计可施,现在还有什么不能去管的!于是他回到督师府,一方面写疏文,要求朝廷将运往皮岛东江镇的粮饷改由宁远转发,以便控制,另一方面,派朱梅代表自己,亲往皮岛行使检查权,调拨钱粮接济宁远。

　　朱梅持令箭第二日就坐海船出发了,一脸的兴奋与自信。十日后,船被割烂了桅帆放漂归来。朱梅像霜打的茄子瘪耷着脑袋,他禀报袁崇焕,毛文龙把他赶了出来,差点连船都要凿洞沉入海底!

袁崇焕大怒,立即就要出兵去讨伐毛文龙,但诸守将还是劝他奏请朝廷同意后再行事,因毛文龙的身份特殊,地位举足轻重,不可马虎。

袁崇焕强压怒火,听从了部属们的意见,私下里悄悄给钱龙锡写了封信,征求他的意见,毛文龙可杀不可杀?钱龙锡派心腹递回信,没说可杀,也没说不可杀,仅是劝他一切慎重。袁崇焕很费琢磨,就暂时忍住了。

见袁崇焕也不敢惹毛文龙,宁远的官兵们中间就流传起怨言,称跟着毛帅吃肉,投在袁帐吃糠,不如漂洋过海奔皮岛去,土豆炖牛肉,可着劲儿造!袁崇焕听了又加深了一层对毛文龙的仇恨,他在影响宁远的军心士气!

几天后发生的一件事,也许是天意要灭毛文龙,让他撞在了袁崇焕的手中。锦州总兵何可纲差人来报告,抓到一支走私军火的马队,是毛文龙部下,该当何处?袁崇焕甚是快意,骂了句:"丢那妈!"叫何可纲马上将人犯押解到宁远来,他亲自审问。

一见面,走私马队的头目跪倒在地,连连磕头:"袁大人!袁大人!念在咱们老交情的份上,宽恕小人!"

"老交情?"袁崇焕仔细辨认,原来这人就是上次替毛文龙押货的校尉!"噢,又是你!"他冷冷一笑,"的确是老交情了,上次你自称与夷贼有默契,两兵相遇,互相礼让,这次便是直接与夷贼通起商来了,穿一条裤裆了!"

"不是!不是!全是毛帅让小人干的……""毛文龙让你干什么勾当?""这……"校尉四顾大堂左右,似乎不愿让更多的人知道毛文龙的隐私,他很替主子维护威信。"说吧,你以为毛文龙的所做所为别人不清楚吗?他早就臭名远扬了!"袁崇焕喝斥他。"小人遵令、小人遵令!"校尉威风尽失,磕头如捣蒜。

毛文龙将大明军中的铳枪、火药、刀矛、军用布匹,运到金国,与他们换取兽皮、人参以及名贵中药材,然后转送京师,进贡皇室和朝中大臣。这是他的一贯伎俩,不惜人格、国格,贪赃枉法,只要能取得上层对自己的宠信,达到自己养尊处优的目的,可以动用任何手段。在校尉的召供下,毛文龙的横行霸道、为所欲为渐趋明朗。

"本部院不杀你,你将毛文龙的所有罪行都写下来,自有宽恕之道!"袁崇焕说,递给一摞纸和一支笔,让校尉关在封闭的房间里书写揭发状疏。

状疏十分详尽,满满记了十页纸。袁崇焕读了正要给予奖励,可校尉已悬梁自尽,他恐惧毛文龙的威慑,也觉得自己今后再无颜面对主子交代,只得一死了之。

这边为国守土缺粮少饷,让毛文龙接济,却粒米不给;那边倒成箱成车地送给敌人,换取自己投靠权贵、求官求荣的资本,是可忍孰不可忍!袁崇焕牙齿咬得"嘎嘣嘎嘣"响,他下定决心要杀毛文龙了。

五月,天气已回暖。袁崇焕为防泄漏,仅与谢尚政一人秘密协商行动策略与计划,他先遣使者约请毛文龙见面会谈。按理说,督师令辖下一方部将来宁远禀报防务军情,也是正常的,可袁崇焕料定毛文龙会起疑心,不可能来,而他亲往皮岛也有风险,遂定了一个中间地点,叫岛山的小岛。岛山在旅顺附近的洋面上,距宁远和皮岛海里正好等同。毛文龙接到邀请后,愉快地答应了。在海岛上,自己又拥有战船和水兵,驾轻就熟,不怕袁崇焕能把他怎样。袁崇焕正是想一步步解除他的戒意。

五月二十五日,袁崇焕率卫队一千六百余人,携洋炮四门,铳枪五百余杆,乘坐觉华岛大型旗船一艘、兵船三十八艘,浩浩荡荡出洋巡视。船行前先放大炮四声壮行,在海面上溅起四股白色的粗壮水柱,港湾的渔民们无不拍手称快!船随之渐渐向洋面上驶去。

在海上破浪行驶了没多久,便刮起了东北风,船行艰难,大多数步兵没在海船上呆过,颠得头晕眼花。第二天,风向又转成了西北风,浪更大更急,船也摇得较昨日更厉害了,兵卒们终于支撑不住,大口大口地呕吐起来,脏臭的秽物溅得甲板上四处都是。袁崇焕虽然有些经验,但这次似乎也感浑身不适,躺在船舱的床铺上捂着胸口直喘气。

夜晚到达中岛,停泊在码头上,袁崇焕嘱咐谢尚政不要惊扰岛上驻军,次日再会晤。哪知道,岛上属登州的海防兵营马上送来淡水和米、肉食物。袁崇焕惊异,海岛上的生活怎么都这么富裕?

第二天,登州海防游击使尹继阿特意登上大船,拜见袁崇焕,请所有的明军弟兄们喝酒。席间,袁崇焕问及他们岛上的供给,尹继阿回答,全靠他们自己捕捞鱼类与岸上的农民交换食物维持生活。"不是应该由毛帅负责供应你们吗?"袁崇焕问。"毛帅?"尹继阿一说便火了,"他只顾自己,根本不管咱们!要不是我时常提醒弟兄们,咱还是大明国的军队,他们早就被逼得做海盗了!""嗯!",袁崇焕点头自语,"看来毛文龙这厮在自己防区都没干几件好事!"

二十八日,船队继续出发,风顺扬帆,经过松木岛、小黑山、猪岛、蛇岛、蛤蟆岛,三十日到达岛山。

毛文龙故意摆架子,没有以臣属身份先到迎接袁崇焕,有意把宁远船队晾在岛上等他。旅顺海防游击毛永义先到了,马上登船拜见袁崇焕。他说夷贼军中没有水兵,所以这一带水域基本没有战事。袁崇焕暗想,在海岛上完全可以建设起几座辽边封疆的后方基地,没有任何干扰,用来生活保障,可惜遇到毛文龙这么个恣意妄为的害群之马,企图搞他的海上独立天国,于大明江山成事不足,败事有余,毁了这么优良条件的人海屏障!"毛帅对此地关心如何?"袁崇焕问。一接触这个话题,毛永义很敏感,立刻三缄其口,小心翼翼。不用再问,袁崇焕明白这里离皮岛不远,毛文龙的触角已延伸周围。

附近海疆岛屿的明军守将全部云集而至,唯独缺毛文龙。袁崇焕心里着急,暗暗跟谢尚政打招呼,千万别露马脚,以免打草惊蛇。等了三日,还不见毛文龙踪影,袁崇焕不再等,与众将一齐拜谒设在岛山山上的龙王庙。龙王是海上生存的保护神,靠海吃海的人,对龙王极其敬畏和崇拜。袁崇焕点一柱香,站在庙前大殿里,对诸将训话:

"大明建国初,中山王徐达、开平王常遇春诸将帅从鄱阳湖、采石矶大战,后来一直打到北京以北的沙漠,水战胜在湖泊中,马步战也胜在辽阔的平原、草地上,所以最后完成了统一中国的丰功伟业。现在你们水师以战船为武器,固守在一些岛屿上,固然对夷贼起到威胁的作用,大营也建设得十分坚固优裕,但从封疆大业来看,不是长远之计。因为夷贼不能来侵犯你,你也打不到夷贼,等于是和平相处,而我大明军队要收复辽东,不辜负皇上对我们的殷切期望!从这一命题来考虑,本部院希望水师今后也要能够陆战,要训练能水能陆的队伍!"

这番训示是袁崇焕出海巡视前就考虑好的,他不能兴师动众一番仅杀个毛文龙,对整个水师必得要调整一个发展方向。水师将领们听罢无不惭愧,纷纷主动请缨,要袁崇焕下达陆地作战任务。袁崇焕答应回宁远后委派一批教官来帮他们训练兵士,战术过硬后再拟定作战计划和目标。

这样一拖,又是三日过去,还不见毛文龙的影子。谢尚政陪袁崇焕佯装到海滩散步,坐在一块退潮后裸露的大礁石上磋商。

"是不是我们的意图被毛文龙揣摩到了?他不来了?"谢尚政问。"看来毛文龙非常狡猾,但我们前后行动滴水不漏,他没有理由怀疑。"袁崇焕很费解。不过他除掉毛文龙的决心始终不变,他破釜沉舟地说,"如果他再不来,我们干脆上皮岛去找他!""袁大人,这样太危险了吧?卑职死,不足论耳,"袁大人是辽东督师,有意外就会影响战局!"谢尚政担心。"我谅他毛文龙还没有那个胆子,敢杀朝廷督师!"袁崇焕自恃有权柄在身,不怕深入虎穴。"再等一等吧,还是稳妥些好!"谢尚政劝。"行,再等二天。"

第二日一早,袁崇焕在船舱里正睡得朦朦胧胧,忽听码头上传来欢呼声,他爬起登上甲板,见是一群毛文龙的拥护者在海面上雀跃招手,大声喊:"毛帅来啦!毛帅来啦!"他侧过脸张望,果然,黑压压驶来一大片战船,被护卫在中间的是一艘十几道桅杆的大船,船首固定着一具乘风破浪的龙头,无疑,这就是毛文龙的座船了。袁崇焕回到船舱,谢尚政马上跟了进来,说,毛文龙来了,啥时候动手?"不急,先稳住他,再给他一个机会,看他态度如何。"袁崇焕对于杀毛文龙实在是万不得已,现在都犹豫仿惶。他极希望毛文龙有回心转意的表现,那他们之间就可以避免一场内部残杀的悲剧。

毛文龙的船队泊上码头,他上了岸,稍事安顿,便来拜见袁崇焕。在甲板上,袁崇焕接受毛文龙的禀报,当他大声诵念皮岛兵员人数,船只数量和武器装备数字的时候,袁崇焕注意打量他,发现他体态比上次见到时更发福了,神色泰然自若,在作为上峰的自己面前,他可谓充满了不屑的自信,这个人,若有努尔哈赤的七大恨,造反了绝不会只满足当个汗王,他是要做皇帝的!报完军情,毛文龙又礼节性地跪地施了个大礼。袁崇焕回礼,侍从拿来两把大太师椅,左右对放,他请毛文龙坐。客套几句,主要是毛文龙解释为何晚了六日,因为风浪大等等,任何人一听就知道是谎言。袁崇焕微微笑笑,表示不在意,没去戳穿他。毛文龙见袁崇焕表情平淡,便有意显示自己烘托气氛,他问站在一旁的各岛将领们:"哎,袁督师第一次亲临我辽东海防线,亲躬理政,万般辛苦,你们都有什么孝敬的啊?"没人吭声,只有个叫不出名的小总兵回答:"遵袁大人的严令,日后训练陆兵,打个胜仗敬献袁大人!"袁崇焕点点头,赞许"好!""哎!"毛文龙挥手,像驱赶苍蝇,"那算什么?别说屁话了,你们都是没出息的家伙!来人啊!"他大喝一声,"把礼品全抬上来!"手下人应声,一会儿,几大担名贵山珍、皮裘、玉石抬到跟前,"袁大人,一点微薄献礼,不成敬意,请笑纳!"袁崇焕对他这一套,心里早有准备,想拿根骨头打发狗吗?哼,太狂妄了!他冷冷一笑,说,"谢毛帅,不过,礼物太少了,本部院不能接受!""太少了?"毛文龙一愣,不明白。"本部院在宁远、辽东有十几万兵马,这点礼品怎够分呢?"袁崇焕含而不露地笑了笑。"噢,在下还有……"毛文龙口讷。袁崇焕打断他的解释,"毛帅,不必客套了,本部院不是来乞讨的,而是来商议海岛陆地合并布防,一会,我们详谈。"没等他转过神,袁崇焕大声道:"送毛帅下船!"下了逐客令。

午后,袁崇焕到毛文龙船上回拜。这次毛文龙的威风收敛多了,伏在甲板上长跪不起。他们进船舱密谈。袁崇焕无所畏惧,没带一个卫士,可他见毛文龙高大健壮的卫士佩刀环立舱室左右,怏怏不快了,他反客为主地叱道:"胆大妄为!本部院与毛帅密议公务,尔等立于此地何故?快快退下!"卫士们吓得唯唯喏喏,眼瞟毛文龙。毛文龙急速摆手,让他们快走。舱内只剩他们俩人,袁崇焕开门见山道:"毛帅,这些年你在皮岛远离京城,立于万人之上,今后恐怕要受些委屈了。"毛文龙回答:"委屈二字于我很陌生。""日后可能不会了。"袁崇焕不客气地提醒他,"辽东海外,说穿了,全是你我两人共同承担的任务,我们必须同舟共济,齐心合力,才能成功。本部院冒海上大风大浪至此,意在商议联防大计,望毛帅千万不要拒绝建议。本部院的建议,犹如给一个患了重病的病人吃药,是一帖良方,病人不当拒绝。""听袁大人的口气,似乎我是那个病人,就当此论吧,我愿洗耳恭听良方的内容。"毛文龙的嘴角含了几分讥讽。"一,在皮岛设文官监军,粮饷由宁远督师府转发;二,整编皮岛水军,划成水兵大营和陆兵大营,总兵由毛帅举荐,督师府批准、任命。不知毛帅意下如何?"袁崇焕认真地说,他对毛文龙是抱了最后一线希望的。"不行!"毛文龙断然拒绝,"皮岛是本帅一手操持,惨淡经营,方建立起来的堡垒,谁都无权插手!""言过了!"袁崇焕冷峻地说。毛文龙很激动,不再顾忌上下尊严,大声抗辨:"袁大人您无非是在宁远经营不下去,想掠夺我皮岛资产来接济您吧!可您是舍近求远,弃易图难!您对我施加压力,想剥夺我的权力,结果是让我报国的一腔热血变得冰冷,甚至都产生了活着还有什么意思的念头,反正我是和夷贼战过七日七夜死里逃生的人,对死是毫不在乎的!袁大人是我的上司,我这样驳斥您的旨令,自觉是非体、非理的,可海防大事,不得不以性命相争,我愿听从皇上的任何裁处,或撤或留,逮我进京,悉听公议。治我的罪行,也可完成我的一生名节,有何不乐而为?!"毛文龙以死威胁,同时表示,你袁崇焕无权干涉我,就是想罚,也是皇上才能决定。没待袁崇焕回话,毛文龙还想再拿水军吓唬一下,他推开舷窗,手指外面:"袁大人,您要是封了皮岛的粮饷道,兵丁嗷嗷,哭声四起,合岛鼎沸,那时我就无计可施了!""毛帅,你不够冷静,本部院告辞,改日再谈。"袁崇焕存心让他恶水全泼出来,引而不发,下船回去了。

第二天,傍晚,袁崇焕邀毛文龙来船,问他有否松动,两人谈到二更,毛文龙毫不退让。次日晚,袁崇焕再赴毛文龙大船,斟酒夜话,话题不变,一直到三更天,毛文龙顽固不化,捧住他的独立王国恋恋不舍。第三日,白天,袁崇焕检阅毛文龙带来的水军船队,请岛屿驻军设宴,借花献佛,犒赏弟兄们。至晚,袁崇焕再约毛文龙商议,动员他答应,但他表示没有商量的余地。眼看谈判濒临破裂,袁崇焕遂劝他:"毛帅,您年纪不小了,干脆辞职归乡,本部院奏请皇上,准你爵位不变!"。"本帅倒是早有归乡之意,"毛文龙虚伪地回答,"不过,只有待到辽东收复,攻占朝鲜,皮岛海防真正成为大明江山,方可成行!"这等于是拒绝。一直谈到天明,毫无结果。袁崇焕告辞回到自己船上,他定下主意,开刀!

他对谢尚政交代:"与这厮纠缠了三日,冥顽不化,用则用之,不可用则处之!"谢尚政磨拳擦掌:"袁大人,早就该杀了!与这种混帐东西多啰嗦啥!"俩人密谋诛杀计划,通宵布置,五更方毕。

第四日的中午,袁崇焕邀请毛文龙登岛山的山上检阅两方将士射箭比赛,这是临时节目,但却是诛杀计划的第一步。

毛文龙毫无防备,率亲信随从一百余人及水兵数百人前来。

谢尚政表面上有意把现场布置得很热闹繁忙,彩旗猎猎,战鼓擂擂,哨声不断,人员进进出出,上上下下,川流不息,让毛文龙在视线晕眩中放松警惕。而在暗中,他已交代宁远方面的兵卒,逐渐形成包围圈,将毛文龙及一小部分随从与皮岛的大部人马分隔开。

一级级台阶往上登,快到搭在龙王庙前的营帐时,袁崇焕接到谢尚政一个眼色,那是准备就绪的意思,于是他挑碴地问毛文龙:"毛帅,你今天带的随从不少,你对本部院是否有戒意啊?""没有没有!他们全是我的义孙。"毛文龙解释。"义孙?"袁崇焕不解。"他们全跟我姓,都姓毛!"毛文龙得意地笑了笑。"这太过份了!"袁崇焕勃然变色,"大明天下姓朱,怎又冒出个姓毛的!毛文龙,本部院披沥肝胆,跟你讲了三日道理,只望你苦海无边,回头是岸,谁知你狼子野心,妄图篡位称帝,你目中无我袁崇焕犹可,而崇祯圣天子英武天纵,国法岂能相容得你!"

斥责完,袁崇焕面向西方下跪,向皇上叩头道:"启奏皇上,毛文龙罪大恶极,请允我将其伏法!"站起转身,令人将毛文龙缚住,除去衣冠。

毛文龙大叫:"冤曲!冤曲!我毛文龙忠心耿耿,一心报国!无罪可责!"他的手下蠢蠢欲动,但谢尚政一声令下,营帐内的伏兵一拥而出,制服了对方。

袁崇焕手指毛文龙,道:"你以为我是个书生,好欺负是不是?料不知本部院乃朝廷一员大将,亦有武功!大明历来文官管武官,现我为文臣,皇上授命督管辽东海、陆全境!你顽抗到底,说自己没罪,那好!我就把你的罪状念给你听:一,大明祖制帅将在外领兵,必请文臣监督,而罪臣毛文龙夜郎自大,专制一方,十数年以来,兵马钱粮不受察柽,现又不服本部院劝言,当斩!二,为臣属的人罪行,莫大于欺君。罪臣毛文龙开皮岛东江镇以来,一切奏报、一事一语,皆属欺诳,杀降兵、杀难民,却说杀的是夷贼,以报大功。当斩!三,刚愎自用,无君臣之礼,罪臣毛文龙竟胡言如他发兵,牧马登州、南下取南京易如反掌,存何狼子野心?当斩!四,罪臣毛文龙任总兵以来,每年饷银数十万,但真正发到兵士手中的每月仅散米三斗五升,侵盗边海钱粮。当斩!五,罪臣在皮岛私开马市,将明军良马与外族部落交易,损我军队实力。当斩!六,将部下均赐姓为毛,拢络人心,抗衡朝廷,还将这些毛姓官员统统私插要职。当斩!七,去年从宁远海面回皮岛,罪臣毛文龙劫掠商船,抢劫银两和货物,扣下船民,夺走船只,比海盗还凶狠。当斩!八,凡民间女子中有貌美者,都捏造理由抢来放在自己的府中享用,罪臣毛文龙身为不法,部属官丁皆仿效,影响恶劣。当斩！九，罪臣毛文龙拘锢大批难民，日给一升米，派往朝鲜北部挖参，在那里屡遭监工的屠杀，有不愿前往的，就困在岛上饿死，皮岛上白骨如山。草菅人命，当斩！十，派心腹携大量金银财物去京师疏通关节，拜逆党魏忠贤为父，塑魏贼金像在岛中供奉，罪臣毛文龙鲜廉寡耻，当斩；十一，罪臣毛文龙打的唯一战斗是铁山之战，杀了大量平民，失败逃往皮岛，却掩败为功，向朝廷求赏，欺上瞒下，当斩！十二，设立皮岛海防战区已近十年，未能恢复边土一寸，与敌和平相处，观望养寇。当斩！"

听到十二条当斩罪状，毛文龙知道袁崇焕是有备而来，自己劫数已到，吓得神丧气夺，不复其言，跪在地上机械地叩头，不停地只说一句话："饶臣死罪！饶臣死罪！"

袁崇焕未加理睬，问他的随行部将："你们认为毛文龙的罪状确凿无误吗？"部将们唯唯喏喏，不说是，也不说不是。后来一个游击官挺身出来，为毛文龙求情："袁大人，念毛帅这些年虽无功却劳苦的份上，宽恕他吧！卑职给您跪下，如要杀，杀卑职！"

袁崇焕厉声告示："毛文龙原先仅一市井匹夫也，就因为他身在海防，朝廷念他有所劳苦，让他官至都督，称他元帅，满门封荫，已经是超过他的辛劳多少倍了，可他仍不知足，毫不珍惜，借朝中之宠幸，欺朝廷远立法力。皇上为何赐本部院尚方宝剑，正是要惩罚这些叛逆之徒！"说着，令谢尚政拿过尚方剑。见剑如见天子，众随从都满地跪下，不敢抬头仰视。

袁崇焕执剑在手，再次头朝西面京师方向叩道："启奏皇上，臣今诛毛文龙，以肃军纪，辽东镇将中如再有毛文龙者，亦用同样的军法处决。臣五年复辽，如不能成功，皇上可用诛杀毛文龙的剑也诛了臣！"言罢，站起，将剑交给旗牌官。

旗牌官将毛文龙的脖子摁在块岩石上，手起刀落，血喷涌而出，首级滚了几圈，停在一个兵卒的脚下，兵卒惊得颤声喊叫，毛文龙的眼珠眨了几眨，合拢了。

斩毕，袁崇焕令谢尚政将遗体及首级装殓进棺木中，然后向随从们训示："今本部院只诛毛文龙一人，其余一概无罪！"慑于威严，毛文龙麾下的健校悍卒们无一敢动。

清除了辖区内飞扬跋扈的地头蛇，袁崇焕感到轻松和快意，但他毕竟不是粗蛮之徒，清楚砍杀边疆大将的执法程序，皇上许诺的便宜行事以及尚方宝剑，决不是任凭他随心所欲、无所不能。回到宁远，当他冷静下来后，马上修疏一封，奏呈崇祯帝，除了诉说和解释事态的急迫和意外，不得不当机立断外，未尾以负罪的口吻说："文龙乃大明将帅，非臣可以擅自诛杀，请皇上惩罚臣吧！"

崇祯帝初闻，大失惊色，即令锦衣卫封锁紫禁城所有进出通道，不让一个廷臣入门。他的举动下意识是戒备袁崇焕的可能闯入,袁崇焕能妄杀毛帅,岂能保证他不会来京杀天子?

封了二日,崇祯帝的疑心才有所缓解,撤销了封令。继而他的态度又急剧转变,他聪明地考虑到,毛文龙既死,不得复生,目前辽东两员重臣只剩下一位,唯有依靠袁崇焕来实现"五年复辽"的壮举了。从实用主义的角度看,非但不能惩罚袁,还得大加优旨褒奖!于是,崇祯帝亦积极响应,罗列毛文龙罪状,张榜公布,传文四面八方。毛文龙在京还有亲属和爪牙,竟惨遭满门抄斩。最后,崇祯帝下旨将处理结果通报给袁崇焕,借以安抚军心。

没想到不仅不责备,反而嘉奖,还继续杀戮,做得更过火,袁崇焕惊愕了。他马上不寒而栗,知道自己犯下了一个巨大的错误。曾几何时,崇祯帝对毛文龙亦是褒奖有加、宠爱万分,可现在,态度的转变如此迅速!他窥视到皇上与边臣关系的冷酷无情,纯粹是利用与被利用!毛文龙死了,不能再被利用,所以一脚踢开,连句惋惜的话都没有。现在是在利用自己,如以后不再利用,岂不也是如此!宋高宗曾给岳飞写过数封敕书,言辞亲切无比,但最后依然杀了岳飞,因而后人做诗曰:"慨当初倚飞何重?后来何酷?"这不是所有皇帝对臣属的态度吗?

韩爌知道袁崇焕杀了毛文龙,仰天长叹,他并不是惋惜,而是意识到这一举动将刺激崇祯帝,把皇上推到朝廷中渐渐抬头的反对势力一边去。以周延儒为代表的新派系正千方百计地攻击以韩爌、钱龙锡等为首的当朝内阁,袁崇焕正是当朝内阁的中坚力量,这下他们有机可趁了。他写信狠狠训斥了一通袁崇焕,说杀毛十二条罪状,甚多难以成立,毛文龙在皮岛,毕竟屡屡出兵骚扰夷贼后方,是海防线上的唯一一支强大力量,夷贼一直是害怕的,现在除了他,等于是为敌助威!更重要的是,皇上于今真正是视袁崇焕为陌路了。韩爌老马识途,历经沧桑,阅尽人间景象,任何城府都难挡他锐利目光,何况崇祯帝一个二十郎当年轻人的心思?他料定前程已尽,毅然奏请告退。

崇祯帝恐引起哗乱,不允,暂让一个中立温和派人物、吏部左侍郎成基命代辅。暗地里,崇祯帝加快了扶植反对派亲信的步骤,下旨让周延儒、温体仁正式入阁任大学士,他对他们言听计从。

3. 皇太极巧施离间计

崇祯二年九月的一天,夜近三更,昏黑如墨,宁远城门下忽然响起砸石声。

"谁？"站在城楼上的哨卫警觉地大声问。"请谢尚政大人听话！"城下有人口齿清晰地说道。"你是谁？"哨卫探头探脑想看清楚，但伸手不见五指，只觉得夜雾在眼前凉丝丝地掠过。没回答。哨卫点燃火把，刚举过头顶，"唰"地声，从城下飞上一团湿漉漉的水草，将火击灭了。"别点火，你看不见我！快去叫谢大人，就说给他送熊皮的朋友来了！"显然这是暗语。哨卫不敢再怠慢，急忙去禀报。不一会儿，谢尚政来到城楼，下令不准照明，然后亲自迎出城门，将神秘的来者接进城。

来者是明军间谍刘爱塔遣回的特使，报告一个紧急情报，金国军队要从西路蒙古部落进攻大明国都北京城！

袁崇焕听了脸"唰"地一下青了，像块铁板似地绷紧了，"快，写疏报！飞骑速递京师朝廷，不得有误！"他一边下令，一边紧蹙眉头，考虑对策。早几个月，他对西线的薄弱就有所察觉，他觉得皇太极从宁锦一线入关的可能性极小，即使进攻，凭借现有的防务和兵力，也完全可以击退。更何况，他自知兵力不足，思以捭阖纵横之计，利用和议手段，让皇太极不敢轻率妄动。所以他对东线丝毫不愁，愁就愁在西路。明朝开国时为了防备蒙古人，对西北边防倒是全力防范的，不仅修筑了长城，还设立了遵化、承德、蓟州、宣化等关门，派重兵把守。但后来注意力集中到了辽东，上述边关的防务就废驰了。袁崇焕在上个月的一份奏疏里还向崇祯帝提到过这块心头隐患，说："惟蓟门凌京肩背，而兵力不加，万一夷为向导，通奴入犯，祸有不可知者。"建议："蓟门单薄，宜宿重兵。严饬各守将，峻防固御，为今日急着。"可朝廷里他的朋友捎信来告诉，他的疏文被崇祯帝转给周延儒、温体仁等阁臣审议，他们竟说这是袁崇焕在辽东力不从心，难以实现复辽诺言，想转嫁危机到西线的诡计，建议崇祯帝不要理睬。袁崇焕非常气愤和伤心，发誓以后各人自扫门前雪，哪管他人瓦上霜！但他毕竟不是冷血动物，此刻闻听西线危急，顿时忧心如焚！他觉得报奏皇上让朝廷调兵遣将严加防范是一个办法，但不能抱太大指望，那些只会争权夺利的官僚们，哪会未雨绸缪，敌人到了眼鼻子底下才会急得哇哇叫，这样绝对不行，得做好驰援的准备！他立即召开各大营守将来碰头合议，混编了一支五万精锐兵马的队伍，整装待发。

果然，崇祯帝接到疏报，嗤之以鼻，表面上转交科部商议，内心里却嘀咕，你袁崇焕又来扰乱朕的意念！

金秋十月，是收获的季节，然而金国在夏季却遭到了前所未有的大涝灾，，到秋收时节，一无所获。眼看严冬将至，饥荒的威胁，促使皇太极下决心要发动一次旨在掠夺资财的战争。经过数次与袁崇焕的打打停停，他深知东线不可征服，他对贝勒们说："山海关、锦州防守甚坚，徒劳我师，攻之何益？惟深入内地，取其无备城是可也。"确定西路为进攻方向。

十月二十日,皇太极正式向八旗大军颁布进军诏令:"联仰承天命,兴师伐明,拒战者不得不诛,若归降者,虽鸡豚勿得侵扰,俘获之人,勿离散其父子夫妇,勿淫人妇女,勿掠人衣服,勿拆庐舍祠宇,勿毁器皿,勿伐果木。如违令杀降、淫妇女者斩!毁庐舍祠宇、伐果木、掠衣服及离大营入村落私掠者,鞭一百。不能私食明人熟食,勿酗酒,因山海关内多有鸩毒,要千万谨慎。不要用干粮饲马,若马匹赢瘦,可煮豆子饲喂。凡去采取柴草的兵员,不得妄行,要有队伍同行,指令一人为首。若发现离众前往的人,得追究,口如发现违军令者,边同固山额真、甲喇额真、牛录额真一并治罪!"皇太极要的是集体侵占财物,而不是个人强盗式的抢劫,所以,他要求队伍纪律严明。

当夜,八旗大军会集老河,皇太极召集诸贝勒大臣,各授使命,分兵前进。命济尔哈朗贝勒、代善贝勒之子岳托率四个旗兵力,以及蒙古兵数千人,形成右翼,进攻大安口,在遵化城会合,斩关攻城、遇敌进剿之事,相机而行。又命阿巴泰贝勒、阿济格贝勒率四个旗的兵力形成左翼,会同蒙古部落几千人,从龙井关攻入长城。皇太极本人与大贝勒代善、莽古尔泰、贝勒多尔衮、多铎形成中路,率大军攻正面。

天明,太翼军攻克龙井关,明军汉儿庄副将易爱、洪山口参将王遵臣,闻喊杀声率兵来救援,八旗军迎战,阿巴泰拍马挥刀,勇猛向前,不几回合斩易爱、王遵臣于马下,明军溃逃,全部被包围消灭。阿巴泰、阿济格乘胜追击,赶到汉儿庄城外,多尔衮、多铎也赶到,守城明军在副将李丰率领下剃发投降。城内有附近潘家口城的明军军官,主动请求去潘家口劝降,不多时,守备金有光、中军范民良及蒋进乔携书文来降,阿巴泰赐他们酒宴、名贵缎一匹。中路,皇太极亲率大军攻陷洪山口城,命洪山口降将方遇请为备御,尽心供职,俟后有功,一定提升重用。安顿完毕,大军继续向遵化进发。

二十三日,三路八旗大军在遵化城外会合,距城五里外设营。皇太极令用箭将致巡抚王元雅的劝降书射入城内。王元雅一贯是自恃离京门咫尺之遥、平安无事,看辽东笑话的,万万没料到夷兵会突然杀到了家门口,他哆嗦的双手捧着劝降书,声不成调,书中说:"大金国皇帝致书于王巡抚。明金两国本相好,后因你们明国侮慢侵凌,致成七恨,我乃告天举师,幸蒙上天垂鉴、,不计国之大小,只论理之曲直,以我为直,所以山海关、宁远以东大片土地都归我金国。我早就想息兵,与贵国共享太平,屡派人议和。可你们皇上妄自尊大,自视如天上人,卑视我小国之君,引起我的深仇大恨!现我大兵攻至,凡我兵所向自喜峰口迤西,大安口迤东,拒我明军,悉已诛戮。汉儿庄一带归顺百姓,我军秋毫无犯,只取草料,饱我军马。现你若开城来降,功名富贵,与我们共享之。古话说,良禽择木而栖,俊杰相时而动,你难道心不动吗?城中的军民我自会安排完好,无庸废言。我大金皇上既已举师动兵,是不会停止进攻的,你要快快想明道理,不要贻误时机、悔之已晚!"

接到金兵骑袭的消息,袁崇焕立即亲自率宁远精锐主力九千兵马,与祖大寿星夜驰援而来。北京城内则早已慌成一团,大街小巷居民四处逃散,可城门紧闭,不得奔出,于是遍地哀号哭泣,仿佛世界末日降临。

事至如今,宫中大臣不是齐心合力,想方设法准备迎敌,而是还在进行无端攻讦,以达私己目的。兵部尚书王洽,受周延儒唆使,向崇祯帝上疏,认为夷贼敢于攻京师之要地,完全是因为袁崇焕私自议和造成的恶果,袁崇焕是在放纵皇太极!请求皇上追查罪责:崇祯帝心里虽然忌恨袁崇焕,但此刻何为轻重还是分得清的,他斥责王洽:"夷贼大军已临遵化,尔等不为朕献计出兵,还在心存芥蒂,何以保国之江山?!"得知袁崇焕已率军护驾直奔京师,他赶紧做出姿态,下旨调拨一千万两帑币以供奖赏劳军之用。这次他不敢再吝啬,要用钱买人心替他卖命!

守卫蓟县的总兵官赵率教以最快速度率一支三千人轻骑赶到遵化救援,可遵化总兵官朱国彦已吓破了胆,他怕城门开了会导致金军乘机跟进,任凭赵率教在城门外如何喊叫,最后是痛斥臭骂,他也不开城门。赵率教后悔不迭,不该来救这群废物,正想掉转马头回撤,可已晚了。八旗铁骑在耀目的秋日阳光下,如猛兽船虎视眈眈地包围了他们。"杀啊——"赵率教没有退路,背水一战,领着兵卒们企图冲开一条血路。哪里逃得脱!一场恶战,尸横遍野,何等精明的赵率教身中十几支铁箭,躺倒在沙场上,永远闭上眼睛。

三千多人的明军队伍无一人生还,全部被歼。杀死赵率教的是左翼八旗阿济格部,他一鼓作气,动员大军马不停蹄地进攻遵化城,兵士们冲到城下,扛着云梯、挨牌,嘶喊着往上攀登。正白旗一个叫萨木哈图的小卒第一个登上城墙,奋力与明军守兵拚杀,后续大军陆续登上,掩杀守军,城头上尸首无数,明军溃散。巡抚王元雅躲进巡抚府,自缢身死。总兵官朱国彦被部下报以私仇,砍掉脑壳,弃之井中。遵化城落入敌手。

皇太极不让停留,乘胜进攻,八旗军越三河,克顺义,冲过通州,渡河口,占领牧马厂,以横扫千军之势,席卷北京外围,直逼城下。

大同总兵满桂率军企图在顺义拦截皇太极,遏制敌人的攻势,可一触即溃,只得退向京城,作最后的殊死搏斗。

各路护驾援军最先到达北京的还是袁崇焕。他急行军二天二夜,赶了三、四百公里的路,比皇太极早二天到达北京广渠门外。他在皇城根儿扎下营寨时,军中有一名从锦衣卫新调来的副总兵,叫周文郁,向他谏言,说大军宜距京城稍远处驻扎,不宜入都。一袁崇焕依然有些单纯,心想眼下护驾事大,怎能与皇上若离若即?没有采纳。他们一到,崇祯帝立即召见,令各路援军均归袁崇焕指挥,然后设盛宴大加慰劳。

宴席间,袁崇焕想到自己九千精兵士马疲劳,饥渴难忍,便无心进食,开口向崇祯帝启奏,要求队伍进城歇息。崇祯帝听罢,没有言语,但眼色明显流露出狐疑,他推辞道:"朕已令全城戒严,城门只宜三二人进出,大队人马多有不便,你们还是在城外就地歇息吧。"皇城分内城、外城、内外城中间空有一段街区,生活设施也比较完备,袁崇焕于是又提出内城若进来不方便的话,就进外城驻所扎也行。崇祯帝听罢内心直打鼓,顿时记起周延儒、王洽他们攻击袁崇焕不忠的言词来,联想先前与袁崇焕的一系列不愉快,他心头刹时布满疑云,为什么袁崇焕老想带军队往城里钻?想乘人之危,夺我皇位吗?"容朕再斟酌。"他含混地答。这等于就是拒绝。袁崇焕也察觉出来了,他马上回忆起周文郁的提醒,如一盆凉水彻身浇透,都是国破人亡的关头了,皇上还信不过臣属,令人寒心至极!为了安抚军心,崇祯帝给两支部队各十万帑银,这实际上是掩饰留给袁崇焕的冷漠印象。

十月二十八日,皇太极率左、右、中三支大军赶到京师城郊,与明军袁、满部对峙。皇太极没料到袁崇焕这么快就杀到,大惊失色。但一路势如破竹的胜利鼓舞着他,他咬牙切齿道,不是冤家不聚头,既然你袁崇焕来了,不是你死就是我活,拚吧!十一月初一日,太阳初升,金色光芒照耀下,八旗军个个把长辫子盘在头顶上,身披藏青色战袍,挥舞着战刀,纵马像涨潮的海浪,向德胜门冲击。这次金军改变了先让主将出阵,然后大军掩杀的战法,一开始就分成十几个梯次的波队,一波接一波地往前进攻。守德胜门的是满桂率领的五千步骑兵,他们明显处在被动的劣势中,一波八旗军只需格杀几个回合,便拖刀离去,让下一波再接着搏斗,可明军则必须一直迎战下去,直到精疲力竭。当最后一波八旗军喊叫着驰骋杀来时,包括满桂在内的所有德胜门明军都已体弱伤残,丧失了大部分战斗力,像一阵袭人的狂风刮过,八旗军的刀下成片的人头落地,五千明军清点时只剩了三千,满桂肩胛也被砍了一刀,浑身是血。城头上,许多北京的老百胜瞪大眼睛围观,他们见辫子兵如此威猛,无不心惊胆裂,哀呼声四起。御林军抬来两门洋炮,是葡萄牙教士赠送的,以前从未用过,现在记起,便想用它来轰辫子兵以支援满桂,可御林军没经过射击训练,临时抱佛脚练了几下就点火放,"咚咚!"几声,炮弹并未落在敌人阵中,而是在明军阵中炸出几朵黑云,明军兵卒纷纷倒地,呼天喊地,骂爹叫娘的声音不绝于耳,"别放了!别放了!操你祖宗!"满桂躺在担架上,声嘶力竭地大骂。皇太极发现德胜门并不是袁崇焕迎战,便暂停了攻击,他想寻明军的主力决战,也就是和袁崇焕交锋,他相信树倒猢狲散这个规律。

初二日下午,皇太极调集了二万主力,朝广渠门猛扑。袁崇焕严阵以待,令祖大寿列阵于南端,何可纲列阵于西北端,自己亲率一彪兵马,列阵于正南,恰巧形成一个三角品字。午后太阳路偏西,广渠门外远方忽然烟尘飞扬,直窜云霄,有如铺天盖地涌来一群面目摸糊不清的巨人。待坐雾渐渐消停,水落石出般赫然一列厚厚的铁甲骑步兵出现在明军面前。辫子兵们的刀矛剑戟在落阳的余辉下放射出刺眼的光芒,粗犷的嗓门响亮地唱着牧歌,没有节奏,只有低沉如金属一样刚硬的情绪。乍一看,辫子兵们没在动弹,可细眼观察,他们是在缓缓地往前漫进,这种气势旨在消磨明军的士气,使他们心惊胆战而丧失战斗力。"皇太极妄图攻心,差矣!"袁崇焕冷笑。在宁远操练兵卒时,他曾发明了一种格斗操,专门练实战斗志,就是让两人一组,均拿真枪真刀,按照武林中的剑法模拟真实拚杀,规定每人要动真力气,真情绪,效果很好。"练格斗操!让辫子兵们开开眼!"袁崇焕向阵中大声下令。顿时明军阵中仿佛变成了竞技场,一对一地铿锵拚搏,杀声震天,视敌人的步步进逼而不见,然后血气方刚却在一招一式中如沸滚的烫水蒸腾起来。刀枪碰撞声像一颗颗无形的子弹射向八旗军,迸溅出炽烈的火花,他们再也憋不住狂野的杀气,未等头领下令,便像捅了窝的马蜂奔散杀来,完全乱了阵脚。这正中袁崇焕下怀,他迅速传令,以百人为单位,与敌人遭遇后,分割包围之,逐步消灭。

这是场空前惨烈的厮杀,两股大队接触后,立即像牛皮糖似的胶合在一起,刀光剑影,血肉四溅,头颅滚的遍地皆是,手脚在半空中掷来丢去,嘶喊、惨叫、哀鸣、哭泣,伴随着失去主人的战马在血泞的泥地里惊悸奔逃……

袁崇焕始终披着铠甲,挥刀在阵中砍杀,倒毙在马下的敌尸无数,一个八旗固山额真发现他是主将,便拍马向他冲来,手起刀落,眼看他的脑袋就要开瓢,一个名叫袁升的卫士挺矛架格,挡住了离袁崇焕仅两厘米的刀刃,袁崇焕弯身一记斜剑,将这个固山额真刺了个透心穿。

八旗军在明军的分割包围下,人马虽然占多数的优势,可彼此难以呼应,一败涂地地退去,一直退到浑河,很多兵马又收不住脚,跌入河水中,淹死无数。皇太极当即传令停止攻击,屯营南海子。

这场血战。金军受到重创,次日在大帐中开会检讨,败得最惨的阿巴泰贝勒要求削官减爵以示惩罚,可皇太极念这位亲兄长和在历次战役已损失了两个儿子,原谅宽宥了他。皇太极叹口气说:"袁崇焕是我们不可逾越的大河、山脉!"令军队暂时按兵休战。

广渠门之战是此次金军的第一次败仗,亦是明军的首次胜仗。崇祯帝一块石头落地,可敌人还在南海子威胁着京师安全,他的心情依然恐惧、急躁,下旨让袁崇焕主动出击,驱夷贼于京门之外。

北京的老百姓以皇民自居,敌大军压境时如热锅上的蚂蚁,明军在城外奋战时无一敢出城助阵或运送补给,眼下却也摆出了大爷架子,站在城头嚷嚷着要袁崇焕赶紧追击,赶走夷鞑子,他们撇着京腔叫:"袁爷,你他妈的快撑着打啊!别歇着!"好像外地来的军队全是他们的奴隶。

袁崇焕按兵不动。驰援勤王时,因情况紧急,他和祖大寿、何可纲只匆忙带了这九千精锐骑兵,而没带步兵,眼下无城可据守,打的全是野战,没有步兵掩护,单纯依靠骑兵十分危险。这次战斗胜利,应该说是侥幸。可战争是力量的对比,一次侥幸不能期望次次侥幸,贪图侥幸在战场上是致命的错误。战斗小结时,他对部属们说,侥幸取胜,在兵法上说,是比失败还坏的事情。有实力的话,一时失误吃了苦头,可在下一次战役认真吸取经验教训,反败为胜。可侥幸心理下的失败,便是无可挽回的失败。山海关方面的步兵因中途遇敌设卡,估计比预定赶到的时间要晚几日,一俟集齐了步骑大军,便可大规模向八旗军反攻。

崇祯帝毫无战略知识,年少气盛又缺乏忍耐的韧劲,哪等得了那么多时间?一见袁崇焕屯兵防御,不愿出击,立刻五爪挠心,极不耐烦,连连催促:"爱卿何不出兵?爱卿何不出兵?大敌当前,万不能等待!"

袁崇焕知道自己责任重大,打败了自己战死无所谓,可破了京城,他怎能承担得起这千古罪名?所以再三向崇祯帝解释,敌多我寡,战则能战,但难以取胜,事关重大,不能拿京师安全赌搏。

解释多了,崇祯帝竟又起了疑心,自古以来,大将在强敌面前往往会胁迫皇上让位,篡位后才肯出兵迎击,这样的例子举不胜举,莫非袁崇焕也起了如此歹念,所以才不愿出战,以保存他的实力?他自言自语唠叨不停,伺候旁侧的太监全听进耳里。

受挫的辫子兵退到南海子扎营,一肚子火没处撒,心中忿忿不平,便见房就烧,逢牲口便宰,到处破坏以供出气,全然不顾皇太极出师前的诏令。皇太极不愿压抑兵士们的斗志,也就睁只眼闭只眼任他们胡作非为。

北京城里的百姓在城外有资产,望见城郊焚烧的火光,如剜心头肉!他们把愤满不是撒到八旗军身上,而是全撒在袁崇焕头上,认为是他不出击才导致的后果!只顾自己身家性命的自私市民,又听信了谣言,说袁崇焕不肯出战完全是别有用心,又说夷军完全是他私自议和引来的,现在他还在胁迫皇上与夷贼和议。愚昧的百姓头脑发热,不经理智判断,辨别真伪,便信以为真,蜂拥到城头上,纷纷拿城砖向袁崇焕的部队抛掷,骂他们是汉奸!有几名兵卒就这样被活活砸死。部将们气愤异常,要用箭往城上射,被袁崇焕竭力拦阻。他说,我们用箭射皇民,不更加让他们相信谣言是真的了吗?他自信地劝服众人:"我们可以用击退夷兵的胜仗来让那些无稽之谈不攻自破!"他回忆道,"第一次宁远大捷,夷贼猛攻城墙,眼看城破在即,宁远百姓不也骂我的娘吗?结果呢?击退夷兵,炸死努尔哈赤后,百姓们全都跪地求我原谅!草民嘛,不必与他们一般见识!"

遗憾的是,袁崇焕有生之年赢得北京皇民们支持的可能再也不会有了。

在进退两难之际,皇太极萌生了非除袁崇焕不足以平心头之恨的念头。他问各贝勒,有何妙计,可将袁崇焕置于死地?挑他出阵,派一员武艺精良的大将斩了他!不行,袁崇焕的武功堪称一流,弄不好被他斩下头颅。密遣几名汉人杀手,扮成明军,接近袁崇焕,暗算他!亦不行,袁崇焕的卫队参将谢尚政警惕性很高,防范严密,再说,皇太极不愿干这种偷鸡摸狗的勾当,有损男子汉大丈夫光明磊落。这时,岳托禀告说,他抓到两名明皇宫设在南海子的马房太监,供认一名叫杨春,一名叫王成德,可否在他们身上做些文章?皇太极灵机一动,太监,可接近皇帝之人,孙子兵法里有一计叫离间计,《三国演义》里周瑜就便用过,派蒋干去曹营,装作醉酒,吐出所谓的真言,结果曹操中计,杀了水军都督蔡瑁、张元。对!他自语,我也来排一场蒋干醉酒的好戏!他命手下将杨春、王成德押至偏僻的营帐中看管,让汉人军官高鸿中、鲍承先监守。高、鲍两人原先都是毛文龙的部将,毛文龙被杀,他们对袁崇焕恨恨在心,投了金国,现听说要设计害袁崇焕,都积极配合。他们俩坐在帐外饮酒吃肉,到深夜时分,偷觑两太监在帐内似睡未睡,便故意作醉酒状,说:"哎,你知道吗?袁爷跟咱皇上有君子协定,知、知道吗?""什、什么君子协定?""这次撤兵,不是咱打、打败了,是袁爷跟皇、皇上谈定,一、一块儿杀进城,城里,各分一半、一半江山!""是吗?怪、怪不得我见皇上单独骑马走,走向敌营,敌营中有两、两名辽东军官过来参见皇上,果然如此,大、大功告成矣!""太棒了!崇祯那龟小儿,命、命不长啦!来,喝!""喝!"突然,不远处亮起了火焰红光,人声鼎沸,"失火了!失火了!快来救火啊!"高、鲍两人装作酒吓醒了,站起来,"快!快去救火!"奔走了。

他们的一字一句全让杨春、王成德听入耳中,正为皇上和大明社稷忧愁呢,见到这么好的机会,岂有不溜之理?挣脱了绳索,飞也似地奔回了明军方。进了城门,他们不敢停留,直闯内宫,奏请叩见皇上,称有重大军情要禀报。崇祯帝立刻召见,闻罢大惊失色,深信不疑。"幸亏朕留了个心眼,没让袁崇焕进城,否则不堪设想。现在终于证实了他如何不愿出兵的理由了!"

次日，崇祯帝宣召袁崇焕、满桂、祖大寿进宫。袁崇焕以为皇上又是垂询何时出击的事，就不经意地向守将们交代了几句，领祖大寿匆匆骑马而去。进了宫，太监引他们来到崇祯帝第一次召见袁崇焕的太安门平台上，崇祯帝早在等候，陪同召见的有代辅成基命。袁崇焕在下跪叩拜的一刹那，察觉皇上的脸也有些不对劲，铁青肃杀，犹如秋日里枯萎的一片树叶。没容他细想，就听崇祯帝断喝一声后厉声问："袁崇焕！你为何要杀毛文龙？你为何屯兵在京城门外而不出击夷贼？"事出突然，袁崇焕毫无思想准备，一时无以言对。"拿下，送大狱！"崇祯帝命令左右，立刻有一群锦衣卫兵卒冲过来，捆绑袁崇焕。袁崇焕欲喊，被一团粗麻塞住了喉咙，拖下去。满桂纳闷。祖大寿吓得跪在地上直哆嗦。成基命事先也不知道，见状赶紧下跪哀求："启禀皇上，务请慎重！"崇祯帝不屑地："慎重就等于纵容他，有什么好处？"成基命叩头："敌兵临城下，非袁不可！"崇祯帝摆摆手，又下旨，任命满桂代替袁崇焕指挥各路援兵，节制诸将，祖大寿分理辽东兵马，好生迎敌，不得有误！

祖大寿出了城门，返回营地，将袁崇焕被捕的消息告知将士们，引起群情激愤，纷纷表示不愿再为昏君卖命，返回辽东。祖大寿思前虑后，与何可纲斟酌再三，觉得不走，下次就可能轮到自己挨宰，毅然决定率师开拨。

关宁精兵已走了大半日，崇祯帝还蒙在鼓里，召集满朝文武，宣布袁崇焕罪状，直到顶替因遵化陷落下狱的王洽新任兵部尚书申用懋来禀报，说祖大寿、何可纲撤走时，他才恐慌万状，不知所措。

成基命献策道，如让狱中的袁崇焕手书一封，派飞骑送交祖大寿，定能使辽东大军回兵，但就不知袁崇焕会不会答应。他的意思实际上是在劝崇祯帝放人。

但崇祯帝同意让袁崇焕写信，却不同意放人。他害怕袁崇焕像害怕老虎一样，非要将之关进笼内不可。

成基命无奈，只得去狱中求简。

袁崇焕当然不肯，讥讽道："皇上亲自下旨嘛，祖大寿敢不遵旨？"成基命是同情袁崇焕的，他想让袁立一功，争取皇上宽释，可袁崇焕视死如归，"杀我吧！皇上早想杀我！"

成基命空手而归，崇祯帝恼怒万分，却又不敢马上杀了袁崇焕。成基命绞尽脑汁，又出主意："万岁爷，现在恐怕只有一人能说服袁崇焕了！""谁？"崇祯帝问。"孙承宗！"崇祯帝早知孙承宗大名，这时后悔怎么将如此要臣遗忘脑后？赶紧令人去寻找。

孙承宗老家在直隶高阳县，离京师百余里路，闻皇上急召，赶紧快马进京。

崇祯帝召见，封孙承宗为东阁大学士，赐蟒袍和貂裘，并用极恳切的语调说：

"爱卿为先帝重臣,委屈不用,国之损失,现朕深倚,大明赖爱卿拯救于狂澜是也!"孙承宗下跪,至死不辞。

牢房的铁锁发出沉重的撞击声响,门被"嘎呖"一声推开,躺在地铺上的袁崇焕以为是送饭来的狱吏,懒得理会,伸手摆了摆,说,"不吃!不吃!""崇焕!"好熟悉的声音,袁崇焕急忙坐起,一见是孙承宗,连忙跪地叩礼,"孙大人!您怎么来了?"孙承宗扶他起来,"崇焕,国家危亡,大明摇摇欲坠,老夫虽朽木,可不得不赴国难!""孙大人所言极是,可卑职却身陷囹圄……"袁崇焕苦笑。"崇焕,曲直是非待驱夷之后自有定论,眼下关健是召祖大寿尽快回兵守卫京师!老夫求你,发出手令!"孙承宗恳切地握起袁崇焕的手,袁崇焕感触到他的手心在颤抖,沁出焦虑的潮润。"孙大人,不是卑职不愿致信于大寿,而是皇上已猜忌卑职,卑职心有余而力不足!""崇焕!"孙承宗加重语气,"眼前先将一己私利抛置脑后吧,救国要紧啊!"袁崇焕一震,盯着恩师凝视了几分钟,点头:"好,好,既然恩师下令,卑职舍命保君矣!拿纸笔来!"立于门外的随行人员赶紧将文具端进,袁崇焕疾书,写毕,卷起交给孙承宗。"孙大人,但愿卑职的书信能够使大寿回心转意。大寿回兵之日,便是我袁崇焕死定之时矣!""此话怎讲?"孙承宗不解。"皇上本已猜忌卑职兵权过重,怀疑我会胁迫他的皇位,现在卑职居然真的又能一纸调兵,不更加深惧卑职,要杀卑职的头吗?"孙承宗恍然大悟,"那……"也犹豫地望着手中的书卷,"当不该向你索这夺命书也!老夫撕了它吧!"说着欲毁。袁崇焕拦住他,"别,孙大人,您快去吧!快去!把大寿调回来,大明无恙也!"袁崇焕用很大的劲将孙承宗推出了牢门,"咣?"一声,铁锁又碰死了。"崇焕,多保重!"孙承宗恋恋不舍地叮咛,转身离去。

广渠门无兵防守,仿佛是缺了个大口子,崇祯帝日夜恐慌,一而再,再而三地下旨令要满桂率兵出击,驱赶夷贼。为了表示对满桂的信任,特授予尚方宝剑。满桂知寡不敌众,出战定败无疑,但皇命不可违抗,否则袁崇焕的下场就是自己的明天,他只得披上铠甲,跪地朝家乡方向连叩三次,挥泪与遥远的父、母大人告别,去领兵冲杀。他料定此去难返。在永定门外,三万明军与金军代善贝勒、多尔衮贝勒以及副将阿山、游击图鲁什所率的十旗营兵相遇,恶战从上午一直打到傍晚,交锋十几余回合,满桂身先士卒,骁勇无比,但力量对比实在悬殊,明军将士渐渐不支,节节败退。八旗则轮番上阵,越战越勇,将明军兵士赶入护城河中,满桂浑身是血,身上不知已负伤多少处,最后被一群如狼似虎的辫子兵团团围住,乱刀齐下,活活砍死。

消息传入城中,京师大震,一宿无声,静待金兵突入,死神降临。

忽然城外枪声大作,祖大寿、何可纲接到袁崇焕手书,还兵救驾,先遣铳枪队赶到城外,密集的枪弹将八旗军驱散退后。另外,辽东的数万步兵以钳形攻势准备抄皇太极的后路，一旦断后，金军背腹受敌，后果不堪设想。

皇太极权衡得失，觉得此次成果出入意料之外，明军几员一大将非死即伤，袁崇焕也被陷入牢笼，抢掠到的粮食、耕牛、猪羊足够享用整整一个冬天，目的基本达到，于是动了撤退的念头。

几个野心尚未满足的贝勒不想走，他们主张攻城，北京城垂手可得，放弃了太可惜！

皇太极诡笑道："城中明皇痴儿，取之若反掌易耳！但明国的外围兵力尚强，不是一朝一夕可击溃的。北京城得之易，守之难，不如回兵，养精蓄锐，以待日后天命时机再攻不迟！"

就像一股狂飙旋风，八旗军骤然刮来，又骤然刮去。他们在安定门和德胜门各戳了一封求和信，振旅东去，大胜而归。

4. 寸寸血肉喂黎民

冬日稀薄的阳光如婴儿的手指在狱牢的窗口探摸、撩逗，渐渐延伸进黝黑、空洞的牢房内，照耀在床铺上，把昏睡中的袁崇焕给弄醒了。他睁开眼，但瞳仁在光线的炫迷中，像是突然进入了一个色彩斑斓的世界，监狱的黑暗、压抑、寒冷全被驱散，他仿佛一只迎着阳光飞舞的蝴蝶，飘飘欲仙起来。

"崇焕！崇焕！"一个亲切的声音在耳畔呼唤，受到惊扰，迷幻戛然而止，他坐起来，眼前出现一张悬浮的脸，是孙承宗！这下他彻底醒了，站起来，施礼道："孙大人！您怎么来了？""我在铁栅栏外见你睁着眼，以为你已醒了，遂唤你，哪知你还睡着，你竟能睁眼睡觉？"孙承宗诧异地问。"不是，我的肉体已经醒了，可我的灵魂还在梦中盘桓。""崇焕，大寿回兵勤王，夷贼已彻底败退，大明江山保住了！"孙承宗掩饰不住心头的喜悦，他想让袁崇焕分享。可袁崇焕只淡淡地应了声，"噢，"就去墙角捡起几张纸，上面有他写的诗，拿给孙承宗看："百无聊赖，闲赋几句，请孙大人赐教！"孙承宗念道：

"北阙勤王日，南冠就絷时。
果然尊狱吏，悔不早舆尸。
执法人难恕，招尤我自知。
但留清白在，粉骨亦何辞。"

另一首：

"天上月分明，看来感旧情。
当年驰万马，半夜出长城。
锋镝曾求死，囹圄敢望生。
心中无限事，宵柝击来惊。"

他心头一酸，十分难过，说："崇焕，你的心境我深知，你明心照国，却遭囚禁，受委屈了！可——"他焦急地劝道。"你这会儿怎么还有闲心写诗呢？你还不赶快写状子向皇上伸冤！你劳苦功高，是你亲自率兵大战夷贼，后来又是你一书召回数万兵马，杀退了夷兵，你是大明第一功臣，没有你多。京城破败，江山易主，这些皇上都应该知道，你要替自己洗啊！"

袁崇焕没回答，一阵沉默后，他说："孙大人，谢美意！崇焕不足惜也！崇焕不冤，该死！""此话怎讲？"孙承宗困惑。"孙大人，你乍回朝理政，前因后果有所不知。崇焕请发帑银、议和缓兵、诛杀毛文龙，都已触犯皇威，这次又拒不率兵进攻南海子夷贼，尽管皆是崇焕忠心、安邦却敌，但臣不恭顺皇上，有功亦是罪也！此当死之一。夷贼入侵京师，我以九千轻骑，从辽东千里迢迢入卫北京，因军情火急，未得皇上应允，已抵广渠门外，有一军中副将周文郁劝我不要离京城太近，我为救驾心急，未有采纳。皇上喜我快速来京救援，可内心惧我未请旨而率兵行。后又一书招回大寿数万兵马，皇威何在？此当死之二。皇上早想崇焕死也，此次皇太极离间是假，天子欲置我死地是真！我不伸冤，我不冤！逢君之恶是奸佞，悖理偷生乃不忠，我一生报国无愧无悔，以死表忠也！"

"崇焕，你心忒耿！"孙承宗十分痛惜。

这时，典狱长进门，向孙承宗施礼禀报："孙夫人，监外有聚众闹事！""何故？""关外涌来上百将士，口称袁崇焕冤枉，要代他坐监，代他受死，求皇上放人。刑部已报皇上，防变乱，请孙大人还是及时离开为妥！"典狱长倒也不是恶人，但也不想惹事生非！

"好！"孙承宗转身向外离去，半途又掉头叮嘱袁崇焕："你别胡思乱想，老夫这就去向皇上代你求情！"

孙承宗爱惜人才，是真心要帮袁崇焕而决非敷衍之辞。他来到乾清宫，求见皇上。崇祯帝立即召见，他正考虑将孙承宗任命为辽东督师，代替袁崇焕，孙在辽东的威望不在袁之下。"爱卿平身请坐！"在熊熊的火炉旁，崇祯帝亲热地让位置给孙承宗,拟供取暖。"爱卿的宅院,朕已令工部拨款加紧修缮!""不,臣不是为修宅院而来惊扰皇上,臣是为袁督师求情!"孙承宗垂首道。"袁崇焕乃罪臣也!爱卿莫被其迷惑!"崇祯帝收敛笑容。"皇上,据臣所知,袁督师守城有功,何以有罪?夷酋使离间计,当不攻自破!"孙承宗辩解。"袁崇焕自任灭夷,今夷骑直犯都城,震惊宗社。他身任督师,不先行侦防,致深入内地。关、宁兵将,是朕竭大明军天下财力培养训成,召来入援,袁崇焕却不能布置方略,屡屡拂朕旨意,盛气凌人,退懦自保,致夷骑充斥,百姓伤残,让朕十分痛恨!"崇祯帝完全按自己的主观想象定罪名,而且内心的隐恨闭口不谈。"皇上,谓崇焕退懦自保,非也,满桂战城北,崇焕战城南,都很勇猛。尤其崇焕在广渠门决一血战,遏夷锋于城前,使皇都幸免于难,有目共睹。至于谓其议和召敌,这是狭窄地理解了他的意思,当时敌锋方锐,订和平共处之约,在于缓兵,不是夷至今不敢犯关、宁吗?若西线能有此智谋,当无虑也!"孙承宗再次为袁崇焕辩解。可崇祯帝已无心再听,他憋不住终于道破心中的隐恨:"朕早就识破袁崇焕与韩爌、钱龙锡勾结,有谋反之意,杀毛文龙就得到过钱龙锡的首肯,现在朕已准韩爌正式辞去首辅之职,由周延儒代替,钱龙锡亦下狱听审!"

孙承宗一惊,他没料到崇祯帝如此以小人之心度君子之腹,赶走了韩、钱,内阁大改组,原先他欣慰的东林内阁不又成了短命的昙花一现吗?他还留在此地干吗?一阵伤感掠过心头,浑身冰凉寒彻,"皇上!"他跪伏在地,"既已如此,臣所言俱有罪也!奏请皇上容臣辞归故里吧!"

"爱卿不能走!"一听孙承宗要辞职,崇祯帝焦急了,他现在虽然依靠的是周延儒等人,但也知他们不会带兵守边,能担封疆大任的还是孙承宗这样忠心耿耿的老臣,"朕已封爱卿为辽东督师也!大明江山,倚赖爱卿做顶梁柱矣!"崇祯帝恳请,几乎是哀求地望着孙承宗。

孙承宗想到大明社稷,如今金压在这个毛孩子肩上,实在勉为其难,自己不撑一把对不起祖宗的培育、赏识,心软了,心情沉重地点点头说:"臣遵旨!"但崇祯帝再也不谈袁崇焕的话题,孙承宗只得怏怏辞去。

崇祯帝担扰、阴鸷地望着孙承宗离去的背影。目光刚收拢,一个太监就来禀报,礼部尚书温体仁、兵部尚书梁廷栋、监察御史高捷、史范求见,崇祯帝令引他们至密室。

满朝文武廷臣中,大约有三分之二是同情袁崇焕,替他鸣不平的,有三分之一则附合崇祯帝的旨意,主张治袁崇焕罪,其中现在来见皇上的这几位态度最为强硬。内里都有深刻的原因。温体仁天启年间曾任礼部左侍郎,做过周延儒的上司,两人私交甚笃,均系奸佞之徒,朝中对他的评价是为人外曲谨,而内猛鸷,机深刺骨,印象不佳,所以不间断地有人上书弹劾他,终于将他贬到南京。现在周延儒得势,成为首辅后,恐朝中无亲信,就马上调他人京,接替礼部尚书的位子。他是浙江吴兴人,与毛文龙同乡,以前私交极密,相约见机行事,遥相呼应,可没想到袁崇焕杀了毛文龙,他如丧考妣,像断了生路,这次发誓要代同乡同党报仇。兵部尚书王洽因遵化失陷而丢官,接任的申用懋又因洋炮误击明军士兵被撤职,接替的是梁廷栋,此人万历四十七年进士,与袁崇焕同年,在袁崇焕之后也曾派往山海关任职,因站在高第一边鼓吹撤宁远保山海的谬论,被袁崇焕骂过,怀恨在心。后来他被调到山西一带任职,升到巡抚,这次亦带兵勤王,他狡猾异常,故意缩在最后以保存实力,结果反倒成了唯一一支没有被八旗军击溃的队伍,受到崇祯帝的赏识,他把胆怯说成是功劳,正好缺兵部尚书,于是选中了他。梁廷栋既恨又怕袁崇焕,要继续升迁,就非得消除袁崇焕这道障碍不可!高捷、史范欲给袁崇焕定罪的原委就更复杂,这两人都是阉党的外围份子,崇祯帝定的逆案名单中有他们俩人的名字,按理说是要杀头的,幸亏韩爌、钱龙锡给保了下来,可他们非但不报恩,还想把韩爌、钱也整出个新逆案来,以此逆案推翻彼逆案,洗涮自己的污名,畅通仕途。要搞垮韩、钱,就得先定袁崇焕的罪,因袁是他们俩的弟子、门生,这两御史醉翁之意不在酒,手段是先把袁崇焕推下崖去!

"皇上,"温体仁奏道,"文龙不杀,夷贼未敢深入,袁崇焕擅断专行,公报私仇,诛杀功臣,毁我大明江山,可定死罪也!"梁廷栋接口说:"启禀皇上,袁崇焕通敌,致酿成京城大险大祸,皇上英明将其擒拿,故夷贼见事败露,退却逃窜。如不杀袁,日后后患无穷!"高捷神秘地说:"皇上,臣查到袁崇焕杀毛文龙之前曾亲笔写给钱龙锡的信,征求他的意见,可见他们早有勾结串通,已形成逆党,任其蔓延,后果不堪设想,不诛袁江山日危!"温体仁又接着说:"皇上,朝廷中韩、钱私党里不断有人为袁崇焕鸣不平,予头直指天威,他们大逆不道,如退让便是纵容祸害!"

鸣不平的人太多了。在崇祯帝没有下最后决心定袁崇焕死罪前,兵部给事中钱家修写了一封题名《白冤疏》的奏疏,专为袁崇焕鸣不平,同时将其刊印无数份,广撒京师,引起震动。还有一个名叫程本直的布衣,为图报国,曾在辽东袁崇焕部下任过文书之类的职务,对袁崇焕崇拜得五体投地,他写了《矶声记》和《漩声记》两篇文章为袁崇焕洗冤,并请求皇上骈收其于狱,骈斩于市!他这种愿与袁崇焕同死,轻生取义的壮举,连崇祯帝闻后也为之惊栗!更有兵部给事中余大成,干脆闯入梁廷栋府中责问为什么使功高劳苦之臣蒙不白之冤?夷兵胁江山,而我们则在自坏万里长城!梁廷栋推说是皇上的意思。余大成忧愤地说,敌人现在势力旺盛,辽兵无重,不败亦溃也!应赶快放崇焕出狱回辽东以系军心。梁廷栋斥之别多管闲事。余大成就奔出披头散发,大呼大叫崇焕冤也！大明危矣！

崇祯帝其实心里早想杀袁崇焕,只是觉得罪名还不够确切,皇太极的离间计过于明显是虚构的,如果据此定罪,日后会遭后人耻笑,所以他盼望能有更有力的证据,让他告示天下,然后名正言顺地除掉袁崇焕这个不听皇命的心头之患！他对几个性急的廷臣开口道:"朕体察诸卿为社稷分忧之苦心,但袁崇焕罪证仍不够折服人心,俱多是口头义愤、推测之辞,需铁证如山,罪臣不得辩驳。否则,会引起更大的骚乱,辽东祖大寿部如哗变,直接威胁京师。望诸爱卿体察朕意,尽快查办袁案,一俟水落石出,便可依法严惩！"崇祯帝的意思很明白,叫他们再找些能自圆其说的"罪证",就可以砍袁崇焕的脑袋了！

梁廷栋深刻领会皇上的旨意,回到府第苦思冥想,终于,他想起一个人来。在辽东任职时,他经常与谢尚政在一起喝酒,两人颇有点交情。表面上看,谢尚政不离袁崇焕左右,吆三喝四,前呼后拥,操持的全是贴身心腹做的内闱秘事,既神气又风光,可酒后吐真言,谢尚政肚里满是怒火,他愤愤不平,对于自己的地位始终低于祖大寿、朱梅、何可纲他们一批将领之下耿耿于怀。"袁大人不会亏待你吧？"当时梁廷栋不理解地问。"他呀,说的好听,什么亲者疏,疏者亲,扯谈！"谢尚政话里话外抱怨袁崇焕,认为他不够老友、同乡、死党的交情,没有提拔关照自己,让自己做的全是下手活儿,像个拎包的奴才。"谢尚政是袁崇焕身边的一个小人！"梁廷栋寻思,"小人可用利诱之使用！"

一纸调令,谢尚政从宁远来到北京,在兵部听候任职。谢尚政忐忑不安,不知是祸是福,梁廷栋把他请到家中,设一桌丰盛的酒宴单独款待他。"尚政兄,你知道,是谁,把你上调来京的吗？"谢尚政急忙跪地施礼:"梁大人,卑职受之有愧,全仰仗梁大人恩典,卑职没齿不忘！""哎！"梁廷栋拖长调,将他扶起,"尚政兄的文采武略,尤其是军事才能,本部院是了解的嘛,我是很佩服你的大将风度啊！"他牵着谢尚政在凳子上坐稳,递过一杯酒,"来,干了！昔日咱们在辽东煮酒论英雄,现在我也没有忘记尚政兄的雄心抱负啊！""梁大人过誉了！"谢尚政耳听梁廷栋的闪烁其辞,浑身不自在,不知他葫芦里卖什么药,但也明白,凭当年喝几口酒的交情,梁决不会如此义气,这里定有,奥妙。"梁大人,您有什么吩咐尽管说,只要卑职能效犬马之力,当死不辞！"梁廷栋手指谢尚政"哈哈哈"大笑起来,"你这人实在太聪明了！别人是一点就破,你是未点即破啊！好吧,既然尚政兄爽快,本部院也就不绕弯子了！"他在谢尚政旁边坐下,隐秘地说,"本部院已奏皇上恩准,提携你回广东家乡,任广东总兵！条件是,你给我留下一纸证词,证明袁崇焕的确与夷贼勾结,企图篡夺皇位！"

"啊!"谢尚政一喜、一惊,惊喜交加!喜的是自己朝思梦想做个三品大将的愿望终于要实现了,而且又是回到家乡,荣归故里、光宗耀祖!惊的是要付出的代价实在太大了,不是要他拿出多少两金银,也不是要他付出多少血肉,而是要他出卖良心,出卖灵魂,将自己变成一辈子愧疚、受袁崇焕在天之灵遣责的罪人!他犹疑不决了。

袁崇焕的目光是敏锐的,知人是明鉴的,他这辈子几乎没有认错过人,从最初的韩爌、到熊廷弼,再到孙承宗,还有他的部属们满桂、祖大寿、赵率教等等,可就是忽略了自己身边的这个乡党谢尚政。他绝对没想到谢尚政会背叛自己!他是把谢尚政当君子的,长期带在身边,从不谈论名与利,可恰恰谢尚政骨子里看重的就是这些,没有得到,便利欲熏心。

最后,谢尚政终于在卑鄙与高尚的选择中倒向了前者,手持卑鄙的通行证,坐上了官运亨通的快车,达到了目的地。

他从兵部拿到皇上御旨任命书,换上新官袍,跑到广东会馆去耀武扬威,刚迈进大门,突然一个殷切的声音唤他:"尚政!尚政!"转身一看,啊!吓出一层鸡皮疙瘩。原来是阮伯蓉!"嫂子!"他装作意外,热情地迎上前,可眼睛却心虚得不敢看。

"尚政!你救救崇焕!救救他啊!"阮伯蓉哭泣地哀求。她是在广西藤县家乡从辽东退伍老兵口中才得知袁崇焕蒙冤入狱的,急得匆匆筹集了盘缠,搭上马车,十万火急地赶到京城。她没有任何熟人,只得又投宿在广东会馆。可上哪儿找夫君呢?到兵部去哭诉,被轰出来,又到紫禁城皇宫门口去喊冤哭叫,被卫士踢了几脚,赶出来。她踯躅在街头,当年与袁崇焕逛庙会走街串巷的情景历历在目,可眼下相公却不知何方,她的精神都快失常了!无意中碰到谢尚政,像遇到了救星,眼睛也放亮了,别人可以不管袁崇焕的死活,谢尚政不能不管,他们是死党啊!

"嫂子,崇焕犯的是天定死罪啊,我也没法救他!"谢尚政哭丧着脸,想设法脱身。"那你能帮助我见他一面吗?"阮伯蓉说着,膝一弯,跪倒在地哭道:"尚政,你是唯一可帮我的人了,你不能不管啊!嫂子我求你了!"

"嫂子!"谢尚政慌忙扶她站起来。阮伯蓉的凄凉,总算使他动了一丝恻隐之心,他点点头,"好吧,我去找梁大人说说,看能不能让你们夫妻俩团聚一次。"

"求求你!求求你!"阮伯蓉已失去常态,不停地叩头。

为了弥补自己愧对恩人的罪责,谢尚政买通典狱长,为阮伯蓉争取到一次探死牢的机会。

阮伯蓉神情哀伤地迈进牢房时,袁崇焕安祥地微微含笑,一望着妻子,"娘子,今天我听见窗外不知哪家的画眉鸟在叫,就知道你要来!古人曰,夫妻本是同林鸟,大难临头各自飞,可咱们夫妻俩可算是心有灵犀一点通,大难临头来相聚啊!"阮伯蓉望了望巴掌大的铁窗,眼前浮现出丈夫贴在窗后面面对外头充满生命的世界,渴望亲人、渴望自由、渴望理想的情景,心头一酸,泪如泉涌,"相公——"她扑在袁崇焕怀里,失声痛哭。

"娘子!别哭别哭!"他安慰,"死,不是永别,而是归去了。我们还会相会,永远地相会!还记得吗?在罗浮山求道时,仙灵说,每个人都能成为神,一草一木也能成为神,神是不灭的,神是永生的!""相公!这些话都是自己安慰自己的!我不信!人死了还有什么用?永远也见不到了。当初,你若听我一句话,听娘一句劝,别奔辽东,别奔京城做官,也不会落到这般田地!现在后悔也来不及了呀!伴君如伴虎,你偏要在虎口里捞食,你害了自己呀!"阮伯蓉搂住丈夫,悔恨交加:"也怪我,我当初要是死不放你走就好了,我也是心软,随着你的愿望。怪我!怪我没保护好你!相公,你要是死了,我也不想活了!"

"娘子,别瞎说。你要多保重,抚养阿娟长大成人,她长大后,告诉她,老豆莫啥遗产留给她,只有一番没有实现的抱负,希望她日后成为一个对大明国有用的人!"

"相公,你已到了这步田地,还在念念不忘报国……"阮伯蓉伤感之极,突然激情地大吼道:"难道皇天瞎了狗眼吗?看不出我相公是个忠臣,是个甘为大明国抛头颅洒热血的仁人志士吗?你们杀了他,天要塌,地要陷,国要亡!"

"娘子!"袁崇焕赶紧捂住阮伯蓉的嘴,"我袁崇焕生是大明人,死是大明鬼,不足以惜,你可别代我蒙受冤罪,你要活,活下去!"

"相公……"阮伯蓉泣不成声。

探监时间到,狱吏要拉阮伯蓉离去。袁崇焕最后将一首绝命诗交给娘子带走保存,诗曰:"一生事业总成空,半世功名在梦中。死后不愁无勇将,忠魂依旧守辽东。"

由于谢尚政的诬告。崇祯帝认为袁崇焕的罪证确凿,召集文武百官上朝乾清宫,当堂下谕:"袁崇焕付托不效,专事欺隐,市粟谋款,纵敌不战,散遣援兵,潜携喇嘛僧入城。卿等已知之,今依法石磔之。家属十六以上斩,卡五以下给功臣家为奴。"众臣无一敢违,俯首道道。"皇上英明!"

中间休息,余大成见挽回袁崇焕生命已无指望,只得设法保全英烈的家属,他找到梁廷栋,棉里藏针地提醒道:"尚书大人,做事总得为自己留条后路啊!卑职在兵部做给事中,见到尚书就换过六个,被砍头的也不少,今日诛袁灭族,倘若日后个个守边大臣有过失就如此惩处,夷贼再犯,难保下一个就是阁下您啊!"

梁廷栋心里一抖,想想不无道理,皇上已透出要杀王洽的意思,兵荒马乱,兵部尚书难做,是要为自己留个退路!他答应去奏请皇上能否改主意,从轻发落亲属,他联合周延儒、温体仁一齐去求皇上开恩,缩小范围,集中罚袁崇焕本人。崇祯帝依从,改为判袁崇焕凌迟,母、妻、弟、女流放二千里。

典狱长打开监牢的大铁门,面孔有些异样的肃穆,语调含着机械的慈悲,问:"袁大人,行刑时辰即到,给你端酒菜来吧?"

袁崇焕摇摇头。"想开些,君要臣死,臣不得不死,人死如灯灭,人人都有这么个日子,早死晚死都是个死字。"典狱长开导,"有什么要求,对卑职说,能办到的,一定尽力!""那好,我有个要求。"袁崇焕安祥地说,"在牢里呆久了,阴得心里很沉闷,让我到院子里,看一会儿日头。"他朝监窗外贪婪地望了一眼。

"行!行!"典狱长马上答应,唤来四个狱吏,将袁崇焕带到放风的天井里。

袁崇焕仰脸朝悬挂半空、金光万丈的太阳眯眼凝视,仿佛有一把利刃从日头里飞也似地朝他劈来,将他的躯壳破成了两片,艳红的鲜血顿时涌满双眼,整个世界成了彤红彤红的苍穹,他的灵魂脱离虚渺的肉体跨越而出,孤独地向前走去,他走向故乡的铜岭,走向岭顶上的榴花塔,与让他立下报国大志的民族英雄熊飞面对面相视。"前辈,我是寻你而来!"他张开双臂,可定睛一看,却是熊廷弼老将军。"熊将军,您在此等候在下多时?您知道在下就要踏上黄泉路?面前这人却冲他一抱拳,施礼道:"袁大人,兄弟先走一步矣!您多保重!"是满桂!旁边又多了一个沉默的将军,仔细端睨,是赵率教哀伤地看着自己。"哈哈哈!"他大笑起来,"我不孤单矣!天国里皆是英雄好汉!"眼泪却"哗哗"地往外涌。眼眸被阳光灼痛刺伤了,像掉落在咸涩的海水里,又辣又疼。

"袁大人,委屈您了!"他被狱吏们捆绑到枷锁里,然后昏沉沉地被架到一辆马车上,"辚辚"地驶过街市,来到菜市口。

他听到周围人声鼎沸,操着京腔的市民们在朝他唾骂:"狗娘养的汉奸!""就是他把夷贼引来的,想当皇帝呢!""大明国出了这么个败类!""畜牲!"

刽子手拎着大屠刀踏到行刑台上,袁崇焕就等着灵魂赶快在那最后一刻脱离死亡的肉体飘逸而去。忽然,刽子手托起他的头,狞笑地说:"袁大人,您睁开眼望望我是谁?"袁崇焕觉得这声音好耳熟,费劲地睁开肿胀的眼睑,肥肥的胖脸,一双贼溜溜的老鼠眼,原来是胡应龙!

"袁大人,咱们也有近十年的交情了吧?我当初就说过,你逃不出我的手心,果然应验了吧?""真没出息,越来越下贱!呸!"袁崇焕使劲朝那张丑陋的肿脸吐了口唾沫。"临死还不认输?告诉你,你是凌迟!老子要砍你一千刀!"胡应龙咬牙切齿地说。凌迟刑规定要将犯人割一千刀才能将其毙命,否则刽子手自己要代人受过。

一千刀怎么杀,就是割肉。围观的百姓每人手里攥着一枚银元,排队走到胡应龙跟前,买一片袁崇焕的肉,怀着刻骨仇恨吃下肚,边嚼边骂。有的百姓更疯狂,干脆扑上去像野兽似的直接咬袁崇焕,将他的内脏又扯又拉咬出来生吞活剥。

袁崇焕的灵魂在这群失去理智变得残暴、恐怖的愚昧众生血盆大口中冉冉升起,向他梦寐以求的理想王国飞去、飞去……

叱咤风云、鏖战八方的督师统帅,如今被他舍身守护的皇帝和皇民剐尽血肉,变作一具空壳骨架丢弃在广场上,无人理睬。苍天为之动容,狂风暴雨大作,冲刷着人间的丑陋。

夜雨中,一道闪电,有个黑影悄悄地弯腰跑来,抱起袁崇焕的遗骨就跑,消逝在暗幕里。佘义士收容恩人的骨殖,并在墓地上筑了块纪念碑,从此他的子子孙孙、世世代代守在墓碑旁边生活。

崇祯十七年,金国更名为大清帝国,接替逝世后的皇太极皇位的爱新觉罗·福临顺治世祖率领强大的八旗军攻入京师。大明王朝已在闯王破城时,崇祯帝将绫索套进自己脖子那一刻宣告垮台。

清皇骑着高头大马来到袁崇焕的墓前,凝眸良久,然后用手指着墓碑上的三个大字对左右文武大臣说:"如袁督师在,无我大清,此乃圣人也!"言罢,跃下马,在墓前深深鞠了一躬。

1995.4—1996.3

上海、广州

2017.4

修订于上海

后　记

约四百年前,就在我们生活着的国度里,有个相貌普通的人,和我们一样在大街小巷、乡村田野匆匆走过。起初谁也没有注意到他与旁人有什么不同。然而他用他的理想和顽强实现生命价值的意志与决心,使自己成为一个铭刻在中国历史长卷上的非凡人物。他就是袁崇焕。

袁崇焕的生命非常短暂。从1584年出生到1630年被明朝末代皇帝崇祯判处凌迟,只活了46岁。而且他从万历47年考中进士,到生命结束,经历了四朝皇帝——神宗、光宗、熹宗、思宗(崇祯),大明王朝一步步走向腐败昏暗的末日,他忍受了诸多迫害与打击,最终被冤送凌迟台。但他的理想之火,在内心始终没有泯灭。

尽管对袁崇焕也颇有争议。但我认为,这样的人物值得写。还没有一本完整记叙袁崇焕的书籍,我算是填补一个空白吧。

在艰辛的写作过程中,许许多多的亲人、朋友支持着我。吴幼坚女士无私地向我提供了第一本资料:她父亲吴有恒先生写的《罗浮山外史》。时任广东粤剧院院长的吴润澄先生赠送了粤剧剧本《袁崇焕》给我参考。往东莞采访时,素昧平生的东莞文化局张铁文先生听说我要写袁崇焕,便翻箱倒柜,将所有珍藏的文字、图片资料全借给我使用,令人感动万分!在我构思和写作的关键时刻,资深出版人胡开祥先生以他的见解和知识,给予我鼓励和指教,使我获益匪浅。在本书出版20周年之际,承蒙上海三联书店总经理陈启甸先生厚爱,决定全新再版。更使我感动的是,著名文化学者钱文忠先生,冒着酷暑,在所有家具、书籍没有拆封的新居,仔细阅读了我40万字的修订稿,为本书写下了热情洋溢,又颇为中肯的序言。在此一并致以最诚挚的谢意!

书中,我在大的历史背景、事件、人物上,严格尊重历史发展脉络。同时我也虚构了一些故事情节与人物。套用一句俗话,"大事不虚,小事不拘"。由于本人历史小说创作水平有限,对明、清历史的掌握粗疏,书中难免有不少疏漏,欢迎读者和行家批评指正!

作者
2017.10

图书在版编目(CIP)数据

袁崇焕/张晓然著. —上海：上海三联书店,2018.2
ISBN 978-7-5426-6215-6

Ⅰ.①袁…　Ⅱ.①张…　Ⅲ.①长篇历史小说—中国—当代
Ⅳ.①I247.5

中国版本图书馆 CIP 数据核字(2018)第 024255 号

袁崇焕

著　　者 / 张晓然

责任编辑 / 姚望星
装帧设计 / 陈乃馨
监　　制 / 姚　军
责任校对 / 张大伟

出版发行 / 上海三联书店
　　　　　(201199)中国上海市都市路 4855 号 2 座 10 楼
邮购电话 / 021-22895557
印　　刷 / 上海肖华印务有限公司

版　　次 / 2018 年 2 月第 1 版
印　　次 / 2018 年 2 月第 1 次印刷
开　　本 / 710×1000　1/16
字　　数 / 486 千字
印　　张 / 27.75
书　　号 / ISBN 978-7-5426-6215-6/I·1372
定　　价 / 86.00 元

敬启读者,如发现本书有印装质量问题,请与印刷厂联系 021-66012351